KRISZTIÁN GRECSÓ

Lange nicht gesehen

KRISZTIÁN GRECSÓ

LANGE NICHT GESEHEN

Roman

Aus dem Ungarischen
von Timea Tankó

claassen

Die Originalausgabe erschien 2005 unter dem Titel
Isten Hozott im Verlag Magvető, Budapest

Der Verlag dankt dem Fonds für Übersetzungsförderung
der Stiftung Ungarisches Buch in Budapest für die
freundliche Unterstützung der vorliegenden Übersetzung

claassen ist ein Verlag
der Ullstein Buchverlage GmbH

ISBN 978-3-546-00410-7

Gesetzt aus der Excelsior und DIN
bei LVD GmbH, Berlin
Druck und Bindung: Bercker, Kevelaer
Printed in Germany

»Das Leben des Bauern ist so kurz wie ein Wirtschaftsjahr. Der Winter wird bereits vom Frühling aus der Erinnerung gewischt und der Frühling vom Sommer.

In den kleinen Häusern des Dorfes gibt es nichts, das uns etwas über jene verraten könnte, die sie früher einmal bewohnt hatten: kein Zeichen, keine Botschaft, keine Erinnerung.«

Zsigmond Móricz

»... und wir sind nichts als die Fortsetzung der früheren Zeit: Die Fußspuren gehen denselben Weg entlang, und man braucht einen scharfen Blick, um erkennen zu können, wo die der einen Generation enden und die der nächsten beginnen.«

Gyula Krúdy

Das war's, Genossen

Der März ist dieses Jahr ungewöhnlich nachgiebig, die Holunderbüsche gegenüber der Bibliothek blühen bereits, auch die Akazien hinter der Gedenktafel für die Rebsorte *Perle von Csaba*, jedoch so, als seien sie von Menschenhand geschmückt und nicht durch die Gnade des Ewigen angekleidet worden. Dieser strahlende Frühling, der uns mit seiner frühen Ankunft überrascht hat, ist ein wenig traurig und verschlafen, ich spüre trügerischen Friedensduft in der Luft und glaube gleichzeitig Ergeben und Vergeben in ihr zu entdecken. Diese Blüten, die sich so verrückt zeitig geöffnet haben, werden mit Sicherheit erfrieren. Der zarte Duft der Versöhnung schwebt überall in der Stadt: um die mit Sauerkraut gefüllten Fässer der Marktfrauen herum ebenso wie in den Speisekammern, in denen man die Wurst zum Trocknen aufgehängt hat, in der fahrenden Krapfenbude der Flanierstraße, vielleicht strömt sogar aus den Brimsennockerln dieser Wohlgeruch der Vergebung, den weder die roten Zwiebeln noch die Grieben zu erdrücken vermögen. Vielleicht verdanke ich es diesem Duft, auf jeden Fall aber bin ich, wenn ich morgens zur Arbeit gehe und von der Körös aus, die vor lauter Algen kaum zu sehen ist, in die Bibliothek spaziere, endlich wieder zufrieden mit meinem Schicksal. Ich habe vor einigen Tagen eine Stelle in der Stadtbibliothek angenommen. Ich verfüge zwar über keine Fachausbildung, kann mich jedoch mit einem frisch erworbenen Grundschullehrerdiplom brüsten. Für drei

Monate werde ich ihnen ausgeliefert sein, das heißt auf Probezeit; ist man mit mir zufrieden, bedeutet es das Ende aller Unsicherheit. Irgendwo habe ich einmal gelesen, der Mensch schlage dort Wurzeln, wo er arbeite. Für mich war schon das Studium eine schweißtreibende und zermürbende Arbeit, trotzdem bin ich ein Fremder in meiner Wahlheimat, ich fühle mich beklommen und sehne mich weg von hier; ganz gleich, wie lange ich in Tótváros lebe, ich werde immer ein Fremder ohne Wurzeln sein. Wobei ich auch kein übereifriger Assimilant sein möchte. Ich bin als Sáraságer geboren worden, und dazu stehe ich – voller Stolz, auch wenn ich woanders oft höre, wie man mein Dorf als Heimat der Verrückten bezeichnet.

Seit ich in Tótváros lebe, bin ich vorsichtiger geworden, diese Stadt hat ihre Wirkung auf mich getan, hier ist alles still und demütig, sogar das Institut, an dem die Grundschullehrer ausgebildet werden, ist bescheiden. Es ist eine vor einigen Jahren hierher verlegte Einrichtung, deren Gebäude vor kurzem noch als Ferienlager für den kommunistischen Jugendverband dienten. Ich sehne mich verzweifelt nach dem Schönen und dem Leichten, nach allem, was mir hilft, mich nach dem Zubettgehen nicht stundenlang schlaflos zu wälzen. Ich überstürze nichts, sollen die Dinge so geschehen, wie sie können, wie sie wollen, ich lenke sie nicht, die Luft strömt ja auch von allein in die Lunge, selbst wenn man das Selbstmitleid für eine Weile vergisst und keine tiefen, schweren Atemzüge macht, wenn man nicht immer so in die Stille der Bibliothek hineinseufzt, dass die Leser unwillkürlich aufblicken müssen.

Mit mir passiert nur dann etwas, wenn ich zur Arbeit gehe. Ich laufe und schaue mir die Welt an: Herrn Mór Jókais Denkmal, auf dem er den schönen Schnurrbart trägt; die runden Mädchen, die vor dem auf meiner Strecke liegenden Wohnheim für Gymnasiasten stehen und rauchen; die dicken Säulen des Museums; die am Körös-Ufer entlanghastenden Herren mit den goldenen Manschettenknöpfen, die jetzt, da sie dürfen, nicht wissen, wann es genug ist. Sie eilen mit handflächengroßen Kokarden an der Brust zum Komitatsrathaus. Ich blicke ihnen nach, ihre Nacken wirken wie jene auf dem vor kurzem gedruckten »Das war's, Genossen«-Plakat, das auf eine zwar nicht sehr höfliche, dafür aber umso heiterere Weise die russischen Soldaten verabschiedet.

In der Bibliothek angekommen, sagt man mir, es gebe einen Anruf für mich.

Ich denke aufgeregt darüber nach, wer es wohl sein könnte, mich hat dort noch nie jemand angerufen. Heute, am 12. März 1990, an meinem – unglücklicherweise – auf denselben Tag fallenden Namens- und Geburtstag, ruft mir Margitka, meine Kollegin aus der Wirtschaftsabteilung, zu:

»Kommen Sie schnell, Gergely, wir warten bereits seit einer ganzen Weile auf Sie.«

Jene wütende, verrückte Meinungsverschiedenheit, die dazu geführt hat, dass ich mein Heimatdorf verlassen und keinen Kontakt mehr zu denen habe, die ich bis dahin am meisten liebte, nenne ich mit edler Schlichtheit den *großen Streit*. Dieser trotzige und grausame Groll währt nun bereits sieben Jahre; seitdem habe ich mit meinen Freunden von einst kein Wort mehr gewechselt. Und auch mit meiner *einstigen* Schwester nicht. Nach alldem habe ich nicht einmal zu hoffen gewagt, dass mir András Beregi, Dezső Metz oder Eszter Gallér, meine Schwester, zu meinem dreiundzwanzigsten Geburtstag gratulieren wollen.

Als ich am anderen Ende der Leitung tatsächlich die Stimme von Dezső Metz höre, breche ich fast zusammen.

Ich spüre einen stechenden Schmerz im Hinterkopf, keuchend schnappe ich nach Luft wie jemand, der einen vollgestopften Koffer die Treppe hochgetragen hat. Ich bemühe mich, meine Verlegenheit zu kaschieren, sage, ich sei gerannt und deshalb außer Atem. Aus den Augenwinkeln sehe ich, wie Margitka, die Frau von der Wirtschaft, verwundert aufblickt, denn sie hat gesehen, dass ich ausgesprochen gemessenen Schrittes zum Telefon gegangen bin. Der schwere Atem setzte erst ein, als ich den Namen des Anrufers hörte. Ich freue mich verhalten über meinen alten Freund, hege jedoch den Verdacht, dass etwas geschehen sein muss, wenn er mich anruft.

»Ich bin's«, sagt Dezső, »gut, dass du aufgetaucht bist, ich hab nämlich kein Geld mehr. Nimm dir Urlaub und komm nach Hause.«

Es gelingt mir, ihn zurückzurufen, und während ich auf die Verbindung warte, stelle ich mir vor, wie er unruhig wartend im Postgebäude auf der schmalen, wackeligen Bank neben dem kleinen Tisch sitzt, unter dessen Glasplatte Postkarten, Trauertelegramme und Karten mit Blumen aus den sechziger Jahren vergilben. Er wartet darauf, dass die verwitwete Frau Számfira hinter der Glaswand zu ihm hinüberruft, »Die eins, mein lieber Dezső«, oder die zwei, je nachdem, mit welchem Kurbelapparat sie den Anrufer verbindet. Man muss sich beeilen, in die Kabine zu gelangen, denn Frau Számfira, geborene Ilonka Umbera, bringt es fertig, die Verbindung zu unterbrechen. »Wenn der Anruf nicht wichtig ist, dann verbinde ich den Nächsten, 'nen schönen Tach noch«, sagt sie und legt einfach auf. Dezső hält die Hand bestimmt schon über dem Apparat, als Ilonka zu mir sagt: »Ich verbinde.«

»Was ist los«, frage ich, »ist etwas passiert?«

»Nichts Schlimmes«, antwortet Dezső, »beziehungsweise ... nich mehr als sonst. Ich hab dich angerufn, weil die LPG aufgelöst wird, und jetzt sieht's so aus, dass Gehembehas oder was draus wern, aber eigentlich nich deshalb, das is nich so wichtig, es gibt noch andre komische Dinge, die passiern, zum Beispiel wern die Möbel vom Büro des Vorsitzenden versteigert, die Samtvorhänge, sogar der Stahlschrank, un stell dir vor, das Büro des Vorsitznden wird's nich mehr gebn, auch keine Lohnstelle und keine Buchhaltung ...«

»Also«, fiel ich ihm ins Wort, »was ist passiert?«

Plötzlich wird es am anderen Ende der Leitung still, so als wäre da überhaupt niemand, als hätte ich einfach nur so den Hörer abgenommen. Sogar das Rauschen wird für einen Augenblick leiser.

»Ich hab dich angerufn«, sagt Dezső, nicht laut und dennoch so bestimmt, dass mir fast der Hörer aus der Hand fällt, »weil man jetzt das *Klein-Tagebuch* einsehn kann. Man kann's ausm Büro des LPG-Vorsitznden holn.«

Über diese Nachricht freue ich mich nicht im Geringsten. Nach so langem, notgedrungenem Warten, dem jahrelangen bitteren und erniedrigenden Herumraten, nach dieser endlosen Hexenjagd ist das *Klein-Tagebuch* nun also aufgetaucht. Ich empfinde eher Eifersucht und Machtlosigkeit, denn die zwischen uns liegende Entfernung vermittelt mir das Gefühl, in einem Pferch mitten in der Puszta zu stehen: Ich sehe alles bis in die weiteste Ferne und kann mich sogar bis zu meinem Heimatdorf denken, bewegen darf ich mich jedoch nur innerhalb der groben Balken. Ich versuche meinen Magen zu beruhigen. Seit ich in Tótváros lebe, stelle ich mir mein Heimatdorf immer nur als *Ganzes* vor. Die raschelnden Espen der Dorfstraße, die an den Wänden klebenden, besitzerlosen Schatten, der Ede-Klein-Verein, der grausame Durst, der nie gelöscht werden kann, Onkel Pista Avarkas Laufbahn als aktiver Geist – »Onkel« Avarka war übrigens niemandes Onkel, denn sein einziger Verwandter war der katholische Priester des Dorfes, aber bei uns bedarf es keiner Verwandtschaft, um jemanden »Onkel« beziehungsweise »Tante« zu nennen. Diese paar behüteten, gepolsterten Jahre in Sáraság: All das gehört für mich zusammen, ist eins. Raum und Zeit sind zu einem Knäuel verwickelt, das ich nie zu entwirren versuche; die vermischten Farben und Gerüche trenne ich nicht voneinander. Ich vergeude die gemeinsamen Erinnerungen, als gäbe es ihrer tausend Säcke voll oder noch mehr, als wären sie so endlos wie die Liebe des Ewigen oder als müsste ich auf die Wunden, die mir der *große Streit* zugefügt hat, immer noch achtgeben, damit sie ja nicht wieder aufreißen. An Einzelnes denke ich nie.

Damit habe ich jedoch nicht gerechnet. Ich habe wohl geahnt und vielleicht auch ein klein wenig gehofft, dass eines Tages etwas geschieht, das unsere Angelegenheiten entweder bereinigt oder so endgültig verdirbt, dass ich nicht mehr in der Lage sein werde, die schweren, auf mir lastenden Brocken der gemeinsamen Sáraságer Vergangenheit länger mit mir herumzuschleppen. Ich habe nie daran gedacht – daran, dass, wenn auch nur auf indirekte Weise, Fragen des Landes in meinem armseligen Leben herumbohren würden, dass jener mithilfe von Disziplin und Gekränktheit instand gehaltene Damm, den ich gegen die Erinnerung in mir erbaut habe, deshalb bricht, weil Dezső mich anruft und mir mitteilt, man könne das *Klein-Tagebuch einsehen;* genau das hat er gesagt: einsehen, als wäre es eine Art Fachliteratur; es stört niemanden mehr, weder aus ideologischen noch aus irgendwelchen anderen Gründen. Seit der Sozialismus einen Schlaganfall erlitten hat, interessiert sich die Partei für solche Krümelgeschichten wie die der Kritzeleien von Tante Pannika, der besten Schreibkraft des Dorfes, kein bisschen mehr. Wer denkt denn noch daran, dass sie einmal nicht das getippt hat, was der LPG-Vorsitzende ihr diktierte? Sie hat einen langen, sinnvollen Text verfasst; ich erinnere mich, die Genossen aus der Hauptstadt brachten ihn zum ersten Verhör mit. Während der Vernehmung kam auch das Straftelegramm des Komitatsrats an, in dem dieser an die Verantwortung des LPG-Vorsitzenden Gábor Töre rührte. Der Genosse LPG-Vorsitzende habe statt des Jahresberichts und der Jahresabrechnung sowie statt des *Stimmungsberichts* dieses grässliche Schriftstück geschickt, das »nicht nur vollkommen unverständlich und abstoßend ist, sondern auch die entstehende kommunistische Weltordnung gefährdet«. Der Vorsitzende des Komitatsrats verlangte eine Erklärung – so als hätte er nicht gewusst, dass die Budapester Genossen von der für die innere Sicherheit zuständigen Sektion III/3 der Geheimpolizei bereits Untersuchungen am Tatort anstellten. Aus heutiger Sicht ist es nicht einmal mehr lustig; das erbärmliche Verfahren von damals würde nicht einmal mehr als Komödie durchgehen. Jener unter seltsamen Umständen entstandene, angeblich unbewusst getippte, ursprünglich als Stimmungsbericht diktierte Text wird nun also – zusammen mit dem restlichen »kommunistischen Müll« – entsorgt. Und Dezső ruft hier einfach so an, mit breiiger Stimme, vielleicht ein wenig angetrunken, als wäre das das Wichtigste. Es hätte tausend Gründe dafür geben können, dass wir wieder miteinander sprechen. Aber nein! Das *Klein-Tagebuch.* Dann soll es so sein. Soll dies die Sache ins Rollen bringen, im Grunde genommen ist es ja egal, vielleicht war es wirklich das Spannendste, was uns passiert ist.

Um die Bibliothek in Tótváros herum wiegen sich die dichtverzweigten Holunderbüsche, das Wetter ist mild, aber es weht ein Wind, auf den vollgetrampelten Bänken necken sich die Schüler, sie kreischen, die Jungs kitzeln die Mädchen, wobei sich ihre Hände auf deren junge Brüste verirren. Ich bin verstört und fühle mich beklommen. Selbst wenn ich widerstehen kann und nicht nach Hause fahre, um alles endgültig in Ordnung zu bringen oder aber abzuschließen, werde ich den schlierigen und schmerzvollen Fluss der Erinnerung nicht mehr aufhalten können. Ich werde alles auseinandernehmen, das große Ganze wird in endlos viele splitterartige, einander widersprechende Teile zerfallen. Es wird wieder eine Landschaft werden, Vergangenheit, das heilsame Wirken des Ewigen und die ständige Präsenz seiner seltsamen und fehlbaren Heiligen. Wer weiß, was noch?

In Sáraság, am Denkmal des heiligen Johannes von Nepomuk vorbeiblickend, kann man die Reste der Burgmauer sehen. Sie gleicht einer verfallenen Kapelle und schlummert dort, umarmt von derbem Fench, sodass man den Eindruck haben kann, der Friedhof erstrecke sich endlos zwischen den Häusern weiter, um den Toten die Rückkehr leichter und bequemer zu gestalten. Es hat mir immer Freude bereitet, von der Brücke herunterzuschauen, die über die Flussbiegung gebaut wurde, sodass man sowohl das gegenüberliegende Denkmal des heiligen Johannes von Nepomuk betrachten, den Blick aber auch auf der Burgruine ruhen lassen kann. Von dem riesigen Schloss, das vor die alte Burg gebaut wurde, kann man, da das Gestrüpp am Ufer sehr hoch gewachsen ist, nur das rote Ziegeldach sehen. Die kleine Burgwand spielte eine wichtige Rolle für uns, obgleich eigentlich nur noch die Stelle da ist, an der sie einst stand, und obwohl sie von der Brücke aus nur noch wie ein Stumpf aussieht (als wäre sie ein im Mund zurückgebliebener Zahnstummel). Nach Ansicht von Pista Avarkas Geist schwebt über unserem Denkmal sogar jener hohe, unsichtbare Bogen, den Sándor Rózsa in die Luft zeichnete, als er mit seinem andersherum behuften Pferd darüber hinwegsprang.

Die Neider waren schon immer der Meinung, dass nach Sáraság auch die Geister nicht zum Spuken kämen, sondern eher gegen die Arbeit wirkten, damit die Auserwählten, oder wie man sie bei uns nannte, die Botschafter, weder tagelöhnern noch verputzen oder Ziegel schlagen müssten. Denn die, die an sie glauben, sind auf sie angewiesen, so wie auf den Arzt und den Priester, und erledigen daher sowieso ihre Arbeit.

Das Mitschleppen der Deckelkanne war eine zwanghafte Angewohnheit. Dieser Wasserbehälter mit dem schmalen Hals war in unserer Gegend unentbehrlich; ohne eine volle Deckelkanne gingen wir nirgendwohin, um nur ja nicht unserem quälenden Durst ausgeliefert zu sein.

Und das unbewusste Sprechen, ja, auch darunter litten wir, wobei das ebenfalls nicht einfach eine unterhaltsame Dorftradition war – der Ewige hatte es uns als Bürde auferlegt. Die Wörter huschten sinnlos zwischen den Lippen hervor, keiner wusste, woher und weshalb sie kamen, aber der Sáraságer Sterbliche wurde im Halbschlaf stets von ihnen übermannt und dann sprach er und sprach, als hätte er eine Fernsprechverbindung zum Jenseits. Da mein Freund Metz im Halbschlaf umherlaufen konnte, passierte es ihm zuweilen, dass er auf der Veranda stand, in seiner von Urin und Schweiß vergilbten Unterhose, mit einem irgendwoher hervorgekramten Zigarettenstummel im Mund, und zusammenhanglos vor sich hin murmelte, als diktiere er jemandem.

Die Kurcza, der einzige lebende Fluss im Dorf, ruhte auch damals schon, sie plätscherte seit langem nicht mehr, dennoch schien es aus irgendeinem Grund so, als würde sich von einem muffigen Morgen zum nächsten, wenn wieder jemand aus unserem Verein dort entlanglief, alles darin austauschen: Wasser, Schilfgras, Entengrütze. Die vielen nervösen Wellen, die der leblose Körper einer gewissen Kurcza, der Tochter eines türkischen Statthalters, geschlagen hatte, hatten sich schon längst in der Körös aufgelöst, dann in der Theiß, in der Donau, zuletzt im Schwarzen Meer.

Schräg links vor dem Denkmal des heiligen Johannes von Nepomuk befindet sich die *Stelle* der Synagoge. Es ist ein auffallend leeres Grundstück, auf dem man ihren Bau einst plante, ein nackter Garten, der selbst in seiner kahlen Ungepflegtheit schöner ist als viele andere. Ede Klein, nach dem wir unseren Verein benannten, hat neben der Pforte der Synagoge gewohnt. Der junge Mann war tonangebend in der Glaubensgemeinde, ein Tuchhändler wie sein Vater, jedoch nur bis zu jenem Tag, an dem eine Jungfrau bei ihm vorbeikam, um für ihre Aussteuer noch etwas zu kaufen. Matildka hätte am nächsten Tag Hochzeit feiern sollen, an jenem Tag, an dem man sie unter dem glatten Eisspiegel der Theiß fand, mit einem traurigen, süßlichen Lächeln auf den Lippen. Dies ist zu Pfingsten achtundvierzig geschehen. Onkel Ede hat nach dem Vorfall noch drei Wochen im Dorf gewohnt. Drei Wochen lang ließ er die Anschuldigungen über sich ergehen, er habe für die entstehende Synagoge, für deren Bau man, einem abscheulichen und dummen Volksglauben nach, außer Mörtel auch das Blut einer Jungfer benötige, Matildkas Lebenssaft bis auf den letzten Tropfen abgezapft. Er soll mit einem von grauen Pferden gezogenen Karren, auf dessen Bock neben ihm der Teufel mit dem Kopf eines ungarischen Schäferhundes gesessen habe, zur Theiß galoppiert sein, um den toten Körper des Mädchens in den Fluss zu werfen.

Drei bittere Wochen lang versuchte Ede Klein sich zu retten, sich zu schützen, sich reinzuwaschen.

Dass Matildka von mehreren Augenzeugen gesehen worden war, nachdem sie das Kleidergeschäft verlassen hatte, überzeugte die öffentliche Meinung nicht. Dass das teure Blut in ihrem Körper geronnen war, galt in den Augen der Mehrheit, die sich des Tatmotivs vollkommen sicher war, als nicht ernst zu nehmendes Argument. Ede Klein sah sich gezwungen, zusammen mit seiner alten Mutter und zwei weiteren jüdischen Familien zu fliehen.

Natürlich wusste er nichts davon, dass man im Monat Siwan (es war Mai, Pfingsten) des Jahres 1981, dreiunddreißig Jahre nach diesem Ereignis, einen Verein nach ihm benannte, in dem von Anfang an bis zum *großen Streit* ich das Amt des Vorsitzenden bekleidete – schließlich ist das Ganze meine Idee gewesen. Ich werde immer wieder von meiner Eitelkeit angestachelt, es ihn auf irgendeine Weise wissen zu lassen, denn ich will bis heute einfach nicht glauben, dass er nicht mehr lebt.

Der Ede-Klein-Verein zählte drei, beziehungsweise vier Mitglieder.

András Beregi, genannt Bece, und ich waren 1981 fast noch Bengel, damals, als die ganze Geschichte sich abspielte – die Sache mit dem Verein, die Schattenangelegenheit, das *Klein-Tagebuch*, also alles, was in meinem Leben von Bedeutung ist. Wir waren beide in der achten Klasse.

Unser Freund Dezső Metz war vier Jahre älter als wir. Zwei Jahre vor alledem, als er Vollwaise wurde, war er kaum sechzehn, aber Páter, der Bruder von Beces Großvater, hatte die Vormundschaft für ihn übernommen und ihn bei sich aufgenommen. Metz' Eltern hatten ihre gesamte Kraft investiert, alles bis auf den letzten Groschen zu vertrinken. Dezső konnte also nur einige persönliche Sachen zu Páter hinüberschleppen, in die nachträglich an das Haus gebaute Nebenräumlichkeit, die sogenannte »kleine Küche«. Es wunderte sich kaum jemand, als der närrische alte Botschafter des Dorfes den verrückten jungen Botschafter zu sich nahm. Dieses Band, so sagte man, die Überzeugung, dass die Toten sie aufsuchten, sei womöglich stärker als jede Verwandtschaftsbeziehung. Das zuständige Jugendamt war dafür umso mehr mit der Frage beschäftigt, weshalb denn ein Greis einen Jungen zu sich nehmen wollte, aber letztlich willigten sie, wenn auch zögerlich, ein. Páter stellte Dezső einige klapprige Möbel und die kleine Küche zur Verfügung. Er kümmerte sich nicht viel darum, womit der Halbwüchsige, der sich schon seit langem nicht mehr in der Schule blicken ließ, seine Zeit verbrachte. Beregi und ich gingen oft bei Páter vorbei, seinem Onkel, wie er ihn, die Generationsverschiebung außer Acht lassend, nannte. So lernten wir Dezső Metz kennen – und wurden unzertrennliche Freunde. Dezsős Aufgabe im Verein war es, den Kontakt mit dem Jenseits zu pflegen. Das war das Mindeste, was man von einem Botschafter erwarten konnte. András Beregi und ich gingen in dieselbe Klasse. Beregi lebte bei seinem Großvater und seiner Mutter. Er war noch ein Säugling, als sein Vater mit einem jungen Mädchen aus dem Waisenhaus durchbrannte, das im Schloss untergebracht war. Er gründete in Budapest mit ihr eine neue Familie und interessierte sich – auf eine die Sáraságer Väter beschämende Weise – nicht im Geringsten für das Leben seines Sohnes. Bece war der Künstler und Entdecker im Verein, was nichts zu bedeuten hatte, aber ich war der Meinung, ich müsste auch für ihn einen Titel finden.

Gergely Gallér: Vorsitzender. Noch heute tut es gut, dies auszusprechen.

Und Gyula Franczek, der sich später an uns hängte – im Grunde weiß ich gar nicht, was für ein Kerl er damals war. Mittlerweile bin ich mir unsicher. Wie alt mag er gewesen sein? Er war stolzer Vater zweier Jungen, so viel steht fest, und ein Jahr später wurde sein vieldiskutierter dritter Sohn geboren. Er war ein Erwachsener, in meinen Augen von damals war er alt. Anfangs zählten wir auf seine »Erfahrungen«. Wir mochten an ihm, dass sich – obwohl er behauptete, kein Botschafter zu sein – hinter seinen Worten viele Jahre Leben verbargen.

Bis heute bin ich mir nicht im Klaren darüber, wie alles zusammenhängt. Ob wir die Vereinsarbeit wegen der besitzerlosen Schatten ernst nahmen oder ob Ede Kleins seltsam magische Aura und die vom Aberglauben schwangere Welt der Geschichten, die er hinterließ, als hinreichende Erklärungen gelten können. Ich habe keine Ahnung. Ich weiß auch nicht, ob das Ganze nicht nach einigen Wochen bereits gestorben gewesen wäre, wenn es nicht Tante Pannikas unglücklich vertippten Bericht gegeben hätte. Und auch an dieses Schriftstück hätte sich niemand mehr erinnert, wenn sich nicht das Gerücht verbreitet hätte, dass es ein *Totenbuch* sei, und es deshalb nicht sofort mit dem für den Fährmann aller Seelen des Dorfes gehaltenen Ede Klein in Verbindung gebracht worden wäre.

Keine Einzige dieser Ebenen hätte es ohne die andere gegeben, sie überlagerten sich und bedingten einander.

Der Fall der besitzerlosen Schatten, der das auch bis dahin schon nicht gerade ruhige Seelenleben des Dorfes vom Grund her aufwirbelte, begann mit der Fotoserie *Unser Haus, unsere Burg*. Diese unrühmliche Serie wurde von einem auswärtigen Fotografen gemacht. Es gelang ihm, bei fast jeder Familie eine Bestellung herauszuschinden, die meisten waren sogar bereit, einen Vorschuss dafür zu berappen, dass ein Fremder ihr Haus aufnahm. Der gewitzte Hausierer hatte eine wirksame Einleitung auf Lager. Kaum hatte er ans Fenster geklopft, berief er sich sofort darauf, dass der Nachbar bereits ein Bild habe machen lassen. Er ahnte, dass das seine Wirkung haben würde: Egal, was es war, wenn der Nachbar es hatte, musste man es auch haben. Erst danach zog er den gezackten Papierrahmen hervor und erörterte, worum es eigentlich ging. Er pries eine Weile den von ihm für äußerst ansehnlich gehaltenen Fotorahmen und fügte dann hinzu, dass er in diesen das wunderschöne »Lichtgemälde« vom Haus des Eigentümers einfügen werde. Der Rahmen war gauklerisch. Dezső meinte, auf den ersten Blick habe er überhaupt nicht hässlich gewirkt, im Gegenteil, er schien eher geschmackvoll, dezent zu sein, nicht wie das widerwärtige Pappmachégebilde, das man kaum einen Tag später zu sehen bekam. Bece war der einzige, dem es beim Anblick des gezackten Rahmens sofort schlecht wurde, gleich als der Fotograf ihn aus seiner unten mit Jeansstoff geflickten Postbotentasche zog. Aber auf András Beregi – den »blöden Künstler« – hörte nie jemand. Der Reihe nach bestellten alle ein Bild der Serie *Unser Haus, unsere Burg*, Páter und Dezső jeder eines vom selben Haus in der Dorfstraße. Natürlich wollte auch Tante Klári, Beces Mutter, eins haben, trotz des vehementen Protests ihres Sohnes.

Sobald der Fotograf ein Haus aufgenommen hatte, ließ er sich hineinbitten. Er muss bis nachmittags um vier wohl so um die dreißig Espressi getrunken haben. Mit Argusaugen spähte er umher und mit einem bewundernswert räumlichen Sehvermögen entdeckte er die alten Bilder. Die Aufnahmen der Väter, der Oheime, die aus der Mädchenzeit der Großmütter, der Basen. Er versprach, diese zu Hause abzulichten und in einer nie zuvor gesehenen, ausgezeichneten Qualität zurückzubringen, zusammen mit der vom Haus gemachten imposanten Fotografie. Wäre es so geschehen, die Angelegenheit wäre nicht weiter erwähnenswert. Die zum Narren gehaltenen Familien wurden jedoch von einem Boten besucht, der ihnen den gezackten *Unser-Haus-unsere-Burg*-Rahmen mit einem darin steckenden dilettantischen Farbfoto brachte. Onkel Bandi, Beces Großvater, fuhr sofort aus der Haut:

»Dieses Bild ist so abscheulich, dass darauf sogar die Luft eine Farbe hat!«

Die Bilder sahen wirklich so aus, als wären sie retuschiert worden, so wie die Studioaufnahmen aus den Sechzigern, auf denen man den Männern die Lippen anmalte, ihnen lange Wimpern zauberte, wodurch jeder wie eine Tunte aussah. Die Häuser blieben, obwohl sie der eigentliche Gegenstand der Werke hätten sein sollen, im Hintergrund. Die älteren, schilfbedeckten Bauernhäuser wirkten, als stünden sie auf einem verlassenen Einödhof, und man hatte den Eindruck, ihre nackten Lehmwände würden langsam vom Regen weggespült. Aber auch die Häuser, die in einem besseren Zustand waren als die von Beces Familie, sahen alt und verfallen aus, im Vordergrund flatterten die dünnen Fäden des Altweibersommers und von der Seite fiel irgendeine dumpfe Helligkeit ein, die das Haus überblendete. Beces Großvater lief auf die Dorfstraße und prüfte von der Friedhofsecke aus mit einem Fernglas, ob sein Haus auch »aus der Späherperspektive« so scheußlich und verschlafen aussah. Um seine Augen bildeten sich zwei Ringe, so lange stierte er. Dezső Metz zerriss das Bild sofort, ohne lange Erklärungen, er hat es kein einziges Mal im Ganzen gesehen.

»In zwei Hälften ist es ganz gut, zumindest erträglich. Viel besser als im Ganzen.«

Bece Beregi, der sich bestätigt sah, war derjenige, der in die benachbarte, von frömmlerischen Calvinisten – die wir schlicht »die Calvinisten« nannten – bewohnte Stadt fuhr, um die alten Bilder, die Väter, die Oheime, die Omas, die Uromas zu holen. Der Fotograf solle die Bilder zurückgeben, solange man ihn noch höflich bitte. Unter der angegebenen Adresse, schräg gegenüber der Feuerwehr, fand er lediglich einen Trödelladen, und nicht weit entfernt davon gab es eine Kneipe, wo er vor lauter Kummer das für die Rückfahrt mitgebrachte Geld vertrank. Als er stundenlang nicht zurückkam, dachten Dezső und ich, er wäre selbst zu einem Foto geworden. Ein altes Bild mit vergilbtem Rand. Mein Freund Metz sagte, er könne sich ihn auf einem alten Bild vorstellen, auf so einem wie die, um die abzuholen er aufgebrochen sei und für die er sein Leben geopfert habe. Nur einfach so in die Luft, nein, so nicht. Eher aufs Papier. Wir blödelten so lange herum, bis ich mir einbildete, das Bild wirklich gesehen zu haben, mich an diese in Gedanken gemachte Fotografie erinnern zu können. Beregi kam gegen Abend nach Hause zurück, zu Fuß, betrunken. Es gelang ihm nur mit Mühe, von seiner schluchzenden und schreienden Mutter loszukommen, die in ihrer Sorge um ihn bereits mit dem Schlimmsten gerechnet hatte. Er brachte uns die Nachricht, der Fotograf sei nirgends zu finden, unter der Adresse, die er angegeben habe, schräg gegenüber der Feuerwehr, links von einer netten Schankstube, befände sich ein Antiquitäten-An-und-Verkauf. Wir hörten ihm zu und konnten ihm nicht einmal mehr böse sein.

»Was macht der Fotografengauner mit diesen vielen alten Bildern?«, fragte ich.

»Vielleicht isst er sie«, antwortete Dezső phlegmatisch und ging hinaus, um sich unter Páters Pflaumenbäume zu setzen.

Mit diesem zynischen Schlusswort war für diesen Tag die Fahndung abgeschlossen. Ich machte mich auf den Weg ins Dorf. In der Kneipe und Konditorei Oláh traf ich meine Schwester Eszter Gallér, wie sie gerade im Seifengeruch der

Hanffabrikarbeiter, inmitten der weit nach hinten gezogenen Mützen, bis zum Stummel gerauchten Kossuth-Zigaretten und abgestandenen gespritzten Weißweins Siebzehn-undvier spielte.

»Ich muss mit dir sprechen«, flüsterte ich ihr zu, aber unter den Arbeitern – ich wusste überhaupt nicht, wer diese Leute waren – kam ein Gemurre auf. Gekränkt setzte ich mich weg, auf eine Bank ohne Tisch, die an der Wand stand. Ich fühlte mich wie eines der alten Weiber, die immer dort saßen. Ich beobachtete meine Schwester, die sich behauptete, selbst bei den gezinkten Karten; nie verlor sie. Gerade als ich genug von dem Ganzen hatte, stieg sie aus. Sie wollte kaum glauben, dass der Fotograf mit den Bildern der Ahnen abgehauen war. Ich bestellte zwei Gespritzte und wir schwiegen für einen Moment. Dann versuchten wir zu erraten, was dieser Mensch wohl mit den vielen unbekannten Vätern, Omas und Uromas anfangen mochte. Wozu zum Teufel brauchte er diesen Haufen ihm unbekannter Erinnerungen, diesen Wust nicht heraufbeschwörbarer Vergangenheit?

»Wir müssen eine Vereinssitzung einberufen«, schlug Eszter am nächsten Tag vor.

Es waren die ersten Tage des Sommers 1981. In den Schulzimmern hatte man die FERIEN!-Aufschrift noch gar nicht abgewischt – deren Erstellung wie in jeder anderen ungarischen Schule eine Woche gedauert hatte, denn wir fingen immer hinten an, mit dem Ausrufezeichen also, und fügten dann jeden Tag einen Buchstaben hinzu, bis wir am Tag der Erlösung beim F angelangt waren; auch die Blumen, die wir zu unserem Schulabgang bekommen hatten, waren noch nicht ganz verwelkt. Den Ede-Klein-Verein, in den Mädchen, also meine Schwester, nur als korrespondierende Mitglieder aufgenommen werden konnten, gab es seit einigen mickrigen Tagen. Es war noch nichts passiert, die Begeisterung über den vielleicht etwas verspäteten Einfall, im Bann des Ferenc-Molnár-Romans *Die Jungen der Paulstraße* Verein zu spielen, schien sogar binnen weniger Tage zu verblassen. Selbst ich war gerade im Begriff, die Sache allmählich zu vergessen, als

Eszter sich im kühlen Raum der Kneipe und Konditorei Oláh bemühte, den Lärm, den alten Kühlschrank, in dem hinter Glas die Kuchen standen, und das harte Aneinanderprallen der Billardkugeln zu übertönen, und vorschlug, schnellstens eine Vereinsversammlung einzuberufen. Der Kneipenwirt Oláh machte gerade die Kellertür zu: ein Gitter, das den Weg zum ehemaligen Abziehraum für die Bambi-Flaschen versperrte, von wo aus sogar im Sommer eisige Kälte hinaufströmte.

»Am Ende erkälte ich mich noch«, grummelte er, »und das im Sommer.«

Es war klar, dass wir die Vereinssitzung in Dezső Metz' Kabuse abhalten mussten. Man konnte zwar nie wissen, wann Beces »Onkel« wieder seinen Rappel bekam, dennoch war Metz' Küche unser Hauptquartier. Dezső lebte so selbstständig, als wäre er nur zur Untermiete bei Páter.

Dieser war ein friedloser und trauriger Mann, er redete ständig, immer erzählte er etwas. Er diskutierte mit Hundehaufen und Autoreifen, was ihm in den Sinn kam, teilte er den Steinen oder auch der Traufrinne mit; der Mühlstein, die Bambi-Flasche mit dem Bügelverschluss und die Werbetafeln waren seine Freunde. Er war der älteste Botschafter des Dorfes, der einzige bei uns, dem die Flüche nichts anhaben konnten, weder der frühmorgendliche Redeschwall noch der Durst. Er war ein ungewöhnlicher Anblick, dieser ohne Deckelkanne umherlaufende Mensch, der immer einen Koffer mit Rädern hinter sich herzog. Darin sammelte er die Schätze, die er im Dorf fand, vor allem Müll: Schilfrohre, Ruten, ölverschmierte Lappen, wirklich alles. Das stopfte er dann zwischen die für den Notfall aufgehobenen, noch verpackten Hemden und nie getragenen, aber schon mottenzerfressenen Jacketts und Lederjacken. Die Ruten bewahrte er auf seiner Zither, die Schilfrohre auf seinem Harmonium auf.

»Das wird schon noch zu gebrauchen sein«, sagte er immer, »für irgendetwas.«

Er band schiefe, krumme Körbe und trank den ganzen Tag Obstler. Früher war er Benediktiner in Pannonhalma gewesen, deshalb nannten ihn alle Páter. Zu diesem Zeitpunkt war er bereits ein etwas gebückter Mann, eine zerzauste Erscheinung mit wirrem, ergrautem Haar, immer in Arbeiterlatzhosen. Dennoch strahlte er irgendeine Kraft, eine Autorität aus; mit seinen Fischaugen konnte er in die Seele des Menschen blicken. Wenn er mehr als seinen üblichen Liter Obstler getrunken hatte, humpelte er oft mit einer Fotografie zu uns in die kleine Küche.

»Das hier«, sagte er, »bin ich«, und als spielte er das Schauspiel zum ersten Mal, machte er seinen Rücken kerzengerade.

»Fesch, was?«, fragte er.

Darauf stand er im Innenhof der Abtei von Pannonhalma, an seinem Gürtel hing ein kleiner Dolch, seine Kleidung jedoch zeigte das weiße Quadrat des Pfarrerkragens. Einundvierzig wurden sie bewaffnet, da war das Bild entstanden; er konnte wirklich stolz darauf sein, wahrhaftig, was für ein schneidiger Bursche. Trotzdem war es nicht gerade schlau, das Bild herumzuzeigen, denn das Erste, was selbst uns Kindern dabei einfiel, war, dass sie am Ende des Krieges, als die Deutschen schon den Rückzug angetreten hatten, nur fünf Minuten Zeit bekamen, um ihre Sachen zusammenzusuchen. Jenes vom Schrecken gezeichnete Packen, als die Jungpriester gerade noch Hemd und Mantel überwerfen konnten und dann in den Jahrhundertwinter hinausgejagt wurden, war nicht mehr festgehalten worden. Auch nicht, wie Páter angeblich das Gold einpackte, statt sich den Schal um den Hals zu binden und die Wollunterhosen anzuziehen. Die eine Niere ist ihm erfroren, und dank einer Handgranate hat er auch nur noch eine Lungenhälfte – er lebt jedoch bis heute von dem Geld jener goldenen fünf Minuten. Natürlich durften wir, wegen Bece Beregi, nichts davon wissen, denn Páter war der leibliche Bruder von Onkel Bandi, Beces Großvater.

Als wir ankamen, machte er sich gerade auf den Weg, um sein tägliches Quantum zusammenzukramen. Ich setzte mich auf die Bank neben meinen Freund Metz, während meine Schwester zu Bece lief, um ihn zu holen.

»Meine sehr geehrten Freunde, Damen und Herren, sehr geehrter Ede-Klein-Verein«, sagte ich wichtigtuerisch, nachdem Eszter und Bece angekommen waren, »es ist an der Zeit, aus dem Dornröschenschlaf, der uns nach der Vereinsgründung übermannt hat, nun endlich zu erwachen!«

Eine schmale Holzbank, die durch die Abnutzung eine ovale Form angenommen hatte, war die einzige Sitzgelegenheit, die Dezső von Páter zur Verfügung gestellt bekommen hatte. Ich schreibe es dieser Bank zu, dass die Versammlung so holprig begann, wir blickten alle in eine Richtung, wie die Schwalben auf den Stromleitungen. Ich fühlte mich beklommen, durch das kleine Fenster fiel kaum Licht herein und dem länglichen Tisch entströmte ein Gestank, der einem den Atem raubte, dabei standen nur ein kleiner roter Topf mit Fleisch und ein benutzter Teller darauf. Ich ahnte, wenn das jetzt schiefliefe, gäbe es keine Versammlungen mehr, wir würden uns über das Ganze lustig machen, bestenfalls darüber lächeln. Ich auch, denn ich bin nicht in der Lage, eine abweichende Meinung zu vertreten, deshalb taugte ich auch nicht zur Führungsperson. Ich habe keine eigene Kraft, auch keine eigenen Gedanken, ich kann nicht einmal die kreuz und quer liegenden Fäden zu einem Bündel zusammenknüpfen, um einen Strauß daraus zu binden, der den Eindruck erwecken könnte, es gäbe etwas, das ich erfunden habe. Natürlich bedrängt und quält mich diese nachträgliche Einsicht vor allem dann, wenn ich an meine nach Schweiß riechende, verblendete Bestrebung denke, unbedingt Vorsitzender des Ede-Klein-Vereins sein zu wollen, ich, Gergely Gallér, obwohl doch wirklich jeder im Verein geeigneter für diese Rolle gewesen wäre.

»Wir müssen etwas Wichtiges besprechen«, begann ich aufgeregt, was, gelinde gesagt, sehr seltsam wirkte, bedenkt man, dass Eszter, Dezső, Bece und ich jeden Tag zusammen herumlungerten. Die Aufregung hatte weder einen plausiblen Grund noch schien sie besonders angebracht; die Situation samt dieses mit zitternder Stimme vorgetragenen Satzes war nicht zu deuten. Was versuchte ich so aufzublasen? Was unterschied diese Versammlung von den anderen Nachmittagen, an denen wir uns ebenso der Langeweile hingaben? Dass sie ahnten, wie wichtig mir die Position des Vereinsvorsitzenden war, die in Wirklichkeit kein Gramm Gewicht besaß, wollte ich unter allen Umständen vermeiden, deshalb tat ich so, als würde mir meine eigene Anspannung überhaupt nicht auffallen. Die anderen verhielten sich ohne besondere Anstrengung so, als hätte ich gar nichts gesagt.

Eine Weile schien es so, als gäbe es über die »entwendeten Bilder der Toten« nichts zu sagen. Der betrügerische Fotograf, der fast alle alten Fotografien des Dorfes mit dem Versprechen mitgenommen hatte, sie in besserer Qualität zurückzubringen, brachte stattdessen nichts zurück. Das kennt man ja: Es wird etwas mitgenommen, aber nichts mitgebracht. Die Alten hatten vielleicht sogar geahnt, dass es so kommen würde, und aufgrund irgendeines törichten Gehorsams, vielleicht aus Hoffnung, gaben sie sie ihm dennoch. Oder vielleicht, weil sowieso alles egal war in einem Dorf, in dem es außer Dezső Metz noch drei bis vier weitere mit göttlichen Kräften gesegnete Menschen, Botschafter, gab, die sich mit jedem Geist unterhalten konnten, der sich nach Hause verirrte. Vor allem von Onkel Avarka, dem aktivsten von ihnen, konnte man viel erfahren. Den verstorbenen Vätern, Oheimen, Großmüttern, Basen, Patenonkeln und -tanten ging es gut auf der anderen Seite, darin waren sich die meisten sicher, und auf den Fotografien konnte man ohnehin nur ihre *Schatten* sehen. Zum Beispiel ein etwas abgenutztes schwarzes Kleidungsstück neben der Gartenbank, auf dem Tisch ein Gespritzter, hinten ein efeuumrankter Drahtzaun und ein entlaufener Erpel, die Luft gelb. Mit einem Wort: All das war nur ein zu Staub zerfallener Augenblick, den man sowieso nicht benötigte. Dezső Metz begann bereits unruhig zu werden und sagte, er wolle mit einem an beiden Seiten offenen Korb zum Lándor-Teich gehen, um Katzenwelse zu fangen, als wir Páter das Tor öffnen hörten. Das überraschte uns, denn er war ja gerade erst zu seinem langen Sammelstreifzug aufgebrochen. Zum Glück mussten wir nicht lange warten, bis sich herausstellte, weshalb seine Tour, die ihm wichtiger war als alles andere, diesmal unterbrochen worden war.

»Ganz Sáraság ist am Brodeln«, teilte er uns mit.

Danach erzählte er, verworren und reichlich umständlich, was geschehen war, wobei er fortwährend von der eigentlichen Geschichte abkam. Trotzdem verstanden wir langsam, was er uns sagen wollte. Páter behauptete, vor der Kirche, beim Denkmal des heiligen Johannes von Nepomuk, am Petőfi-Verband und am Bauernverband, sogar vor dem Kulturhaus seien besitzerlose Schatten »entstanden«. Die Form, die Silhouette menschlicher Körper, werde auf Fensterbretter, auf Lattenzäune, auf getünchte oder mit Reibsand verputzte Wände, auf Skulpturen geworfen. Aber es stehe kein Körper vor ihnen, der den Weg der Lichtstrahlen behindere. Die Schatten seien da, aber die Körper, welche die Schatten werfen müssten, seien nicht vorhanden. Sie hätten einfach keine Besitzer. Es handle sich um einen beachtlichen Auflauf, das Volk begutachte die überflüssigen Konturen. Das Interessanteste daran sei, dass die auf teuflische Weise dahin gekommenen besitzerlosen Schatten »von den gestohlenen Bildern stammten«, wie Páter sich ausdrückte. Dass also jene Menschen die Schatten warfen, die auf den gestohlenen Bildern zu sehen seien. Und das wiederum wisse man, weil sie in der gleichen Stellung verharrten: stehend, sich umarmend oder gerade neben einer Dreschmaschine Speck essend. Tante Pannika habe sofort Ede Klein und seine Mutter neben dem Denkmal des heiligen Johannes erkannt, denn dieses alte Bild habe der betrügerische Fotograf ihr entwendet. Ede und Tante Esztike stünden vor dem Krämerladen, so seien sie auf dem Foto zu sehen gewesen. Die Menschen warfen jetzt also einen Schatten, als seien sie wirklich dort. Die verwitwete Frau Klein, Tante Esztike, sei sogar größer als ihr Sohn, obwohl Ede im Eingang stehe, gut eine Spanne höher. Man könne auch den Schatten des geöffneten Tores erkennen, weshalb Tante Pannika dann auch darauf gekommen sei, dass sie es wären und dass sie vor dem Krämerladen stünden. Und wem das noch nicht reiche: László Számfira, der Lehrer für Mathematik und Physik, glaube am Petőfi-Verband seinen Urgroßvater zu erkennen. Auf dem geklauten Foto beuge er sich gerade zu einem Wasserhahn, um etwas zu trinken, denn als sein Sohn, László Számfiras Großvater, diese Aufnahme von ihm gemacht habe, sei er kurz zuvor völlig ausgetrocknet vom Maisschälen aus der Kontra-Gegend heimgekehrt. Der Großvater sei übrigens Professor am Lehrstuhl für Physik an einer Budapester Universität und im Besitz eines tragbaren Apparats gewesen. Nun würde sich der Schatten des Urgroßvaters zu dem aufgedrehten Hahn hinunterbeugen, man könne sogar den zitternden Schatten des Wasserstrahls erkennen. Am Kulturhaus sei eine Dreschmaschine zu sehen, sie werfe selbst auf das Fenster des Direktors in der ersten Etage einen Schatten, so immens groß sei sie. Man wisse nicht, wem er gehöre, denn von solchen Dreschmaschinenbildern habe der Betrüger bestimmt zehn mitgenommen, und jeder der Verlusttragenden reklamiere unter Beteuerung, die anderen mögen es ihm bitte nicht übel nehmen, die Zurückführung des Schattens auf die eigene Fotografie.

Wir eilten ins Dorf, als könnten mit der Sonne auch die besitzerlosen Schatten endgültig verschwinden, sich an jemanden heften oder vielleicht auf Entdeckungsreise gehen, so wie in vielen Geschichten. Zum Beispiel hätte ja die Silhouette des Urgroßpapas von Herrn Számfira vom Petőfi-Verband zum Dorfrathaus schlendern können, um den Genossen Ratsvorsitzenden Sándor Guliga für die Nacht um Licht zu bitten. Denn was sollte ein Schatten ohne Licht anfangen? Darüber amüsierten wir uns selbst in unserer großen, deckelkannenschwenkenden Eile nicht schlecht. So einfältig wie Sándor Guliga war, würde er es ihm sogar geben, und dann würden die Schatten sich mit tragbaren Sturmlaternen beleuchten, damit es in der Nacht um sie herum nicht dunkel würde. Die Dreschmaschine bräuchte sogar eine große Fackel, um bis zum Morgen an der Wand zu bleiben.

Am Neubau der Sparkasse verflog unsere witzereißend gute Laune mit einem Schlag. Denn in der Wirklichkeit ist alles anders als im Märchen. Wenn Páter behauptet, dass der Schatten der Dreschmaschine von Ignác Gergely dem Älteren an der Wand klebt, dann wird es wohl so sein, na und, wir haben schon von seltsameren Dingen gelesen, das Fernsehen hat uns schon tausend Wunder gezeigt; damit lockt man keinen Hund hinterm Ofen hervor. Wenn man es aber dann mit eigenen Augen sieht, verschlägt es einem die Sprache. Nirgends war eine Maschine zu sehen, dennoch war ihr Schatten da. Ignác Gergely, der junge Schweizer, und seine Mutter, Tante Magdika, versuchten bei unserer Ankunft noch immer zu beweisen, dass der Schatten von ihrer Fotografie stammte.

»Schauen Sie sich diese Figur neben der Maschine an«, sagte Tante Magdika zu Glasaugen-Tót, »das ist mein seliger Mann, der auf dem Bild Speck isst, der Herr möge ihn behüten, es ist gerade Mittagszeit.«

»Mittags hat nicht einmal eine Dreschmaschine einen Schatten«, sagte Bece Beregi.

»Ja, stimmt, das ist interessant«, meinte Eszter verwundert, »auf dem Bild hat die Maschine wahrscheinlich keinen Schatten gehabt, wenn das Bild genau zu Mittag gemacht wurde. Dann hat sie ja nun nachträglich einen bekommen.«

Wir sahen uns auch die Silhouetten von Ede Klein und Tante Esztike an. Man brauchte schon eine gehörige Portion Fantasie, um in den breit gezogenen Figuren und den Linien um sie herum zu erkennen, was Tante Pannika behauptete, nämlich dass es sich um den Eingang des Krämerladens handelte, vor dessen offener Tür die beiden angeblich standen.

»Ich weiß nicht«, sagte ich unschlüssig.

»Sternbilder kann man auch nicht besser erkennen«, sagte Bece grübelnd. »So wie die Waage oder der Widder ist auch das hier zu erahnen, dort sieht man auch nur einen Haufen leuchtender Punkte, und wenn man lange genug hinschaut, sieht man eine Kuh oder einen Pappelwald darin. Ebenso können das hier Ede Klein und seine Mutter sein, wenn jemand sie schon identifiziert hat.«

Dezső hatte auf einmal einen Geistesblitz und begann zu erklären:

»Genau das ist es: das *Erkennen*. Der Fotograf hat Bilder von Leuten geklaut, die ihm fremd waren. Wie kann das *Folgen* haben?«

»Wieso«, fragte Bece, »wenn er sie gekannt hätte, wäre es dann verständlicher?«

Dezső würdigte ihn keiner Antwort. Er fuhr fort, wo er unterbrochen worden war.

»Und zwar solche Folgen! Er kannte ja weder den Achselgeruch dieser Menschen noch hat er ihnen jemals durchs Haar gestrichen. Er ahnte nicht, was für Wörter ihnen im Morgengrauen über die Lippen gekommen, wie lange sie von dem zwanghaften Reden beherrscht worden waren, ob sie sich mit halb voller oder voller Deckelkanne auf den Weg gemacht hatten. Dabei verraten diese Dinge doch so viel über einen Sáraságer. Ob sie Geister getroffen und mehr als ein Grab in ihrem Garten gehabt haben. Er wusste überhaupt nichts Wesentliches über sie, er war nicht aufgeregt oder bedrückt, wenn er sich diese Bilder ansah, hinter ihnen lag für ihn keine Vergangenheit, kein Vergessen. Wie ist das dann möglich?«

»Vielleicht kann er aus den Falten lesen«, lautete die geistreiche Antwort meiner Schwester.

Währenddessen waren wir zum Kulturhaus zurückgegangen, wo die Volksansammlung mittlerweile noch größer geworden war. Man beriet sich.

»Vielleicht liest dieser betrügerische Fotograf aus den Furchen des Gesichts«, stimmte Dezső meiner Schwester zu, »aus den Krähenfüßen und natürlich aus den Augen. Er kann den Moment verrücken, den die Fotografie in ewiger Gefangenschaft hält. Vielleicht vergeht die Zeit auf jenen Bildern wieder, aus dem Hintergrund fliegt der Erpel weg, der Gespritzte wird langsam warm und schal, das Unkraut wächst wie der Schnurrbart des Toten. Wie auf den Bildern die Zeit zu vergehen begann, so fing auch der Zerfall des Lebendigen an: Die Dreschmaschine ist bereits verrostet, die Tür des Krämerladens ist ein schwammiges Holzwurmnest geworden und schon längst auf der Müllhalde verrottet. Aber es bleibt erhalten, wenn es schon einmal existiert hat. Es verwandelt sich nur!«

»Allmächtiger«, sagte Bece daraufhin, »kann es sein, dass er unsere Sicht, unseren sehnsuchtsvollen Blick nachgeahmt hat? Dass ihm das gelungen ist und er dann nicht nur aus der Bewegungslosigkeit der Bilder etwas herausgelesen, sondern auch das abgetastet, abgeschaut hat, was sich durch unseren Blick nach ihrem Tod auf die Gesichter legte?«

»Ich verstehe kein Wort«, sagte ich mürrisch.

»Ich erkläre es dir gleich«, antwortete Bece selbstbewusst. Er ging auf die andere Seite der Poststraße.

Vor dem Dorfratsgebäude hatte gerade der weiße Lada des Komitatsrats gehalten. Eine bemitleidenswert übergewichtige Frau versuchte irgendwie aus dem Wagen herauszukommen. Bece steuerte auf sie zu. Es ist nicht gut, ernste Menschen in unernsten Situationen zu stören. Wir waren uns sicher, egal was Bece von der dicken Frau wollte, sie würde ihm in dieser peinlichen Lage, in der sie gerade nicht durch die Autotür passte, nicht gern helfen. Wir behielten recht, die schweißnasse Frau tippelte wütend und verwirrt auf die andere Straßenseite. Als sie dann doch zu uns trat, sah ich, dass sie selbst an den Säcken unter ihren Augen schwitzte. Sie war ungeduldig.

»Also, was wollen Sie, junger Mann?«

»Ich möchte nur das wissen«, sagte Bece höflich, »was ich Sie eben bereits gefragt habe. Verraten Sie mir, Genossin, sehen Sie nicht etwas Ungewöhnliches an der Wand des Ernő-Szép-Kulturhauses?«

»Machen Sie sich lustig über mich?«, fragte die Frau gereizt.

Aus dieser Antwort schien eindeutig hervorzugehen, dass sie die Silhouette der Dreschmaschine an der Wand des Kulturhauses nicht sah.

»Sehen Sie auch keine Dreschmaschine an der Wand des Kulturhauses?«, fragte der Schweizer Ignác Gergely etwas konkreter, damit sich die Wahrheit endlich herausstellte. »Denn sie ist da«, fügte er hinzu, um auf den Punkt zu kommen. »Genauer gesagt, ihr Schatten.«

Die Frau ging verstört, fast ein wenig verzweifelt zurück zum Dorfrathaus. »In diesem unseligen Dorf«, habe sie angeblich vor sich hin gemurmelt, »sind alle verrückt.«

»Hab ich's nicht gesagt«, sagte Bece stolz. »Was uns genommen, ward uns zurückgegeben. Man kann die Schatten nur mit *unserem* Blick sehen!«

»Was ist denn das für ein Quatsch?«, rief Dezső aus und brachte seine Zweifel an. »Selbst die alteingesessenen Sáraságer sehen die Welt nicht mit denselben Augen! Wie sollten wir einen *gemeinsamen* Blick haben?«

Jetzt nützte es nichts, dass Dezső Metz ein Botschafter war und alle seinen Ansichten vertrauten, jetzt achtete niemand auf ihn, so verdutzt waren die ohnehin schon aufgewühlten Anwesenden.

»Ein Fremder sieht die Schatten nicht«, flüsterte Tante Magdika vor sich hin. »Nur die alteingesessenen Sáraságer. Schon wieder ein Privileg.«

Mehr Beweise brauchte man nicht.

Das bisherige Entsetzen und die Euphorie wurden von einer Minute auf die andere vom arroganten Stolz der einheimischen Sáraságer abgelöst, die Verwunderung von einem bizarren Snobismus, wie ich ihn nur Jahre später bei den Halbgebildeten aus der Stadt beobachtete, die eine eindeutig ungewöhnliche Erscheinung so beiläufig quittierten, als handle es sich um etwas Gewöhnliches oder gar Langweiliges. Jemand, der hier aufgewachsen ist, sieht die Schatten, daran ist nichts Verwunderliches – das wurde zum allgemeinen Verhaltensmuster. Wenige Stunden später sprach man überhaupt nicht mehr davon, dass das ganze Dorf mit besitzerlosen Schatten geschmückt war. Als wäre das Wichtige daran, *wer* sah, und nicht, *was* gesehen wurde.

Der Lehrer für Mathematik und Physik, László Számfira, versuchte, in den kühlen und dennoch drückenden Räumen der Kneipe und Konditorei Oláh trotzdem eine wissenschaftliche Erklärung für den Vorfall zu liefern. Außer auf die wunderbare Welt der Optik berief er sich auf den Luftdruck und die Refraktion. Schon bei den ersten Sätzen verstand keiner von uns, wovon er sprach, und wir hätten ihm auch nicht zugehört, wenn er recht gehabt hätte.

Im Leben des Herrn Számfira geschahen zu jener Zeit höchst sonderbare Dinge, über die uns Dezső Metz, seine Botschafter-Fähigkeiten zur Schau stellend, auf dem Laufenden hielt. Er behauptete, diese Informationen von dem alles sehenden und besonders tratschsüchtigen Geist des Onkel Pista Avarka bekommen zu haben. Während der Herr Lehrer seine wissenschaftlichen Ansichten darlegte, schwirrten mir die Worte meines Freundes Dezső Metz im Kopf herum. László Számfira war beliebt bei uns, er stand in dem Ruf, ein gerissener Kerl zu sein. Er war einer jener seltenen Lehrer, die sich mit den Zechbrüdern aus der Kneipe ebenso gut verstanden wie mit den Ersten des Dorfes, dem Dorfrats- oder dem LPG-Vorsitzenden. Das, was er sagte, war in jeder Gemeinschaft maßgebend. Da er den verschiedensten Gruppen als Autorität galt, war es auch selbstverständlich, dass das Számfira-Haus den stolzen Platz in der Mitte des Dorfes bekommen hatte. Der Herr Lehrer wohnte dort mit seiner Gemahlin, der über die Seele eines Diktators verfügenden Postfrau, und seiner Tochter, der wunderschönen, aber leider äußerst hochnäsigen Hildi. Beregi und ich gingen mit dem Mädchen in eine Klasse, jedoch ließ sie sich im Laufe der acht Jahre nur sehr selten dazu herab, uns eines Wortes zu würdigen.

Das Számfira-Haus war ein schwüler und geheimnisvoller Ort. Das alte Bürgerhaus mit den riesigen Fenstern und dem breiten Ziegeldach ragte an der Ecke des Marktplatzes in die Höhe, das Grundstück lag unmittelbar neben dem Schloss, seine äußerste Ecke reichte ganz bis zum wildromantischen, von dichtem Schilf bedeckten Ufer der Kurcza. Im Hof verbarg sich zwischen Gartenlauben und schattigen Pfaden ein muffiger Weinkeller – der einzige im Dorf. In den kühlen Weinlauben versteckten sich Holztische und Weinheber und warteten darauf, dass der galante Herr Számfira seine Gelegenheitsfreunde mit seinen schmackhaften Weinen bewirtete.

Die Beziehung des Herrn Lehrer zu seiner Frau Ilonka Umbera war in jenem Sommer wieder herzlicher geworden. Zuvor hatte sie sich wegen der vielen Besucher des Weinkellers so sehr abgekühlt, dass der Herr Lehrer sich gezwungen sah, wegzuziehen. Der Groll schien jedoch, zum Glück, nicht von Dauer gewesen zu sein. Mein Freund Metz erzählte uns detailreich, sich auf den Geist des Onkel Pista Avarka berufend, wie sich der Herr Lehrer in seiner neu entflammten Liebe über seine überraschte und ausgemergelte Frau hergemacht hatte. Als hätten sie zuvor nicht fast zwei volle Jahrzehnte zusammengelebt. Die beiden schlaff und weich gewordenen Körper wurden wieder straff wie Zeltstangen, als László Számfira ohne Hilfe von hinten zwischen die taufeuchten Lippen rutschte und seine Frau auf den Küchentisch stieß. Ilonka Umberas enorme und welke Brüste hatten in jenem Moment gerade so viel Zeit, um auf der Wachstuchtischdecke zu zerfließen. Die Brustwarzen durchfuhr die Wärme der Suppenschüssel, die noch kurz zuvor an eben dieser Stelle gestanden hatte, und der hinter ihr stehende László Számfira schnaubte schon, ratterte und pulsierte, die Hüfte seiner Frau schonungslos knetend, als wolle er ein Stück Fleisch herausreißen. Später ließ er seinen Samen mit einer Selbstverständlichkeit über Ilonka Umberas Augen, in ihre Ohren und unter ihre Zunge fließen, als sei das schon immer so gewesen. Als hätte Frau Számfira in der ersten Zeit ihrer Ehe auch schon solche Dinge geduldet.

Dezső Metz klatschte, und die Worte sprudelten nur so aus ihm heraus, denn László Számfira hatte sich in der Zwischenzeit an einen anderen Tisch der Kneipe gesetzt, und so konnte er seelenruhig sein Referat über das Intimleben des Herrn Lehrer abhalten. Ich war mir nicht sicher, aber es kam mir so vor, als versuchte Dezső in Wirklichkeit die ihm bei den besitzerlosen Schatten widerfahrene Kränkung zu kompensieren: Die Leute hatten sich um seine Meinung, die Meinung eines Botschafters, nicht geschert und ihm nicht recht gegeben; deshalb gab er jetzt seine so weitreichenden Kenntnisse zum Besten. Während ich ihn beobachtete, wie er seine Geschichte mit dem üblichen Botschafter-Gejammer über die Unarten der Geister begann, dachte ich, dass dieses greinende Vorspiel irgendwie fast eine Pflicht zu sein schien. Meinem Freund Metz sah man es übrigens bereits an, dass er ein Botschafter war. Seine abgewetzten jugoslawischen Jeans mit dem Karottenschnitt wurden sogar von den Calvinisten in der Stadt bestaunt, ganz zu schweigen von dem glänzenden Aluminiumadler an seinem Gürtel, auf dem man bei genauem Hinsehen noch die amerikanische Flagge entdecken konnte. Dezső war im Gegensatz zu Bece und mir ein schlanker, hochgewachsener Kerl; er hatte neugierige Augen und lustige Lachfalten im Gesicht. Seine etwas längeren Haare galten als außerordentlich modisch, nicht so sein speckiger Hut mit dem Bändchen, den schon sein Großvater, der Gerichtsdiener, getragen hatte, dann sein Vater, der Trinker, und nun er, der Botschafter. Zu seinem kuriosen Aussehen gehörten die Lebensart und das Benehmen eines Bohemiens, das häufige Sich-durch-die-Haare-Fahren, der sinnende Blick, der federnde Gang und die schwingenden Bewegungen, die eine Amplitude besaßen wie Glocken zum Mittagsgeläut. Sein Gesicht war fast völlig unbehaart, obwohl er zu jener Zeit bereits über achtzehn war, nur unter seinem Kinn spross ein Büschel.

Dezső ließ sich also zunächst bedauern, wie eifersüchtig, anstrengend und ungeduldig die Geister doch seien; sie benähmen sich gerade so, als würde die Zeit noch immer mit ihnen vergehen. Onkel Avarka beobachte zum Beispiel immer, wer seinen alten Angelplatz am Lándor-Teich benutze, wer dorthin gehe, um seine stolzen Barsche und seine armseligen Brachsen zu fangen, ganz zu schweigen von den Welsen mit den gezwirbelten Schnurrbärten, die man auch für besorgte, verantwortungsvolle ungarische Adlige hätte halten können, so schneidig saßen ihre Schnurrbärte über ihren Mäulern. Das sei aber noch nicht alles, der Geist des Onkel Pista Avarka sei auch noch verrückt. Er tue so, als quäle ihn der Fluch ebenso wie die Lebenden in Sáraság – der ewige Durst und die überflüssigerweise über die Lippen sprudelnden Wörter. Dabei sei der Onkel doch schon seit langem tot, aber auch als Geist spiele er sich auf seinem Weg zum Lándor-Teich noch vor, wie durstig er sei. Darüber erzähle er dann im Nachhinein mit affektierter Erleichterung, er habe das Glück gehabt, dass an der Holzbrücke jemand eine blaue

Deckelkanne verloren habe, dass er so seinen Durst mit deren Inhalt habe löschen können und dies ein so gutes Getränk gewesen sei, dass er daraufhin in einem Schwung bis zum Lándor-Teich habe fliegen können. Natürlich habe niemand eine blaue Deckelkanne in gutem Zustand an der Holzbrücke verloren und wenn doch, dann sei sie bis zum nächsten Tag längst geklaut worden.

Nach dieser umständlichen Einleitung ging Dezső endlich dazu über, uns davon zu berichten, wie Onkel Pista Avarkas Geist László Számfira heimlich beim Angeln beobachtet hatte.

»Obwohl der Herr Lehrer ein gebildeter Mann ist, will er die fettesten Bissen ohne Angelgenehmigung fangen, er ist ein schamloser Fischdieb und übertrieben ehrgeizig. Onkel Pista Avarka meint, wenn László Számfira um etwas kämpft, steht ihm sein übertriebenes Selbstwertgefühl ins Gesicht geschrieben. Dem ersten Lehrer des Dorfes reicht der übliche Drei-Kilo-Hecht nicht, er muss einen mehr als zehn Kilo schweren fangen. Zumindest möchte er das gern. Das kaum sichtbare Lächeln der Hoffnung saß auf Számfiras Gesicht, als er unter das Gewicht einen zweihandgroßen Wasserfrosch hängte. Nicht eine der sonst üblichen kleinen Kröten, die für den Angelhaken bestimmt sind und die auch alle anderen benutzen, sondern ein wildes Tier, ein keuchendes Ungeheuer, das so groß war wie eine Honigmelone. Sogar die Muskeln unter seinen Augen spannten sich, als er die enorme Last des Köders ins Wasser warf. ›Was das für ein Hecht sein wird, der da anbeißt?‹, fragte er sich. ›Na, wie groß wird er wohl sein?‹ Und dann wartete er und wartete und wartete«, erzählte Dezső. »Onkel Pista Avarka hat auf sein Leben geschworen – das zwar nicht mehr in seinem Besitz ist, aber sogar von ihm hört es sich noch bedeutungsvoll an –, dass Számfira erst nach zwei Stunden leichte Anzeichen von Ungeduld zeigte, jedoch vier ganze Stunden geduldig wartete, bis er es endlich satt hatte, dass keiner anbiss. Da brach das Schlusswort aus ihm heraus: ›Jetzt reicht's!‹ Er machte die Taschenlampe an, um zu sehen, was mit dem Champion, dem Köder von gigantischem Körpermaß passiert war und weshalb der Rekordfang, den man von solch einem großen Frosch mit Recht erwarten konnte, so lange auf sich warten ließ.« Dezső Metz machte an dieser Stelle eine nervtötend lange Kunstpause. Er sann nach, als würde er sich gerade erst die Fortsetzung der Geschichte ausdenken, als würden wir in einer Spinnstube sitzen wie die Alten früher, als reiße der Faden der Erzählung hier und da ab, weil der Erzähler betrunken oder müde oder weil ihm selbst langweilig geworden war.

Mein Freund Metz tat mir auf einmal leid, samt seiner in diesem Moment wirklich kleinlich wirkenden Überheblichkeit. Ich musste an jene denken, in denen der Zweifel brannte wie saurer Wein im Magen, denn in Sáraság gab es auch solche, die nur den Kopf schüttelten, wenn ein Botschafter eine »Botschaft« überbrachte. Wie oft war es Dezső Metz schon schlecht ergangen, wenn er sich die Mühe machte, einer fremden Familie zu erzählen, welche Nachricht der Großvater aus seinem Federbett im Himmel geschickt hatte. Am Ende war er es, der die Mutter tröstete, indem er beteuerte, dass die etwas wirren Worte des Großvaters nicht unbedingt das Schlimmste bedeuten müssten. Er könne nur das sagen, was er gehört habe. Zum Beispiel, dass Opa gesehen zu haben glaubte, wie der junge Vater unreifen Mohn in den Tee seiner kleinen Tochter getan habe, was zwar kein gutes Zeichen sei, aber auch nicht unbedingt eine weiterführende Erklärung nach sich ziehen müsse. Der Mohntee sei zwar Mohntee, aber man könne es auch so sehen, dass es eben auch *nur* Mohntee sei; und weshalb, ja wieso sei es denn sicher, dass sich der Vater nachts auch in das Bett des kleinen Mädchens lege. Bei solchen Gelegenheiten wurde der allzu informierte Botschafter natürlich hinausgeworfen, mit dem Hinweis, dass er besser daran täte, nicht aufs Geratewohl Leute anzuklagen und sich in das Privatleben anderer Familien einzumischen. Er solle sich lieber mit Onkel Pista Avarka unterhalten, dieser habe nie solche Schweinereien behauptet. Avarka ist als Hauptgeist wirklich gut geeignet, er kann ruhig ewiger Bewohner unseres Dorfes bleiben, denn er trägt nur lauter Unsinn zusammen.

Irgendwann nahm sich mein Freund Dezső Metz diesen

Ratschlag zu Herzen. Der Name des Onkel Avarka war eine Garantie dafür, dass die Anekdote lustig, aber harmlos sein würde, und auch diesmal bestätigte sich wieder, dass Avarka es verdiente, im Dorf so behandelt zu werden, als lebe er noch. (Von der Liste der jährlichen Lungenpflichtuntersuchung zum Beispiel war er nicht gestrichen worden, damit man ihn nicht kränkte. Die Leute vom Dorfrat waren der Meinung, es wäre besser, wenn er ihnen keine beleidigte Nachricht zukommen ließe, von wegen man kümmere sich überhaupt nicht mehr um ihn und so weiter. *Ein* Brief ist *kein* Brief, wie man so schön sagt, und so kam es, dass, als der IFA im Dorf angekommen war und man im Kulturhaus über bläulich schimmernde Bindfäden Betttücher gehängt hatte, damit man sich dahinter ausziehen konnte, und Jóska, der Laufbursche, die Benachrichtigungen verteilte, er auch Onkel Avarka eine Extraeinladung zum Priester brachte …)

Dezső Metz machte also eine peinlich lange Kunstpause. Dann fuhr er fröhlich fort.

»O nein«, sagte er mit einem etwas gezwungenen Lachen. »O nein, dachte Számfira, als er neben sich blickte. Der Herr Lehrer musste nämlich nicht lange suchen, um den Köder zu finden: Der gigantische Wasserfrosch saß rechts neben ihm, draußen am Ufer, eine seiner Schwimmflossen auf das Blei gestützt, in seinem Mäntelchen hing der Haken, genauso wie László Számfira ihn hineingehängt hatte. Der Frosch langweilte sich nicht, machte keinen Aufstand, er war einfach nur in dem Moment wieder herausgeschwommen, in dem der Herr Lehrer ihn ins Wasser geworfen hatte, und so verbrachten sie ganze vier Stunden, zweihundertvierzig schlurfende Minuten im größten Einverständnis, sie betrachteten die Umgebung, verdauten, die Zeit verging, der Herr Lehrer war wie der Ewige, und an seiner Rechten saß sein Christus, der rasch ans Ufer gekrochene Frosch. Sie saßen friedlich am Ufer«, erzählte Dezső, und hier lachte er bereits ehrlich, sogar die Tränen kullerten ihm übers Gesicht, als er das sagte. Natürlich amüsierten wir uns alle ausgezeichnet, was – wie zu erwarten – zur Folge hatte, dass der Herr Lehrer, der einige Tische weiter saß, auf uns aufmerksam wurde. Ich selbst sah nur noch durch Tränen hindurch, wie er ganz außer sich hinausstürmte und die Tür der Kneipe und Konditorei Oláh fast aus den Angeln fiel, als er sie hinter sich zuwarf.

Die künstliche Kürbisranke

Unseren Schulabgang nach der achten Klasse feierten wir mit Dezső Metz, weil er gerade achtzehn geworden war. Obwohl er nun ein offizielles Dokument darüber besaß, dass er ein selbstständiger, erwachsener Mensch war, verbrachte er den nächsten schweren und schweißtreibenden Sommer noch unter Páters Vormundschaft, in der kleinen Küche des Alten, dieser verfallenen Lehmbude. Am Ende des Sommers bedankte er sich jedoch bei Páter für sein Vertrauen und seine Großzügigkeit und zog in ein leer stehendes Geschäft, in dem früher ein Frisiersalon gewesen war und in dessen unmittelbarer Nachbarschaft der heimlich agierende Katholische Klub seine Treffen veranstaltete. Das geschah gerade zu der Zeit, als András Beregi und ich mit unserem Leben in der Fremde begonnen hatten, als wir bereits das Gymnasium in Feketeváros besuchten. Heute habe ich schon so viele Umzüge und erzwungene Kompromisse hinter mir, dass ich nicht mehr so leicht und verantwortungslos urteile, ich möchte ihn nicht weiter mit schmerzerfüllter Seele anklagen, er habe mir absichtlich wehgetan. Allerdings ist es wahr, dass er einen unglücklichen Zeitpunkt gewählt hatte. Es war ein Sonntagnachmittag, Ende des Monats Elul, fast schon September, im Jahr 1981. Morgens hätte man aus der Synagoge Schofarklänge gehört, hätte es eine Synagoge gegeben. Dezső hatte mich in den alten Frisiersalon mitgenommen und zeigte mir stolz die Stellen an der verdreckten hellblauen Wand, an denen früher die Spiegel gehangen hatten. Ich war sehr zeitig wach geworden und fühlte mich den ganzen Tag über beklommen, weil ich am nächsten Morgen nach Feketeváros fahren musste. Es machte mich rasend, dass ich mir gerade jetzt anschauen sollte, was für eine prima Atmosphäre dieser alte Frisiersalon doch habe. In diesem Moment verstand ich noch nicht, was wir dort zu suchen hatten. In mir brodelte es: Wen interessierte diese heruntergekommene Bude? Dann sagte er jedoch plötzlich:

»An die grauen Stellen, wo die Spiegel hingen, werde ich nichts hängen. Die Menschen haben über viele Jahre hinweg da hingeschaut; wie viele eitle Träume, hoffnungsvolle Blicke an diesen Wänden bereits haften!«

Mir verschlug es die Sprache.

»Wenn der menschliche Blick Kraft besitzt«, antwortete ich verdrossen, »werden die Wände hier niemals einstürzen.« Ich empfand es als grausam und verletzend von ihm, mir auf so banale Art zu verstehen zu geben, dass er fortgehen, ja, dass er Páters kleine Küche und seinen Pflaumengarten verlassen wollte, den Ort, an dem wir uns kennengelernt hatten und Freunde geworden waren. Der Ede-Klein-Verein war für mich mit jenem Ort verbunden, und nun war er so feige, nur in indirekten Andeutungen darauf hinzuweisen, dass er jetzt, als Volljähriger, nicht mehr verpflichtet war, Páters Aufsicht zu erdulden.

Ich sollte gemeinsam mit Bece am nächsten Tag in die Provinz fahren. Bei uns nannte man alles Provinz, was außerhalb von Sáraság lag. Auch die Hauptstadt. Ich hatte nie zuvor ein Wort gehört, das für mich einen dumpferen und bittereren Klang besaß. Wir besuchten bereits seit einer Weile das Gymnasium in Feketeváros, einer dreißig Kilometer von Sáraság entfernt gelegenen Stadt. Um dorthin zu gelangen, mussten wir jeweils – hin und zurück – einmal umsteigen. Und dann kam mir Dezső auch noch mit so etwas: Stellen an der Wand, an der früher die Spiegel hingen! Er dachte wohl, ich würde mich freuen über die Haarspitzenreliquien und darüber, dass, wenn man sich sehr stark konzentriere, das Klappern der

Scheren wie das Meeresrauschen in einer Muschel zu hören sei. Wir standen in dem ehemaligen Frisiersalon, und Dezső Metz lauschte wie ein Geisteskranker dem Scherenklappern.

»Das Haarwaschbecken«, jubelte er, »hat man hiergelassen, weil es so tief einbetoniert ist!«

»Es hat einen Riss an der Seite«, antwortete ich. Ich schaute mich noch einmal um. Ich dachte dabei ans Gymnasium und daran, dass alles auf einmal kaputtging. Aus den Wasserhähnen, das sah man sofort, floss seit Jahren kein Wasser mehr.

»In Zukunft wird das unser Vereinshaus sein«, fuhr er fort. Er war sich sicher, dass die Sitzungen des Ede-Klein-Vereins auch in Zukunft immer bei ihm abgehalten würden.

Ich ging, ohne ein Wort zu sagen, und fuhr mit dem Rad zu Beregi. Ich ahnte, dass ich nicht würde formulieren können, was mich an Metz' Umzug so verletzte. Ich hatte gehört, dass Páter und Dezső nicht miteinander klarkamen, also konnte ich mir sicher sein, dass sich Bece und seine Familie über seinen Auszug freuen würden. Dennoch fuhr ich zu ihm, ich dachte, Beces Nähe würde mich vielleicht trösten. Er saß zwischen der hinteren Kammer und den Ställen und versuchte gerade, zwei Strohhalme ineinanderzustecken: in einen sehr dünnen Halm fädelte er einen anderen, kaum dünneren.

»Was soll das werden?«, fragte ich gleichmütig, als ich einsah, dass es unmöglich war, hier Trost zu finden.

»Eine Kürbisranke«, antwortete er. »Eine künstliche Kürbisranke. Sie imitiert nur eine, ist jedoch offensichtlich keine, erinnert aber stark daran.«

»Aha«, sagte ich.

Wenn der Künstler Beregi arbeitete, war ich von ihm verworrene Erklärungen gewöhnt, und jetzt war er gerade dabei, etwas zu schaffen, also schien es nicht ratsam, ihn zu stören. So wie Dezső Metz durch und durch Botschafter war, so war Beregi mit Leib und Seele Künstler. Der Ewige hat ihn mit einem Körper und mit Füßen gestraft, die noch kleiner waren als meine – er hatte die kleinsten Füße des gesamten Jahrgangs. Er war das, was man gedrungen nennt; seine Fülle versprach Verlass, was selbst sein entschlossener, depressiver

Blick nicht aufwiegen konnte. Die Mädchen amüsierten sich über ihn, brachten ihm aber gleichzeitig außergewöhnliches Vertrauen entgegen; brauchten sie einen Rat, wandten sie sich an ihn. Sie wuschelten durch sein sich oben auf dem Kopf rasch lichtendes, glattes Haar und sogen seine Worte in sich auf, denn für Beregi besaßen sogar das Baumblatt, der Maurerhammer oder der Sensenstein eine andere Bedeutung als für jeden gewöhnlichen Sterblichen.

Ich versuchte, irgendwie auf die künstliche Kürbisranke zu reagieren. Dabei bemühte ich mich, das Gespräch auf Dezső zu lenken, was dazu führte, dass ich vollkommen durcheinanderredete.

»Dezső hat gestern einen Fernseher bekommen, Páter hatte ihn in die kleine Küche gebracht, weil er kaputtgegangen war. Davon abgesehen ist er haargenau so wie ein Fernseher. Dezső meint, man könne trotzdem nicht behaupten, es sei einer, denn man könne sich in ihm ja nichts anschauen, er zeige uns nichts von der Welt. Eszter hat er sofort gefallen. Wirklich, Bece, du müsstest mal rüberkommen, dir ansehen, was für ein tolles Ding das ist! Eszter ist von ihm begeistert, sie sagt immer wieder jubelnd, dass er ein Kunstwerk sei. Und dafür bist ja du der Experte ... Er ist ein Kunstwerk, weil er weitestgehend an einen 12-Kanal-Schwarz-Weiß-Orion-Fernseher erinnert. Mit fotografischer Genauigkeit. Dennoch ist er keiner. Und das ist der kleine Dreh in der Logik, so hat sie es gestern Abend zu mir gesagt; nicht schlecht, was? Ein kleiner Dreh in der Logik reiche schon aus, damit Kunst daraus werde ...«

Bece starrte mich beleidigt an. Ich hatte den Eindruck, es verletze ihn, dass ich seine künstliche Kürbisranke mit einem defekten Fernseher verglich. In mir stieg wieder die Beklemmung wegen des Gymnasiums auf, zugleich kam plötzlich ein Minderwertigkeitsgefühl in mir auf, wegen Eszter, die gut ein Jahr jünger war als ich, also jetzt erst in die achte Klasse kam, und trotzdem so etwas gesagt hatte. Dass ein kleiner Dreh in der Logik ausreicht, damit aus etwas Kunst wird.

»Das ist aber nicht das Gleiche«, protestierte Bece vehement, »ich hoffe, das ist dir klar!«

»Ja natürlich«, antwortete ich. »Das eine ist eine Kürbisranke und das andere ein Fernseher.«

»Mein Gott, Gallér«, rief Bece, »du hast ja von nichts eine Ahnung!«

Ich fuhr schnell zurück, um Dezső noch bei Páter anzutreffen. So beleidigt ich auch war, ich half ihm trotzdem beim Umzug. Wenn er schon den Zaubergarten verlassen musste, dann wollte ich wenigstens dabei sein. Es war erniedrigend, dennoch genoss ich es und hätte alles dafür getan, dass sich dieser Tag mit mir verband und Dezsős erster Abend im Frisiersalon zu einer Erinnerung an mich wurde. Seine Sachen passten in einen einzigen großen Sack. Die Kurbel des Fleischwolfs, die ich vergessen hatte abzumontieren, hing ein wenig heraus, ansonsten musste er den Sack nicht einmal schütteln, bevor er ihn zuband. Plötzlich, wie im Inneren des Sacks, entstand eine schmerzhafte Stille. Da fragte ich ihn:

»Weshalb verrätst du Páter?«

»Die Katze scheint aus dem Sack gesprungen zu sein«, sagte er und schwieg.

Ich weiß bis heute nicht, ob sich das auf meine Frage bezog oder auf die belastende Beziehung zwischen ihm und Páter. Vor kurzem habe ich in irgendeinem Gedicht gelesen, dass »die Welt in einen Sack passt«. Schade, dass ich damals dieses kleines rote Buch noch nicht kannte. Wobei, selbst wenn ich es bereits besessen hätte, wäre nicht sicher gewesen, dass ich imstande gewesen wäre, etwas zu sagen. Ich dachte an Páters kleine Küche, an den von Unkraut überwucherten, vernachlässigten Dschungel des Gartens, an den Geruch von verrottendem Obst und von Maische, an den alles bedeckenden Farn. Wie oft habe ich dort eine feierliche Miene aufgesetzt und die Geschehnisse im Dorf von Anfang bis Ende, von *Aleph* bis *Taw* analysiert. Dort bin ich auf die Idee mit den Versammlungen gekommen und darauf – was der Fall der besitzerlosen Schatten in meinen Augen endgültig bekräftigte –, dass bei uns die Dinge intensiver und eindringlicher geschahen als, sagen wir, der LPG-Vorsitzende Gábor Töre oder der Bahnwärter Szalma es glaubten. In Páters Garten gelangte ich zu der sicheren Erkenntnis, dass Sáraság sich nicht nur deshalb von den anderen Dörfern der Umgebung unterschied, weil wir hier geboren waren. Es reichte, den Durst, den Geschmack der Wörter am frühen Morgen, das Streicheln der Geister zu spüren, mit anderen Worten, die Alteingesessenheit, das Auserwähltsein, die Beklemmung, und man wusste, man befand sich an keinem gewöhnlichen Ort.

Wenn ich an jenem Nachmittag nicht von Bece Beregi, sondern von Gyula Franczek Hilfe erwartet hätte, die Dinge hätten sich womöglich anders entwickelt. Gyula hätte mein Problem mit Dezsős überstürztem Umzug mit Sicherheit verstanden. Er hätte etwas in mir verstanden. Das wäre dann der erste gemeinsame, von den anderen unabhängige Freundschaftspfad zwischen uns gewesen, ein eigener Kanal, von dem die anderen nichts gewusst hätten. Aber an ihn wandte ich mich weder damals noch später, dabei hatten sowohl Bece als auch Dezső bereits eigene Verständigungskanäle in seine erdrückenden Tiefen hineingebaut. Ich jedoch stand ihm von Anfang an feindlich gegenüber. Gyula Franczek wurde unser »unzertrennlicher« Freund, zumindest Metz' und Beregis. Meiner nicht …

Bevor seine sich jahrelang hinziehende, leidvolle Vaterschaftsgeschichte begann, arbeitete Franczek als Aushilfsarbeiter. Er war groß, muskulös, wie man so schön sagt, ein stattlicher Mann. Er war gnadenlos ehrlich – »klug und stark« –, auf seine Meinung gab man außergewöhnlich viel, hielt ihn für weise, insofern man so etwas von einem Maurergehilfen mit Industrieschulabschluss behaupten konnte. Auch die Bauleiter fragten ihn um Rat, vor allem, wenn es sich um irgendeine von Onkel Avarka erhaltene Information handelte. Wenn man das Leben verstehen musste. Nach Meinung vieler war Franczek ein Botschafter und konnte sich mit den verschiedensten Geistern unterhalten, nicht nur mit Avarka. Für uns wurde sehr bald offenbar, dass an diesem Gerücht nichts dran war; Gyula wäre lediglich gern ein Botschafter gewesen, der Ewige hat ihn jedoch mit tauben Ohren gestraft.

Da Dezső uns bereits mit Nachrichten versorgte, fehlte in unserem Kreis kein zweites Medium. Schon eines war eigentlich zu viel; uns mangelte es eher an Erkenntnis. Und das war Franczeks Stärke. Er ruhte sich nie aus, sein Gehirn arbeitete ununterbrochen, er suchte nach Gesetzmäßigkeiten, formulierte Gottesbeweise, stellte komplizierte Axiome auf. Er war eine anziehende Erscheinung, selbst mit Männeraugen gesehen konnte man ihn als charmant bezeichnen. Seine Haare ergrauten früh, seine Stimme tönte heiser. Als seine einzigen Fehler betrachtete man seine starke Neigung zum Trinken. Hinzu kam, dass er von außerordentlich herrischer Natur war und das ihm Zustehende von Frau Franczek, geborene Sarolta Jászi, auch stets forderte, sodass diese viel erdulden musste. Franczek und seine Frau waren zu der Zeit, als wir uns kennenlernten, bereits stolze Eltern zweier Söhne. Franczek pries häufig Laila, den Engel, der von den Millionen Spermien das eine auswählt, aus dem ein Kind entsteht, um es dann vor das Angesicht des Ewigen zu bringen, damit die höchste himmlische Gewalt entscheide, ob aus ihm ein *Zaddik* oder ein *Rascha* werde. Ein guter oder ein schlechter Mensch. Ob er reich sein werde oder arm. Laila war Gyula sogar zweimal gnädig gewesen und hatte aus seinem Körper gewählt, wodurch er in seinen Kindern weiterleben durfte. Genauso wie auch er die Fortsetzung seines Vaters, seines Großvaters und so weiter war. Die beiden Söhne nährten sein Ansehen außerordentlich, er war grenzenlos stolz auf seine Kunst. Er behauptete, er sei Lailas Günstling und jederzeit in der Lage, einen Jungen zu zeugen. Die Männer glaubten ihm und wiederum auch nicht; seiner Klugrederei hörten sie dennoch gelb vor Neid zu.

»Es gibt keine größere Ehre im Leben als die Gewissheit, dass unser Blut in jemand anderem weiterfließt.«

Franczek scherte es nicht, dass er eine Familie hatte. Wenn ihm danach war, lungerte er auch in der Woche bei Dezső herum und das nicht nur am Ende des Sommers, sondern auch danach, als wir schon täglich nach Feketeváros fuhren und meist nur samstags aus der Folterkammer der Hausaufgaben fliehen konnten. Ich hatte das Gefühl, etwas verpasst zu haben, dass mir nun ein Glied in der Kette fehlte. Wie war es möglich, dass auf einmal er derjenige war, der bestimmte, wohin wir gingen, in wessen Garten wir der Natur auflauerten, um sie bei der Paarung zu beobachten und zu sehen, wie die Körpersäfte verdunsteten?

Gyula klagte den Allmächtigen häufig an, was uns den Atem stocken ließ, aber er tat so, als würden auch wir jeden Tag Bemerkungen über die Schöpfung Gottes machen.

»O Ewiger!«, rief er mit gespielter Bewegtheit. »Du musst zugeben, du hast bei der Schöpfung das Gute nicht gerade mit einer Apothekerwaage gemessen und verteilt!«

Wenn er schlechte Laune hatte, also in den allermeisten Momenten seines Lebens, spendete ihm das Buch Hiob Trost. Seit damals versuche ich es zu verstehen, aber es scheint zwecklos, ich finde es erschütternd und furchterregend. Wie kann sich jemand nur an Hiobs Leid messen? Sich darüber freuen, dass der Ewige es fertiggebracht hat, selbst seinen treuesten Diener Hiob zu opfern, für eine Wette, die er mit dem Teufel schloss, um zu sehen, ob seine Geschöpfe ihm auch dann treu blieben, wenn sie statt des Segens der Fluch träfe. Ununterbrochen beschimpfte Gyula die Himmelsmächte, sogar die Seraphim, von denen kein in Sáraság lebender Mensch sagen konnte, wer oder was sie waren, er aber grollte allem und jedem. Auch den Seraphim. Er behauptete, außer seinen Kindern sei der einzige Stolz, die einzige *nachweisbare* Leistung seines Lebens, dass der Ewige ihn nicht zur Rechenschaft zöge.

Darauf antwortete ich, das tue er mit den anderen ja auch nicht wirklich.

Er lachte mich aus.

»Mit unbedeutenden Menschen haben sich die Ämter des Himmels noch nie befasst. Es gibt in der Bibel keinen Hinweis auf kleinkarierte Rebellen. Oder sollte der Dornbusch in Flammen aufgehen, wenn jemand in seiner Wut, weil er auf dem Heimweg aus der Kneipe in einen Graben gefallen ist, den Ewigen verflucht? Bei uns gibt es ausschließlich Revolten dieser Art«, sagte er. »In Sáraság wird Gott nur dann verwünscht, wenn das Schwein krepiert, das Lager im Rad des Pferdewagens kaputtgeht, die Frau ins Krankenhaus kommt oder der Motor der Waschmaschine durchbrennt.« Im Gegensatz zu all diesen Dilettanten hielt Franczek sich für einen ernsthaften und ausdauernden Rebell, einen Glaubenspartisan, der auf seine eigenen Truppen schoss.

»Denn als Hiob sich erlaubte, sich zu beklagen«, sagte er, »und eine Erklärung für sein furchtbares Schicksal forderte, da blendete ihn der Ewige mit dem Licht seiner funkelnden Macht und prahlte mit der Größe der Schöpfung. Sicher, um seine eigenen Zweifel zu übertönen.«

»Es gibt nichts, was einen mehr wurmt, was giftiger ist«, sagte Gyula immer wieder, »als Selbstmitleid.«

Nach seinem dritten Kind vergaß er auch nie hinzuzufügen, dass er mehr Grund dazu hätte, sich selbst zu bemitleiden als jeder andere Mensch auf dieser Welt, dennoch tue er es nur in so geringem Maße, wie er es eben tue. Das sei auch nicht wirklich wenig, aber gemessen an der ausgesprochen starken Sáraságer Konkurrenz sei es auch nicht besonders viel.

Es war ein feuchter, kühler Sommertag, als wir in Franczeks Bannkreis gezogen wurden. Als ich mich auf den Weg gemacht hatte, war meine Deckelkanne kaum zu einem Viertel mit Bier gefüllt, und der Durst überkam mich erst an der Ecke Pusztaer Straße, dort wo die Ziegelwände der für die Augen des Dorfbewohners fremden Bürgerhäuser gen Himmel streben. Dabei goss ich mir sonst schon viel früher – am Zentrallebensmittelladen – ein wenig Bier hinter die Binde. Seit Tagen langweilten wir uns bei Dezső in der kleinen Küche, jeden Morgen kamen uns immer dieselben ungebetenen Wörter über die Lippen. Wir begannen uns dafür zu schämen, dass die Zeit auch mit uns, den Mitgliedern des Ede-Klein-Vereins, so gleichmütig umging wie mit jedem anderen beliebigen Menschen im Dorf. Wochenlang verging immer die gleiche Zeit. Hinzu kam, dass auch an jenem Tag wieder der schneidende Nordwind von der Müllhalde her wehte, von Feketeváros her, von der zornigen Theiß, angefüllt mit Sand, Weingeruch und fremden Kräften. Wir waren schon drauf und dran, uns auf das hartnäckig kühle Wetter zu berufen und Páter ein wenig gezuckerten Obstler abzuknöpfen; schlimmstenfalls hätte Bece schnell nach Hause gehen müssen, um uns ein paar Pullover zu holen. Am Ende wirkte jedoch das Gegröle, das man vom Fußballspiel zwischen Sáraság und Lehramt Szeged bis zu uns herüber hörte, so einladend, dass wir uns einen Ruck gaben und ohne Obstler und ohne Pullover einfach zum Sportplatz gingen. In der Mannschaft der Lehramtsstudenten rannten viele gutaussehende Jungs übers Feld, deshalb war Eszter am meisten von der Idee begeistert, beim Spiel vorbeizuschauen. Neben dem Spielfeld, beim Toto-Lotto-Schild, begannen die Bankreihen, und bis zum verstümmelten »Arbeiterklas«-Schild konnte man sogar auf ihnen sitzen. Von den restlichen Bänken rissen die betrunkenen Fans immer wieder die Holzplanken herunter, egal wie oft der Dorfrat neue hobeln ließ. Aus irgendeinem Grund machten die enttäuschten Sáraságer ihrer Wut bevorzugt an den Bänken auf der Seite des Schießhügels Luft.

Der Hilfsarbeiter Gyula Franczek kam noch später als wir, auch er blieb hinter dem Toto-Lotto-Schild stehen. Ich hatte davon nichts mitbekommen. Weshalb hätte ich mich anstelle des Spiels auch mit einer so nebensächlichen Angelegenheit beschäftigen sollen? Aber Eszter hatte für alles ein Auge. Dieser auffallend gut aussehende Mann blieb neben einer Frau stehen, die ihn ziemlich erschrocken anblickte. Ihre Schultern berührten sich, trotzdem schien es nicht so, als bestünde zwischen ihnen eine Art Beziehung oder als gebe es auch nur einen Hauch von Wärme. Der Mann sprach mit der Frau von oben herab; meine Schwester meinte, sie hätte den Eindruck gehabt, die Spannung zwischen den beiden sei schier unerträglich gewesen. Der Mann glühte, aber nicht vor Wut, und es war auch keine übermenschliche Disziplin, die seinen Zorn davon zurückhielt, aus ihm hervorzubrechen. Diese Etappen hatte er vermutlich schon hinter sich gebracht; er wirkte wie jemand, der den Boden unter den Füßen gänzlich verloren hatte. Die Frau hingegen wirkte trotzig, ihre Härte schien sich jedoch nach jedem Satz mehr aufzulösen und einer Art Schmerz Platz zu machen, der sich über ihre Gesichtszüge legte. Interessanterweise war das der Moment, in dem auch ich bemerkte, was vorging. Die Spieler wimmelten gerade vor dem Sáraságer Tor, es herrschte ein Chaos wie bei einem Hinterhofspiel. Da erblickte ich plötzlich die Frau. Ich fand sie nicht schön, dennoch war sie attraktiv: ihr knochig dünner Körper, ihre aufdringlich wohlgeformten Brüste, ihre Mandelaugen, in die ich nur für einen Moment blickte, als sie gerade nervös den Kopf in meine Richtung drehte und unsere Blicke sich trafen. Von der Seite wirkte sie asiatisch, nicht nur wegen der Augen und der rabenschwarzen Haare, auch ihre ungleichmäßigen Züge und ihr schmales Gesicht erweckten in mir den Eindruck, sie sei die sympathische Mongolin aus einer sowjetischen Kriegsfilmserie. Ich konnte die Augen nicht von ihr lassen, dabei kam sie mir zuweilen ausgesprochen abstoßend vor, eine schlaffe, beschränkte und träge Frau, die die Männer provozierte und sich dann bedauern ließ, wenn sie ihrer Dummheit wegen eine gepfeffert bekam. Den neben ihr stehenden, sich beinahe an sie schmiegenden Mann hatte ich überhaupt nicht bemerkt, bis zu dem Moment, in dem die Frau sich einen Schritt von ihm entfernte. Da sah ich, wie er neben ihr innerlich kochte, er redete ununterbrochen auf sie ein, als spräche er ein Gebet, dabei war ihr Gesicht schon ganz verzerrt vor lauter Hass oder Schmerz.

Die Frau senkte den Kopf, trat wieder neben den Mann und zog ein ausklappbares Rasiermesser aus ihrer Tasche. Es war strengstens verboten, einen derart spitzen Gegenstand, der als Waffe betrachtet wurde, auch nur in die Nähe des Spielfeldes mitzubringen. Wegen der häufigen Raufereien kam es oft zu Ausweiskontrollen, und wenn man so etwas bei jemandem fand, konnte es vorkommen, dass er dafür sogar eine Freiheitsstrafe absitzen musste – selbst wenn die »Waffe« nicht zum Einsatz gekommen war. Instinktiv trat ich einen Schritt zurück, so als hätte sie das Messer gegen mich gerichtet. Auch um sie herum lichtete sich die Menge ein wenig, dabei hatte die Frau das Werkzeug mit einer außerordentlich diskreten Bewegung aus ihrer Handtasche gezogen; aber es war, als hätte das Rasiermesser in dem Augenblick, als sie die Klinge aus dem Griff nahm, einen Schrei ausgestoßen. Ein Murmeln des Entsetzens kam auf, was die Frau jedoch offenbar vollkommen kalt ließ. Sie zerschnitt ihre Bluse mit dem Blumenmuster an mehreren Stellen: am sorgfältig gebügelten Kragen, dann unter ihren Achseln, schließlich an der Taille. Der Mann stand regungslos neben ihr, so wie jene, die trotz der Warnung des Ewigen zurückgeblickt hatte und zur Salzsäule erstarrt war. Das allzumenschliche Glühen und das aufgeregte Zittern der Sünde waren jedoch nicht aus seinen Augen gewichen. Die Frau steckte die Klinge wieder in den Griff, klappte das Rasiermesser zu und steckte es mit der gleichen vorsichtigen Bewegung in ihre Handtasche zurück, mit der sie es zuvor herausgenommen hatte. Die Schnalle ihrer Kunstledertasche machte sie sorgfältig zu. Währenddessen wurde weiter gespielt, die enthusiastische Mannschaft der Lehramtsstudenten hatte ein Tor geschossen. Das Spiel war mittlerweile fast zum Krebsfußball verkommen, der Schiedsrichter pfiff in einem fort, konnte jedoch die derben Ausschreitungen nicht mehr verhindern; es lag in der Luft, dass die Begegnung auch diesmal in einer Prügelei enden würde.

Die Frau begann ihre Kleidung zu zerreißen. Sie hatte dünne, knochige Arme und lange Krallen wie ein Sperber. Mit der dritten Bewegung hatte sie bereits die leichte, grellgelbe Bluse mit dem Sonnenblumenmuster von sich gerissen, ihr Gesicht war steif, ihre Lippen verließ kein einziger Schrei, lautlos zerriss sie die Kleidungsstücke, innerhalb weniger Sekunden stand sie halb nackt neben dem Spielfeld, hinter dem Toto-Lotto-Schild; ihre Brust bebte hin und wieder, wie ein Wassertropfen, der sein eigenes Gewicht kaum noch halten kann. Durch den kühlen Wind hatte sie eine Gänsehaut bekommen, ansonsten wirkte sie jedoch leblos. Als wäre sie eine wunderbare Skulptur mit samtener Haut, das lebensechte Abbild einer entehrten, arg mitgenommenen Frau, in der die Schande wie eine Gräte im Hals stecken geblieben war. Es war ein empörend anziehender und grauenvoller Anblick, wie sie da stand, halb entblößt, und ihre schmale Schulter manchmal erzitterte. Die zerfetzte Bluse begann herunterzurutschen, dann ihr Rock, zuerst bis zu den Knien, dann ganz bis zu den Knöcheln. Der bedeckt wohlproportionierte Körper war auch so keine Enttäuschung, das weiße Dreieck des Slips leuchtete auf dem Gewebe der braunen Haut, die großen Knospen der Brüste zogen sich zu spitzen Punkten zusammen, die Schamlosigkeit, die sozusagen greifbare sexuelle Erregung und das Unverständnis darüber, was zum Teufel diese Frau hier eigentlich trieb, waren unerträglich geworden. Das Spiel wurde unterbrochen, es regte sich aber niemand auf, auch die Spieler standen nur auf dem Feld und starrten herüber. Die Menschen um das Toto-Lotto-Schild herum zogen sich ein wenig zurück, es standen nur der Mann und die fast nackte Frau in der Mitte – bis heute stelle ich mir so ein wirklich erinnerungswürdiges Mysterienspiel vor. In diesem Moment hörte man die Stimme des Trainers der Gastmannschaft.

»Genossen«, stammelte er, »schaffen Sie doch endlich diese Verrückte weg.« Er war von Kopf bis Fuß in Schwarz gekleidet und sah traurig aus. »Genossen, ich bitte Sie, etwas zu unternehmen«, murmelte er und rückte seine Krawatte mit den schwarzen Karos zurecht, durch die er irritierend elegant und vornehm wirkte. Diese offizielle Aufmachung war dort unten, am von Unkraut überwucherten Rand des Spielfeldes, einfach fehl am Platz.

Niemand rührte sich.

Tante Pannika trat hinter dem SV-Büro hervor, was ich mir bis heute nicht erklären kann, denn ich hatte sie weder zuvor noch jemals danach bei einem Fußballspiel gesehen. Sie hatte eine karierte, zerrissene Decke in der Hand, näherte sich der Frau und legte ihr die Decke über die Schultern. Dann versuchte sie, sie in Richtung Büro zu geleiten. Die Frau weigerte sich jedoch, sie stand da wie eingerammt, mit manischem Feuer in den Augen. Daraufhin trat auch der Mann zu ihr, er war wesentlich entschlossener und wollte sie zu sich ziehen.

Auch ihm gelang es nicht. Er lehnte sich mit ganzer Kraft gegen die Frau und schob sie zu den Umkleideräumen. Gemurre war zu hören. Gyula Franczek war mindestens anderthalb Kopf größer und scheinbar zwanzig Kilo schwerer als die Frau, dennoch konnte er sie nicht vom Fleck bewegen.

»Einen so großen Schmerz kann man nicht einfach so wegschieben«, flüsterte Bece. »Man muss abwarten, bis er nachlässt.«

Wir setzten uns mit der Entschlossenheit, dass wir als seelische Asketen, wenn es denn sein musste, auch Stunden warten würden, bis etwas Klarheit in die Sache käme. Das Ende der Geduld und des Zaubers kommt jedoch immer viel eher, als man denkt. Jancsi Szalma, der Bahnwärter, begann einige Minuten später flüsternd zu erklären, dass er, obwohl er die Ereignisse, die sich hier abgespielt hätten, auch nicht verstünde, die Vorgeschichte des Ganzen kenne. Die Frau, von der wir bereits erfahren hatten, dass sie die Ehefrau des Mannes neben ihr war, eines gewissen Hilfsarbeiters namens Gyula Franczek, stand noch immer hinter dem Toto-Lotto-Schild. Um die Sache in Ruhe besprechen zu können, zogen wir uns zum Brunnen neben den Umkleideräumen zurück, dorthin, wo die Gänse des Fußballplatzverwalters weideten, wo sich die stolzen Gräber dreier ehemals erfolgreicher Fußballspieler der Dritten Kreisklasse befanden und von wo aus man über Glasaugen-Tóts Grundstück hinweg bis zur Dorfstraße blicken konnte, ja, wenn das Friedhofstor offen stand, dann sah man sogar den jüdischen Friedhof mit seinen gras- und moosbewachsenen, sich nach links und rechts neigenden Grabsteinen.

Die Neugier war stärker als die zu erwartende Schande. Denn für uns heranwachsende Männer war es riskant, sich am Brunnen herumzutreiben. Am Ende hätte noch einer der Sáraság-Fans denken können, wir wollten unsere Deckelkannen mit Wasser aus dem Brunnen neben den Umkleideräumen füllen. Wir hatten ja schließlich schon die Elementarschule verlassen, es wäre also eine Blamage gewesen, wenn wir in unseren Kannen noch immer Leitungswasser gehabt hätten, eine große Schande und ein Rückschritt. Sogar Tante Klári, Beregis Mutter, füllte gleich am Tag nach unserem Schulabgang Beces Deckelkanne mit hausgebrautem, stark schäumendem Bier. Dennoch stahlen wir uns fort und versammelten uns um den Brunnen. Die Espen auf dem Weg von der holländischen Windmühle zum Fußballfeld rauschten so stark, als wollten sie unser Getuschel wohlwollend übertönen.

Wenn wir es jemals gewesen waren, dann, glaube ich, waren wir am ehesten in diesem Moment *Lamed-Wawniks*, jene reinen Menschen, die, ohne davon zu wissen, all den Kummer der nach Eintopf riechenden ungarischen Muttererde auf ihren Schultern tragen. Wir waren dem Fall der besitzerlosen Schatten damals bereits »auf den Grund gegangen«, auch waren wir uns schon sicher, dass das Dorf ohne uns nicht verstanden hätte, wie gewichtig dieses Ereignis gewesen war. Hätte Bece nicht die dicke Genossin vom Komitatsrat gefragt, hätten wir auch nicht erfahren, dass es sich um unsere Erinnerungen, um unsere Silhouetten handelte, die nur für uns existierten. Damals war schon klar, dass wir, die jungen Kerle – es passierte alles so schnell –, das hellste Licht in den Fall der besitzerlosen Schatten gebracht hatten. Diesem Umstand war es zu verdanken, dass die Leute noch Wochen später zu uns kamen, um uns ihr Leid zu klagen: Ibolyka Fráter, Hildi Számfira, Jóska Futár, ja sogar der Dorfratsvorsitzende Sándor Guliga und der Kulturhausdirektor Mátyás Antal. Sie erzählten, dass sie sich nicht an die Schatten gewöhnen könnten und fragten Dezső, wann sie denn wohl endlich verschwinden würden. Ich kann es mir nur mit dem für dieses Alter charakteristischen Elan erklären, dass wir diese Rolle des »Erkennens und Verstehens« damals nicht als ungewöhnlich empfanden. Wir dachten nicht darüber nach, dass Dezső zwar vier Jahre älter war als wir, aber trotzdem noch ein junger Mann, und dass wir selbst gerade erst die Elementarschule beendet hatten. Dabei ist es mit Sicherheit genauso gewesen und nicht bloß meine Erinnerung, die im Nachhinein übertreibt und alles umschreibt. Denn langsam fanden sich sogar Beces Großvater, Onkel Bandi und Tante Klári damit ab. Letztere hatte damit ihre Schwierigkeiten, da sie dachte, wenn sie die »Verdienste« ihres halbstarken Sohnes anerkannte, bedeute dies für sie einen Autoritätsverlust im Dorf – und ein Autoritätsverlust ist das Schlimmste, denn die Meinung des Dorfes ist wichtiger als alles andere, sogar als das Leben. Leben gibt es viele, oder, anders gesagt, es gibt nur die öde Anhäufung anstrengender und endloser Tage, aber die Erinnerung des Dorfes gibt es nur einmal. Wenn du dich einmal beschmutzt hast, ist es für immer geschehen …

Frau Franczek, geborene Sarolta Jászi, stand also in eine Decke gehüllt neben dem Spielfeld. Die Verwunderung verwandelte sich erneut in Gemurre und schließlich in dumpfe Langeweile. Einige machten sich auf den Weg, ihre Deckelkannen in der Krematorium genannten Kneipe aufzufüllen. Das Krematorium hatte seinen Namen Beces Großvater zu verdanken, denn als man ihn einmal fragte, was seiner Meinung nach neben der Hanffabrik in so großer Eile gebaut werde, antwortete er aus Spaß: »Schauen Sie sich doch nur den hohen Schornstein an, ist doch klar, was das sein wird: ein Krematorium.« Aus dem Scherz wurde eine erinnerungswerte Empörung, sodass es, als die Kneipe am Dorfrand eröffnet wurde, für den tiefen, kühlen Kellerraum offenkundig keinen anderen Spottnamen geben konnte als Krematorium. Er stand nicht über dem Eingang, aber damals stand ja an keinem Ort die gebräuchliche Bezeichnung.

Auch der neben dem Brunnen herumstehende Bahnwärter Szalma schien unruhig geworden zu sein.

»Lasst uns auch ins Krematorium gehen, um etwas Bier zu holen«, schlug er vor, »und unterwegs werde ich das Fundament der Geschichte legen.«

Die tiefliegende, schlammige Straße, die zum Krematorium führt, schlängelt sich von der rechten Seite des Sportplatzes unter den Gärten und hinter den Häusern der alten Kinizsi-Wohnsiedlung entlang. Man kann im Schatten einer Reihe wilder, unbeschnittener Espen dorthin gelangen, um seine Deckelkanne zu füllen. Von der mit Schlaglöchern übersäten

Asphaltstraße kann man in den Dschungel aus Ställen, Schuppen, Werkstätten, Klein- und Hinterhofgärten blicken. Unter vernachlässigten, einsturzgefährdeten Lehmwänden, heruntergerutschten, moosbewachsenen Schilfdächern verbergen sich allerlei Schätze: Kessel, Baumstümpfe, Werkzeuge, Körbe, kaputte Deckelkannen. Zuerst kommt das Haus von Glasaugen-Tót, nach zwei, drei weiteren das von Páter, und dann, auf der Mitte der Straße, ganz nah am Schießhügel, dort wo die Gärten am meisten abfallen, liegt das Gartentor von Beces Familie. Von dort aus sind es nur noch wenige Meter, und man kann neben dem staubbedeckten Gelände der Hanffabrik bis zum Krematorium hinaufkriechen. Man muss vorsichtig sein, denn die mit Säcken bepackten ZIL-Lastwagen, die Traktoren, der zerfahrene, klappernde Robur-Bus der Fabrik, ja auch die hanfbedeckten, verdreckten IFAs, sie alle biegen auf die Straße neben dem Krematorium ein. Sie sausen zwischen den bis zum Himmel reichenden Schloten und neben den Holzhäusern entlang, in denen die durch den überall herumfliegenden Hanfstaub an Atemnot leidenden Jugendlichen wohnen, die für das Kinderheim des Schlosses zu alt geworden sind. Lauter ungeschulte Waisen, fast Analphabeten, die den ganzen Tag über Hanf einweichen und abends auf ihren Tesla-Kassettenrekordern Péter Máté und Led Zeppelin hören …

Man kann nicht behaupten, dass Bahnwärter Szalma nicht alles dafür getan hätte, die kühle Luft des Krematoriums aufzuheizen. Wenn es die Geschichte so verlangte, überschlugen sich seine Worte, dann machte er lange, beinahe lächerliche Kunstpausen, bei jeder Gelegenheit bemühte er sich, die Bedeutung seiner eigenen Person hervorzuheben. Wie oft er dort umhergestreunt sei, immer wieder sei er Zeuge von diesem und jenem gewesen, alles sei haargenau so, wie er es sage. Nach Meinung der anderen hatte er auch erreicht, was er wollte. Dezső sagte später: »Wir haben seine Worte in uns aufgesogen«, und seiner Ansicht nach solle auch ich nicht die Nase rümpfen, dort habe es den Anschein gehabt, ich sei völlig begeistert. Ich weiß nicht, was mein Freund damit gemeint haben könnte, denn ich war von irgendwelchen dumpfen Kopfschmerzen wie benebelt, konnte mein Gähnen kaum unterdrücken, wodurch sich wiederum mein Kiefer zu verkrampfen drohte. Ich betrachtete das zerfledderte Wappen an der schimmeligen, gewölbten Wand des Kellers: Die Weizenähren an den beiden Seiten waren verschmutzt, ein Zacken des roten Sterns war abgebrochen. Dann versuchte ich, die Ordnungsanweisungen auf den Plastiktafeln zu lesen, aber durch die davorstehenden, flüchtig abgespülten Bierkrüge sah man nur die neueste verschärfte Anordnung der Partei: »Vor neun Uhr morgens werden keine alkoholischen Getränke verkauft.« Später beobachtete ich Dezső Metz; über seinem Mund waren Stoppeln zu sehen, als wolle er sich einen Schnurrbart wachsen lassen. Ich war neidisch, denn ich fühlte mich wie ein unbedeutender kleiner Bengel neben ihm, dabei sah man wegen des Tisches nicht einmal seinen kultigen Gürtel mit dem amerikanischen Adler. Er wirkte erwachsen, lässig wie ein Rocker, seine langen, zerzausten Haare hingen unter seinem Hut hervor. Ich beobachtete ihn sehnsüchtig, mir war fast danach, mich an ihn zu schmiegen; umsonst würde ich meine lustigen, lockig roten Haare wachsen lassen, dachte ich, ich würde nur einen Mikrofonkopf bekommen, wie das einzige, sich ständig über die Bühne schlängelnde männliche Mitglied von Boney M..

Bahnwärter Szalma sprach, als hielte er eine Predigt. Seinen Sermon begann er mit der Aussage, ein uns bis dahin unbekannter Hilfsarbeiter habe seine junge Ehefrau (deren makelloser Körper vor meinem inneren Auge schwebte) mit einer noch jüngeren Frau aus dem Heim betrogen. Wie ich ihm so zuhörte, glaubte ich, es handle sich um ein Gleichnis. Man sollte nicht konkret davon ausgehen, dass ein bestimmter Mann einen Seitensprung begangen und das auffallend magere Mädchen, das noch nicht einmal eine abgeschlossene Facharbeiterausbildung besaß, gegen die Schlossmauer gelehnt hatte, dann ein wenig in die Hocke gegangen war, um sein enormes Werkzeug von hinten zwischen die beiden kleinen Backen zu schieben, und dass die derbe Wand die Haut an der Hand des Mädchens abgeschürft hatte, so stark waren Franczeks Stöße gewesen. All das war nicht in der Realität geschehen, sondern nur so, wie Christus Samen verstreute, die nicht wirkliche Samen gewesen waren, die aber hier oder da liegen blieben und austrieben oder auch nicht.

Welch ein dummer Zufall, dass wir von Gyula Franczek zum ersten Mal in einer Kneipenpredigt des Bahnwärters hörten. Damals konnten wir noch nicht wissen, dass nicht der Inhalt, sondern die Form der Stammtischpredigt ihn am besten beschrieb. Diese profane Situation an sich hat ihn uns vorgestellt, nicht die konkreten Tatsachen. Wie oft haben wir uns später anhören müssen, wie er aus dieser oder jener Erscheinung die Präsenz oder das Fehlen des Heiligen ableitete. Bei solchen Anlässen meinte er nicht uns, er schien vielmehr eine allgemeine Predigt zu halten und sprach mit ciceronischer Beredsamkeit.

Nicht so Bahnwärter Szalma, der den Rhythmus der Erzählung verfehlte. Er geriet bereits an der Stelle in Ekstase, an der es darum ging, dass Franczek innerhalb von ein, zwei Jahren vom heißen Schoß des Heimmädchens verzaubert worden war und, nachdem es sich das Handwerk des Schuhoberteilanfertigens angeeignet hatte, wegen ihr seine Familie, die exotische Frau und die beiden Söhne, verlassen hatte. Ich stellte mir vor, wie ich bei der nächsten Vereinssitzung sagen würde, das alles sei nur eine unspektakuläre Geschichte. Dies sei kein Fall, und deshalb sei es schade gewesen, die zweite Halbzeit zu verpassen. Die Söhne des Dorfes hatten es nämlich nicht nur zum Ausgleich gebracht, sondern nach einem raschen Tor der gegnerischen Mannschaft (was deren erneute Führung bedeutete) in aktiver Zusammenwirkung mit dem Publikum diesem halben Dutzend Lehramtsstudenten die Knochen gebrochen, und das ausschließlich aufgrund ihrer Enttäuschung darüber, dass sie nicht einmal die Zeit gehabt hatten, ihren Ausgleich zu feiern – denn »ein Gentleman verdirbt kein Torglück«.

Es kann natürlich auch sein, dass ich ahnte, was kommen würde.

Im Nachhinein bin ich nicht mehr in der Lage, es mir anders vorzustellen, als dass mir bereits im Voraus vor Franczeks seelischem Terror graute. Ich glaubte zu wissen: Wenn sich ein Mann mit grau melierten Schläfen bei uns einnistete, dann strebte er unvermeidlich nach der Führungsrolle, und ich könnte nur der Form halber Vorsitzender bleiben. Aus meinem Arsenal an Waffen müsste ich von nun an die der sanften Überzeugungskraft im Schrank lassen. Im Dutzend gereichten mir Trotz, Zorn und Schweigen.

Der Keller des Krematoriums hatte sich in der Zwischenzeit gefüllt, Fußballfans mit zuversichtlich glänzenden Augen waren gekommen, um ihre Kannen zu füllen, vereinzelte Backpfeifen wuchsen sich beim Anekdotenerzählen zu Faustschlägen aus. Die Niederträchtigkeit der Szegediner Jugend hatte nach Ansicht aller Kneipengäste Schläge verdient, nur der Kneipenwirt Oláh, Inhaber der Konkurrenz des Krematoriums, teilte diese allgemein verbreitete Meinung nicht.

»Genossen, wir werden ohnehin schon im gesamten Komitat für verrückt gehalten!«, rief er. »Wozu war diese grobe Ausschreitung denn gut?«

Der Kneipenwirt Oláh, von dem die meisten wussten, dass er der Partei als Gegenleistung für seine zeitige Zulassung zum Privatbetreiber als heimlich einmontiertes Sprachrohr des Dorfes diente, wurde wie gewöhnlich von kaum jemandem beachtet.

»Genosse Oláh! Weshalb haben Sie es dann nicht verhindert«, rief dennoch Opa Töre, »wenn Sie in Wahrheit so sanft sind wie ein Lamm?«

Über diese geistreiche Bemerkung lachten alle Anwesenden – sogar Genosse Oláh.

Bahnwärter Szalma konnte, obwohl er schon alles Wesentliche, was er hatte sagen wollen, gesagt hatte, seine Geschichte nicht abschließen. Er nahm einen Anlauf nach dem anderen und erzählte, dass die betrogene, verlassene Sarolta Jászi zu ihrer Mutter zurück gezogen sei, schließlich sei ihr ja nichts anderes übrig geblieben, als in ihrer Schande ins Nachbardorf – das bereits zu der lustigen Gegend gehört, wo man jedes »e« wie ein »ö« ausspricht – zu verschwinden. Die beiden Satansbraten seien ohne Vater noch viel durchtriebener geworden. Der Bahnwärter betonte mehrmals, er wisse mit Sicherheit, dass die Bengel das Heu des Stationsvorstehers von Mindszent sogar zweimal in Brand gesteckt und, davon ganz zu schweigen, häufig ihre Lehrerin betatscht hätten. Gyula Franczek sei mit der jungen Frau zusammengezogen, er habe sein dickflüssiges und starkes Sperma des Öfteren in die jugendliche Gebärmutter des Mädchens gespritzt, die nach Meinung der Nachbarn verzweifelt gejammert und, als Gyula sich endlich erleichtert hatte, sogar herzzerreißend geweint habe. Gyula habe zuvor so oft verlauten lassen, er stehe in Lailas Gunst, dass sich alle sicher gewesen seien, das Mädchen werde ihm bald einen Sohn schenken. Und dann werde Franczek wirklich stolz auf sich sein können, er werde jedem ruhig erzählen können, er wisse, wie man den Stock lenken müsse, um nicht für die Aussteuer sparen zu müssen.

»Trotzdem«, fügte Bahnwärter Szalma hinzu, »ist das Franczek-Blut bis heute nicht zum dritten Mal in ein neues Leben hinübergeflossen. Die junge Lebensgefährtin weint bei jedem Vollmond bitterlich; nach Meinung der Nachbarin haben auch keine Ohrfeigen geholfen, ihre Bauchkrämpfe zu lindern. Aber auch sein Geschrei und der Brennesseltee nicht.«

Indessen hatte Opa Töre, der Vater des LPG-Vorsitzenden Töre und aus diesem Grund ein angesehener Mann im Dorf, angefangen, den Kneipenwirt Oláh zu foppen. Der Genosse solle ihnen doch – außer der Heiligen Dreifaltigkeit – einige sakrale Dinge aus der Märchenwelt der Genossen nennen, in denen die Zahl Drei eine Rolle spiele, so wie drei Königssöhne, drei Wünsche und Ähnliches. Der Kneipenwirt Oláh wurde von Dezső, Glasaugen-Tót und Herrn Számfira zurückgehalten, damit er Opa Töre nicht an die Kehle sprang. Als Spitzel der für die innere Sicherheit zuständigen Sek-tion III/3 der Geheimpolizei verdiente es Oláh, derart auf die Schippe genommen zu werden.

Bahnwärter Jancsi Szalmas Wissen hatte sich nun erschöpft. Die Ereignisse, die sich auf dem Fußballfeld zugetragen hatten, und das spannungsgeladene Geflüster waren nun ein bisschen verständlicher geworden. In den seltensten Fällen kommt es vor, dass Menschen, die sich früher einmal geliebt haben, nach der Trennung fröhlich miteinander plaudern. Was jedoch den interessantesten Teil der Geschichte betraf, also weshalb sich Sarolta Jászi während des Spiels ihre Kleider vom Leib gerissen hatte – darüber erfuhren wir nichts.

An jenem Tag kam es auch nicht mehr dazu. Bece Beregi wechselte an einen anderen Tisch, dorthin, wo die lispelnde Piri Gyári saß. Er begann, sie auf eine ziemlich gewöhnliche Art zu bezirzen. Es war nicht das erste Mal, dass er sich als leidenschaftlicher Verehrer zeigte und der hübschen, aber einfältigen Piri süßlichen Quatsch ins Ohr säuselte. Er hoffte, das Mädchen würde sich eines Tages ihrem Ruf entsprechend als leichtblütig erweisen. Mein Freund Beregi stellte jeden Tag mindestens einmal fest, dass nur Schlappschwänze ihre Jungfräulichkeit mit ins Gymnasium nähmen und dass er unter keinen Umständen zu dieser Gruppe gehören wolle. Dezső ging nach Hause, und Eszter setzte sich mit den Arbeitern aus der Fabrik in eine Ecke, um Siebzehnundvier zu spielen. Nur ich strich zwischen den Tischen umher, und plötzlich fiel mir auf, dass Beregi mit feurigem Blick unter dem Tisch Piri Gyáris festen Oberschenkel begrapschte. Irgendeine saure Kraft schnürte mir das Herz zusammen. Warum beschäftigt er sich nicht mit mir?, dachte ich wütend. Es kann nicht sein, dass es ihm gelingt! Es ist unmöglich, dass er im Gymnasium nicht zu den Schlappschwänzen gehören wird – denn ich, der ich keinen Finger rühre, werde mit Sicherheit zu ihnen zählen. Ich wünschte mir, ja ich wünschte mir sehnlichst, dass auch Bece zu ihnen gehöre.

Bald darauf gingen beide in Richtung des Fußballplatzes, lachend und wankend. Beregi fasste an Piri Gyáris Hintern, aber so, als drücke er ihr irgendein Päckchen dorthin, und Piri stieß lachend einen Schrei aus. Ich trottete einige Schritte hinter ihnen her, wobei ich mich zutiefst schämte, aber auch nicht widerstehen konnte. Ich folgte ihnen wie ein Schatten. Wenn ich in die Zukunft hätte sehen können und gewusst hätte, dass ich mich im Laufe unserer Abenteuer in Feketeváros erneut in einer ähnlichen Situation befinden würde, ich hätte mich wahrscheinlich so sehr geschämt, dass ich umgekehrt wäre. Ich folgte ihnen wie ein perverser Spanner, und in Wirklichkeit war ich nicht nur neidisch, sondern auch noch erregt, und es interessierte mich, was geschehen würde.

»Gut fo, du machft ef gut«, sagte Piri Gyári lispelnd, während Bece sie auf dem Hanffeld hinter dem Fußballplatz begattete. Zwischen den riesigen Hanfhaufen hatten die Arbeiter entlang der Schienen der ehemaligen Pferdebahn den Hanf in kleinen Schobern gesammelt, die zwischen den haushohen Haufen wirkten wie Zelte eines Indianerlagers; bis zum Horizont standen die leeren Zelte des verlassenen Reservats. Beregi galoppierte, in mir brodelte es und bei jedem Fasanenhahn, der aufflatterte und dadurch das Schäferstündchen störte, überkam mich die pure Schadenfreude. In solchen Momenten konnte sich Piri nur schwer wieder gehen lassen, sie wälzte sich herum, streckte den Hals, an dem schon die Adern hervortraten, so sehr strengte sie sich an herauszufinden, ob wirklich niemand kam. Sie unterdrückte jeden Laut, ihr Stöhnen war kaum hörbar, als hätte jemand den Ton, der bereits zur Hälfte ihre Lippen verlassen hatte, mit einer Schere zerschnitten. Alles strebte nach innen, nach außen drang nichts. Dann ließ sie sich doch wieder gehen und begann erneut, sich zu beobachten, sie äugte neugierig und glücklich in Richtung ihres Schoßes, der von Beces Bauch in rhythmischen Abständen verdeckt wurde. Man musste nicht lange warten, nach einigen Stößen warf Piri ihren Kopf in den Nacken und begann schwerer zu atmen.

»Gut fo, Bece, du machft ef gut«, rief sie wieder.

Ich war allein, dennoch bemühte ich mich, so zu tun, als wäre das, was ich da sah, aus irgendeinem anderen Grund interessant und als hätte ich überhaupt kein Auge für Piri Gyáris kleine, kaum sichtbare Brüste gehabt. Als wäre es nicht spannend gewesen zu beobachten, wie der eingefallene Bauch des mageren Mädchens vor dem Orgasmus von irgendeiner geheimnisvollen Macht noch stärker nach innen gesaugt wurde. Vielleicht haben die vielen unterdrückten Töne nach noch mehr verlangt, vielleicht hat die Masse die restliche Masse angezogen, die Trägheit die restliche Trägheit. Piri fror auf dem kühlen Boden, deshalb bat sie Bece, sich auf ihn setzen zu dürfen, sie wandte ihm den Rücken zu, sogar im Dunkeln sah ich, wie sein Glied von innen an ihre dünne Bauchdecke klopfte. Noch ein kleines Zelt, dachte ich, unter den vielen Indianerzelten. Piri wand sich mit offenem Mund, sie schrie und lispelte irgendein unverständliches Zauberwort in die staubige Luft der Hanffelder.

Als ich am nächsten Morgen erwachte, brachen nur ein paar Wörter aus mir heraus: *Grenzburg, Blütenstaub, Würde, Infektion, Knappenfrisur* – und noch einige mehr dieser Art. Ich ermahnte mich, an die Worte Vater Árons zu denken, der in Bezug auf den frühmorgendlichen Wortschwall fast bei jeder heiligen Messe betonte, dass wir, auch wenn manche der Ansicht seien, dieses Phänomen weise auf eine starke Präsenz des Heiligen hin, die transzendente Bedeutung »der morgendlichen Verselbstständigung unserer Lippen« nicht überbewerten sollten. Uns Katholiken werde selten das Joch der Auserwählten auferlegt. Hinzu käme, dass uns Ungarn dies noch seltener zuteil werde, was schließlich noch durch jenen unglücklichen Umstand übertroffen würde, dass uns Leuten vom Lande dieses Schicksal so gut wie nie träfe.

Áron Avarka, der Priester von Sáraság, stand fast allein da mit dieser Meinung, denn die meisten Leute im Dorf setzten in edler Einfalt die ihnen im Halbschlaf unbewusst über die Lippen gekommenen Wörter nebeneinander und zogen daraus Schlüsse für ihre Zukunft. Vater Árons Holzköpfigkeit erklärten die Anhänger damit, dass es ihn in seiner Kindheit in eine fremde Gegend verschlagen hatte und er erst nach dem Tod seines Bruders zu uns nach Sáraság zurückgekommen war. Und dieser Ausfall sei eben schwer aufzuholen. Nach Meinung mancher sei er zurückgekehrt, weil er nicht bereit gewesen sei, mit der Partei zusammenzuarbeiten, andere wiederum sagten, früher habe er zu den Kommunisten ein ausgesprochen enges Verhältnis gehabt. Die Wahrheit kannten wir nicht, nie erfuhren wir, ob seine Rückkehr eine Strafe gewesen war oder eine Variation des Kinderspiels *Die Letzten rennen nach vorn*. Am Anfang mochten ihn die meisten, und er genoss bei den Dorfbewohnern ein hohes Ansehen. Er trug die Last des Todes seines Bruders Pista Avarka mit Haltung und in Demut. Erst als Onkel Pistas Geist zurückzukehren begann und sich bei mehr Botschaftern meldete als je ein Geist zuvor, sank er zusehends in ihrer Achtung. Als die Menschen auf den gestohlenen Fotografien in Gestalt der besitzerlosen Schatten zurückkamen, war der Geist Onkel Avarkas besonders aktiv. Jene, die bis dahin Zweifel gehegt hatten, akzeptierten nun, dass Onkel Pista regelmäßig zurückkehrte. Viele entschuldigten sich bei Sándor Guliga, dem Ratsvorsitzenden, dass sie ihn zuvor als Rindvieh bezeichnet hatten. Er solle Onkel Pista ruhig auch beim nächsten Mal eine Aufforderung zur Lungenuntersuchung schicken. Das wiederum tat Vater Árons Ruf gar nicht gut. Er glaubte keinem Botschafter, nicht einmal Páter, dabei war der früher immerhin Benediktiner gewesen, und mit denen verstehen wir Katholiken uns ja ausgezeichnet. Der Lehrer für Mathematik und Physik, László Számfira, schlug auf der sozialistischen Dorfversammlung schließlich eine Exhumierung vor: Man solle Onkel Pista Avarka im Kirchhof bestatten, so wie es sich gehöre. Seltsamerweise waren die Genossen, die Parteisoldaten, die den Ewigen fast alle genauso fürchteten wie wir, inoffiziell damit einverstanden. Vater Áron packte die Wut. Er könne selbst bei seinem Bruder keine Ausnahme machen, man dürfe ihn dort nicht begraben, wenn er es nicht verdient habe. Er beschimpfte die Dorfbewohner und stellte, zur allergrößten Freude des starrsinnigen Bistums Szeged-Csanád, sogar kurzzeitig den seltsamen Sáraságer Durst infrage.

»Auf diesem derben, gottverlassenen Stück Erde gibt es keine herausragende Präsenz des Göttlichen!«

Er fing an, ohne Deckelkanne aus dem Haus zu gehen. Seine Rebellion hatte zur Folge, dass er unentwegt bei jemandem anklopfen und ihn um etwas zu trinken bitten musste. Es dauerte manchmal Stunden, bis er zum heiligen Johannes von Nepomuk gelangte. Gegenüber des Schlossgartens steht auf einer hohen Steinsäule das nicht leicht zu deutende Dreifaltigkeitsdenkmal – dort kam er an heißen Tagen, obwohl es vom Pfarramt kaum einen Kilometer entfernt lag, in einem äußerst zerzausten Zustand an. Als es dann zum wiederholten Male vorkam, dass die noch nicht bestatteten Körper langsam wund wurden, nach Meinung einiger sogar zu verwesen begannen, wurde er vom Klerus selbst, der die Fahne immer nach dem Winde hängte, gewarnt. Angeblich habe man Vater Avarka geschrieben, all das sei »nicht erwünscht«, wenn es in Sáraság so »üblich« sei, dass man eine Deckelkanne bei sich trage, dann solle auch er keine Ausnahme bilden.

Vater Áron gestattete uns also nicht, die Bedeutung unserer morgendlichen Wörter zu überschätzen. Auch daraus Sätze zu basteln, verbot er uns, denn im Halbschlaf könnten uns ja ein paar Takte entgangen sein. Bei uns gäbe es keinen einzigen Menschen, der mit so viel Verstand gesegnet sei, dass er alle Elemente seines unbewussten Wortschwalls registrieren könne, und das Auslassen bestimmter Wörter könne schließlich zu einem fatalen Fehlschluss führen. Wenn sich die Wörter zu einem »Beende dein Leben« verquicken ließen, sei es nicht ganz das Gleiche, als folgte noch das Wort »nicht«. Man solle sich auf die Kraft, den Geschmack, die Wärme, die Farbe der Wörter konzentrieren. Ich versuchte, diesen guten Rat zu befolgen, es fiel mir jedoch schwer, *Infektion, Würde, Knappenfrisur* nicht als eine Prophezeiung aufzufassen, wo doch am Tag zuvor der Grundstein zu der unausgewogenen Freundschaft zwischen Franczek, Dezső und Bece gelegt worden war.

Knappenfrisur – das tut mir heute noch weh.

Erregt und vernichtet trabte ich nach Hause, dachte darüber nach, wie, wenn Piri Gyári schon solche Wunder in sich barg, einen so göttlichen Körper und einen so begehrenswerten Schoß besaß, dann wohl Hildi Számfira nackt aussehen mochte und was mit dem Mann geschah, dem die Gunst gewährt würde, in ihre heißen Gänge einzutauchen. Ich kam zu dem Schluss, dass er, insofern sein Samen sich nicht schon durch den bloßen Anblick ergießen würde, angesichts dieser Schönheit mit Sicherheit sofort tot umfiele. Als ich am Fußballplatz ankam, sah ich, dass Frau Franczek noch immer an derselben Stelle stand, die Decke war heruntergerutscht. Es war mittlerweile dunkel geworden, aber ihr Mann kniete weiterhin vor ihr und drückte seinen Kopf an ihren Bauch, wie ein werdender Vater, der sein Kind hören will. Er umfasste die Beine seiner Frau mit beiden Armen. Man konnte nicht feststellen, wer hier wem vergab. Ich konnte mir überhaupt nicht vorstellen, was passiert sein mochte. Dabei hätte ich es aus den mir zur Verfügung stehenden Informationen bereits erraten können.

Das Mädchen, für das Gyula seine Familie verlassen hatte, hatte sich nach einer Weile an einen Arzt gewandt. Die Untersuchungsgeräte der calvinistischen Ärzte aus der Nachbarstadt ergaben, dass bei ihr alles in Ordnung war, die Blutbahnen leiteten den Strom, wie die Natur es ihnen vorgegeben hatte, und es gab nichts, was dagegen sprach, dass die Gebärmutter des Mädchens eine Frucht tragen konnte. Dennoch tat sie es nicht. Daraufhin musste Franczek wohl oder übel selbst jenes am Kurcza-Ufer gelegene Krankenhaus der Calvinisten aufsuchen, denn die Ärzte hatten ihm ausrichten lassen, sie würden auch die Untersuchung des Mädchens einstellen, wenn er das Gespräch verweigere. Also stattete er den Ärzten einen Besuch ab. Er kam gerade von der Untersuchung nach Hause, als die Lehramtsstudenten aus Szeged ihr erstes Tor gegen die Sáraságer Mannschaft geschossen hatten. Eszters Erzählung zufolge kam Franczek seelenruhig die den Hang hinabführende Mühlenstraße heruntergelaufen, am Kartenverkaufsstand schien er zu lächeln, als er seine Frau erblickte. So ist es, wenn der Teufel spielt, dachte er wohl, denn Sarolta Jászi war zum ersten Mal, seit er sie verlassen hatte, nach Sáraság zurückgekehrt.

Die betrogene Frau kam nach Hause, und als hätte sie in ihr Verderben eilen wollen, ging sie zum Fußballspiel.

Gefasst näherte sich ihr der treulose Ehemann, schien sie sogar, wenn auch etwas unbeholfen, seitlich zu umarmen. Sie standen nebeneinander, ihre Schultern berührten sich; worüber sie sich unterhielten, was Franczek ihr so lange erzählte, das wollte er uns auch später nicht verraten. Die Fakten kann man kurz zusammenfassen. Der Arzt hatte dem Hilfsarbeiter Gyula Franczek mitgeteilt, dass das Sperma, das aus seinem enormen Glied herausschoss, umsonst so dickflüssig wäre, er sei von Geburt an unfruchtbar. Alle Spermien in seinem dicken, klebrigen Saft seien tot. Mit seiner vorherigen Frau habe er – theoretisch – zwei Söhne. Es wäre also besser gewesen, wenn er in jener schönen Familie geblieben wäre. Da könnte er jetzt denken, er habe zwei Jungen gezeugt, denn er hätte diese außerordentlich unangenehme Nachricht nie erhalten …

Ich erinnere mich nicht mehr daran, wann es Franczek endlich gelang, seine Frau vom Rand des Fußballfeldes fortzubewegen. Ich weiß jedoch noch ganz genau, dass er es nicht einmal für nötig hielt, seiner Lebensgefährtin Bescheid zu sagen, bevor er mit seiner alten neuen Frau, die nur mit der karierten Decke von Tante Pannika bekleidet war, nach Hause ging. Gyula würdigte das Mädchen aus dem Heim keines Blickes und half ihr auch nicht beim Zusammenpacken ihrer Habseligkeiten. Angeblich setzte er sich neben seine Frau, und so starrten sie auf den mit Hühnerdreck bedeckten Hof, in Richtung des Kanals. Das Mädchen huschte von dannen, als dürfte sie ihm lediglich ein einziges heimliches Schäferstündchen vorwerfen. Die Kinder wurden von ihrem Vater abgeholt, und auch ihnen erklärte er nichts. Er ließ die erschrockenen Bengel ihre Sachen packen, nahm sich einen Wagen und fuhr nach Hause, ganz so, als wäre er damals weggezogen, als wäre er derjenige, den man betrogen hatte.

Und man weiß nie, welche Wege das Schicksal nimmt; vielleicht ist es ja auch so gewesen.

Gyula Franczek wurde nach dieser Tragödie Warenbeschaffer der landwirtschaftlichen Produktionsgenossenschaft Gogol. Die Warenbeschaffung war eine begehrte Beschäftigung, denn auf diese Weise verfügte man über abgedichtete Fenster, einen Boiler, Fliesen, eine Toilettenschüssel in der eigenen Wohnung und konnte sich sogar tschechische RGW-Türen besorgen, nicht nur rumänische, die außer der Tatsache, dass sie hässlich waren, sich bereits in der Fabrik verzogen. Die Warenbeschaffer gehörten – nach den Genossen – zu den bestsituierten Mitgliedern des sozialistischen Wohlstands. Es war Gábor Töre, der Franczek nach diesem schweren Schicksalsschlag einstellte. Der LPG-Vorsitzende betonte in der Kneipe und Konditorei Oláh des Häufigeren, dass er es getan hatte, weil er ein so gutes Herz habe und es nicht ertragen könne, wenn dieser starke Mann verrückt würde. Franczek bereiste innerhalb weniger Monate die große ungarische Tiefebene, die Nyír-Gegend, das Mátra-Gebirge, die kleine Tiefebene, er war an der Donau, am Balaton, im Mecsek-Gebirge, er fuhr sogar bis hinter den sozialistischsten aller Badeorte, nach Harkány, und von dort bis nach Somogy und noch weiter nördlich, nach Velem, und in einer kleinen Stadt namens Lenti kam er auch vorbei. In jeder verzehrten und verdauten Stadt trank er noch eine Cola.

Bece Beregi sprang oft hinten auf den blauen ZIL, und so durchmaßen sie die Straßen gemeinsam, obwohl Franczek ihm sogar mehrmals verboten hatte, mitzufahren.

»Du gehörst hierher, du darfst dich nicht woanders herumtreiben«, sagte er.

Bece trottete mit trauriger Miene nach hinten zu den Mähdreschern, den IFAs und den frostbeständigen Kunststoffbehältern, ganz so, als hätte er sich mit seinem Schicksal abgefunden und als würde er nun in seiner deckelkannenblauen Arbeitskleidung nach Hause schlendern. Franczek behauptete, überhaupt keine Ahnung zu haben, wie Bece es jedes Mal schaffte, in seinen Wagen zurückzukriechen oder -zufliegen, fest stand nur, dass er in Pécs oder in Szentendre oder sonstwo stets zusammen mit ihm ausstieg.

»Hallihallo«, rief er, während er den Strick der immer feuchten, nach Leim riechenden Wagenplane löste.

Hin fuhr Gyula immer allein, zurück kamen sie gemeinsam. Einmal geriet Bece auf einem Hof in Maroslele in ernsthafte Lebensgefahr. Aus dem von Wand zu Wand asphaltierten Innenhof entkam er noch relativ leicht, doch über den Zaun konnte auch der Hund ziemlich schnell springen. Nach Franczeks Meinung hatte es sich um eine deutsche Dogge gehandelt, denn weil er sehen wollte, was da vor sich ging, hatte er von der verglasten Veranda aus hinausgeblickt, sich später aber nur an die blendend gelb angestrichenen Stalltüren erinnern können. Er sah nicht, wie Bece hinausstürmte, denn er war gerade damit beschäftigt, die Frau des Hausherrn zu besteigen.

»Derart lauwarmes Fett hatte ich noch nie zuvor zwischen den Fingern«, erzählte er später. »Wie das Innere vom Schwein. Als hätte die Frau keine Haut gehabt«, sagte er. »Sie war dick, mit ganz kleinen Brüsten, und gab überhaupt keinen Ton von sich. Ich konnte mein Glied kaum bei Bewusstsein halten. Ich kam gar nicht auf die Idee, mir um Bece Sorgen zu machen.«

Bece wurde von dem blutrünstigen Tier beinahe wieder heruntergezerrt; das Eisentor, das ungefähr anderthalb Meter höher war als der niedrige Drahtzaun, wölbte sich mal nach innen, mal nach außen. Bece, dieser Trottel, hatte, statt über den Zaun zu springen, versucht, über das Tor zu klettern.

Ich bat Gyula vergebens aufzuhören, da auch meine Schwester anwesend war. Er erzählte einfach weiter. Unter der Frau hatte irgendein dunkelbraunes Sackleinen gelegen, das so stach, dass ihm die Handflächen schmerzten und er darüber nachdachte, woraus der Rücken dieser Frau wohl bestand. Währenddessen beobachtete er, wie ihr Mann zwischen den Koben im hinteren Teil des Gartens herumwirtschaftete und manchmal sogar aufblickte, um herauszufinden, weshalb der Hund so zornig bellte. Gyula winkte ihm zu, woraufhin der Mann die Augen zusammenkniff, um zu sehen, wer das war, er gab den Versuch, ihn zu erkennen, dann aber auf und winkte zurück. Langsam bekam Franczek das Gefühl, die Frau selbst bestehe aus einer so spröden, mit drahtigen Fasern durchwobenen Decke, und es schien ihm, als könne er an ihren Schamlippen, die sich auf ordinärste Weise auftaten, so etwas wie Drahtfäden sehen. Die Frau wurde trockener und trockener, und Gyula dachte, man habe eine Handvoll Sägespäne zwischen sie geworfen, die er nun immer tiefer in sie hineinschob, stopfte und presste.

Er schaute zur Seite. Vielleicht würde es so besser werden, dachte er, aber dort sah er nur eine unbeschreibliche Menge Bohnen, die man auf dem endlos langen Gang zum Trocknen ausgelegt hatte …

Die Azazelstraße

Gegenüber meiner Wohnung in Tótváros steht ein slowakisches Bürgerhaus mit Innenhof und einem von feuchtem Moos bedeckten Ziegeldach, auf dem eine gewaltige Antenne angebracht ist. Aus meinem Fenster sehe ich dennoch nur die Kronen der vor meinem Haus stehenden riesigen Pappeln, denn ich wohne im vierten Stock. Wenn ich mich aus dem Fenster lehne, sehe ich links die Fassade der katholischen, rechts die der evangelischen Kirche, davor das Flachdach eines Krankenhauses. In der schmalen, dunklen Straße, durch die ich abends von der Kneipe nach Hause gehe, steht an der Ecke eines mehrstöckigen alten Hauses ein stattliches Denkmal. Irgendwann habe ich erfahren, dass die Skulptur ein Geodätenpaar darstellt; ein monumentales Kunstwerk des sozialistischen Realismus – in der unmittelbaren Nachbarschaft einer calvinistischen Kirche. In der Straße ist es auch tagsüber dunkel, wie ein Tunnel führt sie aus der Stadt. Vier Eichenbaumreihen werfen ihre Schatten auf sie: eine Reihe direkt neben dem Gehweg, eine neben der Straße, am Graben entlang, und das Gleiche auf der anderen Seite gegenüber. Wenn man diesen Weg häufig nimmt, fällt einem früher oder später auf, dass die Kirche gegenüber der Apotheke »Göttliche Vorsehung« steht. Neben der Kirche hält das stämmige Geodätenpaar Wache, ein Mann und eine Frau, die Hände haben sie auf ein Instrument gelegt, das an einen Fotoapparat auf einem Stativ erinnert und mit dem man angeblich den

Graben vermessen kann. Meiner Meinung nach macht man das am besten, indem man sich bäuchlings in ihn hineinlegt; es gibt keine sicherere Methode, um einen Graben, einen Hang, eine Mulde zu erkunden. Das Paar ist von mindestens anderthalbfacher Lebensgröße, ein stolzes Werk der Bildhauerkunst. Ich finde es außerordentlich lustig, dass der Stadtrat es in dieser kleinen Straße versteckt hat. Ein Nebenstraßengeodätendenkmal.

Wenn mich Bece jemals hier in Tótváros besucht hätte, er hätte sicherlich vorgeschlagen, wir sollten wegen des Denkmals den Verkehr lahmlegen lassen, die Blätter daran hindern, von den Bäumen zu fallen, und wenn es möglich sei, in Zukunft auch die Sonne daran, zu scheinen. Denn für den Herrn Künstler wären die Details mit Sicherheit unverständlich geblieben. Ich habe es genau vor Augen, wie er, der im zweiten Jahr am Gymnasium, als er bereits von Kopf bis Fuß versnobt war und das mit jeder Bewegung, mit jedem Wort ausstrahlte und mit Sicherheit wusste, dass er nicht nur ein Bildhauer werden würde, sondern es bereits war, wie er also seinen Schal um den Hals geworfen und beim Anblick dieses lächerlichen Werkes gesagt hätte:

»Mein lieber Gallér, hier sind wichtige Elemente aus ihrem Kontext gerissen, ihrem eigentlichen Sinn entrückt.«

Affektiert wäre er fortgefahren:

»Weißt du, es ist so, als würden einem Körper bestimmte Teile fehlen, oder vielmehr nicht das Fehlen an sich ist das Wesentliche, sondern die Art und Weise, wie diese Körperteile schmerzen. So wie man auf diesen Schmerz reagieren würde, so könnte man auch auf die von dem Denkmal ausgehenden Impulse antworten.«

Eine Zeitlang konnte ich Beces verändertes Auftreten, seine Gesten, seine Intonation fast perfekt nachahmen – diese Eigenschaften, die ich angsterfüllt und befremdet beobachtete. Ich konnte es nicht akzeptieren, dass András Beregi auch an einem anderen Ort, also außerhalb von Sáraság, zu sich selbst fand. Ich hingegen stolperte durch die Welt. Je mehr Zeit zu Hause ohne uns verging, je öfter ich mich daheim ertappte, von Feketeváros verändert zu werden, desto schlimmer wurde es. Vielleicht, weil ich mir nicht verzeihen konnte, dass ich mit der Zeit Gewohnheiten annahm, die nicht in mein heimatliches Umfeld passten, die zu individuell waren, und auch, weil ich den Menschen, zu dem ich allmählich wurde, in der Tiefe meiner Seele so gern gemocht hätte. Damals war das alles natürlich nur eine vage Ahnung in mir. Der Hochmut, anders sein zu wollen, und der hysterische Wunsch, mich zu integrieren, offenbarten sich dafür umso konkreter. Diese beiden, scheinbar so grundverschiedenen Regungen können wunderbar in ein und derselben Seele nebeneinander existieren, sie schließen sich überhaupt nicht aus, im Gegenteil, sie verstehen sich blendend miteinander. Während ich mich von meiner Heimat immer weiter entfernte, gelang es mir auch an diesem neuen Ort nicht, zu mir selbst zu finden.

Auf meinen einsamen Spaziergängen in Tótváros stelle ich mir auch oft vor, was Bece zu dem Geodätenpaar gesagt hätte, als wir beide noch durch und durch Sáraságer waren. Er dachte über den *Nylonchristus* und über die *Künstliche Kürbisranke* nach, statt mit den Namen der Maler und Bildhauer um sich zu werfen, von denen er bei seinen außerschulischen Kunstkursen hörte und deren Werke und Biografien er immer durcheinanderbrachte. Er hätte davon gesprochen, dass er noch nie eine Arbeit gesehen habe, die dem wirklichen Leben näher käme, denn auch wenn er es selten erwähne, morgens habe er regelmäßig das Gefühl, seine Körperteile lösten sich von ihm ab. Nicht an den Gelenken, sondern ohne jede Logik, sagen wir, in der Mitte des Oberschenkels oder unter dem Magenmund, und er könne sich in solchen Momenten überhaupt nicht bewegen, denn alles werde nur vom Gewicht zusammengehalten, die Leber und das Herz sprängen nur deswegen nicht aus seinem Körper, weil sie durch den Druck der anderen Organe festgehalten würden. Kurz gesagt, wenn die Seele an einem verkaterten Morgen einen Spaziergang mache, werde die eigene Masse von der eigenen Masse zusammengehalten; dafür würde er die Hand ins Feuer legen.

Welch ein Unterschied zwischen den beiden Beces! In der Stimme des alten steckte Kraft und Verschmitztheit, in der des neuen nur noch Arroganz. Der alte Bece wäre beim Anblick des Geodätenpaars, ohne es sich vorher genau anzusehen, von einem gewaltigen Enthusiasmus ergriffen worden. Er wäre übergeschäumt, hätte Funken geschlagen, dabei wäre ihm gar nicht aufgefallen, dass unter dem Rock des Steinmädchens eine Stütze hervorschimmert, das ganze gigantische Denkmal also nur deshalb nicht umkippt, weil sich zwischen den Beinen des Geodätenmädchens ein dicker Steinblock befindet, der in der Nähe des Rocks immer welliger und unebener wird, weil er dort stärker bearbeitet worden ist; je mehr sich der Steinblock dem Körper nähert, desto mehr sucht er, eins mit ihm zu werden und den Eindruck zu erwecken, er wäre ein Teil desselben. Wie sehr hätte sich der alte Bece gefreut, so einen ehrlichen Dilettantismus zu entdecken, er hätte das Denkmal als einen neuen Beweis für die Schönheit der menschlichen Schwäche angesehen. »Wie wunderbar! Der Bildhauer hat bei seiner Bemühung, die Stütze zu verbergen, weder Kraft noch Kosten gescheut: Er hat die Beine über Kreuz gestellt, damit man sie von vorn so wenig wie möglich sieht.« Der neue Bece aber hätte zynisch gelacht und wie nebenbei hingeworfen:

»Was für eine bedauernswerte Anstrengung. Was soll das sein, ein Barhocker, ein Schemel oder eine Krücke?«

»Du hast dich richtig entschieden« – das hätte Dezső gesagt, hätte er mich in seiner seelischen Verfassung von damals besucht, als er beispielsweise über die Beweggründe sprach, ausgerechnet in den Frisiersalon zu ziehen. Vielleicht hätte er das auch gesagt, wenn nach dem *großen Streit* wieder ein Kontakt zwischen uns entstanden wäre und ich ihm das Denkmal des Geodätenpaars hätte zeigen können. Denn Dezső Metz war immer ein vollkommen anderer Mensch, sobald er Sáraság verließ. Er verlor seine Selbstsicherheit, seine Bewegungen wurden steif und ungeschickt. Er bemühte sich, locker zu wirken, aber selbst bei den Calvinisten in der Nachbarstadt habe ich ihn dabei ertappt, wie er versuchte, sich ein

Lächeln aufzuzwingen, seine Hände dabei jedoch zitterten. Wenn er betrunken war, gab er auch zu, dass seine Füße in unserem Dorf einbetoniert zu sein schienen und seine Wurzeln bis zum Magma reichten. Jemand, der so sehr Sáraságer sei wie er, der wisse woanders nie, von welchem Gewicht die Dinge seien, die ihm begegneten. Selbst dazu, uns in Feketeváros zu besuchen, ermunterten wir Dezső nie, nicht einmal in den anderthalb Jahren, die zwischen dem Schulanfang und dem *großen Streit* vergingen. Und hierher habe ich ihn erst recht nie eingeladen. Dennoch habe ich mir schon unzählige Male vorgestellt, wie er auf was reagieren würde, welche Straße ihm gefiele, was ihm bekannt vorkäme und was er abstoßend fände. In meiner Fantasie habe ich auch versucht, ein Bild des Dezső zu malen, der sich hier wohlfühlen würde. Das ist mir allerdings nicht gelungen, denn ich habe bloß immer wieder vor Augen, wie er sich als dämlicher Gast vom Lande sehen und immer mehr in Verlegenheit geraten würde. Am Geodätendenkmal würde er zum Beispiel so tun, als könne er aufgrund der Interpretation einer lächerlichen Skulptur beurteilen, ob es eine richtige Entscheidung von mir gewesen ist, eine Arbeit in der Bibliothek anzunehmen, in einer Stadt, deren Seele mir fremd ist, die von keinem Fluch geplagt ist und in der es für mich kein Erbe gibt. Hoffnungslos würde er dastehen, immer wieder seinen braunen Reisehut zurechtrücken, »hm, hm« sagen, dabei die Hände ringen und mir vorspielen, er verstünde, was für eine wichtige Entscheidung es für mich bedeutete, das Volk von Sáraság einzutauschen gegen Rentner mit Plastiktüten und Jugendliche, die von zu wenig Schlaf schon Ringe unter den Augen haben. Und er würde Verständnis dafür vortäuschen, dass ich den Fluch des Auserwähltseins für die Unbeschwertheit hergegeben habe, nun morgens stumm erwache und mir nur die *Chronik* im Radio anhören muss statt der ungebetenen Wörter von einst, dass ich ohne Deckelkanne durch die Welt gehe oder in der fremden Bibliothek sitze und auf unbekannte Leser warte, die entweder bereits von den Wörtern betrogen worden sind oder die überhaupt noch nicht bemerkt haben, dass in den Sätzen die Zeit wohnt und in den wunderschönen Worten nicht nur die existierenden Dinge stecken, sondern auch der Schatten von allem Nichtexistenten. Mit einem Wort, Dezső würde so tun, als verstünde er, welches Gewicht das alles hier für mich hat. Dabei wäre das, was er empfinden würde, eher Verachtung und Mitleid, und tief in seinem Innersten würde er sich fragen, weshalb er sich denn überhaupt etwas vorstellen solle, was seiner Meinung nach ohnehin vollkommen unmöglich sei. Wer seine Wurzeln in Sáraság habe, der könne nicht irgendwo anders hingehen, um dort zu leben. Davon ist er überzeugt. Und auch ich glaube, dass es so ist.

Ich erinnere mich noch ganz genau an Dezső Metz' Verständnislosigkeit an jenem Tag, als ich zum *ersten Mal* von Ede Klein hörte. Mit kühler Eleganz sah er sich meine Ausbrüche an, man konnte ihn nicht aus der Fassung bringen. Auch damals sagte er:

»Was man sich nicht vorstellen kann, das muss man sich nicht vorstellen.«

Wir besuchten noch die Elementarschule, aber der Frühsommer in Sáraság hatte unsere Geduld schon bis aufs Äußerste strapaziert. Auch die der Lehrer. Selbst zur Unterrichtsstunde kamen sie mit ihren Deckelkannen, wie vom Schwindel ergriffen, mit großer Verspätung, dennoch keuchend, als wären sie den ganzen Weg gerannt. Auch wir tranken mindestens jede Viertelstunde einmal, immer wieder hörte man das dumpfe Aufsetzen der Kannen auf dem mit Öl eingeschmierten Holzboden, und auch aus den anderen Klassenzimmern vernahmen wir das lustige Klappern der Deckel. Den meisten Achtklässlern füllten die Mütter am Morgen die Kannen mit verdünntem, eiskaltem Bier, aber es war strengstens verboten, darüber zu sprechen, und wenn der Fachinspektor kam, durfte man gar nicht trinken. Dieser Tag begann mit einer Russischstunde. Genossin Katalin Kitka brüllte mit ungebrochenem Elan die Heimkinder an, was die »Barone« und »Baroninnen«, wie man sie aufgrund der Tatsache, dass sich das Heim im Schloss befand, im Dorf nannte, mit einem erhabenen Es-ist-sowieso-alles-egal-Lächeln über sich ergehen ließen. Manchmal schienen sie etwas zu sagen, in einem Ton, der auf halbem Wege zwischen Flüstern und Widerrede lag – Kati Kitka bezeichnete das als »sinnloses Murmeln«. Die Spannung war schon beinahe unerträglich geworden, als Hildi Számfira plötzlich aufschrie, eigentlich eher kreischte, worüber auch Kati Kitka so sehr erschrak, dass sie ihren Feldzug gegen die Heimkinder nicht mehr fortsetzen konnte. Sie befingerte ihren roten Seidenschal – wobei sie den Tränen nahe war –, entfernte dann nervös das aus gold glänzenden Kugeln bestehende Gummiband, das den abgenutzten roten Stoff zusammenhielt, und streifte es sich um das Handgelenk. Man konnte nicht sagen, ob sie bereits weinte oder ob dies erst die Vorzeichen des kommenden Gewitters waren. Ihr dickes, faltiges Doppelkinn begann zu wogen, was eindeutig eines der schlechtesten Anzeichen war. Hildi Számfira rieb ihre Augen und bat wiederholt um Verzeihung, so als wäre der Plattenspieler hängengeblieben:

»Verzeihung, Verzeihung, Verzeihung.«

Ein Gekicher begann sich im Raum auszubreiten, noch bevor Kati Kitka Hildi zur Rechenschaft zog.

»Hast du etwas Schlechtes geträumt, Hildilein?«

Als Hildi Számfira in einem unschuldigen Ton antwortete: »Ja, leider schon wieder«, konnten wir uns nicht mehr halten und brachen in ein wildes und befreiendes Lachen aus.

Sie verriet den Grund für ihr Schreien mit einer verschlafenen Aufrichtigkeit, sie tat dies ehrlich und freundlich, so als würde sie auf Hilfe hoffen und gerade so, als wäre sie von ihrer Mutter gefragt worden.

»Man lässt die arme Hildi nicht einmal in Ruhe schlafen«, flüsterte Bece mir zu, und wir konnten es uns kaum verkneifen, erneut loszuprusten.

Jede menschliche Regung – Ungeschicklichkeit, Ehrlichkeit, Verwunderung – wirkte in diesem mit Statistiken, Abbildungen und Plänen geschmückten Raum fremd. Es war der einzige Winkel im ganzen Dorf, die Büros der Partei und des kommunistischen Jugendverbandes sowie das Gebäude des

Dorfrates inbegriffen, in dem man sich unter den roten Sternen aus Karton und im Schatten der Herren Marx, Engels und Lenin in preußischer Gehorsamkeit ducken musste.

»Das tut mir ja außerordentlich leid«, schimpfte Kati Kitka.

»Danke«, antwortete Hildi Számfira, »das ist sehr nett von Ihnen, Frau Kitka.«

Kati Kitkas Doppelkinn wogte bereits wieder und wir wussten, dass sie Hildi nur deshalb nicht anbrüllte, weil ihr Vater, Herr László Számfira, ebenfalls in der Schule arbeitete, und obwohl alle im Dorf Kati Kitka fürchteten, sogar ihr armer Liebhaber, Gyurka Galy, verhielt sie sich denen gegenüber, von denen sie sich etwas erhoffte, äußerst kriecherisch.

Hildi konnte uns erst später, als wir auf den riesigen aus dem Verkehr gezogenen Traktorreifen saßen, die neben dem Klo auf dem Hof herumlagen, genau erzählen, was passiert war. Der Wind trug einen leichten Gestank zu uns, ein Gemisch aus Teer und Scheiße. Sie hatte den gleichen Traum gehabt, den – wie ich damals erfuhr – viele Frauen und Mädchen des Dorfes häufig hatten. Durch diesen Traum jagt ein von zwei grauen Pferden gezogener Wagen, auf ihm der junge, leblose Körper einer Jungfrau namens Matildka. Der Griff der Peitsche ist ein Kruzifix, auf dem Bock sitzt der Diener des Teufels mit dem Kopf eines ungarischen Schäferhundes, mit der Peitsche schlägt er die schlammbesudelten Pferde, deren Rücken von den vielen Hieben bereits wund sind. Er jagt mit der ermordeten Jungfrau zur toten Theiß. Rundherum sind Blutlachen, und die Azazelstraße, die einem Pfeil gleich durch die Winter-Siedlung schnellt, wird von riesigen Fußstapfen verunstaltet. Der Asphalt ist zerborsten, und das Blut sammelt sich in den riesigen Fußstapfen wie das Wasser in den Löchern, die im Winter in die zugefrorenen Gewässer geschlagen werden; es erinnert an eine Sülze, die jemand bereits zu essen angefangen hat oder an die langsam schmelzende Eisfläche eines Teiches – und der graue Karren jagt unaufhaltsam weiter, taucht mal unter, mal auf.

»Ede Klein war in meinem Traum nicht dabei«, sagte Hildi Számfira und quälte sich aus ihrem engen, flauschigen Pullover. »Von mir aus können die anderen, die diesen Traum haben, behaupten, was sie wollen, er ist es nicht«, sagte sie so aufgebracht, dass sogar ihre wohlgeformten Brüste erbebten. »Es ist nicht Ede Klein, der auf dem Bock sitzt, nicht er quält die eingespannten grauen Pferde. Und wenn es doch der jüdische Krämer ist, dann hat er eben den Kopf einen Schäferhundes. Ich meine, wenn dennoch er es war, der die Jungfrau getötet hat, dann ist ihm später der Kopf eines Schäferhundes gewachsen.«

Auf diesen Reifen im Hof habe ich mich in der Schule am wohlsten gefühlt. Dort begann die stille Langeweile des Horts, dorthin setzten wir uns nach dem Mittagessen, beruhigt und mit einem gewissen Gefühl der Schwere, nachdem wir von dem Hunger des Vormittags erlöst worden waren, dort waren die Mädchen bereit, sich mit uns zu unterhalten, und wenn die Sonne sehr stark schien, zogen sie die Trainingsjacken mit den Längsstreifen an den Ärmeln aus und gönnten uns den Anblick ihrer jetzt nur noch von T-Shirts bedeckten jungen Brüste. Es fällt mir heute noch schwer, mir eine aufregendere Situation vorzustellen. Dort, auf den Traktorreifen im Hof, hatte ich in meinem bisherigen Leben am ehesten das Gefühl, mir falle alles leicht. Ich kannte alles und wusste, wie die Dinge liefen.

Mir schwindelte fast, als ich nun bemerkte, dass außer mir alle wussten, wer dieser Ede Klein war.

Einige zogen enttäuscht von dannen und meinten, dass zu Mariä Geburt ihre Mütter diesen Traum ebenfalls hätten, daran sei ja nun wirklich nichts Außergewöhnliches. Inmitten dieses »Ach, das war es also nur« fühlte ich mich, als wäre ich gerade von einem fremden Planeten gekommen.

Wie war es nur möglich, dass ich nie zuvor von dieser Geschichte gehört hatte?

Ein jüdischer Tuchhändler, ein gewisser Ede Klein, war irgendwann, zu einer Zeit, an die sich niemand im Dorf mehr erinnerte, grundlos beschuldigt worden, eine Jungfrau getötet zu haben, um ihr Blut zu bekommen. Die Dame namens Matildka hätte am nächsten Tag Hochzeit feiern sollen, zu dieser konnte sie jedoch nicht mehr gehen. Ihren Leichnam fand man erst nach einigen Tagen, dem Gerücht zufolge, weil der jüdische Tuchhändler sie mit einem Karren, vor den zwei graue Pferde gespannt gewesen seien, zur Theiß gebracht habe. Ich verstand nicht, weshalb – wenn so etwas geschehen war, egal, ob auch nur ein Funken Wahrheit darin steckte, denn das Wesentliche war ja, dass man jemandem in Sáraság eine derartige Tat zur Last gelegt hatte –, mir bis zu jenem Tag niemand etwas davon erzählt hatte? Die nebensächlichsten Geschichten hatte ich schon hundertmal gehört, die schäbig gekleideten, betrunkenen Bauern trauerten jahrelang um einen abgebrannten Schober – und diesen Vorfall hatte man mir gegenüber nicht einmal erwähnt. Ich trommelte auf meinem Knie herum, musste meine Tränen zurückdrängen und wäre am liebsten zum Nachbarhaus gelaufen, denn ich hörte, wie jemand am Brunnen des Híres-Hauses Wasser holte; man konnte nichts sehen, wegen des Gestrüpps, aber ich hörte das Quietschen. Ich hätte gern einen Schluck von dem Wasser getrunken, ich wäre gern darin untergetaucht, ich wollte mich in Nichts auflösen, es war mir vollkommen egal, was geschehen würde, wenn ich nur von dort hätte verschwinden können.

Vielleicht spielte auch mein Gekränktsein eine Rolle dabei, dass ich vom ersten Moment an hartnäckig darauf beharrte, den Verein nach Ede Klein zu benennen, schon damals, als ich mich noch nicht mit diesem Mythos auseinandergesetzt, mir noch keine Gedanken darüber gemacht hatte, was die zu Unrecht in den Schmutz gezogene, auf irgendeine Art und Weise das gesamte Dorf beunruhigende Gestalt für mich bedeutete.

Im Altdorf, gegenüber Páters Haus, hinter den niedergetrampelten Schoberhöfen, an der Nordseite des Friedhofs, beginnt ein breiter und tiefer Graben, der auf uns, für die die Treppenstufe einer Veranda, einer Maisscheune oder Laube schon eine Anhöhe ist, wie ein beachtliches Tal wirkte. Mit Frühlingsbeginn, wenn alles grün wird, ist es ein ungepflegtes Dickicht, ein mit unbeschnittenen Akazienbüschen und Kornelkirschbäumen zugewachsener Graben, in dem sich endlose kleine Wege winden und Lichtungen verstecken. Man kann dort hervorragend heimliche Treffen organisieren und unbemerkt die betrunkenen Bauern belauschen, die an ihren Deckelkannen Halt suchen und an Marmorgräbern schluchzen.

Wir saßen neben dem Friedhof, auf einer der kleinen Lichtungen dieses Tals: Bece Beregi, Dezső Metz, Eszter und ich. Ich konnte mich kaum beruhigen. Ich machte ihnen Vorwürfe; wenn sie wirklich meine besten Freunde seien, weshalb hatte mir dann bis zu dem Zeitpunkt keiner von ihnen von Ede Klein erzählt? Warum sie denn nie ein Wort gesagt hätten, während wir in der Winter-Siedlung herumstreunten oder mit dem Fahrrad zur Theiß fuhren und auf unserem Weg den Staub der Azazelstraße einatmeten? Ob sie es für unwichtig hielten? Das könne doch nicht ihr Ernst sein, sie wüssten doch, wie ich über solche Dinge dächte! Wie könne es möglich sein, dass selbst Dezső, einer der angesehensten Botschafter des Dorfes, der bereits von unzähligen Geistern besucht worden und Onkel Pista Avarkas Günstling sei, nicht darauf gekommen wäre? Es wäre ja etwas anderes, wenn ich nicht ständig an den Wörtern meines frühmorgendlichen Redeschwalls heruminterpretieren würde, unter denen so alte Namen wie Gabriel, Semjasa und Azazel jede Woche vorkämen – nach Letzterem habe man ja bei uns sogar eine Straße benannt. Na, und die Riesen erst! Ich würde in der Früh oft »Riese« sagen! Hätten sie nicht wenigstens dann etwas sagen können? Vor lauter Wut musste ich fast weinen, weil meine besten Freunde mich verraten hatten.

Dezső klopfte seine Pfeife aus und stopfte sie mit frischem Tabak. Er sprach in gemessenen Worten:

»Wenn dein hysterischer Anfall nicht bald ein Ende hat, gehe ich nach Hause.«

Plötzlich schwiegen alle. Glasaugen-Tót radelte in Richtung des Kanals, er hatte in weiser Voraussicht auf beiden Seiten seines Rades jeweils eine Deckelkanne befestigt. Er wird wohl lange wegbleiben, dachte ich.

Eszter begann zu kichern, woraufhin sich auch Bece das Lachen nicht mehr verkneifen konnte.

»Da hat uns aber einer tüchtig die Leviten gelesen«, sagten sie lachend. »Als wärst du unser Klassenlehrer.«

»Wenn dir die ganze Angelegenheit so wichtig ist, könntest du vielleicht die Liebenswürdigkeit besitzen, uns etwas genauer zu erklären, was dein Problem ist?«, fragte meine Schwester spöttisch.

»Versteht ihr denn wirklich nicht?«, erwiderte ich auf ihre Frage und blickte dabei immer noch dem in der Ferne schrumpfenden Tót hinterher. Mir drehte sich der Magen um und ein wenig schwindlig war mir auch.

»Was soll dieses Gebrüll?«, fuhr Dezső mich an. Seine Stimme erreichte mich von irgendwoher, so als käme sie aus einem alten Grammophon, als würde ich Lajos Kossuths improvisierte Rede hören, die er in Sáraság gehalten hatte, um Soldaten anzuwerben, und die von Boldizsár Forray, dem ersten Lehrer des Dorfes, die auf einer Wachswalze festgehalten worden war.

»Niemand hier versteht, was dieser wiederkehrende Traum bedeutet!«, sagte ich mit donnernder Stimme. »Der immer wiederkehrende Wagen mit den grauen Pferden ist wichtig. Dass Ede Klein oder der Teufel, der den Kopf eines Schäferhundes hat, auf dem Bock sitzt, ist noch wichtiger. Dass der Karren die Azazelstraße entlangjagt und dass sich in den gigantischen Fußstapfen der Riesen wie in den Löchern eines zugefrorenen Sees das Blut sammelt, das an einen Teller voll Sülze erinnert, und dass der Karren mit dem grauen Gespann zwischen diesen Fußstapfen entlangjagt, mal unter-, mal wieder auftaucht, nun: das ist das Wichtigste.«

Dezsős Pfeife begann endlich zu brennen.

»Jetzt verstehe ich, worauf du hinauswillst«, sagte er.

Ich hatte ihn gekränkt. Er wollte sich beherrschen, aber seine Stimme zitterte. In meiner tosenden Eitelkeit hatte ich nämlich eines der wichtigsten ungeschriebenen Gesetze verletzt, eines, das noch vom Beginn unserer Freundschaft herrührte und auf dem gerade ich, der ich doch so gern hinter ihrem Rücken selbst über sie, meine besten Freunde, tratschte, am meisten bestand. Es war verboten, Andeutungen über früher geführte Gespräche zu machen, die unter vier Augen stattgefunden hatten – insbesondere dann, wenn der damalige Gesprächspartner anwesend war.

»Nie wieder werde ich dir erzählen«, zischte Dezső, »was dieser verrückte Pista Avarka so alles von sich gibt. Es scheint dir nicht zu bekommen. Frag ruhig Vater Áron. In der Bibel gibt es überhaupt kein Buch Henoch! Der alte Avarka ist im Jenseits einfach nur vollkommen übergeschnappt. Es stimmt schon, dass es in der Heiligen Schrift einen Kerl gibt, der so heißt, das hat auch der Vater bestätigt. Er ist nicht gestorben, sondern entrückt, das ist alles, und angeblich war er derjenige, der als Erster von der Sintflut erfahren hat. Basta. Was willst du noch?«

»Na ja«, flüsterte Bece, »da gibt es schon noch einiges, zumindest mehr als das.«

»Was meinst du damit?«

»Da gibt es eben noch mehr.«

»Wo?«, fragte Dezső.

»In der Bibel.«

»Ach so«, lächelte ich Beregi an, »demnach hast auch du es nachgelesen. Es gibt dort wirklich noch mehr.«

»Wenn dort wirklich noch etwas geschrieben steht«, sagte Eszter ironisch, »und ihr nicht nur herumalbert, dann könntet ihr ja vielleicht auch uns an eurem Wissen teilhaben lassen.«

»Es war vor der Sintflut«, sagte ich, »das ist wichtig. Gottes Söhne sahen, wie schön die Menschentöchter waren, und zogen deshalb vom Himmel auf die Erde, nahmen sich von ihnen Frauen, wie es ihnen gefiel, und das Produkt dieses Bundes waren dann die Riesen. Deshalb kam es zur Sintflut, meine lieben Freunde. Dieses frevelhaften Techtelmechtels wegen.«

»Da hast du dir ja einiges angelesen«, sagte Dezső wütend.

»Das habe ich dir zu verdanken.«

»Mir?«

»Nachdem du mir erzählt hast, was Onkel Avarka gesagt hat, habe ich die Stelle herausgesucht. Und weil ich all das schon wusste, war ich mir heute, als ich zum ersten Mal von ihm hörte, sicher, dass Ede Kleins Person für unser Dorf von Bedeutung ist. Man hat ihn verleumdet, damit er in den Träumen der Frauen wiederkehrt! Es stimmt zwar, dass nach Meinung einiger nur die ermordete Jungfrau, also Matildka, zurückkehrt und dass auf dem Bock Teufel mit den Köpfen von Schäferhunden sitzen, die die Zähne fletschen, als hätten sie zum Frühstück Engel verspeist. Das ist auch möglich. Aber selbst wenn es so ist, führen alle Wege zu Ede Klein. Seine leidvolle Geschichte hilft uns, das Ganze zu verstehen! Denn wenn der Teufel in Sáraság einfach so herumfahren darf, dann hat er die Erlaubnis des Ewigen dafür. Einen solchen Fall, dass der Allmächtige einen Pakt mit dem Teufel geschlossen hat – ich habe Vater Áron Avarka gefragt –, kennt die Heilige Schrift nur einmal. So eine Wette wurde nur über Hiob abgeschlossen.«

»Ich verstehe nicht, was du meinst«, sagte Dezső gereizt. »Ich kenne die Geschichte von Ede Klein mehr oder weniger. Sie ist furchtbar, aber kein Einzelfall. Onkel Pista Avarka hat erzählt, dass Ede Klein ein junger Tuchhändler aus Sáraság war, der kurz vor einer neuerlichen Misshandlung aus dem Konzentrationslager nach Hause zurückkam. Das war vor Ewigkeiten, weiß der Teufel wann genau, irgendwann Mitte der vierziger Jahre. Was geht uns das an? Wenn du es genau wissen willst: Es handelte sich um erniedrigende und grausame Beschuldigungen, eine Reihe von Verleumdungen. Es war ekelhaft, aber sonst nichts weiter. Und ich denke auch«, hier erhob Dezső seine Stimme, »dass du übertreibst, was die Bedeutung des wiederkehrenden Traumes betrifft. Es ist möglich, dass zu Mariä Geburt die Seele der für das Jenseits ohnehin sensibleren Frauen versucht, etwas aufzuarbeiten. Ich sage nicht, dass das ausgeschlossen ist. Aber mehr ist da nicht. Der Karren mit dem grauen Gespann kehrt lediglich wieder, damit sich die Sáraságer nicht so leicht vergeben können. Ich will hier kein Urteil fällen, aber ich bin der Meinung, dass sie sich überflüssigerweise und zweifach geißeln. Erstens, weil Ede Klein nicht mehr lebt. Zweitens, weil Pista

Avarka mit Sicherheit weiß, dass ein Kommunist aus der Nachbarstadt namens Béla Fürj für das Ganze verantwortlich ist. Er war ein gewöhnlicher Dieb, der, bevor er Schnüffler bei den Kommunisten wurde, aus dem Krankenhaus der Calvinisten die zum Trocknen hinausgehängten, sauberen Bettlaken klaute. Er hat die Ermittlungen auf eine falsche Fährte gelenkt, die Meute aufgehetzt und Ede Klein verdächtigt. In Sáraság mochte man den jüdischen Krämer, denn er hatte ein gutes Herz, man respektierte ihn für seine Weisheit und beneidete ihn ob seiner Würde. Obgleich ein junger Mann, waren seine roten Locken nach seiner Zeit im Konzentrationslager bereits damals zur Hälfte ergraut. Béla Fürj führte die Ermittlungen drei Wochen lang und kehrte dabei alle wirklichen Spuren unter den Teppich. Was blieb, war die Tatsache, dass die Juden auf dem geheiligten Platz hinter der Apotheke eine Synagoge bauen wollten, sowie die darauf aufbauende Behauptung, dass sie vorgehabt hätten, diese mit dem Blut einer Jungfrau einzuweihen und aus eben diesem Grund den kostbaren Saft aus dem Körper der armen Matildka bis auf den letzten Tropfen abzapften. Es ist eine schändliche Angelegenheit«, sagte Dezső und schaute mir dabei in die Augen, »aber es gibt nichts weiter darüber zu sagen!«

»Das kann doch nicht wahr sein, dass du es nicht verstehst!«, fuhr ich ihn an. »Du bist echt eine taube Nuss, ein blindes irres Huhn! In diesem Dorf befinden sich Hinweise auf die Helden der Vorzeit: die über schöpferische Kräfte verfügenden Wörter, der außergewöhnliche Durst. Ist das nicht der Beweis dafür, dass dieses Dorf vom Teufel bewacht wird? Die Seelen, die hier das Gras hauen, jahnen, wellern, schweißen oder Schnaps brennen, stammen aus vorsintflutlichen Zeiten. Sie haben die Sintflut der Seelen noch nicht erlebt. In dieser Gegend treiben in den Träumen die Riesensprösslinge der gefallenen Engel ihr Unwesen, und unter ihren enormen Füßen bricht der Asphalt der Winter-Siedlung, der gesamten Azazelstraße. Und das aus der sündigen Erde austretende Blut füllt langsam die Mulden, es entstehen unzählige wellenschlagende, rote Fußstapfen.«

Ich verspürte einen stechenden Schmerz im Bauch. Ich war trotzig und aufgeregt, als hätte ich sehr viel zu verlieren, als würde der Ewige im Himmel unser Streitgespräch hören und, nachdem wir uns ausgetobt hätten, selbst erscheinen, um uns zur Rechenschaft zu ziehen.

»Zu leben ist etwas Großartiges«, flüsterte ich, »das versteht ihr nicht, oder?«

Als ich zum Kanal blickte, schien mir die Sonne in die Augen, alles verschwamm; ich hatte den Eindruck, in das Antlitz des göttlichen Zweifels zu blicken, das vierte Gesicht, das nur Satan beobachtet. Die zynische und zornige Stimme des Gottes mit der Doppelnatur flüsterte mir irgendetwas ins Ohr.

Schließlich liefen wir nach Hause, ohne uns auch nur in einem einzigen Punkt einig geworden zu sein. Obwohl Ede Klein wegen meines Ausbruchs eine Sonderstellung in unserer Erinnerung bekam und wir einige Wochen später, zur Zeit unseres Schulabgangs, sogar unseren Verein nach ihm benannten, hatte das ihm Widerfahrene eine ganze Weile, im Grunde bis zu dem Zeitpunkt, als man Tante Pannikas unbewusst getippten Text *Klein-Tagebuch* taufte und dieses zum Gegenstand verschiedenster Auseinandersetzungen wurde, nur für mich die Stellung des wichtigsten *Falls* aller *Fälle* unseres Dorfes. Überraschenderweise war es dann Franczek zu verdanken, dass sich die Lage später ein wenig besserte. Unser Streit hinterließ einen bitteren Nachgeschmack und eine lästige Traurigkeit in mir. Nie zuvor war es vorgekommen, dass wir uns nicht verstanden. Zum ersten Mal in meinem Leben war ich wirklich und endgültig enttäuscht; es quälte mich, diesen bis dahin überhaupt nicht beachteten Schatz verloren zu haben: die bedingungslose Hingabe. Als hätte sich ein Geschwür in meinem Magen gebildet. Ich war fortwährend damit beschäftigt, mich selbst zu bemitleiden, wobei ich versuchte, mir meine verletzte Seele vorzustellen. Eine Zeitlang dachte ich, sie ähnele am ehesten einem Bettlaken, in das man mit einer Zigarette lauter Löcher gebrannt hatte. Tage vergingen, ohne dass wir uns auch nur wenigstens kurz gesehen hätten, bis wir nach einer Weile, ganz so, als wäre nichts geschehen, schließlich wieder gemeinsam die Zeit totschlugen. Währenddessen lag die Schule in ihren letzten Atemzügen, gerieten die besitzerlosen Schatten an die Wände, blieb der Sommer stehen, war die anhaltende Hitze unerträglich geworden, wurde das Bier in den Deckelkannen, wenn es nicht zuvor in der Tiefe des Kellers kalt gestellt worden war, innerhalb weniger Minuten warm. Die besitzerlosen Schatten hatten inzwischen scharfe Konturen angenommen, an den Wänden, am Petőfi-Verband, am Bauernverband, am Denkmal des heiligen Johannes von Nepomuk, wo die Silhouetten von Ede Klein und seiner Mutter zu sehen waren.

Da geschah wieder etwas. Und zwar in doppelter Hinsicht …

Ignác Gergely, der Schweizer, ging in den frühen Morgenstunden, auf dem Weg zur Molkerei, immer am Kulturhaus vorbei, stand ein wenig unbeholfen neben dem an der taubenetzten Wand langsam erscheinenden Schatten der Dreschmaschine und begrüßte dann, zögerlich und etwas beschämt, die Hauptfigur. Der in der Mitte hockende Schatten war sein vor langer Zeit verstorbener Vater, der genauso wie auf der verblichenen Fotografie zur Mittagszeit dasaß und Speck aß. Ignác hatte ihn erkannt, er war sich sicher, dass er es war, der alte Ignác, der nahezu drei Jahrzehnte lang gegen die Verstaatlichung seines Besitzes gekämpft hatte, weil er sich nicht damit abfinden wollte, dass die Kommunisten der Familie einfach ihre vierzig Hektar Ackerland wegnahmen, außerdem zwanzig Zugpferde, ebenso viele Kühe, alle Maschinen, unter anderem die auf der Fotografie abgebildete Dreschmaschine. Als er es schließlich begriff, akzeptierte er, dass diese Ordnung nun Gesetz war und dass sich die »vorübergehend« hier stationierten Russen mit ihren Maschinengewehren für immer in Ungarn eingerichtet hatten, als er also so weit war, erhängte er sich in melancholischer Ruhe im Festsaal des Dorfrathauses. Täglich blieb Ignác vor dem Schatten seines Vaters stehen und sprach mit dem Alten. Er war ein ausdauernder, hartnäckiger Bursche, nach ein, zwei Wochen glaubte ihm das ganze Dorf, dass die Dreschmaschine aufgrund des seiner Familie gestohlenen Bildes an die Wand des Kulturhauses geraten war. Vormittags, wenn er nach dem morgendlichen Füttern nach Hause ging, blieb er manchmal sogar für eine halbe Stunde neben dem besitzerlosen Schatten stehen.

»Wissen Sie, Vater …«, so begann er jedes Mal zu erzählen, »heutzutage ist alles anders. Es wäre so schön, wenn auch Sie es sehen könnten.«

Tante Magdika traute sich zwar nicht, etwas zu sagen, trotzdem ging sie manchmal besorgt zum Kulturhaus, um ihn abzuholen.

»Komm nach Hause, mein Sohn, das Mittagessen ist gleich fertig.«

Eines Mittags kam Ignác nicht allein nach Hause. Er wurde von einer illustren Gesellschaft, bestehend aus dem Ratsvorsitzenden Sándor Guliga und dem Kulturhausdirektor Mátyás Antal, geschleppt. Sie seien gerade auf dem Weg in die Gaststätte gewesen, wo sie einen guten Teller Kutteln hätten essen wollen, als sie gesehen hätten, wie Ignác vor dem Kulturhaus gelegen habe und sein Fahrrad, als wäre es eine Decke, quer über ihm.

Als dies geschah, amüsierten Eszter und ich uns gerade in der Kneipe und Konditorei Oláh; meine Schwester hatte auffallend gute Laune, sie machte sich sogar über die Wörter lustig, die an jenem Morgen nach dem Erwachen aus meinem Mund herausgesprudelt waren, *Erschütterung, Kapillaren, Hetze, Lagerstätte* – nur von mir hätten sie kommen können, kein anderer würde so einen Quatsch erzählen. Unsere Lautstärke war bereits negativ aufgefallen, als Tante Magdika heulend hereinstürmte.

»Ihr Schlaumeier!«, rief sie. »Jetzt könnt ihr mir mal helfen.«

Ich fragte nicht, was geschehen sei, auch nicht, wie wir ihr helfen könnten, ich rannte einfach davon, Eszter kam mit den beiden Deckelkannen kaum hinterher. Wir waren schon am kleinen Laden angekommen und hörten noch immer, wie Tante Magdika uns beschimpfte:

»Ihr erbärmlichen Würmer, ihr dreckigen Juden«, jaulte sie.

Sie war vollkommen außer sich vor Wut, denn sie dachte, wir hätten bereits erfahren, was geschehen war, hätten nun, wo es ernst wurde, Muffensausen bekommen und die Rolle der Puszta-Schlaumeier so schnell wie möglich ablegen wollen. Dabei war davon überhaupt nicht die Rede. Ich hatte einfach nur einen Schreck bekommen, fühlte mich ohne die anderen handlungs- und entscheidungsunfähig und musste sie als Erstes und schnellstens holen. Sie hatten mir ohnehin schon gefehlt. Dezső Metz und Bece Beregi saßen in Páters Garten herum, hinter dem efeuumrankten Drahtzaun. Sie ließen den Tag vorankriechen wie die Riesenraupen auf den harzverklebten Stämmen der Pflaumenbäume, die hinter ihnen standen. Nach Luft schnappend rannte ich in den Garten, sagte kein Wort, sah sie auch nicht an, beobachtete nur ihre Deckelkannen, die sie bis zum Hals in die Erde eingegraben hatten. Ohne ein Wort zu sagen rannten wir zurück, als hinge unser Leben davon ab.

»Was ist passiert, Tante Magdika?«, fragte Bece Beregi, bereute seine Neugier aber sofort. Die Frau drückte ihn ans sich, während sie noch von Tränen übermannt wurde.

»Jetzt könnt ihr mal versuchen, klug zu sein, und uns helfen, ich habe es doch gesagt, man soll nicht mit den Schatten plaudern, ich habe es ja gesagt, dass es ein böses Ende nehmen wird«, schluchzte sie.

Die Bezeichnung *klebrige Fälle* war Dezsős spontaner Einfall gewesen. Ich hatte etwas Genaueres dafür finden wollen, aber mir war nichts Besseres eingefallen oder wenn doch, habe ich es wieder vergessen. Es blieb dabei. Es waren »Fälle«, weil in derselben Woche auch Opa Töre etwas widerfuhr, jedoch etwas ganz anderes. Die beiden Ereignisse brachten wir erst bei der nächsten Vereinssitzung miteinander in Verbindung, ursprünglich hatten sie nichts miteinander zu tun. Wir sprachen nur einmal im selben Zusammenhang über sie, wobei Metz sie mit dem provisorischen Attribut »klebrig« versah, und dabei blieb es dann eben.

Opa Töre hatte an diesem Tag fast einen Liter Pflaumenschnaps über den Durst getrunken, als er am hinteren Teil des Traktors klebenblieb. Er hatte Zeit zum Bechern gehabt, während er den ganzen Tag vor dem Silo saß und darauf wartete, dass die IFA-Lastwagen mit den Anhängern endlich das Futter auf die riesige Metallplatte kippten. Dann setzte er sich in seinen Traktor und schob es in gemächlichem Tempo zwischen die sich drehenden Metallscheiben und in den hungrigen Magen des Silos hinein. Während die Maschinen über die Felder fuhren, saß er im Schatten des Waagehauses, beobachtete, wie die Genossen auf dem Rasen vor dem Büro seines Sohnes den porösen Gartenschlauch und den verrosteten Rasensprenger an eine andere Stelle schleppten. In solchen Momenten wurde er ganz sentimental, dachte daran, dass sein Sohn gleichrangiger als alle Gleichrangigen, eben eine wahre Führungspersönlichkeit sei und der Ewige ihn bereits zum LPG-Vorsitzenden geschaffen habe. Dieser schöne Gedanke erwärmte sein Herz, worauf er gleich ein wenig trinken musste, meist nur einen kleinen Schluck. Bekanntlich verhält es sich jedoch mit den kleinen Schlucken so, besonders wenn es sich um Sáraságer Pflaumenschnaps handelt, dass sie sich auf hinterhältigste Weise summieren. Meistens kam es einem Wunder gleich, wenn Opa Töre sich am späten Nachmittag sternhagelvoll in seinen Traktor setzte, um nach Hause zu rattern, und dabei keinen Strommast fällte und keinen einzigen Radfahrer mitnahm. Er fuhr die breite, von Espen gesäumte Dorfstraße entlang. An jenem gewissen klebrigen Tag hatten sich die Schlückchen auf eine noch heimtückischere Art und Weise addiert als sonst. Als Opa Töre an der Kneipe Bécsi vorbeikam, zerstörte er beinahe die davorstehende Bushaltestelle, die, so steht es auf der Gedenktafel, am 20. August irgendeines Jahres von der Schreinerbrigade Kató Hámán gebaut worden war. An der Ecke der Straße des Sonnenaufgangs legte Frau Számfira einen gigantischen Sturz hin, denn sie wollte gerade in die Dorfstraße biegen. Opa Töre hatte sich ein klein wenig aufs Lenkrad gelehnt, was zur Folge hatte, dass sich der Zetor auf die linke Spur verirrte. Es gelang ihm, wenn auch nur um ein Haar, an der Babetta der Postfrau vorbeizuhuschen, was an sich schon unglaublich war, denn nach Meinung von Tante Pannika, die im Wellblechwunder der Architektur auf den Bus wartete, um nach Mindszent zu fahren, war Opa Töre am Steuer eingeschlafen. Es schien der Traum zu sein, der an seiner Stelle den Traktor nach Hause fuhr. Bis hierhin wäre das alles noch kein Problem gewesen, aber die Gier verursachte dann die Katastrophe. Wie immer, die Gier! Opa Töre war so durstig, wie man es nur sein kann. Er blieb bereits vor der Waschküche, am Eingang seines Gartens, mit dem Traktor stehen und stellte ihn nicht in die Remise, denn ihm war eingefallen, dass er am Morgen, wie es einem eben manchmal so passiert, eine halbe Flasche Kadarka Sandwein im Blendfenster vergessen hatte. Er hätte zehn Meter zurücklaufen müssen, hätte er zuvor eingeparkt, aber das hielt er nicht mehr aus. Er blieb mit dem Traktor also gleich vor der Waschküche stehen, dicht an der Wand, ging, ohne es auszuschalten um das Fahrzeug herum, und da geschah es. Als er sich streckte. Er wollte den Wein herunternehmen, aber wie gesagt, das Fahrzeug stand dicht vor dem Fenster. In dem Moment, als er sich streckte. Am Traktor gibt es hinten so ein Ding, das sich dreht, eine Kardanwelle oder so etwas, da kann man die Mähmaschine, die Pumpe, die Sämaschine und Ähnliches anschließen. Diese Kraftmaschine dreht sich ununterbrochen, gerade so, als mache ihr das Spaß. Darin verfing sich der Bund. Der Bund der Hose. Und die Maschine drehte sich, drehte sich weiter, während Opa Töre gerade den Kadarka zu fassen bekam. Es war ein saurer Sandwein, aber doch ein Wein, er konnte sich einen Augenblick lang an ihm erfreuen, nur ganz kurz, dann erschien plötzlich auf einem Karren mit grauem Gespann der Kummer. Denn die Kraft hatte auch ihn an sich gerissen. Den Hosenschlitz, die Unterhosen und alles andere. Zuerst den Stößel, dann die Eier – die Kraftmaschine, welche die Mähmaschine, die Pumpe, die Sämaschine und Ähnliches antreibt.

Am nächsten Tag standen vor dem Lebensmittelladen alle um Glasaugen-Tót herum. Er verriet nicht, woher er es wusste, aber er behauptete, er wisse mit Sicherheit, dass man alles an Opa Töre habe retten können.

»Ihr könnt mir ruhig glauben, meine Lieben, wirklich alles.«

Die Zweifler, unter anderen Gyurka Galy, Ibolyka Fráter und Mátyás Antal, lachten verächtlich. »Ach was, wie hätte man denn Opa Töres Apparat retten können, wenn der Traktor alles zerkleinert hat?«

»Der Traktor«, erklärte Glasaugen-Tót, »hat das Werkzeug selbst nicht an sich gerissen. Nur das Fell. Ja, es stimmt schon, auch die Haut und den Sack, aber lasst mich doch mal ausreden«, sagte er und hob den Zeigefinger. »Das Glied und die Hoden hat die Maschine nicht zerstört, und die Wissenschaft ist nun schon so weit, dass man Opa Töre die Eier hat in den Oberschenkel einpflanzen können.« An dieser Stelle wurden erneut Äußerungen des Zweifels laut, Lachen und iiieh!-Rufe. »Keine Angst«, sagte Glasaugen-Tót, »sie funktionieren auch dort wunderbar! Un da hat man ihm noch ein bisschen Haut vom Arsch abgenommen, um seinen Stengl wenigstens zum Teil damit bedecken zu können. Angeblich hat der Arzt zu ihm gesagt: Von nun an müssen Sie aber ein bisschen vorsichtiger mit den Mädchen umgehen, Opa Töre, denn mit dieser Haut lässt sich nicht so leicht spielen wie mit der vorigen ...«

Hinter dem Denkmal des heiligen Johannes von Nepomuk kann man am Ufer der moorigen, mit Entengrütze bedeckten Kurcza hinter das Schloss gelangen. Hier befinden sich die eingefallenen Mauern des alten Burggefängnisses, auch verschüttete unterirdische Gänge, überwuchert von Brennesseln und Ackersenf, Riedgras und Schilf. Inmitten des Ganzen stehen Weiden, und die Luft ist durchtränkt vom sumpfigen Geruch des bewegungslosen Gewässers. Es ist ein ausgezeichnetes Versteck, wie dafür geschaffen, hier die schwierigsten Fälle zu besprechen. Aus den unterirdischen Gängen führen Fuchsspuren ins Dorf, und wenn man sich umsieht, bemerkt man, dass das Schloss und die umliegenden Häuser die ältesten sind. Sie gehen zurück auf die Anfangszeit der Neuerrichtung des Dorfes: die ersten Stampfbauten, die

Ställe, die Schuppen des Károlyi-Herrschaftsgutes, und ein Stück weiter weg stehen hohe Bürgerhäuser, in denen Juden, Ärzte, Priester und andere Gelehrte gewohnt haben. In jener Gegend kann man wegen der »Alten von früher« die Präsenz des Ewigen stärker spüren als anderswo. Vielleicht noch stärker als auf dem jüdischen Friedhof oder in der Kirche. Hier versteckten wir uns, um die beiden Fälle zu besprechen, denn zunächst hatten wir mit den Ereignissen nicht viel anzufangen gewusst. Zu Beginn konnte ich kaum ein Wort herausbringen. Bece und ich trugen kurze Hosen und graue T-Shirts – wie fast jeden Tag in jenem Sommer nach der Elementarschule. Dezső hingegen trug lange Leinenhosen, als wollte er auf eine Hochzeit gehen. Er sah zwar nicht besonders elegant aus, denn an beiden Hosenbeinen baumelten noch die Wäscheklammern, mit denen er den dünnen, rauen Stoff fixiert hatte, damit er sich nicht in der öligen Fahrradkette verfing, dennoch wirkte er irgendwie erwachsen. Außerdem wusste ich, dass sich meine Rolle als Vereinsvorsteher wieder einmal darauf beschränken würde, ihn zu bitten, uns zu verraten, was Onkel Pista Avarkas Meinung über die beiden Fälle sei. Dezső sagte jedoch kein Wort darüber, er sprach davon, dass es nach László Számfiras Ansicht, der zwar nur Lehrer für Physik und Mathematik sei, aber ein kluger, belesener Mensch, so einen Fall wie den von Ignác Gergely bereits gegeben habe. Es gebe sogar mehrere Romane, in denen so etwas vorkomme, angeblich habe sich irgendein deutscher und vielleicht auch ein ungarischer Schriftsteller aus Siebenbürgen der Sache gewidmet, also hätten wir nicht so einen Schreck bekommen müssen.

Bece sagte, dass er an dieser Information überhaupt nichts Beruhigendes finden könne. In der Heiligen Schrift seien die widerwärtigsten Verbrechen der Menschheit festgehalten. Und was ändere das? Welchen Vater könne man – wäre er vom Wein berauscht eingeschlummert und sein eigener Sohn hätte sich über ihn lustig gemacht – trösten, indem man ihm sagte, er solle ganz gelassen bleiben, so etwas habe es schon gegeben, Noah sei das auch schon widerfahren?

Darauf konnte auch Dezső nichts erwidern, es schien bereits, als wäre er ausnahmsweise gezwungen, klein beizugeben, aber dann fing er doch wieder an: »Trotzdem denke ich, dass der Fall von Ignác Gergely nicht so spannend ist, schließlich ist es ja auch schon anderen passiert.«

Ich gab ihm nicht recht, denn auch für mich war das Ganze ungeheuerlich gewesen, und mir lief es noch dort, am Ufer der Kurcza, in der glühenden Sommerhitze, kalt den Rücken herunter …

Wir waren langsam hinter den Schuppen gegangen, in Ignác' Werkstatt, wo er die von seinem Vater geerbten Werkzeuge, Sprinkler, Schaufeln, Fußleisten, Wasserwaagen und allen möglichen anderen Kram aufbewahrte, wo außerdem Unmengen schwarzer, euterförmiger Gummigebilde herumlagen, die er von den Melkmaschinen geklaut hatte und die man sich, der damaligen Mode gemäß, gern statt der Originalgriffe an den Fahrradlenker montierte. Als wir eintraten und Ignác erblickten, wie er traurig auf einer niedrigen Bank hinter der mechanischen Maismühle saß, bemerkten wir nichts Ungewöhnliches an ihm. Dennoch war ich mir sicher, dass etwas wirklich Schlimmes geschehen sein musste. In der Werkstatt war es kühl und dunkel; der Geruch von Mais und von Ratten hing in der Luft. Dezső sprach mit Ignác in einem Ton, als würde er die Welt regieren:

»Komm raus, Ignác, wir müssen es uns ansehen.«

Ignác trottete ins Sonnenlicht, als hätte er keine andere Wahl gehabt oder sich vielleicht irgendetwas davon erhoffen können, dass wir uns die Veränderung ansahen. Aus irgendeinem Grund schlug in dem Moment, als Ignác mit uns auf den Hof hinaustrat, die Kirchturmglocke, obwohl es gar nicht die Zeit dafür war. Vielleicht hatten sich nur die Ministranten hoch geschlichen und am Automaten herumgespielt, ich weiß es nicht. Die Glocke läutete ein-, zweimal, als das Sonnenlicht auf den Schweizer fiel. Ignác' langhaariger Schäferhund lief zu seinem traurigen Besitzer und leckte seine Hand. Da machte der Hund plötzlich eine halbe Umdrehung, wie jemand, der aus dem Augenwinkel jemanden erblickt hat, und bellte dann einen fremden, schwankenden Schatten an. Sein Herrchen brach zusammen. Wir standen wie angewurzelt da und sahen uns den Schatten an, der von Ignác Gergelys Füßen ausging. Es war nicht jener lange, schlanke, den wir kannten, sondern ein anderer. Ein fremder. Der des Speck essenden Mannes, der sich nun nicht mehr an der Wand des Kulturhauses befand, sondern ganz eindeutig hier. Bei Ignác. Der an ihm klebte wie ein riesiger Mantel, und egal wohin er ging, egal wie herum er sich drehte, er war immer dicht bei ihm. Ignác trug ihn vergebens neben die Dreschmaschine, der Schatten wollte nicht zurückklettern, wollte nicht dorthin, wo er hingehörte.

Ich konnte also, als wir im Gestrüpp hinterm Schloss saßen, Dezső Metz' Begründung überhaupt nicht nachvollziehen. »Schon möglich, dass auch jemand anderes bereits einmal eine fremde Silhouette mit sich herumgeschleppt hat, einen kleinen besitzerlosen Schatten, der irgendwie an ihm kleben geblieben ist«, sagte ich, »aber alltäglich ist das bestimmt nicht. Außerdem ist das, was in einem Buch steht, nur erfunden, und in diesem Fall sieht es so aus, als könne Ignác Gergely nicht zur Melkerei radeln, weil bereits in den frühesten Morgenstunden das halbe Dorf am Wegesrand herumlungert, um ihn zu sehen. Und ganz davon zu schweigen, dass Gábor Töre meint, selbst die Kühe hätten Angst vor ihm, seit Ignác einen kleinen, dicken, hockenden Schatten besitzt. Auch wenn der Schatten angeblich der seines Vaters ist, der gerade Speck isst.« Gábor Töre hatte gesagt, die Kühe gäben nicht genug Milch. Vormittags, wenn die Kinder schon wach waren und in den Mulden am Rande der Dorfstraße lagen, vor der Hanffabrik, im verwucherten kleinen Graben vorm Krematorium, aber auch weiter unten, vor dem Haus von Beces Famile, vor dem von Páter und vor Glasaugen-Tóts Tor, am Friedhof gegenüber und am Brunnen in der Pusztaer Straße, vorm kleinen Laden, vor der Kneipe und Konditorei Oláh und auch am Lebensmittelladen, dann war es für Ignác die Hölle, nach

Hause zu fahren. Wo er auch hinfuhr, überall schrien ihm die Bengel hinterher, sie bewarfen ihn und trampelten auf dem runden Schatten herum.

»Iss, Papa, iss«, riefen sie dem kleinen dicken Schatten zu, und Ignác trat in die Pedale, um endlich nach Hause zu kommen, und er nahm sich zusammen, auch wenn es ihm schwer fiel.

»Das ist ja doch etwas anderes«, sagte ich gereizt.

Aber egal, was ich sagte, Dezső starrte nur vor sich hin. Auf seinem Gesicht ließen sich Mücken nieder, was ihn jedoch nicht zu stören schien. Er trommelte auf seiner Deckelkanne herum und murmelte etwas, dann, als Bece ihn anfuhr, blickte er für einen Augenblick auf, aber wirklich nur für eine Sekunde, bis sein Blick wieder leer wurde. Dann wieder Murmeln. Ich spürte, dass etwas geschehen würde. Dezső würde einen Anfall bekommen, was auch immer das bedeuten sollte. Er würde wahnsinnig werden wie alle Botschafter, an denen man eine bunte Palette von Anzeichen der auf den Auserwählten lastenden Krankheiten beobachten konnte. Ich hatte Angst, wagte aber nicht, Hilfe zu holen, und hatte den Eindruck, auch Bece Beregi behagte die Lage nicht besonders. Die bequemste Lösung wäre gewesen, ihn dort zu lassen, wir trauten uns jedoch nicht, sondern lauschten wie verzaubert seinen Worten.

»Das ist nichts anderes«, sagte Dezső kaum hörbar. »Nehmen wir doch die Hoden in Opa Töres Oberschenkel, das ist dasselbe. Eine klebrige Angelegenheit. Es gibt so viel Klebriges in der Welt! Sie waren da. Als Pista Avarka mir davon erzählte, sah ich sie fast: zwei kleine Hügel auf der Innenseite von Opa Töres Oberschenkeln, als wären sie von etwas angezogen worden und dort kleben geblieben. Und sie funktionieren. Es schwimmen Spermien in ihnen. In diesem Oberschenkel steckt Leben, stecken viele Leben, die dahingleiten, so wie die Spermien durch die Muskelbewegung hin- und hergeworfen werden. Denn so ein Oberschenkel ist ja fast nie reglos, ihr könnt euch nicht vorstellen, was dort los ist. Die Dinge sind eben klebrig, die Angelegenheiten im Allgemeinen. Alles klebt. Vielleicht hängt wirklich alles damit zusammen; an mir zum Beispiel klebt der Geist Pista Avarkas, ständig redet er, kommt zu mir, quasselt mir die Ohren voll, er klebt an mir wie der fremde Schatten an Ignác Gergely. Meiner Meinung nach spricht der Schatten ebenfalls, wenn auch nicht mit Worten, sondern irgendwie anders. Man muss ihn gern haben, das ist alles, und dann wird es keinen Ärger mit ihm geben. Angeblich ist es sein Vater. So schwer kann es doch nicht sein: Der Schatten seines Vaters schwebt eben immer hinter ihm. Was ist da das Problem? Ist das nicht schön? Der tote Vater. Die Vergangenheit kommt, nein, nicht die Vergangenheit, der Tod ist es, ja, es stimmt, der Tod, das ist auch so etwas Klebriges. Man muss an jemandem kleben, es geht nicht anders. Auch die Toten kleben, der Tod, nur die Gegenwart nicht, das Jetzt, also die Tatsache, dass wir hier sind, klebt nicht. Das ist auch nicht besonders angenehm. Wer will denn schon frei sein von jeglichem Kleben? Ich erinnere mich an mein erstes Kleben!«, sagte Dezső laut lachend. »Ich habe mich in den Zug gesetzt, nur so, ich musste nirgendwohin, mir war einfach zu Hause langweilig geworden, ich war neugierig auf dieses schwitzende Südungarn, ich wollte wissen, ob es überall so verwildert und trocken war wie hier. Aber dieser verdammte Zug kroch den ganzen Weg bis Orosháza, ich musste enorm viel Geduld aufbringen, um nicht aus lauter Wut und Hilflosigkeit loszuschreien. Ignác würde wegen seines Vaters bestimmt auch gern aufschreien. Und Opa Töre ebenfalls, weil seine Hoden sich nun an einer fremden Stelle befinden … Aber man muss sich eben an das Kleben gewöhnen. Mir fiel es auch schwer«, murmelte Dezső weiter. »Stellt euch vor, dieser unverschämte Zug schleppte sich so langsam voran wie der Traktor, der übers Feld fuhr. Stellt euch den kleinen roten Zug vor, wie er so langsam nach Orosháza tuckert, dass er den auf dem Feld neben ihm pflügenden Traktor nicht überholen kann. Die beiden Fahrzeuge fuhren qualmend nebeneinander her, die Krähen setzten sich während der Fahrt auf das Zugdach, und drinnen begannen die Leute unruhig zu werden, weil das Krächzen auch im Zug zu hören war. Das Kratzen der Krähenfüße. Man hörte diese vielen Krallen am verrußten Dach kratzen. Und da überraschte mich plötzlich das erste wirkliche Kleben meines Lebens! Vom Himmel her war eine Stimme zu hören. ›Dies sind meine Söhne‹, sagte sie, ›an denen ich mich *nicht* erfreue.‹ Seht ihr, uns wurde ein Stempel aufgedrückt. Besser gesagt, angeklebt.«

»Wovon redest du, Dezső?«, sagte Bece und fiel ihm ins Wort. Er versuchte ruhig zu wirken. »Wir verstehen dich nicht.«

»Ist irgendetwas nicht in Ordnung?«, fragte ich besorgt.

Dezső Metz fuhr jedoch unbeirrt fort, er hörte uns überhaupt nicht. Er erzählte weiter, fieberhaft und vertieft, als ginge ihn unsere Wirklichkeit nichts an. Er spann ein Geflecht aus wirren Fäden, zwischen denen ausschließlich der weit gefasste Begriff des *Klebens* eine Verbindung herstellte. Die Fahrt nach Orosháza wob er auf eine ganz sonderbare Art in dieses Geflecht ein. Später wollte er mir nie wieder etwas davon erzählen, aber dieser Anfall hatte die Erinnerung daran in ihm geweckt …

»Der Ewige hatte ebenso viele Krähen auf das Dach des Zuges geschickt, wie Menschen in ihm saßen, sich kratzten und ungeduldig auf ihren Sitzen hin- und herrückten«, sagte er. »Ich war kein Augenzeuge, ich spreche nicht vom Sehen des Auges! Auch dieses Wissen darüber, wie viele es waren, ist an mir kleben, in mir stecken geblieben. Bei der Meierei Justh stieg eine alte Frau ein, mit wässrigem Blick, ihre Augen tränten ununterbrochen. Ihr Gesicht war behaart.« Um dies zu demonstrieren, strich Dezső über sein eigenes Kinn. »Sie hatte einen gestreiften, blutbefleckten Beutel in der Hand und flüsterte mir zu, dass sie die Hühnerleber roh esse, und wenn sich dann die vielen Seelen in ihrem Mund gesammelt hätten, dann lasse sie sie herausströmen, sie lasse sie frei, lasse sie an ihren Mundwinkeln über ihren Bart hinauslaufen. Und dann kam auch noch ein Geist, mein erster klebriger Geist. Auf jener Strecke, die nach Orosháza führt, wurde ich zum Botschafter, dort kam der Erste von ihnen zu mir! Der klebrige Geist sagte mir, auf jener Strecke habe Zsigmond Justh gewohnt, und er selbst sei ein Geist aus der Meierei, ein Klebriger aus der Meierei, und dabei schaute er durch das offene Zugfenster. Er riet mir auszusteigen. Er sagte, dass sämtliche Geister des ehemals riesigen Hunyadi-Gutes dort spuken würden, am Rand eines Orts namens Szentetornya, dort hätten die Schauspieler des ehemaligen Bauerntheaters gelebt und heute seien sie bereits allesamt Geister. Eine Familie namens Szelecsi, sie hätten in dem von olympischen Säulen gestützten, duftenden, weiß gestrichenen, von Baumkronen überdachten Bauerntheater *Oedipus*, *Heinrich IV.* und *Tartuffe* gespielt. Jene Entfernung«, sagte mein Freund Metz lachend, »legt man zu Fuß schneller zurück. Wegen der Geister der Bauern«, fuhr er vor sich hinmurmelnd fort. »Denn die Alten nehmen einen auf ihre Schultern. Ihre Köpfe sind nicht nur vom Rauch der Träume erfüllt, von den Düften der Speisen und Getränke, vom rohen Geschmack der Körper. O nein! In ihnen kleben auch die Sätze der griechischen, französischen und englischen Tragödien. Ein Geist aus der Meierei hat sich durch das offene Zugfenster gelehnt! Damals wurde ich zum Botschafter. Er erzählte, die Bauern der Tiefebene hätten beim Schobern Monologe von Plautus und Molière aufgesagt und die Knechte hätten mit entsetzlichen Ohrfeigen zu rechnen gehabt, wenn sie bei der Ernte Shakespeare deklamierten und dabei den Text verfehlten. Er sagte, nach Meinung Onkel Zsigmonds stehe dem griechischen Temperament das der Bauern aus Südungarn am nächsten. Ich wäre beinahe ausgestiegen«, sagte Dezső mit leiser Stimme. »Denn damals war ich noch kein wirklicher Botschafter. Das Tor war gerade erst dabei, sich zu öffnen. Ich wollte etwas von den auf dem nackten Stoppelfeld barfuß umherrennenden Sophokles-Sätzen spüren, von den Schreien der nicht bestatteten Körper und der an der Wegkreuzung ermordeten Väter. Aber ich war nicht imstande. Wieder das Kleben! Es war mein Fuß, mein Fuß klebte fest. Es ging nicht. Ich hatte das Gefühl, als könne ich es im Schatten der Eichen der Meierei nicht aushalten. Ich war kleben geblieben. Ich glaubte, und vielleicht hatte ich auch recht, die vom Ewigen beaufsichtigte Welt verlassen zu haben. Ich war jenseits von allem Beschreibbaren und Vorstellbaren. Denn die alten Frauen«, sagte Dezső kichernd, »werden zu Trugbildern, sie schweben von dannen, ihre Kopftücher vibrieren irgendwo in der Ferne, und du stehst nur unbeholfen herum, siehst ihnen nach und willst nicht glauben, dass außer dir jemals irgendwer in dieser gottverlassenen Gegend gewesen sein soll.«

In diesem Augenblick sprang Bece Beregi auf. Selten habe ich ihn so aufgewühlt gesehen wie damals, ich dachte, er würde gleich wegrennen, weil er dieses wirre Gerede nicht mehr aushielt. Er schlug sich auf die Oberschenkel, und sein Blick wanderte umher, als würde er ununterbrochen etwas beobachten. Er stieß ein aufgebrachtes Grollen aus, als hätte man ihm ins Fleisch geschnitten. Er schlug immer lauter auf seine unterhalb der kurzen Hose unbedeckten Beine; es war erregend, wie seine feuchten Hände gegen die nackte Haut klatschten. Dann sank er verzweifelt wieder in sich zusammen und schaute zu Dezső, dessen Blick immer noch vollkommen starr war und der vor sich hinbrummelte, als spräche er mit der Luft.

»Meiner Meinung nach hat in der Gegend nie jemand irgendetwas vorgetragen«, fuhr Metz fort. »Jetzt spürte ich bereits, dass ich Botschafter war, das habe ich dem klebrigen Geist auch gesagt. Kein einziger Satz war jemals dort rezitiert worden. In dieser verdammten Puszta haben die beschränkten Bauern nie etwas rezitiert, von wegen Ede Szigligeti, Ferenc Molnár oder Pongrác Kacsóh. Wie sollten sie denn überhaupt jemals von diesen Leuten gehört haben?«

»Ich bitte dich inständig, hör auf«, sagte Beregi und schlug wieder auf seine Oberschenkel. » Dezső, lass den Quatsch!«

»Der klebrige Geist aus der Meierei, der durch das offene Fenster hereingeschaut hat«, fuhr Metz fort, ohne sich auch nur im Geringsten stören zu lassen, »sagte, er habe sich in mir getäuscht. In dieser Gegend könne man sich nur über den Vergilbungsgrad der gelesenen Buchseiten unterhalten. Denn es existiere nur das geschriebene Wort, in der Wirklichkeit gebe es nichts. Hier könne man sich nur darüber unterhalten, dass irgendein Oblomow, egal, wie sehnsüchtig die Leser es sich anders wünschten, einfach nicht aus dem Bett aufstehe. Es könne noch so sehr regnen draußen, und auch seine Bekannten könnten zu Besuch kommen und in ihren Mänteln durchfroren vor seinem Bett stehen, er sei nicht bereit, sich auch nur das kleinste bisschen zu bewegen. Hundertvierzig Seiten lang liege er nur da, das sei alles. Und der klebrige Geist aus der Meierei, der durch das offene Fenster hereingeschaut hat, sagte auch, dass deshalb viele Leute aus dieser Gegend die Zeit in Seiten messen würden. ›Ich unterhalte mich seit zwanzig Seiten mit dir, Dezső‹, das hat er zu mir gesagt. Und dass es draußen seit mindestens vierzig Schreibmaschinenseiten regne. Dabei regnete es doch gar nicht! ›Seit mindestens zweihundert verschluckten Sätzen sage ich nichts Wesentliches‹, sagte der Geist, ›und lausche nur den Sätzen des Regens, wie sie draußen rauschen. Dezső, ich muss dir auch anvertrauen, dass ich nicht mehr genug Worte habe‹, sagte er. Und er fügte hinzu: ›Botschafter Metz, ich verrate dir, dass es mich überhaupt nicht mehr gibt, es gibt nur noch die Stille der Meere, in meinem Kopf ist der Weltkrieg noch nicht vorüber, der jetzige Krieg, wie die Alten von früher ihn genannt haben.‹«

Bece saß nun bereits vollkommen zusammengekrümmt da, er hatte die Beine an seinen Oberkörper herangezogen.

Dezső murmelte unaufhaltsam weiter. Er erzählte und erzählte, was dieser auffallend belesene Geist aus der Meierei, der durch das offene Fenster hereingeschaut hatte, angeblich alles gesagt hatte.

»Mein lieber Dezső, ich lese gerade, dass man einen deutschen Offizier bei mir einquartiert hat, der abends neben dem Herd steht und andauernd spricht. Ich lasse mich selbstverständlich nicht korrumpieren, ich antworte ihm nicht. Botschafter Metz, weißt du, ich hätte am Feuer nichts mehr zu erzählen. Selbst mit einem herrlich perlenden Bier vor mir schweige ich nur noch. Was könnte ich ihm erzählen? Hm. Dass ich die Brücke über der Drina bin? Der Zug, der den Köper Anna Kareninas zerfetzt hat? Die eitrige Wunde, die Nanas Gesicht verunstaltet? Gewiss bin ich das. Oder die russische Uniform, die Švejk, den treuen Soldaten der Monarchie, zu ihrem Gefangenen macht? Dass mein Seufzen zehn Zeilen füllt und dabei nicht einmal einen Grashalm bewegen kann?«

Ich versuchte, Bece aufzurichten.

»Was ist los mit dir?«, fragte ich. »Beregi, was ist passiert?«

Ich nahm sein Gesicht in meine Hände und streichelte es.

»Bece, dieser Verrückte quasselt doch nur daher! Über das Kleben und über was weiß ich nicht was. Er hat keine Ahnung, die Zeit vergeht nicht in Sätzen, glaub mir. Er hat von nichts eine Ahnung. Hörst du mir zu?«

»Und der klebrige Geist aus der Meierei, der durch das offene Fenster hereingeschaut hat«, fuhr Dezső fort, »fragte mich zum Schluss: ›Sag mir, Dezső, wenn schon alles beschrieben wurde, auch das, was erst sein wird, und wir nur noch dadurch sind, dass man uns beschrieben hat, was zum Teufel gibt es dann noch zu sagen?‹«

Der ewig mahnende Finger des Allmächtigen

Der Tag des heiligen Stephan wurde, auf ausdrücklichen Wunsch der Genossen, als *Das Fest des neuen Brotes* bezeichnet. Der 20. August begann in jedem Jahr damit, dass der Ratsvorsitzende Sándor Guliga auf der Tribüne des Sportplatzes ein Vierpfünder-Hausbrot anschnitt, das, obwohl ein Weißbrot, oben etwas braun, stellenweise sogar leicht verbrannt war. Er salzte es, dann wurde es von Vater Áron direkt vor den Anwesenden schweigend gesegnet, und auch wir dankten dem Ewigen nur innerlich. Früher war das Ganze so abgelaufen, dass auch Vater Áron auf die Bühne ging, das Brot laut segnete und außerdem derjenige war, der es anschnitt, so wie es der Brauch verlangte. Vor einigen Jahren war Sándor Guliga jedoch ins Komitatsparteibüro nach Szeged bestellt worden, wo man eine sehr ernste Unterhaltung mit ihm führte. Er hinkte noch drei Wochen nach dieser Fortbildung und sprach auch etwas seltsam, denn er hatte sich, als er verprügelt wurde, auf die Zunge gebissen; dafür wurde er aber unbestreitbar auf eine höhere ideologische Ebene gehievt, und so kam es, dass er den lauten Segen abschaffte. Ich glaube, dass er, ebenso wie alle anderen im Dorf, große Angst davor hatte, der Ewige könnte ihm die Anbetung des Goldenen Kalbs verübeln. Nach dem Anschneiden des Brotes kehrten Jung und Alt der Tribüne den Rücken, die mangels einer geeigneteren mit der für den ersten Mai vorgesehenen Dekoration geschmückt worden war. Man hatte lediglich die Aufschrift »Tag der Arbeit« mit einer roten Arbeiterfahne verhängt; Marx, Engels und Lenin waren geblieben. Das Programm hielt keine Überraschungen bereit; an diesem Tag kam es immer zum Fußballturnier der Sáraságer Alten Herren und irgendeiner Seniorenmannschaft aus der Umgebung. Es war das Eröffnungsspiel der Herbstsaison, eine feierliche Veranstaltung: Die Fans tranken fleißig und aßen unter Umständen auch etwas Rindergulasch oder gebratenen Fisch, der in mit Paprika gewürztem Mehl paniert worden war. Die Deckelkannen ließ man großzügig zu Hause, da ja neben dem Spielfeld ohnehin einige braune Militärzelte aufgestellt worden waren, in denen man Wein von den Weinbauern sowie koscheren Pflaumenschnaps und stark schäumendes Hausbier bekommen konnte.

Franczek hatte seiner Geliebten einige Tage vor dem Fest unseres ersten Königs den Laufpass gegeben. Das junge Mädchen aus dem Heim zog zurück aufs Schloss, und Gyula brachte seine Familie aus Mindszent zurück nach Hause, die Kinder tollten wieder zwischen den vernachlässigten, efeuumrankten Lebensbäumen umher, auf die sich bereits der Altweibersommer gelegt hatte, oder gingen ans Kanalufer, um die Angler zu erschrecken. Frau Sarolta Franczek begann ihr Grundstück mit einem beispiellosen Eifer aufzuräumen. Die Umgebung des Hauses war in ihrer Abwesenheit verwildert, die Blumen waren eingegangen, den Garten hatte das Unkraut überwuchert. Frau Franczek reinigte den zu ihrem Haus gehörenden Abschnitt des Entwässerungsgrabens, sie grub die unter den Pflaumenbäumen aus Kernen gewachsenen Bäumchen samt Wurzeln aus und pflanzte sie hinten im Garten in einer Reihe wieder ein. Sie strich die am unteren Ende morschen Zaunlatten braun an und kratzte eine dicke Schicht eingetrockneten und festgetretenen Hühnerdrecks von der Terrasse. Mit einem Wort: Sie benahm sich wie eine Musterhausfrau und tat dies mit solch einer Natürlichkeit, als wäre sie lediglich nach einem Krankenhausaufenthalt nach Hause gekommen.

Am Nachmittag des 20. August brannte die Sonne, wir saßen bei Dezső im Garten, unter den harzigen, von Würmern zerfressenen Pflaumenbäumen, und Páter klimperte im Haus auf seinem schniefenden, kaputten und verstimmten Harmonium. »Heilig, heilig, heilig, Gott, Herr aller Mächte und Gewalten«, trällerte er halb oder vollkommen betrunken. Und ich sprach endlich aus, was mich seit Tagen beschäftigte:

»Wie schnell man doch nach der Rückkehr der Familie Franczek zur Tagesordnung übergegangen ist!« Weder meine Schwester in der Kneipe und Konditorei Oláh noch wir im Krematorium hatten gehört, dass irgendjemand die Angelegenheit kommentiert hätte. Zumindest war ich kein Ohrenzeuge gewesen, wie jemand Spekulationen darüber anstellte, von wem wohl die Franczek-Kinder sein mochten. Im Gegenteil, die Ordnung der Welt schien mit der Rückkehr von Frau und Kindern wiederhergestellt zu sein; die Familie muss schließlich zusammensein, wer hat denn schon so etwas gesehen, dass ein reifer Mann sich mit einem Backfisch zusammentut? Kein Mensch rührte an solche Nebensächlichkeiten wie die Frage, wer denn derjenige gewesen sein mochte, der seine Rute heimlich in Frau Franczek gesteckt hatte, und aus wessen Samen Laila gewählt hatte.

Bece trank einen Deckel voll verdünnten Biers aus seiner Kanne und sagte, seiner Meinung nach sei die Kraft der Liebe, die ein Sohn seinem Vater entgegenbringe, unglaublich stark. Der Sohn liebe den Vater, selbst wenn dieser ihn nicht liebe; das Band entstehe von allein. Er müsse es schließlich wissen, fügte er in einem bitteren Ton hinzu und dachte dabei wahrscheinlich an seinen untreuen Vater, der im Gegensatz zu Franczek neben einem Mädchen sein Glück gefunden hatte, das ebenfalls aus dem Heim stammte und mit dem er in die Hauptstadt geflohen war, als Bece noch nicht einmal ein Jahr alt gewesen war. Diese kleine Schlampe, wie man sie in der Familie Beregi zu nennen pflegte, hatte Beces Vater seitdem bereits drei Kinder geboren.

»Ich liebe meinen Vater«, sagte Bece, »auch wenn er im wirklichen Leben der Vater von jemand anderem ist. Ich denke an Budapest, an einen fremden Mann, ich stelle ihn mir in einem karierten Flanellhemd vor, er trägt einen Bart, und sein Haar lichtet sich. Diesem Vater meiner Vorstellung fehle ich. Das erzähle ich nur«, sagte er, »weil Gyuszi und Imi, die beiden Franczek-Kinder, Gyula bestimmt auch lieben, selbst wenn keine Blutsbande zwischen ihnen bestehen. Den Großen haben seine dämlichen Kumpel bestimmt schon getriezt: ›Dein Vater ist überhaupt nicht dein Vater‹ und so weiter; also wissen sie es bestimmt. Meine Mutter ist der Meinung, dass sie Gyula trotzdem lieben.«

»Es ist ja auch in Ordnung, dass sie ihn lieben«, antwortete Dezső, »schließlich hat ihre Zuneigung nicht einem Hodensack gegolten. Aber wie erklärst du dir, mein Freund«, sagte er mit erhobener Stimme und machte dann eine geheimnisvoll lange Pause, »dass sie ihm auch ähnlich sehen?«

Bis zum späten Nachmittag grübelte ich darüber nach. Wie war es möglich, dass die beiden Jungen Gyula ähnelten? Nicht nur ihre Bewegungen, ihre glänzenden braunen Haare waren die seinen, auch ihre Münder sahen dem seinen, wie man so schön sagt, sprechend ähnlich. Wie konnte das sein? Die Kinder kamen ausgesprochen nach ihrem Vater, alle im Dorf waren der Meinung, sie seien beide ganz der Vater. Und dann doch nicht. Denn die Krankenhausärzte hatten Gyula Franczek ja gesagt, er sei so steril wie ein Päckchen Verbandmull und sei es auch schon immer gewesen.

Am frühen Abend, als die von den Calvinisten herbeigeholte Zigeunertruppe zu spielen begann, trauten auch wir uns zum Fußballfeld. Ich spürte ein bitteres Unbehagen in mir, wie zu Beginn des Sommers, als Frau Franczek während des Spiels gegen die Lehramtsstudenten ihre Kleider zerriss. Wir liefen mit der gleichen vorsichtigen Neugier den Hang hinunter. Diesmal hatte die Unruhe keinen konkreten Grund. Insgeheim schrieb ich dieses Gefühl der Möglichkeit zu, einigen Freundinnen meiner Schwester im Dunkeln an den Hintern fassen zu können, nur so lange, bis sie anfingen zu schreien, man sie dann wegschubste und so tat, als sei nichts geschehen. So etwas geht schon mit einer gewissen Aufregung einher, bestimmt ist es das, was mir die Kehle zuschnürt, dachte ich.

Auf dem Spielfeld entdeckten wir Gyula Franczek, seine Frau und die beiden Kinder, die Zwillinge hätten sein können. Da wusste ich bereits, dass es nicht die mögliche Mädchenjagd war, die mich nervös machte. Das Zelt, das wir betraten, war erfüllt vom Duft gebratenen Fischs, panierter Leber, die mit Hilfe von Infrarotlampen warm gehalten wurde, gebratener Hühnerkeulen, in Knoblauch marinierter Schweinekämme, verschiedener Würste und Bratkartoffeln. Dezső bestellte drei große, frisch gebraute Biere, denn wir hatten unsere Kannen ebenfalls nicht mitgebracht. Dann setzten wir uns neben das Militärzelt auf eine wacklige Bank, unter die Pappeln mit den großen Löchern im Stamm, in denen man sogar einen Säugling hätte verstecken können.

An den Tisch, an dem die Franczeks saßen.

Um uns herum feierte das ganze Dorf, kaum jemand saß. »Tante Lidi ging auf den Markt«, grölten sie, »juchhe!« Die Männer brüllten mit hervorquellenden Augen und unterdrückten die schrillen, quäkenden Stimmen der Frauen fast gänzlich. »Auf den Rücken ein Pack sich band, juchhe!« Ich wusste, Dezső würde sich *dorthin* setzen; er ging mit seinem Bier in der Hand voran, wir ihm hinterher. Fast alle Tische waren frei; obwohl er sich also überall hätte hinsetzen können, steuerte er schnurstracks auf die frisch versöhnte Franczek-Familie zu. Ich erinnere mich an mein Befremden und an den Schrecken, der mich überkam, als ich mir diesen kräftigen, aber fast vollkommen ergrauten Mann von mindestens Mitte vierzig ansah. Er aß geröstete Sonnenblumenkerne; die als Aschenbecher hingestellte Kunststoffurne, die ursprünglich ein Spielzeugeimer gewesen war, quoll bereits über vor lauter Schalen.

Die für mich lästige Freundschaft mit dem Warenbeschaffer Gyula Franczek, Dezsős plötzlicher Auszug aus Páters Haus, das *Klein-Tagebuch*, einige Wochen später das Erscheinen einer dämonischen Frau namens Irén Ráchel im Dorf und die Pendelei zwischen Feketeváros und Sáraság: All das hielt ungefähr zur selben Zeit Einzug in mein Leben und brachte es gewaltig durcheinander.

Bis dahin war alles sicher gewesen, warm und durchschaubar – kein einziges Zeichen des Verfalls.

Am Ende des Sommers wird das Volk der Heiligen Schrift wochentags jeden Morgen vom Klang des Schofars daran erinnert, dass es vor *Rosch ha-Schana*, dem großen Neujahrsfest im September, eine spirituelle Bilanz des vergangenen Jahres zu ziehen hat. Übrigens ist das Symbol des Monats Elul ein Mädchen, eine Jungfrau. Ich weiß nicht, was geschehen war, vielleicht hatten unsere alten Ichs vergessen, Bilanz zu ziehen, vielleicht hatte jemand heimlich der Jungfrau beigeschlafen, auf jeden Fall wendete sich für mich alles auf einmal zum Schlechten.

Wir stellten uns nicht einmal vor, saßen nur auf der schmalen, wackligen Holzbank, uns gegenüber eine fremde Familie. Metz und Beregi lächelten dümmlich, Franczek sah sie mit düsterer Miene an, ich konnte wieder nicht meinen Blick von der anziehenden, zugleich jedoch auch abstoßenden Frau Franczek abwenden. »Gib mir die Birnen, die Drei-Kilo-Birnen«, sang auf der Bühne ein Roma mit geölten, nach hinten gekämmten Haaren.

»Der Allmächtige verfügt über das Recht und die Möglichkeit, die Seele mit Blut und Schmerz zu befruchten«, sagte der Warenbeschaffer Gyula Franczek.

Am nächsten Tag versuchte ich darüber zu scherzen:

»Entschuldigt bitte, aber kein normaler Mensch würde jemals so etwas sagen. Es setzen sich Fremde zu ihm, um Bekanntschaft zu schließen, und statt sich vorzustellen sagt er: ›Der Allmächtige‹ und so weiter. Was für ein Idiot!« Jedoch fanden weder Bece Beregi noch Dezső Metz diese Aussage oder die Tatsache, dass jemand auf diese Art Bekanntschaften schloss, auch nur irgendwie seltsam. Sie nannten mich engstirnig und humorlos. Nun sei es ganz offensichtlich, dass es sich hier um einen komplizierten und ernsten Fall handle, so sehr ich mich auch dagegen sträuben würde, sagte Bece zurechtweisend.

»Nur der Allmächtige hat das Recht«, fuhr der Warenbeschaffer Gyula Franczek fort, »den Wein sauer werden zu lassen und dem Brot den Geschmack zu nehmen. Selbst seinem treuesten Diener gab er zu verstehen, er empfinde weder Freude noch Leid angesichts des Verfalls. Wenn uns überhaupt etwas zusteht, dann nur so viel, dass unsere Seele in der Zerstörung fruchtbarer wird! Irgendetwas entsteht aus ihr, selbst in dieser verdammten Gegend. Irgendetwas«, sagte Franczek und legte seine Hand in den Schoß seiner Frau.

»Haut ab, Jungs, geht spielen«, befahl er den Kindern. Ich beobachtete, wie die beiden Jungen wegtrotteten. Sie versuchten, sich irgendeiner Gruppe von Kindern anzuschließen, aber während ihrer anderthalb Jahre langen Abwesenheit waren sie Fremde geworden, die ehemaligen Freunde hatten sie vergessen, keiner schien sie zur Kenntnis zu nehmen. Weder die Kinder aus der Unterstufe, die gerade damit beschäftigt waren, neben den Umkleideräumen die Gänse zu ärgern, noch die aus der Oberstufe, die auf der Jagd nach leeren Flaschen waren, um sich vom Pfand ein wenig Bier in ihre Deckelkannen füllen zu lassen.

»Etwas entsteht«, erklärte Gyula Franczek, »aus dem man die Ordnung der Büsche, das Raunen des Windes, das Geknister der Tüten ablesen kann.« Er lehnte sich nach vorn und schien etwas im Schoß seiner Frau zu suchen. Sarolta Jászis Augenlider begannen zu zucken. Da bemerkte ich, dass ihre Lippen bluteten, weil sie anscheinend bereits seit einer Weile auf ihnen herumgebissen hatte. »Auch hier in Sáraság wird noch etwas geschehen, hier, wo die Azazelstraße von den Fußstapfen der Riesen übersät ist, wo die Frauen der Winter-Siedlung schon immer diejenigen der gesamten Schöpfung gewesen sind, die früher wussten, wie man sich die Lider anmalen, wo man seinen Schmuck hinhängen muss.«

Während er seine Predigt hielt, machte sich Gyulas Hand unter dem Tisch zu schaffen. Ab und zu stockte er mitten im Satz und tat so, als hätte er nur ganz tief eingeatmet, doch man hatte vielmehr den Eindruck, seine Aufmerksamkeit sei von etwas anderem beansprucht worden. Frau Franczek seufzte tief, dann auf einmal ganz tief.

»Was wussten die Frauen der Siedlung früher?«, fragte ich verstört. »Und im Verhältnis zu wem?«

Franczek sah mich gar nicht an, lehnte sich bloß wieder etwas nach vorn. Sarolta Jászi presste ihre Lippen aufeinander, blickte in die Ferne, in Richtung der Windmühle, als interessiere sie sich für das Rauschen der riesigen Espen am Rande der Straße. Gyula fuhr leiser und freundlicher fort, als würde er uns seit langem kennen, als wären wir alte Freunde.

»Auch in Sáraság ist etwas auf einem Papier entstanden«, sagte er. »Und in jenen paar Hundert vertippten, verschriebenen, neu gezauberten Zeilen hat das Auserwähltsein zu wirken begonnen.«

Sarolta Jászis Gesicht verzerrte sich zu einer Grimasse, sie stöhnte kurz, kaum hörbar.

»Oder das Hinabgestoßensein«, sagte Gyula, »das ist vollkommen gleich.«

»Ich schwebe weg wie die Schwalbe, hoch hinauf in die Lüfte«, grölte die Menge.

»Diese Bauern mit den schrundigen Lippen und den zerschlissenen Hosen«, sagte Gyula Franczek, »haben vor allen anderen Bauern dieser Welt das himmlische Geheimnis der ursprünglichen Zeit erfahren.«

Aus Sarolta Jászis Augen traten Tränen hervor, ihre Augäpfel lagen, als hätte man mit unsichtbaren Fäden an ihnen gezogen, in den Augenwinkeln. Sie stöhnte wieder, diesmal bereits lauter, und atmete stockend.

»Die Bauern müssen das heilige Wort, das an uns gerichtet wurde, gehört haben«, flüsterte uns Gyula beinahe ins Gesicht. »Wovon nur noch der morgendliche, unwillkürliche Redeschwall erhalten geblieben ist. Und aus der ursprünglichen Zeit ist irgendeine diffuse Ungeduld, ein Warten übrig geblieben. Eine zerfranste Ahnung. Der unerträgliche Durst wird so lange nicht gestillt werden können«, sagte er, »bis auch uns die Strafe ereilt.«

Frau Franczeks Arme und Oberkörper spannten sich an, sie ergriff mit ihren dünnen, knochigen Fingern die Tischplatte. Es gibt einen lächerlichen Übergangston zwischen Stöhnen und Schreien; er klingt, als würde derjenige, der ihn ausstößt, um etwas flehen, wovon sein Leben abhängt. So ein Ton war es, der an irgendeiner Stelle aus dem mageren, angespannten Körper drang, vielleicht aus einer der erregt wogenden Brüste.

»Wir können so lange unsere blauen Deckelkannen mit uns herumschleppen«, sagte Gyula, »bis auch in Sáraság die überhimmlischen Gewässer sich mit den unterirdischen Gewässern endlich vereinen, bis sich die männlichen Gewässer in den weiblichen Gewässern auflösen.«

Ich schwitzte. Die Innenseite meines Oberschenkels war so angespannt, dass ich mir sicher war, innerhalb weniger Augenblicke einen Krampf zu bekommen.

»Onkel Pista Avarka hat gesagt«, fuhr Franczek fort, »Sáraságs erster Dorflehrer und Kantor habe Mitte des achtzehnten Jahrhunderts prophezeit, dass, solange nicht irgendein großes Wasser das Dorf desinfiziert und es somit von der hier schlummernden Vergangenheit befreit, also das Theißufer durchspült, die Straßen der Winter-Siedlung, das bronzene, das silberne und das goldene Grab des Hunnenkönigs, die Reste der alten Burgmauer und des türkischen Gefängnisses, die Stelle, an der die Synagoge errichtet werden sollte, die Umgebung des Denkmals des heiligen Johannes von Nepomuk, die verstreuten Gräber, das Schilfdickicht, die Scheunen, die Storchennester, den seltsamen, unverständlichen morgendlichen Wortschwall – dass solange alles beim Alten bleiben werde.«

»Ich komme gleich wieder«, sagte Sarolta Jászi in einem sanften, beschwingten Flüsterton. Sie stand auf, glättete sorgfältig ihren zerknitterten Rock und blickte dann demutsvoll ihren Mann an. Gyula nickte. In ihren leichten Schuhen mit dem schmalen Absatz konnte sie sich zwischen den dicken gelblichen Grasbüscheln nur beschwerlich fortbewegen, sie näherte sich unsicheren, dennoch beflügelten Schritts den Toilettenhäuschen. Wie ein betrunkener Engel.

»Sie ist eine demütige Frau«, sagte Gyula Franczek, als er seiner Frau hinterherblickte. »Sie kennt alle Freuden der Scham.«

Bis Sarolta Jászi zurückkam, saßen wir schweigend am Tisch. Ich bekam wiederholt Krämpfe im Oberschenkel, einmal sprang ich sogar auf und schüttelte mein Bein wie ein erschöpfter Fußballspieler. Meine Hand triefte vor Schweiß, und ich konnte an meinem T-Shirt herumziehen und mir Luft zufächern, wie ich wollte, es blieb an meinem Rücken kleben. Gyula begutachtete uns, als wären wir käufliche Ware, und sagte dabei kein Wort. Dezső und Bece starrten in ihre Bierkrüge und bemühten sich, so leise wie möglich durch die Nase auszuatmen.

Das Schnaufen war nach der Darbietung der Franczeks mit einer gewissen Bedeutung belegt, es hatte einen sündhaften Inhalt bekommen. Ich spürte einen immer stärkeren Druck auf der Brust und versuchte mich daran zu erinnern, wie es so weit hatte kommen können, wie es möglich war, dass wir an diesem Festtag im August seit einer ganzen Weile neben einem unbekannten Warenbeschaffer saßen – und schwiegen.

Gyulas Frau kam in Begleitung von Jancsi Szalma zurück.

»Na, was gibt's«, fragte dieser, »ihr amüsiert euch gut mitnander? 's freut mich, dass ihr euch gfundn habt. Ich war's nämlich, der deen zum erstn Mal von dir erzählt hat«, sagte Bahnwärter Szalma an Gyula gewandt. »Die wusstn nich ma, wer du bist«, feixte er.

»Wieso«, fuhr Franczek ihn an, »hätten sie etwas wissen müssen?«

»Na, klar! Nich wahr, Sacika?«, sagte er, indem er Frau Franczek an die Schulter tippte.

»Ich werde mal die Kinder suchen«, sagte diese und sprang wieder auf. Sie strich hinten über ihren Rock und blickte dann zu ihrem Mann. Gyula sah sie überhaupt nicht an, nur sein neben dem Bierkrug ruhender Zeigefinger zuckte kaum merklich.

»Un, was gibt's Neues?«, fragte der Bahnwärter.

»Für Sie nichts«, warf ihm Bece Beregi von oben herab entgegen.

Ich war überrascht von dieser schnippischen Antwort. Hatten wir nicht einige Wochen zuvor ein vertrauliches Gespräch mit ihm geführt? Außerdem stand Bece gewissermaßen in der Schuld des Bahnwärters. Nach so einer kecken Replik wurde die Angelegenheit, wie zu erwarten, dann auch zur Sprache gebracht.

»Sieh mal einer an, wie aufgweckt da jemand plötzlich is! Dabei musst du wissn«, sagte der Bahnwärter, indem er Gyula auf den Arm tippte, »dass ich ganz allein ihn beschützt hab, als er die Pferde der LPG auf die Waage gschweißt hat.«

Ich wusste, dass Bece von diesem Thema nicht begeistert sein würde. Gerade deshalb hätte er den Bahnwärter Szalma nicht provozieren dürfen. Sein bisher angespanntes Schweigen, das wohl erwachsen wirken sollte, musste er nun brechen.

»Wie kommen Sie jetzt darauf?«, protestierte Beregi, ohne wirklich an ein Entkommen zu glauben.

Ich entnahm seiner Stimme, dass es ihm gegen den Strich ging, dabei zuzuhören, wie diese lächerliche, kindische Geschichte nun aufgerollt wurde. Er wollte vor diesem erwachsenen Mann nicht wieder zum Halbwüchsigen werden; Beregi und Dezső Metz waren bemüht, Franczek zu imponieren.

»Natürlich«, sagte Bece sich verteidigend, »das war ja bloß so, weil Sie überall anwesend sind!«

Ich hatte gedacht, der Warenbeschaffer, dieser Niemand, der gehörnte, sterile Schlaumeier mache überhaupt keinen Eindruck auf mich. Als der Bahnwärter aber diese lustige alte Geschichte erwähnte, die eine mir liebe Erinnerung war, versuchte ich vergeblich daran zu denken, was für ein Spaß das gewesen war – ich konnte mich Gyulas negativem Einfluss jedoch nicht entziehen.

Die Pferde der LPG waren an der Metallplatte kleben geblieben, die vor dem Waagehaus stand und auf die man mit dem Wagen fahren musste, um, nachdem der Waagemeister die dicken Gewichte auf dem Waagebalken langwierig nach links und rechts geschoben hatte, zu erfahren, wie viel die Ladung wog. Gerade war Glasaugen-Tóts Pferdewagen auf die Waage gefahren und er wollte seinen Anteil an Weizen und Gerste nach Hause bringen, den die LPG den Mitgliedern zukommen ließ. Dezső saß beim Waagemeister und bot ihm frisches, eiskaltes Bier an. Der Waagemeister hatte schon drei volle Deckel getrunken, als Glasaugen-Tót endlich ins Waagehaus schlurfte. Auch er ließ sich nicht lange bitten, beklagte sich außerdem sofort, dass er nur einen kleinen Schluck sauren Gespritzten in seiner Kanne habe und dass dieser, während der Arbeit im Kornspeicher, als er mit den Schaufeln, die kaum so lang seien wie sein Unterarm, alles auf seinen Wagen geladen habe, auch noch warm geworden sei. Er goss sich schnell zwei Deckel voll hinter die Binde. Dann setzten sie sich, da es ja an der Zeit wäre, eine Zigarette zu rauchen. Währenddessen hatte Bece bereits die Elektrode zum Schweißen bereitgestellt, und gemeinsam klebten wir den Pferden mit Klebeband die Scheuklappen an. Dezső machte den Vorschlag, sich in den Schatten hinterm Waagehaus zu setzen, denn vor dem Büro des Vorsitzenden werde gerade der Rasen gesprengt, sie könnten sich dort von dem frischen Wasser berieseln lassen, es sei eine wunderbare Abkühlung. Kaum hatten sie die Tür hinter sich zugemacht, brannte bereits der Lichtbogen, und die Hufe verschmolzen langsam mit der Metallplatte der Waage. Aus unserem Versteck zwischen dem Silo und dem Pferdestall heraus beobachteten wir, wie Glasaugen-Tót auf den Bock stieg und den Pferden zurief: Hüa! Nichts bewegte sich. Er begann die Tiere zu schlagen, die Peitsche knallte, als fiele Hagel vom Himmel. Vor dem Gebäude, in dem das Futter geschnitten wurde, hielten IFA-Lastwagen, aus denen die Fahrer ihr Bier holten, und plötzlich waren neun blaue Deckelkannen aufgetaucht, auch etwas Obstler. Ein regelrechter Karneval der Schaulustigen war entstanden. Der Wagen stand da, auf ihm lagen in großen Säcken Weizen und Gerste, und er wollte sich einfach nicht bewegen. Keinen Zentimeter. Irgendwie war auch die Zeit auf die Platte geschweißt worden; ich stellte sie mir vor, wie sie ihr Bein ebenso aus den Knien heraus zu bewegen versuchte wie die armen Gäule. Die Pferde ließen es sich eine Weile gefallen, auf der Waage festzukleben, dann verloren sie jedoch die Geduld. Die Haut auf ihren Rücken zuckte, als wimmelte ein Schwarm Fliegen um sie herum. Aber es gab keine Fliegen. Als stünde auch die Natur still: die Fliegen, der Wind, das Rascheln. Und das Leben: Der Sprinkler vor dem Büro des LPG-Vorsitzenden, die Traktoren, die IFA- und die UAZ-Lastwagen blieben stehen, wo sie waren, die Fliegentür der Buchhaltung ging auch nicht auf und zu, dabei war die Kasse dort, nicht einmal Bremsen flogen herum, selbst mein Herz pochte langsamer. Tót heulte, er schrie und schluchzte zugleich, und währenddessen bewölkte sich der Himmel, vom Kanal her zogen dunkelblaue Wolken zu uns herüber, ein plötzliches, gnadenloses Sommergewitter war im Anmarsch. Die Lkw-Fahrer ließen sich selbst dadurch nicht stören, sie beobachteten Tót und lachten sich einen Ast. Am Ende befreite der Waagemeister die Pferde mit einer Kreissäge, er musste ihnen nicht einmal die Scheuklappen ankleben, denn wir hatten vergessen, sie zu entfernen. Tót wimmerte, er konnte einfach nicht verstehen, was mit den Tieren geschehen war, dass sie nicht losgehen konnten, obwohl sie doch so sehr wollten. Der Mann mit dem Glasauge behauptete später im Krematorium, dass sich sein Leben vor seinen Augen abgespielt habe. Er habe das Gefühl gehabt, er stünde kurz vor dem Tod, es bliebe ihm nicht mehr viel Zeit, deshalb sei alles zum Stillstand gekommen.

Auf dem Fest im August hatte Bahnwärter Szalma insofern recht, dass dieser Streich oder, wie wir es nannten, die künstliche Bereicherung der *klebrigen Fälle* nur für Bece gewisse Unannehmlichkeiten nach sich gezogen und er sich, nachdem er aus der LPG geflohen war, im Bahnwärterhäuschen versteckt hatte. Glasaugen-Tót suchte später Kati Kitka auf, um unsere ehemalige Klassenlehrerin zu bitten, eine neue Beurteilung über Bece zu schreiben, damit man ihn am Gymnasium in Feketeváros auf keinen Fall annahm. Genossin Kati Kitka hatte sich Tóts Klage angeblich unter Tränen angehört und ihm geantwortet, sie könne nichts Schlechteres mehr über Bece schreiben als das, was sie ohnehin schon über ihn geschrieben habe. Mit Sicherheit arbeiteten dreckige Kulakenabkömmlinge in der Schule in Feketeváros, denn Bece wurde trotz der miserablen Beurteilung zwar in die Klasse E, aber immerhin aufgenommen. Bis hierhin stimmte alles. Dass aber Bahnwärter Szalma, wie er es an Gyulas Tisch behauptete, mehr getan haben soll, um Bece zu schützen, davon wussten wir nichts.

Gyula Franczek lachte an verschiedenen Stellen der Geschichte und fragte den Bahnwärter interessiert, woher er denn all dies wisse. Nach einer Weile sagte auch Bece etwas dazu, sogar Dezső plapperte dazwischen und erzählte, wie er den Waagemeister hinausgelockt habe. Franczek jedoch beobachtete weiterhin nur den Bahnwärter, lächelte ihn an, als wären wir, die Protagonisten der Geschichte, überhaupt nicht anwesend. Endlich vollendete der Bahnwärter seine Erzählung; Bece schien zum Helden erhoben, stolz lächelte er Franczek an.

Der Warenbeschaffer schlug plötzlich auf den Tisch, so heftig, dass die Krüge mit einem Sprung zur Seite tanzten.

»Scheren Sie sich fort!«, sagte er in befehlshaberischem Ton.

Der Bahnwärter verstand nicht, was passiert war, kicherte ein bisschen und versuchte, der Erniedrigung zu entgehen, doch Franczek forderte ihn immer ungeduldiger auf, zu verschwinden.

»Wer so einen Schwachsinn erzählt, der darf nicht an meinem Tisch sitzen«, sagte Franczek verärgert.

Unsere Stimmung verdüsterte sich mit einem Schlag. Wir saßen wieder da und versuchten, ernste Mienen zu markieren, um ein Gegengewicht zu der Tatsache zu schaffen, dass wir diejenigen waren, die all diesen Unsinn verbrochen hatten. Und auch zu dem fatalen Fehler, dass wir uns, während der Bahnwärter erzählte, wieder mit uns selbst identifiziert und gemeinsam mit ihm geschmunzelt hatten. Ich werde es wohl nicht mehr erfahren, vermute aber, dass auch Dezső und Bece später in ihrer Erinnerung am ehesten das blöde Grinsen der anderen vor Augen hatten. Wir hatten nach Franczeks Rattenfängerpfeife getanzt. Zum ersten Mal in meinem Leben ertappte ich mich dabei, dass ich mich ohne Rückgrat in irgendeine Richtung hatte lenken lassen, mit den anderen irgendwohin getrottet war, mich von einer Autorität hatte blenden und von meiner eigenen Begeisterung in die Irre führen lassen, ja sogar so weit gegangen war, sie als Entschuldigung für meine zu Lasten anderer gehenden Taten zu betrachten. Bece und Dezső erschienen mir bemitleidenswerter als je zuvor – für sie wiederum muss meine vermeintliche Abgrenzung lächerlich gewesen sein. Denn wäre ich damals in der Lage gewesen, mich tatsächlich von ihnen zu distanzieren, indem ich weiterhin mit einem mürrischen Gesicht dagesessen hätte, womöglich wäre meine Meinung später glaubwürdiger erschienen. Sie hätten mir geglaubt, dass Franczek nicht zu uns passte und dass er, wenn auch nicht mit Absicht, unsere Freundschaft zerstören würde.

Bei unseren Treffen im Frisiersalon, in dem Dezső ab September wohnte, war dann auch Gyula stets dabei. Er war sogar öfter dort als Bece und ich, da wir ja zwischen Sáraság und Feketeváros pendelten – hin und zurück, jeweils einmal umsteigen, jedes Mal eine halbe Stunde Aufenthalt auf dem Busbahnhof der Calvinisten – und abends büffeln mussten. Dezső bekam Anfang Herbst eine Arbeit in der Hausindustrie, bei einem kleinen Betrieb am Ufer der Kurcza, ein wenig flussaufwärts der Burgruinen, gleich neben dem Schloss. Hier wurde in zwei Schichten Knete verpackt. Neben dieser Beschäftigung hatte er jedoch noch genügend Zeit, um mit Gyula im alten Frisiersalon herumzusitzen. Während ich vormittags im Gymnasium war, stellte ich mir vor, wie er gerade aus den mannshohen Kunststoffbehältern Knete herausnahm, um sie in kleine Würfel zu schneiden und in Zellophan zu wickeln, selbst dann, wenn ich wusste, dass er eigentlich Nachmittagsschicht hatte. So war es leichter für mich. In eine Packung kamen Knetestückchen in vier oder fünf verschiedenen Farben. »Das Fenster zur Welt« nannte Dezső die Öffnung vorn auf der Packung, hinter der eine Folie steckte, damit die Knete nicht herausfiel. Durch dieses »Fenster zur Welt« sah man die Farben.

Aus irgendeinem Grund roch es in Dezsős Behausung immer nach Gebügeltem, alles war durchtränkt vom Geruch nassen, heißen Stoffs. Dabei hatte Metz nicht einmal ein Bügeleisen. Samstagabends kochte Gyula etwas für uns, früher wäre uns so etwas überhaupt nicht in den Sinn gekommen. Meistens kochte er auf dem Sparherd Hähnchengulasch mit Rotwein, daneben brodelte in einem roten Topf das gesalzene Wasser für die Nockerln. Franczek servierte das Essen sogar mit wunderbar fettiger, gelber saurer Sahne, dann aßen wir das rote Hähnchenfleisch mit der Hand und löffelten die in der dicken, scharfen Soße schwimmenden Nockerln dazu. Wir freuten uns darüber, wie die harte Schale der Apfelpaprika zwischen unseren Zähnen knackte, und zischten beim Atmen, so scharf war sie. Als der Winter heranrückte, füllten wir unsere Deckelkannen immer öfter mit Wein, wir tranken zunehmend stärkere Gespritzte. Samstags tranken wir trockenen Rotwein aus Feketeváros, der hervorragend zum Gulasch passte.

Diese Essen mochten wir sehr; sie ließen uns vergessen, dass wir wochentags nicht mehr im Dorf waren, nicht wussten, was sich an den Dienstag- oder Mittwochmorgen am Petőfi-Verband, vor dem Lebensmittelladen, vorm Kulturhaus abspielte, was auf dem Markt neben dem Schloss, wie lange er dauerte, ob die Fischdiebe am frühen Morgen an die Stelle neben dem Denkmal des heiligen Johannes von Nepomuk gingen, um ein Loch in die vereiste Oberfläche der Kurcza zu schlagen. Wir waren nicht mehr Teil des Dorfkreislaufs, wir sahen diese Welt nur noch am Wochenende, wenn alles stillstand. Wir verbrachten den Samstag und den Sonntag zu Hause, waren da, um Gulasch zu essen, ein bisschen zu lachen und dann darauf zu warten, dass jener Kloß, der während des Abendessens verschwunden war, sich im Hals langsam wieder neu bildete. Wir mieden ganz konsequent das Thema Gymnasium und sprachen nur über Angelegenheiten von zu Hause. Je näher jedoch der Winter rückte, desto weniger gelang es Bece und mir, in die Geschichten einzusteigen. Es bestand keine Verbindung mehr zwischen uns und den Geschehnissen – Dezső und Gyula schienen das zu genießen. Zuerst taten sie so, als ginge all das, worüber sie sprachen, auch sie selbst kaum etwas an, dann ließen sie jedoch ein, zwei Bemerkungen fallen, aus denen hervorging, dass die Geschichten nicht nur aus dem bestanden, was Bece und ich zu hören bekamen, sondern über einen vielschichtigeren Hintergrund verfügten, von dem wir, die ja in der Provinz lebten, keine Ahnung haben konnten. Im Winter befand sich das Dorf ohnehin in seiner Ruhephase, die Bauern saßen zu Hause herum und schnitten ihre dreckigen, dicken Fingernägel. Montags gab es kein Fernsehprogramm, da hatte man, wenn irgendetwas passiert war, genug Zeit, in der warmen Küche alles zu besprechen. Ehe wir endlich mit den Hausaufgaben fertig waren und uns hätten dazusetzen oder wenigstens am Wochenende herausbekommen können, was geschehen war, interessierte sich kein Mensch mehr für den Vorfall.

Oft, wenn wir zu Dezső Metz liefen, rief uns Herr Számfira wütend hinterher:

»Schwulenklub, Schwulenklub!«

Ich fand das ein bisschen übertrieben. Auch wenn ich verstehen konnte, dass ein vornehmer Dorfpädagoge es nicht einfach so hinnahm, wenn man das Gerücht über ihn verbreitete, er sei ein Fischdieb, lachhaft habgierig und ungeschickt.

»Wie zum Teufel seid ihr darauf gekommen, so etwas zu behaupten?«, fragte uns der Herr Lehrer verärgert. »Ihr habt nichts Anständiges im Kopf! Und du, Gyula«, fuhr er Franczek an, »treibst dich in deinem Alter mit diesen Bengeln herum!«

Es war Vorweihnachtszeit, und Bece arbeitete an einem neuen Kunstwerk. Er fabrizierte einen kleinen Rollstuhl aus Draht, Metallbausteinen und den Rädern eines Dekorationswagens für Sektflaschen. Einen Spielzeugrollstuhl, der uns an unsere Gabe erinnern sollte, laufen zu können. Bece war nämlich der Meinung, wir könnten uns an überhaupt nichts mehr erfreuen. Nach dem Abendessen brachte Dezső noch ein wenig Kohle, um den Herd nachzuheizen, wir rauchten, schauten hinaus auf den Hof, wo Dezsős junger Mischlingshund umhertollte, der sich über den frischen Schnee freute. Wir besprachen die unbewusst ausgestoßenen Wörter vom Morgen, aber lediglich so, als hätten wir eine Pflicht zu erfüllen.

»Hiob war kein Jude«, sagte Gyula und zog kräftig an seiner Zigarette. Er gab einen zischenden Laut von sich, als er den Rauch ausblies. »Wir können auch auserwählt sein, wenn der treueste Diener des Allmächtigen kein Jude gewesen ist. Auch wir Katholiken haben eine Chance, irgendetwas zu werden. Und es ist auch nicht sicher, dass der Allmächtige überhaupt etwas von Hiob gewollt hat, denn Sein Name steht nirgends in diesem Buch.«

»Wie kommst du darauf?«, fragte ich und sah ihn dabei an. Ich hatte so stark an meiner Zigarette gezogen, dass ich husten musste. »Es ist das Buch Esther, in dem der Ewige nicht erwähnt wird.«

»Dort auch nicht?«, kam die Gegenfrage von Gyula.

»Was heißt das: Dort auch nicht? Was ist denn das für ein Quatsch! Wie könnte der Ewige eine Wette abschließen und mit Hiob diskutieren, wenn er in dem Buch überhaupt nicht erwähnt wird. Wer spricht denn dann zu Hiob?«

Gyula ließ sich nicht aus der Ruhe bringen. Er stellte sich ans Fenster und rauchte weiter, als hätte ich kein Wort gesagt.

»Mehrere Frauen haben den Karren gesehen«, sagte er, »und das nicht nur im Traum. Es rast der Teufel mit einem Hundekopf Richtung Winter-Siedlung die Azazelstraße entlang, im aufgerissenen Asphalt sind riesige Fußstapfen. Kleine Blutseen. Auf dem Karren sitzen Matildka und Ede Klein. Das sind die neuesten Entwicklungen, meine Freunde. Der in den Schmutz gezogene, geschändete Ede Klein sitzt auch hinten drauf, seine Haut ist von Geschwüren übersät, aber er lebt, er ist angekettet, an die Tote gebunden. Er versucht von dem kalten, leblosen Körper wegzurücken, es gelingt ihm jedoch nicht. Onkel Ede. Er ist unser Hiob. Er leidet sogar im Tod.«

»Ihr bringt die Bücher der Bibel durcheinander«, nörgelte jetzt auch Bece. »Alles habt ihr in einen großen Kessel geworfen, rührt gründlich darin herum, so als wäre es Pflaumenmarmelade. Und es brodelt.«

»Alles ist in einem großen Kessel«, wiederholte Gyula. »Und es brodelt. Das ist schön.«

Mich irritierte, dass er nach dem Essen den ganzen Abend aus dem Fenster schaute. Es war ungefähr zehn Uhr, als Bece und ich aufbrechen wollten. Dezső brachte dem Hund einen Hähnchenknochen und eine Brotrinde nach draußen.

Er lebte noch.

Das Leben dieses armen kleinen Wesens währte noch so lange, wie ein Streichholz braucht, um einmal aufzulodern. Einen letzten Augenblick lang starrte es Dezső mit herausgequollenen Augen an und gab dann einen Laut von sich, der sich anhörte wie das weit entfernte Pfeifen eines Kochtopfes. Bis zum Gartentor hielt ich es aus, sobald ich jedoch draußen war, rollte die erste Träne meine Wange hinunter. An der Stelle der Synagoge, bei den kahlen Weinreben neben der Apotheke, wurde ich bereits von starken Schluchzern geschüttelt. Nicht wegen des Hundes, obwohl es ein schönes, liebes Tier gewesen war, und auch nicht, weil ich seine blutunterlaufenen Augen gesehen hatte. Ja, ich hatte ein Lebewesen in dem Moment gesehen, in dem das Leben es verließ, in dem es erstickte – was mich jedoch so sehr verzweifeln ließ, war, dass Dezső den Warenbeschaffer Franczek nicht einmal angesehen hatte! Er hatte ihn nicht am Kragen gepackt, ihn getreten, ihm die Kehle zugedrückt, damit dieser empfand, was das gequälte Tier empfunden hatte.

Ich konnte nicht glauben, dass Franczek nicht gesehen hatte, was passiert war.

Dezsős junger Mischling war sicherlich auf den unteren Ast des ungepflegten Nussbaums gesprungen, der in dem kleinen Garten wuchs. Schon als ich im Herbst zum ersten Mal dort gewesen war, hatte ich mich über diesen sich in Brusthöhe befindenden Ast gewundert. Da der Baum jedoch niemandem gehörte und auch so Früchte trug, kam niemand auf die Idee, ihn zu stutzen. Der Hund, den wir erst nach seinem Tod tauften, war wahrscheinlich abgerutscht und auf die andere Seite des Astes gefallen. Die kurze Kette straffte sich, als hätte jemand einen Kessel drangehängt. Die Beine des Hündchens reichten auch auf dieser Seite fast bis zum Boden hinunter, nur wenige Zentimeter fehlten. Kette, so nannten wir den Unschuldigen, wird sicherlich herumgesprungen sein, gewimmert und versucht haben, unsere Aufmerksamkeit zu wecken.

Gyula hatte, daran musste ich immer wieder denken, den ganzen Abend aus dem Fenster geschaut.

Am Morgen des nächsten Tages war ich bei Bece, wir lernten zusammen in der Küche. Wir saßen neben dem Herd, als Dezső ans Fenster klopfte. Tante Klári kam aus der kleinen Küche gerannt; sie brachte den guten Duft von angebratenen Zwiebeln und Paprikamehlschwitze mit. Sie wollte Dezső nicht hereinlassen.

»Bis ihr nicht fertig seid mit den Hausaufgaben, könnt ihr nicht herumlungern«, rief sie.

Dann brüllte sie hinaus in den Garten zu Onkel Bandi, er solle sich nicht so anstellen und das Loch schneller graben.

Dezső lehnte sich ganz nah an das kleine, beschlagene Fenster und erzählte uns, weshalb er gekommen war, wobei er seine Lippen übertrieben stark bewegte, damit wir ihn verstanden. Mir war es bereits beim ersten Mal gelungen, die Nachricht zu entziffern, ich war jedoch außerstande, Bece zu verraten, was ich verstanden hatte. Meine Augenlider übermannte wieder das gleiche Zucken wie am Morgen, als Tante Klári mir die Tür aufgemacht und gesagt hatte:

»Jemand hat Kerlchen erdrosselt, die Hand sollte ihm abfallen, dem Gauner.«

In dem Moment war ich ebenso versteinert gewesen wie jetzt, als ich Dezsős Worte vernahm. Ich fühlte mich so, als hätte der Verlust mich getroffen. Tante Klári war nervös, sie fragte mich, ob ich denn dort im Tor erfrieren wolle. Ich konnte jedoch kaum das Haus betreten, mir war schwindlig und übel. Noch nie zuvor hatte ich so klar gespürt, dass mir etwas unumkehrbar Schlimmes widerfahren konnte. Ich hatte immer gedacht, endgültig zerbrechen konnte nur das, was andere Leute betraf. Dezső sprang über den Zaun, Tante Klári und Onkel Bandi standen auf dem Hof und hörten ihm entsetzt zu, Bece rannte ebenfalls hinaus. Ich ging nicht zu ihnen. Erstens, weil ich nicht konnte, zweitens, weil ich bereits wusste, was geschehen war.

Irgendjemand hatte die meisten Hunde des Altdorfes erwürgt.

Dezső hatte, bevor er zu uns kam, bereits mit fast allen Betroffenen gesprochen, wobei er gründlicher gewesen war als jeder Detektiv. Der Mörder hatte saubere Arbeit geleistet und ohne Gnade fast alle Tiere getötet. Die, bei denen es möglich gewesen war, hatte er an die Wand genagelt, an einen Baum oder an ihrer eigenen Kette erhängt und die, die frei gehalten wurden, hatte er eigenhändig erdrosselt. Kein einziger ungarischer Schäferhund, die geläufigste Rasse im Altdorf, war am Leben geblieben. Und niemand, wirklich niemand, hatte etwas gesehen oder gehört.

»Zum ersten Mal seit seinem Tod«, sagte Dezső verzweifelt, »meldet sich Onkel Pista Avarka nicht. Selbst von denen im Jenseits erfährt man nichts, die Geister sind so mucksmäuschenstill, wie sie es normalerweise sein müssten.«

Die Calvinisten schickten zwei Polizisten, damit sie unseren Bezirksbeauftragten bei den Ermittlungen unterstützten. Sie gingen von Haus zu Haus, selbst mittags legten sie keine Pause ein. Sie verhörten alle Bewohner des Altdorfes, selbst die, die noch nie einen Hund besessen hatten. Es gab einen Riesenaufruhr, in der Regionalzeitung stand sogar eine ganzseitige Reportage über das »Massaker von Sáraság«.

Gyula Franczek meldete sich eine ganze Weile nicht bei uns, was meine bösen Ahnungen zu bestätigen schien. Wir verbrachten bestimmt drei Samstage ohne ihn. Ich war mir nun nicht nur sicher, dass er gesehen hatte, wie Dezsős Hund sich »aus Versehen« erhängte, es schien mir angesichts der späteren Ereignisse auch nicht ausgeschlossen, dass der dumme Hund gar nicht über den Ast gesprungen war, sondern jemand ihn geworfen hatte, genau wie die anderen. Um sich dann anzusehen, wie er litt …

Dezső hörte die Nachricht, als er im Lebensmittelladen an der Kasse Schlange stand. Die Nachricht, die Gyulas Abwesenheit erklären sollte und nach deren Erhalt ich keine vagen Andeutungen mehr darüber machen konnte, dass unser Freund Franczek mit dem Ableben des postum »Kette« getauften Hundes etwas zu tun hatte – und uns aus diesem Grund aus dem Weg ging. Der ganze Laden war vom Getuschel darüber erfüllt, dass Gyula Franczek seine Frau verprügelt habe und dass diese sich auf der Intensivstation von den Hieben zu erholen versuchte, es aber auch möglich sei, dass sie eine Fehlgeburt gehabt habe.

Denn sie war wieder schwanger.

Ich verspürte eine unglaubliche Schadenfreude, vor Glück hob ich fast vom Boden ab! Der widerliche Kerl hat also seine gerechte Strafe bekommen. Er befummelt seine Frau vor unseren Augen, bis diese am Fest des heiligen Stephan am Biertisch stöhnt – er hat wohl gedacht, dass sie seine Tyrannei bis in alle Ewigkeit ertragen würde? Dass er sie, und damit auch uns, durch Erniedrigung besitzen könnte?

Dezső war der Ansicht, es sei keine Frage, wir müssten Gyula aufsuchen. Er sei unser Freund und stecke in Schwierigkeiten, wir könnten nicht so tun, als wäre nichts geschehen.

»Unser Freund?«, fragte ich. Das hatte ich so, laut ausgesprochen, noch nicht gehört.

»Wieso, ist er es etwa nicht?«

»Doch, na klar«, antwortete ich und verzog das Gesicht.

Wir fanden ihn im Krematorium, vor ihm standen ein Dutzend leere Schnapsgläser. Gyuszi und Imi, seine beiden Söhne, hielten jeweils eine kleine Flasche Cola mit Strohhalm in der Hand.

»Aha«, rief Gyula, »da sind sie ja, meine Diener! Lasst ihn hören, euren Rechenschaftsbericht, zeigt mir euer Inventar, meine Häschen, lasst mich wissen, was die Frauen im Laden an der Kasse so erzählen, wer sich alles auf dem Markt, in der Gaststätte oder in den Oláh-Werken zufrieden die Hände reibt? Gewiss seid ihr wohlinformiert. Lasst mich hören, wer amüsiert sich am meisten über mich?«

»Wir wissen nichts«, beteuerte Dezső verschüchtert, dabei hätten wir von jedem der aufgezählten Orte etwas, ja sogar nicht wenig zu erzählen gehabt.

»Mach dich nicht lächerlich«, fuhr ihn Gyula an. »Du bist mein Diener. Nein, eher mein Knecht. Verrichte deine Arbeit ordentlich, Bauernknecht.«

»Warum bist du mir böse?«, fragte Dezső. Er wirkte erbärmlich und unbeholfen.

»Weil du die jämmerlichste Gestalt von euch dreien bist«, antwortete Gyula.

Ich glaube, ich hätte Franczeks Beschimpfungen noch lange über mich ergehen lassen, so als laste eine wirkliche Schuld auf meinen Schultern. Ich hätte mich geduckt, wenn er weiterhin uns drei gegeißelt hätte. Es tat gut, sich von ihm abgegrenzt zu fühlen, etwas gemeinsam mit meinen Freunden, nicht nur ohne, sondern gegen ihn zu erleben. Als er sich jedoch Dezső herauspickte, kippte etwas in mir um, plötzlich sah ich verschwommen, als wäre ich unter Wasser getaucht worden, und hörte eine Weile, wie die Schlagader an meiner Schläfe pulsierte.

Als ich zu mir kam, tupfte Bece mir gerade die Stirn ab; wir waren bei ihm in der kleinen Küche. Ich spürte ein Kratzen im Hals, und mein Kopf brannte vor Schmerzen, als hätte man mir Glut ins Gehirn geschaufelt. Als ich versuchte, etwas zu sagen, bemerkte ich, dass auch meine Nase blutete. Bece sagte, mein erster Schlag habe Gyula Franczek unerwartet getroffen. Jener Schlag wäre, wie man so schön sagt, zwei wert gewesen, der Warenbeschaffer sei auf den Rücken gefallen und sein Kopf auf dem Ziegelboden hart aufgeschlagen. Von den weiteren vier, fünf Schlägen, die ich ihm hätte verpassen wollen, habe höchstens noch ein Einziger seinen Kopf getroffen, die anderen seien in dem überstürzten Gefuchtel danebengegangen. Dank meiner entschiedenen Eröffnung habe jedoch ein einziger Schlag ausgereicht, dass Franczek auf dem Boden blieb.

»Jancsi Szalma hat dich k. o. geschlagen, wenn du es wissen willst«, sagte Beregi.

»Das werde ich schon mit ihm klären«, sagte ich mit solch einer Entschlossenheit, als hätte ich wirklich vorgehabt, irgendetwas zu klären.

Tagelang war ich überglücklich, wenn ich daran dachte, dass wir nun Franczeks bedrückende Anwesenheit mit Sicherheit nicht mehr würden ertragen müssen, von nun an würde nicht mehr das Damoklesschwert der Möglichkeit über unseren Häuptern schweben, dass er jederzeit vorbeikommen konnte, um uns eine Predigt über Hiob oder die zehn ägyptischen Plagen zu halten. Soll der eingebildete Warenbeschaffer doch ruhig Bahnwärter Szalmas Speichelleckerei über sich ergehen lassen, soll er doch der Geschichte seines schnurrenden »Bauernknechts« lauschen, wie dieser Franczek geholfen habe, als ich, rasend vor Wut, über ihn hergefallen sei und wie ein Wahnsinniger auf ihn eingedroschen, ihn vor seinen zu Tode erschrockenen Kindern windelweich geprügelt habe. Nie hätte ich gedacht, dass ich wenige Monate später, im Frühling, fast froh darüber sein würde, dass der junge Vater, Gyula Franczek, Dezső in seinem Frisiersalon besuchte. So als wären wir nie zerstritten gewesen. Eines Tages stand er mit einer Tüte prächtiger weißer Bohnen, vier, fünf Stück geräucherten Rippenfleischs, duftenden Sellerieknollen, Möhren, Knoblauch und einem kleinen Glas feuerroten Paprikas in der Hand vor der Tür. Er werde jetzt sofort eine Bohnengulaschsuppe kochen, statt Schweinshachse habe er geräuchertes Rippenfleisch mitgebracht, denn er habe keine Schweinshachse bekommen, es werde aber auch so hervorragend schmecken, wir würden uns mit Sicherheit die Finger danach ablecken.

Er hatte nicht angegeben: Es war wahrhaftig ein wunderbares Essen! Wir aßen lockeres Weißbrot dazu und schälten das butterweich gekochte Räucherfleisch von den Rippenknochen, als schnitzten wir Spieße. Auch saure Sahne gab es in Hülle und Fülle. Auf unseren Stirnen perlte der Schweiß, so scharf war das Gulasch, die Bohnen zerschmolzen fast im Mund, und trotzdem war die Suppe nicht trüb. Wir hatten Spaß wie früher, Dezső strahlte, plapperte in einem fort, von seiner Arbeit, von der Knete und von Piri Gyári, die im Hausgewerbe ebenfalls das fettige Material würfelte.

Vergebens hatte ich zuvor versucht, ihn auszufragen. Seit ich Gyula Franczeks Kopf gegen den harten Boden des Krematoriums hatte prallen lassen, war Dezső lustlos und distanziert, und wenn ich ihn fragte, was er so treibe, jammerte er bloß, er wäre die ganze Woche über allein, während wir uns in Feketeváros herumtrieben. Er habe keinen Komplizen mehr. Wir hätten es leicht, wir seien schließlich zu zweit, auch wenn es anstrengend und nervtötend sei, immer nach Feketeváros zu fahren. Nach einer Weile scheute er sich auch nicht mehr, mir Vorwürfe zu machen – warum ich denn seine Ehre unbedingt habe mit Gewalt verteidigen müssen? Er fände, das sei vollkommen übertrieben gewesen. Gyula sei von der Nachricht, dass seine Frau wieder fremdgegangen sei, niedergeschmettert gewesen und habe sich deshalb so ungehobelt benommen. Sonst sei er stets zahm wie ein Lamm, gab Dezső mir zu verstehen.

»Wir hätten ihn einfach dort stehen lassen sollen«, sagte er, »er hat nur dummes Zeug geredet.«

Samstagabends war Dezső immer barsch, teilnahmslos, er beachtete uns gar nicht, und langsam begannen wir, uns über die Ereignisse im Gymnasium zu unterhalten. Es war gegen Ende des Winters, die Vorräte der Speisekammern und der Seelen waren erschöpft, die Trägheit war quälend. Und dann wurde der Frisiersalon plötzlich vom Duft der Bohnensuppe erfüllt, es war, als wären wir in eine uralte Erinnerung gefallen, und ich musste mir eingestehen, dass wir auch ohne den Warenbeschaffer Gyula Franczek nicht mehr die alten waren. Gyula war gut gelaunt, seine Augen lächelten, genüsslich kaute er an einem dünnen Rippenknochen. »Der ewig mahnende Finger des Allmächtigen«, sagte er und hielt den mit Speichel auf Hochglanz gebrachten kleinen Knochen hoch. »Er zeigt immer: ›Wehe dir!‹ Er ist immer in rügender Stellung.«

»Du hast dich kein bisschen verändert«, wagte ich zu bemerken.

»Doch, mein hitzköpfiger Freund«, antwortete er pikiert, »ich habe mich sehr wohl verändert. Vom Vater zum Nichtvater zu werden ist ein furchtbarer Schicksalsschlag. Jedoch vom Nichtvater wieder zum Vater zu werden, bedeutet keine Freude, nur noch Genugtuung. Gyula, Imi und Kálmán sind immer mein eigen Fleisch und Blut gewesen – in meinem Innersten habe ich es gewusst. Da man aber eine Zeit lang behauptet hat, sie hätten einen anderen Vater, bin ich jetzt lediglich noch in der Lage, sie zu *schätzen*, von ganzem Herzen lieben kann ich sie nicht mehr. Es ist, als wären sie aus einem Ei geschlüpft.«

»Aus einem Ei?«, fragte ich verdutzt.

»Das Glück der Genugtuung schmeckt schal«, antwortete er. »Und diese späte gute Nachricht ist für mich nichts anderes als eine Genugtuung, sie ändert im Grunde nichts mehr.«

Über Gyula Franczeks neues Vaterschaftsgerücht war man im Dorf geteilter Meinung. Solange es sicher war, dass die Kinder nicht von ihm stammten, stellte niemand die Frage, von wem sie wohl sein mochten. Es schien sogar, als hätten die alten Weiber von Sáraság ihren Seelenfrieden wieder, weil Gyula und seine Frau wieder zueinandergefunden hatten. Davon, dass ein breitschultriger, kraftvoller Mann, der über ausreichend Samen verfügte, nicht in der Lage sein sollte, seine Frau zu begatten, von so einer Krankheit hatten sie noch nie gehört. Egal was diese Scharlatane von calvinistischen Ärzten sagten, die Praxis mochte steril sein und das Skalpell, nicht aber Franczeks Hoden. Als dann jedoch erneut doppeldeutige Gerüchte in Umlauf kamen, war plötzlich die Hölle los. Die Unsicherheit ist das beste Brutnest für Klatsch. Und aus diesem Nest entschlüpften die gewagtesten Spekulationen.

Von wem konnte das Kind sein, wenn nicht von Gyula?

Ich begreife einfach nicht, weshalb der menschliche Geist sich oft so widersinnig verhält. Verdutzt hörte ich am Samstagmorgen auf dem – schändlicherweise »rumänisch« genannten – Markt dem Gerede der örtlichen Marktweiber, die die Ungarn aus Siebenbürgen an den Grabenrand drängten, und der die kümmerliche Ware begutachtenden Frauen zu. In einer knappen Viertelstunde hatten sie alle infrage kommenden Männer des Dorfes verdächtigt! Sie leerten mit wenigen Schlucken ihre bis zum Rand mit Bier gefüllten Deckel, stellten ihre Kannen hin und spulten die Namen in einer unsagbaren Geschwindigkeit ab. Als ich sie hörte, gingen sie wahrscheinlich zum wiederholten Male alle potenziellen Beischläfer durch, wobei sie mit Sicherheit jedes Mal so taten, als wäre es das erste. Ganz oben auf der Kandidatenliste stand Bahnwärter Szalma, der Letzte war Vater Áron, und sie lachten schamlos darüber, dass der Priesterrock ja leicht zu heben sei.

Die verrückten Verdächtigungen tauchten auf, als sich herausstellte, dass Gyula Franczek wohl doch der Vater der drei Jungen war. Er hatte sich über den letzten Ausrutscher seiner Frau nicht hinwegsetzen können und einen Vaterschaftstest beantragt, der im Hinblick auf seine unzulängliche körperliche Ausstattung als berechtigt angesehen wurde; und so nahmen die Ärzte im Krankenhaus der Calvinisten das Blut aller Franczeks unter die Lupe. Vom neugeborenen Kálmán nahmen sie nicht nur Blut, sie stachen ihm außerdem ins Rückenmark. Nach den Untersuchungen wurde bestätigt, dass Kálmán Franczeks leiblicher Vater mit hundertprozentiger Sicherheit der Warenbeschaffer Gyula Franczek war. Von den beiden größeren Jungen nahmen sie dann nur noch die Blutproben.

»Auch sie sind ohne Zweifel echte Franczeks«, sagte der Arzt verlegen. Derselbe, der zuvor Herrn Franczeks Sterilität festgestellt hatte.

Die Schande des Herrn Doktor war innerhalb kürzester Zeit stadtbekannt, man tuschelte in den Krankensälen, und auf der Straße pfiff man ihm verächtlich hinterher. Was für ein schafsdummer Schnitzer! Das Glück einer Familie mit drei Kindern aufs Spiel zu setzen …

Als Sarolta Jászi und ihr Kind nach Hause entlassen wurden, war der Arzt am Boden zerstört und flehte Gyula an, ihn noch einmal untersuchen zu dürfen, damit sich zumindest herausstellen ließe, was beim ersten Mal zu der fatalen Fehldiagnose geführt habe. Franczek ließ sich nur schwer überreden, am Ende konnte er dem Angebot des Arztes jedoch nicht widerstehen, dass eine junge Krankenschwester der Abteilung ihm helfen würde, seinen berüchtigten Kraftstengel zu melken. Nach Franczeks Erzählung sorgte der Herr Doktor auf dem von wartenden Schwangeren und aufgeregten jungen Vätern überquellenden Flur für Aufruhr und Schrecken. Franczek kam gerade aus dem Untersuchungszimmer, als der von Freude berauschte Arzt ihm wie ein Wilder entgegensprang.

»Na, sehen Sie, habe ich es nicht gesagt! Ich bin kein Dilettant, hier ist der Beweis. Nur weil Sie drei Kinder haben, bedeutet das noch nicht, dass Sie Kinder zeugen können! Sie sind steril!«

Gyula erzählte uns das alles mit fast schläfriger Ruhe.

»Mir ist es egal«, sagte er. »Von mir aus bin ich steril, was auch immer das heißen soll. Sie haben schließlich alle drei Kinder untersucht und festgestellt, dass sie mit Sicherheit von mir sind. Ich habe keine Ahnung, was für eine Krankheit das ist«, sagte er grinsend. »Da ich aber Erben habe, kann es mir sogar zum Vorteil gereichen. Eines ist sicher: Zu mir wird niemand kommen, um mir seinen Balg aufzuhalsen.«

Ich goss mir aus meiner Kanne etwas Wein in den Deckel und zündete mir eine Zigarette an. Durch den Dampf der Bohnensuppe war das Fenster beschlagen. Es war ein düsterer Frühabend. Inzwischen gehört auch Franczek zu uns, dachte ich, während ich Dezsős heiterem Pfeifkonzert zuhörte, damit muss man sich wohl abfinden. Und ich bildete mir ein, ich sei im Begriff, dies zu tun.

In jener Nacht hatte ich einen wirklich qualvollen Traum.

Ich litt die ganze Nacht über, als wäre der Traum die unbezähmbare Wirklichkeit. Das, was ich mir wie immer, so auch an diesem Abend, vorm Einschlafen ins Gedächtnis hämmerte, hatte nicht die geringste Chance, mich zu trösten: dass alles Kommende im Augenblick des Erwachens mit einem Schlag ein Ende haben würde, dass ich im Wirrwarr der Ungeheuerlichkeiten nicht verzweifeln solle … In meinem Traum waren wir im alten Frisiersalon von Dezső. Bece ist mit dem Bauch auf einen Hocker gebunden, von seinem Gesäß hat man die Hose heruntergezogen. Er weint, in einem jämmerlichen, nervenden Ton, aus seiner Kanne ist der gesamte Wein auf den Boden geflossen. In dem Moment, in dem ich die Kanne und den Wein entdecke, bemerke ich, dass auch meine Hände nach hinten gebunden sind. Ich knie hinter Bece Beregi, ebenfalls mit heruntergelassenen Hosen. Ich friere. Plötzlich ist Gyula da, wie aus dem Nichts aufgetaucht, seine Hände sind frei. Er sagt nichts, antwortet nicht, er lacht nur ab und zu, grunzend. Er fängt an, mit meinem Stift herumzuspielen, findet ihn kaum, da vor lauter Ekel und wegen der Kälte kaum etwas da ist – ich bin ein weiblicher Schoß. Mir wird übel, ich würge und schreie bis zur Ohnmacht. Gyula kippt mir Wasser übers Gesicht, ich komme wieder zu mir. Ich spüre, wie mein Schoß immer wärmer wird, eine regelrechte Hitze strömt in alle Bereiche meines Bauches. Er hält mich ganz fest, so als wäre es meine Hand. Es schmerzt, denn durch das viele Schleppen ist seine Hand voller Schwielen, trotzdem werde ich immer heißer. Ich versuche, alles zurückzuhalten, mich sozusagen zu reinigen und einen klaren Kopf zu bekommen, bin jedoch nicht in der Lage dazu, schluchze wie ein kleines Kind und bemerke, wie ich ... stöhne. Fast fließt der Samen aus mir heraus, als wir uns Bece zuwenden, den ich ganz vergessen hatte. Ich wundere mich, dass er mit dem Bauch auf dem Hocker liegt, angebunden und nackt. Mich packt eine maßlose Wut, denn ich begreife, was jetzt kommt, wozu mich Franczek überreden will. Ich kann seinem Streicheln jedoch nicht mehr widerstehen. Als er seine warme, feuchte Hand wegnimmt, kriecht ein tauber Schmerz meinen Bauch hoch. Ich versuche an etwas Ekliges zu denken, um die Lust zu verlieren, um mich innerhalb eines Augenblicks jeglicher Erregung zu entledigen. Bece winselt, wir sollen ihn doch verschonen. Gyulas andere Hand steckt in Beces Rosette, die sich mit verräterischem Gehorsam öffnet, er schmiert ihn mit einer Creme ein. Ich berühre ihn aus Versehen, seine Haut ist glatt und kühl. Bece fängt an zu schluchzen, spricht mit mir, ich könne ihm das doch nicht antun. Gyula streichelt mich immer behutsamer, in dem Augenblick, in dem die Anspannung aus mir hervorbrechen will, hört er auf. Er führt mein Glied an Beces feuchten, eingecremten Anus und steckt ihn sogar ein wenig hinein. Nur so sehr, dass ich spüre, wie warm er ist. Da sagt er zum ersten Mal etwas.

»Es ist heiß«, sagt er und hechelt zynisch.

Ich fange von allein an, mich in Bece zu bewegen, nicht er ist es, der meine Hüfte nach vorn schiebt, ich selbst gleite in den brennenden Gang, und kurz darauf stoße ich ihn bereits gnadenlos. Unsere Haut klatscht aneinander. Gyula zerschneidet das Seil an meinem Handgelenk, ich fliehe jedoch nicht, ich mache weiter, nur fasse ich Beregi nun überall an, schlage ihn, und er wimmert und fleht mich mit dünner Stimme an, ich solle mich doch seiner erbarmen. Als endlich die ins Extremste führende Lust aus mir fließt, bin ich bereits dabei, seinen Nacken, seine Ohren zu lecken. Ich sehe, dass er ein Mann ist und dennoch …

Als ich erwachte, kamen keine Wörter über meine Lippen. Es war mitten in der Nacht, meine Hose war wirklich nass, und ich dachte, wenn mein Traum auch keine Wirklichkeit war, so ist diese verhasste Begierde, die mein ganzes Wesen demütigt, also trotzdem wahr …

Der Letzte der *klebrigen Fälle*

Einige Tage nach den *klebrigen Fällen* wurde Ignác Gergely, der nun wirklich ein besseres Schicksal verdient hätte, krankgeschrieben. Die Begründung: Nervenschwäche. Der LPG-Vorsitzende Gábor Töre versprach, ihn nicht aus der Melkerei zu feuern, er sah sich jedoch gezwungen, auch Tante Magdika nach Hause zu schicken, weil die Angelegenheit wiederum ihre Nerven wirklich angegriffen hatte. Ignác war in der LPG allgemein beliebt, er war pünktlich, verlässlich und fleißig. Der Ewige hatte ihm eine robuste Natur geschenkt: Er ließ sich viel gefallen und beschwerte sich so gut wie nie. Er sprach nur selten, hörte aber jedem Plappermaul geduldig zu. Dennoch hatte die Leitung der Melkerei jetzt einstimmig beschlossen, Ignác ausdrücklich darum zu bitten, nicht zu den Tieren zu gehen, solange man keine Lösung bezüglich seines Schattens gefunden habe. Tante Magdika war der Ansicht, dies sei der erste Schritt. Wenn wuchernde Krebstumore ihren Sohn befallen hätten, sie wäre kaum verzweifelter gewesen. In Sáraság ist das erste allgemeingültige Zeichen dafür, dass es zu Ende ist mit jemandem, wenn der Betreffende von der Arbeit nach Hause geschickt wird, um sich zu erholen. Das ist der Bote des Todes. Der »sich ausruhende Bauer« ist eine nicht weiter zu deutende Bezeichnung. In der Schlange an der Kasse schauen sich die Leute hinter seinem Rücken an, Fremde klopfen ihm mitfühlend auf die Schulter und sagen, es müsse zwar furchtbar sein für ihn, so ohne Arbeit, aber er werde sehen, durch die Ruhe oder was auch immer werde es ihm schon bald wieder besser gehen.

Dezső Metz und ich schauten bei dem »sich ausruhenden« Schweizer vorbei. Ignác Gergely saß neben der Maisscheune und schnitzte an etwas herum. Über den Hof, zwischen der Scheune, einem Rebenpfahl und der Stange für die Wäscheleine, hatte er eine breite, dreckige Autoplane gespannt. Das Ganze sah aus wie ein rasch zusammengezimmertes Hochzeitszelt. Unter der Plane herrschte eine schwüle Hitze, die Maisscheune verhinderte jede Luftbewegung. Es stank nach Hundescheiße, verdorbenem Mais und Ratten, und die Pressspantür des Schuppens quietschte unheilverkündend.

»Die Plane brauche ich wegen des Hundes«, sagte Ignác, nachdem wir eine ganze Weile geschwiegen hatten. »Mein Schatten macht ihn wahnsinnig.«

Dezső bot uns an, von seinem eiskalten Bier zu trinken, auf das er außerordentlich stolz war, selbst von Ignác konnte er sich dafür ein kleines Zeichen der Anerkennung ergattern. Das kalte, unverdünnte Gerstenbier reizte unsere Kehlen. Wir wussten nicht, was wir sagen sollten, deshalb tranken wir, stumm wie Alkoholiker. Der Geruch verstärkte sich, wurde zum penetranten Gestank, und vom Kulturhaus und dem Dorfrathaus drang Geschrei und Gegröle zu uns auf den Hof hinüber. Wie immer am Montagnachmittag im Sommer: Die Leute von der freiwilligen Feuerwehr absolvierten in der Poststraße ihre Übungen.

»Wieso freust du dich nicht über deinen neuen Schatten?«, fragte Dezső und hickste.

»Was?«, fragte Ignác aufbrausend. »Was ist los mit dir? Ist dir das Bier nicht bekommen?«

»Meiner Meinung nach«, sagte Dezső, »bist du ein Vatermörder.«

Der eine Stützpfahl der Maisscheune brach auseinander. Ignác Gergely hatte Dezsős Kopf bereits dreimal an den Akazienbalken geschlagen, als ich endlich begriff, was er da machte. Wir verknoteten uns ineinander, als liebten wir uns. Ignác' Mischlingshund dachte offenbar, wir spielten, ich spürte seine Pfoten mehrmals auf meinem Rücken, während ich gerade oben lag. Ignác hatte mir bereits ungefähr eine Handvoll Haare herausgerissen, bis es mir gelang, ihm eine Kopfnuss zu verpassen, die ihn außer Gefecht setzte. Eine halbe Stunde später, als Tante Magdika nach Hause kam, spuckte Dezső Blut und Ignác ich weiß nicht was, auf jeden Fall tat er es ein gutes Stück von uns entfernt, in der Sonne. Ich steckte meinen brennenden Kopf zum wiederholten Mal unter den Wasserhahn im Garten. Der Hund bellte mit schäumendem Maul den sich hin und wieder bewegenden fremden Schatten seines Herrchens an. Tante Magdika warf ihre gestreiften Beutel auf den Boden und stemmte die Hände in die Hüften, um tief Luft zu holen und ein Riesengezeter zu veranstalten. Dann jedoch, ganz so, als könnte man sich so etwas anders überlegen, spuckte sie nur aus, nahm ihre Beutel wieder und ging ohne ein Wort zu sagen ins Haus.

»Du solltest deinen Vater lieben«, sagte Dezső. »Entschuldige dich bei ihm. Meiner Meinung nach solltest du ihn streicheln.«

»Ich glaube, das muss jetzt nicht sein«, unterbrach ich ihn, »lass uns lieber gehen.«

»Gib ihm einen Kuss, hier vor unseren Augen.«

»Fahr doch zur Hölle!«, zischte Ignác.

Dezső rief ihm sogar noch von der Straße, über den Zaun hinweg zu: »Solange du den Schatten deines Vaters nicht als deinen eigenen empfindest, wird auch er dich hassen.«

Wir gingen hinter die niedergetrampelten Schoberhöfe, an die Nordseite des Friedhofs – dorthin, wo der breite Graben begann, den wir Tal nannten –, um uns über die Angelegenheit hinwegzutrösten. In dem von unbeschnittenen Akazienbüschen und Kornelkirschbäumen zugewachsenen Graben war es in der etwas abgekühlten Luft des späten Nachmittags am angenehmsten. Die Mücken stachen noch nicht, sie umschwärmten uns noch nicht wie am Abend in ganzen Scharen, und auch die Sonne brannte nicht mehr. Das Bier in Dezsős Deckelkanne war immer noch eiskalt, dabei saßen wir lange dort, rauchten, starrten in den Himmel und schlossen

Wetten über die galoppierenden Sommerwolken ab; keine Platz- oder Dreierwetten, da wir nicht wussten, was diese Begriffe bedeuteten, wir setzten nur auf Sieg. Das eiskalte Bier wurde mir langsam unheimlich, und ich wollte Dezső Metz gerade fragen, was es denn damit auf sich habe, als Bece ankam. Er schien verstört.

»Tante Klári hat in der LPG von einem furchtbaren Fall gehört«, sagte er laut. »Die Welt ist aus den Fugen geraten.«

Bece schlug Alarm, und wir rannten aus dem Tal zu ihm nach Hause. Tante Klári saß in der kleinen Küche, die Ellenbogen auf die Tischplatte gestützt, auf dem Herd kochte Wasser, der Tisch war mit einer Tüte voll selbst gemachter Eiergraupen bedeckt, auf dem Herd und der Anrichte standen Berge von dreckigen Tellern, Gabeln, Schnapsgläsern. Früher hätte selbst sie so eine Unordnung um sich herum nie geduldet; »die Welt ist aus den Fugen geraten« schien mir also eine präzise Beschreibung der Lage zu sein. Tante Klári sagte nur »hm, hm«, so wie man es beim Erhalt der Nachricht über den Tod eines entfernten Verwandten zu tun pflegt, unverständlich, neugierig, eine Erschütterung eher mimend als wirklich erlebend. Ich wähnte sie schon fast flüstern: »So jung, die Ärmste.« Sie sagte jedoch etwas anderes:

»Wie hat sich diese Pannika nur getraut, so etwas zu tun?«

Tante Pannika war die Verkäuferin des Kiosks im Dorfkern; früher gab es mehrere Kioske im Dorf, wo man Kaugummi, *Die Sportwette*, Zigaretten oder Stollwerck-Karamellbonbons bekommen konnte. Als wir die Elementarschule beendet hatten, gab es nur noch einen, in der Mitte des Dorfes, gegenüber der Gaststätte, gleich rechts vom Fotografen. Neben ihrer Arbeit als Verkäuferin war Tante Pannika auch die Aushilfsschreibkraft des LPG-Vorsitzenden Gábor Töre. Sie ging nur dann ins Büro, wenn Genosse Töre einen besonders wichtigen Brief zu schreiben hatte. Tante Pannika behauptete, sie habe in ihren leeren Stunden im Kiosk Stenografie und Schreibmaschineschreiben gelernt, das Erste liege ihr nicht, was jedoch das Maschineschreiben betreffe, so habe sie gleich beim ersten Kontakt mit der Tastatur gemerkt, dass das etwas für sie sei. Niemanden interessierte es, woher Tante Pannika Schreibmaschine schreiben konnte, wenn sie es dort gelernt hatte, hatte sie es eben dort gelernt, obwohl kein Mensch sie jemals in der Kioskbude hatte üben sehen. Sie konnte es einfach, basta. Sie hatte die sicherste Maschinenschreibhand im gesamten Dorf; sie hämmerte mit einer ungeheuerlichen Geschwindigkeit auf die Buchstaben ein, war auch in Fragen des Briefverkehrs bewandert, kannte die offiziellen Formeln, sprach Russisch, Deutsch und Französisch und wusste, wie man die verschiedensten Arten von Geschäftsbriefen verfassen musste. Und sie vertippte sich auf wundersame Weise so gut wie nie.

Und diesmal irgendwie doch.

Tante Kláris Besorgnis war nicht übertrieben. Bis einundachtzig war das Dorf selbst in den härtesten Zeiten von den schwarzen Wolgas verschont geblieben. In Sáraság wurde sogar während der unglücklichen Epoche nach dem Aufstand von sechsundfünzig niemand gepeinigt – allerdings war in den glorreichen Tagen auch nicht viel mehr geschehen als ein wenig Getöse und einige Rempeleien. Nach Tante Pannikas Fehlleistung jedoch parkten gleich zwei schwarze Kutschen vorm Dorfrathaus. Dort hielten sich die Genossen mehrere Stunden auf, fuhren dann in die LPG Gogol, um für einen halben Tag ebenfalls das Büro des LPG-Vorsitzenden zu besetzen. Es waren einige große Männer in Lederjacken und zwei kleinere mit Brille und Maßanzug; Tante Pannika schleppten sie unter den Armen, als wäre sie das Beweisstück. Darüber, was sich in Gábor Töres Büro abgespielt hatte, erfuhr man auch später nichts, selbst Onkel Pista Avarka wollte sich nicht dazu äußern. Dezsős Fragerei würgte er ab, indem er behauptete, seinem Herzen bekomme es nicht, wenn er sich aufrege. Das wiederum machte mich wütend; was war er doch für ein mimosenhafter, gefallsüchtiger Geist, dieser Onkel Avarka, er hatte ja überhaupt kein Herz mehr und machte sich trotzdem Sorgen darum.

Tante Pannika hatte nicht das getippt, was man ihr diktierte, so viel war klar. Sie hatte einen langen Text festgehalten, den die Genossen aus der Hauptstadt, das zumindest sickerte später durch, zum Verhör auch mitgebracht hatten, um sie mit ihrer Tat zu »konfrontieren«. Während der Vernehmung traf auch das in einem rügenden Ton verfasste Telegramm des Komitatsrats aus Szeged ein, in dem der LPG-Vorsitzende Gábor Töre vom Ratsvorsitzenden zur Verantwortung gezogen wurde.

Der LPG-Vorsitzende und Tante Pannika mussten die Genossen aus der Hauptstadt auf ihrem Rückweg begleiten.

Gegen die Exzesse der reaktionären Kräfte wurden verschiedene Maßnahmen ergriffen: Zum Beispiel jagte Sándor Guliga die Jugendlichen nach Hause, die neben dem von Wasserstein befallenen Springbrunnen, aus dem kaum noch ein Tropfen Wasser kam, herumlungerten und rauchten. Die Vorführung des amerikanischen Films *Krieg der Sterne* fiel »aus technischen Gründen« aus; am Ufer der Theiß schnitt man das Seil ab, das an einen der dickeren Äste der Weide gebunden worden war und von dem sich die mutigeren Jungs mit einem Tarzanschrei in den Fluss stürzten. Nach einer der Volkstanzstunden, die diesen Sommer gehalten wurden, um für einen Auftritt im Behindertenheim von Derekegyház zu proben, wurden alle aufgefordert, sich so schnell wie möglich nach Hause zu begeben. Trotz des lauen, duftenden Sommerabends wurde behauptet, eine »überflüssige Versammlung« könne man nicht gebrauchen. Die Russischlehrerin Kati Kitka stolzierte im Dorf umher, als wäre sie das personifizierte Gesetz, und strahlte dabei vor Schadenfreude.

»Es ist an der Zeit, dass die Genossen dieses ideologisch unterentwickelte Dorf endlich unter ihre Fittiche nehmen«, sagte sie.

Bei allen spürte ich Angst und Misstrauen. Herr Számfira grüßte mich nicht zurück, wenn ich ihn traf, rief mir auch nicht hinterher, was ich meinen schwulen Freunden ausrichten solle, die über ihn das Gerücht verbreitet hätten, er sei ein Fischdieb. Opa Töre lief mit gesenktem Kopf umher wie ein Gerichtsdiener, der seine Arbeit verloren hat, die Entzugserscheinungen ließen seinen Kopf und seine Hände den ganzen Tag über zittern. Mátyás Antal fegte drei Mal am Tag den Hof des Kulturhauses, nahm den Veranstaltungskalender aus dem Aushang, hängte ihn dann wenig später wieder hinaus: »Weiterbildung der Leiter des Kommunistischen Jugendverbandes« war nun mit rotem Filzstift unterstrichen. Am Sonntag läuteten die Glocken bereits zum dritten Mal, trotzdem waren wir nur eine Handvoll Leute in der Kirche. Onkel Bandi, Beces Großvater, schüttelte niedergeschlagen den Kopf.

»Siehst du«, flüsterte er Bece zu, »die Kommunisten zermalmen alles.«

Zur Abendmesse, die Vater Áron Avarka in weiser Voraussicht von sechs auf neun Uhr verlegt hatte, kamen dann in der dem Mut zuträglichen Dunkelheit doch noch einige mehr. Unter anderen erschienen Opa Töre, Kneipenwirt Oláh (wobei dieser es vielleicht aus beruflichen Gründen tat) und Sándor Guliga. Beim Schuldbekenntnis schlugen sich alle drei so sehr gegen die Brust, dass die Kirche davon schallte.

»Durch meine Schuld, durch meine Schuld, durch meine große Schuld.«

Im Krematorium trafen wir am nächsten Abend Sándor Guliga und Mátyás Antal, beide betrunken. Der Dorfratsvorsitzende und der Kulturhausdirektor gingen sonst immer in die Gaststätte, aßen Kronstädter Braten mit Knoblauch oder Kuttelgulasch und tranken dazu teuren, in Flaschen abgefüllten, mit Kork verstöpselten Blaufränkischen aus Feketeváros. Meistens so viel, dass sie ihre Deckelkanne dort vergaßen, was zur Folge hatte, dass sie am nächsten Tag die Ersatzkanne zur Arbeit mitnehmen mussten. Nie zuvor hatten wir sie im Krematorium gesehen, das eigentlich nur von den Eisenbahnleuten besucht wurde und von den Jungs aus der Hanffabrik, die bereits zu alt für das Waisenhaus geworden waren und nun in den Holzhütten lebten, diesen Tagelöhnern, deren Arbeit das Einweichen des Hanfes war. Sie bildeten das Stammpublikum der Kneipe, und wenn nicht gerade ein Fußballspiel zu Ende war, kamen auch kaum andere Gäste. In dem verrauchten, ungemütlichen Kellerraum wurde es abends viel zu kühl. Sándor Guliga starrte in sein Glas, in das er ab und zu ein paar Tränen fallen zu lassen schien.

»Hat uns dieses Chaos hier etwa gefehlt? Weshalb konnte dieser Dummkopf von Töre den Bericht nicht vorher durchlesen?«

Der LPG-Vorsitzende hatte natürlich auch eine »eigene« Sekretärin, und ein Teil der öffentlichen Meinung erhitzte sich nun über die Frage, weshalb nicht sie, namentlich Évike Szalma, Bahnwärter Szalmas Tochter, den Brief geschrieben hatte? Wäre es so geschehen, man müsste jetzt nicht im Dunkeln tappen und wäre nicht ohne jegliche Vorstellung darüber, was denn nun eigentlich das Problem sei. Mátyás Antal war der Ansicht, Évike sei ein Mädchen mit schönen, anziehenden Kurven, wunderbaren Wölbungen, man könne sie aber keine wichtige Schrift tippen lassen, denn die Briefe, die sie schreibe, seien nicht nur durch gewisse formale Mängel gekennzeichnet, sie wimmelten außerdem von schmerzlich vielen Rechtschreibfehlern.

Die Tage schleppten sich kläglich dahin. Hinter der falschen Besorgnis steckte bei den meisten natürlich die Angst um das eigene Fell, die Wohlinformierten tuschelten bereits über zertretene Nieren, abgerissene Nägel, die Alten sprachen von Dachbodendurchsuchungen und im Radio übertragenen Schauprozessen. Tante Pannikas Hühner waren aus dem Stall geflogen, da sich niemand fand, der ihnen eine Handvoll Körner hingeworfen, ihnen Wasser in ihre Näpfe gegossen hätte. Zu dem verseuchten Haus traute sich nicht einmal der Mann, der fürs Ablesen des Stromverbrauchs zuständig war.

In gerade mal drei Tagen wendeten sich die Ereignisse derart, das selbst Jesus Christus seinen Augen nicht getraut hätte. Gábor Töre und Tante Pannika wurden mit »Roter Stern«-Auszeichnungen ins Dorf zurückgebracht, auf der außerordentlichen Dorfversammlung betonte die aus einer Arbeiter- und Bauernfamilie stammende, aus der Hauptstadt angereiste Genossin Tante Pannikas Scharfsinn, ihre Loyalität und ihren Sinn für Kritik, der ganz und gar dem sozialistischen Geist entspreche. Das Missverständnis sei entstanden, und das sei eine wichtige Lehre aus diesem Vorfall, weil Selbstkritik und Entwicklungsfähigkeit in manchen Arbeiterführern noch nicht ausreichend ausgebildet seien. Anna Szabós Beobachtungen seien präzise, an manchen Stellen seien sie ihrer Zeit weit voraus, deshalb sei diese Lektüre nur etwas für ideologisch gut gebildete Geister. Diese Arbeit beinhalte jedoch trotz ihrer erstaunlichen Ausgereiftheit noch viele Missverständnisse, Übertreibungen und Fehler, die Genossin Anna Szabó gemeinsam mit dem Genossen Töre in naher Zukunft mit Sicherheit bereinigen werde. Bis dahin werde die halb fertige Arbeit im Safe des LPG-Büros aufbewahrt. In der zweiten Hälfte der Versammlung traf auch das Telegramm des Komitatsratsvorsitzenden ein, in dem er seine vorherigen Äußerungen richtigstellte, die für das Missverständnis verantwortlichen Personen benannte und Genosse Töre sowie Genossin Szabó eine gute Gesundheit und Freude an ihrer Arbeit wünschte.

Wer mit Anna Szabó gemeint war, konnten wir uns lediglich erschließen, es gab niemanden, der wusste, dass Tante Pannika mit Nachnamen Szabó hieß. Sándor Guliga sah später nach, und selbst auf der Lungenuntersuchungsliste, auf der auch Onkel Pista Avarka noch stand, fand er nur: Tante Pannika, Poststraße, Sáraság. Opa Töre und sein Sohn becherten nach den aufwühlenden Ereignissen zwei Wochen lang ganz ordentlich, mal schlugen sie in bitterer Wut, mal in großer Freude auf den Gasthaustisch, oft gesellten sich ihre Freunde Guliga und Antal zu ihnen. Zwar nur allmählich, aber dennoch, die Stimmung im gesamten Dorf entkrampfte sich. Der LPG-Vorsitzende schilderte den Vorfall mehrmals am Tag und ließ dabei keinen Zweifel an Tante Pannikas Bildung und Kompetenz aufkommen.

»Tante Pannika ist bei der Arbeit in einem inspirierten Zustand«, sagte er, »sie wartet auf den Text wie auf ein geistiges Manna, einen himmlischen Zuspruch. Man kann ihr langsam diktieren, die Worte einzeln zerkauend, verdauend oder, wenn einem danach ist, im schnellen Spaziertempo. Egal was passiert, sie ist nicht aus der Fassung zu bringen, sie fügt noch im letzten Augenblick ein neues Satzglied ein, dabei spürt sie schon den Anfangsbuchstaben des nächsten Wortes im Finger, die Bewegung, deren Abschluss der Buchstabe ist, hat bereits begonnen, sie jedoch ist, als hätte sie eine Druckluftbremse im Gehirn, immer noch in der Lage, den Text zu korrigieren. Wenn es eilig ist, kann man ihr auch so schnell diktieren, dass sich die Wörter beinahe überschlagen, oder man kann zögern, unter die Sätze gleiten, ruhigen Gewissens eine Aufzählung sprengen. Tante Pannika hält trotzdem Schritt, sie hämmert auf der Maschine herum, fragt nicht zurück, versteht alles sofort. Sie schreibt, als würde sie sprechen, man hört, wie die Maschine einatmet, vor den Großbuchstaben hebt sich die gewölbte Buchstabenreihe und am Ende des Satzes spürt man, wie der Metallarm des Punktes gleichzeitig mit dem Ausatmen des Sprechers wieder an seinen Platz springt. Tante Pannika erschafft den Text«, fasste Gábor Töre zusammen, »mit der Präzision des Ewigen, man kann ihre Arbeit nicht anders beschreiben; ein falsch gesetztes Semikolon ist kein großer Fehler, aber nicht einmal diesen lässt sie sich zuschulden kommen.«

Das war der Ursprung dieser Ereignisse, die anfänglich so viel Unruhe verursacht hatten.

Wenn sowieso kein Fehler in dem Schriftstück war, wozu sollte man es dann noch durchlesen? Nachdem Gábor Töre den Text zu Ende diktiert hatte, steckte er ihn in einen Umschlag und schickte Jóska Futár mit dem Brief sogleich zur Post. Es wäre schade gewesen, die Zeit mit einer überflüssigen Prüfung zu vergeuden, wo man doch in zwanzig Jahren nie auf einen Fehler von ihr gestoßen war.

»Jóska Futár kann bezeugen«, beteuerte Gábor Töre, »was für ein Betrieb hier zu manchen Zeiten, in denen wir viel Arbeit hatten, herrschte. Jóska erinnert sich mit Sicherheit ganz genau an jeden Brief, er weiß, an welchem Tag er aufgegeben wurde und an wen er adressiert war – man muss nur ihn fragen, er weiß alles.«

An Tante Pannikas Zuverlässigkeit hegte im Grunde niemand Zweifel, Gábor Töre hätte sich überhaupt nicht auf eine Fachautorität von Jóska Futárs Rang berufen müssen. Jóska Futár war Autist, aber ein angesehenes Mitglied der Gruppe der Waagemeister, der Silo- und Lagerarbeiter; er wusste die Aufstellungen der Fußball-Nationalmannschaft der letzten fünfzig Jahre, ebenso der Sáraságer Mannschaft, des MTK, des Újpest und des Fradi, und natürlich auch das Ergebnis jedes einzelnen Spiels …

Was ist aber dann diesmal mit Tante Pannika geschehen?

Tante Pannika selbst konnte Dezső nur so viel erzählen, dass sie noch nie etwas Vergleichbares erlebt habe. Sie habe das Gefühl gehabt, der Sprache hinterherzujagen. Indigopapier her, einfädeln und los, Indigopapier, einfädeln und los. Nicht nur ihre Hand, ihr ganzer Körper habe sich verselbstständigt, so als übte man in berauschtem Zustand Klavier oder als liebte man sich am frühen Morgen. Sie habe ins Leere gestarrt, von allen Fesseln befreit nur geschrieben, sie habe den Duft des Textes gerochen, seine erfrischende Brise genossen, jeder Satz habe ein bestimmtes Aroma in der Luft des Büros verströmt.

Aber halt!

Danach käme nichts. Von da an wisse sie überhaupt nichts mehr. Sie habe weder etwas in Wein noch in Essig verwandelt, sie sei keine Dichterin, auch keine Botschafterin, sie sei nur zur Reproduktion fähig, sie habe Wort für Wort das geschrieben, was der LPG-Vorsitzende ihr gesagt habe. Das Tippen sei ihr noch nie so leicht von der Hand gegangen wie bei diesem Text, obwohl sie sich auch sonst nicht beklagen könne; diesmal sei die Virtuosität, mit der ihre Finger über die Tastatur geglitten seien, jedoch filmreif gewesen. Daraus folge aber noch überhaupt nichts. Sie habe den Geschmack der Sprache gespürt, auch wie die Worte dahingerollt wären, sich erhoben hätten, nach dem Komma abgeknickt seien wie ein Gartenschlauch, wie die Einfügungen die leicht verletzlichen Füße der Sätze verstaucht, wie sich die Buchstaben selbst getragen, wie sie gewimmelt hätten, wie der Buchstabenhaufen keine Rast gefunden habe. Das sei aber alles. Die Erdichtung, aus der man ihr in Budapest verschiedene Auszüge vorgelesen habe, käme ihr nicht im Geringsten bekannt vor, und der euphorische Schwachsinn, auf den man sich hier, bei der Übergabe der Auszeichnung berufen habe, sei auch nicht von ihr geschrieben. Sie könne und wolle auch keine Erklärung für die Taten anderer abgeben.

Dies wäre eigentlich das Ende der Tagebuchangelegenheit gewesen. Der geheimnisvolle Bericht hätte bis vor kurzem, bis zur Agonie des kommunistischen Regimes, ohne Verfasservermerk in einem Aktenstapel gelegen. Jetzt wäre er im Gewirr der Veränderungen zusammen mit einem Haufen anderer sinnloser Schriften aussortiert worden, wenn im Herbst 1981 nicht ein Ereignis wie ein Dominostein alle folgenden zum Kippen gebracht hätte. Einige Wochen nach dem Skandal stahlen Dezső und Ignác das Tagebuch aus dem LPG-Büro, und wie ein selbst ernannter Verkünder las Dezső es danach den neugierigen Versammelten im Gestrüpp hinter den Bürogebäuden vor. Mit der Hörerschaft geschah Ungewöhnliches. Als einzige gesicherte Gemeinsamkeit der nachträglichen Erlebnisberichte kann die Erwähnung Ede Kleins in jener Schrift gelten, wodurch ihr bald die Bezeichnung *Klein-Tagebuch* anhaftete. Abgesehen von dieser Geringfügigkeit erinnerten sich jedoch alle an etwas völlig anderes …

Über Tante Pannikas erstaunliche Fähigkeiten, ihre auffallende Belesenheit, die Wurzeln ihrer Bildung habe ich vor kurzem, dank der launenhaften Wege des Zufalls, Unglaubliches erfahren. Jetzt, im Tor der Erneuerung, in dieser Zeit, die ein wenig Hoffnung birgt, haben sich innerhalb weniger Monate Maler, Bibliothekare, Dichter angefreundet, und alle sind gleichermaßen erfüllt von Zuversicht, man spürt den Rauch der Aufregung gleich dem einer Zigarette in der Lunge.

So sind zum Beispiel Mönche alter und neuer Glaubensgemeinschaften auf den Straßen aufgetaucht. Wie oft hat Páter die drei Knoten am Gürtel der Benediktiner erwähnt – in Wirklichkeit habe ich sie erst jetzt zu sehen bekommen. Ebenso wie jene kahl geschorenen Jugendlichen mit den angemalten Gesichtern, die auch erst seit einiger Zeit zu sehen sind und die mit einem handbetriebenen Harmonium durch die Gegend ziehen und auf den Flanierstraßen ihren Gott mit samtiger Stimme lobpreisen. Wer früher nicht fromm gewesen ist, den wird dies sicherlich auch jetzt nicht interessieren; er wird sich mehr für die nun erwachende individualistische Welt begeistern oder auch für die von den langsam verschwindenden sowjetischen Soldaten verschacherten Kalaschnikows. Für den Preis von einem halben Liter Wodka kann man einen Flammenwerfer oder ein Salvengeschütz kaufen. Für mich als Sáraságer ist dies eine epochale Veränderung, denn für mich gelten auch heute noch die Werte meines Heimatdorfes. Bei uns hingen im Rathaus auch während der vierzig Jahre Kruzifixe an der Wand – natürlich hinter den Schränken, um überflüssige Konflikte zu vermeiden, und Sándor Guliga wartete am Tag des heiligen Stephan geduldig ab, bis Vater Áron unten vor dem Podest in Zivilkleidung das neue Brot gesegnet hatte … Aus dieser Perspektive scheint all das wie eine Revolution.

Als ich einmal an der Station Orosháza in den Schnellzug nach Szeged umstieg, saßen im ersten Abteil zwei Rabbiner. Sie waren wie eine Erscheinung für mich, ich hielt sie für ein Zeichen des Himmels, meine Stimme zitterte, als ich sie fragte, ob bei ihnen noch ein Platz frei sei. Wie sehr habe ich mich doch wegen der verworrenen Fälle in Sáraság, wegen der besonderen Lasten, die wir Dorfbewohner zu tragen hatten – dem Durst, dem morgendlichen Reden –, mit dem Volk der Heiligen Schrift beschäftigt! Wie oft haben wir im Buch der Bücher nach Antworten auf unsere Zweifel, unsere Fragen gesucht, wie viele Predigten Franczeks über Azazel, Henoch, Hiob und die heilige Zeit, deren Minuten in unserem Dorf noch *ursprünglich* vergingen, habe ich mir angehört.

Und jetzt erst sah ich zum ersten Mal in meinem Leben echte Juden – und dann sind es gleich Rabbiner!

Ich starrte die beiden schwarz gekleideten Männer mit schwärmerischer Verwunderung an. Unser Ewiger ist ihr Gott, unsere Heilige Schrift ist ihre Bibel – das heißt, eigentlich ist es andersherum, aber in meinem Kopf haben sich durch die Nachforschungen anlässlich der verschiedenen Fälle, durch deren Analyse, durch die Bibelauslegung Namen und Feste vermischt, die der Alten, der Juden, mit denen der Neuen, der Christen. In Sáraság verstrich die alte Zeit, und diese Unmenge an Wörtern, die uns des Morgens über die Lippen kamen, hätten wir überhaupt nicht verstanden, wäre Vater Áron neben dem Altgriechischen nicht auch ein wenig des Hebräischen mächtig gewesen. Wir hätten dieses Mehr an Belastung und die oft erschreckenden Vorfälle gar nicht ertragen, wäre da nicht der süße Beigeschmack des heimlichen Bewusstseins über die Auserwähltheit gewesen. Genau wie das Volk der Heiligen Schrift, so kannten auch wir sie, die Neuen, die Katholiken.

Ich war nicht in der Lage, höflich aus dem Fenster zu sehen, wiederholt trafen sich unsere Blicke, wobei die beiden jüdischen Geistlichen so taten, als bemerkten sie mein unangebracht aufgeregtes Interesse nicht. Der Ältere sprach mich an, redete in einem nachsichtigen, etwas herablassenden Tonfall mit mir und verriet in kurzen, wohlbemessenen Sätzen nur das Allernötigste über sich und seinen Begleiter.

Er sagte, sie seien auf der Reise von Budapest nach Tótváros, jedoch mit einem Abstecher nach Szeged. »Wir sind Rabbiner«, fügte er hinzu.

Ich war dankbar, ihm zuhören zu dürfen, wobei sich nach den ersten Worten bereits eine gewisse Enttäuschung meiner bemächtigte; ich hatte mir eine hell klingende Stimme vorgestellt, die nur erlesenste, heilige Worte sprach. Was er aber in eher knarrenden Tönen von sich gab, erstaunte mich nicht sonderlich.

»Und du, mein Sohn«, fragte der Jüngere, »woher kommst du?«

Dass er sich nach mir erkundigte, tat mir so gut, dass ich vor lauter Verlegenheit zu antworten vergaß. Ich starrte dem jüngeren Mann bloß auf den lichten Bart, für den man ihn in Sáraság ausgelacht und über ihn gesagt hätte, dass er Lücken wie ein Zirkuszaun habe. Seine Zähne standen heraus und waren nikotinvergilbt. Ich war außerstande, irgendwo anders hinzusehen. Natürlich irritierte ihn das, und die Wärme aus seiner Stimme verflog bald, er sah mich nicht mehr an und sprach wie zu jemand anderem. Die Erwähnung Sáraságs ließ sie nicht kalt, ich konnte jedoch weder entscheiden, ob sie Gutes oder Schlechtes über mein Dorf gehört hatten, noch, ob es eine Grimasse oder ein Lächeln gewesen war, was ich auf dem Gesicht des älteren Rabbiners habe aufblitzen sehen. War es das Zeichen des Schmerzes oder der disziplinierten Freude? Am ehesten hoffte ich, es sei ein wenig von beidem.

»Kennen Sie mein Heimatdorf?«, fragte ich vorsichtig.

»Wir waren noch nie dort«, antwortete der Ältere, »aber wir haben schon davon gehört – sowohl Gutes als auch Schlechtes.« Letzteres sagte er bereits mit einer gewissen Bitterkeit.

»Sie meinen bestimmt den Pogrom.«

Nach unserer Ankunft in Tótváros unterhielten wir uns noch eine knappe halbe Stunde über Ede Klein – im Weinkeller Egri, der sich in der Hauptstraße befand. Sie saßen neben mir, die Hände im Schoß, auf der Blechtischplatte stand nur mein Kaffee, denn sie hatten nichts bestellt. Ede Klein war bloß der Anfang gewesen, ich erzählte ihnen noch so manches aus dem Leben in Sáraság, über uns, die Fälle, die Geister, den ewigen Durst, die unbewussten morgendlichen Wörter. Sie hörten mir mit einem Ausdruck der Bestürzung zu, und ich hoffte, angsterfüllt und immer verzweifelter, sie mögen akzeptieren und glauben, was ich erzählte. Bis zu jenem Tag war mir nie die Torheit in den Sinn gekommen, Fremden über Sáraság zu erzählen. Die Geistlichen des Volkes des Ewigen, so glaubte ich, würden meine Worte mit offenem Herzen aufnehmen.

Einem schwereren Irrtum hätte ich nicht unterliegen können.

Als ich ihnen von unseren Fällen berichtete, schüttelten sie verdrießlich den Kopf, über meine Erklärungen waren sie geradezu entrüstet. Die Erwähnung der Lamed-Wawniks, der Azazelstraße, Henochs und Hiobs, der Präsenz der heiligen Zeit, der Schönheit der Minuten vor der Sintflut brachte den jüngeren Rabbiner schließlich aus der Fassung.

»Er weiß nicht, wovon er spricht«, sagte der Ältere besänftigend. Dann wandte er sich an mich, sprach in einem feierlichen, jedoch kühlen Ton, und ich spürte, dass die Demut, die er zeigte, dem Thema galt und nicht mir.

»Du sollst den Namen des Herren nicht missbrauchen, vor allem nicht mit ihm um dich werfen. Wer ein Zaddik sein kann … ich weiß gar nicht recht, mein Sohn, wo ich anfangen soll … es wird wohl am besten sein, wenn du Ausdrücke, die du nicht verstehst, nicht verwendest … du bist nicht aus diesen Wurzeln erwachsen, was nicht schlimm ist, wie sollte es auch, es ist jedoch außerordentlich lästig, wenn du durch dein Benehmen, obgleich unabsichtlich, Regeln verletzt, die für andere wichtig sind. Ich war nie in deinem Dorf, so kann und will ich mich nicht über die besitzerlosen Schatten äußern. Aber die Lamed-Wawniks …«

Er seufzte tief, schüttelte den Kopf. Er war nicht in der Lage, etwas zu sagen, und der Jüngere, so hatte ich den Eindruck, traute sich nicht.

»Also«, sagte er, als hätte er einen körperlichen Schmerz überwunden, »die Lamed-Wawniks … aber lassen wir das. Über eine Wundertat darf nicht einmal ein Jude nachdenken, nicht einmal ein Rabbi, es bedarf mindestens dreier Gelehrter, damit sich der Gedanke nicht auf einen falschen Weg verirrt … deshalb sage ich dir … du bist das Opfer schrecklicher Irrtümer!«

Ich empfand Neid und Hass, betrachtete mich als ungebildeten Wurzelbauern.

»Ich bin Katholik«, antwortete ich, »das lässt sich doch gut miteinander verbinden.«

»Wir vergleichen die Religionen nicht«, antwortete der ergraute Rabbiner, »und wir verbinden sie auch nicht miteinander.«

Sie waren gerade im Begriff aufzubrechen, als der Ältere es sich anders überlegte, sich wieder setzte und fragte:

»Kennst du die Károlyi Anna? Sie ist ein Spross der gräflichen Familie Károlyi und musste während des Krieges die Hauptstadt verlassen. Sie ist in ein Dorf des väterlichen Besitzes geflohen, und dieses Dorf war genau das, aus dem du kommst.«

»Es lebt dort keine Frau namens Anna Károlyi«, antwortete ich.

»Sie hat einen anderen Namen angenommen«, sagte der Jüngere voller Spott. »Als Károlyi«, ergänzte er belehrend, »hätte sie es unter dem früheren Regime schwer gehabt. Außerdem kennt man sie, so glaube ich, unter ihrem Kosenamen. Wie lautete dieser noch gleich?« Er dachte nach. »Pannika vielleicht. Sie schickte gelegentlich eine Karte und unterschrieb, soweit ich mich erinnere, mit Pannika.«

Schwindel ergriff mich. Die Erwähnung Tante Pannikas wirkte immer wie ein Blitzschlag auf mich, wobei ich keine Ahnung hatte, weshalb ich diese innere Verkrampfung spürte, wenn es um sie oder das Tagebuch ging. In diesem Moment sah ich meine seltsamen Ahnungen bestätigt. Um Tante Pannika gab es wesentlich mehr Geheimnisse, als ich damals gedacht hätte. War Tante Pannika in Wirklichkeit Anna Károlyi? Die Verwandte des alten Grafen Károlyi, dem das Schloss früher gehört hatte?

»Zu wem innerhalb der Grafenfamilie sie gehört, wessen Tochter sie ist«, antwortete der Rabbiner, »das weiß ich nicht. Denn sie ist bereits als Kind nach Budapest gekommen, sehr zeitig; sie war noch ein Backfisch, da lebte sie schon in der Theaterwelt. Sie wäre eine hervorragende Dramaturgin geworden«, sagte er. »Bis zu den ersten Judengesetzen war sie Ferenc Molnárs Lieblingsschülerin.«

»Des Autors von *Die Jungen der Paulstraße*?«, fragte ich verdutzt.

Beide Rabbiner lächelten.

»Anna musste fliehen«, sagte der ältere. »Ihr Budapester Onkel versteckte Juden, und hätte man sie bei ihm gefunden, Anna wäre zusammen mit ihnen deportiert worden. Damals legte sie sich eine neue Identität zu. Inzwischen ist es kein Geheimnis mehr, du darfst es ruhig wissen, mein Sohn.«

»Und Onkel Ede ...«, begann ich, aber die beiden Rabbiner waren bereits aufgestanden.

»Wir müssen gehen«, sagte der Ältere.

»Onkel Ede Klein wurde auch von ihr gerettet, stimmt's?«, rief ich ihnen hinterher.

Der Ältere drehte sich noch einmal um und lächelte. Jenes herbe und trotzdem ermutigende Lächeln habe ich noch heute glasklar vor Augen, und es schwebte auch in meinen Gedanken, als ich in der *Volkszeitung* einen kurzen Artikel entdeckte:

»Die beiden Rabbiner aus dem Budapester Stadtbezirk Lipótváros statteten nach Szeged auch Tótváros einen Besuch ab. Sie sahen sich den jüdischen Friedhof und die beiden Synagogen der Stadt an – beziehungsweise jenes Wohnhaus und jenen blechverkleideten Möbelladen, in denen die Gotteshäuser eingerichtet worden waren ...«

Zur wahrhaft komplizierten Verquickung der verschiedenen dämonischen Angelegenheiten, der unentschlüsselbaren, geheimnisvollen Fälle, kam es erst zu Beginn unseres Pendellebens zwischen Feketeváros und Sáraság – was in mir Beklemmung und Angst auslöste. Franczek, Dezső Metz und Eszter, die damals bereits zu den großen Mädchen der achten Klasse gehörte, fühlten sich jedoch offensichtlich wohl in diesem sumpfigen Gebiet.

Die ersten zehn Tage des Monats Tisri, zu Beginn des Herbstes, nennt das Volk der Bibel *Die zehn Tage der Buße*. Die ersten beiden Tage des Neujahrsfestes nennt man *Rosch ha-Schana*, den letzten *Jom Kippur*. Es ist kein Zufall, dass die Juden diese zehn Tage auch als *furchtbare Tage* bezeichnen; sie fordern Einkehr, Selbstbeobachtung und die Überprüfung früherer Handlungen. Dies alles versäumten wir. Wer weiß, welche Zeit bei uns gerade verging? Vielleicht war wieder der Wagen mit den beiden grauen Pferden die Azazelstraße entlanggeklappert, und vielleicht musste Ede Klein wieder grundlos leiden, um uns Sáraságern eine Botschaft zu überbringen?

Auch die dämonische Irén Ráchel kam an den Tagen des jüdischen Neujahrs in unser Dorf – allein. Ihre sonst hellbraune

Haut leuchtete weiß, als wäre sie den ganzen Sommer über nicht im Freien gewesen. Ihr Gepäck und ihr Kind wurden einige Stunden später von einem schnaufenden ZIL-Lastwagen gebracht. Dezső erblickte sie zum ersten Mal an einem windigen Herbsttag, einem Mittwochvormittag. Irén strich gerade allein vor ihrem in der Dorfstraße gelegenen, neu erworbenen Lehmhaus herum, sie hatte das Gartentor geöffnet und das Dorf begutachtet, als suchte sie eine Krankheit, ein Geschwür. Für Bece und mich war das bereits ein fremder und unbekannter Sáraság er Wochentag, wir waren schon am Gymnasium; Dezső erzählte mir später, dass die Straßen schlammig gewesen seien, die Sonne jedoch geschienen und der Wind die Mundwinkel ausgetrocknet habe.

»Ich bin Dezső Metz«, stellte er sich grinsend vor und streckte dem Mädchen seine Hand entgegen.

»Irén Ráchel«, flüsterte sie, bei der sich später herausstellte, dass sie, obgleich noch ein Mädchen, bereits Mutter war. Nicht nur ihre Hand blieb reglos, auch ihr Oberkörper, selbst ihr Mund schien sich nicht geöffnet zu haben, so als käme ihre Stimme, mit der sie Dezső diesen ungewöhnlichen und wunderschönen Namen mitteilte, aus dem Bauch. Bece Beregi stellte sich Irén ebenso zurückhaltend vor wie Dezső. Was in Anbetracht der Tatsache, dass Irén Ráchel in dem Moment, in dem Bece mit irgendeiner fadenscheinigen Begründung auf ihrer Veranda erschien, gerade ihren Sohn stillte, auch nicht weiter verwunderlich war. Danika Ráchel ging bereits in den Kindergarten, er war schon drei Jahre alt, sprach jedoch kaum ein Wort und das, was er sagte, sagte er meist auf Rumänisch, der Muttersprache seines Vaters, der sich früh aus dem Staub gemacht hatte. Aus seinem Mund hörte man nur dann ein, zwei Wörter, die man für eine deftige italienische Mundart hätte halten können, wenn er an der Brust seiner Mutter hing – dies geschah allerdings mehrmals am Tag. Irén Ráchel setzte sich auf einen Schemel, hob ihre kleinen elastischen Brüste aus ihrer Bluse und stillte ihr beim Herumtoben hungrig gewordenes Kind im Stehen. Bece begaffte die unglaubliche Szene mit offenem Mund.

»Ich bin András … András Beregi«, stammelte er, um sich vorzustellen.

Daraufhin lächelte Irén Ráchel, holte auch ihre andere Brust hervor, nahm den kleinen, samtenen Hügel in die Hand und presste ihn zusammen. Die Muttermilch spritzte geradewegs in Beces Auge; es sei widerlich gewesen, behauptete er, ihm sei davon übel geworden. Irén Ráchel lachte und rief ihm hinterher:

»Wenn du hungrig bist, dann knie dich doch hierher.«

Zu Tode betrübt wie ein Kind trabte Bece zu Dezső, und selbst bei ihm konnte er sich noch nicht beruhigen. Beregi las damals parallel zur Bibel sowjetische Romane, und in dem einen halfen die jungen den alten Sowjets auf eine so selbstlose Art, dass sie es sogar heimlich taten und sich nach jedem Akt der Selbstlosigkeit wie Wichtelmännchen versteckten. Diese mildtätige Geschichte riss Bece vollkommen mit, er unterbrach die Arbeit an seinem gerade aktuellen Werk, dem *Nylonchristus*, welches er, im Gegensatz zu Franczek, nicht im Geringsten als profanes Unterfangen betrachtete. »Auch die Materie wird der göttlichen Gnade teilhaftig«, sagte er, als er sich beruhigt und die Muttermilch aus seinen Augen gewischt hatte. »Das Lamm Gottes hat sein Blut für die ganze Welt hergegeben«, sagte er, »nicht nur für ein paar blöde Fratzen von der Art des Bahnwärters Szalma.«

Die Eigenart des *Nylonchristus* war, dass er ausschließlich aus Nylon bestand, sowohl das Kreuz als auch Christus. Bece war der Ansicht, dass dadurch das göttliche Geschenk, das »Korban« – das Opfer und die Verwurzelung –, viel besser symbolisiert würde. Was könnte eine vollkommenere Annäherung sein als das? Die beiden Materien seien im Grunde eins. Der Erlöste und der Erlöser seien dasselbe. Das Einssein sei erlösend. Gottes Sohn löse sich in der Schöpfung auf, bei deren Anfängen (»dem Himmel«, »der Erde«) er bereits gewesen sein soll.

»Das können wir nicht überprüfen«, sagte Dezső. »Meiner Meinung nach ist diese *Nylonchristus*-Idee Schwachsinn. Wenn wir uns die Kruzifixe am Straßenrand anschauen, ist es genau das Gleiche, das Kreuz ist aus Stein, und, welch Wunder, Jesus ist auch aus Stein.«

»Ja, das stimmt«, sagte ich daraufhin. »Beim Rosenkranz ist es auch so: Holz und Holz.«

Für einen kurzen Moment kamen auch Bece Zweifel, ob denn sein *Nylonchristus* wirklich so eine originelle Idee war, dann aber hellten sich seine Züge auf:

»Das ist es ja gerade! Ihr seid in eure eigene Falle getappt, ihr engstirnigen Jammerlappen. Wieso ist es euch denn bis jetzt nie aufgefallen, wenn es so offensichtlich ist? Dabei hilft euch das Nylon! Es bedarf eben eines ungewöhnlichen Materials, damit selbst euch auffällt, dass das Kreuz aus derselben Materie erschaffen wurde wie Christus.«

Ich wollte ihm nicht sagen, dass mir, wenn er keine Erklärung dazu geliefert hätte, rein gar nichts beim Anblick seines Kunstwerks eingefallen wäre. Ich sagte nichts, weil ich das Gefühl hatte, er könnte vielleicht nicht ganz Unrecht haben. Diese Arbeit war es, die Bece unterbrach, dabei war der schwierigste Teil, die Wunde unter den Rippen, noch nicht fertig. Gyula Franczek kommentierte dies mit der zynischen Bemerkung, es sei ein Wunder, wenn jemand diesen Teil der Skulptur zu formen vermochte, etwas, zu dem selbst Jesus nicht imstande gewesen wäre.

Es war Samstag, Franczek war gerade mit einer großen Tüte Sauerkraut und einem Kilo gehackten Schulterstücks angekommen; so ein Schulterstück eignet sich ausgezeichnet als Hackfleisch, denn es ist nicht zu trocken, aber auch nicht ungenießbar fett. Franczek wollte Klausenburger Krautauflauf machen, aus gehobeltem Sauerkraut, als Gulasch zubereitetem Hackfleisch und kleingeschnittener Leber, all das reichlich mit saurer Sahne übergossen und mit Räucherspeck serviert. Dieses köstliche Gericht kann man nur gierig verschlingen, wobei man sich zwar ein wenig schämt, aber der Genuss ist so sinnlich wie die körperliche Liebe; man schneidet Grimassen, die Augen lächeln, ja das gesamte Gesicht lächelt, man stöhnt und schmatzt. Bece Beregi warf, während der süßsaure Duft des überbackenen Krauts den alten Frisiersalon erfüllte, den Gedanken auf, dass wir den Tätigkeitsbereich des Ede-Klein-Vereins von der philosophischen Ebene, das heißt jener, die sich in Analysen und leeren Worten erschöpfe, auf eine höhere verlegen sollten. Wir sollten arbeiten, uns für freiwillige Arbeitseinsätze melden, Bushaltestellen bauen, das Anlegen eines Parks initiieren, das für den Winter zusammengesammelte Holz der Alten klein hacken, ihnen helfen, die Kohle ins Haus zu tragen und die Asche aus dem Ofen zu schaufeln. Wir hätten das Alte Testament jetzt weidlich genug studiert, wir sollten uns nicht mehr mit dem *Talmud* beschäftigen oder den jüdischen Festen, wir sollten den letztlich ergebnislosen Nachforschungen zu den *Fällen* des Dorfes, den Vergleichen, ein Ende bereiten, wir sollten aufhören, nach Parallelen zwischen unserer löchrigen und der ursprünglichen Zeit zu suchen.

Im ersten Moment gefiel mir die Idee, ich spürte zunächst einen kurzen Krampf in der Magengegend, dann erst begann ich darüber nachzudenken; gerade als Gyula uns mitteilte, wir könnten machen, was wir wollten, er jedoch sei ein angesehener, wichtiger Mann, Warenbeschaffer, Vater dreier Kinder, er werde sich nicht vor allen lächerlich machen. Dezső brummte etwas wie, er tanze selbst bei den Botschaftern aus der Reihe, wegen Pista Avarkas Belästigungen halte ihn ohnehin schon das halbe Dorf für verrückt. Weshalb sollte er sich dem Spott der anderen nun vollkommen preisgeben?

Gyula lachte ihn aus: »Es gibt doch sowieso zu wenig Verrückte«, sagte er, »wir bräuchten mehr von ihnen.«

»Dann bin ich also der Einzige«, flüsterte Bece, als spräche er eine unbrauchbare Zauberformel aus. Er tat mir leid, und dennoch hatte ich nicht den Mut zu sagen: »Ach komm, Bece, ich mache mit.« Wir nahmen András Beregi jedoch keineswegs seine Lust, wir unterstützten ihn sogar in seinem Vorhaben, ein Leben außerhalb des Vereins zu finden. Jedes Wochenende durchstreifte er das Dorf mit einer Axt in der Hand. In seinen schneeweißen Hosen, den auf Hochglanz polierten Schnürstiefeln und den mit Rasierschaum zur Seite gekämmten Haaren hatte er etwas Unheimliches an sich. Die schön verputzten Häuser der Dorfstraße, die gepflegten Vorgärten wirkten verwahrlost neben ihm; bei der unnötig hoch angebrachten Anzeigetafel, die an der Ecke des Hauptplatzes hing und an die immer das Plakat mit der Ankündigung für das nächste Fußballspiel geheftet wurde (Sáraság – JATE: Erwachsenen- und Jugendmannschaft) – nun, als er dort vorbeikam, konnte ich mir ein Lachen nicht mehr verkneifen. Ich weiß nicht weshalb, aber diese verfallene Ecke mit dem wurmstichigen Schild bestärkte meine Zweifel; ich war mir nun sicher, dass sich, so ausdauernd Bece in seinem Vorhaben auch sein mochte, nicht herausstellen würde, wo man seiner Hilfe beim Holzzerkleinern, beim Wändeverputzen, beim Müllauflesen bedurfte. Seine ganze Erscheinung strahlte alles andere als Arbeit aus, alles an ihm schien auf eine suspekte Weise kompliziert und sensibel, das merkte selbst jemand, der nichts vom Verein und vom *Nylonchristus* wusste. Vergebens hatte Bece versucht, sich eine Arbeiterkleidung zuzulegen, sie war einfach zu sauber und gebügelt, diese provokante Verkleidung wirkte wie eine Karikatur ihrer selbst.

»Du bist nicht in der Lage, dich zu integrieren«, sagte ich und tat dabei so, als wäre ich es. Als hätte ich über die Worte jener Geheimsprache verfügt, mit der man den Faden des verwickelten Knäuels zu entwirren vermochte, der aber für uns, so sehr wir uns auch etwas vorzumachen versuchten, nicht mehr entwirrt werden konnte. Dabei waren zu dem Zeitpunkt erst wenige Monate vergangen, der Winter war noch gar nicht richtig in Schwung gekommen, aber wir Gymnasiasten waren bereits gefährlich geworden, wir hatten schon den Geschmack einer anderen Welt kennengelernt und es war, als wären wir mit einem Schlag in den Besitz einer überflüssigen Macht gekommen, die man nicht nutzen, sondern nur ausnutzen konnte. Möglicherweise bin nur ich es, der dieses Bild zeichnet, vielleicht skizziere ich statt Beces Lage meine eigenen Sackgassen und mein eigenes Unvermögen. Es konnte auch sein, dass die Leute mit der Situation an sich einfach nichts anzufangen wussten, zu unglaublich schien es, dass die Sache keine Kehrseite haben sollte, dass niemand Geld von ihnen verlangte oder sonst eine Art Gegenleistung. Niemand konnte glauben, dass der junge Beregi nur einfach so geben wollte und das obendrein angeregt durch einen sowjetischen Roman, der damals zur Pflichtliteratur zählte und daher allen verhasst war – ganz zu schweigen von den stahanowschen Selbstverpflichtungen, die den Leuten am Beispiel dieses Romans aufgebürdet worden waren, was nichts anderes bedeutete, als dass die sozialistischen Brigaden genötigt wurden, im »freiwilligen« Einsatz ab und zu verschiedene Arbeiten zu erledigen.

Dezső Metz, Gyula Franczek und ich beobachteten Beces lächerliche Versuche aus der Ferne. Ich weiß gar nicht, wie lange wir nicht mit ihm gesprochen hätten, wenn nicht der letzte Aufzug der *klebrigen Fälle* dazwischengekommen wäre. Man kann nie auch nur die leiseste Ahnung davon haben, was wohl geschehen wäre, hätte sich alles anders entwickelt.

Der letzte *klebrige Fall* hinterließ seine Spuren in den Seelen. Er brachte Unsicherheit und Verfall ins Dorf.

Irén Ráchel wurde innerhalb weniger Tage Eszters, Hildi Számfiras, Évi Szalmas und der lispelnden Piri Gyáris angebetete Freundin. Sie liefen ihr hinterher, suchten ihre Gunst, als hätten sie sich etwas von ihr zu erhoffen. Die Tochter von Herrn Számfira ging nach der Elementarschule in die Wirtschaftsfachoberschule der Calvinisten, und Bahnwärter Szalmas Tochter war die Sekretärin des LPG-Vorsitzenden Gábor Töre – beides begehrte Mädchen, die Ersten von allen. Nie zuvor waren sie gewillt gewesen, auch nur ein Wort mit den Waisenmädchen aus dem Schloss zu wechseln. Diese Veränderung war mit Sicherheit Irén Ráchels Werk und auch, dass sie, Eszter und Piri Gyári eine Mädchenbande gründeten, offenbar zu dem Zweck, den Ede-Klein-Verein zu verspotten. Ihre geheimen Sitzungen hielten sie in Iréns verfallenem Bauernhaus neben dem kleinen Laden ab und ungeachtet der Tatsache, dass wir die Anwesenheit meiner Schwester so oft erduldet hatten, wollten sie überhaupt nichts davon wissen, dass einer von uns nun an ihren Treffen teilnahm. Währenddessen nahm unser Enthusiasmus bei den Zusammenkünften im alten Frisiersalon von Mal zu Mal ab.

Infolge des letzten *klebrigen Falles* kam so manches ans Tageslicht. Die Mädchen begnügten sich, im Gegensatz zu uns, nicht mit bloßen Worten. Sie experimentierten, waren neugierig auf alles, vor allem auf sich selbst, auf ihre eigenen Freuden und Sehnsüchte. Ich hätte gern alles über sie erfahren. Wohin sie gingen, welche Kelche sich ihnen öffneten, wie dick die Stiele waren, die sie abbrachen, wo ihre Füße Spuren im Staub hinterließen, ob sie sich auf Stoppelfeldern Halme suchten, um aus ihnen Zigarettenspitzen zu drehen, und wo sie Löcher in den grauen, fahlen Himmel starrten. Ich bettelte jedoch umsonst, Eszter schwieg hartnäckig und machte nicht einmal ein paar unschuldige Andeutungen, mit denen ich meine brennende Neugier hätte löschen können. Vor dem *großen Streit* vertraute sie sich mir zum Glück noch einmal an und erzählte mir jede Einzelheit darüber, bis in welche Tiefe der Seele sie vorgedrungen waren, welche Probebohrungen notwendig und welche gegenseitigen Erniedrigungen schließlich der Preis des Wissens gewesen waren, das ihnen später so offensichtlich zu sein schien und ihnen auf einmal wie eine reife Frucht in den Schoß fiel.

Irén Ráchel war diejenige, die einige der Mädchen aus dem Erziehungsheim überredete, bei dem »Wettkampf« mitzumachen. Sie und ihre Bande besuchten sie im Schloss, halfen ihnen beim Lernen, nahmen sich der Schwächeren an und schlossen auch mit den ausgestoßenen Mädchen Freundschaft. Auch die Erzieher waren über diese positive Veränderung erfreut: Die angesehensten Mädchen des Dorfes nahmen auf einmal die unter staatlicher Fürsorge stehenden Waisenmädchen, von denen die meisten schon in jungen Jahren vergewaltigt worden waren, in ihre Obhut. Die Waisen plapperten ohne Zögern all ihre Geheimnisse aus, führten Irén und die anderen Mädchen in die verborgensten Winkel und Gänge des Schlosses, auch in das hintere Gebäude, zeigten ihnen, wo die Zimmer waren, wo sie ihre Hausaufgaben machten, wo die Ersatzschlüssel der ehemaligen Wirtschaftsverwalterwohnungen versteckt waren und wie man durch das an der Marktseite liegende Tor auf das Schlossgelände gelangen konnte.

Als alles vorüber war, ging Herr Számfira in seinen moosbewachsenen Weinkeller, betrank sich bis zum Umfallen, am nächsten Tag ging er mit einer Kerze in der Hand wieder hinunter und betrank sich abermals, ebenso am dritten Tag; berauscht machte er sich dann stets auf den Weg, um ziellos im Dorf umherzuschlendern. Dezső sah täglich, wie er durch die Gegend taumelte, auf der Asphaltstraße einen Zweiradkarren mit einem Loch im linken Reifen vor sich her schiebend. Der hinausgerutschte Schlauch schlug in gleichmäßigem Rhythmus gegen den Boden – so zog László Számfira, der Lehrer für Mathematik und Physik, weinend und singend durchs Dorf.

Es war Sonntag, in den Baumkronen trällerten die Lerchen.

Am Montag packte die lispelnde Piri Gyári aus. Sie versuchte, die turbulenten drei Tage zu überstehen, indem sie ununterbrochen von dem Vorfall sprach, wobei sie die Ereignisse entweder ausmalte oder alles den anderen in die Schuhe schob und selbst das bestritt, was sie noch eine Minute zuvor selbst behauptet hatte. Umsonst versuchten sie und meine Schwester zu beweisen, dass Irén und Hildi die Alleinverantwortlichen für alles gewesen waren, der verächtliche Blick der Dorfbewohner richtete sich dennoch auf sie und Évi Szalma. Irén Ráchels seltsamer Nimbus wuchs dadurch nur noch weiter, er bekam einen noch geheimnisvolleren und vornehmeren Glanz. Dem herrschaftlichen Wahnsinn sei anscheinend, so sagte man, alles erlaubt. Évi Szalma wurde für einige Zeit aus dem Büro des LPG-Vorsitzenden ins Pförtnerhäuschen versetzt, und die arme Eszter bekam vom Schuldirektor einen Verweis. Hildi Számfira kam mit heiler Haut davon, angeblich hatte sie die Karten so geschickt gemischt, dass sie in der Wirtschaftsschule sogar gelobt wurde.

Die Mädchen hatten sich an einem späten Samstagnachmittag bei Irén Ráchel versammelt.

»Ef war Irénf Idee«, erzählte die lispelnde Piri Gyári am

übernächsten Tag. »Fie hat gefagt, ich foll Gläfer in verchiedenen Gröfen mitbringen, mehrere, wennf geht gleiche. Ich fagte zu ihr: Waf wird denn meine Mama dazu fagen, aber fie fuhr mich an, ich foll mein Maul halten. Wift ihr, Jungf, ef ift nicht mein Ding, nachtragend zu fein, alfo brachte ich über dreifig Gläfer mit: Ftamperl, Waffergläfer, Bierkrüge, Weingläfer mit und ohne Chtiel, Biergläfer mit Chtiel und fogar einige Kaffeetaffen. Ich bin mit fo einer grofen gechtreiften Tüte dahingegangen, alf hätte ich meine Aufchteuer zum Markt getragen. Und dann, und dann …«

Sie huschten durch den Seiteneingang ins Schloss. Alle waren sie da: Irén Ráchel, die ihrem würgenden, protestierenden Sohn beim Abendessen Schlaftabletten in den Mund gestopft hatte, Hildi Számfira, Évi Szalma, Eszter und Piri Gyári. Sie schlichen sich in die Zimmer, in denen die Heimmädchen sonst lernten, denn die Wohnungen der ehemaligen Wirtschaftsverwalter waren außerhalb des Hauptgebäudes des Károlyi-Schlosses errichtet worden, und verstecken sich hinter dem ehemaligen Komitatsrathaus, als wären sie nur Ställe oder Unterkünfte der Diener. In die Zimmer auf der linken Seite sah man noch vom Marktplatz aus, aber in denen auf der rechten Seite konnten sie ruhig sogar die Schreibtischlampen anmachen, das dort wuchernde, riesige Gestrüpp und die Reste der alten Burgmauer verdeckten wohlwollend die Fenster.

Unter den Heimmädchen fanden sich nur drei, die sich trauten hinauszuschleichen, und sie waren es, die den Ersatzschlüssel mit Hilfe einer Haarspange aus seinem Glaskäfig befreiten. Eszter sagte später, es sei fast unerträglich spannend gewesen, im Dämmerlicht zu sitzen und zu warten, was geschehen würde.

»Da fagte unf Irén«, erzählte Piri Gyári weiter, »daff ef ein Wettkampf fein würde. Gewinnen follte diejenige unter unf, die daf gröfte Glaf in ihre Möfe chieben konnte. Ich wollte nicht mitmachen, echt, Jungf, ich wufte chon, daff daf ein riefiger Blödfinn war, auch wenn ihr mir nicht glaubt. Ef hockten fich alfo alle der Reihe nach hin …«

Piri Gyári holte die Gläser aus ihrem gestreiften Beutel, mit dem sie sonst auf den Markt ging, stellte sie auf den Schreibtisch und wartete. Die anderen kicherten und waren aufgebracht, die Gläser rührte jedoch keine von ihnen an. Irén Ráchel machte ihre Brust frei und pumpte in ein langstieliges Kristallsektglas einen großen Schluck dickflüssige, fettige Muttermilch ab.

»Trink«, befahl sie Eszter und trat dabei so nah an sie heran, dass sie ihr ins Ohr flüsterte. Eszter versuchte zu protestieren, Irén trat jedoch noch einen Schritt nach vorn, schob ein Bein zwischen Eszters Beine und zog ihr Knie hoch. Sie presste sich gewaltsam gegen Eszter, sie tat ihr nicht weh, drückte sie nicht einmal, dennoch empfand meine Schwester die Nähe Iréns als so bedrohlich, dass sie sich der ihr aufgezwungenen Aufgabe nicht entziehen konnte. Die Milch roch nach Iréns Körper, Eszter spuckte sie beinahe aus, dabei hatte sie sie auf einmal hinuntergeschluckt. Immer und immer wieder überkam sie der Brechreiz.

»Sei ja nicht so blöd, sie wieder auszuspucken«, rief Irén.

Die Mädchen aus dem Heim zuckten zusammen, und als führten sie eine wohleinstudierte Choreographie vor, blickten sie alle gleichzeitig zum Schloss; von dem alten Gebäude her hörte man nichts, die Fenster waren dunkel geblieben. Irén Ráchel zog aus ihrer Ledertasche mit dem Pharaonenmuster – so etwas trugen in Sáraság sonst nur die Lehrerinnen – eine Ein-Liter-Colaflasche und schenkte allen von der sich darin befindenden durchsichtigen Flüssigkeit ein.

»Ihr müsst es in einem Zug austrinken«, sagte sie. »Wer es nicht tut, bekommt Milch.«

In Sáraság hält man nur jenen Obstler für wirklich gut und rein, der aus ausgewählten, gesunden, entkernten Pflaumen gebrannt und dem kein Zucker beigemischt wird. In Rang und Geschmack folgt diesem das auf ähnliche Weise, jedoch aus Birnenmaische hergestellte Getränk. Da es Erdbeeren und Kirschen in dieser Gegend nur in geringen Mengen gibt, kommt als nächstes der gemischte Obstler. Apfel- und Tresterobstler sind zwar auch gut, dennoch bilden sie die unterste Klasse der koscheren Branntweine. Meine Schwester hätte jede Sorte erkannt, dennoch konnte sie nicht erraten, woraus man Iréns Getränk gebraut hatte. Zuerst dachte sie, es sei Pflaume, sie freute sich schon, dann wurde der wohlbekannte brennende Geschmack von einem anderen, unbekannten, viel aufdringlicheren abgelöst. Eszter hatte nie zuvor so etwas getrunken, sie hatte das Gefühl, dieser Obstler sei aus der dreckigsten Maische gebraut; es gibt ja so verruchte Leute, die sogar die halbverfaulten Früchte, die unter dem Baum liegen, zusammenharken. Und da mischt sich alles drunter: Gras, Zweige, Katzenkot. Die anderen husteten, spuckten und hingen am Wasserhahn, um ihre brennenden Kehlen zu kühlen.

»Was seid ihr bloß für Mimosenmösen!«, spottete Irén und trank ebenfalls ein volles Schnapsglas.

»Was ist das für ein Obstler?«, fragte Eszter.

»Ein Betthupferl«, antwortete Irén und lachte, »in jeder Hinsicht.«

Nach dem Bericht meiner Schwester tranken sie danach noch zwei Runden. Zuerst wurde sie von der Wärme und Ruhe erfüllt, die das Getränk in ihr auslöste, dann verschwamm das ganze Zimmer vor ihren Augen. Die an der Wand angebrachten Holzregale bewegten sich, sprangen umher, alle geraden Linien krümmten sich, das weiße Eisengitter des Heizkörpers bog sich mal nach innen, dann wieder nach außen. In der Luft bildete sich ein Schleier, das Zimmer wurde von einem dichten Nebel erfüllt. In Hustenkrämpfen endende Lachanfälle wechselten sich mit Phasen endloser Traurigkeit ab – beide Zustände schienen jedoch denselben Ursprung zu haben. Eszter hing immer wieder am Wasserhahn, da ihr Mund auf eine unerträgliche Weise austrocknete, gierig biss sie große Stücke aus dem Wasserstrahl, der Rest lief an ihrem Kinn herunter, über ihren Hals, in ihre Bluse. Sie wollte gerade aufhören zu trinken, als eine Hitze in ihren Körper strömte. Sie spürte die aus ihrem Schoß aufbrechende, ihren Körper in Wellen überflutende Lust eher als die Tatsache, dass jemand zwischen ihren Oberschenkeln herumfingerte. Das Letztere erfüllte sie vielmehr mit Scham, sie hätte heulen mögen, aber die alles überströmende Hitze war stärker als der schmerzhafte Druck.

»Knöpf deine Hose auf!«, lautete Irén Ráchels Anweisung. Wieder flüsterte sie in Eszters Ohr. »Hörst du nicht, zieh deine Unterhose herunter.«

Eszter erzählte noch vor dem *großen Streit* stockend, unterbrochen von tiefen Atemzügen, was geschehen war, dabei sprachen wir unter vier Augen. Bece war gerade mit aller Kraft in die Vorbereitungen für seine erste Einzelausstellung vertieft, die ihm versprochen worden war: Der *Nylonchristus* sollte in Feketeváros ausgestellt werden. Er schwebte mehrere Meter über dem Boden, dabei kam es erst Jahre später zu dieser Ausstellung. Auf jeden Fall interessierte er sich nicht einmal für Eszters Bericht, er zog sich zurück und studierte die Leserbriefe des *Feketevároser Tageblatts*, in denen bereits damals seine von ihm selbst als sakrale Kunst beabsichtigten Werke verrissen wurden.

Irén Ráchels geschicktes, sanftes Streicheln löste Eszters Hemmungen, sie lehnte sich über den Wasserhahn, zog ein Bein aus dem Kleiderknäuel aus Unterhose und Jeans. Irén küsste den flaumigen Hügel ihres Hinterns, ganz vorsichtig, als würde sie ihrem Körper etwas zuflüstern, hauchte ihn an, steckte die Zunge heraus, stempelte die bereits eroberten Gebiete ab und drang so in immer neue Gegenden vor. Sie zog die beiden Hügel auseinander, hauchte auf die Stelle zwischen der Rosette des Hinterns und den erregten Schoß. Es war, als hätte sie einen dreckigen Spiegel putzen wollen, den man zuvor anhaucht, damit er beschlägt. Plötzlich drang sie mit beiden Fingern ein. Mit dem Daumen in den Anus, mit dem Zeigefinger in die Scheide, durch die dünne Wand ertasteten sich die beiden Finger bald. Mit tränenden Augen ließ Eszter alles geschehen, zuweilen verschwand die Lust gänzlich und sie fühlte sich wie bei einer besonders erniedrigenden ärztlichen Untersuchung. Es spannte und schmerzte unbeschreiblich, und dann auf einmal übermannte sie eine noch heftigere Lust als zuvor. In diesen Momenten stöhnte sie unwillkürlich, was vernichtend war, denn obwohl sie sich nicht wehrte, wollte sie sich Irén nicht überlassen. Als hätte Irén dies gespürt, trat sie zur Seite und zündete sich eine Zigarette an. Sie erteilte Befehle, die Mädchen knieten sich voreinander hin, zunächst zögerlich, dann immer hingebungsvoller. Eszter hielt sich am Waschbecken fest, sie fror, denn sie war überall ganz feucht, und trotzdem rührte sie sich nicht. Irén hockte einige Minuten später wieder neben ihr, ihre Bewegungen wurden bestimmt und wohlbedacht, es tat nicht mehr weh, verursachte jedoch auch nicht die geringste Lust. Sie steckte immer mehr Finger in die nachgiebige Öffnung der Scheide, dann spürte Eszter, wie plötzlich ein kaltes und trockenes Etwas ihre Vagina ausfüllte.

»Das ist gar nichts«, sagte Irén Ráchel. »Hört zu, das ist die erste Stufe der Aufgabe. Für das Schnapsglas gibt's noch keinen Punkt …«

»Dann wollt ich'f auch aufprobieren«, verriet uns Piri Gyári in einem Anfall von Aufrichtigkeit. »Ich fetfte mich auf einen doppelten Chreibtich, machte die Beine breit und chteckte mir ein Wafferglaf rein. Hildi war die Befte, fie drückte fich eine grofe Taffe zwichen die Beine. Glaubt mir! Der Henkel war abgebrochen, die Chtelle war zwar ganz glatt, aber trotzdem. Fie lief fich dadurch nicht chtören. Daf war 'ne breite Taffe, Jungf, ihr wäret vor Cham im Boden verfunken, wenn ihr diefen Pott gefehen hättet.«

Eszter rührte sich immer noch nicht, beobachtete sich jedoch. Es war so lächerlich: Der Boden des Schnapsglases leuchtete aus ihren Schamhaaren hervor, sie hörte das hingebungsvolle Gestöhne, das schmerzerfüllte Zischen, die Mädchen hinter ihrem Rücken kicherten und schnauften, sie saßen auf den Schreibtischen und versuchten so, die Aufgabe zu meistern. Als sie hörte, dass unmittelbar an ihrem Rücken auch Irén Ráchel sich auszuziehen begann, blickte sie unter ihrem Arm hindurch zu ihr. Irén hatte ihre Unterhose heruntergezogen. Die Wölbung ihres Schoßes war von einer einzigen Linie bedeckt, die aussah, als wäre sie gemalt.

»Jungf, euch hätte diefe Vorchtellung gefallen«, sagte Piri in ihren selbstsicheren Momenten stolz. »Nur für Irén, Hildi, Évi Falma, mich und Efter hatte ef fo ein böfef Ende genommen. Die Mädchen auf dem Erziehungfheim waren chlauer alf wir. Fie chteckten fich die Gläfer mit dem Boden nach oben zwichen die Beine. Nicht fo wie wir. Defhalb können fie jetzt auch behaupten, daff fie überhaupt nicht dagewefen find un defhalb kann auch der Direktor fagen, daff wir, der Teufel weif wie, in daf Gebäude gelangt find.«

Nach diesem Vorfall standen wir wochenlang wie unter Strom, ich kann gar nicht sagen, wie oft ich mich, in Gedanken bei dieser Nacht, selbst erleichtert habe, dennoch waren auch wir wie paralysiert durch die unglaubliche und erniedrigende Nachricht. Vor allem, weil auch Eszter darin verwickelt gewesen war. Im Dorf verbreitete sich die ungeheuerliche Botschaft bereits in den Morgenstunden, sodass sich gegenüber vom Schloss, am Dreifaltigkeitsdenkmal, innerhalb kürzester Zeit eine Fahrradkarawane bildete. Es wimmelte von Frauen in Nachthemden und Morgenmänteln, was so wirkte, als warteten sie auf den morgendlichen Robur-Bus, der sie in die Fabrik fahren sollte, wo sie Seile herstellten, oder als wären die Zeiten der Essenmarken zurückgekehrt und sie stünden nun um Brot an. Die Menschen fielen sich gegenseitig um den Hals.

»Was für eine Schande«, sagten sie.

Herr Számfira und Jancsi Szalma fuhren den Mädchen ins Krankenhaus der Calvinisten hinterher. Frau Számfira war bereits mit dem Krankenwagen mitgefahren, also war ich der einzige unmittelbar Betroffene unter den Anwesenden. Ich aber zählte nicht, und vor einem Kind beschimpfte man die Mädchen und Irén Ráchel ohne jeglichen Skrupel und betitelte sie allesamt als Huren.

»Was für eine Schande!«, rief Tante Pannika und blickte mir tief in die Augen. »Und das Kind von Irén Ráchel?«, fragte sie plötzlich, in einem gänzlich anderen Ton. »Was wird denn mit ihm, wenn es wach wird?« Dann sah sie mir noch einmal vorwurfsvoll in die Augen, als trüge ich die Verantwortung für das Geschehen, und fuhr mit ihrem Fahrrad davon. »Dieses arme Kind«, hörte ich sie noch von weitem klagen, »es kann doch überhaupt nichts dafür.«

Als wir uns im alten Frisiersalon versammelten, um den

Fall zu besprechen, stellten wir uns immer wieder Hildi vor, von Eszter sprachen wir mir zuliebe kein Wort. Wir dachten an unsere teure Hildi Számfira, wie sie sich Piri Gyáris Kaffeepott zwischen die Beine schob und dann nur noch glupschte, mit verquollenen Augen wie eine Kuh, die gerade ein Kalb geworfen hat. In meiner Fantasie lag unter ihr ein riesiger dampfender Mutterkuchen.

Denn der Pott kam nicht mehr heraus.

Er ließ sich kein bisschen bewegen. Vergebens versuchte Hildi, ihn herauszuzerren, sie hatte ihn mit der Öffnung nach oben hineingesteckt, wodurch ein Vakuum entstanden war, das ihn jetzt in ihr gefangen hielt.

Piri Gyári kicherte angeblich über ihr Bierglas, Eszter wimmerte leise vor Verzweiflung, Irén Ráchel lag mit gespreizten Beinen auf dem Tisch, als hätte sie es absichtlich so gemacht. Évi Szalma schluchzte laut, jedoch schaffte auch sie es nicht, das Wasserglas um wenigstens einen Zentimeter herauszupressen, so sehr sie sich beim Ausatmen auch anstrengte. Keinem von uns fiel es leicht, sich die Mädchen vorzustellen, und an Eszter wollte ich persönlich gar nicht denken. Am wenigsten gelang es uns jedoch, Hildi zu sehen: wie sie stumm dasaß, mit einem breiten, seligen Lächeln im Gesicht, und auf keine Frage antwortete – nun, dieses Bild wollte in unseren Köpfen einfach nicht entstehen. Wir lehnten uns zurück, schlossen die Augen, wie wir es früher in Páters kleiner Küche getan hatten, als wir auf irgendeine aus dem Himmel kommende Auflösung für unseren frühmorgendlichen Redeschwall gewartet hatten, und versuchten uns Hildi vorzustellen.

Aber wir konnten nicht erkennen, wie sie mit entblößtem Unterleib aussah. Das Bild war verblichen und unscharf wie damals, als wir versucht hatten, uns den auf der Suche nach den alten Fotografien verschollenen Beregi vorzustellen. Vor allem der Pott zwischen Hildis Beinen war verschwommen, matt und ohne Glanz.

»Was mag das wohl für eine Stille gewesen sein«, fragte ich, »die aus ihr herausströmte?«

»Ich glaube, dass nicht nur kein Ton aus ihr nach außen

drang«, sagte Bece, »sondern dass ihr Schweigen auch jeden sie umgebenden Laut verschluckt hat.«

»Ein schwarzes Loch«, spottete Gyula.

»Ja, das stimmt«, sagte ich. »Es muss jedes von außen kommende Geräusch verschluckt haben, und das wird auch der Grund dafür gewesen sein, weshalb man im Schloss nichts von dem Ganzen gehört hat.«

Wir versuchten immer wieder, uns dieses Bild im Kopf auszumalen, wie sonst auch hatte es keinen Sinn zu mogeln, obwohl wir uns nicht gegenseitig überprüfen konnten. Niemandem gelang es, ein wirkliches Bild in sich heraufzubeschwören.

»In der Mitte ist es verschwommen, ganz matt«, musste zuletzt sogar Dezső zugeben. Er als Botschafter gab seine Bemühungen viel später auf als wir anderen.

Irgendwann kam dann der Moment, in dem der Schrecken der Mädchen größer wurde als ihre Beschämung. Sie begannen um Hilfe zu schreien, und die Erzieher, die für den Nachtdienst eingeteilt waren, drehten, nachdem sie ihre erste Verblüffung überwunden hatten, die Kurbel des Telefons. Eszter sagte, am unerträglichsten sei das hämische Grinsen der Sanitäter gewesen. Erst nachdem sie alle Mädchen gründlich begafft hatten, brachten sie ein paar Decken herbei. Sie legten sie auf Tragbahren und fuhren mit lautem Sirenengeheul los, ganz so, als transportierten sie Schwerverletzte. Die Sanitäter aus der Stadt wussten sehr wohl, dass die drei Rettungswagen das gesamte Dorf wecken und so innerhalb kürzester Zeit alle von dem Vorfall informiert sein würden.

Im Krankenhaus soll sich der diensthabende Arzt nur ratlos hinter den Ohren gekratzt haben.

»Was sollen wir tun?«, fragte er die vor lauter Empörung fast ohnmächtige Krankenschwester. »Was sollen wir tun?«, fragte er erneut und zuckte mit den Schultern.

»Wir müssen operieren«, antwortete die Krankenschwester.

»Nein, das geht nicht«, sagte der Arzt mit einem Kopfschütteln, »ich kann nicht lebenswichtige Organe durchtrennen! Wie stellen Sie sich das vor? Wir haben es hier nicht mit einer

Geburtstagstorte zu tun, die man einfach so aufschneiden kann!«

Im Dorf hatte die Nachricht bereits zweimal die Runde gemacht, die Leute hatten alle ihre Nachbarn geweckt, um ihnen mitzuteilen, was geschehen war, und vor dem Dreifaltigkeitsdenkmal löste sich die Menschenansammlung bereits langsam auf, als bei den Mädchen im Krankenhaus ein alter, bereits pensionierter Arzt eintraf. Man hatte ihn aus dem Schlaf gerissen, den er, nach seinen eigenen Angaben, nur mit Hilfe von zwei Diazepam und drei Valium habe herbeiführen können. Er sah kaum etwas und taumelte von Tisch zu Tisch.

»Ich verstehe nicht«, murmelte er. »Was ist denn eigentlich passiert?«

Man brachte ihm einen Pott Kaffee, der ebenso groß war wie jener, der zwischen Hildi Számfiras Beinen das Licht verschluckte.

»Bringen Sie mir einen Strohhalm!«, sagte der alte Gynäkologe.

»Für den Kaffee?«, fragte die Schwester verdutzt.

»Nein«, antwortete der Alte.

Das war alles, was er sagte: Nein. Kein Wort mehr, er gab keine Erklärungen ab und sagte auch in den nächsten Stunden nichts, ganz so, als hätte er während der ganzen Zeit weitergeschlafen. Seine Augen waren nur halb geöffnet, als er den Strohhalm hineinsteckte; als erstes in Hildi Számfira. Die Reihenfolge wurde durch die Größe bestimmt. Es dauerte eine ganze Weile, bis es ihm gelungen war, den dünnen Halm weiter hineinzustecken als bis zur Öffnung des Potts. Man hörte nur ein Klicken, so wie wenn man ein Marmeladenglas öffnet und der Inhalt den Deckel in dem Moment, in dem Luft in das Glas dringt, plötzlich loslässt. Nach Irén Ráchels Becher schien dem alten Arzt Piri Gyáris Bierglas der nächstdringlichste Fall zu sein. Dieses beurteilte er als dasjenige, das schneller entfernt werden musste als Évi Szalmas Wasserglas; nun, zugegeben, dies war ein Grenzfall, man konnte sich nicht eindeutig entscheiden. Bei Piri wiederholte er das Gleiche wie bei den beiden anderen Mädchen zuvor, dann widmete er sich Évi und zuletzt Eszter. Als er fertig war, ging er, ohne etwas zu sagen, und auch sein Blick verriet nichts.

Nie zuvor war im Dorf etwas geschehen, dem die Leute mit derart geteilten Meinungen gegenübergestanden hätten. Selbst unter denen, die einer Meinung waren, wurde die Distanz größer, die Menschen wurden vorsichtiger, das Schweigen zwischen den Sätzen länger. Das Misstrauen war ebenso groß wie damals, als die Genossen aus der Hauptstadt Tante Pannika und Gábor Töre wegen des vertippten Stimmungsberichts mitgenommen hatten. Opa Töres auch sonst eher schleppende Erzählungen waren über Wochen hinweg kaum zu ertragen. Die Menschen blieben weit entfernt voneinander stehen, wenn sie von ihren Fahrrädern stiegen, um dem anderen etwas unbedingt Notwendiges mitzuteilen. Keiner traute sich, ein bisschen lauter zu sprechen, wochenlang verstand man nichts von dem Geflüster.

Dieser Fall hatte uns gezeichnet. Er hatte Schande über meine Schwester, aber auch über alle anderen Frauen gebracht. Wir jedoch reagierten – und ich glaube, es ist nicht übertrieben, es so zu sagen – genau entgegengesetzt darauf. Uns hatte er für eine kurze Zeit wieder einander nähergebracht. Die Distanzierung der anderen wirkte beruhigend auf uns. Bece stellte seine stahanowsche Arbeitssuche ein, und wir schauten sogar am Sonntag, nach der Messe, mit randvoll gefüllten Deckelkannen bei Dezső im Frisiersalon vorbei, dabei warteten zu Hause Unmengen von Hausaufgaben auf uns, die bis zum nächsten Tag hätten erledigt werden müssen. Draußen hörte man die Glocken, Vater Áron hielt eine wunderschöne Predigt über die heilige Zeit, die nur bei uns verging. Ich war wieder zuversichtlich, dass alle Unruhe nur vorübergehend war.

Das *Klein-Tagebuch*

In meinem Traum jaulten Kutscher mit Hundeköpfen am Theiß-Ufer, sie zertrampelten Schlehenbüsche und schlugen breite Wege in die Maisfelder, das sah ich von oben, die Rutenhalter der Angler zogen sie aus dem Boden, so sehr diese auch eingebuddelt sein mochten, sie zerrten sie heraus und warfen sie ins Wasser, zerrissen die Kescher; das Tarzanseil, das nach dem Skandal um Tante Pannika abgeschnitten worden war, baumelte wieder an seiner alten Stelle und riss dann ganz von allein. Graue Pferde mit wilden Mähnen sausten an leeren Karren in Richtung Weide. Die von der Koppel zurückkehrenden, wild gewordenen Leitstiere stürmten das zum Museum umgetaufte Bauernhaus und beruhigten sich erst, nachdem sie über die Spitzenbettwäsche getrampelt waren.

In jenem Sommer gab es nur diesen einen Morgen, an dem ich beim Aufwachen regelrecht brüllte. Die Wörter brachen mit solch einer Kraft aus mir hervor, dass sich mein Kiefergelenk ausrenkte. *Baruch ata adonay elohenu melech haolam malbisch arumim* – diese Worte waren mir nach dem Aufwachen bereits oft über die Lippen gekommen. In Vater Árons Übersetzung lauten sie in etwa: *Gesegnet seiest du, unser ewiger Gott, König der Welt, der du die Nackten bekleidest.* Ich habe nicht die geringste Ahnung, weshalb ich das an jenem Morgen sagte. Mit halb gefüllter Kanne machte ich mich auf den Weg zu Dezső, in der brennend heißen Sonne schmolz der Asphalt, die Luft darüber vibrierte, als wäre sie eine über dem Boden hängen gebliebene Fata Morgana. Die Espen der Dorfstraße standen regungslos da, weit und breit war kein Mensch zu sehen. Tante Pannika und Gábor Töre waren ein paar Tage zuvor aus Budapest zurückgebracht worden, es herrschte Stille: die hasenfüßige Zeit des Abwartens. Noch heute habe ich ganz genau vor Augen, wie ich als Einziger mit meinem Rad keuchend den Fußweg entlangfuhr, den ich bis in seine kleinsten Risse kannte, auf dem ich mich selbst mit verbundenen Augen sicher gefühlt hätte. Ich betrachtete die alten Bauernhäuser von gegenüber, die Lehmwände, die vom Boden bis in Kniehöhe schwarz angestrichen waren, der Rest geweißt, bedeckt mit Schilf oder kaputten Ziegeln. Ich spürte, dass dies ein Tag werden würde, der sich mir mit Sicherheit einprägte, denn aus irgendeinem Grund war er bereits in jenem Moment ein Stück Erinnerung.

Páter lungerte gerade auf der Veranda herum und bekam sichtlich gute Laune, als er mich erblickte. In seinen Augen glühte fieberhafter Wahnsinn, seinem Mund entströmte Schnapsgeruch. Er zerrte mich in sein Wohnzimmer, schob die Schilfrohre vom Harmonium und begann zu spielen. Seine alten Finger suchten vergeblich nach den Akkorden, das Instrument gab keinen einzigen klaren Ton von sich. Dennoch sah ich, dass hinter dem zittrigen, verstörten Geklimper Üben und Können steckte.

»Andriska«, so nannte er Bece, »verfügt über kein bisschen Affinität zur Musik. Ich versuche vollkommen vergeblich mit seinem Großvater zu reden«, sagte Páter aufgebracht. »Wir können von Glück sprechen, dass er wenigstens in die Kirche geht.«

Er drückte weiter auf dem wurmstichigen, hohlen Harmonium herum, trat ungeduldig die Pedale. Das ganze Zimmer war vollkommen verdreckt, überall lag Müll herum, kleine Äste, Papierknäuel, eine Autobatterie, ein Regenmantel. Nur das alte Bild auf dem Harmonium, auf dem Páter in voller Rüstung auf dem Hof der Abtei von Pannonhalma stand, war sorgfältig abgewischt. Der kaputte Sack des Instruments ließ hinten die Luft hinaus, was im ganzen Zimmer den Staub aufwirbelte und so aussah, als steige der würgende, stinkende Nebel direkt aus dem Boden auf. Durch einen Luftzug öffnete sich knarrend die Flügeltür des Kleiderschranks, der bis oben hin mit originalverpackten Hemden und Pullovern in Plastiktüten vollgestopft war – keine dieser Sachen war jemals getragen worden.

»Steckt in dir eine Affinität zur Musik?«, fragte Páter.

»Ja«, sagte ich in der Hoffnung, mich aus der Lage befreien und endlich zu Dezső gehen zu können. Ich machte einen Schritt in Richtung Tür.

»Dann spiel«, befahl er mir und zerrte mich auf den Stuhl.

Neugierig begann ich die Tasten und die Pedale zu drücken. Ich verursachte einen schauderhaften, schiefen Missklang, dennoch gefiel es mir, ein wenig so zu tun, als könnte ich Orgel spielen. Der Staub begann wieder umherzuwirbeln. Das durch die winzigen Fenster eindringende Licht fiel wie ein genau dorthin ausgerichteter Reflektorenstrahl auf Páters ungepflegtes Gesicht.

»Du spielst schön«, sagte er.

Ich wollte lachen, doch plötzlich hörte auch ich eine immer wieder in Schwung kommende Melodie aus dem Gehämmer heraus. Ich war versucht, auf meine Hand hinunterzublicken, um zu sehen, wie ich das machte, gleichzeitig war ich jedoch wie gefesselt von Páters Gesicht und vor allem von seinem verklärten Blick. In seinem Bart hingen Reste eines mit Paprika gewürzten Essens, Rotz und Krümel, dennoch wirkte er würdevoll, weise und stark. Er lauschte meiner Musik mit solch einem Genuss, als hörte er ein Konzert von Franz Liszt.

»Was für eine Musikalität«, flüsterte er.

Immer wieder kam es zu einem Bruch in der Melodie. Sobald ich mich zu konzentrieren versuchte und mich in meinem Eifer anspannte, entglitt sie mir. Sie war wie ein neugeborenes Lamm, das aufzustehen versucht, dessen wacklige Beine es jedoch noch nicht tragen können. Bei jedem falsch angeschlagenen Ton wich die vorherige Selbstsicherheit aus meinen Fingern, ich verirrte mich in eine verschnörkelte, östliche Melodie, dann gelangte ich zurück zur ursprünglichen;

immer wieder kamen Anfangstöne, die sich nicht von der Stelle rühren wollten, dann doch aufschwangen, um später wieder zurückzufallen.

»Genauer«, lautete Páters Anweisung, »du spielst falsch.«

Ich erschrak und war auch entrüstet. Natürlich klingt es schief, wenn ich nicht spielen kann! Und da schlüpfte sie auf einmal hervor, die Melodie, sie war wie der eidechsenartige, schlierig-blutige Körper eines Kindes, der endlich aus der Mutter geflutscht ist, sie war erschreckend und hässlich, und dennoch war es eine überirdische Freude, sie anzuhören.

»Spiel, mein Sohn«, bat Páter inständig und fing an, mich zu dirigieren, indem er mit seinen alten zitternden Händen durch die Staubwolken fuchtelte.

Vor dem Fenster, dort wo ein Sonnenstrahl die umherwirbelnden Staubpartikelchen sichtbar machte, entdeckte ich Onkel Pista Avarkas Geist. Er wedelte genauso mit den Armen wie Páter, schloss die Augen und summte lächelnd die Melodie mit. Ich fühlte einen unendlich weiten Raum hinter ihm. Freude und Sicherheit durchfuhren mich, ich hatte das Gefühl, alles, was es jemals gegeben hat, werde von nun an für immer existieren. Dann sah ich unser Klassenzimmer im Gymnasium von Feketeváros von innen, dabei war es noch ein guter Monat bis zum Schulbeginn – von der Theiß her wehte der Wind den abgestandenen Geruch von Schilfdickicht herein. Ich sah Dezső und mich selbst, wir lagen an irgendeinem neuen Ort, wir wirkten männlich, mein Freund Metz lag neben einem Waschbecken, wie man sie aus Frisiersalons kennt, und schrie mich an.

»Das gibt es einfach nicht, dass du als erwachsener Mann noch immer so ein Jammerlappen bist«, brüllte er. »Denkst du, nur weil wir kein Wort über dich verlieren dürfen, ist alles besser?«

Was mich weckte, war die Spitze von Páters Hausschuh, mit der er mich anstupste. Ich lag auf dem Boden neben dem Harmonium. Dezsős Hysterie, Feketeváros und Onkel Avarkas Dirigentenposse erschienen mir wie wirkliche Erinnerungen, es war, als hätte ich all dies noch im Wachzustand erlebt. Danach war ein langer, noch tieferer Traum gefolgt, eine alte Geschichte, an die ich mich im Augenblick des Erwachens noch vollständig erinnern konnte.

»Ich muss gehen«, sagte Páter. Seine zerschlissene Tasche auf Rädern hatte er bereits in der Hand, denn er wollte sich auf den Weg machen, um Gerümpel zu sammeln.

Irgendwie gelang es mir, zu Dezső in die kleine Küche hinüberzuwanken, minutenlang war ich nicht in der Lage, etwas zu sagen.

»Hast du diesen Höllenlärm veranstaltet?«, fragte er. »Was hast du da zu suchen gehabt? Es war grauenvoll.«

»Im Sommer sechsundsechzig, ich weiß nicht genau wann, war ein Mann mittleren Alters bei Tante Pannika zu Besuch«, antwortete ich, als hätte ich ihn überhaupt nicht gehört. »Ich habe ihn in meinem Traum gesehen. Er kam mit dem Zug, trug einen Strohhut mit einer schmalen Krempe, ein leichtes Leinenjackett und ein kleingemustertes Hemd. Ein kleiner Mann mit roten, lockigen Haaren, die an den Schläfen bereits ergraut waren.«

»Du hast das geträumt?«, fragte Dezső. »Das ist unmöglich.«

»Wieso?«

»Du kannst nicht von Ede Klein geträumt haben, du bist kein Botschafter und du bist erst ein Jahr später geboren worden.«

Ich starrte auf Dezsős langes, fettiges Haar, durch das er sich immer und immer wieder strich. Ich spürte, wie mein Herz raste. »Du warst auch erst vier Jahre alt«, antwortete ich ihm.

»Das ist wahr«, stimmte Dezső mir zu. Er zündete sich eine Zigarette an. Mir bot er keine an, blies mir stattdessen Rauch ins Gesicht. »Er hatte keinen Strohhut auf«, sagte er, »du hast es nicht richtig gesehen.«

»Wen interessiert das schon?«, rief ich. »Du wusstest, dass Ede Klein nach Pfingsten achtundvierzig noch einmal in Sáraság gewesen ist und hast es mir nicht erzählt? Du siehst hinter dem verrückten Onkel Pista Avarka die Vergangenheit, für dich ist sie wie ein großer Spielplatz, wie ein zertrümmertes Lusthaus, und hiervon erzählst du mir kein Sterbenswörtchen? Mach dich nicht lustig über mich.«

»Du hast nie danach gefragt.«

»Wonach?«, fragte ich aufgebracht.

»Danach, ob Ede Klein nach den schändlichen drei Wochen, in denen sich der Verdacht dank eines kommunistischen Kriminalbeamten, eines gewissen Béla Fürj, auf ihn gelenkt hatte, noch einmal in Sáraság gewesen ist. Wenn du danach gefragt hättest, ich hätte es dir gesagt.«

Ich verspürte dieselbe Hilflosigkeit wie damals auf dem Traktorreifen im Schulhof, als ich zum ersten Mal von Ede Klein gehört hatte. Erst von Hildi Számfira hatte ich erfahren müssen, dass er auf einem Wagen mit grauem Pferdegespann immer wiederkehrte und in den Träumen der Frauen sein Unwesen trieb. Später, als ich im »Tal« neben dem Friedhof erklärte, weshalb Ede Kleins Person so wichtig, weshalb er gleichzeitig ein Gleichnis und ein Fundament sei, fühlte ich mich immer noch lächerlich. Und meine Freunde verstanden nicht, wovon ich sprach.

»Dann erzähl es mir jetzt«, befahl ich ihm.

»Wozu, wenn du es gesehen hast?«, antwortete Dezső.

»Ich habe es vergessen, wie ich meistens meine Träume vergesse. Ich erinnere mich nur an den Anfang, außerdem an die Farben und Düfte. Ich erinnere mich an Ede Kleins frischen Duft, Jasmin schwebte in der Luft, dort, wo er im Dorf entlangging, ich hörte das Klappern seines Spazierstocks auf der Straße, ich sah die Fenster der Dorfstraße, in denen die Gardinen weggezogen wurden und man sich fragte: Was ist denn das für ein Neuankömmling? Aber was geschehen ist, das weiß ich nicht.«

Ich musste jedes Wort einzeln mit der Zange aus Dezső herausziehen, das Reden schien ihn zu schmerzen. Er überlegte sehr genau, bevor er etwas sagte, hielt einiges zurück, wog ohne Umschweife ab, was ich erfahren durfte und was nicht. Es war erniedrigend, ihn dabei zu ertappen, wie er alles zusammenbastelte, die Geschichte vielleicht gerade vollkommen umbaute …

Nachdem er Israel verlassen hat, hält Ede Klein sich einige Wochen in Wien auf, verbringt dann noch eine kurze Zeit in Budapest und kommt schließlich nach Hause. Aus der Hauptstadt fährt er geradewegs zu den Calvinisten und von dort mit dem kleinen Bummelzug weiter nach Sáraság. Er fühlt sich beklommen und ist aufgebracht, denn auf dem Weg nach Budapest hat er einen Artikel in der *Presse* gelesen, in dem über den einige Monate zurückliegenden Prozess der Verbrecher von Auschwitz berichtet wird, und nun versucht er zu verstehen, weshalb einige Angeklagte auf freien Fuß gesetzt wurden. Das Blut steigt ihm in den Kopf. Was sie wohl zur ihrer Verteidigung haben vorbringen können? Nach diesem Artikel hat er noch einen anderen gelesen, in dem die Meldung stand, dass die katholische Kirche die Liste der für ihre Anhänger verbotenen Bücher vollständig gestrichen habe und dass sie in Zukunft Mischehen akzeptieren werde. Darüber amüsiert er sich zunächst, dann überkommt ihn jedoch ein Gefühl der Verzweiflung darüber, aus was für einem erbärmlichen Dorf er doch stamme; dort leben fast ausschließlich bigotte Katholiken, denkt er, was sind denn das nur für jämmerliche Gestalten, die einer Kirche angehören, die ihnen bis sechsundsechzig sogar das Lesen von bestimmten Büchern verboten hat? Von welch einer furchtbaren Engstirnigkeit sie durchdrungen gewesen sein müssen. Wurde man bisher aus einem kommunistischen Land sogar dann ausgewiesen, wenn man jemanden geheiratet hatte, der einer anderen Religionsgemeinschaft angehörte? Sie sollten sich eher darüber freuen, dass es noch Leute gibt, die sich trauen, für den Ewigen ihre Arbeitsstelle, ihre Existenz aufs Spiel zu setzen. Dann fällt ihm aber ein, dass die Meldung aus dem Vatikan stammt, und er wird unsicher, ob diese Regelungen im Ostblock, unter der russischen Besatzung, überhaupt Gültigkeit besaßen … und was die Mischehe betrifft, nun, die wird ja auch von den Juden nicht gerade hochgepriesen. Dennoch hinterlassen diese Gedanken eine seltsame Bitterkeit in ihm, unsicher macht er sich vom Bahnhof auf den Weg ins Dorf. Er will zum Dorfrathaus, um Sándor Guliga um eine

Übernachtungsmöglichkeit zu bitten. In der Dorfstraße, gegenüber dem Haus des Schuldirektors, steht das ehemalige Schulgebäude, dessen Klassenräume man nach dem Krieg zu bescheidenen Zimmern umgebaut hat, dort würde er gern Quartier beziehen. Es gibt nur eine Kleinigkeit, die seine Heimreise überschattet: Seit er die Grenze überschritten hat und die mit Geranien geschmückten Fensterläden und die gepflegten österreichischen Vorgärten von den kahlen Höfen der Siedlungen oder der Bauernhäuser abgelöst wurden, quält ihn eine Kolik. Aus der Magengegend macht sich eine nervöse Vibration in ihm breit, manchmal zuckt sein Gesicht, manchmal seine Hand.

Hitze und Hanfgestank empfangen ihn, dürrer Rasen, von Brennnesseln überwucherte Bordsteine.

Auch der Sáraságer Bahnhof hat keine auch nur halbwegs angenehme Erinnerung in ihm geweckt. Die Ankunft in dem Waggon, die hoffnungslose Heimkehr, die erneute eilige Abreise in den Morgenstunden – all das ist am ehesten mit dem Tod verwandt, der einen doch so leicht zu ereilen vermag. Die Dorfstraße macht einen schmutzigen, ungepflegten Eindruck auf ihn. Die Häuser haben sich in den letzten neunzehn Jahren kein bisschen verändert, größtenteils sind es dieselben Bauernhütten, die am Straßenrand Wache stehen, hier und da tauchen als Neuigkeit ein, zwei mit Reibsand verputzte Häuserwürfel auf; sie sind neu und dennoch hässlich und grau. Überall dort, wo er entlanggeht, erwarten ihn hinter den Fenstern misstrauische Blicke, was nicht weiter schlimm wäre, würden nicht diejenigen, die ihn erkennen, sofort die Vorhänge zuziehen. Bei der Kneipe Oláh ist es ihm, als habe er sogar ein Zischen gehört, man ruft ihm etwas hinterher, er versteht jedoch nicht, was.

Seit Onkel Pista Avarka ein Geist ist, spürt er sogar die feinsten Bewegungen der Seele. Er sieht, wie das Unkraut die Seelen der Neider auffrisst, aber auch, wie die der Selbstlosen vom glänzenden Blick des Ewigen erwärmt werden.

Dezső sagte, Onkel Avarka wisse alles über das Sein, über das in der Vergangenheit und das in der Zukunft, er könne sogar in die Köpfe der Toten blicken, nicht nur in die der Lebenden. Nur sei er nicht immer gewillt, sich darüber zu äußern. Über diesen Besuch Ede Kleins habe er ihm jedoch viel und gern erzählt …

Vor dem Dorfrathaus wird Ede Klein von einer Menschenmenge empfangen. Vorsichtige Begrüßungen, Kopfnicken, keiner bleibt stehen, um sich mit ihm zu unterhalten, dabei fällt man sonst selbst demjenigen um den Hals, der nach nur einem Monat Abwesenheit nach Sáraság zurückkehrt. Sándor Guliga übertreibt maßlos, als er Ede Klein den miserablen Zustand der Gästezimmer in der Dorfstraße beschreibt, er sagt, das Haus sei einsturzgefährdet, entschuldigt sich noch, dass er ihm nicht habe helfen können und verabschiedet sich dann, als habe er etwas Dringendes zu erledigen. Ede Klein geht durch den Park zum Kiosk. Dieser ist geöffnet, das Gitter ist an die Seite der Bude gelehnt. Von Weitem sieht er, wie ein Kind hingeht und etwas kauft. Das Herz schlägt ihm bis zum Hals hinauf, immer schneller, dann klopft es plötzlich nur noch im Rhythmus der langsamen Schritte, dafür jedes Mal ganz stark. Sein Magen zieht sich zu einem kleinen Kloß zusammen, seine Hände schwitzen. Genau in dem Moment, in dem Ede Klein durch das winzige Fenster in den Kiosk schaut und Pannika erblickt, die zwar deutlich rundlicher und viel reifer geworden ist, dennoch eine unglaublich sinnliche Schönheit ausstrahlt – ihm kommen ihre langen glatten Haare von früher in den Sinn, an deren Stelle nun eine dauergewellte Kurzhaarfrisur sitzt, die ihr zwar gut steht, nur ein wenig zu dörflich wirkt und sie auch ein bisschen älter erscheinen lässt –, in dem Moment hört er, wie von der anderen Seite des Parks eine tierische Stimme irgendetwas zu ihnen herüberbrüllt. In Ede Klein lodert gerade die bereits seit langem für vergessen gehaltene Flamme auf, Pannika ergreift verstört den Rand der Theke, wirft Kaugummis und Stollwerck-Karamellbonbons hinunter, fährt sich durch ihr wirres Haar, und sogar ihr von Sommersprossen gesprenkelter Hals errötet. Auch sie sagt genau in dem Moment »Ede« – es ist eher ein Hauchen als ein Flüstern –, als von der anderen

Seite das Gebrüll zu hören ist. Ede Klein treten die Tränen in die Augen, als er Anna erblickt, sein ganzes Gesicht aber lacht: sein hellbraunes Gesicht, seine Mundwinkel, sein Kinn, alles. Einen Augenblick lang. Bis er versteht, was das heisere, von der anderen Seite des Parks kommende Brüllen bedeutet.

»Du verdammter Mörder, verschwinde aus unserem Dorf!«

Den Mann verlassen all seine Kräfte, Pannika greift ihm unter die Arme, schleppt ihn so zu sich nach Hause, eiligen Schrittes, so wie vor fast zwanzig Jahren, sich wieder durch die Straßen stehlend, wieder fliehend. »Dieser dreckige Jude«, tönt es vom Lebensmittelladen laut zu ihnen herüber. Pannika beschleunigt ihre Schritte noch mehr, Edes Knie sind vollkommen kraftlos, er kann das Tempo nicht halten. Dies ist der letzte Schlag, das kann er nicht mehr verkraften. Nach zwanzig Jahren ist er also noch immer der Sünder, der Ewige straft immer noch ihn.

Der Boden von Pannikas mit Büchern vollgestopftem Zimmer ist von maschinenbeschriebenen Blättern bedeckt. Ede Klein hat sogar, als er sich auf das Bett setzt, ein unzählige Male korrigiertes Manuskript unter den Füßen; er hat das Gefühl, die Last seines Kopfes nicht tragen zu können.

»Nimm doch ein Bad, Ede. Es wird dir guttun.«

Er weiß gar nicht, wie seine Kleidung von seinem Körper verschwindet, wie er in die Wanne kommt, aber das warme, duftende Wasser tut ihm wirklich sehr gut, in dem geräumigen Badezimmer ist gerade die Wäsche zum Trocknen aufgehängt worden, auf dem klapprigen Wäscheständer hängen große vergilbte Unterhosen. Ede ertappt sich dabei, wie er sie begutachtet; sie können nicht Anna gehören, denkt er, sie sind ja riesengroß. Er schämt sich für diese Gedanken, fängt an, sich zu waschen, richtet seinen Blick lieber auf die Waschmaschine und auf die rostende Trockenschleuder. Zwischen dem Heizungsrohr und der gegenüberliegenden Wand ist ein Seil gespannt, auf dem Handtücher trocknen. Er hat den Eindruck, dass es keinen Mann gibt im Haus. Er zieht sich einen Bademantel über und Hausschuhe. An den Schläfen ist er bereits stark ergraut, aber an den restlichen Stellen leuchtet noch die volle rote Lockenpracht. Er kämmt sie sich mit einem nassen Kamm nach hinten.

»Ich koche uns eine Kraftsuppe«, sagt Anna, dem Herd zugewandt, als Ede in die Küche tritt. »Mit Matzenklößchen.«

»Ausgezeichnet«, antwortet der Mann und ist selbst darüber verwundert, wie kraftlos seine Stimme klingt. Er beobachtet Anna, stellt sich nun nicht mehr ihre bezaubernde, glatte braune Mähne anstelle der neuen Frisur vor. Die breiten Schultern und der ausladende Hintern sind ihm auch nicht mehr fremd. Diese zwanzig Jahre sind natürlich auch an ihr nicht spurlos vorbeigezogen. Die Vorbereitungen zum Abendessen lassen eine herzerwärmend alltägliche Atmosphäre entstehen, sein verkrampfter Magen entspannt sich, er wird von einer wohltuenden Ruhe erfüllt.

»Wäre es so«, fragte Ede Klein, »wenn ich dich hätte heiraten dürfen?«

»Du meinst, was gewesen wäre, wäre ich mit dir gegangen?«, fragt ihn daraufhin Anna und fühlt sich endlich imstande, den Mann anzusehen.

Ede verspürt ein inneres Zucken. Annas leicht orientalische Mandelaugen und ihre hübsche Stupsnase sehen genauso aus wie früher. Es macht nichts, dass ihr Gesicht eine glänzende Patina und Falten bekommen hat, die früher überall straffe, gepflegte Haut an vielen Stellen schlaff geworden ist, unter der Nase jetzt einige kleine Härchen sprießen und rechts neben dem Mund ein roter Leberfleck sitzt. Ede Klein bemerkt auf einmal, dass er auf der anderen Seite des Tisches steht, in Bademantel und Hausschuhen, wie ein von der Arbeit nach Hause gekommener Mann, der sich vielleicht gerade vor den Fernseher setzen würde. Er möchte etwas sagen, aber es klingt trivial und lächerlich, als er es zunächst im Stillen ausprobiert. »Darauf warte ich seit neunzehn Jahren« – das ist das Einzige, was er beinahe ausspricht, denn es ist wahr, doch Annas Augen ermahnen ihn zu schweigen. Er nimmt Pannikas Hand in die seine: Sie hat rissige, trockene Haut und eiskalte Finger. Es ist vollkommen anders als achtundvierzig auf dem Ball im Petőfi-Verband, eine Woche vor Matildkas Ermordung, als sie beide stundenlang tanzten miteinander und ihnen der niedrige Raum mit der miefigen Luft wie ein gotischer Festsaal erschien. Annas straffe Brüste hatten sich angespannt, als ihre Körper sich aneinanderschmiegten, ihre Beine hatten sich einladend geöffnet, und Ede Klein konnte spüren, dass dieser Moment die Belohnung war für all das, was er zuvor hatte durchmachen müssen.

Dies hier hat nichts mit dem Abend von damals gemeinsam.

Zwischen ihnen steht, denkt er, dass sie auseinandergerissen, in den Schmutz gezogen wurden, auch die unauslöschbare Zeit trennt sie, nun ist es gewiss, dass die Ausdauer keinen Sinn gehabt hat, denn die Vergebung existiert nur in der Schrift und diese Wirklichkeit hier hat dann doch nicht so viel mit jener Welt der göttlichen Schöpfung gemeinsam. Als Pannika mit ihrer freien Hand über die seine streicht, beginnt alles in ihm zu leben, die Lust erfüllt seinen ganzen Körper, als müsste man nicht ein halbes Leben zusammen verbringen, um endgültig zueinander zu gehören. Ihr Streicheln hat nichts Feierliches an sich, es ist müde und liebevoll; alle Nerven Ede Kleins stehen unter einer sinnlichen Anspannung.

Das Abendessen wird bestimmt vom ungleichmäßigen Takt ungezwungenen Lachens und peinlichen Schweigens. Ede traut sich nicht, ihr Fragen über ihr gegenwärtiges Leben zu stellen, dabei hat sie wahrscheinlich keinen Mann, denn dieser müsste dann ja schon längst zu Hause sein, aber er spürt, dass diese Fragerei sehr schnell in eine Rechenschaftserwartung umschlagen würde. Wobei natürlich auch die stechenden, verletzenden Schweigepausen ihre Wirkung haben, schließlich wissen beide, was es ist, worüber sie nicht sprechen. Ihre Unterhaltung läuft im Grunde auf zwei Ebenen: der ausgesprochenen und der verschwiegenen; beide sind einer zwanghaften Liturgie untergeordnet. Das Schwelgen in der Nostalgie entspricht ebenso einer in ihnen festgehaltenen Tradition wie das innerlich tausendmal heraufbeschworene letzte Streitgespräch hinterm Toilettenhäuschen des Bahnhofs, auf der niedergetrampelten Lichtung zwischen den Dornensträuchern. Dass Pannika sich damals dafür entschieden hat, nicht auszuwandern, ist verständlich – den Duft der Heimat, das Gefühl, das die Berührung der vertrauten Erde auslöst, die Nähe des Familienschlosses durfte man ihr nicht wegnehmen, auch wenn das väterliche Gut verstaatlicht worden war. Natürlich wäre damals auch das Gegenteil jeder Entscheidung verständlich und akzeptabel gewesen, das spüren sie beide, und das ist es auch, was die Erinnerung so labil und unsicher macht. Die neue Epoche der Not, die nach dem Krieg sofort eingesetzt hat, lässt alles sehr relativ erscheinen.

Nach dem Abendessen nimmt auch Pannika ein Bad, sie schämt sich, als sie auf dem Wäscheständer die alten Schlüpfer bemerkt; ihre vor langer Zeit eingeschlummerte weibliche Eitelkeit schreckt aus ihrem Dornröschenschlaf auf. Sie zieht ihren Bauch ein und schrubbt sich überall mit Seife ab, als könnte sie dadurch die überflüssigen Pfunde verschwinden lassen. Ede Klein schaut sich im Schlafzimmer um. Ohne das Licht anzuschalten, betrachtet er im Halbdunkel die auch dort in Stapeln aufgetürmten Bücher. Neben dem Bett liegen Prosawerke von Ferenc Molnár. *Der musizierende Engel*, *Bittere Märchen übers Herz*, *Die Dampfsäule*, *Das Geheimnis des Waldes von Aruvim*, *Ein herrenloser Kahn*; auf dem Nachttisch entdeckt er die mit einer Widmung versehene Erstausgabe des nach Annas Ansicht besten Dramas aller Zeiten: *Spiel im Schloss*. Ede blättert gerade in dem Buch – im Dämmerlicht kann er nicht erkennen, was der bekannteste ungarische Schriftsteller in dieses Exemplar geschrieben hat –, als Pannika das Zimmer betritt. Als sie den Mann bemerkt, löst sie die Kordel, die ihren Bademantel zusammenhält. Die weiblichen Formen, die tief sinkenden, schweren Brüste überraschen Ede Klein, die Schultern jedoch erscheinen ihm im Halbdunkel genauso samtig wie auf dem Ball achtundvierzig im Petőfi-Verband. Er hat sich alles ganz anders vorgestellt. Die Choreographie des Entkleidens, den Rhythmus der Küsse, der Annäherung. Zu Beginn hat er ihre Augenlider küssen wollen, dann die Ohren, den Hals fast nur mit einem Hauch berühren, um zum Mund zu gelangen; zuerst hat er in ihre Oberlippe beißen wollen, dann in die untere, damit er in dem Moment, in dem er sie schließlich richtig küsste, bereits eine stürmische Lust verspüren und von dem Gefühl überwältigt würde, dass er alles in seinem Leben nur für diese Frau getan habe. Er geht zu Anna, die den Bademantel nicht wieder zuschnürt, sie wartet vor dem Bücherregal stehend, fast nackt, mit glühendem Gesicht und Hals wie ein Opferlamm. Ede streicht sanft über ihre längliche, schlaffe Brust. Er ergreift sie, drückt sie ein wenig und hebt sie hoch. Für einen Moment schämt er sich wegen dieser tierischen Geste, dann überkommt ihn jedoch eine Lust, stärker, als er sie sich jemals erträumt hätte, er kneift in eine ihrer Brustwarzen und sieht sie zitternd an. Anna blinzelt erschrocken zurück, lässt dann den Bademantel mit der Ergebenheit einer Ehefrau von ihrer Schulter gleiten und zieht den Mann nur ganz leicht, als stecke in der Bewegung eine jahrzehntelange Routine, als hätten sie bereits Hunderte von passablen bis überwältigenden Liebesakten hinter sich, sanft, kraftlos an sich. Ede umarmt sie ebenso vorsichtig, er bewegt sich nicht, sie atmen tief, von ihren Bäuchen geht eine alles überflutende Wärme aus, sie streichen über den Rücken des anderen, dann stehen sie wieder reglos da. Der Mann hat wiederholt das Gefühl, vor Angst zu zittern.

Ede Klein war, obwohl er es seit seiner Flucht aus Sáraság immer wieder und ausdauernd versuchte, nicht besonders mutig in der körperlichen Liebe, auch in der Umarmung grübelte er über Verschiedenes nach, sah sich immer von außen und konnte zuweilen das Ende des Schäferstündchens kaum erwarten. Schon seit langem glaubte er nicht mehr daran, dass all dies wegen Anna war, dass ausschließlich Anna Károlyis Berührung seine Leidenschaft wecken könnte und dass er, nachdem er sie nicht hatte bekommen können, keine andere mehr haben wollte. Nach seinem dritten in Jerusalem verbrachten Jahr, als er das Gefühl hatte, Anna Károlyi bereits vergessen zu haben, hat er sich von diesem trostvollen Gedanken trennen müssen. Er fand sich damit ab, dass er eben einfach nicht in der Lage war, seinen Geist auszuschalten und sein Körper unter ständiger Kontrolle stand. Die instinktive Glut und die unbewusste Anspannung verfliegen in dem Moment, in dem Ede in die horizontale Lage kommt, auch diesmal. Die kühle Bettwäsche, ihr unangenehmer, fremder Geruch, die ungeschickten Bewegungen, Pannikas schamhaftes Zusammenzucken und der sich immer wieder anspannende Muskel in ihrem samtigen Oberschenkel; das beschwerliche Zueinanderfinden der Schöße, das blinde Hin- und Herrücken – all dies befleckt seine Seele mit Blut. Seine Männlichkeit lässt ihn während der umständlichen Vorbereitungen im Stich, er liegt nur da, sein Puls klopft in schnellem Rhythmus an seinen Schläfen.

Er hält das Gesicht der Frau in seinen Händen, erkundet ihre Züge. Dann verliert er plötzlich seine Selbstbeherrschung. Er hat keine Ahnung, weshalb und wie es dazu gekommen ist, als ihm jedoch für einen Augenblick bewusst wird, was gerade geschieht, schaukeln sie schon seit einer ganzen Weile, Pannikas heißer Schoß umschlingt ihn derart, dass er das Gefühl hat, in ihr steckenzubleiben. Sie krallen sich krampfhaft aneinander fest, beißen sich, die Lust schlägt bereits in Schmerz um, als endlich die Erleichterung kommt und Ede Klein als reifer Mann zum ersten Mal in seinem Leben die süße Wonne der wirklichen Selbstvergessenheit verspürt.

Am nächsten Tag bleibt der Kiosk geschlossen.

Pannika macht sich auf den Weg, um das Gitter vom Fenster abzunehmen und es an die Seite der Bude zu lehnen. Als sie jedoch das Haus verlässt, einige Schritte läuft und sich dann umdreht, weil sie sicher ist, dass Ede hinter dem vor das Fenster gespannten Mückennetz stehen wird, um ihr zuzuwinken – und wirklich, er steht da, hat den Vorhang weggezogen und lächelt sie an –, da bleibt für einen Augenblick ihr Herz stehen. In der Nacht hat irgendjemand gelbe Sterne ans Haus gemalt, und auf dem Zaun steht: MÖRDERJUDE, RAUS. Das Jot läuft ganz bis zum Boden hinunter, der gelbe Streifen fließt sogar auf den Fußweg.

Jener Streifen ist seitdem dort, weder hat ihn die Sonne ausgeblichen noch der Regen weggespült.

Ede steht lächelnd im Fenster, verabschiedet sich von Anna,

die Heiterkeit des ersten gemeinsamen Tages und heiße Liebe strahlen aus seinem Gesicht. Es ist nicht klar, ob er der Spiegel ist oder sie. Wer erfährt von dem anderen, was in Wirklichkeit geschehen ist? Ede Klein, der nur den entsetzten Blick von damals sieht und, dass der Schrecken die Züge dieses reifen Gesichts genauso verzerrt wie damals? Er spürt ganz klar: Die Angst ist wegen ihm, um ihn. Oder Anna, die im Rahmen des Fensters ihre Liebe sieht, um ihn herum das abscheuliche Geschmier, als wäre das Ganze ein einziges Bild und als sei in einem kleineren Rahmen innerhalb des großen der Gegenstand des Hasses ebenfalls an die Wand gemalt: der im Fenster lächelnde Ede Klein.

Die stinkende Bahnhofstoilette, eine kleine Bude einige Meter von dem zweistöckigen Hauptgebäude entfernt, sieht noch genauso aus wie im Jahr achtundvierzig. Die Dornensträucher hat man ausgeschnitten, alles rundherum ist verdreckt und kahl, der Rasen gelb, auf der anderen Seite der Schienen stehen ausgetrocknete Hanfschober. Neben dem Bahnhof, am Brunnen, der von einer Wolke von Grabwespen umschwirrt wird, warten einige Fahrgäste. Sie stehen herum, ihre Schuhe sind voller Staub. Die Aufschrift SÁRASÁG ist vollkommen von dem Gebäude verschwunden, man sieht nur noch die Stelle, an der einst die Buchstaben waren – achtundvierzig gab es dort an der Wand noch ein paar, in der Zeit bis sechsundsechzig fielen sie alle ab.

Keiner von beiden hätte gedacht, dass sie noch einmal dort stehen würden.

Keiner von beiden hätte gedacht, dass es noch ein nicht ausgesprochenes, weil nicht auszusprechendes »Komm mit mir« geben könnte – wofür es diesmal, aufgrund der Tatsache, dass Pannika über keinen für alle Länder der Welt gültigen Pass verfügt, auch keine reale Möglichkeit gibt. Dennoch ist es diesmal viel schlimmer, viel verletzender als beim ersten Mal, achtundvierzig. Damals steckte nicht der Schmerz einer lebensbestimmenden, falschen Entscheidung dahinter, es gab im Grunde überhaupt nichts dahinter, nur einige leidenschaftliche Monate der Liebe, nachdem Ede Klein aus dem

Todeslager nach Hause zurückgekehrt war, einen Ball im Petőfi-Verband, wo man heute Sodawasser in Flaschen füllt, und drei Wochen der Erniedrigung und des Versteckens. Der Abschluss des Ganzen war die »Fluchthilfe«, die Pannika mit Unterstützung der Polizei aus der Hauptstadt für die unbegründet verdächtigten Juden leistete. Nachdem es Ede gelungen war, das Dorf unversehrt zu verlassen, und Anna wochenlang, mit zitternden Knien umhertaumelnd, nur dank sehr starker Beruhigungsmittel ein klein wenig Schlaf gefunden hatte, wurde im Schaufenster des Fotografen, genau gegenüber dem Kiosk, ein Zettel mit folgender Aufschrift ausgehängt:

»Rassenhetze wird strafrechtlich verfolgt.«

Nicht nur diese furchtbare Anfangszeit, sondern auch die qualvollen Monate nach dem Abschied bestimmen ihr Schweigen von heute. Die ersten, in völliger Lähmung verbrachten Tage, als sie beide das Gefühl hatten, nicht länger damit fertig werden zu können, dass der andere in ihrem Leben keine Rolle mehr spielt, aber auch die Last der darauf folgenden, in Stille und Gram verbrachten zwei Jahrzehnte, die für immer vergangen sind, legte sich darauf.

»Verkauf das Haus«, flüstert eine Stimme aus Ede Klein. Er fleht sie an, so, wie er es achtundvierzig getan hat. »Ich ziehe nach Hause, nach Budapest. Ich verkaufe meine Wohnung in Jerusalem und für die Zwischenzeit wirst du mit Sicherheit eine Unterkunft finden. Wir können endlich zusammensein! Du wirst sehen, es wird besser als in diesem hasserfüllten Kaff.«

Bahnwärter Jancsi Szalma stößt die Bahnhofstür samt dem Mückengitter auf und fängt an, sich laut mit jemandem zu unterhalten, in einem Tonfall, der wohl vertraulich wirken soll. Die Wartenden verlangen ungeduldig eine Erklärung über die Verspätung des Zuges von ihm, die Metallknöpfe an den Unterseiten der Koffer knirschen ohrenverletzend auf dem Beton. Aus den Hanffeldern flattert eine Schar Raben auf, es riecht plötzlich nach Federn, die Leute sprechen noch lauter, um die Vögel zu übertönen. Ede Klein schwindelt es wegen des Lärms und des Geruchs.

»Bringst du es fertig, zu bleiben?«

»Dein Zug ist da«, antwortet Pannika. Hinter dem Bahnhofsgebäude taucht der Bummelzug auf. Ede Klein ist sich sicher, dass nun erneut jene endlose Qual beginnen wird und dass er sie diesmal, völlig ohne Hoffnung, wirklich nicht wird aushalten, sich nicht jahrelang ohnmächtig winden, dem bösen Spiel der Nerven wird preisgeben können, so lange, bis ihn die Einsamkeit gänzlich abstumpfen lässt.

»Du kannst nicht bleiben«, flüstert er. »Verstehst du das nicht?«

Pannika streicht über das Gesicht des Mannes. »Doch, ich verstehe«, antwortet sie. »Aber du verstehst ebenso gut, dass ich auch nicht weggehen kann …«

Das war das Ende von Dezsős Erzählung. Mehr wisse er nicht, sagte er, das sei alles, was der Geist Onkel Pista Avarkas ihm erzählt habe.

»Und gibt es vielleicht noch andere Besuche«, fragte ich, »oder sonst irgendetwas, das ich in Zusammenhang mit Ede Klein wissen müsste? Nichts? Gibt es noch etwas, das du mir verschweigst?«

»Ich habe dir auch bisher nichts verschwiegen«, antwortete Dezső und tat so, als langweile ihn das Ganze. »Ich habe nur nicht davon gesprochen«, sagte er, um das Thema abzuschließen. Als hätte er meine immer wiederkehrenden Fragen über Ede Klein als ermüdend empfunden.

»Wenn es über Ede Klein nichts mehr zu sagen gibt, kannst du mir wenigstens verraten, was danach mit Tante Pannika passiert ist? Von ihr hast du doch mit Sicherheit etwas gehört.«

Dezső zog eine Zigarette aus seiner Schachtel und pumpte, als würde er durch sie hindurchatmen, die kleine Küche voller Qualm. Ich hatte bereits seit mehreren Minuten großen Durst, rührte mich jedoch nicht, um ihn auf keinen Fall zu unterbrechen. Der dichte Zigarettenqualm irritierte meinen Hals, der Durst schnürte mir die Kehle zu. Ich versuchte sie mit meinem Speichel feucht zu halten.

»Ich weiß nichts über sie«, sagte Dezső, »denn nach Ede Kleins Besuch lebte sie fast ein Jahr lang woanders. Mehrere wollen sie in Hódmezővásárhely gesehen haben. Womöglich hat sie dort sogar mit dem ehemaligen Tuchhändler gelebt, nur konnten sie beide die gemeinsam durchlittenen Enttäuschungen nicht vergessen, sodass Tante Pannika schließlich nach Hause zurückkehrte. Oder vielleicht hat sie lange nach ihm gesucht, ihn aber nicht gefunden.«

Gierig trank ich das verdünnte Bier gleich aus der Kanne; es lief mein Kinn herunter, unter mein Hemd, über meine nackte Brust. Seit Jahren hatte ich nicht mehr versucht, dem seltsamen Sáraságer Durst zu trotzen, immer hatte ich getrunken, sobald mein Mund ausgetrocknet war, ich hatte bereits ganz vergessen, wie quälend er sein konnte – fast so, als hätte ich meine alte blaue Deckelkanne nur aus Gewohnheit überallhin mitgeschleppt und als wäre es nur eine Geste der Höflichkeit gewesen, dass ich, wenn ich vom Fahrrad stieg, um jemanden zu begrüßen, jedes Mal einige Schlucke nahm. Es schien mir wie eine lokale Tradition, eine Spielerei, ebenso wie man beim Betreten des Lebensmittelladens die Taschen auf das obere und die Deckelkannen auf das untere der neben dem Eingang angebrachten Regale stellte oder die Kanne zu jedem Fußballspiel, ins Kino oder zur Vorführung der Volkstanzgruppe mitnahm und in regelmäßigen Abständen daraus trank. Es war bereits eine Gewohnheit, dass man in den vor dem mit den Schatten geschmückten Kulturhaus versammelten Klatschrunden etwas trank, wenn gerade jemand vorbeikam, der nicht hören sollte, worüber gesprochen wurde. Aber auch die Beamten leerten ein oder zwei Deckel voll, bevor der Nächste vorgelassen wurde, und die Fußballspieler sah man auch während des Spiels hin und wieder am Rand des Feldes mit der Kanne in der Hand. Neben der Dorfstraße gab es niedergetrampelte Stellen, dort, wo die Frauen auf dem Nachhauseweg von der LPG anhielten, da man ohne Unterbrechung nicht ins Neudorf hinüberradeln konnte …

»Er ist grauenvoll, dieser Durst«, sagte ich.

»Hast du das aus Spaß gemacht?«, fragte Dezső. »Weshalb

musstest du den Bogen überspannen? Man kann leicht daran ersticken.«

Diese sarkastische Bemerkung fiel mir einige Monate später wieder ein, als ich an jenem verregneten Sonntag nach dem berühmten Hundemassaker gerade von der Polizei verhört wurde.

Der Ermittlungsbeamte wollte wissen, ob meiner Meinung nach Kette, Dezsős postum getaufter Hund, der nur ein kurzes Leben gehabt hatte, von derselben Person erdrosselt worden sei wie die anderen. Oder ob er versehentlich Opfer eines Unfalls gewesen sei. Bevor ich antworten konnte, verspürte ich die wohlbekannte Trockenheit im Mund und musste einen Schluck trinken – woraufhin dem Polizisten der Geduldsfaden riss und er mich anschrie, ich solle aufhören zu saufen.

»Man sollte den Bogen nicht überspannen«, antwortete ich und fügte, Dezső zitierend, hinzu: »Man kann leicht daran ersticken.« Das hätte ich wahrscheinlich nicht sagen sollen, denn das konnte leicht falsch verstanden werden. Mein Verhör dauerte eine Stunde länger als das der anderen, ich wurde vier, fünf Mal das Gleiche gefragt und musste alles bis ins kleinste Detail erklären, als hätte ich unpräzise formuliert. Wenn sie eine Frage wiederholten, taten sie so, als hätte ich ihrer Meinung nach beim ersten Mal etwas anderes geantwortet. Es war so erniedrigend, dass nach einer Weile in mir sogar das Gefühl aufkam, ich selbst sei es gewesen, ich hätte die Hunde des Altdorfes erhängt, ich sei in Wirklichkeit der Schuldige, erinnere mich bloß an nichts. Dabei war ich unschuldig und ich hätte nur eine Kleinigkeit verschweigen können, nämlich, dass Franczek meiner Meinung nach gesehen hatte, wie der kleine Hund Kette am Nussbaum vor dem alten Frisiersalon hing und keine Luft mehr bekam, da er die ganze Zeit, während er mit uns sprach, aus dem Fenster gestarrt hatte – dies jedoch wollte ich nicht verschweigen. Als sie mich fragten, ob Kerlchen, der umgekommene Hund von Beces Familie, mir leid tue und ob ich jemals Frösche gequält hätte, war ich mir bereits sicher, dass auch die Polizisten wussten, dass nicht ich es gewesen war.

Ende Dezember kam es dann zur Fortsetzung des Falls mit den Hunden. Die Hüter der Ordnung tauchten zwangsläufig auch wieder auf. Sie erinnerten sich an mich.

»Man kann leicht daran ersticken, stimmt's?«, fragte der junge Genosse Ermittler.

»Ja, ganz leicht«, antwortete ich. Währenddessen dachte ich darüber nach, wer denn der Depp sein mochte, der wieder bei den Calvinisten angerufen hatte, um sie um Hilfe zu bitten. Ich meine, was erhoffte er sich eigentlich von diesen beschränkten Kerlen? Es war ein Samstag, das weiß ich noch. Jener gewisse Samstag, an dem Franczek dafür sorgte, dass der Gynäkologe der Stadt beinahe wahnsinnig wurde, weil der Blutgruppentest eindeutig bewiesen hatte, dass das Kind von ihm war, und Franczek somit sich selbst, aber auch der Medizinwissenschaft einen Kindersegen bescherte. Franczek hatte zu diesem Zeitpunkt die mit Hilfe der Schwester durchgeführte Probenabnahme und der Arzt seinen wer weiß wievielten Moment der Verstörung darüber, dass diese Spermien trotz allem lebensunfähig waren, bereits hinter sich. Kálmán Franczek, Gyulas dritter Sohn, war also fast gleichaltrig mit dem Ermittlungsgegenstand vom Dezember: den aus dem Nichts geborenen kleinen Hunden.

Den Wurf fand Tante Klári am selben Morgen, an dem auch die anderen gefunden wurden. Sie war in den hinteren Teil des Gartens gegangen, um die Schafe zu füttern, und auf dem Rückweg bemerkte sie die vier kleinen blinden Welpen, die neben der unbewohnten Hundehütte des erdrosselten Kerlchens winselten. Sie wurde von einer unermesslichen Wut gepackt, denn dass man sie einem anderen vor die Tür stellte, so was habe sie bisher nur im Zusammenhang mit Menschenkindern gehört. Dass man nun aber auch Hundewürfe zum Nachbarn hinüberschmuggle, sei ja wirklich die Höhe! Es schienen reinrassige ungarische Schäferhunde zu sein, so wie Kerlchen einer gewesen war. Sie froren und jaulten. Bece und ich waren höchst erfreut über die Neuankömmlinge und widmeten uns anstelle der Hausaufgaben der Frage, wo die schutzlosen Kleinen nun untergebracht werden sollten. Tante

Klári machte sich wütend auf den Weg zum Einkaufen und kam vollkommen verdutzt zurück. Nachdem die Hündinnen des Dorfes alle erdrosselt worden waren, tauchten plötzlich eines Morgens Welpen auf, ganz so, als wären die toten Tiere trächtig auferstanden und hätten ihren Wurf auf den Höfen ihrer ehemaligen Besitzer gelassen, bevor sie verschwanden. Wir hatten keine Ahnung, wer der Meinung gewesen war, die Polizisten aus der Stadt könnten diesen Fall lösen; vielleicht hatte derjenige, der angerufen hatte, noch nichts von den Schicksalsgefährten gehört – in der Wut des ersten Moments, als er, ebenso wie Tante Klári, noch gedacht hatte, nur er sei mit einem ungebetenen Geschenk überrascht worden. Der Genosse Ermittlungsbeamte blätterte lange in der vor kurzem abgeschlossenen Akte über das Hundemassaker im Altdorf.

»Aber ihr Hund war doch ein Rüde«, sagte er.

»Ist das nicht egal?«, brach es aus Bece heraus. »Kerlchen ist doch schon seit langem tot und hat trotzdem diese Welpen zur Welt gebracht. Beziehungsweise sie sind gar nicht von Kerlchen. Diese kleinen Hunde sind einfach hier.«

»Außerdem stimmt es ja überhaupt nicht«, protestierte Tante Klári, »sie war eine Hündin.«

»Und warum hieß sie dann Kerlchen?«, fragte der Polizist verstört.

»Hören Sie nicht, was ich sage?«, sagte Bece aufgebracht, »Sie wurde bereits vor Monaten von irgendjemandem erdrosselt!«

»Aus Versehen«, antwortete Tante Klári. »Denn wir hatten zuerst gedacht, sie sei ein Rüde. Und dann blieb es irgendwie dabei.«

»Was denken Sie, wer wohl die Welpen hierhergebracht hat?« Er wollte noch etwas fragen, ließ es dann aber sein. Seine Miene verdüsterte sich. »Und noch zu ungefähr vierzehn anderen Häusern?«, sagte er nach einer ganzen Weile. »Wo hat man Ihrer Meinung nach so viele Welpen her geholt?« Dem Genossen war anzusehen, dass etwas in ihm ins Wanken geraten war, was er bisher für felsenfest und unumstürzbar gehalten hatte, und nun schien er den Tränen bedrohlich nahe zu sein.

Tante Klári merkte nichts von dem inneren Kampf des Genossen. Keck antwortete sie:

»Wo man so viele Hunde hat herbringen können? Sie sind vom Ewigen geschickt worden, an Kerlchens Stelle. Sehen Sie sich diesen hier an«, sagte sie, indem sie einen winzigen, schnüffelnden Maulwurf hochhob. »Er ist ganz unser Kerlchen.«

Der Polizist zündete sich eine Zigarette an und betrachtete den wimmernden blinden kleinen Hund.

»Ganz Ihr Kerlchen?«, fragte er.

»Ja.«

»Ich verstehe«, murmelte er, stand auf, klemmte die Mappe unter den Arm und wollte gehen.

»Ist der Fall jetzt abgeschlossen?«, rief ihm Tante Klári hinterher.

Der Polizist drehte sich um und sah Beces Mutter an.

»Soll ich sie vielleicht säugen?«

»Machen Sie sich keine Umstände«, antwortete Tante Klári. »Wir haben eine Nuckelflasche.«

Danach begannen schändliche Schmuggelaktionen, an denen Tante Klári ebenso teilhatte wie Glasaugen-Tót, ganz zu schweigen von der Elite des Dorfes und der Partei, dabei hätten ja wenigstens sie aus Selbstdisziplin ein gutes Vorbild abgeben können. Aber nein! Die Russischlehrerin Kati Kitka, der Schuldirektor Tarbay und der Kulturhausdirektor Mátyás Antal benahmen sich genauso wie Frau Számfira oder Tante Magdika, Ignác Gergelys Mutter, die im Grunde ganz froh darüber gewesen war, dass jemand ihren Hund erwürgt hatte. So knurrte wenigstens niemand mehr den überflüssigen und fremden Schatten des armen Ignác an. Die lispelnde Piri Gyári und Irén Ráchel wurden mit jeweils fünf ihnen überlassenen Welpen Tabellenführer, knapp dahinter lag Vater Áron im Rennen. Vor dem Pfarrhaus vergaßen die unaufmerksamen Herrchen bis zum nächsten Morgen vier kleine Tiere. Bahnwärter Szalma und Tante Pannika fanden jeweils drei kleine Hunde, Opa Töre zwei, den einen hatte Tante Klári zu ihm geschmuggelt; diesen ließ Opa Töre noch im Laufe des

Vormittags unter dem Gartenzaun hindurch zurück zu Beces Familie. Die hinterhältige Idee der Lösung des Problems, die zunächst allen so plausibel erschien, wurde vor allem dadurch vollkommen lächerlich, dass das Aussehen der Welpen den überraschten neuen Besitzern sofort verriet, wer an sie gedacht hatte. Nur Irén Ráchel konnte die unerwarteten Geschenke nicht zuordnen, sie wurde jedoch von Eszter aufgeklärt. Auch aus dem Wurf von Beces Familie hatte sie eine Überraschung erhalten. Die Ausflüge der kleinen Hunde dauerten meist nicht länger als ein, zwei Tage, nach denen die Beschenkten die Tierchen entweder zurückschmuggelten oder einfach mit einem spöttischen Lächeln zurückgaben und den ursprünglichen Besitzern viel Spaß beim Großziehen wünschten. Der Spielrausch, der das halbe Dorf ergriffen hatte, ebbte irgendwann ab, denn so viele Tiere konnte man in einem so kleinen Dorf auf keinen Fall verteilen. Am Ende wurden die überflüssigen Welpen bezeichnenderweise von den Volkstanzleuten mitgenommen, die sie im Derekegyházer Schlosspark freiließen, wodurch die Anzahl der um die Küche des Behindertenheims ihr Unwesen treibenden herrenlosen Hunde ins Unerträgliche anstieg. Nachdem die Genossen, deren Aufgabe es gewesen wäre, den »Tatbestand aufzunehmen«, ohne diese gelöst zu haben, fortgeschlichen waren, füllte sich die Kneipe und Konditorei Oláh mit Leuten, die, nachdem sie die Vernehmung hinter sich gebracht hatten, doch eindeutig erleichtert schienen. Einige hatten, mit dem Hintergedanken, sie könnten sie in der gelösten, berauschten Stimmung vielleicht jemandem andrehen, ein oder zwei wimmernde Welpen in ihre Beutel gepackt.

Franczek kam auf seinem Nachhauseweg aus dem Krankenhaus geradewegs dorthin. Er lud die halbe Schankwirtschaft auf mehrere Runden ein.

»Ich bin wieder Vater geworden«, rief er.

Dieses vielsagende »wieder« bezog sich auf alle drei Kinder.

Der Kneipenwirt Oláh zapfte das Bier ohne Unterbrechung, die meisten stellten ihre Deckelkannen unter die Kleiderhaken, an denen alle ihre dicken, mit Watte gefütterten

Jacken aufgehängt hatten, damit nicht einmal der Schatten des Verdachts aufkam, sie füllten ihre Kanne heimlich mit dem geschenkten Bier auf. Nach drei, vier Runden wurde es ganz offensichtlich, dass in dem Fall mit den Hunden auch wir nicht besser durchblickten als die Ordnungshüter. Wenn nicht der Ewige es gewesen war, der aus dem Nichts etwas erschaffen hatte, dann war es der Teufel. Einen Täter, dessen Schuld leichter nachweisbar gewesen wäre, konnte niemand benennen.

An unserem Tisch, an dem außer Dezső, Bece und mir noch Opa Töre, Glasaugen-Tót, Bahnwärter Szalma und Franczek saßen, begann man Opa Töre auf den Arm zu nehmen. Opa Töre, dessen Hoden sich seit Beginn der *klebrigen Fälle* in seinem Oberschenkel befanden und dem man aus dem Hintern ein Stück Haut entnommen und sie an die entsprechende Stelle verpflanzt hatte, damit sein Stengel ein wenig Halt bekam. Es war schon lange keine Neuigkeit mehr, dass Opa Töres Werkzeug von der Kardanwelle des Traktors außer Gefecht gesetzt worden war, daher wäre es wohl niemandem eingefallen, Späße auf seine Kosten zu machen, schließlich waren ja alle möglichen Witze bereits losgelassen worden. Die die Oberschenkelinnenseite verunzierenden Hoden hatte man schon als Außenfiliale, aber auch als Inselberge bezeichnet. Eine Zeitlang brachte man dem Alten Tomaten, mit der Bemerkung, man habe gehört, an der Innenseite seines Oberschenkels befände sich ein hässlicher Furunkel oder Pickel. Er solle über Nacht eine halbe Tomate drauflegen, so der Rat, diese werde den Eiter bis zum nächsten Morgen herausziehen. Wenn es wirklich Hoden seien, fügte man mit schallendem Gelächter hinzu, würde dies sogar ganz angenehm sein. Opa Töre könne ja eigentlich auch einen Strauch Tomaten heiraten; die Tomate sei zwar nur eine Pflanze und daher nicht besonders fleißig im Haushalt, aber in zwei Hälften geschnitten sauge sie gut und stelle keine dummen Fragen. Diese Lawine an Späßen, die über Opa Töre hinweggerollt war, lag nun schon eine ganze Weile zurück. Inzwischen sprach man bereits überall darüber, dass er mit Lailas Hilfe angeblich ein Mädchen geschwängert habe, das früher im Erziehungsheim gewohnt hatte, mittlerweile aber aus dem Schloss ausgezogen war und in der Hausindustrie Knete verpackte. Die Angelegenheit schien pikant zu sein, denn es handelte sich um keine andere als jene Dame, die monatelang mit Gyula Franczek zusammengelebt hatte und der dieser kein Kind machen konnte. Den Namen der Ehemaligen von Franczek habe ich nie erfahren, selbst die betroffenen Männer schienen es nicht für wichtig zu halten, ihn zu erwähnen, man sprach nur davon, dass eben der alte Opa Töre sie mit seinen im Oberschenkel getragenen Hoden in andere Umstände gebracht habe.

Jetzt, da sich auch bei Franczek herausgestellt hatte, dass er Vater war, blieb keiner der beiden verschont. Eine ganze Brandung lüsterner, wilder, spöttischer Bemerkungen donnerte los – mal traf sie ihn, mal Opa Töre. Ich hörte nur zu, lächelte hin und wieder und bekam immer mehr das Gefühl, dass das Ansehen eines Mannes einzig und allein von der Frage abhing, ob der Stengel steht oder nicht. Und ob es einem gleich in der ersten Runde gelingt, ein Kind zu zeugen. Über Glasaugen-Tót, der einsam lebte, sprach niemand auch nur ein Wort, gerade so, als wäre er überhaupt kein Mensch, bloß ein geduldetes, erbarmenswertes Wrack. Bald war aber auch aus diesem Thema die Luft raus, und obwohl Franczek wiederholt versuchte, seine unanfechtbare Vaterschaft zur Sprache zu bringen, kam man auf Tante Pannikas Schriftstück zu sprechen. Diesen Text, der entstanden war, weil Tante Pannika sich vertippt hatte, und der bereits eine abenteuerliche Laufbahn hinter sich hatte, erwähnten mehr und mehr Leute unter den Titel *Klein-Tagebuch*. Ich verstand nicht, weshalb man ihn so nannte, egal wen im Dorf ich darüber zu befragen versuchte, ich bekam nur unklare Andeutungen zur Antwort. Beregi und ich waren, da wir zu dem Zeitpunkt, als das *Klein-Tagebuch* gestohlen wurde, im Gymnasium »herumhingen«, zum Schweigen verurteilt. Dezső jedoch wurde sofort zum Mittelpunkt der Gesellschaft …

An jenem Mittwochnachmittag, an dem Dezső Metz und Ignác Gergely das Fenstergitter der Frauentoilette des LPG-Büros abmontierten, herrschte heiteres, laues Herbstwetter. Das Fenster war zuvor von den Mitarbeitern absichtlich offen gelassen worden, denn schließlich wollten sie alle erfahren, was Tante Pannika geschrieben hatte. Sie selbst eingeschlossen. Der LPG-Vorsitzende Gábor Töre hatte in der Gaststätte wiederholt durchblicken lassen, dass es ihm nicht unrecht wäre, wenn jemand den Text aus seinem Büro klauen würde. Er selbst könne nichts tun, denn obwohl die Genossen aus der Hauptstadt ihn gebeten hätten, an dem halb fertigen Schriftstück zu arbeiten, sei es mit Wachs versiegelt und der Safe mit einem zusätzlichen Schloss versehen worden. Wenn jedoch jemand einbräche und das Schriftstück entwendete, wäre es etwas anderes; den geschickten Dieb würde man, vor allem wenn man sich bei der Suche nach ihm nicht übermäßig anstrengte, nicht finden. Dezső erfuhr von der versteckten Aufforderung über mehrere Umwege. Die Leute im Kellerraum des Krematoriums gaben ihre Zustimmung laut kund, und auch in der Kneipe war man einstimmig der Meinung, das Dorf habe ein Recht darauf zu erfahren, was in dem Schriftstück mit dem zweifelhaften Ruf stand.

An besagtem Mittwoch wurde in der LPG-Verwaltung nur bis um zwei gearbeitet, und am Vormittag war das Durcheinander im Büro des Vorsitzenden so groß, dass »niemand bemerkte«, wie der Safeschlüssel unter einem Fahrtenbuch auf dem Tisch liegengelassen wurde. Die Sicht auf den Bereich hinter dem Steingebäude des LPG-Büros war von fast allen Seiten durch irgendetwas verdeckt: von links durch ein kurz zuvor errichtetes schmales Holzgebäude mit dunkelbraunen Fenstern, daneben standen die Bäume der Zentralanlage der Molkerei – Tannen, Pappeln, Akazien –, und rechts befand sich das wilde Schilfdickicht des Kanals. Zum hinteren Teil des Büros gelangte man nur über den Hof. Der Besucher wurde von einem kurz gemähten Rasen empfangen, vereinzelt blühten verschnittene Rosenstöcke, hier und da waren kleine Lebensbäume und Tannen gepflanzt worden. Alles war klein, so als hätte man einen Spielplatz für Zwerge errichten wollen. Die Lichtung hinter dem Steingebäude eröffnete jedoch bereits eine ganz andere Welt: echtes Sáraságer Feld, mit bis zum Knie reichendem Gras, Brennnesseln und schwarzen Maulbeerbäumen.

Dezső behauptete, er habe niemandem Bescheid gesagt, und auch Ignác Gergely schwor später, über den Plan Stillschweigen bewahrt zu haben. Angeblich hatten sie die Sache heimlich ausgeheckt. Sie hätten Tante Pannikas Schriftstück klauen und in dem hohen Gras hinter dem Büro zu zweit lesen wollen. Dies zu glauben fällt mir schwer, denn obwohl das Büro früher als sonst geschlossen wurde, sind die Leute nicht nach Hause gegangen. Sie spazierten zwischen der Kantine und dem Büro hin und her, bis sie gegenüber, vor dem Kornspeicher, endlich Dezső und Ignác entdeckten. Da versammelten sie sich plötzlich auf dem Hof, von wo sie dann nach und nach wieder verschwanden, um sich hinter das Gebäude zu begeben. Eszter war da, Franczek und seine Frau (damals noch schwanger), Irén Ráchel, Herr Számfira und seine Frau, Vater Áron, Gábor Töre und auch Opa Töre, Bahnwärter Szalma, Glasaugen-Tót, Piri Gyári, Tante Magdika, Jóska Futár, Schuldirektor Tarbay, Kneipenwirt Oláh, Sándor Guliga, Mátyás Antal und sogar der verrückte Gyurka Galy. Na ja, und selbstverständlich die Bürokräfte, die Schweizer, die Arbeiter aus dem Kornspeicher, die Pferdeknechte und noch einige mehr. Innerhalb kürzester Zeit fand sich eine Menschenmenge zusammen, ganz so, als wäre Dezsős und Ignác' Erscheinen ein Zeichen gewesen. Sie zog weiter zum Büro, wo bereits ein regelrechtes Getümmel herrschte, wie in der Pause auf den Schulkorridoren; das Gekicher, die kurzen, spitzen Schreie und die Gelächterfetzen wurden vom Kanal weit hinweggetragen. Mehrere Kilometer entfernt von den Bürogebäuden hörten die gerade nach Hause radelnden, im Glashaus arbeitenden Frauen ganz deutlich, dass sich irgendwo eine aufgeregte, gut gelaunte Menschenmenge versammelt hatte. Kurz gesagt: Es wussten viele davon, dass sich die Mehrheit der Dorfsrats- und LPG-Mitarbeiter vor dem

Steingebäude drängte und gespannt beobachtete, ob es Ignác Gergely gelingen würde, sich durch das Belüftungsfenster hindurchzuzwängen. Die Aktion hätte sich nur dann einer noch größeren Öffentlichkeit erfreut, wenn sie in einer Liveübertragung im Fernsehen gezeigt worden wäre. Dennoch spielte sich das alles im Geheimen ab. Geheim, weil man es so entschieden hatte, auch wenn beinahe alle im Dorf davon wussten und der Kreis der Eingeweihten deshalb nicht gerade klein war.

Meine Schwester erzählte, die Anwesenden seien so aufgeregt gewesen, als trügen sie selbst die Verantwortung und bewegten sich dennoch auf einem Gebiet, zu dem der Zutritt strengstens verboten war. Endlich war es Ignác gelungen, sich durch das schmale Fenster zu zwängen. Dezső hatte ihm von den Ästen des neben dem Gebäude stehenden Maulbeerbaums aus geholfen, ihm dann noch die Metallsäge hinterhergeworfen und schließlich gewartet, bis der Schweizer mit dem geheimnisvollen Schriftstück zurückkehrte. Er saß auf einem der dickeren Äste des Baums und beobachtete die unten ausharrende Menge.

Detailreicher als je zuvor erzählte Dezső später diese Geschichte in der Kneipe und Konditorei Oláh, an jenem Tag, an dem die kleinen Hunde aus dem Nichts geboren wurden. Die Frauen mit den Kopftüchern hatten herumgetrampelt, als hätten sie ein dringendes Geschäft zu erledigen oder als wiederholten sie die Motive eines zwar verbotenen, aber dennoch hinreichend bekannten Fruchtbarkeitstanzes. Sie hoben ein wenig die Füße, schunkelten, beugten die Knie in regelmäßigen Abständen. Die Köpfe gingen auf und nieder, einem eigenen Rhythmus folgend, die Kopftücher schwebten nach links, dann nach rechts, näherten sich einander, entfernten sich wieder. Eine ungleichmäßig wogende, dennoch schöne Choreographie. Die Männer tanzten nüchterner, ihre Autorität, die ja gewahrt werden musste, setzte ihnen gewisse Grenzen. Die gewagteste Figur, ein sich wiederholendes Nach-vorn-Beugen aus dem unteren Rücken heraus, wirkte wie die Begrüßung der Menschen im Fernen Osten. Dezső Metz blickte von dort oben in glänzende Gesichter; sie wirkten aufgeregt, aber nicht ungeduldig. Dabei mussten sie lange warten, denn Ignác Gergely bastelte nahezu eine halbe Stunde lang am Sicherheitsschloss der Genossen herum, da er, wie er im Nachhinein eingestand, zunächst versucht hatte, es mit einer Haarklemme zu öffnen, so wie er es von Filmen her kannte. Es heißt, von der Molkerei aus habe man die Wartenden wunderbar sehen können, die von den Bäumen des LPG-Geländes gebildete Wand sei nicht so dicht gewesen, dass eine derartige Menschenansammlung hätte verborgen bleiben können. Niemand wollte jedoch die sich wie unter Hypnose wiegenden Frauen bemerkt haben und auch nicht die wie verzaubert nickenden Männer, die nach Dezsős Meinung die Äste der Akazien und Tannen nachgeahmt und sich vollkommen auf den vom nach Fisch riechenden Theiß-Wind vorgegebenen Rhythmus eingelassen, sich jenen geheimnisvollen und erbarmungslosen Windstößen ergeben hätten, die aus Richtung der Winter-Siedlung, also der Azazelstraße kamen und die immer dann tobten, wenn im Traum der Frauen der Karren mit den grauen Pferden erschiene, dessen Kutscher Schäferhunde seien und auf dem hinten neben der toten Matildka Ede Klein schluchze. *Nicht ich* – diese Worte forme sein Mund, seine Stimme aber verschlucke der Wind. Dieser Wind, so Dezső, habe plötzlich zu rauschen, zu pfeifen begonnen, die Fensterläden der Häuser zuknallen, die reifen Blätter der Espen erzittern lassen. Ein furchterregendes Gewitter sei aufgezogen, die sonst so ängstlichen Frauen seien jedoch nicht weggelaufen, hätten nicht gejammert. Sie seien nur ein wenig näher zusammengerückt. Dezső habe von dort oben den Eindruck gehabt, die Körper schmiegten sich aneinander und Verliebte aus alten Zeiten, solche, die sich seit mehreren Jahren nicht einmal mehr grüßten, hätten sich verstohlen geküsst.

Eszter erzählte, jemand habe sich hinter sie gestellt, seinen Unterleib an ihren Körper gedrückt, dann ihren Rock hochgezogen und sein Glied zwischen ihre Oberschenkel gesteckt. Er habe angefangen, sich in der Hüfte wiegend zu bewegen wie der Wind und die Äste. Eszter selbst habe keine Erregung gespürt, das trockene Glied habe vielmehr die empfindliche Haut ihrer Oberschenkel gereizt. Dennoch habe sie, als hätte sie tatsächlich an einem Akt der Liebe teilgenommen, sich dem Rhythmus angepasst. Sie habe Demut und Reinheit empfunden: darüber, dass sie jemandem zur Lust verholfen habe und selbst dabei rein, unberührt geblieben sei. Als auch sie den Rhythmus angenommen habe, sei sie von Glück erfüllt worden und es sei ihr so vorgekommen, als habe eine himmlische Kraft sie aus sich selbst herausgesaugt und in die gelbe Welt des Frühherbstes hineingepumpt. Sie habe die Bewegung auch dann nicht abgebrochen, als der dicke, warme Saft langsam an ihren Oberschenkeln bis zu ihren Knien hinuntergeronnen sei, was sie an das gemächliche Abgleiten eines Gletschers erinnert habe, und weiter in einem Rinnsal rasch bis hinunter zu ihren Knöcheln, so als wäre die duftende Milch der Lust durch einen Damm gebrochen.

Endlich tauchte Ignác Gergely auf.

Er steckte den Kopf durch das Belüftungsfenster und flüsterte, so leise, als beichte er seine Sünden einer ganzen Gemeinde:

»Ich habe es. Es ist hier bei mir.«

Dezső errötete. Endlich war Tante Pannikas Schriftstück in ihren Händen. Die Gesichter der meisten Wartenden leuchteten ebenfalls feuerrot. Frau Számfira und Tante Magdika wirkten wie zwei reife Tomaten. Man konnte das Rauschen des Blutes in den Adern hören. Dezső machte dem zitternden Ignác Gergely eine Räuberleiter, nahm ihm das Schriftstück ab und kletterte auf den Maulbeerbaum zurück. In der Zeit danach beteuerte er mehrmals, und das nicht nur in der Kneipe und Konditorei Oláh, sondern auch im alten Frisiersalon, dass diese halbe Stunde, in der er der verzauberten, ja verklärten Menge den Tante-Pannika-Text beziehungsweise, wie man ihn nun nannte, das *Klein-Tagebuch* vorgelesen habe, die schönste seines ganzen Lebens gewesen sei. Denn er sei sich sicher – schließlich könne er ja alle Zeiten des Dorfes sehen, Vergangenheit und Zukunft gleichermaßen –, dass die Botschafter noch vieler Generationen nach uns sich an dieses

Ereignis erinnern würden. Es sei so etwas gewesen wie die Gründung der Schule durch Boldizsár Forray oder wie der Karren mit dem grauen Pferdegespann.

»Ich hatte das unbeschreibliche Gefühl, ewig zu sein!«, rief er, an der Kneipentheke stehend, aus. »Ich bin bereits Teil der ewigen Vergangenheit! Ob ein Geist aus mir wird oder nicht, meine Stimme ist es, die das *Klein-Tagebuch* vorträgt, ich sitze damit auf dem Maulbeerbaum, mir hört das entrückte Volk zu. Ich bin Teil der Vergangenheit geworden, ich bin der würdige Hüter der ursprünglichen Zeit!«

Es war furchterregend, diesem unbekannten, selbstsüchtigen Dezsőzuzuhören, der von niemandem in seine Schranken gewiesen wurde. Im Gegenteil, er wurde angehimmelt, er, der er Teil des unverrückbaren Musters sei, der wiederkehrenden, nun auch schriftlich festgehaltenen Welt, derjenige, der immer bei uns wäre. Ein göttlicher Übergang zwischen den Toten und den Lebenden in diesem wirren Gemenge. Zur Zeit der den Fotografien entsprungenen Schatten sei er Teil der Vergangenheit gewesen, die sie bewegt habe und fortwährend bewege, des lebendigen Erbes, des Alten Testaments.

Dezső las den Text vor, jedes Wort einzeln auskostend, als sagte er ein Gedicht auf. Die sich nach unten bewegenden arrhythmischen Zeilen waren bereits zu Beginn für viele unverständlich. Sie konnten nichts anfangen mit den fremden Sätzen, in die sich frech wie die Wickelranken an einem vernachlässigten Weinstock unzählige Einschübe hineingeschlichen hatten und die auf diese Weise ein Gefühl der Kränkung abzubilden schienen. Die listigen, verschnörkelten Fragen verlangten nach keiner Antwort. Die Ausrufe dienten, wie bei einem Hochzeitsfest, nur dazu, die Stimmung zu heben, die wirklichen Grausamkeiten verbargen sich in den wie Peitschenhiebe dahinknallenden Nebensätzen. Denn es gab grausame, die Seelen marternde Passagen darin, ebenso wie dümmliches, verliebtes Gestotter, zwanghafte Erklärungen und bis ins Innerste vordringende Erregung. Die Sätze flossen und pulsierten, genauso, wie es Tante Pannika über das Tippen berichtet hatte, sie dribbelten, hielten inne und lächelten hinter dem Rücken des nächsten hervor. Ein Wort vermochte alles zuvor Gesagte ins Gegenteil zu verkehren.

Ja. Dann nein.

Die Leute waren vor allem darüber erstaunt, dass sie hörten, was gerade geschah, dass es die Gegenwart war, die sich auf den Seiten abspielte, *dieser* beziehungsweise *jener*, mit anderen Worten: der gegenwärtige Moment jedes Einzelnen von ihnen, und dass diese Sprache einen Schwung hatte, dass sie einem einzigen unaufhaltsamen Strom glich, der nur einem Menschen entsprungen sein konnte, der imstande war, einen anderen wirklich zu lieben. Darin waren sich die allermeisten sicher: dass es um sie selbst und *in erster Linie* um sie selbst ging, auch wenn sie sich hier, im Text, immer im Verhältnis zu anderen sahen. Mehrere von ihnen bemerkten es dann auch: Sie hätten sich immer in jemand anderem widergespiegelt gesehen, dennoch seien nicht diejenigen von Bedeutung gewesen, die beschrieben, sondern die, die nicht einmal erwähnt wurden.

»Dem *Klein-Tagebuch* zuzuhören«, sagte meine Schwester, »ist so, als würdest du selbst sprechen. Ein anderer spricht an deiner Stelle, aber was er sagt, sagt er über dich, sagt er zu dir. Alles steht geschrieben oder anders gesagt: Es existiert nur das, was geschrieben steht, und nur deshalb, weil es geschrieben steht.«

Dass in Tante Pannika solche Qualitäten steckten, hätte niemand vermutet. Darüber, dass sie von selbst und »ohne abzuschreiben« so etwas verfasst hatte, waren alle zutiefst verblüfft. Das Schriftstück hatte eine erschreckende Wirkung auf die Zuhörer. Einige Wochen später konnten die berückten Teilnehmer, sobald jemand ein wenig gereizt versuchte, bei ihnen auf den Busch zu klopfen, um etwas mehr darüber zu erfahren, was in jener Schrift stand, nur noch von der Glut, dem Rasen, der Zügellosigkeit berichten. Außer Eszter und Dezső gab es kaum jemanden, höchstens ein, zwei Leute, die etwas zu sagen wussten, das über die Beschreibung dieses »Tobens« hinausgegangen wäre. Beregi und ich waren uns später darin einig, dass selbst die beiden sich nicht so sicher gewesen waren. Nach der anfänglichen begeisterten Erregung entstanden bald Klatschgeschichten. Manche behaupteten, bei dem Text handle es sich schlicht um die detaillierte Beschreibung von Tante Pannikas Liebesleben, andere wiederum meinten, der Ewige habe der Frau das Schicksal jedes einzelnen Dorfbewohners samt Todesjahr, -ort und -ursache eingeflüstert und aus ihren Fingern sei dieses Wissen dann in die Schreibmaschine geflossen. Insgesamt gab es nur eine einzige Figur, die von allen erwähnt wurde. Anfangs erinnerte sich jeder an sie, später trauten sich nur noch die wenigen über ein ausgezeichnetes Gedächtnis verfügenden Auserwählten, und auch die lediglich unter Vorbehalt, ihn zu erwähnen. Sie schienen unsicher zu sein, schlichen wie die Katze um den heißen Brei herum. Endlich, als sowohl Dezső als auch Eszter etwas über mit Blut gefüllte Fußstapfen der Riesen quasselten, nannten sie den in den Träumen der Frauen immer wiederkehrenden Ede Klein.

Sisyphos' Felsbrocken ist oben

Das Gymnasium in Feketeváros, das Bece und ich besuchten, thront im wahrsten Sinne des Wortes in der Mitte der Hauptstraße, als wäre es eine Insel auf der im Sommer sumpfähnlichen Theiß. Das imposante Biedermeiergebäude, an dessen Fassade unter dem transparenten Putz das Kossuth-Wappen von mannshohen Engeln emporgehoben wird, blickt stolz auf die beiden Teile der Hauptstraße, die sich wie zwei Hosenbeine vor ihm ausstrecken. Als wollte es sich mit der Leistung brüsten, die bis dorthin unaufhaltsam wie ein Fluss durch die Stadt strömende Straße ganz allein in zwei schmale Streifen zu spalten. Es ist ein verschnörkeltes, mit Reibsandschnecken und Farbtropfen geschmücktes Gebäude, das über eine ruhmreiche Vergangenheit verfügt – allein das Berühren der Torklinke sollte einen mit Stolz erfüllen. Die Hauptstraße, bei deren Umbenennung man nicht Lenin, sondern der Befreiung gedacht hat, teilt die Stadt einem Pfeil gleich in zwei Hälften, bis zu der Stelle, an der sie auf das Gymnasium stößt. Sie ist, wie man es auch aus anderen Städten der ungarischen Tiefebene kennt, breit und gerade. Vor dem Gymnasium spaltet sie sich jedoch, und von da an gleicht der eine Teil von ihr einer nach Langosch duftenden kleinen Gasse im wilden und öden Niemandsland nahe des Bahnhofs. Einen Katzensprung von der Schule entfernt, zwischen der Kirche der Jungfrau Maria und dem Rathaus, wird die Straße zu einem großen Hauptplatz, der sich nach Lust und Laune in jede Richtung ausdehnen kann, da er nicht einmal dem Pfarrhaus Platz machen muss. Das katholische Pfarramt wurde einige Meter weiter entfernt erbaut. Wenn sich jemand zur Kirmes mit seiner Zuckerwatte vor dem hungrigen Wind und den strengen Blicken verstecken will, so kann er dies in dem kleinen Winkel zwischen der Kirche und dem Pfarrhaus getrost tun. Der Fisch- und Schilfgeruch erreicht das Gymnasium selbst dann, wenn die Luft vollkommen stillsteht, denn die Stelle, an der sich der Fluss beruhigt und brav nach links einbiegt, ist keine hundert Meter von der Schule entfernt. Hier trifft die Theiß auf die Körös, welche sich neben jener, obwohl sehr flach, wie ein trauriger Bewässerungskanal ausmacht. Auf den ersten Blick lenkt das Gebäude des Gymnasiums und die Tatsache, dass es sich jedem, der die Hauptstraße entlanggeht, in den Weg stellt, die Aufmerksamkeit von allem anderen ab – dass jenes kleine Heiligtum den Verkehr aufhält, in dem der Geist János Batsányis spukt, dass also gerade die geistige Basis der Kleinstadt dem Vorankommen hinderlich ist, kann durchaus als skurril bezeichnet werden.

Das ist natürlich nur der Schein, das, was man hineininterpretiert.

Wirklich spannend ist der Ausblick aus den Fenstern der zweiten Etage nach hinten. In Richtung der Altstadt oder, wie man in Feketeváros sagt, der Innenstadt, kann man bis in die Ferne beobachten, wie sich die Hauptstraße, nun in Form von zwei kleinen Straßen, weiter windet. Die Häuserreihen schlängeln sich genauso gemächlich durch die Stadt, wie man es in dieser Gegend von den Nebenstraßen kennt, manchmal werden sie ganz eng, dann öffnen sie sich wieder, stolz, als wollten sie nur daran erinnern, dass es hier in der weiten Puszta für alles in der Welt Platz gibt und wir nicht so eng aneinanderrücken müssen. Keiner wird gezwungen, irgendjemandem aus irgendeinem Grund auf die Füße zu treten.

Aus dem Gymnasium kann man durch einen verwilderten Park, der auch schon bessere Tage gesehen hat, zur Bushaltestelle gelangen. Die Kieswege sind bis zur Musikschule hin von Zierhecken gesäumt. Dieser Park bedeutete für Bece und mich immer einen Übergang, wenn wir hier entlangliefen, mussten wir uns bereits auf die andere »Welt« einstimmen. Frühmorgens auf die des Gymnasiums, nachmittags auf die Wochentagsabende in Sáraság, die wir mit Lernen verbrachten. Bece hatte in seinem Halbjahreszeugnis nur Einsen, in Kunst bekam er sogar eine Auszeichnung. Er hatte sich zwar noch nicht getraut, die *Innen unhohle Flöte*, den *Spielzeugrollstuhl* und den *Nylonchristus* seinem Klassenlehrer zu zeigen, aber ich vermutete, er hatte ihm zumindest schon von ihnen erzählt.

Der Frühling hatte Feketeváros ein wundervolles Kleid angelegt. Die prächtige Platanenreihe neben der Hauptstraße grünte, die sich niederbeugenden Äste warfen ihre Schatten auf die Straße und den Gehweg, wodurch sie eine Art endlosen Tunnel bildeten, und die jungen Mütter spazierten mit ihren Kinderwagen gemächlich den breiten Bürgersteig entlang. Sie trafen an jeder Ecke einen Bekannten, mit dem sie lange und wohlgelaunt plauderten. Der Wind trug den Geranienduft von der Terrasse des Erzsébet-Gasthofes, den man durch eine in einen Western passende Flügeltür betreten konnte, in weite Ferne. Zusammen mit dem Frühling wurde Bece Beregi immer kräftiger, er schlich sich auf den Ball der Schulabgänger und auch nach dem Fest kam er nicht mit mir nach Hause, sondern warf mir nur von oben herab vor die Füße, dass er schon bei irgendjemandem werde übernachten können. Auf dem Nachhauseweg lungerte ich allein auf dem großen modernen Busbahnhof der Calvinisten herum und wartete auf den letzten Nachtbus, mit dem die in der Stadt arbeitenden Bäcker, Zapfer und die Frauen, die den ganzen Tag neben den Maschinenreihen der Barnevál-Fabrik Geflügel rupften und den entsprechenden Geruch angenommen hatten, nach Hause tuckerten.

An jenem Abend schlief ich bei Dezső Metz im alten Frisiersalon.

Wir waren beide schläfrig, in der Luft lag der Geruch irgendeines Essens, Gyula hatte wohl etwas gekocht, er konnte ja nicht wissen, dass Bece und ich auf dem Ball im Gymnasium sein würden. Woher hätte er auch? Schließlich ließen wir damals kaum einWort darüber fallen, womit wir außerhalb von Sáraság unsere Zeit verbrachten. Wir schwiegen, ich spielte mit dem Deckel meiner Kanne, ab und zu trank ich einen Schluck Bier. Die Atmosphäre war nicht angespannt, nur wollten sich die gähnend leeren Räume zwischen uns einfach nicht füllen. Ich ließ meinen Blick tausend Mal durchs Zimmer spazieren und zwang mich zur Geduld. Wie sehr ich mich auch bemühte, ich kam nicht dahinter, was mich störte. Vergeblich suchte ich danach, ich konnte nicht erraten, was fehlte, weshalb ich überall dieses Vakuum verspürte. Zwischen uns, dem holprigen Gespräch, den Gegenständen.

Plötzlich fiel es mir wie Schuppen von den Augen.

Ich musste mir eingestehen, dass auch ich Lust gehabt hätte, nach der Feier im Gymnasium in Feketeváros zu bleiben. Zwar hatte ich zum ersten Mal in meinem Leben das Gefühl, zu Hause zu sein, an dem einzigen Ort, bei dem ich mir sicher sein konnte, dass es der meine war, von dem ich besser als jeder andere wusste, dass es der wunderbarste auf der ganzen Welt war – dennoch sehnte ich mich fort. Vergebens befand ich mich in der wohlbekannten Umgebung, auf den ausgetretenen Pfaden, auf denen ich mich in Sicherheit wähnte. Umsonst gab ich mich der Vorstellung hin, dass sich jeden Augenblick ein Geheimnis offenbaren und sich mir etwas bis dahin Verborgenes zeigen könnte, dass mir also eines der Ereignisse widerfahren könnte, die seit jeher eine große Welle in der ewigen Zeit verursachten. Vergebens waren wir umgeben von der unendlichen Vergangenheit, ebenso wie von allen Seelen, die jemals gelebt hatten – Sáraság erschien mir auf einmal verschlissen, langweilig. Als ich mir das eingestand, wurde mir plötzlich bewusst, was in Dezsős einzigem Zimmer fehlte. Mir fiel auf, was ich nie zuvor bemerkt hatte. Fast sprach ich es sogar aus, fast hätte ich Dezső Metz gefragt:

»Sag mal, wo sind denn eigentlich deine persönlichen Sachen? Oder zumindest ihre Spuren?«

Wo waren die leeren Bierflaschen; die aufdringlich bunten Werbungen, die billiges Shampoo und Wimpernspiralen oder

Insektenpulver anpriesen; die Dosen, in denen früher einmal Kekse, Nagelbürsten oder Postkarten gelegen hatten; Brottüten, Brühwürfel, Suppennudeln, Knöpfe, dreckige Wäsche, Seife, Schuhcreme, Messschieber – irgendetwas musste es doch geben. Dann wurde mir bewusst, dass dies nicht das einzige Problem war. Die vergangene Zeit hatte ebenfalls keine Spuren hinterlassen. Es gab keinen Kalender, in dem wenigstens eine mit einem Zimmermannsstift dahingekritzelte Notiz irgendetwas hätte bezeugen können, zum Beispiel »Vier Zentner Mais, Gerste, 9 Uhr in die Mühle« oder eine Eintragung darüber, ob er vormittags oder nachmittags zum Kneteverpacken gehen musste, schließlich arbeitete Dezső in zwei Schichten. Ich fand nichts, das hätte beweisen können, dass es trotz meines Nichtdaseins ein Gestern gegeben hatte und nicht nur jene Tage existierten, die ich kontrollierte: die Wochenenden, die ich mit meiner Anwesenheit in Gang brachte. Etwas, das mir gezeigt hätte, dass auch hier die Zeit verging. Denn es war schließlich unmöglich, dass man hier mit Ohren und Augen, jedoch ohne Mund ungestört achtzig Jahre Stille erleben konnte, es musste ja auch hier etwas geben, auf das man antworten konnte, antworten musste, eine alltägliche Begebenheit, auch hier gab es mit Sicherheit etwas, das von einem Tag auf den anderen entstand, eine vergängliche Nichtigkeit. Gegenstände werden bewegt, sie haben ein eigenes Leben, zerbrechen, fallen herunter und geraten danach manchmal an eine andere Stelle. Ich versuchte, etwas zu finden. Vergebens, bei meinem Freund Metz war alles von Bewegungslosigkeit beherrscht. Sie schien die einzige Kraft zu sein, die an diesem Ort irgendeine Wirkung zeigte. Dem Dreck gelang es ebenfalls nicht, ein größeres Territorium zu erobern als das, was, meiner Erinnerung nach, bereits bei Dezsős Einzug Ende August zu seinem Hoheitsgebiet gehört hatte. In den Zimmerecken waren überall Spinnweben, die jedoch nie von einem Windzug heruntergerissen wurden. Die Klammer am Hosenbein von Dezsős jugoslawischer Jeans schien schon immer dort gesteckt zu haben – ich wollte es gar nicht glauben. Vorn wurde die Hose von einem Dreckfleck geschmückt, den er sich irgendwann im letzten Winter zugelegt hatte, als er vom Schloss nach Hause getaumelt war. Kannen gab es bei ihm und lose herumliegende Deckel. Ich erschrak darüber, wie all das für mich bis dahin hatte vollkommen normal sein können. Dieser zum Wohnen gänzlich ungeeignete Frisiersalon – wie war es möglich, dass es mir nie zuvor aufgefallen war: Die Wirklichkeit hatte hier nie Wurzeln schlagen können. Wer wohnt denn schon neben einem einbetonierten Friseurwaschbecken, wer hat denn schon ein Fenster mit Blick auf die Anzeigetafel der kürzlich Verstorbenen? Weshalb gab es hier keine ordentlichen Möbel? Wie konnte es sein, dass mich das alles bis dahin überhaupt nicht gestört hatte?

Es muss ungefähr ein Uhr nachts gewesen sein, als der Warenbeschaffer Gyula Franczek die Tür eintrat, um sich schlug, aufgebracht herumfaselte, wobei ihm der Speichel aus dem Mund tropfte.

»Wenn du den Ewigen anrufst, um dich über die dir widerfahrene Ungerechtigkeit zu beklagen, antwortet er nicht. Wenn du um Hilfe bittest … na, was geschieht dann, meine Freunde? Dann bist du im Unrecht.«

»Was ist denn mit dir passiert?«, fuhr Dezső ihn an. Er sprang auf, stellte sich dicht vor Gyula, als wollte er einen Blues mit ihm tanzen, einen bedrohlichen Todestanz, dessen erster höflicher Schritt die Aufforderung war. »Du bist ja schon einmal verschwunden«, zischte er. »Ich dachte, du schläfst schon längst.«

»Und wie oft ich noch verschwinden werde!«, antwortete Franczek. Den kleinen Schritt, den er noch tun konnte, trat er nach vorn, sie standen beinahe aneinandergeschmiegt da. Ganz so, als hätte er die Aufforderung zum Tanz angenommen. Wie nah sich Wut und Lust doch im Körper stehen, dachte ich.

»Na, was ist?«, fragte Gyula. »Darf ich nicht reinkommen?«

Dezső trat einen kleinen Schritt zur Seite, lehnte sich an das alte Waschbecken, seine Knie zuckten, seine Hände zitterten. Mir schien, als würde er am liebsten zurücktreten, um Franczek den Weg zu verstellen. Gyula stieß ihn mit einer entschiedenen Bewegung von sich und trat ein.

»Wenn ich reinkommen darf und nicht vorher noch Haare waschen muss, dann komme ich rein.« Er sprach in einem schrillen, verletzend harten Ton.

Dezső stand wie hingeklebt an dem einzigen sicheren Punkt im Zimmer, dem Haarwaschbecken. Plötzlich wirkte er bedauernswert auf mich, ich hatte das Gefühl, er wäre am liebsten geflohen.

»Jemand, der drei Kinder hat«, sagte Franczek, »trägt eine gewisse Verantwortung. Ich kann es mir nicht leisten zu schlafen, ich muss nachdenken.«

»Du solltest dich lieber um sie kümmern«, antwortete Dezső.

Gyula tat so, als hätte er die Bemerkung überhaupt nicht gehört. »Der Ewige hat seinen eigenen Sohn zu uns geschickt.« Mit diesen Worten begann er seine Predigt. »Wenn ich es richtig deute, dann hat er es getan, um uns vor uns selbst zu schützen. Das hat er sich gut ausgedacht. Für Ede Klein jedoch reichten die Kräfte nicht mehr, und so kehrt dieser jetzt in den Träumen wieder. Er kommt in jene Zeit zurück, die vor der Läuterung war. Vor der Sintflut.«

»Wir haben hier auch eine Sintflut«, rief Dezső und drehte den Wasserhahn des Waschbeckens auf. Wir hatten gedacht, dass aus den Hähnen des alten Frisiersalons seit Jahren kein Wasser mehr lief und Dezső sich an seinem Arbeitsplatz wusch. Der Duschkopf am Ende des Rohrs fehlte, und so wirkte es wie eine kleine Waffe, eine wütende Wasserpistole. Der kräftige dünne Wasserstrahl traf Gyula an der Brust, sein Pullover und seine Hosen wurden nass.

»Die Söhne Gottes«, fuhr der Warenbeschaffer Gyula Franczek fort, »paarten sich mit irdischen Frauen, sie lieferten das Blut Gottes aus, woraus dreihundert Ellen hohe Riesen geboren wurden. Die Fußspuren der Riesen gibt es noch heute, in ihnen sammelt sich das Blut, das Blut ihrer eigenen Väter, das Blut der Schöpfungen des Ewigen.«

Gyula sprach, als hätte er nicht bemerkt, dass man ihn vollspritzte und seine Kleider bereits ordentlich durchnässt waren – und zwar nicht so, als ignorierte er diese ungeheure Frechheit, sondern als erlebte er sie gar nicht.

»Sollen etwa die Verunglimpfung und die Erniedrigung der Geschöpfe den Bund mit dem Schöpfer bedeuten?«, fragte er. »Dann ist es am ehesten der Bund, der mit den Millionen von Menschen bei der Sintflut geschlossen wurde. Der, für dessen Abwicklung ein Kerl namens Henoch verantwortlich war. Und Hiob bekam dann auch noch ein Exemplar des Vertrags zum Unterschreiben – mit jener klein gedruckten Erklärung, dass die Furcht vor seinem Schöpfer die einzige Weisheit sei.«

»Hör endlich auf!«, schrie Dezső ihn an und drehte wieder den Wasserhahn auf.

Mit zwei riesigen Schritten war Gyula neben dem Haarwaschbecken und drückte Dezsős Kopf unter den Wasserstrahl.

»Ist denn wirklich die Furcht vor dem Ewigen die letzte Weisheit?«, fragte er. Er strengte sich nicht an, seine Stimme zitterte nicht, er sprach so glanzvoll und selbstsicher, ja berauscht, als stünde er noch immer vor dem Fenster.

»Das ist es, was ich gerne wissen würde«, sagte er.

Vom Schreck gepackt versuchte Dezső sich aus Gyulas Klammergriff zu befreien. Mir fiel ein, wie wir uns früher bei Bece im Garten mit den Schweinen amüsiert hatten. Wir kraulten sie an der Seite und stemmten uns dann gegen sie. Den Frischlingen machte das Spaß, sie lehnten sich gern gegen uns, manchmal schien ein kleines Lächeln über ihr Gesicht zu huschen; sie waren ganz entspannt, doch derjenige, der sich gegen sie gestemmt hatte, starb fast vor Anstrengung. Wir fanden es ungeheuer lustig, wie das Tier scheinbar keinen einzigen Muskel anspannte, derjenige, der es hielt, jedoch fast zu Boden gedrückt wurde. Gyula stand neben dem Waschbecken, als hätte der Frisiersalon wieder eröffnet und als würde er gerade einem Kunden die Haare waschen. Dezső wand sich vor lauter Anstrengung. Und ich saß nur da, verblüfft darüber, was für eine absonderliche Szene sich da vor meinen Augen abspielte.

»Weisheit bedeutet demnach nichts anderes«, fuhr Gyula fort, »als die Sünde zu meiden. Es gibt zwei Versionen, mein Herzblatt«, sagte er zu Dezső und versuchte, dessen Hals an einer anderen Stelle zu fassen. Nun war er ebenfalls erschöpft, machte ein paar tiefe Atemzüge und sprach keuchend weiter.

»Entweder verschont der Ewige … die Gerechten von seinem Zorn oder er tut gerade das Gegenteil: Er bestraft sie … damit sie sich seiner erinnern. Meiner Meinung nach ist das Letztere der Fall. Die ganze Bande einschließlich Christus würde in eine Plastiktüte passen. Ja, also … vielleicht hat Bece ja recht und der Erlöser und die Erlösten gehören in eine Gruppe. Das Ganze ist nichts anderes als eine Plastikkotztüte, eine Kotztüte aus Nylon, die man auf einen Busausflug in die Mátra mit sich nimmt. ›Festes Schuhwerk und eine Plastiktüte mitbringen, denn auf dem Weg gibt es einige schlimme Serpentinen.‹ Schaut euch doch Hiob an … was hilft ihm all das Leiden, ein Mensch kann vor dem Ewigen kein Recht bekommen.«

»Du verdammter Hurensohn, du Drecksack!«, schrie Dezső plötzlich.

Es war ihm gelungen, sich zu befreien, er schnappte nach Luft. Da wurde mir mit einem Schlag bewusst, dass er auch hätte ertrinken können, dass er bis zu diesem Moment nur deshalb nicht geschrien hatte, weil sein Kopf, von kurzen Pausen unterbrochen, die ganze Zeit unter Wasser gedrückt gewesen war.

»O mein Gott!«, rief ich aus.

»Dir fällt aber auch rechtzeitig ein, zu protestieren«, sagte mein Freund Metz schnaufend, »von dir aus hätte ich auch ruhig ertrinken können!«

»Verzieh dich, geh nach Hause, du Dreckschwein«, brüllte er und stieß Gyula nach hinten.

»Du warst es, der mich vollgespritzt hat«, antwortete Franczek, »ich habe mich nur gewehrt.«

Ich sah Dezső an, dass er nicht wusste, was er darauf antworten sollte. »Und überhaupt solltest du den Ewigen nicht lästern, nur weil du betrunken bist.«

»Ein Partisan des Glaubens darf alles«, antwortete Gyula. »Ein wirklicher Rebell hat eher das Recht, die Begegnung zu fordern als Hiob … Also, meine Frage ist: Was wird geschehen, wenn ich fromm werde? Wird der hoch Erhabene mich auch dann zur Rechenschaft ziehen, wo ich denn gewesen sei, als er die Welt erschuf? Erinnert er sich eurer Meinung nach nicht daran? Er war es, der mich noch nicht erschaffen hatte, sonst hätte ich ihm geholfen.«

Dezső schien sich zu beruhigen. Et atmete noch recht schnell, keuchte aber nicht mehr. Er hockte sich in eine Ecke, und Gyula trat wieder ans Fenster und fuhr mit seiner Predigt fort, ganz so, als wäre nichts geschehen … Wenn mir meine Schwester vor dem *großen Streit* nicht alles erzählt hätte, dann würde ich diesem Ereignis noch heute vollkommen ratlos gegenüberstehen. Dezső Metz' lächerliches Herumgespritze mit dem heimlich reparierten Wasserhahn und Gyulas Sadismus wären ebenso Teil eines unerklärlichen Geheimnisses geblieben wie die Tatsache, dass sie sich von einem Moment auf den anderen beruhigten, als wäre überhaupt nichts geschehen. Zu dieser Zeit hörte ich des Öfteren, dass der Karren mit den grauen Pferden immer häufiger wiederkehre und Ede Klein auch schon in den Träumen von Männern aufgetaucht sei. Man erzählte, er sei vom Wagen gestiegen, habe Matildkas leblosen Körper heruntergezerrt und wie wild angefangen, ein Loch zu graben. Andere wiederum sahen ihn in einem Rinderwaggon, der ins Konzentrationslager fahren sollte, er habe weit weg von dem kleinen Gitterfenster gestanden, mitten in der anonymen Masse, wo die Luft besonders knapp war. Onkel Pista Avarka habe Dezső angeblich erzählt, dass der Karren nicht mehr oft zurückkehren werde. Wenn er irgendwann überhaupt nicht mehr komme, würden auch die Riesenfußstapfen aus dem Asphalt der Azazelstraße verschwinden. Er könne nicht verraten, weshalb der Karren nicht mehr am Kurcza-Ufer, neben den raschelnden Espen und den Haselnusssträuchern entlangjagen, weshalb er die Hunde nicht mehr bis aufs Blut provozieren werde, so sehr, dass diese noch wochenlang ihre eigenen Besitzer anbellten – aber es werde so kommen.

Die Leute gaben natürlich nichts auf diese Prophezeiung,

denn die Erfahrungen, die sie zu jener Zeit machten, zeugten gerade vom Gegenteil.

Onkel Avarkas Geist verriet ebenfalls, es sei nur noch eine Frage von einigen Jahren und die seit Menschengedenken unsere Körper marternde Hitze werde verschwinden; man müsse sich dann nicht mehr, egal wohin man gehe, mit einer Deckelkanne auf den Weg machen, nicht mehr gold schäumendes Bier mit sich schleppen, wenn man auch nur zum Nachbarn gehe, denn der unerträgliche Durst werde uns nicht mehr überfallen. Beziehungsweise werde dieser die Sáraságer nur in solchem Maße quälen wie die Leute an anderen, anständigen Orten. Es würden auch keine Geister mehr wiederkehren, man werde die Toten nicht mehr an den Schauplätzen ihres Lebens begraben müssen – die Fußballspieler der dritten Kreisklasse neben den Brunnen des Spielfeldes, die Bauern in den Gärten; es werde, wie andernorts auch, nur noch einen Friedhof geben, denn die Zeit, bis »die Rechnung beglichen« werde, sei nicht mehr lang. Er habe nicht gesagt, um was für eine Rechnung es sich handle, nur, dass sie beglichen werde. Auch dies nahm wieder niemand ernst, denn der Durst wurde immer unerträglicher, bereits der Frühling erwies sich als gnadenlos; jeden Morgen brüllte ich unbewusst und mit ausgetrocknetem Mund, meistens etwas wie: »Du gabest dem dürstenden Menschen kein Wasser.« Manche schrien am Morgen, wenn sie nachts von Ede Klein oder dem Propheten Henoch geträumt und die Riesen in diesen Träumen den Asphalt der Winter-Siedlung aufgebrochen hatten, als wäre dieser eine Tafel Schokolade; sie schrien in einer Sprache, die ihnen bekannt vorkam und dennoch fremd war. Nach Vater Árons Meinung handelte es sich hierbei nicht um das Hebräische, was ja zuvor unsere Träume bestimmt hatte; es soll eine bekanntere, verständlichere und trotzdem ferne Sprache gewesen sein, die jedem so vorkam, als hätte er sie irgendwann einmal gesprochen.

Und so kam mir Dezsős und Gyulas Hahnenkampf vor, als hinge er mit diesen Dingen zusammen. Mit dem Chaos um Onkel Avarkas Prophezeiungen, der Wirklichkeit, der ursprünglichen Zeit, mit den aktuellen Spannungen und Zwistigkeiten, die wieder Ede Klein auf den Fersen waren. Welch ein edles Turnier, wären meine Freunde dafür in den Ring gegangen! Wäre es darum gegangen, dass wir wieder die Luft der Bibel einatmeten, dass wir uns nicht von der Zeit der Schrift befreien konnten und dass, weil die Heiligen mit uns waren, auch wir mit ihnen sein mussten.

Ach was!

Eszter berichtete mir während ihrer Beichte vor dem *großen Streit*, bei der sie mir so vieles anvertraute, auch über die verworrenen Ereignisse dieses Frühlings. Gyulas und Dezsős Kampf hatte nicht das Geringste mit der Wirklichkeit der Schrift zu tun, dafür umso mehr mit Irén Ráchel, in die zu diesem Zeitpunkt sowohl Gyula als auch Dezső bis über beide Ohren verliebt waren. Irén spielte mit beiden, ebenso wie sie Évi Szalma und Eszter um den Finger gewickelt hatte. Nur Hildi Számfira gehörte nicht dem Kreis ihrer Verehrer und Verehrerinnen an, nach dem letzten der *klebrigen Fälle* traf sie sich nicht mehr mit den »Ráchel-Mädchen«. Nicht, dass ihr das mit dem in die Scheide geschobenen Kaffeepott peinlich gewesen wäre, der nur im Krankenhaus der Calvinisten hatte entfernt werden können, keineswegs. Außer Irén Ráchel war sie die Einzige, die den Vorfall, ohne gebrandmarkt zu sein, überstanden hatte. Eszter war der Ansicht, dass sich hier ganz einfach zwei Hühner auf einem Misthaufen nicht vertrugen. In der Berufsschule gab Hildi Számfira den Ton an und zu Hause erst recht: Sie erteilte Befehle, lenkte die Leute und hatte ein so feines Gespür für die verschiedensten Schwingungen, dass sie alles im Voraus witterte, Wochen, bevor es geschah. Sie konnte einfach nicht dulden, dass irgendeine Dahergelaufene, die nicht einmal den Durst kannte, der in der Früh keine unbewussten Wörter über die Lippen kamen, ihr sagte, was sie zu tun habe.

Umso mehr hätten sich der »glückliche Vater« und der »sorglose Nichtsnutz«, wie Gyula Franczek und Dezső Metz im Dorf spöttisch genannt wurden, darüber gefreut. Dezső versuchte sich Irén immer dann zu nähern, wenn Gyula unterwegs war, sobald dieser sich in sein Warenbeschaffungsauto setzte und nicht anhielt, bis er am Balaton war, um dort einen Gasboiler zu besorgen. An solchen Tagen schlich Dezső Metz um Irén Ráchels Bauernhaus neben dem kleinen Laden herum und traute sich manchmal sogar auf die Veranda, um durch das kleine Fenster zu schielen. Die junge Mutter, die ihren fast vier Jahre alten Sohn immer noch stillte, schoss auch ihm mehrmals Milch aus ihrer gerade freigelegten Brust in die Augen. Das Kind gab ein so seltsames Bild ab, wie es da im Stehen an der Brust seiner Mutter hing, dass Dezső von diesem Anblick jedes Mal wie gefesselt war.

Sogar noch vor dem *großen Streit* erzählte Eszter stockend, immer wieder in ihre eigenen Gedanken versunken, von Dezsős erbärmlichem Balztanz. Dabei vertilgte sie förmlich ihre Fingernägel. Ich hatte nie zuvor bemerkt, dass sie an ihnen kaute, dabei waren ihre Finger schon fast fransig, an den schlanken Kuppen fehlte die Haut an mehreren Stellen und auch die überstrapazierten Nagelwälle waren hier und da aufgerissen, an manchen sah man kleine Blutspuren. Ich sagte nichts. In mir brannte eine krankhafte Neugier, alles über den Wettkampf der erregten Böcke zu erfahren, und deshalb tat ich so, als wäre es das Natürlichste auf der Welt, dass meine Schwester sämtliche Stationen, die Dezső auf seinem Weg ins Verderben passierte, bis ins kleinste Detail kannte. Diese Schilderungen waren jedoch ihrerseits ein hochmütiger Spaß, der auf meine Kosten ging. Denn die Erinnerungen eines Halbprovinzlers sind formbar. Hat man ihm weisgemacht, dass in Sáraság die Welt in einen einzigen Sack hineinpasst, dass es weder lose Teile noch heraushängende Fäden gibt, dass jeder, der die Luft des Dorfes einatmet, alles weiß und alles sieht, dann formt derjenige, der weggegangen ist, in diesem Fall also ich, seine Erinnerungen um. Er ordnet alles, und da fällt es ihm auch schon ein: Diese warme Welt hat ja auch ihn so umarmt, mit ihm so schön getanzt!

Diese Welt war gar nicht geschlossen und muffig. Das sieht man, wenn man sich nur gut genug »umerinnert«.

Aus Eszter sprach das affektierte Überlegenheitsgefühl der

Zuhausegebliebenen, der verblendeten Authentizität der Festverwurzelten, genährt von der trügerischen Einbildung, dass sie bis in die Gegenwart hinein Teil der mit der Zeit süß gewordenen Erinnerungen der Fortgegangenen sind. Die glücklichen Dorfleute stellen sich in ihrem naiven Alltagstheater die Vergangenheit in der Erinnerung der Fortgegangenen als unentwirrbares Knäuel vor. Denn einer Sache sind sie sich sicher: dass man nur an einem Ort das Licht der Welt erblicken kann, nämlich in Sáraság, und dass aus diesem Grund ganz gewiss sie es sind, die die Macht in Händen halten.

Mit einem Wort, Eszter stellte das Ganze so dar, als hätte ich nur deshalb nichts von alledem mitbekommen, weil ich nicht zu Hause gewesen war. Nicht etwa Taktgefühl meiner Schwester gegenüber, sondern quälende Neugier war es, die mich dieses Spiel mitspielen ließ, und ich warf ihr auch nicht an den Kopf, dass sie auf die bemitleidenswerteste Weise Nachforschungen angestellt haben musste, umso gut informiert zu sein – wobei sie vielleicht sogar bis zum Gewöhnlichsten, der schlichten Spannerei hinabgestiegen war. Sie erfuhr sicher auch vieles von Irén Ráchel selbst, denn die schöne junge Mutter plauderte ihre pikanten Geheimnisse so selbstverständlich aus, als spräche sie mit einer gleichrangigen Freundin, weshalb es Eszter bestimmt keinen Spaß machte, den beiden aufzulauern. Ich kann mir ihr Verhalten nur mit hoffnungslos verzweifelter Liebe erklären. In jenem Frühling war sie besonders heftig und unerwidert verliebt. In Dezső oder in Irén, womöglich in beide.

Gyula Franczeks Art, Irén den Hof zu machen, war ordinär und aggressiv. Er brüstete sich mit der Größe seines Begattungsorgans: Die angeschwollene, mit Blut gefüllte Männlichkeit schätzte er auf zweiundzwanzig Zentimeter, den Umfang bezeichnete er einfach als »so dick wie anderthalb Fäuste«. In solchen Momenten erkannte man nicht einmal ansatzweise den predigenden Glaubenspartisan, den Boten der Zeiten des Alten Testaments, den Botschafter in ihm; er war ein einfacher, gnadenloser Bauer, der mit seinen Muskeln prahlte und wenn nötig sein Hemd aufknöpfte, um seinen seiner Ansicht nach festen, in Wirklichkeit jedoch leicht hängenden Bauch zur Begutachtung freizugeben. Er war sich sicher, dass sein aufdringliches Verhalten auf lange Sicht imponieren und somit zum Erfolg führen würde, weshalb er sich zu einer wahren Klette entwickelte und Irén Ráchel wo und wann immer er nur konnte befummelte. Die junge Mutter gab auch ihn wiederholt der Lächerlichkeit preis. Nicht nur auf die übliche Weise, beim Stillen auf der Veranda, sondern – ihre Brust schien eine nie versiegende Milchquelle zu sein – auch, indem sie durch das kleine Fenster hinaus feuerte, wenn Franczek ihr gerade Schweinereien zuflüsterte. Der dünne Milchstrahl traf ihn zusammen mit der hämischen Bemerkung:

»Ich taufe dich, mein Kind.«

Gyula wurde wütend, schließlich war dies nicht die Art von Neckerei, die man ihm üblicherweise vor einem sicheren Beischlaf entgegenbrachte. Zuhause verteilte er Ohrfeigen, mit seiner Frau stritt er sich zuerst, wobei er kein gutes Haar an ihr ließ, und gleich darauf zerrte er sie in den Schuppen und nahm sie sich auf sehr unsanfte Weise. Die beiden großen Söhne sahen sich durch eine Spalte der verrutschten Latten des klapprigen Schuppens hindurch jeden Tag an, wie ihre Mutter sich an der Maismühle festhielt und die gesamte, von Mehlstaub überzogene Konstruktion wegen der fürchterlichen, von hinten kommenden Stöße umzufallen drohte. Dann rannten sie aus dem Garten zu den Schoberhöfen hinüber, trampelten die frische Luzerne nieder oder zündeten den Zaun des Nachbarn an. Das jüngste Kind, der Stolz des Vaters, das Pfand des zurückgewonnenen Ansehens, schrie, so laut es nur konnte, in dem oben auf der Veranda mit festgestellten Bremsen stehenden Kinderwagen.

Dezső war das genaue Gegenteil, romantisch und demütig, jemand, der sich in der großen Liebe erniedrigen ließ und sich eher nach einer Mutter als nach einer Geliebten sehnte. Was ja auch seinen Grund hatte, denn Dezső war gerade mal siebzehn Jahre alt, als auch sein Vater starb und er Vollwaise wurde – dass er sich nach einer Familie, nach einer Mutter sehnte, und nicht nur nach einer Geliebten, war also kein Wunder. Dezső Metz schlurfte Irén Ráchel mit schmachtendem Blick durchs ganze Dorf hinterher, er pflückte ihr Blumen, ließ für sie Schokolade in Seidenpapier wickeln, arbeitete für sie, aber nur zaghaft, immer die Zeit im Auge behaltend, denn er hatte unsägliche Angst vor Gyula, mit dem er sich mehrmals in den Haaren lag, nicht nur dieses eine Mal, als ich zugegen war. Doch der Warenbeschaffer Franczek war oft unterwegs, und in dieser Zeit konnte er in Ruhe Liebesgedichte deklamieren, für Irén Ráchel abwaschen oder ihre Schuhe putzen. Dezső wurde regelrecht pubertär, wenn er in ihrer Nähe sein durfte, und er schien eher ein Freund des vierjährigen Danika Ráchel zu sein als der Verehrer seiner Mutter.

Wenn Irén ihm irgendeine Art von Belohnung zuteilwerden ließ, errötete er und tat abwehrend. Falls eine Taktik dahintersteckte, so funktionierte sie manchmal und trug süßere Früchte als Franczeks aggressives Verhalten. Irén Ráchel hatte die Angewohnheit, Dezső von hinten zwischen die Beine zu fassen, so wie es die Freier bei den leichten Mädchen tun. Sie tat dies in aller Öffentlichkeit, vor dem kleinen Laden, in der Kneipe und Konditorei Oláh, im Lebensmittelladen oder im Park neben der Sparkasse. Oder sie goss, wenn sie bei ihr zu Hause waren, in Anwesenheit des vierjährigen Danika lauwarme Suppe in Dezsős Hose und sammelte später, nachdem sie das Kind hinausgeschickt hatte, die Suppennudeln und die warmen Möhren- und Selleriestückchen mit ihren Lippen aus Dezsős nassem Schoß. Mein Freund Metz war weder in der Lage, sich zu befreien und einfach zu gehen, noch zu widerstehen; er verbrachte immer mehr Zeit damit, Irén zu umgarnen, und wenn er zur Vormittagsschicht eingeteilt war, machte er meist blau, ließ die Knete Knete sein, denn er wusste, dass am Nachmittag Gyula nach Hause kommen und die lüsternen Demütigungen dann ein jähes Ende haben würden.

Von alledem bekamen wir fleißigen Gymnasiasten nur einige unerklärliche Spannungen und plötzliche Wutausbrüche mit. Beregi fielen vielleicht nicht einmal diese Dinge auf. Die zornigen Raufereien nahmen, so wie der Zank im Frisiersalon, jedes Mal ein jähes Ende, außerdem verliefen sie stets unter dem Deckmantel einer Auseinandersetzung. Wir wurden zum Besten gehalten wie jeder Fremde, der seine Nase in Privatangelegenheiten steckte: Volksliedsammler, Ethnografen, Soziologen, Dialektliebhaber – ihnen allen band man gern einen Bären auf. Man jubelte ihnen, frei vorgetragen, eine schöne Erzählung von Kálmán Mikszáth als Beschreibung eines lokalen Brauchs unter, zum Beispiel darüber, worauf man beim Kauf einer Sense achten sollte, oder man ließ den Forscher ein über Radio Kossuth gelerntes Lied über einen Scheideweg im Leben aufzeichnen und erklärte ihm, es handle sich dabei um die außergewöhnliche Variation eines Volksliedes. Das Geheimnis, das den Ede-Klein-Verein umgeben hatte, war bereits verblasst, die feierliche Zeit des Alten Testaments abgelaufen, nur Bece Beregi und ich hatten es nicht bemerkt. Als Wochenenddorfbewohner begnügten wir uns mit einem Bruchteil dessen, was uns früher zur Verfügung gestanden hatte, und ich fand nichts Ungewöhnliches daran, dachte, als Erwachsener bekomme man ohnehin von allem weniger und das sei dann meist auch noch von schlechterer Qualität; die Seele, so glaubte ich, werde dabei immer unsensibler, wirklich unbeschwerte Freude könne sie nur noch durch eine ungeheuer große Dosis an Reizen empfinden.

Heute fällt es mir schwer zu glauben, dass ich nichts von diesen Entwicklungen mitbekommen hatte. Im Liebeswettkampf ist man vollkommen ausgeliefert; wie man sich dabei aufreibt, ist mit nichts anderem vergleichbar einem vor Lust brennenden, erniedrigten Menschen ist es unmöglich, sein Gehetztsein zu verheimlichen. Vor mir blieb dennoch alles verborgen. Dabei fällt mir die Dankbarkeit ein, die ich empfand, als sich ein Lehrer des Gymnasiums in Feketeváros über uns freute, ich weiß gar nicht mehr, welcher. Er freute sich, weil es in den Klassen mit geisteswissenschaftlicher Orientierung angeblich zu wenige Jungen gab. Ich hob vor lauter Glücksgefühl fast vom Boden ab: Man sieht also, dass ich ein Junge bin, dachte ich.

Gleichzeitig war ich aber auch verdutzt: Weshalb hätte man es denn eigentlich nicht sehen sollen? Wie kam ich überhaupt auf so einen Quatsch? Dann aber freute ich mich wieder, samt meiner Empörung und Scham über mich selbst. Scheinbar waren also meine sogenannten Werte auch nach außen hin sichtbar. Man sah, dass ich da war, dass ich ein Junge war. Ich, der ich kaum Wurzeln, nichts anderes hatte, an dem ich mich hätte festhalten können, konnte mich in dieser vollkommenen Unsicherheit bereits an der Tatsache erfreuen, dass zumindest mein Geschlecht sicher war und es keinerlei Zweifel gab: Ich war ein Junge. Wie sollte ich unter diesen Umständen einen Wettkampf bemerken, der sich auf wesentlich tieferer Ebene abspielte?

Dezső wurden bei der Hausindustrie die Leviten gelesen, vier Jugendliche, die kürzlich das Heim verlassen hätten, seien darauf erpicht, seine Arbeit zu übernehmen, in der LPG nehme man gerade keine Leute auf, in die Hanffabrik wollten sie nicht, weil sie Angst um ihre Lungen hätten. Wenn Dezső sich zu schade für die Arbeit sei, würden diese Leute einander die Knete aus der Hand reißen, um sie in die durchsichtige Folie verpacken zu dürfen, sie könnten die Arbeit ebenso gut verrichten wie Dezső. Metz erschrak bei der Vorstellung, wieder ohne Geld dazustehen, denn dies hätte ja bedeutet, in Páters muffige, schimmelige, von Kakerlaken belagerte kleine Küche zurückziehen und sich das nie endenwollende Geklimper des Alten anhören zu müssen. Er ging also wieder in zwei Schichten Knete verpacken. Ohne Irén Ráchel hielt er es jedoch auch nicht aus. Immer wieder schlich er nach der Arbeit zu ihrem Haus. Auf dem Hof, neben den ruinösen Schweineställen, von denen nur noch die dicken Lehmwände standen, schäkerte Gyula Franczek mit der jungen, wirklich außergewöhnlich schönen Mutter. Widerwillig ließ Irén sich von den starken Händen des Mannes packen, mehrere Male verpasste sie Franczeks Oberschenkeln mit ihrem Knie einen Stoß. Dieser zischte vor Schmerz, den zappelnden Schatz wollte er jedoch nicht wieder hergeben.

»Lass sie sofort los!«, befahl ihm Dezső. Er zitterte am ganzen Körper, und vielleicht standen ihm auch schon Tränen in den Augen.

Gyula wieherte vor Freude über Dezsős Erscheinen, so würde er seinen Erfolg wenigstens vor Publikum feiern können.

»Na, was gibt's, Hasenfuß?«, sagte der Warenbeschaffer spöttisch. »Bist du neugierig, wie man so etwas macht?«

»Lass sie bitte los«, sagte Dezső, der seine Tränen nun kaum noch unterdrücken konnte. »Ich bitte dich.«

Irén Ráchel, die bis zu diesem Moment kein bisschen schüchtern gewirkt oder den Eindruck gemacht hatte, sie fühle sich ausgeliefert, sah den in sich zusammengebrochenen Dezső Metz mit einem hilflosen, unschuldigen Blick an.

»Wenn du mich wirklich liebst«, sagte sie mit einer Quengelstimme, »dann rette mich. Lass es nicht zu, dass er mich besudelt.«

Sie stieß Franczek unbeholfen und schwach von sich, wobei sie den erregten Mann eher an sich zu ziehen als wegzustoßen schien. Ihre Bestimmtheit und Kraft waren im Nu verflogen, an ihre Stelle trat das Leid der erniedrigten, in Besitz genommenen Frau. Eszter sagte, sie sei »rein zufällig« an der hinter Irén Ráchels Garten verlaufenden Bremsstraße vorbeigekommen, und als sie die drei gesehen habe, sei sie unter den Akazien stehengeblieben und so Zeugin dieser Szene geworden. Das Ganze habe sie sofort an den Tanz der Wilderpel erinnert. Wenn die Wildenten einen Fuchs bemerkten, der am Sumpf entlangschleicht und dabei ihr Nest entdeckt, führten sie ein derart falsches Schauspiel auf: Sie stellten sich verletzt, um das Raubtier von ihren Küken wegzulocken.

Irén sah Dezső mit flehendem, gleichzeitig jedoch auch Rechenschaft forderndem Blick an.

»Lässt du es zu, dass er mir das antut?«

Gyula Franczek lachte wieder, das Wiehern schien aus seiner Lunge zu kommen, und Dezső Metz stand mit eingesackten Knien da wie eine Plastikpuppe, der man die Beine abgebrochen und sie dann in die Erde gesteckt hatte. Gyula drückte Irén hinunter auf die Knie und knöpfte seine Hose auf. Metz rührte sich nicht, er weinte wie ein kleiner Junge, sah zu, wie Irén Gyulas erregtes Glied in den Mund nahm; der Mann packte die junge Mutter an den Haaren und bewegte ihren Kopf so heftig, dass sie zu würgen begann. Ihr Mund wölbte sich rhythmisch nach außen, dann sperrte sie ihn auf, als wollte sie einen tieferen Atemzug machen, bis das enorme Glied wieder gänzlich in der Höhle verschwand. Gyula röchelte wie ein Schwein beim Schlachten.

»Wie eng und heiß dein Hals ist, meine Kleine!« Er sah Dezső an und lachte erneut dreckig auf.

Das Röcheln wurde tief und aggressiv, zum Schluss hielt Gyula sich krampfhaft an Irén Ráchel fest, als befürchtete er hinzufallen. Irén Ráchel stand auf und ging mit steifem Gesichtsausdruck auf Dezső zu. Sie umarmte ihn zärtlich und küsste ihn. Das an Dezsős lichte Koteletten geschmierte, mit Speichel vermischte Sperma gerann sofort.

Es kam auch vor, dass Irén mit Dezső in Eszters Gegenwart herumspielte. Einmal unterhielten sie sich zu dritt in dem baufälligen Haus, in dem der Putz von der Wand bröckelte und das Licht nur durch zwei winzige Fenster hereindrang. Aus dem einen konnte man auf die Dorfstraße blicken, aus dem anderen auf die Veranda. Irén Ráchel zwitscherte vor sich hin, sie erzählte Eszter von Gyula und tat dabei so, als wäre Dezső überhaupt nicht anwesend. Eszter hörte zum ersten Mal in ihrem Leben davon, dass es für eine Frau lustvoll sein kann, den Penis des Mannes in den Mund zu nehmen. Sie musste an den Akt denken, den sie heimlich beobachtet hatte und der ihr wie eine Vergewaltigung vorgekommen war. Übelkeit überkam sie, und sie bat Irén aufzuhören. Dabei beobachtete sie Dezső, um zu sehen, ob dieser denn nicht endlich genug hatte von diesem seelischen Terror. Eszter sagte zwar nichts darüber, ich glaube aber, dass sie für Dezső überhaupt nicht anwesend war, denn hätte er sie auch nur eines Blickes gewürdigt, sie hätte mir mit Sicherheit davon erzählt. Irén

Ráchel sprach jedoch immer nur weiter und weiter darüber, was denn schon alles zwischen Gyula und ihr geschehen sei, wobei sie immer ordinärer und verletzender wurde. Das letzte Mal, als Gyula zu wild gewesen sei, habe sie ihn einfach gebissen, aber nicht vorn, mit den Schneidezähnen, nein, denn damit könne man keinen so starken Schmerz verursachen, sondern sie habe seitlich, mit den Backenzähnen und somit der gesamten Kraft ihres Kiefers zugebissen. »Du hättest den in seiner eigenen Kotze liegenden Franczek sehen sollen«, sagte sie lachend. »Es war ein exklusiver Anblick: einmalig und unwiederholbar.«

Eszter erzählte mir das alles in einem traurigen Ton, sie schämte sich immer noch. Vor allem dafür, dass sie zugeben musste, in gewisser Hinsicht sei es gar nicht schlecht gewesen, ja es habe ihr sogar ein wenig Vergnügen bereitet, erniedrigt zu werden; sie habe immer mit Neugier erwartet, was sich Irén Ráchel als Nächstes ausdenken würde. Sie habe Dezső, der sich regelrecht nach der nächsten Grausamkeit sehnte, aus tiefstem Herzen verstanden.

»Man kann Gefallen finden am Geschmack des Leidens«, gestand mir meine Schwester, »wie am Geschmack des Weins oder am Kartenspielen, man erwartet ihn, und wenn er nicht kommt, hat man das Gefühl, es geschehe nichts; die Tage erscheinen einem leer. Irén Ráchel war deshalb so wichtig für uns, weil endlich etwas im Jetzt passierte. Auf einmal waren es nicht mehr nur die heiligen Wunder der Vergangenheit, die hinter jemandem oder etwas hervorblinzelten. Ihr habt das nicht mitbekommen, weil euch ja in Feketeváros dies und jenes widerfahren ist, wir jedoch wären ohne Irén Ráchel in der muffigen Langeweile erstickt.«

Zuerst war ich eifersüchtig, denn sie hatten mich ja aus allem herausgehalten. Als wir älter wurden und die Taten langsam ein Gewicht bekamen, blieben Bece Beregi und ich außen vor. Dann fühlte ich mich jedoch plötzlich erleichtert. Denn wenn schon Dezső in diesem Schauspiel eine so unwürdige Rolle zuteil geworden war, hätte diese dämonische Frau mich mit Sicherheit zum Bodenwischen benutzt.

Bei einem unserer letzten Treffen hielt ich Dezső die ganze Geschichte vor. Er versuchte überhaupt nicht, sich zu verteidigen und sagte nur, ich verfüge über eine ausgezeichnete Informationsquelle, ich hätte wohl Eszter Gallér bis ins kleinste Detail befragt, was eine niederträchtige Vorgehensweise sei, und meine Schwester habe mit Sicherheit alles so erzählt, dass er dabei am schlechtesten weggekommen sei. Irén habe an diesem Nachmittag, an dem sie sich mit der Geschichte brüstete, Gyula gebissen zu haben – was vielleicht stimme, vielleicht aber auch nicht –, auch Eszter fügsam gemacht, auch ihre Unberührtheit habe von da an der Vergangenheit angehört und sie habe das Joch besser ertragen, als man es sich hätte vorstellen können.

Irén Ráchel griff Dezső Metz in die Hose, er gab sich hoffnungsvoll der Lust hin und bat sie mit quäkender Stimme, sie möge nicht aufhören. Sie bezeichnete Dezsős Werkzeug als Steuerknüppel.

»Du bist ein Raupenfahrzeug«, jauchzte sie.

Dezső musste mit einem Bein auf dem PVC-Boden scharren, mit welchem, das richtete sich jeweils nach der Richtung, in die Irén den »Steuerknüppel« gezogen hatte.

»Wir biegen nach links ein!«, befahl Irén lachend und schob Dezsős steifes Glied nach links.

Woraufhin Dezső wie ein Hund, der sein Geschäft erledigt hat, mit seinem linken Bein zu scharren begann. Das war die Anweisung, die er erhalten hatte, also tat er es.

Eszter lenkte das »Raupenfahrzeug« ebenfalls. Irén Ráchel rief: »Dort rechts ist ein Graben! Und da links steht eine Pappel!«

Und meine Schwester drückte den »Steuerknüppel« in die entsprechende Richtung. Dezső scharrte und Irén lachte.

Dezsős Samen spritzte in einer Kurve in Eszters Hand, die einen derartigen Schreck bekam, dass sie weinend auf den Hof rannte. Irén brachte sie jedoch zurück, befahl ihr, sich bis auf die Unterhosen auszuziehen, und rieb Eszters Haut mit dem abgekühlten Sperma ein, als wäre es eine Kamillencreme.

»Nun hast du eine Männerhaut«, sagte sie zu ihr, »einen fruchtbaren Männerpanzer.«

Eszter weinte und Dezső starrte nur auf die sich vor ihm abspielende Szene, wartete, was geschehen würde, und begehrte mit seinem ganzen Körper Irén Ráchel, dabei war Eszter, die in dem kleinen Slip mit den Blumen vor ihm lag, wesentlich wohlgeformter als diese Milchkuh ...

Wenn es einer solch schandvollen Geschichte auch gelungen sein mag, im groben Sieb meiner Erinnerungen hängen zu bleiben, versuche ich doch, sie hindurchzudrücken, hinunter in den dickflüssigen Schleim des Vergessens, da ich mich für die, denen sie widerfahren ist, schäme. Oft blicke ich plötzlich zur Seite, als würde ich in einer bestimmten Richtung etwas beobachten, ich krame in meiner braunen Ledertasche, dabei benötige ich überhaupt nichts daraus. Mein jetziges Leben, die einfache und sterile Welt der Bibliothek in Tótváros, ist Lichtjahre von alledem entfernt. Ich spaziere oft in die Markthalle, schlendere durch ihre engen Gassen. Dort ist meine Erinnerung frei von harzig klebriger und ekelhaft süßer Nostalgie. Ich tue nichts und trotzdem vergeht die Zeit auf eine aktive, spannende Weise; ich pendle hin und her zwischen den Tulpensetzlingen, Fahrradschlössern, Schulheften und den mit sauren Gurken gefüllten Fässern; ich zeichne verschiedene Linien in den Raum der Markthalle, vom Kaufhaus für Baufachartikel zum Gartenfachladen, vom Restaurant König Ungarn zurück bis zu dem Hochhaus, in dem früher die Schauspieler untergebracht waren oder bis zum Fachhandel für alkoholische Getränke. Ich lege im Voraus verschiedene Stützpunkte, Basen und Ziele fest, die vor allem dadurch bestimmt werden, wo ich bereits einmal etwas Leckeres gekauft habe.

Der Geschmack bestimmt meine Strecke.

In die süßliche, saftige saure Gurke kann man nicht schon vor dem Fachhandel für Landwirte hineinbeißen, frühestens darf man es vor der in einem Wohnwagen eingerichteten Bäckerei wagen, ihren Saft zum ersten Mal auf den Boden tropfen zu lassen; bei dem mit Knoblauch bestrichenen Langosch sieht die Sache schon ganz anders aus, ganz zu schweigen von der scharfen Wurst aus Tótváros, die man am besten mit einer großen Portion Senf vertilgt: In sie muss man ohne zu zögern hineinbeißen. Es gibt nichts auf der Welt, was auf eine erotischere, ekelerregendere und unerhörtere Weise tropft als Senf. Die Marktfrauen beobachten mit einem gewissen Misstrauen, dass ein gut gekleideter, frisch rasierter junger Herr über den Markt schlendert. Die einfacheren verdächtigen mich, dass ich zu klauen beabsichtige oder dass ich an der Organisation einer Art Marktmafia beteiligt bin. Sie bemerken nicht, dass ich kleine Zeichen, Spuren hinterlasse, der Senf tropft, der Gurkensaft spritzt, dem Inneren des Brötchens entnehme ich kleine Stücke, die ich zu Kugeln forme, wobei mit jedem Schritt Krümel auf den Boden fallen. Ich schaue den abgeplagten, geldgierigen, frierenden Verkäufern in die Augen, ich halte den Blicken der Zigeunerinnen, der Rumäninnen, der Slowakinnen stand. Zuerst höre ich nur zu, wie sie sich auf Slowakisch unterhalten, die Sätze mit einigen ungarischen Wörtern gespickt, dann spreche ich sie an, höflich, aber bestimmt:

»Schönen guten Tag. Ich hätte gerne ein halbes Kilo von diesen Haselnüssen. Wären Sie so liebenswürdig, sie mir in meine Jackentasche zu schütten?«

Während ich das sage, erscheint ein verschmitztes Lächeln in ihren Mundwinkeln, die Krähenfüße bilden einen Strahlenkranz um ihre Augen, die Frauen sind mir dankbar für die paar netten Worte: Sie lassen die heißesten Maroni, die süßesten Datteln in meine Tasche kullern, sie stecken mir die reifsten Orangen zu und füllen die Plastiktüte prallvoll mit Sauerkraut, unter das reichlich Kümmel gemischt wurde. In der letzten Zeit überkommt mich immer häufiger das Bedürfnis, auf die Eisenbahnbrücke im Stadtteil Jamina zu gehen und vor den unter der Brücke hindurchfahrenden Dačia-Express zu springen. An solchen Tagen gehe ich lieber auf den Markt, und selbst wenn ich keinen Trost finde, geht der wütende Kummer vorüber. Auch diesmal bin ich auf den Markt gegangen, denn die Zweifel haben mich wieder überrollt, ich kann mich nicht entscheiden, was ich tun soll.

Auf dem Weg nach Hause weiß ich es bereits.

Ich starre auf den unbeweglichen Spiegel der Körös, sie wirkt wie ein langsam austrocknendes, stilles Gewässer, ein betoniertes Becken. Alles ist klar und einfach, wenn mich Dezső zu meinem Geburtstag, zwar ohne mir zu gratulieren, aber immerhin angerufen und mich darum gebeten hat, nach Hause zu kommen, beziehungsweise gebeten hat er mich ja nicht, er hat mir nur mitgeteilt, dass das *Klein-Tagebuch* aufgetaucht ist, dann fahre ich und fertig, schließlich ist ja auch er der Meinung, dieses Ereignis sei von einer so großen Bedeutung, dass wir deswegen unser Schweigen brechen sollten. Ich zünde mir eine Zigarette an. Dezső hat recht, egal was geschehen wird, ich werde Urlaub nehmen, auf jeden Fall komme ich ein bisschen raus, und mag es helfen oder auch nicht, ich werde dieses verdammte *Klein-Tagebuch* lesen. In meiner Wohnung angekommen habe ich mich bereits von der Last der Entscheidung befreit, in meiner Erleichterung fange ich schnell an zu packen; ich suche die Sachen zusammen, die ich in Sáraság benötigen werde. Währenddessen spinnt sich der Faden des einmal angefangenen Gedankens, der unaufhaltsamen Erinnerung in mir weiter, als bestünde er aus zuvor ausgewählten Sätzen, und mir wird bewusst, dass Beregi und ich damals einfach Teenager waren, deren Hauptbeschäftigung die Nabelschau war, wir bemerkten die Wettkämpfe der Großen nicht, wir waren nicht in der Lage, über unseren eigenen Schatten zu springen.

Außerdem beschäftigte uns ja damals etwas ganz anderes: der Fall mit dem Weingift!

Möglicherweise hätten wir, selbst wenn wir etwas von dem Liebeswirrwarr zwischen Irén Ráchel, Gyula und Dezső mitbekommen hätten, der Sache nicht die Bedeutung beigemessen, die sie verdiente. Woher hätten wir denn, unreife Bengel, die wir waren, wissen sollen, dass eine wahre, tiefe Männerfreundschaft zwar niemals rosten, wegen einer Frauengeschichte aber sehr wohl jederzeit in die Brüche gehen kann?

Hätten wir etwas geahnt, wir hätten vielleicht den Verein und uns selbst geschützt und es wäre nicht dazu gekommen, dass ich nun bereits seit Jahren nicht einmal mehr mit meiner *einstigen* Schwester gesprochen habe. Aber der Fall mit dem Weingift hatte alle so aufgewühlt, dass keiner seine Aufmerksamkeit auf etwas anderes zu lenken vermochte. Es ist absurd, dass ausgerechnet ein Todesfall Beces und mein Sáraságer Selbst, das dortige Universum, am Leben hielt. Nach der Vergiftung liefen wir mit unseren randvoll gefüllten Deckelkannen, ständig durstig, im Dorf umher, gerade so, als hätten wir immer noch zu Hause gelebt und hier und da etwas zu erledigen gehabt. Traurigkeit und Vergebung lösten sich auf so wundersame Weise in uns auf wie das Gift in Herrn Számfiras Blut. Diese Geschichte erinnert in ihrer schmerzvollen Schönheit an den Verfall von Sodom und Gomorrha, danach konnten die Leute aus dem Dorf das Haus des Ewigen nicht mehr auf dieselbe Art und Weise betreten wie vorher. Für uns, die nun langsam zu den Fortgegangenen gehörten, bedeutete die Trauer Heimkehr und Bekehrung zugleich.

Die Kirche in Sáraság nannten wir einfach Kirche. Daran, dass man beim Erwähnen des Hauses des Ewigen darauf hinweist, um was für eines es sich handelt, ein katholisches oder evangelisches, habe ich mich erst viel später gewöhnt. In derart kleinen, in ihrem eigenen Dunst existierenden Welten wie Sáraság oder Feketeváros, wo ein Calvinist, der sich zufällig dorthin verirrt, als eine regelrechte Kuriosität betrachtet wird, bedarf das Haus des Ewigen keines Attributs. Jeder weiß, dass der Allmächtige in der katholischen Kirche wohnt. In Tótváros denkt man das Gleiche von der evangelischen Kirche, was für mich eine schwer zu verdauende Tatsache ist, denn ein, zwei weiße calvinistische Raben sind mir bereits früher über den Weg gelaufen. Von dem Eifer, mit dem die Anhänger des evangelischen Glaubens zwischen ihrer und allen anderen christlichen Kirchen unterscheiden, habe ich jedoch erst sehr viel später erfahren. Die Kirche in Sáraság, die nach dem Tod des Herrn Számfira ordentlich an Sakralität hinzugewonnen hat, ist schon immer ein enger, gemütlicher Ort gewesen – ich kenne keinen, an dem man sich sicherer fühlte. Der Ewige ist dort wirklich präsent, manchmal hatte ich das Gefühl, er wäre im wahrsten Sinne des Wortes persönlich zugegen. Die Luft ist durchdrungen vom Atem der verstorbenen Brüder und Schwestern, und es herrscht eine sich nie verändernde Stille. Vielleicht ist das der Grund dafür, dass viele das Gefühl haben, die Stimmen ihrer Toten dort wieder aufleben lassen zu können. Woanders ist das fast vollkommen unmöglich, denn als Allererstes vergisst der Lebende das Sprechorgan des Heimgegangenen, die Seele ist kaum imstande, die Stimme des Toten aufzubewahren, sie verbleicht sofort; seine Bewegungen, seine Umarmungen, seine Gewohnheiten bleiben, die Stimme aber geht verloren … Im Haus des Ewigen war die Vergangenheit anwesend, wir sehnten uns danach, zu unseren Ahnen zu gehen, denn dieser nur wenigen zuteilwerdende Rausch, das Leben, ist nur ein Übergangszustand, die meisten, die zu unserem Blut gehören, sind bereits seit langem tot. Der gläubige Mensch entdeckt in sich seine Wurzeln, bei den Taufen spürt er, dass alle da sind, auf zehn, zwanzig Generationen zurückgehend; die im Wesentlichen immer gleich aussehenden Bauern, an die man sich aufgrund ihrer Ähnlichkeit bis in alle Ewigkeit ohne Schwierigkeiten wird erinnern können, füllen auf einmal die Seelen der Lebenden aus.

Dabei sind in der Kirche von Sáraság die Bänke wurmstichig, das poröse, schwache Holz ist übersät von winzigen Löchern, von den Wänden bröckelt der Putz in großen Stücken herunter. Vater Árons Stimme wird von kleinen weißen, würfelförmigen Tesla-Lautsprechern verstärkt – es sind genau die gleichen wie in der benachbarten Schule, wo man es nicht sehr gern sieht, wenn der Schüler sich firmen lässt. Die Ränder des die gesamte Kirchenwand bedeckenden Freskos sind von Schimmel befallen. Das dunkle, schwere Gemälde stellt Golgatha, die letzte Station der Passion dar, die Kreuzigung wurde schon vollzogen, die Schächer und Jesus hängen bereits am Kreuz, das Folterinstrument ist offensichtlich nicht aus Nylon, die erlöste Welt und der Erlöser bestehen nicht aus derselben Materie. Der Sohn des Ewigen, Christus, ist aus einem anderen, echteren Stoff. Das Fresko ist eine gewichtige, die Seele erschütternde Arbeit, es ist nicht bedrückend, dunkel zwar, jedoch nicht düster, man fühlt sich an Mihály Munkácsys tonnenschwere Pinselstriche erinnert, dennoch hat es etwas ganz Eigenes. Die Hauptfigur ist nicht der Erlöser, sondern ein römischer Soldat, der sich gerade von den drei Kreuzen entfernt. Auf den Gesichtern arbeitet der Schmerz, was jedoch nicht aufdringlich wirkt. Das Gemälde will für nichts einen Beweis erbringen. Etwa dafür, dass die Juden vergeblich warteten, denn Christus sei ja bereits erschienen, nur hätten sie es – was für ein Kapitalfehler! – nicht bemerkt, und dann brächten sie es auch noch fertig, sich zu Ostern ein koscheres Passahfest zu wünschen und den Seder zu begehen, ganz so, als wäre der Sohn des Ewigen nicht am Kreuz gestorben beziehungsweise als wäre er nicht an einem dieser Tage auferstanden …

Dass die Totenmesse eine so aufwühlende Wirkung hatte, war nicht Áron Avarka zu verdanken. Der Sáraságer Priester quälte sich genauso durch die für Herrn Számfira gehaltene Messe, wie er es bei jedem beliebigen, leicht verkaterten Gottesdienst tat. Er lief mit dem Mikrofon in der Hand nach vorn zu den Schiffen, vor die ersten Bankreihen, wie ein abgehalfterter Rockstar, der auf den nach vorn verlängerten mittleren Teil der Bühne zu uns kam, damit wir seine Nähe spürten und zu toben begännen. Seine Sätze, oder besser: seine Satzanfänge blieben genauso fern von uns wie sonst auch; ich fühlte mich, als rückte mir ein entfernter Bekannter zu nahe, als spräche er mir sozusagen fast in den Mund hinein, so als würde dieser fremde, auf mich abstoßend wirkende Körper Teil meines eigenen werden wollen. Dabei war die Kirche bei der für László Számfiras Seelenheil gehaltenen Messe zum Bersten voll, die Menschen quetschten sich sogar zwischen die Bankreihen, man stand bis ganz vorn, vielen wurde übel, die Ministranten öffneten die Fenster neben dem Altar, und zwei kräftige Männer schleppten wie bei einer Schulabschlussfeier die Ohnmächtigen hinaus. Obwohl wir um das hohe Ansehen wussten, dass der Herr Lehrer im ganzen Dorf genossen hatte, war dies überraschend und zugleich erhebend. Mit dem letzten der *klebrigen Fälle* hatte er begonnen, ein bisschen mehr zu trinken als vorher, arg hatte es ihn mitgenommen, dass seine wunderschöne Tochter ebenfalls in die Gläseraffäre verwickelt gewesen war; und so kam es, dass er, betrunken, ab und zu wieder seinen kleinen Zweiradkarren durchs Dorf schob. Das aber war den Leuten kaum ein Dorn im Auge, schließlich war man der Ansicht, ein Mann solle, wenn er Kummer habe, trinken, und wer ein richtiger Mann sei, der habe ganz gewiss Kummer.

Man flüsterte hinter seinem Rücken über andere, viel spannendere Dinge. Der Herr Lehrer hatte sich nämlich hoffnungslos und verzweifelt verliebt, jedoch leider nicht in Frau Számfira, mit der er ja mittlerweile wieder versöhnt war, sondern in seine Jugendliebe, die es wieder in die Gegend verschlagen hatte: Sie arbeitete als Hortlehrerin bei den Calvinisten. László Számfira fuhr jeden Tag mit dem Bus zu ihr, versteckte sich im kahlen Park vor dem Rathaus und beobachtete von dort, wie sie die Schule verließ. Wie ein Schatten verfolgte er sie bis nach Hause. Alle paar Tage traute er sich, zu ihr zu gehen, natürlich immer so, als wäre er rein zufällig in der Gegend. Bei diesen Gelegenheiten wechselten sie auch ein paar Worte, gingen ein Stück zusammen, und manchmal schenkte er ihr sogar Blumen. Gyula behauptete, das Wiedersehen habe die Frau ebenfalls sehr mitgenommen, denn schließlich sei es ja auch für sie die nie erloschene, endlose Liebe gewesen, die noch im Gymnasium begonnen und bis zum Ende der Lehramtausbildung angedauert habe. Das Paar, das einem Märchen hätte entsprungen sein können, war sympathisch und wurde beneidet, sie gehörten zu den wenigen, die von den Dorfleuten immer als zugehörig angesehen wurden, auch während jener Zeit, als sie nicht in der Heimat lebten. László Számfira war damals schon eine zentrale Figur im Kneipenleben, er hatte eine spitze Zunge, einen frechen Humor, und seine Geliebte, das zu unserer Zeit schon längst vergessene Mädchen namens Lea Barabás, strahlte mit der Sonne um die Wette und verfügte über ein äußerst heiteres Gemüt. Gyula behauptete, er erinnere sich noch aus der Zeit an sie, als sie im Dorf gewohnt habe. Egal, wo sie hinging, die Männer starrten ihr hungrig hinterher, und trotzdem wurde sie nicht von den Mädchen ausgestoßen, denn sie war bescheiden und dennoch selbstbewusst, und jeder, der Augen hatte, konnte sehen, dass sie mit ihrer ganzen Seele László Számfira gehörte, bei ihr konnte kein anderer irgendwelche Lorbeeren ernten. Gyula wusste nicht mehr, was für eine Kleinigkeit es gewesen war, wegen der die beiden sich gestritten hatten, und wie es dazu hatte kommen können, dass sich die unterkühlte Stimmung zwischen ihnen, die anfänglich nur von kurzer Dauer zu sein schien, zu einem über mehrere Wochen wachsenden Geschwür hatte entwickeln können. Wie aus einem kleinen Missverständnis ein Heer von Kränkungen hatte entstehen können, was schließlich dazu führte, dass Lea Barabás von der Hochschule in Szeged überhaupt nicht mehr nach Hause kam und kurze Zeit später plötzlich und überraschenderweise heiratete. László Számfira kam nach Hause, heiratete Ilonka Umbera, die ihm knapp neun Monate später eine Tochter gebar. Hildi, die den Humor und die autoritäre Ausstrahlung ihres Vaters geerbt hatte, außerdem die kräftige und begehrenswerte Statur ihrer Mutter, besuchte gemeinsam mit uns die achte Klasse, als es, will man den bösen Zungen Glauben schenken, ihren Eltern immer noch nicht gelungen war, sich ein wenig aufeinander einzustimmen. Der Herr Lehrer zog dann für eine Weile von zu Hause aus. Nach der Trennung verliebte sich László Számfira in seine Frau – eine Gefühlsregung, die er durch häufiges Zitieren des Autors Kálmán Mikszáth zu unterstreichen versuchte:

»Ein origineller Mensch«, sagte er, »heiratet zweimal dieselbe Frau.«

Er war ein origineller Mensch und zog zur Postfrau nach Hause zurück.

Dabei hatte Ilonka Umbera, abgesehen von ihren weiblichen Formen, sehr wenig Liebenswertes an sich. Es stimmt, ihre schweren, festen Brüste hüpften selbst nach der Stillzeit noch wie zwei prall aufgepumpte Lederbälle. Aber sie war ein unausstehliches, ungebildetes, böses Weib; Samstagnachmittags brachten sie keine zehn Pferde dazu, eine Briefmarke durch das kleine Fenster zu schieben, und wenn jemand auf ihre Aufforderung hin, in die Kabine zu gehen, nicht sofort sprang, trennte sie die Verbindung, dabei war es schon eine Leistung, wenn es jemandem gelungen war, von den Calvinisten aus eine telefonische Verbindung zu uns herzustellen, obwohl sie nur acht Kilometer entfernt waren, ganz zu schweigen davon, wenn von der anderen Seite der Donau aus jemand versuchte, einen von uns zu erreichen; der musste nämlich zuerst die Stadt anrufen, dort wurde er dann mit der Dorfpost verbunden und von hier aus, sofern er Glück hatte, endlich mit demjenigen, den er eigentlich sprechen wollte. Die Anzahl der Fehlermöglichkeiten und der Gründe dafür, dass die Verbindung unterbrochen wurde, war schier unendlich: Irgendein wichtiger Genosse benötigte gerade die Leitung, oder eine Leitung in den fernen Bergen war wieder einmal abgerissen ... Demzufolge übte die Person, die auf der Post arbeitete, ein wichtiges und vertrauensvolles Amt aus; sie sollte geduldig und demutsvoll sein, nicht fahrig und launisch. Ilonka Umberas Person spaltete die öffentliche Meinung in zwei Parteien. Als ihr Mann in einem traurig jungen Alter das Zeitliche segnete, murmelten zwar viele etwas vom Wurm der geheimen Liebe, der seine Seele zerfressen haben soll, die meisten jedoch gaben Ilonka die Schuld. Die Art, in der man ihr begegnete, konnte man nicht wirklich als taktvoll bezeichnen. Es gab sogar Leute, die ihr geradewegs ins Gesicht sagten, sie habe diesen wunderbaren Menschen, der eine viel bessere Frau verdient hätte, in den Tod gejagt. Ilonka Umbera war jedoch eine harte Frau, sie brach unter den Beschimpfungen nicht zusammen, und da ihre Tochter in allem auf ihrer Seite stand, beruhigten sich die Gemüter bald.

Vater Áron Avarkas Predigt erwartete ich in feierlicher Stimmung, denn ich ging davon aus, dass sie geschliffen und ergreifend sein würde, schließlich war es ja nicht irgendwer, um den es ging, und außerdem war sicher, dass der Unglücksfall auf das Titelblatt der *Chroniken* kommen würde. Ich dachte, es sei angemessen von Vater Avarka, die teuflische Folge von Zufällen irgendwie in die trostspendende Wiege der göttlichen Vorsehung einzubetten. Doch entweder wollte unser Priester dieser heiligen und erhebenden Aufgabe nicht nachkommen oder er konnte es nicht wegen der Kopfschmerzen, die ihm sein Kater bereitete. Während er uns stattdessen etwas vorstammelte, musste ich aus irgendeinem Grund an Sisyphos denken, an jenen Helden aus der griechischen Mythologie, der von den Göttern dazu verurteilt worden war, einen schweren Felsbrocken einen Berg hinaufzurollen, und der jedes Mal, wenn Sisyphos oben ankam, wieder hinunterrollte. Ich kann mir nicht erklären weshalb, aber mir kam plötzlich diese herzzerreißende Geschichte über die endlose Strafe in den Sinn, und nicht genug, dass sie mir eingefallen war, ich spürte tief in meinem Inneren, wie Sisyphos in jenem Moment, den Felsbrocken vor sich herrollend, die letzten Schritte tat. Die letzten, bevor der Brocken wieder hinunterrollen würde.

»Herr, vergib mir«, ächzte Vater Avarka.

Jetzt ist Sisyphos' Felsbrocken oben, dachte ich, er ist oben, und für einen Moment scheint es, als bliebe das riesige Stück Gestein auf der Bergspitze liegen.

»Denn ich habe gesündigt«, murmelte Vater Avarka und stieß mit seinen Vorderzähnen ans Mikrofon.

Nun rollt der Felsbrocken bereits wieder zurück, dachte ich. So wie immer.

»Wenn wir das Feuer der in uns allen brennenden Liebe zu einem einzigen verschmelzen ließen«, sagte Vater Avarka und holte tief Luft.

Ich hatte es förmlich vor Augen, wie Sisyphos sich umdrehte und dem hinunterpolternden Felsbrocken, wieder einmal, hinterher blickte.

»Welch große Flamme würde dies sein«, sagte der Vater, um seinen Satz abzuschließen.

»Oh, du Schamloser«, zischte Dezső und schüttelte den

Kopf. Sein Zorn galt Vater Avarka, der uns die immer gleiche Predigt vortrug. »Mein Gott«, brummte Dezső verärgert, »ich kann nicht glauben, dass er nicht einmal jetzt imstande ist, sich eine originellere Rede auszudenken.«

»Denn als Hiobs Körper von Geschwüren übersät war ...« Áron Avarka hatte einen neuen Gedanken aufgegriffen, ganz so, als hätte er Dezsős missbilligende Bemerkung gehört.

Sisyphos macht sich wieder auf den Weg, dachte ich nun. Oder besser: Ich fühlte es schon. Er geht den Hang hinunter ... »Da nahm Hiob eine Tonscherbe in die Hand, um sich damit zu kratzen ...«, fuhr der Vater fort. Und als hätte er etwas Wesentliches gesagt, hielt er kurz inne. Durch das Mikrofon hörte man sein Schniefen. »Seine Frau riet ihm, Gott zu lästern und zu sterben. Hiob jedoch ...«

»Ausgelöscht sei der Tag«, psalmodierte Dezső mir betont langsam ins Ohr. »Der Vater trägt wieder einmal die Kurzfassung der Geschichte vor. Hiob hat gesagt: ›Ausgelöscht sei der Tag, an dem ich geboren bin, die Nacht, die sprach ...‹«

» ... freute sich seines Lebens«, sagte Áron Avarka, um zum Abschluss zu kommen. Auf sein Gesicht legte sich ein künstliches Lächeln. »Er freute sich seines Lebens und darüber, dass er einst zur Welt gekommen war.«

Dezső senkte seinen Kopf. »Ausgelöscht sei die Nacht, die sprach: Ein Mann ist empfangen«, flüsterte nun auch ich. Das war es, was Hiob gesagt hatte. Jener Tag werde Finsternis.

Nach der Messe scheuchte ich den Gedanken an die vielen Parallelen zwischen dem stetigen Scheitern des Lehrers für Mathematik und Physik und der Strafe des Sisyphos wieder und wieder fort.

László Számfiras Haus stand in der kleinen Straße, die vom Schloss zum Kurcza-Ufer führte. Um dieses abenteuerliche Grundstück wurde er vom halben Dorf beneidet, denn der steile Garten am Flussufer, der moosbewachsene, muffige Kellereingang, die efeuumrankte Mauer der immer dunklen Werkstatt wirkten wie eine nach Sáraság gezauberte fremde Welt. Als wüchsen auf dem Lössboden der Szekszárder Hügellandschaft unter präzise gebundenen Folienzelten Tomaten oder als würde bei uns, die wir doch durch und durch Katholiken sind, irgendwo das Minarett einer Moschee das Dorfende schmücken. Im einzigen Weinkeller des Dorfes gärte Sandweinmost aus Feketeváros. Die Erde wird nämlich am anderen Ufer der Theiß mit einem Schlag gelb, und statt des schweren, fettigen Humus glüht einem jeden Sommer ruheloser Sand unter den Füßen. Számfira hatte ganz in der Nähe von Feketeváros einen Weinberg gepachtet und ließ die Ernte von murrend lostuckernden IFAs nach Hause bringen. Er machte auf eine derart geschickte Weise Werbung für seinen Wein, dass man als sein Gast leicht den Eindruck gewann, dieses edle Getränk wachse bei uns, hier sei es, wo die Bauern Ahnung davon hatten, wie der Wein am besten abzuziehen sei. Man erzählte sich Geschichten über Liebende, die im Kelter ertrunken waren, und wusste ganz einfach: Der Geschmack unseres Weines war einzigartig, seine Säure wohltuend, sein Körper geschmeidig. Dabei wurden bei uns auch die Weintrauben, insofern es sie neben den in jedem Vorgarten blühenden Pflaumenbäumen überhaupt gab, in erster Linie für Obstler verwendet, und wenn vom Ausgeizen die Rede war, dann dachten die Bauern sofort an Paprika und Tomaten. Seitentriebe wurden nur von diesen abgezwackt – dass auch die Weinreben hier und da kleine kräuselnde Zwischenzweige wachsen lassen, die man abschneiden sollte, wenn man gern dicke Weintrauben hätte, davon hat bei uns kaum je einer gehört.

László Számfiras Heuriger hatte im vorjährigen Herbst einen nie da gewesenen Erfolg verbuchen können. Opa Töre und Sándor Guliga klopften beinahe jeden Tag bei Számfira an, er solle ihnen doch ein wenig von der guten Perle von Csaba oder dem Blaufränkischen verkaufen. Der Perle-von-Csaba-Wein schäumte sogar im Frühling noch ein wenig, als wäre er der wohlschmeckendste Gespritzte der Welt und bestünde lediglich aus Wein und Kohlensäure – ohne das alles ruinierende Wasser –, und doch nannte man ihn nicht Sekt. Drei Fässer des Herrn Lehrer leerten sich bis zum Frühling; als die Kornelkirschbäume grünten und die Frauen sich in den Morgenstunden wegen des unerträglichen Durstes nun bereits mit zwei beschlagenen Deckelkannen auf den Weg zu den Gewächshäusern machten, musste er bereits das vierte riesige Eichenholzfass anzapfen. Számfira nahm seiner Frau immer wieder das Versprechen ab, keinen Wein mehr zu verkaufen, jedoch konnte sie die Käufer kaum erwarten, denn auf diese Weise bechere ihr Mann wenigstens nicht so viel und sie habe auch etwas von dieser »Heuschreckenplage«. So sei es schließlich immer noch besser, als wenn sie nur die auf ihrem Hof herumlungernden Kumpane ihres Mannes ertragen müsse, die den Wein kostenlos tranken. Damit waren unter anderem Dezső und Gyula gemeint, Bahnwärter Szalma und Glasaugen-Tót, die unter dem Vorwand vorbeikamen, den Gehweg des Számfiraschen Hofes zu reparieren, die Werkstatt zu malern, oder aber das Ziel ihres Kommens überhaupt nicht mehr zu vertuschen versuchten, sondern einfach frei heraus sagten, sie wollten ein wenig gesalzenen Speck braten und diesen mit vielen Zwiebeln verspeisen.

Der Herr Lehrer hatte an jenem Vormittag gleich vier Sechsen mit Sohle verteilt. Das war die schlimmste Strafe, die Sechs mit Sohle kam ungefähr zwei Sechsen gleich. »Die Sechs ist ja bereits eine Note!«, pflegte László Számfira in solchen Momenten zu brüllen. »Wie kommst du also darauf, dass du so etwas verdienst?« Der Herr Lehrer kam auf einem großen Umweg nach Hause, in der Kneipe und Konditorei Oláh hatte er gleich drei große Schnäpse hinter die Binde gekippt und in eine Kartenpartie hineingeredet, bevor er dann mit dem Rad nach Hause gefahren war; Tante Pannika sah ihn trällernd in Richtung Schloss radeln. Gyula sagte, László Számfira habe diese paar Stunden des Tages am meisten genossen. Ilonka war noch auf der Post, Hildi wer weiß wo, bestimmt bei irgendeinem Zirkel, bei der Chorprobe oder sie trieb sich in der Stadt herum. Herr Számfira konnte zu dieser Tageszeit nach Lust und Laune in seiner Werkstatt basteln, oder er strich die im Winter verrosteten Geländer, drehte den Winterhahn zu, räumte die am ehesten an einen Laborraum für den naturwissenschaftlichen Unterricht erinnernde Werkstatt auf, in der vom Strommesser bis zur Apothekerwaage alles vorhanden war; nur der Hammer war stets unauffindbar.

Auch an diesem stillen, geruhsamen Nachmittag ging er hinunter in den Keller, zu seinen guten Weinen und Schnäpsen und hob eine kleine Glasflasche neben dem Fass hoch, in dem er den Portugieser lagerte. Es hätte ihm verdächtig vorkommen müssen, dass die Flüssigkeit weiß war, aber wie er es vor seinem Tod noch erzählte, war er müde und hatte nicht geschaltet, nicht darüber nachgedacht, sondern sie einfach ausgetrunken. Sie schmeckte ihm. Das betonte er später, zumindest habe sie ihm in dem Moment gut getan, auch wenn der letzte Schluck ein wenig nach Schwefel geschmeckt habe. Er verrichtete noch dies und jenes im Keller, stand ein wenig herum, warf einige Papiere weg, kehrte die am Tag zuvor dort vergessenen Sägespäne zusammen, ging dann ins Haus hinauf und radelte, einer plötzlichen Eingebung folgend, zum ersten Mal in dieser Frühlingssaison zum Lándor-Teich, um zu angeln. Er wollte keinen Hecht fangen; nach der Geschichte mit dem Wasserfrosch hatte er geschworen, sich nie wieder einer so peinlichen Situation auszusetzen. Wie immer setzte er sich auch diesmal an Onkel Pista Avarkas ehemaligen Angelplatz – als der Alte noch lebte, hatte er dort immer geangelt, und obgleich er auch als Geist noch Anspruch auf diesen Platz erhob, wurde er von jedem benutzt. Kaum war der Angelhaken im Wasser, begann er sich zu bewegen, und schon hing ein Brachsen so lang wie ein Oberarm daran. Später fing er außerdem noch acht Karpfen und einen Katzenwels, was eine große Sensation war, denn alle dachten – und dies war unter anderem Dezső zu verdanken, der die Welse immer mit einem an beiden Seiten offenen Weidenkorb aus dem Lándor-Teich zu angeln versuchte –, dass seit dem trockenen Herbst des Vorjahres kein Katzenwels mehr in diesem Teich lebte.

Vor seinem Tod sagte Herr Számfira zu seiner Frau, er habe, während er am Ufer des Teiches saß, an die Hochzeit zu Kana denken müssen, als Jesus Christus die Fische vermehrt und das Wasser in Wein verwandelt hatte. Er habe sich den beachtlichen Fang angeschaut – es waren mehr Fische, als er je zuvor in seinem Leben gefangen hatte – und daran gedacht, dass man davon bereits eine Verlobungsfeier veranstalten könnte. Die Menge hatte er gut eingeschätzt: Die dicke, scharfe, mit angebratenen Zwiebeln zubereitete Fischsuppe und die mit Paprikamehl panierten, knusprig gebratenen Fische reichten nicht nur für seinen Leichenschmaus, sie machten die Verwandtschaft, die sich wegen des süffigen Weins nicht zum Aufbruch überwinden konnte, auch danach noch einige weitere Male satt.

Trotz des großen Fangs fuhr Herr Szämfira mit schwerer Seele nach Hause. Er erzählte später, er habe immer noch an den Messias gedacht, der zwar das Hochzeitswunder leicht vollbracht habe, vom Kreuz aber dennoch erst nach seinem Tode habe herabsteigen können. Er habe sich gefragt, ob die Erlösung nicht ein größeres Wunder gewesen wäre, wenn Jesus vor den Augen des Hohepriesters Kaifas vom Kreuz hätte steigen können, denn dann hätte unser aller Vergangenheit sowie die Gegenwart zumindest einiger von uns eins werden können, weil die Juden dann nicht länger auf Christus warten müssten. Dann müsse man nicht immer wieder den Berg des Glaubens erklimmen, und auch würde der Teufel des Zweifels den Felsbrocken des Glaubens, den hinaufzurollen doch so beschwerlich sei, nicht immer wieder hinabstoßen.

Als er nach Hause kam, legte er den Fang ohne ein Wort zu sagen auf den Küchentisch, auch seine Frau sagte kein Wort, sie begrüßten sich nicht einmal; im Zimmer brüllte das Radio, es war Montag, die Sendung *Von zwei bis fünf* lief gerade und Hildi hockte sicherlich neben dem Kassettenrekorder und wartete darauf, dass während der Wunschsendung in den Pausen zwischen den Gedichten ein Roy-Orbison-Schlager erklang. László Számfira fiel ein, dass er das zuerst leer gewordene Fass desinfizieren musste, das große, das gleich neben der Treppe links stand. Er fragte seine Frau, wo das Weingift stand. Das Weingift ist eine Art Unkrautbekämpfungsmittel auf Schwefelbasis, es eignet sich hervorragend zum Desinfizieren des Fassbodens; bei uns nennt man es eben

Weingift. Angeblich soll es eine ähnliche Konsistenz und einen ähnlichen Geschmack haben wie Wein und dafür sorgen, dass der Wein, der im folgenden Jahr in dem Fass gärt, keinen muffigen Geschmack annimmt. Vier bis fünf Stunden waren vergangen, seit der Lehrer für Mathematik und Physik, László Számfira, zum Angeln gefahren war. Er fragte nichts außer dem Folgenden, das er schon so oft gefragt hatte:

»Wo ist das Weingift?«

Dennoch wurde Frau Számfira totenbleich, als sie ihm antwortete. Sie drehte sich vom Waschbecken weg und konnte eine Weile gar kein Wort herausbringen. Die Frauen haben denselben Instinkt wie Hunde: Sie spüren, wenn etwas unumkehrbar Schlimmes geschehen ist.

»Neben dem Portugieserfass«, antwortete sie und brach im selben Augenblick schon fast in Tränen aus.

Dabei zeigte László Számfiras Miene keinerlei Regung, sie standen sich gegenüber, stumm. Herr Számfira sagte später zu seiner Tochter, er habe in diesem Moment zum ersten und letzten Mal aus tiefstem Herzen empfunden, wie sehr er Ilonka Umbera liebe; dass die vielen ausschweifenden Nachmittage viel mehr gewesen seien als pure tierische Lust; dass er sich ohne die quäkende, nervöse Stimme seiner Frau langweilen würde und dass auch die Rolle des sich wegen seiner Frau ständig rechtfertigenden Mannes mittlerweile tief in ihm verwurzelt sei. Er könne gar nicht mehr ohne Zynismus und Verlogenheit leben – denn hinter ihrem Rücken verspottete auch er die bösartige Postfrau –, diese derbe, unschöne Rolle gehöre nun bereits untrennbar zu seinem Leben. Und er genieße diese Rolle, er habe gar nichts gegen sie und es sei auch gut, dass seine Frau immer noch die Begierde kenne, das wilde und unerbittliche Bedürfnis nach Lust, die Schönheit des Schmerzes, all das, was sie beide verbinde, obwohl sie während der qualvollen und langweiligen Jahre kein einziges ehrliches Wort füreinander übrig gehabt hätten, obwohl er ihr nichts habe erzählen können, weil sie entweder hinausgegangen sei oder einfach nur dazwischengequasselt hätte, zum Beispiel, dass die Hühner endlich wieder legten, denn der Winter sei ja sehr knapp an Eiern gewesen. Und er hätte vergebens, sagen wir, von Ignác Gergelys fremdem Schatten erzählt und davon, dass ein Schriftsteller aus Siebenbürgen genau das bereits beschrieben habe. Vor seinem Tod sagte László Számfira zu seiner Tochter, er sei dahintergekommen, dass die Sprache es gewesen sei, die sein Seelenleben in dieses furchtbare Joch gespannt habe. Es stehe doch sowieso schon alles geschrieben, man müsse nicht alles so oft wiederholen, das Ganze sei nichts als überflüssige Wortschinderei. In Wirklichkeit habe er sich sehr gut mit Ilonka verstanden, es sei ein fiebriges, kämpferisches und wütendes Zueinanderfinden gewesen, eine endlose blutige Schlacht, eine fortwährende Strafe dafür, dass sie lebten, dass sie an diesem unsäglichen großen Etwas teilhaben durften. László Számfira ging in den Keller und holte die leere Flasche, in dem das Weingift gewesen war.

»War es das?«, fragte er.

Die Frau wurde von Schluchzern geschüttelt, sie sank zu Boden und hielt sich am Tischbein fest. László Számfira zog einen Anzug an, band eine Krawatte um, sein lichtes, dünnes Haar strich er mit einem nassen Kamm nach hinten und fuhr dann in diesem festlichen Aufzug mit seinem Dačia zum einige Häuser weiter praktizierenden Arzt.

Doktor Gellei sah ihn nur an, mit großen, weit geöffneten Augen.

»Wie viele Stunden ist das her, Laci?«, fragte er.

»Knappe sechs«, antwortete der Lehrer für Mathematik und Physik. »Knappe sechs Stündchen.«

Der Doktor sah die leise vor sich hin wimmernde Schwester an, die bereits zum dritten Mal nervös die Kurbel am Telefon gedreht hatte. Sie stand mit dem Rücken zu ihnen, aber man sah, wie das Weinen ihre Schultern auf und ab bewegte, so als lachte sie.

»Legen Sie auf, Magdika«, befahl Doktor Gellei. »Verstehen Sie nicht, ich habe gesagt, Sie sollen den Hörer auflegen!«

»Ja, aber der Notarzt …«, schluchzte die Schwester.

»Verstehen Sie nicht, was ich gesagt habe?«, rief der Arzt. »Legen Sie endlich den Hörer auf.«

Das Fenster der Arztpraxis stand offen, die frische Luft des kühlen Frühlingsabends brachte den Blütenduft herein. Die Singvögel hatten den Winter überstanden.

»Geh nach Hause, Laci«, sagte Doktor Gellei leise. »Geh nach Hause, mein Freund. Sprich mit deiner Familie, erzähle ihnen alles. Alles, bei dem du dich fühlst, als würdest du innerlich bereits verschimmeln, so sehr muss es endlich heraus. Wenn ich dir einen Rat geben darf: Versöhne dich mit Hildi. Verzeih ihr. Sag ihr, wie sehr du sie liebst. Laci, dein Schicksal liegt dem Ewigen am Herzen. Du bist ein Auserwählter. Die Zeit hat noch einige Tropfen für dich übrig. Geh jetzt, beeile dich, denn in einigen Stunden, Laci, Gott sei mit dir, du … nun komm, steh hier nicht so herum, denn du wirst mit Sicherheit sterben.«

Seine Dunkelheit ist meine Dunkelheit

Zum ersten Mal fiel es mir an meinen gähnend leeren Nachmittagen nach der Arbeit auf. Ich war so eifrig mit meinem Studium beschäftigt gewesen, dass ich es zunächst überhaupt nicht bemerkte: Außerhalb von Sáraság spürt man nicht auf Schritt und Tritt den Atem der Vergangenheit, stolpert auch nicht immer wieder über die eigenen Wurzeln, die Bewegungen der Ahnen fließen nicht in die eigenen, gegenwärtigen ein und man bedient sich auch nicht ihres Wissens, um Körbe zu flechten oder Vasen zu drehen. In Tótváros gibt es zwar eine vielfältige und geschäftige Ansammlung von Menschen, aber nur wenige Erinnerungen an die von Pfeifenduft durchtränkte Stille früher Winterabende, wenn in die mit offener Veranda versehenen Häuser der slowakischen, ungarischen, jüdischen Familien Ruhe einzog, man aufgehört hatte zu arbeiten oder sich zu streiten. Heute weiß man nicht mehr, worüber die armen Juden und die reichen Slowaken früher gesprochen haben, keiner erzählt einem mehr, was der Kleinstadtrabbiner getan hat, als er die ungarischen und rumänischen Bengel dabei erwischte, wie sie heimlich in die Synagoge schlichen, um endlich zu erfahren, was denn in diesem so schön verzierten Gebäude vor sich ging. Keiner erinnert sich mehr an die großzügigen jüdischen Händler oder an jenen legendären Frauenarzt, der die Kinder der Frauen der Gelehrten zur Welt brachte. Wer weiß denn schon noch etwas aus jener Zeit, als kräftige ungarische Müllerburschen die berühmten Verleger und Drucker, die Tevans und die Kners, auf der Straße passieren ließen, weil sie so große Herren waren, die sogar die Texte des Dichters aller Dichter, Endre Ady, druckten.

Heute spricht man über nichts mehr. Alles was man erfahren will, erfährt man nur vom Papier.

Von den Gesetzen der Alten Schrift scheint man hier nie etwas gehört zu haben, die fleißigen Stunden der Vormittage werden nicht vom Ewigen gelenkt und beschützt, es gibt keine Katholiken, die über solch einen Weitblick verfügten, dass sie nicht nur an Christus, sondern auch an die Wunder der Schöpfung glaubten. Überall sieht man nur die mit dem Staat kollaborierenden sogenannten »Priester des Friedens«, die anstelle des Friedens nur Neid und Angst in ihren Herzen tragen. Ich habe nur einen einzigen Ort gefunden, an dem es mir gelungen ist, den Puls der Vergangenheit zu ertasten: das verfallene ehemalige Freilichtkino und dessen Umgebung. Die Stuhlreihen des Kinos werden langsam von allerlei wildem Gewächs überwuchert, dennoch ist es ein zauberhafter Fleck, der an einen chinesischen Garten mit Terrasse erinnert. Dieses Kino versteckt sich in dem verwilderten Park, der am Körös-Ufer beginnt; die Stille hier wird vom Knirschen der Kieselsteine und dem Rascheln der trockenen Pflanzen gewürzt. In der Mitte des Geländes erhebt sich ein kleiner Hügel, es ist das aus Menschen bestehende Denkmal der Pest; dieser Boden verdaut die Knochen Tausender, aufeinandergehäuft liegen sie da, Schienbeine, Ellen, Zeigefinger, zerstreuten Zahnstochern gleich. All dies liegt vor dem riesigen jüdischen Friedhof, auf dem die Vorfahren der Drucker, Apotheker, Maler, Kunstgewerbler und Krämer ruhen, die von seufzenden Geigen begleitet so viele traurige Lieder gesungen haben, wie sie heute in der Zeitspanne von drei Menschenleben nicht erklingen. Wenn ich dort umherspaziere, atme ich Vergangenheit ein. Der jüdische Friedhof wird von niemandem außer mir besucht, es scheint, als sei ich der einzige, der dort zur Ruhe kommt, der hingeht, um sich dem Entsetzen auszuliefern und wirklich zu verstehen, dass wir nun mit Sicherheit ohne Erbe zurückgeblieben sind. Die erste Hälfte des Testaments, unsere andere Hälfte, fehlt, die Nachfolger der Völker des ersten Bundes sind zu Staub geworden, man sieht sie nirgends mehr, übriggeblieben sind nur noch ihre Bücher, ihre Häuser mit der offenen Veranda und ihr zum Möbelladen umgebautes Gotteshaus. Und wir sind allein geblieben, allein mit dem Neuen Bund, dem Neuen Testament, das ohne das Alte kraftlos ist. Ebenso schwach ist das Alte ohne das Neue, und daran können auch die Orthodoxen, die sich ja so leicht beleidigt fühlen, nichts ändern, mögen sie ihren Kopf in den Sand stecken, wie sie wollen.

Zu Hause versäumten wir es nie, uns daran zu erinnern, dass wir etwas Besonderes waren. Denn wir Katholiken haben schließlich auch ein Neues Testament, einen Neuen Bund, der von Jesus Christus geschlossen wurde, außerdem hielten wir als gute Noachiten immer die sieben noachitischen Gebote ein, was uns dazu berechtigte, uns als Zaddikim zu bezeichnen, als wahre Menschen, die auch jenen Gott anbeten, mit dem Moses einen Bund geschlossen hat und der noch kein Vater gewesen ist. In Sáraság waren immer zwei Ahnen mit uns, von ihnen wurden wir beschützt, sie bestimmten unseren Alltag; zwei Ahnen, die in unseren Träumen, Gedanken und Seelen wiederkehrten. Noah und Hiob. Die Sintflut und der Durst. Die Strafe und das Leid. Sie waren die ständigen Begleiter unseres Dorfes. Und dies ist der Beweis: Weder Noah noch Hiob waren Juden, dabei waren sie beide unbestreitbar wahrhaftige Menschen. Nicht einmal Áron Avarka – dabei stand er unter dem Druck des mit den Kommunisten paktierenden Szegediner Klerus – protestierte wirklich gegen die Vorstellung, das Land Uz, Hiobs Fleckchen Erde, sei bei uns in Sáraság, in der Kontragegend, dort, wo die Kurcza in die Theiß fließt, auf den Pfaden, auf denen das Vieh durchgetrieben wird, im Lándor-Teich und allen Ländereien der Umgebung oder zumindest in unserem Glauben zu finden.

Als Opa Töre, dessen Gier dafür verantwortlich war, dass seine Hoden von einer Kardanwelle festgehalten wurden, Franczek Gyulas Übergangsfrau, jenes gewisse Mädchen aus dem Heim, auf eine wundersame Weise geschwängert hatte, sprachen sogar die Frauen von Laila. Von dem Engel, der aus Millionen von Spermien jenes eine auswählt, aus dem ein Kind entstehen soll. Im Frühling 1982, kurz nach Herrn Számfiras Tod, zu der Zeit, als wir schon fast ein Jahr in dem berühmten Gymnasium in Feketeváros verbracht hatten, wurde Opa Töres Sohn geboren. Eigentlich hätte ihm ja eher ein Enkelkind geboren werden sollen als ein Sohn. In der Kneipe und Konditorei Oláh machten sich alle über den Engel Laila lustig: Er müsse ja ganz schön gebechert haben, bevor er eine Samenzelle aus Opa Töres in seinem Oberschenkel befindlichen Hodensack herausgesucht habe. Aus diesem Sack im Exil etwas auszuwählen hätte sich wirklich nicht mehr gehört. Als Opa Töre mit der guten Nachricht ankam, wurde die Stimmung plötzlich so fröhlich, als wäre gerade eine Hochzeitsfeier im Gange, und die Betrunkenen durchbrachen fast die Wände des Hauses. Als Opa Töre den Versammelten dann auch noch mitteilte, der kleine Károly Töre sei gewiss sein Sohn, man könne sagen, er sei ganz der Vater, schließlich habe er sogar seine Hoden im Oberschenkel, nun, da entstand eine regelrechte Karnevalsatmosphäre. Dass der kleine Károly aus Selbstironie oder Aufgeblasenheit dem Beispiel seines Vaters folgend seine Hoden im Oberschenkel hatte wachsen lassen, schien wie der beste Witz des Jahrzehnts, und man stellte sich vor, wie man nun alle künftigen Generationen der Töre-Männer wegen ihres lächerlichen Unterkörpers werde foppen können. In dieser guten Laune empfahl Gyula dem LPG-Vorsitzenden Gábor Töre, er solle dem Beispiel seines kleinen Bruders folgen und seinen Hodensack auch in seinen Oberschenkel verpflanzen lassen, denn sonst könne man ja noch auf die Idee kommen, er gehöre nur zu einem Nebenzweig der Familie, und in Ungarn sei es, den Esterházys folgend, schließlich besser, zum gräflichen Zweig der Familie zu gehören als zum herzoglichen. Er sei ja genauso ein Töre-Spross wie dieses späte Kind, und es könne nicht angehen, dass ihm nun wegen dieser veränderten Umstände womöglich noch eine nachteilige Behandlung widerfahre.

Das Mädchen aus dem Heim, an dessen Namen ich mich noch nie erinnern konnte, wurde eine Woche später aus dem Krankenhaus entlassen. Nachdem die Familie Töre aus dem Bus gestiegen war, führte ihr erster Weg sie selbstverständlich, denn in diesem Punkt ließ Opa Töre nicht locker, in die Kneipe und Konditorei Oláh. Die junge Mutter war kaum eine Woche nach der Geburt wieder biegsam und schlank wie eine Gazelle, ihre ängstlichen Bewegungen ließen sie äußerst zerbrechlich erscheinen, sie wirkte wie ein Backfisch und ihre leuchtend blauen Mandelaugen funkelten erschrocken. Sie sah sich in der dunklen und verrauchten Kneipe um, als wäre sie eine zu Markte getragene Ware.

»Das ist kein Ort für ein Kind, Papa Töre.«

»Das hält er schon aus«, antwortete Opa Töre. »Leg ihn dahin«, sagte er und deutete auf einen dreckigen, fleckigen Tisch.

»Zuerst soll ihn jemand abwischen.«

Der Kneipenwirt Oláh fand unter Einsatz all seiner Ortskenntnis einen Lappen, mit dessen Hilfe er den Tisch mehr oder weniger sauber wischte. Alle Kneipenbesucher drängten sich um ihn herum, denn wir wussten, was jetzt kommen würde. Opa Töre packte das Neugeborene mit ungeschickten Bewegungen aus, seine Finger verhedderten sich in der großen, sauber gefalteten Stoffwindel.

»Meine Frau ist nicht unfruchtbar – so etwas können nur Weicheier behaupten«, rief er, nachdem er sich vergewissert hatte, dass Gyula Franczek sich gerade nicht in den Oláh-Werken aufhielt. Die Reaktionen auf Opa Töres Worte waren gemischt: Manche lachten, manche nicht. Denn der Spott in dieser Bemerkung war den meisten doch zu beißend. Man dachte, irgendetwas stimme bei Gyula nicht, wenn er nicht in der Lage gewesen war, dieses wunderschöne, fruchtbare Mädchen zu schwängern. »Und wer nicht glaubt, dass dieses Kind von mir ist«, fuhr Opa Töre lautstark fort, »der soll mal die Augen aufmachen.«

Die Hoden des kleinen Károly Töre saßen wirklich in seinem Oberschenkel, genauso wie bei seinem Vater. Wer die von Opa Töre gesehen hatte, behauptete, ähnlicher hätten sie gar nicht sein können. Alle, Alkoholiker, Tagediebe, Schüler und noch eine Reihe anderer Männer, standen um den zur Wickelkommode umfunktionierten Tisch herum, bildeten so einen Kreis um die Heilige Familie der Kneipe, und die Spötter schämten sich plötzlich. Der Sack war dort, stolz saß er im linken Oberschenkel des Kindes, er war fest und groß, wie es sich bei einem neugeborenen Jungen gehört. Károly war noch sehr klein, seine Nabelschnur hing sogar noch abgebunden an seinem Bauch.

»Das ist mein Sohn«, rief Opa Töre, »an dem ich mich erfreue.«

Das Kind fing an zu weinen, die Leute zu lachen. »Er hat Angst vor dir«, sagten sie zu Opa Töre, nachdem seine Frau mit dem Neugeborenen nach Hause gegangen war. »Weil du so ein Rindvieh bist.«

Abgesehen von diesem Ereignis war das Hauptthema der Gäste in der Kneipe und Konditorei Oláh noch immer der Tod des Lehrers für Mathematik und Physik, Lászlo Számfira. Nachdem Opa Töres Frau und Sohn die Kneipe verlassen hatten, tuschelte man weiter darüber, ob der Herr Lehrer das Weingift nicht vielleicht doch absichtlich getrunken, sich es aber dann doch anders überlegt habe. Schließlich schmecke dieses Zeug viel zu stark nach Schwefel, um mit Wein verwechselt werden zu können. Auch war man sich mittlerweile ziemlich einig darüber, dass wohl Herrn Számfiras alte hoffnungslose Liebe hinter der überstürzten Handlung gestanden haben musste. Lea Barabás war nämlich zur Beerdigung erschienen, was die Dorfbevölkerung bis aufs Äußerste empört hatte. Die Hortlehrerin aus der Stadt hatte nicht die geringste Ahnung, was für ein furchtbares Gerücht im Dorf über sie im Umlauf war. Woher hätte sie denn auch nur ahnen können, dass ihre ehemaligen Nachbarn und Leute, die ihr einst nahegestanden hatten, sie jetzt am liebsten gesteinigt hätten oder dass die Spielgefährtinnen ihrer Kindheit inzwischen dicke, zahnlose Bäuerinnen mit dreckigen Fingernägeln waren, die über die Welt außerhalb des Dorfes so gut wie nichts wussten. Die meisten hatten nicht einmal von János Kádár, dem Generalsekretär der Partei, gehört, und auch keine Ahnung davon, dass die Hauptstadt dieses verschwitzten, schäbigen, klein denkenden Landes Budapest ist. Das ist kein bisschen übertrieben: Es war nicht so, dass es ihnen nicht einfiel, nein, sie wussten es einfach nicht. Umso mehr hatten sie lodernden Hass im Blut, und ihr Denken wurde von Neid, Gehässigkeit und dem fortwährenden Verdacht bestimmt, man wolle sie übers Ohr hauen. Diese Eigenschaften schienen sie bereits mit der Muttermilch eingesogen zu haben. Ebenso wie die intuitiv angewandte Praxis, jemanden zu steinigen, ohne dass er auch nur von einem einzigen Kiesel getroffen wurde.

Als folgten sie einem Ritual, halten die laut schluchzenden Frauen mit den tränenverquollenen Augen am Tag nach der Beerdigung die trauernde Witwe auf der Straße an, um ihr die Möglichkeit zu geben, sich für die von ihnen gekauften, sogar mit Trauerband versehenen teuren Kränze zu bedanken. In ihre dann folgende kleine Rede muss sie die detaillierte Beschreibung der erhaltenen Andachtsgebinde einfließen lassen, um zu verdeutlichen, dass sie eine dankbare und aufmerksame Witwe ist, die ganz genau weiß, welche Tannenglorie von der zutiefst erschütterten Freundin gekauft wurde. Nachdem die Freundin der Witwe versichert hat, dass diese immer auf ihre Hilfe zählen könne, kommt sie bald, immer noch schluchzend, auf die schwierige finanzielle Lage ihrer kleinen Familie und auf das Monatsende zu sprechen. Woraufhin es sich für die Witwe gebührt, zu bemerken, sie sei sich vollkommen darüber im Klaren, in welche Unkosten sich ihre Freundin wegen des prächtigen, mit Nelken verzierten Tannenzweigwunders gestürzt habe und dass diese sich sicher sein könne, falls irgendwann in der Zukunft der heiß geliebte Ehegatte ihrer zutiefst erschütterten Freundin vom Kneipenhocker kippe, so werde sie, die jetzige Witwe, auf das Grab des Ehemannes der zukünftigen Witwe einen Kranz legen, der auf den Fillér genauso viel kosten werde wie eben jener, den sie erhalten habe.

Lea Barabás war inzwischen eine Stadtfrau und hatte keine Ahnung von alledem.

Zur Beerdigung erschien sie mit einem schlichten, in Papier gewickelten Blumenstrauß, woraus die für ihre Trauertätigkeit pro Stunde entlohnten Klageweiber folgerten, sie sei von Gewissensbissen geplagt. Sie sei schuldig. Nachdem sie im Anschluss an die Beerdigung ins Totenhaus gegangen waren und die vom Sarg befreite Bahre gedeckt hatten – denn eines der Klageweiber hatte wohl vor kurzem Namenstag gehabt, den man für gewöhnlich beging, indem man nach einer Trauerfeier an besagtem Ort ein Gläschen Wein trank –, berieten sie sich und kamen zu dem Schluss, dass die Hortlehrerin aus der Stadt den Herrn Lehrer eigenhändig vergiftet habe. Denn niemandem wollte es in den Kopf gehen, wie die ansonsten doch so nette Frau Számfira, die auf der sehr sensiblen Skala, auf der die Klageweiber die Dorfbewohner registrierten, zu den am meisten geschätzten Frauen zählte, zu so einer Tat hätte fähig sein können. Nun, ich muss gestehen, das verstanden auch wir nicht. Auch Bece Beregi, Gyula Franczek und Dezső Metz standen wie angewurzelt und mit offenem Mund da und sahen zu, wie die sichtlich am Boden zerstörte Ilonka Umbera, an deren Wangen während der gesamten Beerdigungszeremonie keine einzige Träne hinuntergerollt war – wohingegen die neben ihr stehenden Verwandten schon fast an ihren eigenen Tränen erstickt waren –, die große Liebe ihres Mannes umarmte. Sie zog sie an sich und gab ihr einen Kuss auf die Wange. Die Blicke der beiden Frauen trafen sich für einen Moment, keine Wärme war in ihnen zu entdecken, nur Schmerz, mir schien es, in dem Augenblick dachte jede der beiden weder an sich noch an die andere. Tief in meinem Inneren bekam etwas einen Riss, ich hatte das Gefühl, diese Frauen waren nicht bemüht, sich gegenseitig zu trösten, sie wollten der anderen auch nicht die Kränkungen verzeihen, die das gesamte Leben der jeweils anderen bestimmt hatten. Sie schienen überhaupt nicht anwesend zu sein, und ich spürte nur etwas, das mir in Sáraság nie zuvor begegnet war: reine Trauer. Der Tod war anwesend, László Számfiras furchtbares Fehlen.

Hildi Számfira erzählte später, ihr Vater und ihre Mutter

hätten sich in größter Liebe voneinander getrennt, ganz so als wäre ihr Leben nicht eine lange Kette von fatalen Fehlern und boshaftesten Gehässigkeiten gewesen. Vom Arzt sei der Herr Lehrer schweigend und ruhig nach Hause zurückgekommen, habe den Dačia in die Garage gestellt, die Fahrzeugpapiere aus dem Handschuhfach genommen und in eine Schublade des Küchenschranks gelegt, dann habe er seine Frau an die Hand genommen und gemeinsam seien sie ins Schlafzimmer gegangen, wo sie sich sonst tagsüber so gut wie nie aufhielten. Laut Hildi waren sie von Tränen und Lust gleichzeitig ergriffen, sie hätten geweint und gelacht, und durch die Tür, die einen Spaltbreit offen geblieben sei, habe sie gesehen, wie die beiden sehr langsam schaukelten, wobei sie sich während der gesamten Zeit in die Augen gesehen hätten. So habe sich László Számfira von seiner Frau verabschiedet, er habe kein einziges Wort gesagt, weder bevor sie sich geliebt hätten noch danach, nur mit Hildi habe er, bevor er auf dem Weg zu seiner Werkstatt neben dem Wasserhahn im Garten zusammengebrochen sei, lange gesprochen. Lediglich mit einer Unterhose bekleidet sei er aus dem Schlafzimmer spaziert und habe seiner Tochter all das gestanden, was ihm in jenem Moment bewusst geworden war, als er gemerkt habe, dass er das Weingift getrunken hatte. Er sagte, er und Ilonka hätten sich jenseits der Sprache, irgendwo im nach Achselschweiß riechenden Bermudadreieck zwischen Schweigen, Körper und Seele sehr gut verstanden.

»Nicht jede Reise«, sagte László Számfira, »kann eine Vergnügungsfahrt sein.«

Ihr Leben ist so gewesen, wie es gewesen ist, so ist es entschieden worden: eine viel zu heftige Schlacht, eine ständige, pausenlose Strafe, ein Felsrollen dafür, dass sie gelebt haben. Hildi Számfira ist auf den Wasserhahn gesunken, wickelte sich sozusagen um ihn und weinte bitterlich, während Frau Számfira nur mit leerem Blick in der Küche stand, nackt und mit einem Fleischklopfer in der Hand, den sie hervorgeholt hatte, um die von ihrem Mann gefangenen Fische vor dem Ausnehmen zu erschlagen.

Es war der Monat Siwan, und das Dorf, diese große Synagoge, war vom Ewigen in Grün gekleidet worden. Die geraden Espen der Dorfstraße raschelten wieder und die gesunden Blätter der Pflaumenbäume, die bis zur Mitte des Sommers meist alle von Läusen aufgefressen wurden, leuchteten nahezu. Als hätte man sie mit Seilen gezogen, waren die Luzernen in die Höhe geschossen, und auch die Nutzpflanzen der Vorgärten hatten sich einen Weg aus der dunklen Erde gebahnt. In Sáraság hatte man vor den Häusern keinen Rasen, sondern Zwiebeln, Kartoffeln und Luzerne. Rasen ist zwar viel schöner, der sich bis vors Haus hinziehende Nutzgarten vermittelt jedoch ein gemütlicheres Gefühl; das ganze Dorf schien zu einem einzigen großen Grundstück zu gehören, in dem die zarten Frühlingszwiebeln wuchsen, die man zusammen mit den mit Fett beschmierten köstlichen Broten gemeinschaftlich essen konnte.

Es war, als hätten wir bei jedem im Dorf frei ein- und ausgehen können.

Hildi Számfira, die wunderschöne Hildi Számfira, wurde nach dem Tod ihres Vaters draufgängerischer und erbarmungsloser. Sie radelte jeden Tag zu seinem Grab, abgesehen davon benahm sie sich jedoch, als würde sie jetzt erst recht fest im Sattel sitzen. Sie wies jede Art Mitleid von sich, trug Schlaghosen und steckte sich Peace-Zeichen an die Bluse. Ihre Haare schmückte sie mit Löwenzahn. Diese Veränderung sah man weder in der Schule noch im Dorf besonders gern, dennoch sagte keiner ein Wort. Man muss sich entweder austoben, um sich vom Schmerz zu befreien, oder sich auf eine andere Art irgendwie anzapfen, ein Ventil finden, durch das er aus einem herausfließen kann. Tut man dies nicht, so staut er sich in der Seele und entzündet sich. Hildi fuhr häufig zum Lándor-Teich, hinter die leer stehenden Einsiedlerhöfe, in deren verlassenen Schuppen Pannonia-Motorräder und deutsche Beiwagen aus dem Zweiten Weltkrieg zu finden waren. Dezső sah oft, wenn er nach der Arbeit zum Lándor fuhr, um Katzenwelse zu angeln, wie Hildi mit zwei Deckelkannen –und das deutete auf die Absicht hin, einen großen Ausflug zu unternehmen – in dieselbe Richtung unterwegs war. Einmal, als das Számfira-Mädchen gerade mit einem Korb voller Unkraut zurückkam, liefen sie sich über den Weg. Hildis neue Marotten schienen nicht gefährlich zu sein, wobei sich meine Schwester, Évi Szalma und Ibolyka Fráter darin einig waren, dass sie zerstreut wirke, ja ein wenig wunderlich sei sie geworden, mal kichere sie dämlich, mal halte sie stundenlange Predigten, als hätte sie bei Franczek Rhetorikunterricht genommen. Manchmal stopfe sie in unglaublicher Geschwindigkeit alles in sich hinein, dann aber schlafe sie plötzlich ein, mit dem Gesicht im Essen oder auf der Schnitte. Obwohl sie sie seit Wochen nicht mehr hätten weinen sehen und es somit nicht wegen der Tränen sein könne, seien ihre Pupillen riesig und über dem Weiß der Augen liege ein Netz aus kleinen Blutäderchen. Und vom Auge behauptet man ja, es sei der Spiegel der Seele.

Die Katastrophe geschah, als wir nach der Schule mit demselben Bus zu Hause eintrafen. Hildi kam zwar nur von den Calvinisten, dennoch hatte sie, wie wir, den späten Bus genommen. Es war, wenn ich mich richtig entsinne, einer der letzten Tage, an denen Bece und ich wenigstens die Werktagabende zu Hause miterlebten. Kurze Zeit danach wurden wir ins Internat aufgenommen, damit wir nicht jeden Tag stundenlang mit dem Bus fahren mussten – genauer gesagt in ein Schülerwohnheim, in dem Kinder von Einödhöfen sowie Halbverrückte gefangen gehalten wurden.

Hildi lachte im Bus und tanzte, manchmal sang sie sogar etwas mit ihrer heiseren Stimme. *Honey honey, how you thrill me, ah-hah, honey honey.* Dann umfasste sie die Stange, an der man sich festhalten konnte, und bewegte die Hand auf und ab, als umfasste sie das erregte Glied eines Mannes. *Oh, you make me dizzy.* Sie stöhnte wie jemand, der gerade höchste Lust empfindet. Einige der Pendler kicherten geniert, das Murren der Empörung, in das auch die zwischen Stadt und Dorf pendelnden Frauen und die dreckigen, betrunkenen Monteure einstimmten, war jedoch weitaus stärker. »Sie beschmutzt das Andenken des Herrn Lehrer«, rief irgendwer aus dem hinteren Teil des Busses. Daraufhin stimmte Hildi ein neues Lied an: *Tataratatantara, to turn me on*. Sie kreischte schief und lachte dabei. Am Abend, als Dezső von der Nachmittagsschicht kam und gerade darüber nachdachte, wo er am schnellsten seine Deckelkanne auffüllen könnte, war Hildi immer noch nicht zu Hause angekommen, dabei lag das überwältigend schöne Számfira-Grundstück kaum einige Minuten von der Zentralbushaltestelle entfernt.

Die Brandmauer des Ladens für Bekleidung war von der einzigen Werbung des Dorfes geschmückt, die man noch irgendwann Anfang der siebziger Jahre auf die blanke Betonwand gemalt hatte. Sie stellte eine spazierende Familie dar; alle wirkten glücklich und trugen sehr bunte Kleider. Man konnte nicht feststellen, wofür geworben wurde, für das Glück oder für die Kleidung. Vor diesem Gemälde tanzte und krächzte Hildi gerade *Here comes the sun* …

Für die weiteren Ereignisse gab es nur eine einzige Augenzeugin: Tante Pannika.

Das war ein bizarrer und außerordentlich unangenehmer Zufall. Zu jener Zeit erfreute sich Tante Pannika ohnehin keiner besonderen Beliebtheit. Ede Klein besuchte inzwischen auch die Männer in ihren Träumen, was für das Seelenleben des Dorfes nicht ohne Bedeutung war. Sollten die Frauen ruhig die Last des Lebens tragen, ein Mann aber wollte nichts wissen vom Karren mit dem grauen Pferdegespann, der die Azazelstraße hinunterjagt und auf dessen Bock einige Teufel sitzen. Und dann saß auch noch Ede Klein hinten auf dem Karren, der um die Jungfrau trauerte, die er nicht getötet hatte, für deren Tod der Ewige dennoch ihn büßen ließ. Die Männer waren aufgebracht, und viele gaben, wenn auch zunächst erst einmal eher verhalten, dem *Klein-Tagebuch* und natürlich dessen teuflischer Urheberin die Schuld. Seit der abenteuerlichen öffentlichen Verlesung des unverständlichen Schriftstücks, damals, als Dezső und Ignác Gergely das Gitter des Toilettenfensters des LPG-Büros abmontierten und Dezső der entrückten Menschenansammlung den Text vorlas, waren immer wildere Spekulationen in Umlauf geraten. Die, die dabei gewesen waren, erinnerten sich jeweils an etwas anderes.

Als hartnäckigstes Gerücht erwies sich schließlich, dass das *Klein-Tagebuch* ein Totenbuch sei.

Neben den darin verzeichneten Todeszeitpunkten der Dorfbewohner stehe dort ebenfalls geschrieben, dass der Tod Ede Klein, den armen umherirrenden Juden aus unserem Dorf, seit jenem gewissen Ereignis immer wieder zu uns schicke, um die Sáraságer Seelen abzuholen. Das war Onkel Edes Strafe dafür, dass er gelebt hatte. Er musste keinen Felsbrocken auf die Spitze eines riesigen Berges rollen, der immer kurz vor dem Ziel zurückrollte, sondern alle Seelen unseres Dorfes wegfahren. Mit dem schon so oft erwähnten Karren. Jener unglückliche Umstand, dass László Számfiras Tod zeitlich zufällig gerade mit Ede Kleins »Aktiv-Werden« bei den Männern zusammenfiel, war Tante Pannikas Beliebtheit also nicht sonderlich zuträglich. Wenn das *Klein-Tagebuch* wirklich ein Totenbuch war, dann hätte László Számfiras Tod verhindert werden können. Wenn darin alles geschrieben stand, den frühen Verlust des beliebten Dorflehrers inbegriffen, dann war es eine maßlose Unverantwortlichkeit, dass man es dennoch hatte geschehen lassen.

Und dies war natürlich noch die wohlwollende Auslegung. Einige der Frauen waren eher der Ansicht, die Ereignisse seien die Folge des Textes gewesen. Jene Schrift prophezeie nicht, sie verfluche, und man müsse sie samt Tante Pannika sofort auf den Scheiterhaufen werfen. In jenen Tagen befragte Dezső oft den Geist Onkel Pista Avarkas. Er bekräftigte gegenüber dem Alten, dass wir Hilfe benötigten, worauf Onkel Avarka nur einfältig erwiderte, es dauere nicht mehr lange, bis das Auserwähltsein das Dorf verlasse, der Fluch des morgendlichen Redens werde verschwinden, und unsere Enkel würden uns nicht glauben, dass wir früher einmal unter einem seltsamen Durst gelitten hätten. All dies war unverständlich und verletzend. Vergebens versuchte Dezső etwas aus Onkel Pistas Geist herauszubekommen: Ob Herr Számfira bereits angekommen sei, wie es ihm gehe, ob er uns manchmal besuchen werde – denn wir würden ihn selbstverständlich gern sehen. Doch Onkel Avarka schwieg dazu.

Dann, eines sonnigen Vormittags, als der Kulturhausdirektor Mátyás Antal und der Ratsvorsitzende Sándor Guliga nach ihrer Vormittagsbrause und dem Kaffee mit doppeltem Rum mit frisch aufgefüllten Deckelkannen aus dem Gasthaus zurück zur Arbeit schlenderten, geschah wieder etwas, das Tante Pannika erneut in ein schiefes Licht oder, um genauer zu sein, in einen schiefen Schatten rückte. Die besitzerlose Silhouette am Denkmal des heiligen Johannes von Nepomuk stellte nach Ansicht aller Dorfbewohner Ede Klein und seine Mutter, Tante Esztike, dar, die ja auf der Originalfotografie beide im Eingang des Krämerladens gestanden hatten.

Dieser Schatten machte sich an jenem Tag auf den Weg.

Er wanderte durch die Stadt, ganz so, als gehöre er zu jemandem und als würde dieser jemand seelenruhig an der Synagoge entlangspazieren, vorbei an Dezsős Frisiersalon, am Katholischen Klub und an der Post. Mátyás Antal und Sándor Guliga liefen gerade zum Dorfrathaus, als er ihnen entgegenkam, von selbst schwebend, ruhig und bedächtig, ohne Hast – so wie es sich für einen Dorfschatten gehört. Mátyás Antal rannte zum Kulturhaus, in der Hoffnung, auch der dortige Schatten möge losmarschieren und von nun an jemand anderen beglücken. Die Silhouette der Dreschmaschine bewegte sich jedoch kein bisschen, sie klebte weiterhin an der Wand des Kulturhauses. Ede Klein und seine Mutter, das heißt ihre Schatten, blieben vor Tante Pannikas Kiosk stehen. Kein bestrichener Türpfosten, kein gelber Stern hätte zur Zeit der Trauer um László Számfira eine eindeutigere Markierung sein können. Plötzlich entflammte sogar in jenen Zorn und Angst, die sich bis dahin aus der Angelegenheit vollkommen herausgehalten hatten. Vor allem Irén Ráchels Hass beeinflusste die Menschen. Anfangs sagte sie kaum etwas, blickte nach der Messe lediglich mit eng zusammengekniffenen Augen um sich, während der kleine Danika Ráchel auf ihrem Arm schrie. Später wiederholte sie immer wieder: »Das wird ein böses Ende haben, ihr werdet schon sehen.« Irén Ráchel, die zweite Anwärterin auf den Hexentitel, hatte es nun auf die Seite der Gerechten verschlagen, sie nahm sogar plötzlich eine führende Rolle ein im Kampf um die gute Sache.

»Das Totenbuch, das *Klein-Tagebuch* trägt die Schuld an allem. Weshalb muss man denn überhaupt beschreiben, was passiert?«

Seltsamerweise schien die nicht gerade nebensächliche Tatsache, dass das Schriftstück wieder in Gábor Töres Safe lag, niemanden sonderlich zu interessieren. Bece Beregi und ich hätten es unabhängig von den Ereignissen gern gesehen, wenn es zu einer erneuten Lesung gekommen wäre, da wir ja beim ersten Mal nicht dabei gewesen waren. Niemand wollte jedoch auf uns hören.

Es wurde kein einziges Mal ernsthaft in Erwägung gezogen, dass man den Text erneut aus dem Safe entwenden und lesen müsste – und zwar diesmal aufmerksamer und klüger. Was, wenn Ede Klein und durch ihn das Dorf darin gar nicht verflucht wurden? Wenn Onkel Ede gar nicht der Fährmann der Sáraságer Seelen war? Schließlich ist er weder ein Teufel noch ein Engel gewesen, auch wenn er trotz seines schweren Schicksals immer ein gerechter Mensch blieb.

Kurz gesagt: Es muss ein außerordentlich unglücklicher Zufall gewesen sein, dass gerade Tante Pannika anwesend war, als die Sache mit Hildi passierte. Hildi tanzte und sang selbstvergessen vor dem Konfektionsladen. *Vor gar nicht so langer Zeit, es war auch nicht sehr weit, spielte ich Gitarre.* Tante Pannika erstarrte bei diesem Anblick. Sie musste an die Schrift denken und daran, dass dort stand, der Kontakt mit dem Himmel könne eine derartige Euphorie verursachen und nur die Gegenwart des Ewigen vermöge einem Sterblichen solch ein Glück bescheren, dass dieser verzückt tanze und singe. *Bitte, freue dich mit mir, freue dich so wie ich.* Sie konnte die Augen nicht von Hildi nehmen, betrachtete sie mit Neid und Angst. Was mochte den Gott der Schrift dazu bewogen haben, an einem gewöhnlichen Spätnachmittag im Frühling, als die Luft bereits abgekühlt war und die aufgestaute Langeweile und Bitterkeit des Tages langsam zum Vorschein kam, in Sáraság präsent zu sein? War gewiss, dass es nur Gutes zu bedeuten hatte, wenn der Herr in der Nähe war?

»Es ist alles o.k.«, rief Hildi, »nur plötzlich nahm der See meine Gitarre weg.«

Wenn jemand die *Schechinah*, das uns zugewandte Gesicht des Ewigen, sieht, bedeutet das unbedingt etwas Gutes? Kommt der Ewige nicht vielleicht, um Rechenschaft zu fordern, um zu urteilen? Ede Klein hat es schließlich erblickt, als er gestraft wurde! Tante Pannika stand auf der von Unkraut überwucherten Asphaltstraße neben dem Markt, Hildi auf der gegenüberliegenden Seite. Sie sah, wie diese aufhörte zu tanzen und Zigaretten und Streichhölzer aus ihrer Tasche holte. Das Streichholz wollte sich nicht entzünden. Auch das zweite nicht. Das dritte nicht. Eins nach dem anderen zerbrachen die dünnen Holzstäbchen. Auch das fünfte nicht, das sechste nicht. Das siebente flackerte endlich auf, durch einen Windzug erlosch es jedoch noch im selben Augenblick. Hildi gab nicht auf, die giftigen Köpfe der Stäbchen zischten weiter. Der Inhalt der gesamten Schachtel schien auf den Boden zerstreut worden zu sein, und in der Mitte des Streichholzteppichs stand Hildi. Endlich gelang es ihr, ein brennendes Streichholz vor ihren Mund zu halten. Tante Pannika sah, dass die Zigarette kein Feuer fangen wollte. Man sah auch dann keine Glut, als Hildi ihre Hand wegnahm. Plötzlich war ein furchtbarer Knall zu hören, ein entsetzliches Dröhnen, das Verspritzen irgendeiner schweren Flüssigkeit und das Klappern kleiner Knochen auf dem Beton. Als Tante Pannika endlich begriff, als bis zu ihrem Hirn vorgedrungen war, was auf der anderen Straßenseite geschah, lag Hildi bereits am Boden, aus ihrem Mund floss das Blut in einem breiten Bach.

Ignác Gergely war zu diesem Zeitpunkt bereits seit fast einem Jahr kein Schweizer mehr, die Silhouette seines Vaters verfolgte ihn, wohin er auch ging, der Speck essende Schatten, jener Teil der an die Wand des Kulturhauses geworfenen Gruppe, der sich selbstständig gemacht hatte. Ignác hatten wir, nachdem Dezső ihn so böse zurechtgewiesen hatte, nur selten getroffen, dennoch wussten wir immerhin, dass Doktor Gellei ihn unbefristet krankgeschrieben hatte und dass er manchmal bis zum Gasthaus ging oder auch ein bisschen weiter, einen großen Schnaps trank oder auch ein bisschen mehr. Er hatte sich dem Trinken hingegeben, und wenn er betrunken nach Hause taumelte, legte er sich neben die Werkstatt seines Vaters und redete mit seinem Schatten. Dieser antwortete ihm nie. Ignác Gergely hatte auch an diesem Tag anständig gebechert, zum Glück, wie er im Nachhinein betonte. Nüchtern hätte er wohl den Anblick nicht ertragen können. Als er auf der Straße vom Neudorf her kam, habe er noch nichts gesehen, erst als er an der Ecke des Konfektionsladens eingebogen sei, habe er die am Boden liegende, wunderschöne Hildi Számfira bemerkt.

Der Asphalt unter ihr war voller Blut, um sie herum lagen Hautfetzen und Zahnbrocken verstreut.

Ignác erzählte, es habe so ausgesehen, als hätte man Hildi mit einem Stock waagerecht in den Mund geschlagen. Irgendetwas habe ihr Gesicht zerfetzt, vor allem auf der linken Seite. Überall fettige Haarbüschel, einige Zahnfüllungen, Rotz und Blut. Der Geruch habe ihn an angesengte Schweinehaut erinnert. Durch Hildis Haut habe sich ein langer Spalt gezogen; die an Peitschenspuren erinnernden Risse sollen sich bis zu ihrem Nacken gezogen haben. Sie seien wie viele kleine eitrige Bäche gewesen.

Auf der anderen Straßenseite stand Tante Pannika wie zur Salzsäule erstarrt, so als hätte sie trotz der göttlichen Warnung zurückgeblickt. Sie jammerte nicht, lief nicht hinüber, um zu helfen, sie stand nur da, als wäre sie nicht Teil der vom Ewigen erschaffenen Welt. Ignác sammelte sich schließlich, rannte zu Doktor Gellei, ließ einen Krankenwagen kommen, und ganz so, als wäre er Hildis nächster Angehöriger, fuhr er mit ihr zum Krankenhaus. Während der Operation stand er die ganze Zeit vor dem OP-Saal, setzte sich später neben Hildi Számfiras Bett und hielt ihre Hand ganz fest. Die Ärzte fragten nicht, wer er sei, sie nahmen einfach an, er sei ihr Verlobter.

Als Wahrsager wären diese Ärzte ihr Geld wert gewesen.

Hildi hatte keine Ahnung, was passiert war, sie erinnerte sich später nur daran, dass sie eine Zigarette hatte rauchen wollen und dann einen großen Knall hörte. Es war ihr, als verspürte sie auch einen kurzen Schmerz. Was danach geschehen sei, darüber habe sich ein wohltuender Schleier gelegt. Nun aber habe sie enorme Schmerzen. Für die aufgeklärten Leute aus dem städtischen Krankenhaus schien hingegen sonnenklar, was geschehen war.

»Dahinter steckt mit Sicherheit ein tschechoslowakischer Hersteller«, sagte eine dicke, schweißtriefende Krankenschwester. »Kein sowjetischer, auch kein rumänischer. Die Tschechen produzieren sehr gute, die rumänischen und die sowjetischen explodieren nicht.«

»Was explodiert nicht?«, fragte Hildi.

»Die Knallfrösche. Wenn Sie mal für Silvester welche haben wollen, müssen Sie solche kaufen. Das wird für Stimmung sorgen.«

»Was ist ein Knallfrosch?«, fragte Hildi. Der ohnehin nicht sonderlich aufschlussreichen Antwort hörte sie jedoch nicht mehr zu. Sie bat um einen Spiegel. Ignác Gergely saß an ihrem Bettrand und sah sie mit feurigen Augen an. Er schwitzte und rang die Hände. Hildi kam zu dem Schluss, der Schaden könne nicht sonderlich groß sein, dieser schmachtende Männerblick sei jedenfalls nicht anders als gewohnt.

»Ich denke, das solltest du vielleicht lieber lassen«, sagte Ignác vorsichtig.

Hildi schien wie aus einem Schlummer geweckt. »Was sollte ich lassen?«

»Das mit dem Spiegel.«

Hildi wartete eine Weile auf den Spiegel, jedoch vergeblich. Ignác' Augenlider zuckten, seine Halsschlagader pulsierte. Hildi betrachtete den Jungen verständnislos. Was hatte er denn? Dann näherte sich Ignác' Hand langsam der ihren, zögernd, als bereue sie bereits, dass sie sich auf den Weg gemacht hatte, sie sprang zurück, doch schließlich ergriff sie die des Mädchens. Es war eine feuchte, heiße, dreckige Hand, die Finger zitterten. Hildi wollte im ersten Moment die ihre wegziehen, dann sah sie Ignác jedoch an und ließ sie dort, wo sie war. Ein unwiderstehliches Verlangen strömte ihr entgegen …

Der alte Frisiersalon, Dezsős armselige Unterkunft, wirkte im Frühling noch erbärmlicher als sonst. Der Sonnenschein und das lebendige Treiben draußen, das Geklapper der Störche, das Zirpen der Grillen und der wer weiß woher kommende Geruch von Pferdemist rückten das Aussehen der Wände, von denen der Putz bröckelte, auch in kein besseres Licht. Dezső Metz selbst war ziemlich heruntergekommen. Er hatte sich die Haare lang wachsen lassen, sogar bei seiner Arbeit sprach man ihn bereits darauf an; Lumpengesindel und asoziale Elemente seien dort nicht erwünscht, hatte sein Chef gesagt. Gyula war in umso besserer Form. Er hatte sich einen weißen Rollkragenpullover und ein kariertes Jackett zugelegt, außerdem eine etwas dunklere Sonnenbrille. Seine breiten Schultern konnte er jedoch selbst mit dieser modischen Bekleidung nicht kaschieren; er wirkte wie ein Schuldirektor, der nun zwar in der Großstadt arbeitete, dessen dörfliche Herkunft sich jedoch nicht leugnen ließ. Als wir uns am Wochenende nach dem Vorfall mit Hildi bei Dezső trafen, kam mir die böse Vorahnung, dies werde nicht mehr lange so sein. Seit Wochen hatten wir uns kaum getroffen, den Namen des Ede-Klein-Vereins sprachen wir überhaupt nicht mehr aus, von der Stimmung der früheren Gespräche, in deren Mittelpunkt immer die Analyse der Ereignisse gestanden hatte, von dieser Glut gab es längst keine Spuren mehr. Dafür gab es umso mehr Spannungen; Dezső und Gyula glichen zwei stets kampfbereiten Stieren. Wir fielen uns nicht mehr ins Wort, diskutierten nicht miteinander. Die Kraft der Schrift war zu verdorbenem, scharfem Paprikapulver verkommen.

»Ignác Gergely ist seitdem bei ihr«, sagte Dezső, »er bewacht sie. Und Hildi lässt es sich gefallen, es scheint ihnen gut zu gehen. Ich habe gehört, inzwischen stört es auch Frau Számfira nicht mehr. Nicht mehr so sehr.«

Gyula Franczek, der, obwohl er zuvor wahrscheinlich kaum je mehr als zwei Worte mit ihr gewechselt hatte, ebenfalls bei

Hildi im Krankenhaus gewesen war, war der Ansicht, diese gewagt hohe Stirn, die Hildis Gesicht so klug, seltsam provozierend und auf eine exotische Art aufregend wirken ließ, sodass man, wenn man sie ansah, nicht wusste, auf welches Detail man sich konzentrieren sollte, da man alle gleichzeitig in sich aufnehmen wollte – den schönen Schwung der Augenbrauen, den Glanz der grünen Augen –, diese Stirn also mache nun gerade auf die Narben aufmerksam. Sie betone die durch die fehlenden Zähne entstandene Leere. Hildis Oberlippe sei nämlich eingefallen, verschrumpelt, sie habe durch die Zerstörung des Zahnfleisches ihren Halt verloren. Während ich Gyula zuhörte, verkrampfte sich mein Magen. Wenn ich den Mut gehabt hätte, ich hätte ihn angeschrien oder wäre hinausgerannt. Was um alles in der Welt ist hier los, dachte ich. Das hat doch nichts mit Aufarbeiten zu tun, es ist nichts anderes als purer Tratsch, wir sind nicht bemüht, den Fall zu verstehen, wir schicken ihn lediglich in die Vergangenheit, damit man ihn so schnell wie möglich vergessen kann. Die eitrigen Narben, Hildis blutunterlaufene Augen. Egal was passiert, Hauptsache, man kann den Dingen aus dem Weg gehen und danach genauso sehen, denken und sprechen wie vorher. So etwas hatte ich noch nicht erlebt!

Bisher waren wir doch zusammengekommen, um das genaue Gegenteil zu bewirken.

Wir standen auf der Rück-, ja, auf der Kehrseite der Dinge, wir wurden rückwärts abgespielt; ich wartete nur noch darauf, dass Gyula sagte, schließlich sei ja alles in Ordnung, in allem Bösen stecke auch immer etwas Gutes, die beiden bedauernswerten Gestalten würden nun wunderbar zueinanderfinden, der eine habe einen verkrüppelten Schatten, die andere ein zertrümmertes Gesicht, sie würden sich gegenseitig helfen, mit dem Elend zurechtzukommen.

»Schließlich ist ja alles in Ordnung«, sagte Gyula. »Im Grunde steckt in allem Bösen immer etwas Gutes, die beiden bedauernswerten Gestalten werden nun wunderbar zueinanderfinden.«

In diesem Moment begriff ich, dass es aus und vorbei war

mit unserem Verein. Ich hatte recht behalten. Gyula hatte ihn wie ein Wurm von innen zersetzt. Dass man das Ganze, einer verfaulten Liebe gleich, mit Lügen überspielen und aufrechterhalten konnte, machte die Sache nur noch schlimmer ...

Dank der göttlichen Vorsehung konnte ich Ignác Gergely Wochen später, als man Hildi aus dem Krankenhaus entließ, gründlich ausfragen.

Die verwitwete Frau Számfira hatte einen leichteren Herzinfarkt erlitten, einen von der Art, bei dem sich die Bauern bei uns nicht einmal zu ein bisschen Bettruhe überreden lassen, um dann beim nächsten, ohne zu zögern, sofort zu sterben. Als Frau Számfira ihre Tochter in der Abteilung B der chirurgischen Station erblickte, mit so dicken Nähten im Gesicht, wie man sie sonst nur vom Presskopf her kennt, bei dem der Darm vorm Räuchern zusammengenäht werden muss, damit die mit Pfeffer, Salz und Paprika gewürzte Fleischzubereitung nicht herausfällt, brach sie zusammen. Zum Glück waren die Ärzte ja gleich vor Ort, man schob sie auf die Intensivstation, und schon tröpfelte die salzige Infusionsflüssigkeit in ihre Adern. Und dann wiederholte sich dieser tragikomische Auftritt beinahe: Ilonka Umbera griff sich zum zweiten Mal ans Herz, als sie erneut jenes Zimmer der Abteilung B der chirurgischen Station betrat, in dem ihre Tochter auf dem Weg der Genesung lag. Dort traf sie nämlich den verrückten Ignác Gergely an, und zwar, wie sie danach noch tagelang jammernd betonte, in einer »unmissverständlichen Situation«. Ilonka Umbera wurde vor Wut von all ihren mütterlichen und weiblichen Instinkten im Stich gelassen. Früher hätte sie mit Sicherheit gespürt, dass diese Negativpropaganda auf lange Sicht der Beziehung der beiden nur förderlich sein konnte und dass es ein unverzeihlicher taktischer Fehler war, vor dem versammelten Dorf einen Kuss als »unmissverständliche Situation« zu bezeichnen, zumindest, wenn das Ziel der Strategie gewesen war, den mit dem Schatten seines Vaters lebenden ehemaligen Schweizer Ignác Gergely aus der Nähe ihrer Tochter zu vertreiben. Gyulas Prognose erwies sich als haargenau richtig. Der Herr Lehrer war bereits unter der Erde, daher konnte man mit seiner finanziellen Unterstützung nicht mehr rechnen, und das epische Attribut »wunderschön« vor Hildi Számfiras Namen bedeutete nach dem Knallfrosch etwas vollkommen anderes als zuvor.

Die Familie Számfira rutschte auf der sozialen Rangleiter des Dorfes von einem Tag auf den anderen hinab auf die unterste Stufe.

»Számfira« bedeutete nun eine innerhalb weniger Tage ergraute und verrückt gewordene Mutter sowie die ebenfalls nicht ganz klare Tochter, auf deren Gesicht sich das Netz der durch die Explosion verursachten Risse und der entsprechenden Nähte gelegt hatte. Was das Ansehen des Herrn Lehrer samt des verlorenen Paradieses betraf, so wirkte es auf die Beurteilung des Verfalls der Familie nur noch wie ein Vergrößerungsglas. Ilonka Umbera traute ihren Ohren nicht, als sie zum ersten Mal die Bemerkung an den Kopf geworfen bekam, sie solle sich lieber über diese Entwicklung freuen und den Jungen schätzen, außerdem könne an der Seite ihrer Tochter ja auch noch etwas aus ihm werden, und was sie denn eigentlich wolle, mit so einem Gesicht würde sie sie doch sowieso nie an den Mann bekommen. Wer wolle denn schon eine geistesgestörte Hündin mit einer Presskopfvisage? Frau Számfira konnte den Prestigeverlust nicht ertragen. Nicht nur, dass sie ihren Mann verloren hatte, nein, auch der Glanz ihrer Tochter und ihr eigenes kleines Machtmonopol wurden ihr genommen. Auf der Post schrie man sie plötzlich an, sobald sie die Verbindung unterbrach, und dann wollten auch noch irgendwelche dreckigen Bauern am Samstag Briefmarken von ihr. Solche, die sie früher nicht einmal zu grüßen gewagt hatten, wenn sie im Dienst war. Auf der sensiblen Skala der Klageweiber war sie überhaupt nicht mehr verzeichnet. Wohin war die Pracht ihres früheren Lebens plötzlich entschwunden? Wo sie doch der Maßstab an Angesehenheit und Lebenstüchtigkeit gewesen war. Ihr Körper zeigte plötzlich eindeutige Zeichen des Alterns, ihr Haar ergraute zusehends, ihr Gesicht fiel ein und bekam erschreckend viele Falten, neben den Altersflecken erschienen immer tiefere und kurvenreichere Linien auf ihrer Haut. Ihre Falten glichen sich innerhalb weniger Wochen an Hildis Narben an – eine Erscheinung, die man sonst nur bei Leuten feststellt, die eine gute und friedliche Ehe führen: Mit der Zeit wird sogar das Lächeln der Augen das gleiche, der Gang, die Haltung des Kopfes, die Melodie der Stimme. Bece war der Meinung, der Ewige habe sie ganz gewiss deshalb mit dieser Veränderung gestraft, weil sie nicht in der Lage gewesen sei, ihre Tochter zu akzeptieren. Er habe ihr Äußeres jener Missgestalt angeglichen, vor der sie so eine große Angst gehabt habe.

Der Weg der jungen Liebenden wurde durch den Protest geebnet. Durch den Protest der beiden bösen und verbitterten Witwen, Frau Szάmfira und Tante Magdika, die sich gegenseitig mal kreischend, mal von Weinkrämpfen geschüttelt beschimpften und versuchten, die Ware der anderen schlecht zu machen: dieses »Flittchen mit dem Presskopf« und diesen »Verrückten mit seinem bekloppten Schatten«. Beide skizzierten jedem Unglücklichen, der ihnen gerade über den Weg lief, welchen Mann oder welche Frau sie ihrem Kind, das ja die beste Partie überhaupt sei, zugedacht hätten. Nun aber seien all ihre wunderbaren Pläne umsonst gewesen. Hildi und Ignác beschäftigten sich damit nicht im Geringsten, sie hatten nur Augen füreinander, streiften gemeinsam in der Gegend umher, gingen oft zum Lándor-Teich, sammelten Unkraut, von dem immer mehr Leute annahmen, es handle sich um Hanf; auch Dezső behauptete, einmal aus der Nähe in ihren Korb geblickt und dort vor allem harzige Samengehäuse gesehen zu haben.

Der Widerstand der beiden Vetteln brach viel eher als erwartet; sie fanden sich beide fast gleichzeitig mit der Sache ab. Ein Grund dafür war vielleicht, dass Hildi in dieser innigen und heißen Liebe ihr Selbstbewusstsein schnell zurückgewann. Sie ließ sich die Zähne richten und besuchte wieder die Schule der Calvinisten. Ihre Schritte wurden noch bestimmter und härter, ihre Bewegungen zackig wie die eines Dirigenten, und es schien, als stünden ihre Augen irgendwie anders als vorher: Sie wirkten immer ein wenig zusammengekniffen. Wer in ihre Augen sah, hatte das Gefühl, diese Frau mit dem verunstalteten Gesicht könnte einem bis in die Seele blicken. Und vielleicht war da ja etwas dran. Keiner wagte, über sie zu spotten. Es war seltsam, aber irgendwie leuchtete ihre einstige Schönheit hinter den zerstörten Zügen hervor, und ihr schwerer tanzender Busen sowie die Wespentaille hatten ja keinen Schaden genommen. Die Liebe machte das Mädchen feurig und allezeit hungrig, Dezső behauptete, sie rieche immer ein wenig nach Sperma, dies stehe ihr jedoch nicht schlecht, es sei eher erregend und betone ihre Fruchtbarkeit, ihren Schoß, der immer aufnahmebereit zu sein schien. Hildis Elan riss auch Ignác Gergely mit. Eines Morgens meldete er sich in der Melkerei zur Arbeit und tat dies in einem derart resoluten Ton, dass man sich nicht traute, ihn abzuweisen. Und weshalb hätte man ihn denn überhaupt zurückweisen sollen? Die natürliche Gelassenheit, mit der Ignác Gergely den speckessenden Schatten seines Vaters inzwischen trug, verursachte am ersten Morgen sogar einen Streit unter den Sekretärinnen. Sie konnten sich nicht darüber einig werden, ob der junge Schweizer noch immer einen fremden Schatten habe oder nicht. Die meisten waren der Meinung, dies sei nicht mehr der Fall.

Frauen im Büro haben ungeheuer scharfe Augen. Sie verfügen über einen dummen und einfältigen Blick für das Wesentliche, dank dessen sie über alles Bescheid zu wissen glauben. Es ist schmerzlich, aber man muss zugeben, dass sie meistens recht haben. Ignác wurde nicht länger gestraft, er rollte keinen Felsbrocken mehr den Berg hinauf, nur weil er lebte. Das heißt, doch, natürlich rollte er ihn noch hinauf, jedoch empfand er dies bereits als Belohnung und war von Freude erfüllt, vom Glück und dem Selbstbewusstsein der Auserwählten. Sein Atem besaß den Rhythmus der Vergangenheit, und in jenem Dorf, in dem diese ständig präsent war, wurde er zu einer wichtigen Person – der Schatten seines Vaters war für ihn keine Strafe mehr, sondern ein Geschenk.

Hildi war vernarrt in den Schatten, sie gab ihm Kosenamen.

Wenn sie sich in Ignác' Zimmer zurückzogen, musste er den ramponierten Rollladen hochziehen, und dann betrachtete sie erregt die Figur auf dem Parkettboden. Sie zog sich sehr langsam aus, wobei sie immer nur einen Knopf öffnete, einen Knoten löste oder einen Reißverschluss ein kleines bisschen herunterzog. Ihren BH ließ sie Millimeter für Millimeter ihre schönen schlanken Schultern hinunterrutschen. Dem jungen Schweizer wuchsen vor Erregung fast Flügel, obwohl der Striptease im Grunde nur zur Hälfte ihm galt, denn das großzügige weibliche Geschenk war auch dem Schatten seines Vaters zugedacht. Er konnte gar nicht verstehen, wie dieser zerbrechliche Körper, diese Taille, die man mit zwei Händen fast umfassen konnte, der magere Rücken, durch dessen Haut sogar die Rippen durchschienen, wie er solch eine schwere Last tragen konnte. Durch die beiden riesigen Tropfen ihres Busens schien sich der Rücken des Mädchens zu krümmen; wenn sie ihren BH ablegte, hatte sie fast einen Buckel, und auch die dünnen Arme bewegten sich anders, wenn sie die frei schwimmenden Brüste unter Kontrolle halten mussten. Hildi schob die schmalen Streifen ihres Slips mit dem Zeigefinger nach unten, so als könne sie sie nicht richtig anfassen, als wäre es eine fremde Kraft, die die winzige Unterwäsche nach unten zog, und als hätte sie ihre zu einem schmalen Streifen rasierten Schamhaare nur auf eine derart umständliche Weise aufdecken können. Dieser Haarstreifen auf der gewagt hohen Stirn schien die Fortsetzung der Schamspalte zu sein, er »zeichnete« diese weiter und betonte die glatt rasierten Lippen und das zwischen ihnen glühende Tor. Ignác zitterte vor Erregung, ihm war jedoch befohlen worden, sich nicht zu bewegen, denn der Schatten war am besten auf den Parkettleisten zu sehen. Das Mädchen kniete sich hin und drückte ihre Scham auf den Schatten.

»Der Vergangenheit beizuschlafen ist ein Geschenk; es ist die heilige Pflicht der fruchtbarsten Frauenkörper«, sagte Ignác und lächelte.

Am liebsten hätte ich mir sofort einen runtergeholt, während ich ihm zuhörte und mir vorstellte, wie Hildi ihn das

Bett unter das Fenster ziehen ließ, damit die Silhouette während des Aktes gut sichtbar war, und wie sie ihre Beine neben den Kopf zog, um sich so weit wie möglich zu öffnen.

»Ich bin wie die Erde«, sagte Ignác, »ich habe keinen Schatten. Ich kann mich nur in jemand anderem sehen. Den Schatten der Erde sieht man auch nur zur Mondfinsternis, wenn es Nacht ist bei uns. Wenn also die schöne ungarische Erde dem Mond gerade den Rücken zukehrt und dieser noch eine Weile leuchtet, bis der riesige Erdschatten ihn verdeckt. In diesem Moment, wenn du dir das ansiehst«, sagte Ignác, »weißt du, wo du lebst. Da siehst du plötzlich deinen Berg. Aber nur wegen des Mondes. Ich sehe mich auch nur im Schatten meines Vaters, seine Dunkelheit ist meine Dunkelheit.«

Ignác behauptete, Hildi sei der Meinung, wenn sie sich liebten, dann verspüre auch der Papa Lust, ja er sei in diesem Augenblick so glücklich wie sie. Der Papa bewege sich zwar nicht, schließlich sei er ein ruhiger Dorfschatten, aber er sei im selben Moment so glücklich wie sie, da sei sie sich ganz sicher. Ich besuchte Ignác immer Samstagvormittags, wenn Hildi noch schlief. Ich fragte ihn über die zügellosen und schwülen Ereignisse der vergangenen Woche aus, ich lauschte jedem seiner Worte und war von Neid erfüllt. Die Laune des Schweizers wurde immer besser und er immer mutiger, in der Kneipe und Konditorei Oláh und sogar im Krematorium erfreute er sich inzwischen eines seltsamen Ansehens. Wenn sich bei einem Fußballspiel jemand, der die gegnerische Mannschaft anfeuerte, traute, Ignác zu beleidigen, indem er ihm arrogant und voller Zynismus an den Kopf warf, er solle doch bitte entschuldigen, aber er habe ja gar keinen Schatten, dann sprangen gleich drei Leute auf, um den Schweizer zu beschützen. Der wiederum lächelte nur erhaben.

»Ich habe einen Schatten«, antwortete er dem Fremden, »nur zeige ich ihn dir dämlichen Provinztunte nicht.«

»Du zeigst ihn mir nicht?«

»Dir, mein Freund, nicht.«

Darüber amüsierten sich alle köstlich, man wunderte sich immer wieder darüber, dass nur wir Sáraságer die nach den gestohlenen Bildern entstandenen Schatten sahen und somit auch der an Ignác klebende Teil des Dreschmaschinenfotos für Außenstehende nicht sichtbar war. Und dies erfüllte die einheimischen Bauern, die sich mit dem Fußballspiel als Alibi zusammengefunden hatten, mit übermütigem Stolz.

Da habe man es mal wieder: Die Leute von außerhalb taugen eben nichts …

Wir wohnten jetzt wochentags in Feketeváros, auf der von Sáraság weiter entfernten Seite, also Richtung Kun-Gegend, wo das flache Land des Wandersandes beginnt. Die Elementarschule und das ihr angegliederte Schülerwohnheim, in das wir gezogen waren, hatte man mit dreistem Spott nach dem »größten Ungarn« Graf Széchenyi benannt. In dieser Sammelstelle für behinderte und Einödhofkinder wurden alle Jungen in ein großes Zimmer gesteckt, alle Mädchen in ein anderes. Am Morgen dominierte in den Sälen eine Geruchsmischung aus Achselschweiß und Fäkalien; die Kopfkissen und Decken der verwahrlosten Bälger waren voller Sand und Dreck, denn die in der Puszta aufgewachsenen Kinder hatten jahrelang Angst vor der Dusche, sogar vor der Toilette, am liebsten erledigten sie ihr Geschäft, indem sie sich hinter irgendeinen Busch hockten. Hierhin hatte man Bece und mich versetzt, zwei schmächtige Gymnasiasten, zwischen die Bauernkinder mit den zerschlagenen Zähnen und wunden Rücken. Während dieser Zeit näherten Bece und ich uns einerseits einander an, andererseits entfernten wir uns auch voneinander – so wie es meist zu sein pflegt, wenn man sein Leben in einer hochwertigen Hölle verbringt. Während der Woche konnten wir ja auf niemand anderen zählen, zu Hause mieden wir jedoch die Begegnung, so weit es nur ging. Wenn mir Bece in Sáraság über den Weg lief, fiel mir sofort das Elend des Schülerwohnheims ein, und im selben Augenblick spürte ich einen Eisengeschmack im Mund. Irgendwann einmal hatte ich im Zoo lange eine Ziege beobachtet: Sie leckte den ganzen Tag lang am Gitter. Diesen Geschmack hatte ich während der Wohnheimzeit ständig im Mund. Mittwochs bekam ich häufig starkes Heimweh, das ich zu kurieren versuchte, indem ich mich ins Lehrerklo zurückzog und heulte. Beregi bestritt, unter der Entfernung zu leiden, aber einmal habe ich ihn dabei ertappt, wie er augenreibend das Lehrerklo verließ. In unserem Hades war dies der einzige Winkel, in dem uns die Läuse nicht auflauerten. Wir hatten den Behinderten diesen Sammelbegriff verpasst, erstens weil sie wirklich Läuse hatten, zweitens weil ihr Äußeres sie leider für diesen Spottnamen prädestinierte. Lauter kleine unterernährte, behinderte Kinder. Die großen Jungs steckten die kleinen nach dem obligatorischen morgendlichen Fahnenappell und den in Hausschuhen absolvierten Gymnastikübungen immer in die Mülltonne. Mit dem Kopf nach unten. In den ersten Wochen heulten sie deswegen bereits am Morgen, doch an dieses »Tonneschnuppern« genannte Spiel gewöhnten sie sich erstaunlich schnell, sodass sie später nur noch in der Nacht weinten, obwohl die ständigen Aggressionen über sich ergehen zu lassen ihnen selbst zum Schuljahresende noch schwerfiel. Bece und ich saßen bis Mitternacht, manchmal bis in die frühen Morgenstunden im Duschraum und warteten darauf, dass sich die Jungen der höheren Klassenstufen röchelnd erleichterten und die hübscheren, begehrteren Bengel, die von vier, fünf Großen geschändet worden waren, aufhörten zu schluchzen.

Mit bitterer Nostalgie dachten wir an Kati Kitka, unsere verrückte Russischlehrerin aus Sáraság, zurück, obwohl sie bei den Schülern so verhasst war, dass die Schulabgänger jedes Jahr die Fenster ihres Hauses einwarfen. »Eine so gewissenhafte Kommunistin von der Sorte Kati Kitka ist wirklich Gold wert«, sagte Bece eines Nachts. Wir saßen auf den Holzbänken im Waschraum, es war schon spät, dennoch konnten wir das große Fenster offen lassen. Es war nicht mehr kühl, auf den Bäumen der schmalen Straße, die zur Bahnstation Ober-Feketeváros führte, trällerten die Dorngrasmücken mit den Amseln um die Wette. »Bei den überzeugten Kommunisten weiß man wenigstens, woran man ist. Sie können uns Katholiken nicht riechen, und diese ablehnende Haltung manifestieren sie manchmal, indem sie wie geistesgestörte Calvins an die Kirchentür schreiben: ›Wegen Gottesmangel geschlossen‹. Mit diesen verlogenen Dreckskerlen hier weiß man allerdings wirklich nicht, was man anfangen soll.«

Der Leiter dieser am Rande von Feketeváros liegenden Lehr- und Wohnanstalt war stets bemüht, einen Grund zu finden, um uns in seinem Büro empfangen zu können. Von Bece prallten die Schrecken dieser Audienzen ab, mich jedoch nahmen die »Gegenüberstellungen«, das aufgeregte Geplapper der Putzfrauen und das breite Grinsen des Genossen Hausmeister immer wieder sehr mit. Der Genosse Schulleiter mit der auffallend hohen Stirn hatte die Spielgefährten seiner Kindheit, wohl als Dank für die Treue, die sie ihm damals erwiesen hatten, mit Pädagogenstellen belohnt. Auf den tristen Gängen lungerten mehrere zahnlose, ungebildete Bäuerinnen herum, die nur darauf warteten, unsere Verstöße gegen die Ordnung der Anstalt und der Gesellschaft dem Schulleiter zu melden.

»Wir müssen alles im Kleinen durchmachen, bekommen von allem ein wenig«, sagte Bece. »Hier ein wenig Bespitzelung, da ein wenig Verhör.«

Ich weiß nicht, weshalb Bece gleich zu Beginn so gerissen sein konnte, nicht auf ihn hereinzufallen. Ich glaubte beim ersten Mal ganz naiv jedes einzelne Wort der verlogenen Schimpftirade des Schulleiters, in der er über das System und die Ordnung herzog, nur um mich, nachdem er die Katze aus dem Sack gelassen hatte, nach Strich und Faden zu erniedrigen. Beregi protestierte schon damals und sprach von der Notwendigkeit einer Schulordnung, von kommunistischer Moral und Ethik. Wenn der Herr Genosse Stellvertretender Direktor (der Hausmeister) eine Bemerkung über Genosse Kádár machte, wurde Bece ganz bleich und stammelte, er verstünde überhaupt nicht, wie es möglich sei, dass jemand den Generalsekretär unserer Partei nicht in sein Herz geschlossen habe.

»Als Stalin starb«, begann der Genosse Schulleiter und erzählte die Geschichte, die ihm sehr lieb zu sein schien und in der er eine gewisse heldenhafte Rolle spielte, »warfen bei der

Ernte alle ihre Sensen ins Kornfeld. Nur ich nicht. Die Frauen heulten, ich aber fuhr sie an: ›Weshalb trauert ihr um diesen Henkersknecht? Beziehungsweise … Henker.«

Bece und ich stellten uns den Genossen Schulleiter mit der Sense in der Hand vor wie Levin in *Anna Karenina*: Wie er sich nach vorn beugte und mit dem gut geschliffenen Messer das Getreide mähte. Er trug einen Anzug – in welcher einer anderen Bekleidung sollte sich denn der Genosse Schulleiter sonst zeigen? – und wies als mutiger und vorausschauender Kommunist die beschränkten Bauern, die zu Stalins Tod noch des Glaubens waren, dieser sei ein guter Führer unseres Friedenslagers gewesen, mit klarem Geist zurecht. Beregi ließ die ausgefallensten Bösartigkeiten schweigend und voller Demut über sich ergehen, und wenn er etwas sagte, so enthielt es nur Lob. Er rühmte die im Keller des Schulgebäudes vor sich hin schimmelnden Fotografien der stadtgeschichtlichen Ausstellung, ebenso die begabten Schüler und die gut ausgebildete Lehrkraft oder die Marterrunden der Morgengymnastik.

Die Erinnerung hat mir erst vor kurzem das seelenzerrüttende Herumstolpern während dieser allmorgendlichen Leibeserziehung glasklar vor mein geistiges Auge geführt. Ich sah das Kopfsteinpflaster des Schulhofs, die eilig über die nackten Füße gezogenen Gummipantoffeln, die halb aufgeknöpften, mit Kotstreifen geschmückten Schlafanzüge der Kinder von den Einödhöfen, und mir war, als hörte ich den schrillen Ton der Pfeife. Ich hatte nämlich zuvor im Fernsehen unseren »ideologisch gefestigten« Schulleiter mit der auffallend hohen Stirn gesehen, die Aufnahme eines Spaziergangs am Theiß-Damm. Der im Handumdrehen zur Opposition gewechselte, genauer gesagt konservative Stadthistoriker plauderte während dieser Promenade über Feketeváros und dessen religiöse Vergangenheit, als deren ausgezeichneter Kenner er sich entpuppte …

Bece Beregi wich von dieser Zeit an kein Wochenende mehr von Gyulas Seite. Er betonte, Franczek verstünde seine Kunst und wisse diese auch zu würdigen, seine immer tiefgründigere Kunst wie zum Beispiel den zu einer Serie herangewachsenen *Nylonchristus*. Ich ging von Ignác stets zu Dezső und war bemüht, so gut ich konnte die Luft von zu Hause in mich aufzusaugen. Sonst passierte nichts. Das Einzige, was mir einfällt, wenn ich an jene Zeit denke, ist, dass wenig von meinem damaligen Wissen heute noch für etwas brauchbar wäre; das meiste von dem, was ich damals dachte, hat inzwischen seine Gültigkeit verloren. Was sich aber nicht geändert hat, ist, dass ich mir heute wie damals sicher bin: Das Leben ist dort, wo die anderen sind, nur immer andere andere, und dort, wo ich bin, befindet sich bloß das gähnend leere Nichts. Das sehe ich immer noch so. Ich könnte mich damit trösten, dass auch mit Dezső nichts passierte, da er zu jener Zeit wegen Irén Ráchel völlig deprimiert war. Denn die endlosen Erniedrigungen hinterließen nach einer Weile nichts weiter als einen bitteren Nachgeschmack, sie hatten die Lust und die Freude mit Stumpf und Stiel ausgerottet. Darüber zu sinnieren wäre jedoch nichts als dummes Herumschleichen um den heißen Brei. Bei uns *verging* die Zeit lediglich, vollkommen spurlos, Franczek und Beregi hingegen erlebten Abenteuer. Bece hatte sich wieder angewöhnt, sich auf der Ladefläche des IFA zu verstecken, wenn Gyula sich hin und wieder auch am Samstag auf den Weg machen musste, um irgendeine Mangelware zu besorgen. So wie zu Beginn ihrer Bekanntschaft, als Bece in Maroslele beinahe von einem Wachhund zerfleischt worden wäre, während Gyula die Frau des Hauses entehrte. Franczek galt mittlerweile als der Warenbeschaffer Nummer eins des Dorfes, er kümmerte sich ausschließlich nur noch um die Wünsche des Führungspersonals der LPG. Ihm hatte der LPG-Vorsitzende seinen Gasboiler zu verdanken, der Parteisekretär seinen Farbfernseher der Marke Orion, und auch für die Bananen der Sekretärin war er zuständig, denn, wie immer wieder betont wurde, er konnte alles besorgen, »und wenn er es aus der Erde stampfen musste«. Er arbeitete oft am Wochenende, da man in den geheimen Depots und in den Devisenläden lieber an diesen Tagen bediente. Bece sprang stets bester Laune von der Ladefläche des IFA, ganz so, als hätte er nicht stundenlang auf der leeren

Metallplatte gehockt. Gyula hätte ihn auch so mitgenommen, aber Beregi behauptete, es sei aufregender, auf dem Hinweg unbemerkt mitzufahren, so wie früher, als Gyula ihm noch ausdrücklich befohlen hatte, sich nach Hause zu scheren, und er wirklich unbeobachtet auf den Lastwagen zurückschleichen musste. Wenn Gyula irgendwo ankam, sagen wir zum Beispiel in Dunaföldvár, wohin er einmal wegen einer LKW-Ladung DDR-Toilettenschüsseln tuckern musste, war Bece so aus dem Häuschen, als befände er sich zumindest in Paris. Und als hätten sie nicht deckelkannenblaue Kloschüsseln herumgeschleppt, sondern am Seine-Ufer gestanden, lange Zigaretten geraucht, als kitzelte der Geschmack des kurz davor verzehrten Cognacs ihre Gaumen und die Kraft der Sonne ihre Herzen und als spazierten die jungen Frauen in tiefdekolletierten Kostümen, mit Kakadufedern verzierten Hüten und hochaufgeschlitzten Röcken an ihnen vorbei und schenkten ihnen, den Gentlemen, ein süßes Lächeln.

In Dunaföldvár wurden sie in ein denkwürdiges Abenteuer verwickelt.

Sie lachten, als sie es erzählten, jedoch eher zurückhaltend, ja geizig, als wollten sie andeuten, dass sie sowieso nicht erklären könnten, was in Wirklichkeit vorgefallen war; man könne darüber palavern, aber die Sprache bringe uns nicht näher an das Geschehene heran. Während ich ihnen zuhörte, wurde ich von Eifersucht gepackt, von Eifersucht und einer seltsamen Aufregung. Was sollte denn schon so Wichtiges dort passiert sein, was könnte in einer fremden Stadt ohne Zeichen schon geschehen, das nicht seine Wurzeln in Sáraság hatte.

Nach Dunaföldvár hatten sie auch Glasaugen-Tót mitgenommen.

Der alte Kutscher wollte keinen Ausflug machen und wünschte sich auch keine DDR-Toilettenschüssel, in der – im Gegensatz zur rumänischen – die Exkremente beim Ziehen hinunterrutschten. Er wusste überhaupt nichts davon, dass er sich auf dem Weg dorthin befand, denn er war von Bece auf den LKW gehievt worden, und zwar so betrunken, dass er während der gesamten holprigen Fahrt über die bis zum Horizont reichende ungarische Tiefebene, auf der von Nutten und zu Stümpfen abgesägten Strommasten gesäumten 52er-Landstraße nicht wach wurde. Beregi sagte, es sei Gyulas Idee gewesen, eine Gegend zu suchen, deren Straßen denen in Sáraság ähnelten, damit der Alte sich wirklich auf den Weg nach Hause wähnte. Er werde im ersten Augenblick vielleicht ein bisschen überlegen müssen, sich dann aber, nachdem er sich gesammelt habe, auf sein Fahrrad schwingen, um nach Hause zu fahren. Angeblich war es ihnen gelungen. Nachdem sie die Donau passiert hatten, bogen sie sofort nach rechts ab, und nach einer knappen Viertelstunde fanden sie eine Straße, die fast so aussah wie die erste Querstraße der Azazelstraße. Zumindest wiesen die niedrigen und traurigen Fassaden der Häuser auf den ersten Blick eine gewisse Ähnlichkeit auf. Glasaugen-Tót trieb sich aus wer weiß was für einem Grund gern in der Winter-Siedlung herum. »Also«, sagte Gyula, »malten wir uns aus, wie er wach wird und denkt, er müsse einfach nur über die Brücke fahren, vorbei am Denkmal des heiligen Johannes von Nepomuk, rechts davon würde er die leere Stelle der Synagoge vorfinden, daneben die Apotheke, das Schloss, dann wäre er schon am Marktplatz, von da aus käme er sofort auf die Dorfstraße und müsse nur noch geradeaus bis nach Hause radeln.« Sie warteten dreieinhalb Stunden, bis Glasaugen-Tót wach wurde. Er zerrte an seiner Hose herum, pisste, so wie er war, im Liegen, und machte sich dann mit offenem Hosenstall, ohne auch nur eine Sekunde zu zögern, auf den Weg nach Hause. Bece und Gyula folgten ihm in sicherem Abstand, denn Franczek hatte dem aufgewühlten Bece nicht erlaubt, ihn einfach allein zu lassen.

Erstens weil sie dann die Vorführung nicht gesehen hätten. Zweitens weil er befürchtete, Glasaugen-Tót könne vor Schreck vielleicht noch einen Herzinfarkt bekommen.

Ich weiß nicht, was damals wirklich passiert ist. Bece hat nach einer Weile sogar abgestritten, jemals in seinem Leben bei der Donaubrücke in Dunaföldvár gewesen zu sein, und behauptet, außerhalb von Sáraság könne nichts Wichtiges geschehen. Und dies sei deshalb so, weil der Ewige es so wolle.

Und dort, wo alles passieren kann

Als der Kotzker Rebbe ein kleines Kind war, versprach ihm jemand eine Belohnung, falls er sagen könne, wo Gott sei. »Von mir bekommst du eine noch größere Belohnung, wenn du mir sagst, wo er nicht ist«, antwortete das Kind. Jedes Mal wenn ich mir die Frage stelle, ob der Ewige an diesem Nachmittag, der so verheißungsvoll begonnen hatte, über Feketeváros wachte, muss ich an diese chassidische Anekdote denken. Das Schicksal oder irgendeine teuflische Hand zerstörte heimtückisch und gewaltsam den wundervollen Spätfrühlingstag, diesen duftenden und glänzenden Nachmittag, der bereits die Hoffnung aufkommen ließ, dass das Schuljahr in seinen letzten Atemzügen lag und wir bald die erste Klasse des Gymnasiums ohne größeren Schaden überstanden hatten. Wir waren bei Weitem keine Musterschüler, aber wir wurden auch nicht von dem grauenvollen Schatten der Möglichkeit des Sitzenbleibens bedroht. Ich erinnere mich genau, wir hatten einen ausgezeichneten Vormittag verbracht, ohne eine einzige Sechs oder einen Verweis, und diese Triumphzüge erfüllten uns mit anmaßendem Stolz, denn wir sahen darin den Beweis für unsere These, nach der man die Schule auch mit einer auf niedriger Flamme gehaltenen Leistung überstehen konnte. Zum Ende des Schuljahres hatten sich alle unsere Kräftereservoirs erschöpft, hinzu kam, dass dieses albtraumartige Quartier, in dem wir hausten, sich nicht gerade förderlich auf unsere Lebens- und Lernlust auswirkte. Wir verkrochen uns regelrecht in die letzte Bank des im Wohnheim eingerichteten Studierzimmers und warteten darauf, dass der Tag verging. Jener Nachmittag versprach jedoch prächtig zu werden, die Sonne glänzte, hinter der Kirche blühte noch ein Teil des Holunders, die frühen Süßkirschen des Kindergartens waren bereits dunkel, die Kinder im Sandkasten schrien und weinten. Die Mädchen aus dem Gymnasium spazierten zum Theiß-Ufer, dünn bekleidet und leichten Schritts, ihre Brüste glichen Gasluftballons. Sie offenbarten von Tag zu Tag mehr von ihren Körpern, eine Entwicklung, die wir auf unserem Rückweg vom Mädcheninternat ins Wohnheim mit schmachtenden Blicken verfolgten. Das Mädchenwohnheim durften wir ausschließlich zur Mittagszeit betreten, und sobald wir das Menü hastig heruntergeschlungen hatten, wurden wir hinausgeworfen. Man ließ uns nicht einmal kurz verdauen, und während wir voller Aufregung wieder gingen, beobachteten wir die Mädchen beim Zähneputzen. Wir sahen nur die Zahnbürsten in ihren Händen und über die Schultern geworfene Frotteehandtücher und hatten dennoch das Gefühl, in ein himmlisches Mysterium eingeweiht worden zu sein: Ah, so also spielt sich das Leben zwischen den Schamhügeln, feuchten Lippen, Hintern und Kitzlern ab, und hiermit ist nun auch uns dieses geheimnisvolle Wissen zuteilgeworden. Höchstwahrscheinlich scheuchte uns aus diesem Grund der Aufsicht habende Lehrer sofort nach dem Essen hinaus. Dabei wurden wir von unseren vollgestopften Bäuchen in Richtung Erde gezogen – wir hatten bis dahin, das heißt Viertel nach zwei, überhaupt noch nichts gegessen – und konnten uns kaum bewegen.

Rauchend schlurften wir in unser Wohnheim zurück, wie zwei kastrierte Engel a. D. Wenn es Rinder- oder Schweinegulasch gab, was die Mädchen schlicht und einfach »Fett« nannten, hatte Bece Beregi für jeden, der uns entgegenkam, einen lustigen Gruß übrig. »Ahalim«, sagte er, und »Salem«. Bece aß Gulasch für sein Leben gern, er konnte von dem in Paprika – der durchs Anbraten eine dunkelrote Färbung bekommen hatte – und viel Fett ganz weich gekochtem Fleisch gar nicht genug bekommen. Vollendet wurde dieser Genuss von der guten Laune, die ihm die mit Kümmel gewürzten, stets kalten gekochten Kartoffeln mit ihren lustigen Formen bereiteten: Sie ergaben nackte Frauen und Landstraßen oder auch Schreibtische. An solchen Tagen grüßte er jeden Erwachsenen mit einem lüsternen Lächeln.

»Salem«, rief er.

Und obgleich ich es immer schon im Voraus wusste, stimmte es mich verdrießlich, aber ich ertrug es – doch für den Bruchteil einer Sekunde dachte ich daran, dass ich ihm eigentlich eine reinhauen müsste, dafür, dass er es mir schon wieder antat, obwohl er genau wusste, dass ich kritische Situationen nicht ertrug und bereits dann am liebsten fliehen würde, wenn zwei Leute sich bloß stritten. Dann aber amüsierte ich mich bald mit ihm, gezwungenermaßen, mein Lachen überschallte sogar das seine, vielleicht weil ich ihm nach jeder seiner frechen Begrüßungen zu verstehen geben wollte, wie witzig ich fand, was er machte. Er begrüßte die mit vom Mittagskaffee dunkel gefärbten Lippen zu ihrer Arbeit zurückkehrenden Kassiererinnen und die aus der Vormittagsschicht in ihren blauen Overalls nach Hause radelnden Installateure, indem er »Ahalim, salem« sagte und dabei seinen rechten Unterarm hochriss, ganz so, wie wir es von den Nazioffizieren aus den alten Wochenschauen kannten. Beschämend rasch fand ich Beces Vorstellung lustig: Als wir auf die Hauptstraße gelangten und zwischen den Schaufenstern und mit Kopfsteinpflaster umgrenzten Lebensbäumen umherschlenderten, lachte ich bereits aus vollem Herzen mit ihm, so als wäre dieses zuvor nicht von Zorn oder Zweifel bewohnt gewesen und als hätte ich nicht eine unaufholbare Überlegenheit verspürt, die man selbst unter vier Augen nur mit der dauerhaften Genehmigung der Seele überwinden kann.

Auf der Hauptstraße stand ein Eisverkäufer. Damals tauchten gerade die ersten Eismaschinen von der Größe eines Schranks auf, mit herunterhängenden Eutern, als wären sie eckige Kühe, neben denen zwei Hebel angebracht waren. Sobald der Verkäufer einen der beiden Hebel nach unten zog, schlängelte sich anfangs Soft-, später italienisches Eis aus dem Euter, äußerst appetitlich und begehrenswert, wie eine geschmolzene Skulptur. Im Nu war die herauslaufende Masse zu einem Häubchen geformt, das an der Stelle, an der der Eisstrom unterbrochen worden war, von einer Knubbe abgeschlossen wurde. Wir schafften es kaum, unseren Speichel zurückzuhalten, so gern hätten Bece und ich ein Eis gegessen; das Tagesangebot war Erdbeere und Schokolade. Vor kurzem habe ich einen kubanischen Film gesehen, der diesen Titel trägt und in dem es um einen hoffnungsvollen, intellektuellen Schwulen geht, eine wunderschöne Geschichte, die einem das Herz zusammenschnürt. Das jedoch ist noch nicht so lange her, damals hatte diese Kombination aber noch keine zusätzliche Bedeutung für mich, sie war einfach ein Tagesangebot: Erdbeere und Schokolade – oder doch, sie bedeutete schon etwas mehr, umso lieber hätte ich nämlich ein Eis gegessen. In den meisten nostalgisch-süßen Anekdoten, die ich von irgendwelchen Bekannten höre, ist der Geldmangel stets ein aufregendes und herrliches Element. Ich meine, der Erzähler behauptet, keinen Groschen besessen und dennoch außerordentlich glückliche Tage erlebt zu haben. Ich weiß nicht, aber ich denke, ich würde mich mit Sicherheit auch dann an diesen Tag erinnern, wenn wir über etwas oder sogar über sehr viel Kapital verfügt hätten. Wenn wir uns einfach so jeweils eine große Portion Eis hätten kaufen können; ich hätte das Gefühl, wie es war, die Knubbe an der Spitze der Eishaube zwischen den Lippen zu spüren, sicherlich nicht vergessen. Denn in jenem frischen, kristallklaren Sonnenschein, im Schatten der sich schälenden Platanen auf der Hauptstraße, vom Lächeln all jener umgeben, die im Laubtunnel des breiten Fußwegs an uns vorbeispazierten, hätte mir dieses Eis solch eine Freude bereitet, dass ich mit Gewissheit bereits im Augenblick des Geschehens gewusst hätte, welche Bedeutung dieser Moment in meinem Leben haben würde. Mag das Schlecken eines Eises ein noch so banales Ereignis sein, ich hätte ganz sicher das gespürt, was einem nur selten widerfährt: dass ich mich daran, was gerade geschieht, lange erinnern werde. Dadurch aber, dass wir vollkommen mittellos waren, wurde dieses erinnerungswürdige »Eisessen« natürlich viel abenteuerlicher. Bece bekam vor lauter Appetit auf das Eis fast einen hysterischen Anfall und behauptete, binnen einer Sekunde habe sich in seinem Mund der gesamte Speichel gesammelt, alles, was sein Körper auf einmal habe produzieren können, und nun vergehe er derart vor Lust auf das Eis, dass er nicht mehr schlucken könne, denn er sei nach dem Anfall gänzlich ausgetrocknet. Er wiederholte immer wieder nur: »Ich kann nicht schlucken.«

Es war, als wären wir in jenem lustigen Theaterstück gewesen, in dem ein Bühnenschriftsteller der treulosen Frau seines Freundes mit einem Theaterstück aus der Patsche hilft, nachdem diese in einem italienischen Schloss ein Abenteuer erlebt hatte. Bece kam auf die Idee, wir sollten uns als Straßenmusikanten ausgeben. Bei uns gebe es so etwas sowieso noch nicht, und es spazierten ja lauter lächelnde, gut gelaunte Leute die Straße entlang, durch deren großzügige, in unseren improvisierten Hut eingeworfene Spenden wir doch sicherlich bald einen Béla zusammenbekommen würden. »Béla« nannte man damals die Zwei-Forint-Münze, warum weiß ich auch nicht. Der Platz zwischen dem Friseur und dem Laden für Konfektionsbekleidung schien uns am besten geeignet für unser Vorhaben. Ich spannte Butterbrotpapier über Beregis verschuppten Kamm, Bece holte seine vor kurzem gekaufte Maultrommel hervor und wir stimmten das Lied *Amurpartisanen* an. *Amurpartisanen* war keine besonders originelle Idee und eine gute schien sie auch nicht gewesen zu sein, denn die Erwachsenen musterten uns misstrauisch und überlegten wohl, was für junge Kommunisten sich denn da zum Kasper machten. Mit *Love Story* und *Yesterday* ernteten wir bereits wesentlich mehr Lorbeeren, es rieselte fünfziger und zehner Fillér-Münzen, die Passanten lächelten, und die Mütter, die gerade ihren Nachmittagsspaziergang mit ihren Kindern machten, freuten sich ebenfalls. Bece Beregi fing an, herumzualbern, sprang durch die Gegend, und auch der tiefe Ton der Maultrommel sowie das rhythmische Schnaufen der Luft wurden zunehmend lustiger. Fast allen gefiel, was wir dort auf der Straße vollführten – nur dem Eisverkäufer nicht. Vielleicht hätte er mehr Geduld an den Tag gelegt, wenn er geahnt hätte, dass wir unsere Einnahmen in seiner Kasse zu lassen gedachten, so aber brummte er nur:

»Diese Hanswürste machen mir noch das Geschäft kaputt!«

Von irgendwoher zauberte er ein schäbiges Radio der Marke Sokol hervor, ein Gerät in einer zerfledderten Kunstledertasche, an dessen Rückseite mit einem Gummi eine große 9-Volt-Flachbatterie befestigt war; das Ganze sah aus wie ein Zwerg mit einem Rucksack. Er drehte die Lautstärke auf Maximum, damit es uns auf jeden Fall übertönte. Auf Radio Kossuth wurden gerade Nachrichten gesendet. Der Mann, dessen Stimme man von den Bahnhofslautsprechern her kannte, der, der einem sagte, wann der Zug aus Feketeváros abfuhr, verlas die Meldung, dass in dem im Komitat Fekete liegenden Dorf Sáraság eine Frau namens Anna Sz. angegriffen worden sei. Einen Lynchmord habe die Polizei gerade noch verhindern können, die Plünderung jedoch nicht; die aufgebrachte Meute habe den Kiosk im Dorfkern ausgeraubt. Ich war mit Leib und Seele damit beschäftigt, in den Kamm zu brummen, und Bece schniefte beinahe – die kleine Feder schwang in einer unsagbaren Geschwindigkeit, es war unmöglich, den Sinn der Laute zu deuten, die sich bereits aufgelöst hatten, noch bevor sie unsere Ohren erreichten. In meiner Erinnerung hörten wir dennoch bereits bei den ersten Worten der Meldung auf zu spielen; Bece Beregi senkte sofort die Hand, in der er die Maultrommel hielt, und auch ich stand schon beim ersten Atemzug des Sprechers da wie angewurzelt, wie gelähmt. Als blickte man plötzlich irgendwohin und sieht, wie ein Bekannter um die Ecke biegt. Im ersten Moment wusste ich überhaupt nicht, wer mit Anna Sz. gemeint war; dass hier von Tante Pannika die Rede war, wurde erst dann offensichtlich, als der Kiosk erwähnt wurde.

Man hat Tante Pannika etwas angetan!

Wir konnten uns einfach nicht vorstellen, dass jemand fähig sein könnte, eine Frau zu schlagen. Ich spürte, wie meine

Seele gerann, als wäre sie Milch, in die man Zitronensaft hineingekippt hat, ich war nur noch ein ekliger kleiner Knoten in mir selbst. Plötzlich bemerkte ich, dass Tränen meine Wangen hinunterflossen, dabei weinte ich nicht, auch war mein Kiefer nicht derart angespannt, als würde man ihn mit einem Brecheisen aufreißen wollen, nur der salzige Saft strömte mir aus den Augen, ich schien in der Hölle zu schmoren. Vielleicht war Angst der Grund dafür oder vielmehr Hass. Ich hasste alles und jeden, Tante Pannika und die, die ihr etwas getan hatten, denn sie alle waren verantwortlich dafür, dass in mir das Fundament der Sicherheit und der Ruhe zerstört worden war oder zumindest einen tiefen Riss bekommen hatte und nun langsam der Schleim aus qualvoller Beklemmung und Angst in meine Seele drang. Wenn in den Adern der Sáraságer noch immer irgendein satanisches Gift brodelt, wenn es möglich ist, dass jemand als Sündenbock für die Vergehen der anderen aus dem Dorf gejagt wird und dies nicht nur nach dem Weltkrieg, als alle in den furchtbaren Schraubstock des Elends gespannt waren, dann … nun, dann weiß ich wirklich nichts mehr. Dann kann wohl jeder zu jeder Zeit von Hiobs Schicksal ereilt werden, und man wird nicht einmal seine Klagen hören, selbst dann nicht, wenn ihm blutiger Speichel aus den Mundwinkeln hervorquillt.

»Hiernach kann alles passieren«, flüsterte ich Bece zu und steckte den Kamm weg.

Beregi wischte mit einer tollpatschigen Bewegung verschämt mein Gesicht ab.

»Und dort, wo alles passieren kann, will ich nicht leben.«

»Planst du eine Mondlandung?«, fragte Bece plötzlich voller Spott. Ich hatte das Gefühl, er bereute seine sentimentale Geste und wollte nun die Scharte mit doppeltem Kraftaufwand wieder auswetzen. »Oder willst du nur auswandern? Glaubst du etwa, es gibt auf der Welt irgendeinen Winkel, wo nicht dieses *Alles* passiert?«

»Ich glaube gar nichts«, antwortete ich.

»Du bist doch nicht etwa Materialist geworden?«, höhnte er weiter.

Ich hörte ihm überhaupt nicht zu. »Wir müssen noch heute nach Hause fahren«, sagte ich.

Wir ließen Ibi Barika im Wohnheim anrufen. Obwohl Ibi unsere Klassenkameradin war, hatte sie eine tiefe, verrauchte Altstimme, so wie jemand, der seit Jahren im Restaurant und Café Tulipán arbeitete und die halbe Nacht damit zubrachte, Erzeugerwein und Sodawasser an die runden Tische zu schleppen. Man nahm ihr ohne Weiteres ab, dass sie Beces Mutter war. Ibi musste nur kurz etwas in den Hörer brummen, und schon erschien vor dem geistigen Auge einer der auf uns aufpassenden, kopftuchtragenden Bäuerinnen das Bild einer ihr ebenbürtigen Frau mit bis zum Bauchnabel hängenden Brüsten. Außerdem war Ibi Barika in der Lage, auf Knopfdruck ihren Dialekt zu sprechen, ganz so, als wäre sie wieder zu Hause, auf einem der von Unkraut überwucherten Hügel der Kun-Gegend, und unterhielte sich mit ihrem Vater darüber, wie viele Ferkel die Sau geworfen habe. Der Anruf war sehr umständlich, auch innerhalb von Feketeváros gab es damals noch keine Direktverbindung, und es dauerte eine ganze Weile, bis man uns auf der Post mit dem Wohnheim verbinden konnte. Die Postfrau empfahl uns mehrmals, lieber hinzugehen, es sei sicherlich schneller. Doch endlich kam eine Verbindung zustande. Ibi Barika sprang in die Zelle und hörte gerade noch, wie die Frau von der Zentrale zu dem angerufenen Teilnehmer sagte:

»Ich verbinde.«

Daraufhin begann Ibi schwungvoll zu erzählen, erwähnte Bece und mich, berief sich auf familiäre Gründe, wollte jedoch nicht mehr verraten. Während sie sprach, hatte sie sogar noch die überschüssige Energie, uns irgendetwas zeigen zu wollen; sie zeichnete ein breites horizontales Etwas in die Luft, dann das Gleiche noch einmal, diesmal hatte dieses Etwas jedoch in der Mitte eine Delle, und obwohl wir nichts erkennen konnten, lachten wir. Denn auch ohne zu verstehen, was Ibi Barika uns gerade mit den Händen zu erklären versuchte, dass sie nämlich log, bis sich die Balken bogen, war diese Pantomime unheimlich lustig.

»Wenn ihr es nicht verstanden habt, warum habt ihr dann gelacht? Was war denn dann so witzig?«, fragte sie später.

»Du«, sagte ich.

Ibi Barika war rund wie eine gutgefüllte Sülzwurst, ziemlich aufdringlich, dafür jedoch meistens fröhlich; ihre schulterlangen roten Haare band sie mit einem schäbigen Schnipsgummi zusammen, sie trug stets abgetragene T-Shirts und eine Filztasche. Sie sprach immer von einem ihrer Brüder und warf selbstsicher mit einem Dutzend Jungennamen um sich. Was auch immer in der Welt geschah, sie nahm es trotzig-gelangweilt auf und sagte oft, es gebe nichts, was so außerordentlich sei, dass nicht einer ihrer acht Brüder bereits einmal etwas Ähnliches erlebt habe. Und falls es sich doch um irgendeine wundersame Erscheinung handelte, die nicht zum Erfahrungsschatz der Gebrüder Barika gehörte, dann hatten sie mit Sicherheit schon etwas davon gehört. Ibi musste uns auch diesmal ein gutes Stück auf unserem Weg ins Wohnheim begleiten, weil ihr eine amüsante Geschichte aus dem abenteuerlichen Leben ihrer geliebten Familie eingefallen war. Wir konnten ihr kaum zuhören, trieften vom Schweiß der Aufregung und versuchten mit aller Kraft, ruhig zu wirken. Je näher wir unserem Quartier kamen, desto nervöser wurden wir, denn wir befürchteten, der ganze Schwindel würde auffliegen, sollte es uns nicht gelingen, glaubhaft überrascht zu wirken, wenn wir erfuhren, dass Beces Mutter uns aus familiären Gründen telefonisch nach Hause bestellt hatte.

Wir saßen bereits im Bummelzug, der zum riesigen Bahnhof der Calvinisten tuckerte, und ich konnte es immer noch nicht fassen, dass man uns unsere jämmerliche Vorstellung abgenommen hatte. Unser Verhalten war fadenscheinig, die Lüge nicht zu übersehen gewesen, und nach einem lächerlichen Versprecher war dann ganz offensichtlich, dass etwas nicht stimmte. Die zu Erzieherinnen beförderten Bäuerinnen taten jedoch weiterhin so, als bemerkten sie nichts, sie spielten ihre Rolle, vielleicht um uns loszuwerden, wenn auch nur für eine Nacht. Unterwegs überredete ich Bece, nicht bei ihm zu Hause vorbeizugehen, sondern lieber gleich ins Dorf zu eilen, zum Kiosk, und dann zu Dezső Metz, um zu erforschen, was geschehen war. Bis Tante Klári uns umständlich erklärt hätte, was sie gehört habe, wären die Spuren bereits verwischt. Ich hatte den Eindruck, in Bece etwas von der alten Begeisterung zu wecken, von früher, als der Ede-Klein-Verein noch alle Fäden in der Hand hielt – wie zum Beispiel beim Fall der besitzerlosen Schatten. Bece Beregi stimmte mir zu. »Ja, die Spuren wären dann bereits verwischt«, wiederholte er, und als er das sagte, musste ich fast darüber lachen, wie albern es mittlerweile aus seinem, aber auch aus meinem Mund klang. Das Wetter war noch angenehm, es war erst kurz nach sechs, als wir zu Hause ankamen, aber die Sonne fiel bereits schräg ein, und für einen Moment hatte ich den Eindruck, es stünden sogar mehrere runde Scheiben am Himmel: eine über der Hanffabrik und eine im Westen, dort, wo sie hingehörte.

»Die Welten berühren einander«, sagte ich wegen der beiden Sonnen.

»Das wird Ärger geben«, antwortete Bece.

Er hatte mich falsch verstanden, er dachte ans Gymnasium und an Sáraság, und aus diesem »Das wird Ärger geben« schloss ich sofort, dass er sich fremd fühlte, unsicher, als hätten wir ein für uns inzwischen verbotenes Gebiet betreten. Die Luft war gelblich, und wir mussten uns vom Bahnhof bis zur Fabrik, bis zu den himmelhohen Schloten, durch dichte Wolken aus kleinen Käfern und Fruchtfliegen kämpfen. Aus den Fenstern der Kinizsi-Siedlung verfolgten uns misstrauische Blicke, und auch weiter, in Richtung Dorfmitte, zogen die, die uns erkannten, die Gardinen zu. Die Straßen waren vollkommen menschenleer. Bei der Kneipe und Konditorei Oláh schien es mir, als hätte ich ein Zischen vernommen, man hatte uns etwas hinterhergerufen. Als ich mich umdrehte, sah ich jedoch niemanden, außer einem Radfahrer in der Ferne, der nicht wirklich in der Lage war, sein Gefährt in die gewünschte Richtung zu lenken. Bei der Sparkasse bogen wir schon fast in die Poststraße ein, an deren Anfang Tante Panika wohnte, gegenüber von Ignác Gergely und seiner Mutter, dann aber überlegten wir es uns anders und liefen durch den Park zum Kiosk. Von weitem sah es so aus, als wäre er geöffnet, das Gitter war an die Seite der Bude gelehnt, und ich glaubte sogar, ein Kind zu sehen, das gerade etwas kaufen wollte. Mein Herz flatterte und dann schlug es plötzlich ganz stark, im Rhythmus der langsamen Schritte. Mein Magen zog sich zu einem Kloß zusammen, meine Hände schwitzten. Ich schaute genau in dem Moment durch das winzige Fenster in den Kiosk hinein und erblickte im Drehstuhl und dahinter, an der Wand, zwischen den Regalen, auf den zerrissenen Rätselzeitschriften, leeren Zigarettenschachteln und dem Karton, in dem immer die Stollwerck Karamellbonbons gewesen waren, Tante Pannikas besitzerlosen Schatten, als uns von der anderen Seite des Parks eine tierische Stimme etwas zubrüllte. Mit einem Schlag löste sich alles auf, die modrigen Sicherheitsseile der Gefühle zerrissen, und das bis dahin für so zuverlässig gehaltene Gleichgewicht kippte um.

Tante Pannikas Silhouette im Kiosk war tief in den Stuhl und dicht an die Wand gedrückt.

Wie auf den Fotografien aus Hiroshima, auf denen man die Schatten der Menschen sieht, die vor der Zerstörung durch den Park gegangen waren, oder jene, die uns die sich umarmenden Konturen des auf den Treppen des Museums sitzenden Liebespaars zeigen. Tante Pannikas besitzerloser Schatten war so lebensecht, dass ich ihn fast begrüßte; ich hatte das Gefühl zu sehen, wie sie verstört den Rand der Theke ergreift, die Kaugummis und Stollwerck Karamellbonbons hinunterwirft, sich durch ihr wirres Haar fährt und sogar, wie ihr von Sommersprossen gesprenkelter Hals errötet. Bece sagte, eher gehaucht als geflüstert:

»Tante Pannika ist auch zu einem Schatten geworden.«

Er sagte dies genau in dem Moment, als von der anderen Seite des Parks das Brüllen zu hören war. Mir traten erneut Tränen in die Augen, ich weinte aber nicht, im Gegenteil, als ich daran dachte, dass nun auch Tante Pannika ein Teil der ständig zunehmenden, sich bewegenden und verändernden, immer wieder neu geschriebenen Vergangenheit geworden war, musste ich sogar lachen. Einen Augenblick lang. Bis ich das von der anderen Seite des Parks kommende heisere Brüllen verstand.

»Was schnüffelt ihr hier herum? Macht, dass ihr wegkommt!«

Dezső war kein bisschen überrascht, als wir im alten Frisiersalon auftauchten. Er blieb auf dem Boden sitzen, zwischen seinen Beinen stand eine Deckelkanne. Wir wurden von einem kühlen Dämmerlicht und Altengeruch empfangen. Auch darüber, dass man uns vom Tatort vertrieben hatte, wunderte er sich nicht.

»Der Ede-Klein-Verein war in der letzten Zeit, gelinde gesagt, nicht unbedingt beliebt«, sagte er. »Tante Pannika wird viel angelastet, und vom *Klein-Tagebuch* denken mittlerweile fast alle, es sei ein Totenbuch. Es soll der Tod aller Sáraságer darin beschrieben sein, der jedes einzelnen Menschen, im Detail, wo, wie, an welchem Tag man von seinem Schicksal ereilt wird. ›Willst du wissen, wie viele Tage es noch bis zu deinem Tod sind?‹ Das fragen sich die Frauen in der LPG scherzhaft untereinander. Viele machen Witze darüber, es lacht jedoch keiner. Jeder möchte zwar wissen, wie viele Tage er noch zu leben hat, gleichzeitig will aber niemand wahrhaben, dass das, was vom eigenen Leben noch bleibt, wirklich in Tagen, Stunden, Minuten messbar sein soll und dass diese Zeit sich um genau die Minute verkürzt hat, die man mit diesen Überlegungen verbracht hat. ›Die Zeit der anderen ist in Tagen messbar‹, denken die Leute, ›meine jedoch ist endlos.‹ Die wohlwollenderen Sáraságer wagen sogar die Vermutung, der Ewige habe Tante Pannika diese Schrift diktiert, die sie, wie die Propheten die von ihnen benannten Bücher, in einem Zustand der Entrückung niederschrieb – aber selbst die Vertreter dieser nachsichtigen Auslegung sind der Meinung, der Text hätte sofort, nachdem sich herausgestellt habe, was er sei, vernichtet werden müssen. Die Scharfmacher sind natürlich der Meinung, das jüdische Blut sei schuld an allem. Tante Pannika hätte sich eben nicht mit einem jüdischen Mörder abgeben sollen!«

Diese Worte drehten mir den Magen um. Also wurden die grausamen Ereignisse, die Onkel Ede widerfahren waren, nicht von allen als Schande empfunden? Das Gegenteil schien der Fall zu sein. Die Anklage, sein Blut sei schuld an seinem Schicksal, wurde als Begründung herangezogen, nicht nur, dass also kein Beweis für sie erbracht werden musste, sondern sie selbst wurde zum Beweis. Ich versuchte, tief Luft zu holen. Wir tranken aus Dezsős Kanne, denn da man sie in Feketeváros nicht brauchte und wir nicht bei Bece Beregi zu Hause vorbeigegangen waren, um unsere zu holen, hatten wir keine dabei. Mit trockener Kehle schnappte ich nach Luft.

»Gib mir einen Deckel voll Bier«, flüsterte ich.

Der seltsame Durst quälte mich so stark wie damals, als Dezső mir von Ede Kleins Besuch im Jahr 1966 erzählt hatte. Das sagte ich ihm auch.

»Gut, dass du das erwähnst«, antwortete Dezső. »Das ›Sich-Abgeben‹ bezieht sich darauf, dass Tante Pannika Ede Klein, als er sechsundsechzig noch einmal nach Hause kam, bei sich übernachten ließ, also einen Mörder bei sich aufnahm und dann für fast ein Jahr aus dem Dorf verschwand. Die Klageweiber glauben nun zu wissen, dass sie ihm ein Kind geboren hat, sich jedoch nicht traute, es in Sáraság großzuziehen und aus Angst in die Obhut des Staates gab.«

»Wovor hatte sie Angst?«, fragte ich.

»Dass das jüdische Kind töten wird.«

»Dass das Kind es im Blut hat?«, fragte Bece fassungslos.

»Ja klar!«, sagte Dezső.

Bei der Erwähnung von Tante Pannikas angeblichem Kind wurde mir ganz schwindelig, und ich spürte jene verzweifelte und dumme Angst in mir aufkommen, wie so oft, wenn es um sie ging – auch damals, als ich zum ersten Mal von ihrem Schriftstück gehört hatte.

»Nach Ansicht der Klageweiber hat das Jüdische in Tante Pannikas Seele Einzug gehalten«, fuhr Dezső fort, »deshalb konnte sie so ein verhextes Buch schreiben. Und der Mörder Ede Klein, das ist in ihren Augen auch keine Frage mehr, ist mit Sicherheit der Fährmann, der aus der Hölle zu uns geschickt wurde; es ist kein Zufall, sagen sie, dass sein Schatten zum Kiosk hinübergeschwebt ist: So hatte er sich bei seiner Dienerin dafür bedankt, was sie für ihn getan hat. Für das Totenbuch.«

»Da hat sich ja für sie alles wunderbar zu einem Bild zusammengefügt«, sagte Bece.

»Das kann doch nicht wahr sein«, stammelte ich.

»Dann kam noch hinzu, dass Tante Pannika Hildi Számfira nicht half, als ihr das Unglück passierte, sondern nur wie eine Salzsäule auf der anderen Straßenseite stand. Wenn Ignác Gergely nicht vorbeigekommen wäre, wer weiß, was dann passiert wäre. Natürlich wird es in dieser Geschichte so dargestellt, als interessiere man sich für Hildi Számfiras Schicksal, als würden die Klageweiber sich um das Wohlergehen des ›Flittchens mit der Presskopf-Visage‹ kümmern oder als hätten sie dem jungen Schweizer mit ›seinem bekloppten Schatten‹ jemals auch nur ein Fünkchen Aufmerksamkeit geschenkt. Und nun benutzen sie die beiden.«

»Wer hat es getan?«, fragte ich. Ich schäumte vor Wut.

»Keiner weiß es«, antwortete Dezső.

»Was heißt das: Keiner weiß es?«, brüllte ich. »Es muss doch jemand gesehen haben, wer das Fenster eingeschlagen, wer die Zigaretten und den Tabak, die vielen teuren Bonbons und Schokoladen mitgenommen hat? Und wer Tante Pannika angegriffen hat!«

»Nein, niemand.«

»Das ist unmöglich.«

»Nein. Als sie von den calvinistischen Polizisten befragt wurden, sagten alle: ›Es wird erzählt.‹« Und dass man im Dorf einen Groll gegen Tante Pannika hege. *Man!* Nicht der Befragte. Er habe es nur gehört. Von den anderen. *Man* sei dieser Meinung. Die anderen. Immer die anderen. Und dass man wütend sei. Wieder *man*. Vergebens hätten die Polizisten von den vielen angeblich Außenstehenden etwas herauszubekommen versucht, und als sie ihren Worten mit Körperkraft Nachdruck verliehen, hätten alle nur gesagt: die Leute. Die Dorfbewohner. Sie seien um den Kiosk herumgeschlichen, in aufgebrachter Stimmung, dann habe jemand aus der Ferne einen Stein gegen das Fenster geworfen, keiner wisse wer, daraufhin sei plötzlich die Hölle los gewesen, es sei geplündert worden, und Tante Pannika habe man herumgeschubst, nachdem man sie so gewaltsam und schmerzhaft von ihrem Stuhl gerissen habe, dass ihr Schatten dort geblieben sei. Vor dem Atelier des Fotografen habe man sie getreten, aber auch der Fotograf wisse nicht, wer es gewesen sei. Es seien die Füße des Dorfes gewesen, tausend Dorffüße, die zu niemandem gehört hätten.

»Es muss ein Mordsgeschrei gegeben haben, ein unsägliches Drunter und Drüber, Tante Pannika soll sich zusammengerollt haben, als wäre sie in den Bauch ihrer Mutter zurückgekehrt, sie habe ihre Knie umschlungen und nicht geweint, nicht gejammert. Angeblich habe sie immer wieder nur gesagt: Vergib Ihnen, Herr, denn sie wissen nicht, was sie tun; aber vielleicht ist dies erst später hinzugedichtet worden. Jeder streitet alles ab, alle behaupten, nicht dabei gewesen zu sein, es gibt jedoch keinen, der sagen würde, Tante Pannika täte ihm leid. In der Kneipe Oláh habe ich gehört«, sagte Dezső, »man äußere sogar gegenüber der Polizei, dass sie schuld daran sei, sie hätte eben nicht mit dem jüdischen Blut in Berührung kommen und für den Hebräer ein Totenbuch schreiben dürfen; sie habe sich selbst in diese missliche Lage gebracht.«

In den ersten Morgenstunden des nächsten Tages fuhren wir mit dem Bus nach Feketeváros zurück. Wir schlichen uns aus Sáraság fort, als hätten wir etwas verbrochen. Ungeduldig und aufgewühlt standen wir an der Bushaltestelle, es war noch dunkel, das breite Schaufenster des Lebensmittelladens wurde von zwei, drei 25-Watt-Birnen beleuchtet, im Springbrunnen des Parks sprudelte noch kein Wasser, das an die Seite des Kiosks gelehnte Gitter war in das taubenetzte Gras gesunken. Verstohlen schaute ich mich um, ich war aufgeregt und hoffte, es möge nur keiner vorbeikommen. Wegen der Sommerarbeitszeit wäre es gut möglich gewesen, dass sich die in den Treibhäusern arbeitenden Frauen oder die Schlächter bereits um halb vier auf den Weg zur Arbeit machten. Ich betete innerlich, sie mögen doch noch ein Weilchen warten. Ich hatte Angst, man könnte mir etwas tun. Ich musste mir regelrecht mit Gewalt ins Bewusstsein rufen, dass ich überhaupt nichts getan hatte, meine Angst vollkommen unbegründet war und ich daher auch keinen Grund hatte, mich zu verstecken. Tante Pannika traf ja auch keine Schuld, geschweige denn uns. Wir waren lediglich begeisterte Entdecker, die das laut aussprachen, was unserer Meinung nach offensichtlich war: dass wir in Sáraság nicht aufhörten, immer und immer wieder in der Zeit der Heiligen zu leben. Wir hatten nichts verbrochen, uns keine Sünde zuschulden kommen lassen. Ich konnte mir dies jedoch vorbeten, so oft ich wollte, ich hatte dennoch Angst, und irgendwie schien mir diese Gedankenkette, mit der ich mich zu beruhigen versuchte, auch nicht ganz fehlerfrei zu sein. Obgleich ich es nicht fassen konnte, glaubte ich langsam selbst, ein Verbrecher zu sein, ich versetzte mich in diese böse Irrsinnigkeit hinein, wurde eins mit ihr, und schon begann das schlechte Gewissen seine seelenzersetzende Arbeit: Ich war überzeugt, ich sei jenes Ich-weiß-nicht-was, für das man mich hielt. Am frühen Morgen, als wir vom Wecker, den wir in einen Teller auf eine Handvoll Kleingeld gestellt hatten, geweckt wurden, hatte ich fast alle Wörter wieder hinuntergeschluckt, die unbewusst aus meiner Kehle herausgequollen waren. Ich erinnere mich nur an einige von ihnen und an die süße Freude, die ich im Halbschlaf darüber verspürt hatte, dass ich zu Hause war und meine Seele am Morgen von allein redete, die Vergangenheit aus mir herausplapperte – doch dann drang mit einem schmerzhaften Stich die qualvolle Bitterkeit der letzten Tage in mein Bewusstsein, weshalb ich die meisten Wörter sofort wieder vergaß. *Reservat, Sündenbock, Schnürsenkel, Stacheldraht* – an diese Wörter erinnere ich mich noch. Das sind keine schönen Bruchstücke aus dem Reich des Unterbewussten, aber wie sollten sie auch schön sein, wo doch die Wirklichkeit ebenfalls hässlich war?

Bis zum Wochenende verlangsamte sich der rasende Galopp des Zorns und wurde zu einem jämmerlichen Trab. Franczek schickte ein paar Leute, die ihre judenfeindlichen Ansichten nicht für sich behalten konnten, dorthin, wo der Pfeffer wächst, verteilte mitunter auch einige Ohrfeigen, woraufhin die Lust an derartigen Meinungsäußerungen spürbar abnahm. Ich fand es ausgesprochen widerlich, dass Gyulas Ansehen und körperlicher Einsatz notwendig waren, damit Zurückhaltung einkehrte und wir alteingesessenen Dörfler nicht angepöbelt wurden. Beregi und komischerweise sogar Metz waren jedoch sichtlich davon beeindruckt, dass dieser in Sáraság so anerkannte Mann hinter uns stand. Eine Weile versuchte ich noch, sie davon zu überzeugen, dass wir nichts verbrochen und die anderen daher auch keinen Grund hatten, uns zu hassen, dass es absurd war, sich darüber zu freuen, einen Schutzengel zu haben, und dass man gewisse Leute nur mithilfe einer gehörigen Tracht Prügel hatte zur Besinnung bringen können – aber sie schienen meinen Worten nicht viel Bedeutung beizumessen.

Tante Pannika wurde drei Wochen später aus dem Krankenhaus der Calvinisten entlassen. Von da an ging sie ohne Schatten, geräuschlos, fast schleichend durchs Dorf. Bald kam der Witz in Umlauf, Tante Pannika sehe aus wie ihr eigener Schatten. Diese geistreiche Bemerkung wurde stets von dem gleichen wilden, grunzenden Lachen begleitet, mit dem man Schwulen- und Judenwitze bedachte. Tante Pannikas Schatten blieb im Kiosk, sodass Ede Kleins und Tante Pannikas Silhouetten nun so vereint waren wie jene des legendären Liebespaars aus Hiroshima. Einige Wochen später, als die Kioskbude abgerissen wurde, konnten die Schatten sich nur noch auf den Boden werfen; sie lagen dunkel auf dem niedergestampften Boden wie ein Haufen vergessenen Straßenschotters.

Bece Beregi und Gyula Franczek wurden dieses Themas sowie des Herumsitzens im Frisiersalon bald überdrüssig. Also wollten sie bei den Oláh-Werken vorbeischauen, und während sie sich fertigmachten, ließ Gyula einige Andeutungen über ihren Ausflug nach Dunaföldvár fallen. Sie zwinkerten sich zu, doch ich sah, dass Bece die Sache nicht wirklich behagte. Er schien bemüht, das Ganze zu vergessen. Er dachte wohl, es sei am besten, sich äußerst taktvoll zu geben, und mit dieser Strategie die Angelegenheit am schnellsten auf sich beruhen lassen zu können. Wenn er die Geschichte von sich aus erwähnt hätte und offen und ehrlich als Franczeks Komplize aufgetreten wäre – der diese penetrante Freundschaftsdemonstration während der letzten Phase des erbitterten Kampfes um Irén Ráchel in erster Linie gegen Dezső einsetzte –, wären wir außen vor geblieben und hätten wohl nie erfahren, was in aller Welt auf der anderen Seite der Donau vorgefallen war. Da Bece sich jedoch so verhielt, wie er sich verhielt, nahm Gyula das Thema nicht von der Tagesordnung, im Gegenteil, je mehr jener zu entkommen versuchte, desto mehr verriet uns dieser von ihrem Abenteuer. Und wenn Franczek einmal zu predigen begonnen hatte, hörte er so schnell nicht wieder auf …

Nachdem Glasaugen-Tót in Dunaföldvár wach geworden war und so, wie sie ihn neben sein Fahrrad auf den Rasen gelegt hatten, also auf der Seite liegend gepisst hatte, stand er auf und machte sich zielbewusst auf den Weg. Er schaute sich nicht um, wunderte sich nicht darüber, wo er sich befand, sondern ging so selbstsicher los, als hätte er die tausendfach niedergetrampelte, ständig lauschende schwarze Erde Sáraságs unter den Füßen. Franczek und Beregi folgten ihm in großem Abstand, vorsichtig schlichen sie die sich durch Dunaföldvár schlängelnden, müden Straßen entlang, damit Tót sie ja nicht bemerkte, denn das hätte das Ende des schönen Spaßes bedeutet und sie wären mit dem bewusstlosen Kutscher umsonst durch die gesamte Tiefebene gefahren. Sie versteckten sich in Hauseingängen, im Schatten der Fliederbüsche verschiedener Vorgärten, und Gyula beäugte währenddessen zur eigenen Unterhaltung die Stadt: Sie trug noch die charakteristischen Züge einer Ortschaft der ungarischen Tiefebene, gleichzeitig hatte sie aber auch schon etwas von der Gegend jenseits der Donau. Wenn Glasaugen-Tót langsamer wurde, blieben sie stehen und zerkrümelten die fette Erde zwischen ihren Fingern; es war Frühlingsanfang, auf dem dichten Rasen erwachte das Leben, auf einem Blatt des Breitwegerichs saß eine Heuschrecke wie eine riesige grüne Brosche. Kröten kamen aus ihren Erdlöchern hervor, die Blüten des Kirschbaums verströmten einen starken Duft, der Blütenstaub kitzelte die Nasen. Glasaugen-Tót schob sein klappriges Fahrrad mit einer erstaunlichen Bestimmtheit »nach Hause«. Er war müde und betrunken, davon abgesehen bewegte er sich jedoch ausgesprochen sicher und routiniert, ließ sich nicht von der Nebensächlichkeit stören, dass er in einer fremden Stadt erwacht war. Bei den Scheidewegen zögerte er keine Sekunde, fragte niemanden, wohin dieser oder jener Weg führe oder wo er sich befände, ganz zu schweigen von jener beiläufigen Frage, wie er dorthin gekommen sei. Dabei hatten Gyula und Bece sich inzwischen zigmal vorgestellt, wie Tót, wenn er erfuhr, wo er gelandet war, in ein an einen Tarzanschrei erinnerndes Gejammer ausbrechen und dann nur noch brüllen würde wie ein zu schnell gewachsenes und gealtertes Baby. Oder auch nur stierte wie damals, als Bece Beregi die Hufe seiner Pferde auf die Metallplatte der Waage geschweißt und er nicht verstanden hatte, weshalb die sonst so gehorsamen Tiere nicht lostraben wollten. Sie hatten sich vorgenommen, dass sie, nachdem sie sich genug über den armen Alten amüsiert hätten, wie zwei Engel des Vergebens aus dem Nichts auftauchen und Glasaugen-Tót kräftig auf die Schulter klopfen würden:

»Aber, alter Tót, was machen Sie denn hier in Dunaföldvár?«

Ihre Rechnung ging jedoch nicht auf. Glasaugen-Tót wankte unaufhaltsam nach Hause. Zwar stockte er hin und wieder wie der Atem in einer alten Lunge, aber er lief immer weiter. Nach den fremden Gesichtern drehte er sich um; offensichtlich störte ihn das dahergelaufene Pack, das seinen Weg kreuzte. Er begrüßte diese Leute nicht, sondern runzelte nur die Stirn. Seine dicht wuchernden Augenbrauen kamen kaum zur Ruhe. Gyula glaubte gehört zu haben, wie der Alte vor sich hin murmelte, es seien schon ganz schön viele Taugenichtse unterwegs, und was die Leute denn mit diesen Verkleidungen wollten, Karneval sei doch schon längst vorbei.

Nach einer Weile beruhigte er sich jedoch und erkannte die Menschen, ja er »identifizierte« nicht wenige Sáraságer. Der lispelnden »Piri Gyári« zischte er wie immer spöttisch etwas hinterher, »Jancsi Szalma«, dem Bahnwärter, schien er irgendeine alte Kränkung an den Kopf zu werfen, die mit einer Bahnschranke in Zusammenhang stand, und dann sagte er noch, er werde ihm die Rippen brechen, wenn er es noch einmal wage, die Schranke vor seiner Pferde Nase herunterzulassen. Als er »Kati Kitka« erblickte, die Spitzenkommunistin und nebenbei Russischlehrerin, brach er in schallendes Gelächter aus, wahrscheinlich darüber, dass sogar die Haare der Genossin immer röter wurden. »Jóska Futár« klopfte er wie immer auf den Rücken, er solle nicht so krumm dastehen, und nur weil er irgendeine »Autokrankheit« habe, müsse er noch lange nicht so ein blödes Gesicht machen. Gyula sagte, das Außerordentliche habe bereits damit angefangen, dass die fremden Leute den Originalen, wenn auch nur ein bisschen, aber dennoch, geähnelt hätten, jene Handvoll Passanten, die das Schicksal gerade in diese Straße in Dunaföldvár verschlagen habe. Dies sei jedoch noch irgendwie akzeptabel gewesen, denn kein nüchterner Beobachter hätte diese Menschen jemals mit denen aus unserem Dorf verwechselt, und ein Hauch von Ähnlichkeit könne ja auch immer ein Spiel des Zufalls sein. Was ihm hingegen äußerst seltsam erschienen sei, war die Tatsache, dass Glasaugen-Tót von den Dunaföldvárern nicht zum Teufel gejagt wurde. »Piri Gyári« glotzte dumm und lispelte etwas, »Jancsi Szalma« fuchtelte mit den Armen in der Luft herum, im Kreis, ganz so als drehte er die Kurbel einer Bahnschranke, »Kati Kitka« ergriff hastig ihr Tuch, das natürlich rot leuchtete, und sprach mit Tót, begleitet von heftigen Gesten. Als erzählte sie nur den üblichen Schwachsinn, dass dieses kleine Dreieck nämlich nur ein winziges Stück der riesigen roten Fahne der Arbeiterbewegung sei.

Und dann blieb Glasaugen-Tót sogar etwas länger stehen, um sich mit einer rundlichen, rotwangigen Dame zu unterhalten, einer »gefüllten Taube im Kostüm«, wie Gyula sie später beschrieb, einer richtig urbanisierten Frau, die gemessenen Schrittes die Straße entlangging und dabei ihr funkelndes Fahrrad schob. Ihr dauergewelltes, rotes Haar war von einem Haarnetz bedeckt, auf ihrer Nase saß eine kleine Brille mit Goldrahmen. »Wie eine Mary Poppins vom Lande«, sagte Gyula, um das Komische dieser Beschreibung noch zu steigern, denn er sah, wie sehr ich mich darüber amüsierte. Beregi und Franczek waren sich sicher, dass das Programm nun endlich beginnen würde. Da sie Glasaugen-Tót nicht kannte und man von ihrer Kleidung ausgehend auch nicht ausschließen konnte, dass sie sich selbst dann nicht gern mit ihm unterhalten hätte, wenn sie es täte, war anzunehmen, dass die vornehme Dame den betrunkenen Alten zurechtweisen würde. Mit schwindender Geduld fieberten die beiden darauf, dass sie das Gespräch nun langsam leid sein würde und sich endlich herausstellte, dass das grausame Schicksal den Mann mit dem Glasauge in eine nicht geringe Entfernung von Sáraság verfrachtet habe. Gyula sagte, am Anfang hätten sie nur ein Versteck gefunden, aus dem heraus sie von der Unterhaltung dieses seltsamen Paares nichts mitbekommen hätten, und auch später sei es ihnen nur mit Mühe gelungen, etwas näher an die beiden heranzukommen. Mit der Frau gab es jedoch noch ein anderes Problem. Obwohl Glasaugen-Tót mit Sicherheit jemanden in ihr »erkannt« hatte und »die gefüllte Taube im Kostüm« also nicht sie selbst war, schworen Gyula und Beregi, sie habe niemandem ähnlich gesehen.

Wen aber hatte er in ihr gesehen? Wer aus dem Originalrepertoire mag es gewesen sein, dessen Double sie darstellte?

Die Dame lehnte sich an ihr schillernd blaues Csepel-Fahrrad, dessen Reifen an der Seite weiß waren und vor dessen Lenkrad ein schöner, schwarzer Metallkorb angebracht worden war, aus dem Möhren- und Sellerieblätter ragten. Die kräftigen Frühlingssonnenstrahlen wurden von der Alufolie einer geöffneten Packung Kefir reflektiert.

»Alles Licht schien gebündelt in unsere Augen geleitet zu werden«, erzählte Gyula.

Eine wohlsituierte Frau aus der Stadt und ein halb besoffener Kutscher vom Dorf, der manchmal sogar in Sáraság mit Verachtung behandelt wurde, plauderten also fröhlich miteinander. Nun, dies konnte man weder verstehen noch tolerieren. Franczek und Bece merkten allmählich, dass der Spaß, den sie ausgeheckt hatten, aus irgendeinem mysteriösen Grund nach hinten losgegangen war. Vielleicht war Glasaugen-Tót noch zu Hause, während sie ihn in den Lkw luden, wach geworden und machte sich nun umgekehrt über sie lustig. Sollte dieser Entwicklung jedoch eine andere Ursache zugrunde gelegen haben, so geschah etwas äußerst Seltsames, Unerklärliches mit ihnen.

»Wir mussten das Risiko eingehen«, sagte Gyula, »und näherrobben.«

»Wissen Sie, meine Liebe«, sagte Glasaugen-Tót mit einer sehr warmen und freundlichen Stimme zu der Frau, »dies alles ist wegen des Leids. Genauer gesagt, es dient dem Kampf gegen das Leid. Sie brauchen es, um das Leid ertragen zu können. Denn diese Jungs sind Waisen, alle drei. Dieses aggressive Rindvieh hat sie zwar unter seine Fittiche genommen, sie wissen schon, wen ich meine, der, der als Warenbeschaffer durchs Land fährt und zu Hause so verehrt wird, als hätte er ein biblisches Wunder vollbracht, wenn es ihm wieder mal gelungen ist, irgendwo eine Toilettenschüssel aufzutreiben. Es ist wegen des *Vaters*. Weil keiner von ihnen einen Vater hat. Glaube ich. Der junge Beregi hat zwar seinen Großvater, und auch sein Vater lebt irgendwo in Budapest, aber unter uns gesagt: Mag er im Vergleich zu mir noch so jung sein, ich bin mir sicher, seine Tage sind schon gezählt. Dieses Sommers Hitze wird noch nicht auf dem Höhepunkt angelangt sein, und – das können Sie mir glauben, meine Teuerste, denn dafür würde ich die Hand ins Feuer legen – András Beregi, der Ältere, der bereits mehrere Kinder in der Hauptstadt hat, gibt den Löffel ab. Das meine ich ernst. Wissen Sie, diese Jungs sind deshalb so versessen auf die Zeit oder vielmehr auf die Vergangenheit, weil sie selbst überhaupt keine haben. Eine Mutter kann einem dieses Erbe nicht vermachen. Mütter lieben, das wissen Sie, meine Teuerste, ja selbst, und wenn es sie ihr Leben kostet, sie haben jedoch keine Wurzeln in der Zeit. Sie sind im Raum verwurzelt. Wie die Hennen. Wenn ein Mann keinen Vater hat, dann hat er nichts hinter sich, nur gähnende Leere, Traurigkeit und Kummer. Denn die Zeit – und somit die Vergangenheit –, das muss ich Ihnen ja nicht erklären, ist Männersache. Sie hat eine Rute, keinen Schlitz. Auch in der Schrift wird die Zeit von Männern getragen. Wissen Sie, heutzutage gibt es solche Männer, solche Väter nicht mehr. Nirgends. Es ist kein Wunder, dass die Söhne blind sind. Sie sind blind, weil sie nur liebende Mütter haben, jedoch keine Väter. Die Männer sind in sich zusammengebrochen, verschlissen, am liebsten würden sie alle auf beschämende Weise vor dem Prophetentum fliehen. Es gibt keinen, der seine Familie auch nur bis an den Rand des Dorfes führen würde, vom Roten Meer ganz zu schweigen. Wissen Sie, was nützt uns die heilige Zeit, die ursprüngliche von damals, vor der Strafe, wenn die, die jetzt leben, sie überhaupt nicht bemerken? Sie haben nicht teil an ihr. Kein bisschen. Es gibt keinen Stammbaum der Schüler, meine Teuerste, da können Hiob und der Kerl namens Henoch in unserem Dorf herumlungern, wie sie wollen. Diese beiden wurden bei uns übrigens durch das Schicksal miteinander verbunden, weil jeder von ihnen uns die Botschaft der Strafe bringt, so oder so. Beide verkünden den furchtbaren Zorn und die Macht des unendlich Ewigen. So stark die Ohrfeige auch gewesen sein mag, die man bekommen hat, man sollte sich freuen, dass sie nicht noch schmerzhafter war. Es war das Schicksal des einen, dass ihm, obwohl er es nicht verdient hatte, alles genommen wurde, und der andere musste gegen etwas kämpfen, dessen Teil zuvor er selbst gewesen war. Was denken Sie, meine Liebe: Warum müssen wir immer mit dem hadern, wozu wir selbst gehören? Wir müssen auf Schritt und Tritt ein Urteil über uns selbst fällen – deshalb sage ich das, was ich sage. Diese Jungs bringen alles mit allem in Verbindung, ob es einen Sinn ergibt oder nicht – aber das ist gut so. Nicht wir sind der Vergangenheit wichtig, sondern sie uns. Zumindest manchen von uns. Die Jungs aus diesem Waisenkreis, wie man sie hinter ihrem Rücken spöttisch nennt, jagen wie Wahnsinnige der Zeit hinterher. Und weshalb sollten sie es nicht tun? Sie sind schließlich Männer! Es kann nicht sein, dass das Leben des Bauern so kurz sein soll wie ein Wirtschaftsjahr, dass der Frühling bereits den Winter aus der Erinnerung wischt und der Sommer den Frühling und dass uns nichts in den kleinen Häusern des Dorfes etwas über jene verrät, die es früher einmal bewohnt haben: kein Zeichen, keine Botschaft, keine Erinnerung. Daran kann ein empfindsamer Mensch, der die Heilige Schrift liest, nicht glauben. Denn die Vergangenheit des Ewigen gehört doch uns allen. Habe ich nicht recht, meine Teuerste?«

Bece Beregi sei vor Aufregung fast schlecht geworden, behauptete Gyula. »Wahrscheinlich wegen seines Vaters, denn obwohl dieser ihn verlassen hat, schwört er immer wieder, er werde seinen Vater einmal besuchen und sich mit ihm unterhalten – wenn auch nicht sofort, denn die Zeit sei dafür noch nicht reif.«

»Und dann?«, fragte ich.

»Nichts. Inmitten seiner großen Erklärungen verabschiedete sich Glasaugen-Tót plötzlich: ›Gott segne Sie, ich will Sie gar nicht weiter aufhalten.‹ Dann sprang er auf sein klappriges Gefährt und sagte noch etwas wie, die Dame solle sich gut merken, was er gesagt habe – was aber nicht sicher ist, denn er bog in eine schmale Straße ohne Fußweg ein, und als wir ihm hinterher rannten, war er längst weg. Und wir standen da wie zwei Deppen.«

»Wie ist er nach Hause gekommen?«

»Ich weiß es nicht«, sagte Gyula achselzuckend.

»Wie meinst du das?«

»Ich habe ihn nicht gefragt.«

»Habt ihr nicht nachgesehen, ob er nach Hause gefunden hat?«

»Doch, schon, aber wir haben ihn nicht gefragt, wie er es geschafft hat. Vor einigen Tagen, er hatte gerade Tante Pannika besucht, habe ich ihn zum ersten Mal wiedergesehen, er war ein bisschen angetütert, aber als er mich sah, schien er mir überhaupt nicht verärgert oder irgendwie komisch zu sein, er nickte zur Begrüßung, mit diesem leeren Blick, so wie sonst auch.«

»Ist er mit dem Rad nach Hause gefahren?«

»Verstehst du nicht? Ich habe keine Ahnung. Vielleicht. Mit dem alten Ding muss es eine ganz schön lange Tour gewesen sein.«

»Das glaube ich trotzdem nicht«, sagte ich. »Ihr habt den Alten zweihundert Kilometer von hier entfernt verloren?«

»Er war verschwunden, klar? Im Bruchteil einer Sekunde war er weg. Kurz zuvor taumelte er ja noch; wie hätten wir das denn voraussehen sollen?«

Im Grunde flößte diese Geschichte uns allen Unbehagen ein. Auch Gyula, denn der zum Propheten gewandelte Glasaugen-Tót hatte ihn ja nicht gerade ins beste Licht gerückt, nur prallte dies, wie jeder Angriff, von ihm ab, er war in der Lage, jede noch so große Gemeinheit mit einer erstaunlichen Selbstsicherheit zum einen Ohr hinein-, zum anderen wieder hinauszulassen. Als hätte er überhaupt keine Gefühle und als würden die Kraft und das resolute Auftreten nicht nur seinen Körper, sondern auch seine Seele beschützen. Deshalb machte es ihm auch nichts aus, ohne jede Hemmung über den misslungenen Spaß zu sprechen. Bece hingegen konnte sich umso weniger über den Vorfall hinwegsetzen. Obwohl es ihm nicht leichtfiel, brachte er sehr schnell in Erfahrung, wie es seinem ihm unbekannten Vater ging. Das schwerfällige Telefongespräch lief vollkommen schief: András Beregi der Ältere machte kein Hehl daraus, dass er seinen erstgeborenen Sohn für einen dämlichen Dorftrottel hielt.

»Die vom Land nach Budapest Gezogenen sind die Schlimmsten«, versuchte Onkel Bandi, Beces Großvater, ihn zu beruhigen. Er erläuterte lang und breit, dass sogar der Sohn eines Dorfmenschen noch ein Dörfler sei und nur dessen Sohn endlich ein gebürtiger Großstadtmensch sein könne.

»Dein Vater war schon immer versnobt und ungehobelt«, sagte Tante Klári voller Empörung und erklärte erneut, wie sehr sie Beces Idee, seinen Vater anzurufen, missbilligte.

András Beregi der Jüngere wollte sich nur noch verkriechen, er konnte ja nicht einmal verraten, was der Anlass für diese scheinbar unbegründete Anwandlung gewesen war, zum ersten Mal in seinem Leben mit seinem Vater telefonieren zu wollen. Er konnte auch nicht zugeben, dass sein Vater streng genommen natürlich recht hatte, denn Bece war wegen dem, was er von Glasaugen-Tót gehört hatte, so erschrocken, dass er sich immer wieder, wie ein geistesschwaches altes Weib, bloß nach der Gesundheit seines Vaters erkundigt hatte.

Es gab aber auch ein paar Tropfen Glück in unserem Leben: In den letzten Wochen des Schuljahres entdeckten Bece und ich den Alkohol. Wir kauften blutroten Sandwein, Blaufränkischen oder Cuvée, bei dem die verschiedenen trockenen Säfte so klug gemischt worden waren, dass ich anfangs das Gefühl hatte, nach jedem Schluck nüchterner zu werden. Der blutige Nektar war leicht und fruchtig, als wäre er nicht aus Trauben gewonnen worden, sondern als hätten ihn verirrte Feldengel aus Himbeeren, Heidelbeeren und Hagebutten gepresst. Wir tranken kleine Schlucke und schnalzten mit der Zunge. Obwohl es sehr gefährlich war, lehnten wir uns, so weit es nur ging, aus dem Fenster, damit der erste Schluck möglichst kühle und frische Luft als Begleitung auf seinem Weg durch unsere Kehle bekam. Eine Luft, die der Ewige direkt von der Theiß zu uns herübergeweht hatte, damit, wenn wir sie einatmeten, der Geschmack der Sonne über der Tiefebene und dem heißen Sand unsere Gaumen noch stärker kitzelte. Der Blaufränkische aus Feketeváros hatte einen robusten Körper, war sauer und roh, und obwohl die eingebildeten Leute von den Hügeln ihn nur »Bubenwein« nannten, war er meiner Meinung nach ein richtiges Erwachsenengetränk, das nach Respekt verlangte und die Wunden der Seele aufriss. Er machte uns schnell betrunken, und nach einigen Gläsern verlangte es uns stets nach etwas Essbarem. Unsere Standardspeise bereiteten wir auf der Bank im Duschraum zu. Es war das Köstlichste, das ich je in meinem Leben gegessen habe: mit Entenfett bestrichenes Brot. Tante Klári bereitete das Fett selbst zu und gab Bece immer ein volles Einweckglas davon mit, das dieser unter seinen dreckigen Socken versteckte. Dort bewahrte er auch die knackigen, hellgelben Sáraságer Paprika auf, die Tante Klári aus der LPG klaute. Und auch den scharfen, gemahlenen roten Paprika, den Tante Klári im Tausch gegen einen Teil der entwendeten hellgelben Schoten bekommen hatte. Dieser war so weich und fein wie der Sand einer Sanduhr und so rot wie Blut. Unser Klappmesser hatte einen sehr kurzen Griff, deshalb konnten wir das Fett nur ungeschickt verteilen, dennoch schien es uns, als würde auf der trockenen Scheibe Brot, die wir beim Mittagessen stibitzt hatten, ein goldenes Meer Wellen schlagen. Den Paprika schnitten wir großzügig auf, so wie zu Hause, und warfen ihn auf die Schnitte; die äußerst appetitlichen Ringe schmückten sie, als wären es Edelsteine. Danach wischte Bece die Spitze des Messers mit einer fachmännischen Bewegung ab, damit sie nicht fettig oder feucht blieb – denn das hätte den scharfen Paprika verdorben –, und stach, als wollte er Goldstaub wiegen, mit übertriebener Vorsicht in das Pulver. Er klopfte ganz sacht gegen das Messer, und als nur noch eine Prise auf der Spitze lag, streute er es über das Brot, um das Meisterwerk zu vollenden.

Ich habe seitdem noch ein- oder zweimal mit Entenfett bestrichenes Brot gegessen. Ich versuchte es mit frischem Brot, mit solchem, dessen Rand verbrannt war, mit gesundem schwarzen, ich ließ es ein wenig austrocknen, als sei es vom Mittagessen geklaut worden, und brutzelte schweres Entenfett aus – aber so gut wie damals hat es mir nie wieder geschmeckt.

Wir bissen in das Brot und warteten darauf, dass die verschiedenen Geschmäcker aufeinander wirkten, dass das aromatische Fett den Bissen geschmeidig werden ließ, dass die saftige Paprika unter unseren Zähnen knackte und dass unsere Augen wegen des teuflisch scharfen Gewürzes zu tränen begannen. Stumm beobachteten wir uns gegenseitig, wir kauten, und unsere Augen lächelten. Von draußen drangen Sommerduft, der Fischgeruch der Theiß und das unverwechselbare Aroma des Pappellaubs zu uns herein. Nachdem wir das

Brot aufgegessen hatten, gossen wir wieder Wein in unsere aus der Küche gestohlenen Wassergläser, die zwar auch nicht besonders schick waren, aber immer noch besser als unsere Plastikzahnputzbecher, und tranken weiter. Und dann machten wir betrunken Radau bis zum nächsten Morgen.

Bece fiel sehr bald auf, dass die Erzieherinnen jede Tür mit demselben Schlüssel öffneten. Und wahrhaftig: Es stellte sich schnell heraus, dass alle Räume der Schule und des Wohnheims, die Küche, die Turnhalle und die Schlafsäle aus Brandschutzgründen mit demselben flachen alten Schlüssel zu öffnen waren. In der Werkstatt seines Großvaters feilte Beregi jedes Wochenende – mal von hier, mal von da – ein wenig von dem Ersatzschlüssel ab, den er sich zu diesem Zweck ausgesucht hatte. Er, der bildende Künstler, nannte es »das langsam entstehende Symbol der Freiheit«. Gegen Ende des Jahres passte er ins Schloss. Nun konnten wir den Schlafsaal also auch nach dem Mittagessen betreten, wir mussten nur darauf achten, dass wir, wenn wir erwischt wurden, die Angelegenheit einer Erzieherin oder Putzfrau anhängten, die schon nach Hause gegangen war. Den Frauen der Vormittagsschicht konnte man alles in die Schuhe schieben und locker behaupten, Frau Soundso habe uns die Tür zum Schlafsaal geöffnet. In unseren berauschten Nächten öffneten wir alle Räume, tauschten die Karten an den Wänden des Zeichensaals aus, brachen das Pianino im Musiksaal auf, meistens aber rannten wir nur nackt und selbstvergessen durch die Turnhalle. Wir vollführten die komplizierten Bewegungen eines Regentanzes oder spielten sogenannten Eingeborenenfußball. Dabei lachten wir wild, stießen den Medizinball durch den Saal und schrien aus vollem Halse die Namen jener Mädchen, die wir gerade am meisten begehrten. Oder wir gingen nachts in den Schlafsaal und spielten »Träufeln«, weil wir Gyula Franczek nicht glauben wollten, der behauptete, beim Militär nähmen sich die einfältigen Rekruten, denen vor Langeweile nichts Besseres einfiele, auf diese Weise auf die Schippe und angeblich würde es sogar klappen. Wir probierten es aus: Bece ließ langsam das Wasser aus einem Zahnputzbecher in einen anderen laufen, da er jedoch nicht mehr ganz standfest war, ging meistens die Hälfte daneben, weshalb ich mit einer Kanne »Ersatzwasser« neben ihm stehen musste. Nach einer Weile stellte ich die Kanne wieder ab, um mit der Taschenlampe zu überprüfen, ob das »Träufeln« bereits Erfolg gezeigt und jemand sich vollgepinkelt hatte. Meistens blickte ich jedoch nur in verwunderte, müde und genervte Gesichter, die Jungs schienen nur darauf zu warten, dass wir, die betrunkenen Großen, endlich aufhörten zu lärmen.

Irgendwann in diesen letzten Wochen begann Bece, um ein von einem Einödhof stammendes Mädchen herumzuschleichen.

Noch während der ersten Tage unserer Gefangenschaft in diesem heruntergekommenen Quartier hatten wir uns geschworen, die verdammten Läuse zu verachten und uns mit den anderen Bewohnern des Schülerwohnheims nur dann abzugeben, wenn es gar nicht anders ginge. Diesem Mädchen den Hof zu machen, war ein schlimmer Regelverstoß, außerdem setzte er damit das ohnehin nicht besonders stabile Ansehen aufs Spiel, das wir bei den kaum ein Jahr jüngeren Jungs aus der achten Klasse genossen – manche, die bereits in der Unterstufe wiederholt sitzengeblieben waren, waren sogar älter. Auch unsere abendlichen Trinkveranstaltungen waren nun gefährdet. Die Spitzel hatten Wind bekommen, und von da an stand jeder einzelne Atemzug Beregis unter besonderer Beobachtung. Neben den unausgebildeten Erzieherinnen waren die Putzfrauen und auch der Rest der Bande auf Beregi »angesetzt« worden. Wir genossen die Gastfreundschaft der Einrichtung erst seit einigen Monaten, da war die Nachricht, der Schulleiter und Stadthistoriker suche nur noch nach einem geeigneten Anlass, uns entfernen und damit ein Exempel statuieren zu können, bereits bis ins Gymnasium vorgedrungen. Bece war alles egal, auch meine Missbilligung und Gekränktheit ließen ihn völlig kalt, und es interessierte ihn keinen Deut, mit wem ich mich abgab, während er Zsuzsika Irimás mit dämlichen Wortwitzen unterhielt. Ich hasste ihn beinahe, als ich sah, wie schnell es ihm gelungen war, das

Mädchen einzuwickeln, und ich verfluchte mich dafür, dass ich nicht als erster den Mut dazu aufgebracht hatte.

In Zsuzsika Irimás' Nähe schlug auch mein Herz stets höher, und wenn es für mich nicht eine Frage der Ehre gewesen wäre, mich an die Abmachung zwischen Bece und mir zu halten, hätte mit Sicherheit auch ich versucht, sie zu umgarnen. Im Grunde war bis zum Ende des Schuljahres weder sie ihm aufgefallen noch er ihr. In den ersten Tagen nach unserem Einzug gab es gesalzenen rohen Speck zum Abendbrot, den nicht einmal die essen konnten, die es gern getan hätten, da man ihn mit den staatlichen Aluminiummessern unmöglich zerschneiden konnte. Also saß ich nur da und wartete darauf, endlich aufstehen und gehen zu dürfen. Mir gegenüber, an einem anderen Tisch, saß ein Mädchen, eben Zsuzsika Irimás, die ebenfalls nur darauf wartete, sich zusammen mit den anderen endlich für das Essen bedanken zu dürfen. Sie sah mir in die Augen, flirtete jedoch nicht, nein, sie beobachtete mich einfach nur wie eine Katze einen Spatz; sie ließ ihren glasig glänzenden Blick, diese riesigen Augen, die von irgendeiner verbrannten, braunen Farbe waren, auf mir ruhen. Dann lächelte sie so sinnlich, dass ich meine sofort kerzengerade stehende Apparatur in der Trainingshose kaum verbergen konnte. Als wir dann am darauffolgenden Nachmittag nach den Hausaufgaben ein wenig zum »Kopfauslüften« rausgehen durften, war ich ganz aufgeregt und ließ, auf der Suche nach ihr, meine Augen immer wieder über den gesamten Hof schweifen. Sie stand neben den Fahrradständern und zischte auf eine arrogante Art das Mädchen neben ihr an. Ich wollte einfach nicht glauben, dass jene dumme, ohrenverletzende Stimme, die ich gerade vernommen hatte, die ihre sein sollte. Es lohnte nicht einmal, über ihren derben Dialekt und die unbekannten, lächerlichen Worte zu spotten. Sie war aus der Welt der Einödhöfe im Gebiet zwischen Donau und Theiß dorthin gekommen, hatte, wie die meisten Kinder aus diesem Umfeld, unglaublich viele Geschwister und mindestens ebenso viele Schäden, dafür aber schwindelerregend schöne lange blonde Haare. Der dicke Zopf flatterte ihrem Kopf hinterher, als gehörte er überhaupt nicht zu ihr. Alles an ihr war dünn und zerbrechlich, ihre Hände, ihre Taille, ihre Beine, und sie bewegte sich so elegant und vorsichtig, als hätte sie zu Hause stets mit Büchern unter den Armen essen müssen. Ihre Haut war weiß, wunderschön und makellos, von keiner einzigen Sommersprosse verunstaltet, einfach bloß leuchtend weiß. Je milder das Wetter wurde, desto öfter sahen wir ihren flaumigen Bauch, der sich neben dem Nabel ein wenig nach innen wölbte, und die kleinen Muskelhügel, die sich auch dann anzuspannen schienen, wenn sie sich nach vorn beugte. Die Mädchen banden an den warmen Nachmittagen Knoten in ihre T-Shirts und wurden dabei von den Läuserichen mit unverhohlenem Lechzen begafft; wir, also Bece und ich, taten jedoch so, als interessiere es uns nicht im Geringsten.

Bece hatte Zsuzsika Irimás, nachdem er sie einige Tage lang auf äußerst peinliche und einfallslose Weise umgarnt hatte, dazu überreden können, nachts aus dem Schlafsaal zu schleichen. Sie solle so tun, als müsse sie nur kurz aufs Klo, und sobald sie sich vergewissert habe, dass niemand ihr folge, solle sie ihre Hausschuhe ausziehen und in die zweite Etage rennen. Der Gang glich einem geraden, unendlich langen Schlauch, auf dem man nur in der oberen Etage ohne Risiko bis zur Turnhalle gelangen konnte. Er würde an der Treppe vor der Turnhalle auf sie warten. Es werde sich lohnen, sie werde schon sehen. Sein schneller Erfolg kränkte mich zutiefst, ich tobte innerlich. Wir saßen im Waschraum, und er erklärte mir überheblich, er könne an diesem Abend nichts trinken, denn dann mache sein Apparat schlapp. Die Eifersucht wollte mein Inneres zerfressen, ganz so, als würde auch in der Seele und nicht nur im Magen Säure ausgeschüttet, jedoch mit einer weitaus ätzenderen Wirkung und viel schlimmere Schmerzen verursachend, die nicht einfach durch den Verzehr einiger Stücke Zwieback wieder behoben werden könnten.

Ich hatte mir nicht vorgenommen, ihnen hinterherzuschleichen, obgleich mir dieser Gedanke möglicherweise doch kurz in den Sinn gekommen war. Vielleicht war jene unschuldige

Absicht, zur Toilette hinauszuschlendern, in erster Linie doch nicht vom Harn-, sondern von einem Drang ganz anderer Art gesteuert gewesen. Auf jeden Fall ertappte ich mich dabei, wie ich vor der Turnhalle stand und die Tür unbemerkt zu öffnen versuchte, was mir auch gelang, denn ich kannte mich gut aus. Ich huschte auf Zehenspitzen hinein und ging intuitiv zu den aufeinandergestapelten Matten – auch ich wäre mit ihr dorthin gegangen. Bece hatte eine Matte heruntergezogen, hinter die anderen gelegt, und paarte sich dort mit Zsuzsika Irimás. Sein Röcheln war dunkel und wild, ihrer beider Haut klatschte rhythmisch aneinander. Zsuzsika hörte ich kaum. Ihre dünnen kleinen Schreie erweckten den Eindruck, die eines Schmerzes zu sein, sie keuchte zwar hin und wieder, aber auch eher nur dann, wenn Bece gerade ruhiger wurde. Eine falsche, gespielte Zurschaustellung der Lust.

Als ich mir vor kurzem zum ersten Mal einen westdeutschen Sexfilm angesehen habe, erkannte ich diese gelangweilte und gezwungene Nachahmung wieder. Ich war mir sicher, und Bece musste es auch gespürt haben, dass sein Galopp dem Mädchen keinerlei Vergnügen bereitete; dennoch hetzte mein Freund sie nach einer Weile noch gnadenloser. Den Lauten nach zu urteilen schien er sie wie einen Hund zu jagen. Er schlug sie mit der flachen Hand, immer häufiger und kräftiger. Hü! und dann: hott!

Und dann hörte dieses wilde Rasen plötzlich auf. Alles erstarrte in derselben Hundertstelsekunde. Das Knirschen der Knie auf der Kunstledermatte. Das Aneinanderklatschen der Körper. Das Keuchen. Die Ekstase. In dem Moment, in dem Zsuzsika Irimás ihren Teil beisteuern wollte. Mir wurde erst einige Sekunden nach Beces Antwort klar, was Zsuzsika offenbar gesagt hatte; erst dann begriff ich, weshalb er in diesem Augenblick wie zu Eis erstarrte. Ich verstehe bis heute nicht, wie er es überhaupt hatte hören können, wo doch die Lust seinen Verstand völlig ausgeschaltet haben musste. Und dennoch: Als Zsuzsika Irimás in ihrem Bestreben, äußerst lüstern zu wirken, mit ihrer ohrenverletzend dummen Stimme auf Deutsch »Schnejjaa, guuut« kreischte, stockte Bece; es wurde ganz still, man konnte hören, dass er nicht atmete, bevor er sie dann, ohne Luft, beinahe pfeifend anfuhr:

»Keuch verdammt noch mal auf Ungarisch, wenn ich dich ficke!«

Für diese Leute, gern

Alles hat sich grundlegend verändert, selbst das Fundament ist neu. In den nun eifrig ausgehobenen alten Boden ist damals leider sehr viel Schlacke geraten, sodass er unbrauchbar geworden und von Unkraut überwuchert ist. Nicht, weil ich gezwungen bin, in der Provinz zu leben und meine Tage in Tótváros zu verbringen. Auch nicht, weil die Russen nun beleidigt und voller Hass mit gesenkten Gewehren nach Hause taumeln und dabei einen wunderbaren, unbekannten luftleeren Raum in Ungarn hinterlassen – eine chaotische und wurzellose Freiheit. Und auch nicht, weil Dezső Metz' Telefonanruf die abgestandene Ruhe des jahrelangen Schweigens in mir aufgestört hat.

Sondern weil ich erwachsen geworden bin.

Wobei es wohl zutrifft, dass das Erwachsenwerden ein Resultat aller derartigen Ereignisse zusammen ist. Die unbeschwerten Übergangszustände gehören der Vergangenheit an; was bleibt, ist die unerträgliche Gewissheit, dass mein Leben in Zukunft so sein wird, und zwar auf Dauer, ohne Veränderungen, Übergänge und Erneuerungen. Die Gültigkeit kommender Ereignisse beschränkt sich nicht mehr nur auf die Zeitspanne, die man in einer gewissen Bildungseinrichtung verbringt, sondern sie scheint endlos, ein für alle Mal festgelegt.

Ich verspüre ein seltsames Kratzen in der Kehle, und obwohl dies sonst nie vorkommt, schwitzt meine Hand. Am

Busbahnhof angekommen, bemerke ich, dass mein Hemd an mehreren Stellen große Flecke aufweist. Ich schaue mir den Fahrplan an, ganz so, als würde mich jemand beobachten, dabei ist es vollkommen überflüssig, denn ich erinnere mich an die Abfahrtszeiten aller Busse. Obwohl ich nie nach Hause gefahren bin, bin ich in meiner Vorstellung tausendmal hierhergekommen und habe ebenso oft Eszter verziehen, dass sie sich beim *großen Streit* auf die Seite von Dezső, Bece und Franczek gestellt hat. Damals hatte ich gedacht, ich würde nie wieder einen Fuß auf Sáraságer Erde setzen. Die Zeit hat scheinbar Myriaden von Gesichtern. Auch wenn wir sie stets von der Rückseite beobachteten, sie wanderte erbarmungslos und ungerecht nach vorn. Es gibt keine Kränkung, die nicht verheilen könnte. Die Wunde hört irgendwann auf zu brennen, auch wenn die Narbe nie vollkommen verschwindet. Vormittags um zehn fährt ein Bus bis zu den Calvinisten, die Fahrt dauert gute anderthalb Stunden, und auf halber Strecke, in Orosháza, muss man noch eine Pause über sich ergehen lassen. Danach wartet man noch eine Dreiviertelstunde auf dem Busbahnhof der Calvinisten – wie damals, als András Beregi und ich uns dort der Langeweile hingaben. Anfangs zweimal am Tag, später, nachdem wir ins Wohnheim gezogen waren, wöchentlich. Es gibt um fünf nach zwölf einen Bus nach Sáraság, aber dieser bedient den Regionalverkehr und fährt bis nach Szeged, also ist es nicht sicher, dass er mich mitnimmt. Doch dann kommt gleich um Viertel nach zwölf noch einer, in dem werde ich auf jeden Fall mitfahren können. Spätestens um Viertel vor eins werde ich an der zentralen Bushaltestelle von Sáraság sein, vor mir der Lebensmittelladen mit dem Flachdach, der verwilderte Park, der Springbrunnen, der schon seit langem außer Betrieb ist, die Sparkasse, die hingegen ein schönes neues Zeltdach bekommen hat, darüber habe ich in der Zeitung gelesen. Nicht weit davon stehen das Kulturhaus mit dem besitzerlosen Schatten einer Dreschmaschine an der Wand und das Dorfrathaus. Letzteres wird, wie jedes Rathaus im Land, bald in »Bürgerbüro« umgetauft werden. Rechts davon ist die Stelle, an der einst der Kiosk stand und wo nun nur noch zwei weitere Silhouetten zu finden sind: die eines Liebespaars, der verschwommene Schatten der Möglichkeit einer Familie. Dahinter das ehemalige Fotoatelier, das inzwischen sicherlich geschlossen wurde, da doch alles, was alt ist, hinter Schloss und Riegel gesteckt wird.

In Tótváros liegen der Bahnhof und der Busbahnhof nebeneinander. Ich komme selten hierher, denn es tut mir nicht gut, mich der Versuchung auszusetzen. Wenn es mich doch einmal hierher verschlägt, gehe ich immer dorthin, wo die Güterzüge stehen, in der Hand meistens eine Flasche Blaufränkischen aus Feketeváros, den ich vom überraschten, Zigaretten sortierenden Verkäufer noch im Laden habe öffnen lassen. Ich gehe zu den Gleisen, hinter den Bahnhof, ins verdreckte und nach Teer riechende Reich der rumänischen Züge, und stehe stumm in der sauren Stille. Wenn ich guter Laune bin, antworte ich den internen Lautsprecheransagen, die der Kommunikation zwischen den Mitarbeitern der Eisenbahn dienen. »Hey, Pista, schieb's noch 'n bisschen.« »Ich hab's dir doch gesagt, er kommt auf der zwei, hör auf mit dem Quatsch, geh rüber zur zwei.« »Pista, brems doch endlich, komm, mach schon!« Ich höre ihnen zu und laufe in meiner Vorstellung durch die wunderbaren Sáraságer Straßen. Seit einer Weile erscheinen die Orte nicht mehr einzeln in meiner Vorstellung, das ganze Dorf verschmilzt zu einem einzigen heftigen Gefühl in mir. Die verschiedensten Schleichwege, die Baumreihen, die von Espen gesäumten Fußwege, das Kopfsteinpflaster, das Schloss, die Stelle der Synagoge, der tiefe Springbrunnen im Park, die verwilderten Gärten und auch die bedrückenden Nebenstraßen und schilfbedeckten Bauernhäuser, in denen noch im Frühling bereits Wochen zuvor zusammengebrochene alte Frauen liegen, verdaut vom Magen dieser Welt. Der aus der Stadt Gyula ankommende Bus biegt an der Haltestelle ein, mich überkommt erneut eine Hitzewelle. Jetzt muss ich mich entscheiden, ob ich diese zwei Treppenstufen hinaufsteige oder doch lieber wieder nach Hause gehe. Ob ich das nach dem langsamen Verenden der LPG aufgetauchte

Klein-Tagebuch in die Hände nehmen oder Tante Pannikas Schrift weiterhin im Mysteriensumpf meiner Fantasie schlummern lassen will. Als der Bus mit mir den Bahnhof verlässt und an der bereits halb leeren Russenkaserne vorbei die Friedhofsstraße entlangfährt, bricht aus mir ein unterdrücktes Lachen hervor. Über meine Wangen rinnen Tränenbäche und verbinden sich unter dem Kinn wie die Bänder einer Kindermütze.

Dass nicht nur die Perspektiven verschieden sein können, sondern bei der Frage, wie man etwas erlebt hat, häufig auch die Qualität enorme Unterschiede aufweist, wurde mir durch die Angelegenheit mit Zsuzsika Irimás bewusst. Sie entdeckten mich nicht nach dem Schäferstündchen, und ich wartete im Schatten der Matten, bis sie gegangen waren. Natürlich gab ich auch später nicht damit an, dass ich ihnen aus Gründen, die mir selbst schleierhaft waren, gefolgt war und mir angehört hatte, wie Bece Beregi das Mädchen vom Einödhof begattete. Das nächste Wochenende stand im Zeichen von Beregis maßloser Prahlerei. Wir saßen im hinteren Raum der Kneipe und Konditorei Oláh und tranken: Dezső, Franczek, er und ich. In Gyulas und Dezsős Vorstellung muss Zsuzsika Irimás als Königin erschienen sein, denn bei ihrer Beschreibung vergaß Bece zu erwähnen, dass in dem Moment, in dem das wunderschöne Mädchen ihren Mund aufmachte, selbst der Teufel keine Lust mehr auf sie gehabt hätte. Er rühmte lediglich ihr Äußeres, wobei seine Schilderung vor allem aus der Aufzählung der nach den dörflichen Kriterien als attraktiv angesehenen Attribute beziehungsweise deren maßloser Übertreibung bestand. Als wären wir bisher nicht stets bestrebt gewesen, diese aus unserem Leben zu verbannen. Dann fing Bece auch noch den Kneipenwind im Segel der Geschichte ein: »Man sagt, das Wichtigste bei einer Frau sei ihr Hinterteil.« Während er erzählte, blickte er mich nicht einmal an, obgleich er es genauso gut hätte tun können, denn ganz offensichtlich begriff er seine Worte nicht im Geringsten als Verzerrung der Wirklichkeit, sondern identifizierte sich vollständig mit dem, was er sagte. Am Anfang dachte ich noch, András Beregi lüge uns absichtlich das Blaue vom Himmel herunter. Dann, als ich sah, wie er im riesigen Topf der Sätze herumrührte und sich nach Belieben einen herauszugreifen schien, wie er mit den Wörtern spielte, als wären sie die Würfel bei einem Glücksspiel, die keinerlei Bedeutung, sondern nur einen Wert haben, wurde mir klar: Wenn er jemanden belog, so war dieser Jemand ausschließlich er selbst. Zsuzsika Irimás war in Beces Geschichte feurig, aber beherrscht – sie benahm sich wie eine sensible Hexe. Sie spreizte ihre samtigen Oberschenkel, hob ihr kleines Gesäß und ließ Bece an der duftenden Öffnung unter dem kleinen Hügel schnuppern, räkelte sich auf der Matte, sodass ihre schöne Scham unter ihrem kurzen Hemdchen hervorblitzte, woraufhin er dieses hauchdünne Kleidungsstück hochstreifte, um über dem rehbraunen Bauch die Wölbungen der Rippen zu erblicken. Diese bewegten sich so sanft wie die zerbrechlichen Äste eines jungen Nussbaums und lächelten ihn an. Weiter oben lagen die Hügel der straffen Brüste. All dies war ein Bad der Seele im wunderbar schmutzigen Sumpf der Erotik.

Bece erzählte und erzählte, und ich ertappte mich dabei, wie ich mir das, was er sagte, vorzustellen begann. Denn es hatte keinen Sinn, das, was er beschrieb, mit dem zu vergleichen, was ich gesehen hatte – das Gehörte hatte nichts mit der Realität zu tun. Bece behauptete, sie hätten sich stundenlang geliebt.

Ich hörte dem Märchen zu und glaubte es. Vielleicht war es ja wirklich so passiert.

Ich glaubte nicht, dass dies die Realität war, und auch nicht, dass es das war, was ich während der Woche erlebte – sondern ich glaubte, dass das, was wir gemeinsam erlebten, bei Bece diese Spuren hinterließ. Bece begann sich zu beklagen. Über die Umstände. In diesem widerlichen Quartier sei man vor nichts sicher, und die verdammten Mistkerle von den Einödhöfen brächten es sogar fertig, einen so bezaubernden Dämon der Lüste wie Zsuzsika Irimás zu verderben.

»Der ältere Bruder des einen Vollidioten zum Beispiel hat

irgendwoher ein Sexmagazin aus der BRD bekommen«, erzählte Bece in lockerem Ton, so als habe er, um ein plastischeres Bild malen zu können, nur eine typische Kleinigkeit aus dem Arsenal furchtbarer Erscheinungen herausgegriffen. »Ein Pornoblatt, in dem die Leute auf den Fotos in Aktion gezeigt werden, während aus ihren Mündern wie in einem Comic weiße Luftballons steigen, auf denen deutsche Schweinereien geschrieben stehen.«

Als er das sagte, blickte ich unwillkürlich auf, was in ihm eine Ahnung und Verlegenheit aufkommen ließ, wobei er wohl daran dachte, seine Geschichte könne durch diese Wendung nun im Rückblick unwahr erscheinen. Plötzlich meldete sich in mir ein tief schlummernder Instinkt, von dem ich selbst zuvor nichts gewusst hatte, hatte ich doch immer geglaubt, die Wahrheit sei das Schlimmste auf der Welt.

»*Schneller, gut?*«, fragte ich.

»*Fantastisch Zentimeter?*«, sagte Franczek, um die Sache noch zu steigern, schließlich dachte er, wir würden lediglich scherzen. Natürlich hatte er nicht verstanden, worum es ging.

Bece tat so, als stünde er über dieser Art von geschmacklosen Bemerkungen und überwand seine Verschämtheit rasch. Er wechselte das Thema, begann schwungvoll zu erzählen, fast so als hielte er eine Rede – er schien der eifrige Schüler seines Meisters Franczek und gleichzeitig dessen Parodie zu sein. Er berichtete über die Vorfälle, die sich im Gymnasium in Feketeváros ereignet hatten, wobei er diese konsequent als *Fälle* bezeichnete. Beim ersten und zweiten Mal zuckte der Nerv neben meiner Halsschlagader, ich lehnte mich nach vorn und war schon drauf und dran, ihn zurechtzuweisen, ein Mitglied des Ede-Klein-Vereins müsse sich darüber im Klaren sein, dass es Fälle nur hier, in Sáraság geben könne, doch dann sah ich, dass diese falsche Terminologie, diese saloppe Formulierung die anderen kein bisschen störte. Wenn es so ist, dachte ich, dann können wir Onkel Pista Avarka ja auch gleich in den Rang eines internationalen Geistes befördern, und unserer Zeit kann die verkümmerte Vergangenheit eines jeden beliebigen Menschen sein. Ich lehnte mich zurück und sagte kein Wort, dabei hätte ich die Ereignisse klarer und genauer zusammenfassen können als Bece, dem nicht einmal auffiel, dass unser Leben in Feketeváros nun *zum ersten Mal* zu Hause ein Thema war.

Im Gymnasium tuschelte man, als Erstes seien die Mädchen aus dem Schulchor auf diese seltsame Weise ergraut – aber wer es gewesen sein soll, der dieser Sache so genau auf den Grund ging, das sollte sich nie herausstellen. Das Übel hatte also zunächst nur den Mädchenchor ereilt, dessen Mitglieder vor allem Schülerinnen der Fachoberschule für Erzieherinnen und andere Pädagogen waren. Der aus diesen hochgewachsenen, pickeligen Mädchen bestehende Chor hatte bereits im März mit den Proben für die Schuljahresabschlussfeier begonnen. Jede Woche übten sie fleißig ihr Programm, das wie üblich aus dem mehrstimmigen Vortrag der Chorwerke *Freundeskreis, Abschied vom Wald* und *Ihr süßen Mailichter* bestand. Im Alt trällerten lauter Mädchen, die mit einer Körpermasse von nahezu einem Doppelzentner und einem wallenden Fettmantel durch die Welt spazierten – ihre Ponys begannen als erste zu ergrauen, bereits mehrere Wochen vor den Ferien. Der Chorleiter war der Ansicht, dies hänge damit zusammen, dass die Disziplinlosigkeit der unterrichtsfreien Zeit bereits in die sonst eher an einen Pferch erinnernde Welt der Schule sickere und es nur seinem Ruf schaden würde, wenn er sich dazu äußere, dass er in Strähnchen gefärbte Haare bei so jungen Mädchen als doch sehr gewagt empfinde. Als dann immer mehr Stirnen, Schläfen und Wirbel diesen grau melierten Ton annahmen und das nicht mehr nur im Alt, sondern auch im Sopran und so weiter, bereute er seinen vorherigen Leichtsinn, versuchte sich jedoch damit zu trösten, dass das schlechte Beispiel eben immer anstecke. Die ersten vier Mädchen waren aus der noch hinter Tömörkény und Csanytelek liegenden Welt der Einödhöfe ins Internat des Gymnasiums gelangt. Diese Tatsache versuchten die Behörden für ihre erdichteten Erklärungen später dann auch wiederholt zu missbrauchen, indem sie behaupteten, die Infektion hätten diese Mädchen vom Lande angeschleppt – was ihnen jedoch keiner glaubte.

Die Chormädchen waren ergraut.

Einige von ihnen hatten kaum zwei Wochen gebraucht, umso auszusehen, als hätten sie bereits das ganze Leben durchgearbeitet, das der Ewige ihnen zugedacht hatte. Als hätten sie sich dieses gesamte, ihnen zustehende Menschenleben lang mit ihrer Umwelt gestritten, die anderen gehasst und so ihre sich dahinschleppenden Tage von Neid, Hunger und Bitterkeit erfüllt vergeudet. Jedoch nur so als ob. Denn die Natur der Mädchen hatte sich kein bisschen verändert. Lediglich ihre Haare waren ergraut und reflektierten die strahlende Junisonne wie ruhelose Katzenaugen. Die Lustlosen waren nur so lustlos wie zuvor, und die Seele der Glücklichen schüttete auch nicht mehr Freude aus als sonst. Die einzige Veränderung war das graue Haar.

Was allerdings die verschlafenen Bewohner der Kleinstadt empörte.

Im Restaurant und Café Tulipán wurde die Bedienung eingestellt, das Fleisch konnte nicht weiterschmoren, die Zwiebeln nicht glasig und das Gemüse nicht weich werden, denn jede Tätigkeit hatte man für die Zeit unterbrochen, in der die künftigen Erzieherinnen von der Probe im Gymnasium zurück in ihr am Rande der Stadt hinter der Möbelfabrik liegendes Wohnheim gingen. Die Schülerinnen lachten und rauchten auf dem gesamten Weg die Hauptstraße entlang. Der lahme Parfümeriebesitzer Balogh trat durch die Tür seines Geschäftes hinaus; Icuka, die einzige Kellnerin des Tulipán, stand mit der immer nach Knoblauch riechenden Köchin auf der Terrasse; die Mitarbeiter der Sparkasse rannten alle vor den Theatersaal König Ungarns, ebenso die Leute aus dem Kulturhaus, der Apotheker von gegenüber; weiter die Straße hinunter lag das Kaufhaus Feketevár, aus dessen Abteilung für Konfektionsbekleidung und Schuhe die Verkäuferinnen unter die Arkaden eilten; an der nächsten Ecke versammelte sich die gesamte Belegschaft des Ladens für Babysachen, der Juwelier, der Verkäufer des Geschäfts für

Malerbedarf und der einzige Fotograf der Stadt, der bereits jammerte, obwohl er noch nichts gesehen hatte: Wie werde er denn von ergrauten Schulabgängerinnen Abschlussfotos machen können? Die halbe Innenstadt tummelte sich hier, und als die jung ergrauten Schöpfe auftauchten, gab es die unterschiedlichsten Reaktionen. Manche waren enthusiastisch, andere entrüstet, wieder andere einfach nur erstaunt. Jeder wollte das, wovon er zuvor nur gehört hatte, mit eigenen Augen sehen: die ergrauten Schülerinnen, ihre weiß oder silbern schimmernden Haare, die aussahen wie frisch gefrorener Schnee im Januar – man wollte sehen, wie die verrückte Zeit plötzlich mit ihnen davongaloppiert war. »Wenn der Chor in einem Altersheim trällern würde«, sagte man, »könnte von oben selbst der Schöpfer nicht sagen, welche Gruppe denn nun die der Sängerinnen und welche das Publikum sei.«

Die grauen Mähnen hätten viel früher zu dem Durcheinander führen können, zu dem es dann schließlich kam, doch seltsamerweise war die Bestürzung zu der Zeit, als lediglich die Haare der Chorsängerinnen bleicher wurden, noch nicht besonders groß, und auch die Empörung wurde eher halbherzig betrieben. Die Schul- und die Stadtleitung bemühten sich so zu tun, als gezieme es sich nicht für sie, sich mit einer derart unwürdigen Erscheinung zu beschäftigen. Je näher jedoch das Schuljahresende rückte, desto mehr Haartrachten nahmen die milchig weiße Färbung an. Nun waren bereits andere Gymnasiastinnen davon betroffen, und wenn man sie von Weitem in eine der schmalen, kurvenreichen Straßen einbiegen sah, hatte man bei einigen Schülerinnen aus der Stadt sogar den Eindruck, auf ihren Schultern befänden sich statt eines Kopfes leuchtend weiße Kugeln. Nun gab es bereits überall ergraute Schöpfe: unter den Sitzengebliebenen der Klasse E, aber auch in der sogenannten Eliteklasse A. Die Lokalmächtigen, also die Spitze der Partei, die Abteilungsleiter der Kühlschrank- und Möbelfabrik, der LPG und des Betriebs für Konfektionsbekleidung schickten allesamt ihre Sprösslinge in diese Klasse. Solange die Schüler aus der Stadt von dieser schicksalhaften Erscheinung nicht betroffen waren, wurde jedoch nichts unternommen; als dann aber die Alteingesessenen, diejenigen, die die Klasse A besuchten, graue Strähnchen bekamen, wurde die Lage plötzlich ernst genommen. Selbst der Stadtrat war der Meinung, man müsse diesem »dummen Scherz« ein Ende bereiten. Am Tag vor der Abschlussfeier ließ der Herr Schuldirektor eine Versammlung »einberufen«, was bedeutete, dass alle Schüler in ihren Klassenräumen bleiben und sich die aus den Tesla-Lautsprechern mit dem weißen Rand ertönende Rede anhören mussten.

»Ich bitte um eure Aufmerksamkeit«, sagte der Herr Schuldirektor und räusperte sich, wobei er vergaß, das Mikrofon woanders hinzuhalten. »Liebe Schüler!«

Die Lehrer hielten ihre Zeigefinger an die Lippen. »Pst!«, lautete die Anweisung, die sie uns mit besorgter Miene erteilten. »Ruhe!«

»Wie ihr wisst«, knarrte die Stimme des Schuldirektors aus den Lautsprechern, »wird der gute Ruf unserer Einrichtung von einem bedauerlichen Ereignis überschattet …«

In den Klassenräumen richteten sich alle Blicke auf die schneeweißen Köpfe, und eine Welle unterdrückten Kicherns brach los.

»… das zu erklären uns im Augenblick trotz all unserer Bemühungen nicht möglich ist. Leider.«

Aus den Räumen drang boshaftes Gelächter hinaus auf den Gang. Ein Teil der wohlinformierten Schüler dachte wahrscheinlich gerade an die Zimmer des hinter der Möbelfabrik liegenden Mädchenwohnheims. Jene, die nicht dort wohnten, versuchten es sich vorzustellen – also alle, die aus der Stadt kamen, die, die jeden Tag pendelten, und die Jungs von außerhalb, die nur im Wohnheim für die Schüler von den Einödhöfen einen Platz bekommen hatten. Die meisten von ihnen werden wohl versucht haben, sich auszumalen, wie diese Zimmer aussahen, die Doppelstockbetten, die verworfenen Fenster, die großzügigen hohen Räume, in denen die Bauernmädchen sich fürchteten, da sie nie zuvor in ihrem Leben solch geräumige, bürgerliche Säle betreten hatten.

Es ging das Gerücht, im Wohnheim sei etwas geschehen.

Zunächst machten nur die Mutigen Andeutungen, bald jedoch war die Geschichte samt Einzelheiten in aller Munde. Man tuschelte, die Mädchen dort beglückten sich gegenseitig. Die künftigen Erzieherinnen mit den schmalen Taillen und den Mandelaugen würden sich mit rundem Rücken, wie kleine Katzen, unter die Decken ihrer Freundinnen hocken, und gleichzeitig würden die Pyjamahosen mit den Streifen-, Pünktchen- oder Blümchenmustern bis zu den Knien hinunter-, die durchs viele Waschen grau gewordenen Nachthemden bis zum Halse hochrutschen. Die Aufgeklärten waren der Ansicht, genau dies sei der Grund für das Übel, denn das Wohnheim habe sich in Sodom verwandelt, und auch in der Stadt seien die Mädchen, so dachte man, wegen der verbotenen Lust, die ihren Namen der Insel Lesbos verdankt, ergraut.

»Eine Einrichtung mit derart gutem Ruf und langer Tradition wie die unsere kann es sich nicht erlauben«, dröhnte die Stimme des Schuldirektors, »dass ihre Schüler angsterfüllt und von Zweifeln geplagt in die Ferien entlassen werden.«

Die Mädchen aus dem Chor besuchten die Klasse C, deshalb war es dort wahrscheinlich am spannendsten, sich diese ernste, Respekt einflößende Rede anzuhören. Ob die Paare sich aus den Augenwinkeln ansahen? Und ob auch sie der Meinung waren, an allem seien die nächtens bis zu den Knöcheln hinuntergezogenen Unterhosen schuld? Ob sie an die lustvollen Höhepunkte dachten, bei denen sich ihre Oberschenkel und schlanken Körper angespannt hatten?

Beces Bericht, den er uns in der Kneipe erstattete, bekam einen ironischen Ton.

»Der Herr Schuldirektor hatte vollkommen recht«, erzählte er. »Man konnte es den Schülern nicht zumuten, dass sie von Neugier und Zweifeln geplagt nach Hause fahren sollten, die Ferien sind schließlich lang, und es wäre furchtbar gewesen, wenn man den ganzen Sommer über darüber hätte grübeln müssen, ob jede Körperbehaarung der Mädchen ergraut sei oder nur die am Kopf.«

»Die Amtsärzte des Komitats werden jeden einzeln untersuchen«, sagte der Herr Schuldirektor. »Deshalb bitte ich euch, an euren Plätzen zu bleiben.«

Daraufhin stellte jemand halblaut die Frage: »Wie sehr?« und meinte damit, wie gründlich die Untersuchung wohl sein werde. Unterdrücktes Lachen war die Antwort, was normalerweise überhaupt kein Problem gewesen wäre, schließlich war Schuljahresende, nur leider wurden wir von den heiligen, aus den Lautsprechern erklingenden Worten gerade in dem Raum überrascht, der sich gegenüber den Lehrerbüros und dem des Schuldirektors befand.

»Seien Sie still!«, befahl die Stimme des Herrn Schuldirektors durch den Lautsprecher. Das Gesicht der Lehrerin verzerrte sich vor Angst.

»Haltet den Mund!«, rief sie.

Bece sagte in den Oláh-Werken, er sei vollkommen außer sich gewesen, und behauptete, wir hätten, uns gegenseitig aufheizend, über taubenetzte Schöße gesprochen und uns dabei vorgestellt, wie die Lippen eines grauhaarigen Mädchens den Kelch eines anderen berührten, das Zimmer von Seufzern summte und nach Säften duftete, die Hüften sich erhoben, die alten fleckigen Decken von den Betten rutschten und man mehrere braune Körper sah, die sich zu kleinen Brücken erhoben, wie sich alles anspannte, die Hintern, die dünnen Beine, die ganz schmal gewordenen Taillen und die ergrauten Köpfe tief ins weiche Fleisch der anderen Mädchen tauchten, wie die Nasen, die Münder, die Seelen in die schlüpfrigen Gänge rutschten.

Dies alles erzählte er, und ich berichtigte ihn nicht, wieder nicht, dabei hatten wir uns, nachdem sich irgendjemand getraut hatte, im Flüsterton zu fragen, wie gründlich die Untersuchung denn sein werde, höchstens ein, zwei Wörter zugemurmelt. Ich persönlich spürte kein Fünkchen Erregung, ganz im Gegenteil. Ich denke, den anderen muss es ähnlich ergangen sein, denn als die Krankenpfleger in ihren weißen Kitteln unseren Raum betraten, gab die gesamte Klasse einen kollektiven Laut des Entsetzens von sich. Es handelte sich nämlich nicht um übergewichtige Frauen mittleren Alters mit von Krähenfüßen umrandeten Augen, sondern um hagere Männer mit eingefallenen Gesichtern und unterdrücktem Hass in den Blicken, die Schüsseln und irgendwelche Geräte in den Händen hielten. Das einzige, was sie mit den runden Krankenschwestern, die sonst für uns zuständig waren, gemeinsam hatten, waren die bis zu den Knöcheln zugeschnürten weißen Gesundheitsschuhe. Unsere Begrüßung erwiderten sie nicht.

»Die mit den grauen Haaren sollen sich in einer Reihe aufstellen!«, befahl einer der Männer mit bellender Stimme und einem seltsamen Akzent. Zum ersten Mal in meinem Leben hörte ich einen Ausländer ungarisch sprechen. Ich betrachtete ihn, wobei ich einen gewissen Ekel empfand; währenddessen gingen unsere ergrauten Klassenkameradinnen langsam nach vorn, als wären sie Verbrecher oder hätten zumindest Läuse. Sie stellten sich in einer Reihe auf.

Bece fuhr in seiner Erzählung fort und sagte, in dem Moment habe er gefragt, wozu dieses ganze Schauspiel denn überhaupt gut sei. Er habe diese Frage halblaut gestellt, sodass jeder sie habe hören können, die Lehrerin und die Pfleger aber so hätten tun können, als hätten sie nichts mitbekommen. Natürlich konnte davon nicht im Geringsten die Rede sein. Ich hatte ihm seine Unruhe zwar angesehen, und vielleicht hätte er auch gern etwas gesagt, sich jedoch gefürchtet, denn er hatte ebensolche Angst davor, dass auch uns etwas zustoßen könnte.

Dabei ahnten wir in diesem Augenblick noch nicht einmal, was nun kommen sollte. Dass der Mann mit der knarrendbellenden Stimme uns etwas mitteilen würde, das zwar alle zusammenzucken ließ, wovon jedoch keiner gedacht hätte, dass es mit dieser unerbittlichen Grausamkeit durchgeführt werden würde.

»Desinfektion!«

Der andere Mann schloss den Seitenflügel der Tafel und ging zur Steckdose. Bereits bei seinem ersten Schritt in Richtung Wand spürte ich, dass nun irgendeine außerordentlich widerliche Prozedur folgen würde, dabei begann das Gerät erst einige Sekunden später zu surren. Die Steckdose schien jedoch bereits bevor der Mann das Gerät angeschlossen hatte so bedrohlich zu leuchten wie die Pistole an der Wand zu Beginn eines Bühnenstücks, die dort sogar im einfältigsten Zuschauer die Vermutung weckt, sie werde irgendwann, spätestens gegen Ende des Stücks, losgehen. Jetzt jedoch spürte außer mir offenbar niemand, wie groß die Gefahr war und was diese hundsgemeinen Leute planten – oder es wollte bloß niemand wahrhaben. Selbst die stets misstrauische Ibi Barika nicht, die ja durch ihre hintertriebenen Brüder so manches kannte und über unsere Naivität häufig nur lächelte. Jetzt aber stand auch sie einfach da, mit feuchten Augen; sie rannte nicht weg, fuhr die Männer nicht an, sondern wartete einfach ab, was geschehen würde. Das Gerät surrte bereits, als der Mann ihr befahl, sie solle sich mit dem Rücken zu ihm drehen; und Ibi drehte sich um, wie ein Schaf, das der Glocke selbst dann folgt, wenn es mit seinem Leben dafür bezahlen muss. Und dann fiel ihr legendär rotes Haar, das innerhalb weniger Tage ergraut war, Strähne für Strähne hinunter. Es bedeckte den gesamten Boden und wirkte dort unten noch weitaus mehr. Diese ungeheure Menge war so faszinierend, dass für eine ganze Weile auch ich nur auf diesen sich immer weiter behaarenden Boden starren konnte und erst zusammen mit den anderen in dem Moment aufschrie, als wir Ibi endlich erblickten, die nun wie eine Aussätzige aussah, wie eine Krebskranke oder wie eine Verbrecherin hinter Gittern. Sie war vollkommen kahl.

Ibi Barika schien bis zu diesem Augenblick unter dem Bann eines besonderen Zaubers gestanden zu haben, denn erst jetzt fasste sie sich erschrocken an den Kopf und ließ sich dann laut schluchzend in eine der Bänke in der ersten Reihe fallen. Sie wurde von tiefem Schmerz geschüttelt, denn sie war sich sicher, nun wegen einer in der Fremde vorgefallenen, beschämenden Angelegenheit von zu Hause ausgestoßen zu werden. So gebrandmarkt, ansteckend und mit dem Zeichen einer fremden Macht auf ihrem Haupt konnte sie sich nicht nach

Hause wagen, dabei bedeutete ihre Familie doch alles für sie. Wie sollte sie nun ohne ihre Brüder leben, die schon alles gesehen und alles gehört hatten, und überhaupt, wie sollte das Leben denn von nun an weitergehen? Sie schluchzte und tobte, die anderen liefen dennoch im Gänsemarsch einer nach dem anderen nach vorn und unternahmen nichts, um den Krallen der Pfleger zu entkommen – und auch wir, die vom Schicksal verschont Gebliebenen, eilten nicht zu ihrer Hilfe.

Dezső riss plötzlich seinen Strohhut vom Kopf, warf ihn auf den Boden, fuhr sich durch sein wirres Haar und fiel Bece ins Wort.

»Genug«, sagte er im Befehlston, »ich habe genug von diesem Jahrmarktsmärchen! Was geht uns das an? Für uns ist diese Geschichte doch vollkommen uninteressant und farblos, so wie die Haare der Mädchen.«

Wir blickten ihn verdutzt an.

Diese »Geschichte«? Was war denn das für eine ungehörige Einstellung?

»Jeder weiß«, begann Metz seine scheinbar weit ausholende Erklärung, »dass die Liebe auch dann Früchte tragen kann, wenn der Körper unfruchtbar ist. Die Seele arbeitet auch allein, die Liebe vermag selbstständig Wunder zu bewirken, schließlich hat ja auch der Ewige den Körper nicht aus einem anderen Körper erschaffen, sondern aus Seele und Geist, und wenn wir es nur ausreichend wollen, können auch wir den Geist in Materie verwandeln. Der beste Beweis dafür ist Onkel Pista Avarka, der lebendiger ist als jeder Lebende und sich weit mehr für die die Gemeinschaft betreffenden Dinge engagiert als früher zu seinen Lebzeiten. Und auch wenn er darauf besteht, kein Verräter der Geisterwelt sein zu wollen – was der Grund dafür ist, dass er nie etwas Wichtiges aus dem Jenseits ausplaudert –, so hilft er uns doch, uns in schwierigen Angelegenheiten zu orientieren.«

Ich sah Dezső an, sprachlos. Wie kommt er denn jetzt darauf, schoss es mir durch den Kopf. Legt er eigentlich, egal worum es geht, immer dieselbe Platte auf? Oder sind wir es, deren Wesen sich unbemerkt verzerrt haben, und ist er derjenige, der er selbst geblieben ist, weil nicht von einer fremden Stadt verformt, glattgeschliffen und somit anpassungsfähiger gemacht? Vielleicht atmet er ja weiterhin im Rhythmus des Dorfes – wenn auch nur in diesem. Und dennoch! Was bildete er sich eigentlich ein? Wie konnte er sich erlauben zu behaupten, all dies wäre für uns nicht von Interesse, weil es uns nicht beträfe? Wir waren schließlich auch keine Juden – ging uns der Ewige also eigentlich gar nichts an, hatten wir deshalb nichts mit ihm zu tun?

Dezső hatte gesprochen, als wäre seit dem letzten der *klebrigen Fälle*, bei dem die schönsten Mädchen des Dorfes unter Irén Ráchels Anleitung Gläser in sich hineingezwängt hatten, nichts geschehen, als sei immer das eine die Ursache für alles, als reiche es aus, nach den Wurzeln eines Ereignisses zu suchen, die uns meist in die alte, die heilige und ursprüngliche Zeit unserer Ahnen zurückführten. Ich war derjenige gewesen, der mit dem Ganzen angefangen hatte, meine Grille war es gewesen, über mich hatten die Leute hinter meinem Rücken getuschelt, dass ich an nichts anderes denken könne als daran, dass alles bereits einmal geschehen und der Ewige dabei aktiv zugegen gewesen war. Und dass wir alles nur immer und immer aufs Neue erlebten – wie den Kreislauf des Jahres, den Frühling und den Winter, Ostern und Weihnachten. Die verschiedenen Feste machten es uns möglich, die vielen tausend Gesichter der Freude und des Kummers immer wieder zu erblicken. Dennoch war nun ich derjenige, der genug hatte von alledem. Das Ganze ist nur heuchlerisches und armseliges Suhlen im eigenen Saft, dachte ich, eine effekthascherische Ablenkung, ein mir zugeworfener Köder, vielleicht würde ich ja anbeißen und dann sprächen wir endlich nicht mehr über diesen Fall, der sich in Feketeváros, in der Provinz, zugetragen hat und daher für Dezső und Gyula ohne Bedeutung ist. Mit kindlichem Trotz deklarierte ich diese im Gymnasium vorgefallene Schande zu einem Fall, dabei hatte anfänglich gerade ich gegen die unrechtmäßige Verwendung dieser Bezeichnung ein Veto einlegen wollen.

Der eigentliche Hintergrund für Dezsős Erklärung war, wie

ich dann vor dem *großen Streit* von meiner Schwester erfuhr, allerdings viel bedauernswerter als das, was ich mir vorgestellt hatte. Er hatte mich mit seinem Ausbruch gar nicht provozieren wollen. Wenn er versucht hätte, Bece und mich auf ein anderes Thema zu bringen, dann hätte er uns wenigstens wahrgenommen, für Metz aber waren wir offenbar überhaupt nicht anwesend. Seinen Monolog, den er wohl als glänzend und klug erachtete, hielt er aus einem vollkommen anderen Grund, als ich damals dachte.

Eine Gruppe von Ärzten aus Szeged war in das traurige Krankenhaus der Calvinisten gekommen, weil der Gynäkologe damals, als Frau Franczek den dritten Sohn ihres unfruchtbaren Mannes zur Welt brachte, seinen gelehrten Kollegen aus der Komitatshauptstadt einen verzweifelten Brief geschickt hatte. Er bekam fast ein Jahr lang keine Antwort, doch dann trafen plötzlich wie ein Blitz die Ärzte vom nach Fisch riechenden Theiß-Ufer bei den Calvinisten ein und wollten Franczek, die drei Kinder und natürlich Gyulas Frau unverzüglich sehen. Sie wollten dieser »mythologischen Begebenheit« auf den Grund gehen. Davon bekamen wir »Halbprovinzler« fast überhaupt nichts mehr mit – ich bemerkte das Stechen der Blicke nicht mehr, und auch meine Nase verspürte keinen säuerlichen Geruch der Erregung mehr über das Unglück eines anderen. Dabei sah ich auch damals Sarolta Jászi manchmal die Dorfstraße entlangradeln, sie war grau und transparent, wirkte leicht und bewegte sich dennoch unbeholfen wie ein schlangenförmiger Luftballon. Wenn ich sie ansah, kam es mir vor, als sähe ich den Umriss Franczeks, den Schatten seines Körpers und seines Willens, mit dem er jederzeit alles tun konnte, so wie mit sich selbst. Oder sogar noch einiges mehr. Seit dem Tag, an dem wir uns kennengelernt hatten, drehte Sarolta Jászi immer den Kopf zur Seite, wenn sie einem von uns begegnete, und dafür hatte sie ihren guten Grund, denn sobald ich sie erblickte, konnte auch ich an nichts anderes mehr denken als daran, dass an jenem 20. August die Hand ihres Mannes in unserer Anwesenheit eine ganze Weile unter ihrem Rock zu tun gehabt hatte. Wir erwarteten nicht, dass sie uns bemerkte, uns begrüßte; wir wussten, wenn sie sich wegdrehte, dann hatte sie uns gesehen.

Eszter erzählte mir später, das ganze Dorf habe Sarolta Jászi wieder mit Argusaugen beobachtet – in der Hoffnung, aus ihren kraftlosen Bewegungen zu erkennen, ob sie nun ihren Mann betrogen hatte oder nicht, denn den meinungsbildenden Kräften, den Klageweibern, war immer noch keine andere mögliche Lösung eingefallen. Schließlich waren sie sich ja auch von vornherein sicher gewesen, dass es keine andere gab. Franczek musste wieder zu Blutuntersuchungen gehen, denn der LPG-Vorsitzende Gábor Töre hatte ihm gedroht, er würde die begehrte Stelle als Warenbeschaffer verlieren, wenn er nicht mit den Ärzten kooperiere. Und zu Franczeks größtem Erstaunen überprüfte Gábor Töre sogar, ob er zu den Untersuchungen ging. Meine Schwester glaubte zu wissen, worin dieser enorme Eifer des Genossen Töre wurzelte, und sie sagte, wenn Gyula zu dieser Zeit nicht blind vor Selbstmitleid gewesen wäre, hätte auch ihm klar sein müssen, weshalb sich der LPG-Vorsitzende in dieser Angelegenheit so außerordentlich einsetzte. Das namenlose Mädchen aus dem Erziehungsheim, um dessentwillen Franczek seine Familie verlassen hatte und das er, trotz allen Begehrs, nicht hatte schwängern können, hatte ihr Glück bei Opa Töre gefunden und ihm einen Sohn geboren, was für einen Vater der größte Stolz ist. Und zwar einen Sohn, dessen Hoden sich, ebenso wie die seines Vaters nach dem Unfall – und das konnten die Stammgäste der Kneipe und Konditorei Oláh, wir inbegriffen, bezeugen –, in seinem Oberschenkel befanden. Gábor Töre hätte alles dafür getan, dass die Familie Franczek das Interesse der Professoren befriedigte, nur um zu vermeiden, dass man auf die Idee kam, sich mit dem Mädchen zu beschäftigen, in dessen Gebärmutter das kranke Sperma des »untersuchten Patienten« keine Frucht hatte legen können. Den Herrn Genossen Töre hatte nämlich bereits die Geburt seines späten kleinen Bruders »mit den Seitenhoden« ziemlich mitgenommen, und es wäre ihm wirklich sehr unlieb gewesen, wenn der Fall seines Vaters wieder aufgerollt worden wäre, wenn man diesen oder vielleicht seinen kleinen Bruder beziehungsweise seine Stiefmutter, die gut zehn Jahre jünger war als er, mit in die Sache hineinbezogen hätte. Schließlich war es ja auch kein alltägliches Ereignis, dass sein Vater sich sogar auf diese Weise als fruchtbar erwiesen und man ihn des Heiligtums der Vaterschaft für würdig erachtet hatte, dass also Laila, der Engel, dem der Ewige die gnadenvolle Aufgabe des Wachens über die Kontinuität des Lebens übertragen hatte, aus seinen in den Oberschenkel wiedereingepflanzten Hoden einen Samen ausgewählt hatte.

Der LPG-Vorsitzende kontrollierte seinen wichtigen Angestellten also auf Schritt und Tritt. Die Untersuchungen umfassten nicht nur die Blutabnahme und die gründliche Analyse des Samens, sondern auch die Befragung der Betroffenen über ihr Privatleben. Über Franczeks mehrere Monate währende Untreue mussten sogar die Kinder Auskunft geben, die in der Schule natürlich mit größter Freude wiederholten, was sie schon den Genossen Professoren verraten hatten. Das Ergebnis erklärte, wie zu erwarten war, genauso viel oder eben genauso wenig wie das, was sich auch schon die Calvinisten zusammengereimt hatten: Nicht nur, dass die Kinder in ihrem Äußeren nach dem aus medizinischer Sicht sterilen Vater kamen, sondern auch die Blutgruppen- und die Knochenmarkuntersuchung ergaben, dass die Franczeck-Kinder echte Franczeks waren. Die ratlosen Professoren untersuchten vor lauter Kummer und allen Bestrebungen Gábor Töres, dies zu verhindern, zum Trotz später auch noch Opa Töre, seine junge Frau und selbstverständlich das außergewöhnliche Kind. Die Familie Töre verwirrte sie jedoch, wenn dies überhaupt möglich war, nur noch mehr. Um diese beschämende Ausweglosigkeit zu kaschieren und die Angelegenheit langsam im Sande verlaufen zu lassen, gab einer der Professoren aus Szeged dem Komitatsnachrichtenblatt ein sich vor allem durch seinen schwammigen Inhalt auszeichnendes Interview, das ich irgendwann in der Bibliothek des Gymnasiums zu lesen bekam. Darin sagte er, sie seien zu dem Schluss gekommen, die Fragen der Vererbung seien komplizierter, als man bisher angenommen habe, wobei das Weiterleben der Gene auch bisher nicht als primitiver Prozess betrachtet worden sei. Es sei also kein Wunder, dass die Vaterschaft, so scheine es, das größte irdische Glück sei, das einem Menschen widerfahren könne …

All dies in Betracht ziehend, kann man hinter Dezsős Erklärung wirklich einen vollkommen anderen Sinn entdecken. Sagte er nicht, auch wir seien unter Umständen in der Lage, Geist in Materie zu verwandeln? Nun, wenn man die oben genannten Tatsachen kennt, scheint dieser Satz eindeutig auf Franczek abgezielt gewesen zu sein, und Eszters Interpretation nach steckte darin zudem ein schwerwiegender Vorwurf. Sie war der Ansicht, diese Aussage bedeute, Gyula könne nur deshalb Kinder haben, weil seine Frau ihn so sehr liebe. Sie fühle sich so eins mit ihm, dass ihre Liebe, wie man so schön sagt, Früchte trage. Im wahrsten Sinne des Wortes. Daraus lasse sich jedoch der Schluss ziehen, Franczek sei überhaupt kein richtiger Vater, sondern nur das unfruchtbare Ende einer Kette, das so sehr geliebt werde, dass es ihm trotz seines Unvermögens vergönnt sei, kraft dieser Liebe in jemand anderem weiterzuleben. Das sei auch der Grund gewesen, weshalb er dem anderen Mädchen kein Kind hatte schenken können. Meine Schwester war der Meinung, all dies treffe auch auf Opa Töre zu, bei ihm läge der Fall genauso, allein mit dem heiklen Unterschied, dass er gerade von jenem Mädchen so angehimmelt werde, von dem Franczek demnach nur halbherzig geliebt worden sei.

Was Dezsős besorgniserregendes Verhalten betrifft, bin ich mir im Nachhinein sicher, dass auch dies nicht die ganze Wahrheit war. Jahre später saß ich eines müden Spätnachmittags gerade in meiner Wohnung in Tótváros, hatte bereits das Wasser für meinen Tee, den ich zum Abendbrot trinken wollte, auf den Herd gestellt und wollte, bis es kochte, meine Schreibtischschublade ein wenig aufräumen. Ich sortierte Quittungen, Kaugummipapiere, Fahrkarten, Plastiktüten, Rezepte, Zwirnsfäden aus und fand dabei jenen Notizblock, auf den Eszter damals, während unseres langen Gesprächs, so ein lustiges Bild gekritzelt hatte – eine Missgeburt mit nur einem Bein, einem überproportional großen Kopf, einer hängenden Nase und Glupschaugen, die nicht nur wegen ihres schiefen Lächelns keine Furcht einflößte, sondern weil um die Mitte ihres einzigen Beins eine Fliege gebunden war, so als diene das im Kopf endende Bein gleichzeitig auch als Rumpf und Hals. Ich hatte sie damals gefragt:

»Was ist das?«

»Nicht was, sondern wer.«

»Also gut: Wer ist das?«

»Ich. Wer sonst?«, lautete die bittere Antwort.

Heute denke ich, dies sollte vielleicht eine wohlverpackte Andeutung sein, ein verhülltes Geständnis, dass so, ohne Dezső, auch sie sich nicht mehr als ganzer Mensch fühlte. Ihr Leben als Erwachsene hatte ohne ihn beginnen müssen, denn ihre Liebe war, kaum aufgeflackert – im Grunde war sie nicht mehr als eine unschuldige kleine Hoffnung gewesen –, sofort wieder gelöscht worden. Auch dafür war der Auslöser die Tatsache, dass Franczek von seinem Schicksal, dem Leidensweg der ungewissen Vaterschaft, wieder eingeholt worden war und beim x-ten Aufzug der von den Ärzten boshaft als »Mythologie« titulierten Vorstellung mitspielen musste. Denn nun war Gyula statt mit Irén Ráchel wieder häufiger mit den Ärzten verabredet und hatte für die gnadenlose Blutsaugerin nur wenig Zeit übrig, weshalb diese sich zu langweilen begann und aus Mangel an Alternativen ihr Netz nach Dezső Metz auswarf.

Obwohl sie nie etwas ausgemacht hatten, wurde es zur Gewohnheit, dass Eszter nach der Schule auf der Kurcza-Brücke saß, ihre Beine baumeln ließ und auf meinen Freund wartete. Metz arbeitete meist vormittags in der Hausindustrie, sodass sie nicht lange auf ihn warten musste. Außerdem verflog die Zeit selbst mit glühender Seele rasch, denn die Natur vor dem Schloss hatte gerade ihre volle Pracht entfaltet und man konnte sich vollends der eingehenden Beobachtung dieser farbenfrohen Welt hingeben. Dezső brachte sein Fahrrad gar nicht erst nach Hause in den Hof des alten Frisiersalons, sondern rollte geradewegs zu Eszter ans Ufer hinunter und blieb mit quietschenden Reifen mitten auf der Brücke stehen. Er bremste und lenkte dabei nach rechts, sodass der abgenutzte Reifen einen Halbkreis auf den Asphalt zeichnete. Es sah aus wie die Hälfte eines Herzens.

»Es schlägt für dich«, sagte Dezső.

»Wie schön«, antwortete Eszter, »nur schade, dass es bloß ein halbes ist.«

Jeden Tag zeigte Dezső ihr die wundervollen Farben der Knete unter seinen mädchenhaft langen Fingernägeln. Eszter konnte es kaum erwarten, sie sich ansehen zu dürfen, und es schien, als sei man in der Hausindustrie den Liebenden gewogen, denn zu jener Zeit musste Dezső täglich die bunten Röllchen verpacken. Mein Freund hüllte gelbe, blaue, rosa, rote, braune und grüne Knetestückchen in eine durchsichtige Folie, wodurch am Ende der Schicht seine Finger so aussahen, als hätte er sie in einen hinabgestürzten Regenbogen des Ewigen getaucht. Eszter versuchte jeweils zu erraten, ob der nächste Finger ein roter oder grüner, guter oder schlechter sein würde, und von wo nach wo die Farbtöne dunkler wurden. Dezső ballte seine Hand zur Faust und wartete darauf, dass meine Schwester, als wäre sie eine mit einer speziellen Methode arbeitende Zigeunerwahrsagerin, seine nicht sichtbaren Fingerkuppen analysierte. Nachdem Dezső ihr schließlich den betreffenden Nagel gezeigt hatte und sie sich köstlich darüber amüsierte, wie genau Eszter diesen beschrieben oder wie sehr sie gerade wieder daneben gelegen hatte, improvisierte sie eine Geschichte über den bunten Finger. Über den Fußballschiedsrichter mit dem weichen Herzen, der jedes Tor gelten ließ, oder über die beiden Mohnblumen, die sich gemeinsam auf den Weg gemacht hatten, um sich Grasröcke nähen zu lassen, weil sie eines Tages das Paradies verlassen und bemerkt hatten, dass sie nackt waren. Zum Schluss küsste sie der Reihe nach alle seine Finger. Das verwunderte mich sehr, denn ich dachte, eigentlich hätte es umgekehrt sein müssen: Dezső hätte Eszters gepflegte, schmale Hand küssen müssen, und nicht sie die seine. Und wenn ich es mir richtig überlege, hätte vielleicht auch eher er meine Schwester unterhalten sollen, statt sich Tag für Tag mit den Geschichten über die bunten Finger von ihr hofieren zu lassen.

An den Abenden machten sie lange Spaziergänge, Dezső kaufte Schokolade, sie legten sich auf die dickbäuchigen Heuschober hinter dem Pfarramt und erschreckten die Angler und Wilderer. Mancher stieß vor Schreck einen so lauten Schrei aus, dass man befürchten musste, ihm springe das Herz aus der Brust. Einmal machten sie sich einen Spaß daraus, dass sie eine Münze auf den Fußweg vorm Museum klebten, um dann aus ihrem Versteck hinter den Weißdornbüschen heraus, im Schatten der Kastanienbäume, zu beobachten, wer sich wie lange bemühte, das Geldstück aufzuheben. Sie lachten, ganz so, als wäre der Himmel aus rosa Knete und die Erde aus grüner und als könnte man die beiden jederzeit nach Lust und Laune zu einer einzigen Kugel formen. Wenn Dezső ausnahmsweise mal nachmittags arbeiten musste, schlich Eszter sich in die Hausindustrie. Er verpackte die Knete in einem Hof, in den die neu eingestellten Arbeiter das angelieferte glitschige Material in Fässern rollten. Meine Schwester kletterte unbemerkt aufs Dach, von wo aus sie ihren Freund wie eine Fledermaus beim Verpacken der Knete beobachtete. Gegen Schichtende begutachtete dieser immer häufiger seine Fingernägel, um zu sehen, welche Farben sich dort versammelt hatten, wobei er sich vorzustellen versuchte, was Eszter ihm wohl über den gelbbraunen Zeigefinger und den dreckigen rosa Daumen erzählen würde. Wenn während der Arbeit keiner der Nägel eine rosa Färbung bekommen hatte, steckte Dezső seinen Finger in die rosa Knete, denn er wusste, dass Eszter der Meinung war, dies sei die Farbe der Liebe und der sich paarenden Seelen, aber auch der Unendlichkeit. Rosa war für sie wie Sáraságs Feld und Flur, wie die blühende Wiese, deren winzige blaue Blumen sich zu einem Meer vereinen, hinter dem der Horizont herabstürzt und verschwindet. Eszter konnte sich in solchen Momenten kaum beherrschen, nicht in lautes Lachen auszubrechen, denn die Feststellung, dass Dezső an sie dachte, erfüllte sie mit zügellosem Glück; am liebsten wäre sie zu rosa Knete geworden, in die Dezsős Körper mit Leichtigkeit und Freude eindrang.

Kein Wunder also, dass Eszter im ersten windschiefen Augenblick sofort alles wusste.

Dezső Metz tischte ihr die fadenscheinige Geschichte auf, er wolle mit den neuen Arbeitern ein Bier trinken gehen. Meine Schwester kannte und liebte ihn wie keine andere, und deshalb war ihr auch vollkommen klar, dass Dezső niemals mit diesen erst vor kurzem aus dem Heim entlassenen Nichtsnutzen in die Kneipe gehen würde. Eher würde er eine Flasche Blaufränkischen aus Feketeváros besorgen und sich mit ihr zusammen aufs Dach einer der baufälligen Schuppen legen, um dort gemeinsam den Wein durch echte Strohhalme zu schlürfen. Dabei würden sie lauschen, was die verbitterten alten Bauern vor sich hin murmelten, oder über Onkel Bandi, Beces Großvater, lachen, weil dieser sich selbst Witze erzählte, aber nie über die Pointe lachte. Beim ersten Mal folgte Eszter Dezső heimlich; sie kannte Irén Ráchels Garten wie ihre Westentasche, und auch im Hof wusste sie sich unbemerkt zu bewegen. Mit tränendem Herzen und bitterer Schadenfreude sah sie zu, wie Irén Ráchel Dezsős bunte Finger, mochte er sie ihr vor die Nase halten, wie er wollte, keines Blickes würdigte. Und auch die Stollwerck Karamellbonbons bot er ihr vergebens an; ebenso zwecklos war es, ihr den strahlend blauen Himmel zu zeigen – Irén Ráchel langweilte sich und zog nur ihren Rock immer höher und höher. Gequält beobachtete Eszter, mit welcher Ausdauer Irén Ráchel Dezső zu erregen versuchte, was ihr jedoch nicht gelang. Sein Körper antwortete ihr zunächst überhaupt nicht, mochte sie sich noch so teuflisch schlängelnd vor ihm ausziehen und er ihre runden Wölbungen mit gierigen Blicken verschlingen, sie mit hungrigen Händen kneten, wo er nur konnte. Und auch später täuschte die sensible Anzeige der Seele nicht: Sie vermochte ihn zwar mit glühenden Küssen zum Leben zu erwecken, er ergoss sich jedoch noch im selben Augenblick.

Eszter beobachtete Irén Ráchels Leiden mit schluchzender Freude. Sie war kein kleines Mädchen mehr und verstand, ja spürte, welche Wunden Dezsős Impotenz der Frau zufügte. Sie wusste auch, dass die Folter, die seinem Versagen folgte, nicht die war, die sie zu sein schien. Dezső musste, weil er nicht das von ihm Erwartete hatte leisten können, zusehen, wie Irén Ráchel auf theatralische Weise vor Wollust verging. Meine Schwester sah, dass Irén in Wirklichkeit nur sich selbst geißelte und dass das Schauspiel im Grunde einzig darauf abzielte, Dezső doch noch irgendwie zu erregen – was ihr jedoch einfach nicht gelingen wollte. Dezső war ein stolzer und naiver Mann, der diese Aktion als wirkliche Strafe erlebte, und es marterte ihn, dass er Irén Ráchel nicht hatte befriedigen können. Seine männliche Eitelkeit lag in Trümmern, er kämpfte gegen seine Tränen an und wäre nie auf den Gedanken gekommen, dass dieses Sich-Wälzen ein letzter Anfall Iréns war, der letzte verzweifelte Versuch, die Lust in ihm zu wecken. Irén Ráchels und Dezső Metz' Schäferstündchen waren vor allem plump und peinlich, dennoch konnte er sich ihrer Anziehungskraft nicht entziehen. Nach einer Weile erwachte auch sein Körper und machte wie ein dressiertes Tier das, was von ihm verlangt wurde, und sie veranstalteten wilde und seelenlose Orgien, die Eszter nicht mehr mit ansehen wollte. Dezső ahnte, dass meine Schwester einen Verdacht hegte, und bemühte sich daher stets, ihr eine Freude zu machen, denn er wollte sie nicht verlieren. Doch die alten Spiele hatten eine faden, ja, bitteren Geschmack erhalten, und eines Tages, während sie Páter bei einem Gespräch mit dem Geist irgendeines Geistlichen belauschten und dieser über das Gehörte in Tränen ausbrach, konnte Eszter die ihren auch nicht mehr unterdrücken.

»Fass mich nicht an«, befahl sie Dezső.

Mit einem Schlag war er sich sicher, dass Eszter alles wusste. Und er begriff, dass damals, als sie sich beide in Irén Ráchels Klauen befunden hatten, die Lage eine andere gewesen war. Inzwischen war Eszter eine fast erwachsene Frau, nicht mehr jenes dumme kleine Mädchen, das man in Irén Ráchels böse und perverse Spielchen hatte einbeziehen können. Und schließlich veränderte die Beziehung, die zwischen ihm und Eszter gerade im Entstehen gewesen war, ebenfalls etwas: So ein Verhältnis konnte man nicht mir nichts, dir nichts für ungültig erklären.

»Ich wäre deine einzige Chance gewesen«, sagte meine Schwester, während sie ihre Tränen abwischte.

Dezső zuckte mit den Achseln, wie ein phlegmatischer Teenager, der weiß, dass der Erwachsene recht hat.

»Du bist verloren«, flüsterte meine Schwester, stand auf und rannte weg – weg von Páters Pflaumenbäumen, wo sie diesmal zu zweit und wir früher so oft alle zusammen gesessen hatten, damals, als die Beziehungen noch kein solches Gewicht gehabt hatten und unsere schmale Zeit noch keinen Schlamm und keinen Dreck mit sich schleppte; als Dezső noch bei Páter in der kleinen Küche gewohnt hatte und unsere Seelen das Lied der Unbekümmertheit trällerten, so als wären wir Drosseln, die durch ihren Gesang die Wirklichkeit erschufen.

Von dem Tag an war Eszter eine andere: kühl, distanziert, modisch gekleidet wie eine Erwachsene; selbst die lustigen kleinen Blumen auf ihren Röcken schienen in soldatenhaft geordneten Reihen nebeneinander zu stehen. Ihre Haare band sie zusammen, und ihren Pony ließ sie lang wachsen, weshalb es immer wieder vorkam, dass irgendjemand sie ohne diese spielerisch in die Stirn fallenden Strähnchen nicht erkannte. Sie ließ sich nicht bedauern und erwähnte diesen schmerzhaften Einschnitt in ihr Leben mit keinem Wort. Sie begleitete mich selten; man konnte aber auch nicht behaupten, dass sie Dezső aus dem Weg ging. Sie benahm sich, als müsste sie sich in mehreren Welten gleichzeitig bewegen und als stünde ihr für die unsere kaum noch Kraft zur Verfügung. Bis heute verstehe ich nicht, wie sie so viel Selbstbeherrschung hatte aufbringen können. Was nährte diesen grenzenlosen Stolz? Meine Schwester wurde von niemandem bedauert, es ahnte ja auch niemand, dass es da etwas gab, das ihr Herz bedrückte, dabei wurde es selbst ein gutes Jahr später noch vom

Schmerz des Verlustes zerrissen. Ich habe noch nie verstanden, weshalb Frauen in solchen Momenten nicht schimpfen, toben und schreien. Weshalb lassen sie den Schmerz nach innen atmen, lassen ihn wuchern zu einem Krebsgeschwür, das sie unter Umständen jahrelang quält. Es ist doch viel gesünder und befreiender, schnell und intensiv zu leiden, den Schmerz im Fieber und Delirium zu ertragen, wonach es dann zur rascheren Heilung der Wunden kommen kann. Meiner Erfahrung nach zeigen Frauen nur selten eine Schwäche. Sie schleppen sie lieber jahrelang mit sich herum, und sollte das Blut der Wunde einmal durchsickern, legen sie schnell einen neuen Verband auf.

Später, als Eszter sich beim *großen Streit* auf Dezsős Seite stellte, dachte ich, sie tue es aus Berechnung und wolle auf diese Weise demonstrieren, dass diese Liebe für sie überhaupt keine Bedeutung mehr hatte, damit Dezső ja nichts von ihrem Leid ahnte. Und ich dachte, sie würde bei all dem eifrigen Kompensieren überhaupt nicht bemerken, dass sie mich dabei verlor. Ich weiß es natürlich bis heute nicht genau, aber ich glaube inzwischen tatsächlich, dass es in Wahrheit anders war. Eszter war einfach innerhalb weniger Tage erwachsen geworden und zu der Ansicht gelangt, dass das, was sie tat, das Richtige war. Könne ich dies nicht einsehen, sei das mein Problem. Dezső jedoch verkam zusehends. Sein Körper empfing, was er begehrte, immer wieder, doch innerlich begann er zu verfaulen und zu verderben; manchmal kam es mir wirklich so vor, als stinke er. Einmal hockten wir gerade im alten Frisiersalon und füllten unsere Deckelkannen mit Bier auf, da stieg plötzlich ein Geruch der Fäulnis in meine Nase. Ich schnupperte mich durch das gesamte Zimmer, dieser unangenehme Gestank wurde jedoch nur stärker, sobald ich in Dezsős Nähe kam. Er trug noch immer dieselben Sachen: die abgewetzten Jeans, das an den Ellenbogen geflickte Jackett, den Strohhut – und doch war es nicht seine Kleidung, die diesen ekelerregenden Geruch verströmte. Ich spürte, dass dieser Gestank des Verfaulens direkt aus seinem Inneren kam. Nach dem *großen Streit* dachte ich lange mit Genugtuung daran. Dezső hatte mich nur deshalb angegriffen, weil seine Seele ermattet und verdorben war, weil er mit Eszter auch sich selbst verloren hatte. Und der kleine, von ihm übriggebliebene Rest geriet in die gnadenlose Mühle der sich nach Franczek sehnenden Irén Ráchel, für die er, Dezső, immer bloß ein Auswechselspieler blieb …

Glücklich erschienen mir in dieser Zeit nur Ignác Gergely und Hildi Számfira, allerdings fühlten sich die beiden auch so unverschämt wohl, dass man es schwerlich übersehen konnte. Ignác war in der Melkerei befördert worden: vom einfachen Futterverteiler gleich zum künstlichen Stier. Es gab keinen Inseminator, der bei der Befruchtung der Tiere so effizient war wie er. Laila zuzuarbeiten bedeutete, eine göttliche Verantwortung zu tragen, und wenn auch nicht im höheren, so doch im profanen Sinne ist es der Inseminator, der die Vermehrung und die Vererbung lenkt – und das ist zweifelsohne die Stellung eines Auserwählten. Bei so einem Posten war es dann auch kein Wunder, dass die vielen lüstern selbstvergessenen Spiele der beiden schließlich eine Frucht trugen, seine geliebte Hildi also schwanger wurde. Frau Számfira und Tante Magdika waren zu diesem Zeitpunkt bereits einander tiefverbundene Gevatterinnen geworden, ganz so, als hätten sie sich schon ihr bisheriges Leben lang nach der Gesellschaft der anderen gesehnt. Die künftigen Großmütter gerieten keineswegs in Panik; selbst Frau Számfira gelang es, ihre Sorge darüber, dass ihre Tochter noch sehr jung war, rasch zu überwinden – Hildi beendete gerade die neunte Klasse der Wirtschaftsoberschule der Calvinisten. Frau Számfira war der Meinung, Hildi werde die Schule schon noch irgendwie schaffen, und wenn nicht, dann eben nicht, das Schicksal einer Frau sei ja ohnehin das der Mutterschaft. Nachdem sich die beiden Mütter versöhnt hatten und nicht mehr jeden, der ihnen über den Weg lief, zwangen, sich ihre endlosen Klagen anzuhören, schien sie die innige Freundschaft gegen alles Kommende gewappnet zu haben. Auf diese Weise gewannen sie langsam auch ihr Ansehen im Dorf zurück. Keiner erwähnte mehr den »bekloppten Schatten« des LPG-Inseminators, dabei zeichnete sich, wenn die Sonnenstrahlen von der Seite auf ihn fielen, neben Ignác Gergely weiterhin die hockende Silhouette seines Vaters ab und nicht seine eigene. Über Hildis Aussehen machte man sich ebenfalls nur mehr äußerst selten lustig, dabei war ihr ehemals so wunderschönes Gesicht unverändert von tiefen Furchen verunstaltet. Es schien, als sei der Respekt, den der Lehrer für Mathematik und Physik, László Számfira, genossen hatte, allmählich auf seine Tochter übergegangen. Immer mehr Leute holten die Meinung dieses jungen Mädchens ein, sobald es um »wissenschaftliche Fragen« ging. Die alten Bäuerinnen wandten sich in »städtischen Angelegenheiten« statt an Tante Pannika, die ihrer Ansicht nach ihre Vertrauenswürdigkeit verspielt hatte, nun an Hildi. In jeder verzwickten Lage, die aus der Sáraságer Froschperspektive betrachtet eine harte Nuss zu sein schien, bat man sie um Rat. Hildi trug ihr wachsendes Ansehen mit Bescheidenheit und Würde. Sie wirkte viel erfahrener und besonnener als ihre Altersgenossen, und ich glaube, neun von zehn Leuten hätten einen Lachkrampf bekommen, wenn wir versucht hätten, sie davon zu überzeugen, dass Bece und ich im gleichen Alter waren wie sie und in der Elementarschule – wo es pro Jahrgang nur eine Klasse gab – sogar dieselbe Klasse besucht hatten.

Was damals, als Hildis Gesicht zerstört wurde, wirklich geschehen war, sollte sich niemals herausstellen, und man fragte auch nicht danach. Der Hanf, den Ignác und Hildi auf den Wiesen gepflückt und dann gemeinsam geraucht hatten, geriet völlig in Vergessenheit, so als hätte er kein dümmliches Lächeln auf ihre beiden Gesichter gezeichnet. Man weiß nie, an welchen Ereignissen die Menschen schweigsam vorbeigehen und an welche sie sich so festklammern, dass sie sie nicht wieder loslassen können. Jahrelang habe ich die Hühner im Garten von Beces Familie beobachtet und festgestellt, dass es auch dort Ausnahmen von der Regel gibt, nach der sie auf jedes verletzte Federvieh einhacken. Ich habe Hähne gesehen, die nirgends bluteten und dennoch von den anderen unentwegt gezwickt wurden, aber auch verwundete Hühner, die von den anderen in Ruhe gelassen wurden. Der Faktor Zufall ist Bestandteil des Systems.

In Tante Pannikas Fall war in der kollektiven Erinnerung ihre Passivität haften geblieben.

Ja es schien sogar, als habe sie selbst die Verantwortung dafür zu tragen, dass man sie aus dem Kiosk gezerrt und getreten und sie mit solcher Kraft aus ihrem Stuhl gezogen hatte, dass ihr Schatten sich nicht so schnell von diesem lösen konnte. Derartiges geschieht nur jemandem, so die allgemeine Ansicht, der es auch wirklich verdient hat. Was von immer mehr Leuten laut ausgesprochen wurde. Und von Ede Klein sagte man, er müsse wohl doch ein Mörder gewesen sein, schließlich behaupte man so etwas nicht von jemandem, der nichts verbrochen habe. Ich musste an Hiob denken, an den exemplarischen Heiligen unseres Dorfes, den Zaddik, der ohne selbst ein Jude zu sein, Abrahams Gott weit mehr und auf eine viel schönere Weise fürchtete als alle anderen. Und was war seine Belohnung? Ob wirklich alles seinen Grund hat, wie es die feigen und dummen Bauern behaupten, und nur den Verbrecher seine gerechte Strafe ereilt? Oder spricht aus ihren vernebelten Geistern doch bloß Bosheit und Angst?

Der außergewöhnliche Durst quälte das Dorf im Sommer zweiundachtzig mehr als je zuvor. Mir, dem mittlerweile ja Halbprovinzler, der sich das Herumschleppen der Deckelkanne fast abgewöhnt hatte, erschien die Hitze tödlich. Alles dürstete. Die Blätter der Espen in der Dorfstraße waren ausgetrocknet, alle Feuchtigkeit aus den Schilfdächern war verdunstet, die IFAs hinterließen tiefe Spuren im Asphalt, so als wäre die Dorfstraße noch immer wie zu Großmutters Zeiten ein dreckiger Feldweg. In der Mitte des Kanals plätscherte nur ein schmaler Bach, im Lándor-Teich steckten Sandbänke ihre Kappen aus dem Wasser, und die Felder der Kontra-Gegend sahen aus, als wären sie innerhalb weniger Tage um mehrere hundert Jahre gealtert: Wohin man auch blickte, sah man fingerdicke Risse – die Falten der schwarzen Erde. Aus diesen Spalten krochen flinke schwarze Käfer hervor, die

Lehmwände der Häuser im Dorf waren von Raupen bedeckt, und die kahlen Maulbeerbäume, die sie hinterließen, standen so verwahrlost da, als hätten wir uns wahrhaftig inmitten einer Wüste befunden. In den ersten Tagen der Sommerferien nach dem ersten Schuljahr in Feketeváros passierte es mir mehrmals, dass ich mich ohne Kanne auf den Weg machte und dann, als ich zurückging, um sie zu holen, vor Durst beinahe umkam.

An diesem unmenschlichen Klima, so lautete die einhellige Meinung im Dorf, sei ebenfalls Tante Pannika schuld.

Die Grundlage der neuerlichen Feindschaftswelle war also, dass Tante Pannika Hildis Unfall wie versteinert vom Dreifaltigkeitsdenkmal aus beobachtet hatte. Vielleicht war sie ja auch zur Salzsäule erstarrt, hörte man immer häufiger. Eines Sonntags erhielt Tante Pannika von Vater Áron Avarka ihre persönliche Strafpredigt. Der Ewige habe den seinen Geschöpfen erteilten Befehl, nicht zurückzublicken, weil sie andernfalls zur Salzsäule erstarrten, nicht ausschließlich auf die sündigen Städte bezogen. Der Schöpfer ermahne uns auch, die Sünden aus tiefstem Herzen zu bereuen, sich nicht nach ihnen zurückzusehnen, ja nicht einmal an sie zu denken. In diesem Zusammenhang sei Sodom nicht als ein bestimmter Ort, sondern als eine bestimmte Zeit zu betrachten, und uns sei der Rückblick auf eben jene Zeit verboten. Es sei also schon eine Sünde, wenn man mit Nostalgie an seine sündhafte Vergangenheit denke, dröhnte Vater Áron, und wer sich zurücksehne, dessen Seele werde zur Salzsäule erstarren, der werde eine lebende Leiche, gefangen im eigenen Körper. Das war eine klare Aussage. Jeder hatte verstanden, wer damit gemeint war. Tante Pannikas alte Sünde, ihr Sodom, stellte man überhaupt nicht in Frage, schließlich war sie die Geliebte des jüdischen Mörders gewesen und hatte ihn bei sich versteckt. Und als Gegenleistung für eine einzige Liebesnacht hatte sie dann für den zum Fährmann des Teufels verkommenen ehemaligen Sáraságer Krämer das lokale Totenbuch, das *Klein-Tagebuch*, geschrieben. Mehr hätte Tante Pannika gar nicht auf dem Kerbholz haben können. Und ihre

Schweigsamkeit der vergangenen Wochen sei ein Zeichen der frevelhaften Sehnsucht, nicht des Schmerzes und der Verzweiflung, dessen war man sich sicher, denn einer Sünderin wie ihr tue nichts weh. Tante Pannika nahm nicht einmal mehr Tippaufträge an, sprach wochenlang mit niemandem, und um ihre Einkäufe zu erledigen, fuhr sie zu den Calvinisten; im Bus saß sie immer allein, höchstens Fremde ließen sich auf dem Platz neben ihr nieder.

Damals war der Dienstag Markttag in Sáraság. Früh am Morgen schleppten die Bauern alles auf den Markt hinaus, angefangen bei der Milch bis hin zu den Schnittblumen, von der Theiß kamen Zigeuner, die mit Trödel handelten, von der Körös kamen Slowaken, deren Handwerk das Flicken von kaputten Töpfen war – die Stimmen all dieser Leute vermischten sich im Getümmel des Marktes. Auf den am Boden ausgebreiteten Leinentüchern lagen Paprika, Gänse mit zusammengebundenen Beinen, sauer Eingelegtes, frühe Melonen und Kram aller möglichen Art, von der rumänischen Tauchkolbenpumpe bis zur sowjetischen Schleifmaschine. Wie es sich gehört, gab es immer und überall eine gehörige Ansammlung von Menschen, egal in welcher Ecke gerade etwas geschah, sei es nur, dass ein Kassettenverkäufer um ein, zwei Forint betrogen worden war, sofort wusste man am anderen Ende des Platzes davon und kannte mitunter sogar Details, die nicht einmal vorgefallen waren. Wer jene junge Frau gewesen sein soll, die kreischend und schluchzend über den Marktplatz gerannt war und behauptet hatte, Ede Klein sei zurückgekehrt und habe auch schon ein Kind von etwa sechs Jahren entführt – nun, das wusste im Nachhinein niemand mehr. Tante Pannika war zu Hause, als man die Fenster ihres Hauses zertrümmerte und ihren Zaun umstieß, und auch den Geruch des Benzins, den man über das Dach kippte, um ein Feuer zu entfachen, bemerkte sie sehr wohl. Es stellte sich nie heraus, wer die Polizei benachrichtigt, ob ihr überhaupt irgendjemand Bescheid gesagte hatte oder ob die Ordnungshüter nur zufällig gerade in der Gegend gewesen waren. Auf jeden Fall blieb der aufgebrachten Meute keine Zeit mehr,

Tante Pannikas Haus samt der zahlreichen kostbaren Buchraritäten in Brand zu stecken. Einige Stunden später, als das Benzin bereits verdampft war, man den Geruch des Desinfektionsmittels jedoch noch bis in weite Ferne riechen konnte, kam etwas Licht in die Angelegenheit. Ede Klein war nicht zurückgekehrt. In den verwirrten Sätzen der jungen Frau, die diese schlechte Nachricht angeblich überbracht hatte, war von einem großen jungen Mann die Rede gewesen, Ede Klein hingegen war ein kleiner Mann mit roten Locken – wobei man im Dorf ja der Meinung war, er sei inzwischen gestorben und deshalb nun der Fährmann der Toten. Aus dem Dorf fehlte kein einziges Kind, auch keines aus der Umgebung. Dass Tante Pannika nach alledem an irgendeinem Ereignis des Dorfes teilnehmen, ja sogar eine Hauptrolle spielen sollte, hätte nun wirklich niemand gedacht. Sándor Guliga, der Dorfratsvorsitzende, befestigte mit Klebeband einen Zettel an der Anzeigentafel des Dorfrathauses: WIR MÖCHTEN DIE BEVÖLKERUNG DARAUF AUFMERKSAM MACHEN, DASS RASSENHETZE STRAFRECHTLICH VERFOLGT WIRD.

Die Alten erinnerten sich noch genau daran, und die Jungen hatten es von ihnen erfahren: dass eben dieser Satz damals nach dem schrecklichen Vorfall mit Ede Klein im Schaufenster des Fotografen ausgehängt worden war. Alle im Dorf wussten, dass Tante Pannika keine Jüdin war, und dennoch, die Aussage dieses Aushangs war nicht nur eindeutig, sondern auch vollkommen gerechtfertigt.

»Scheinbar kann man nicht nur durch Geburt zum Juden werden«, sagte Bece, als wir zum Dorfrathaus gingen, um uns den Aushang anzusehen.

»Für diese Leute«, antwortete Dezső, »sind auch wir Juden.«

»Für diese Leute, gern«, sagte ich.

Als die Nachricht die Runde machte, Hildi Számfira sei in anderen Umständen, man habe im Hause Gergely Lailas geschickte Hand bereits mit einem Trunk gefeiert und die beiden würden sich aus diesem Grund noch diesen Sommer vermählen, da wurde das um Tante Pannika Vorgefallene für kurze Zeit in den Hintergrund gedrängt. Man tuschelte ausschließlich über die Hochzeit. Wie groß würde der Trubel wohl werden, den die beiden Witwen veranstalteten? Für ein übertrieben großes Fest fehlte es ihnen an Kapital, andererseits wäre es wahrscheinlich auch zwecklos, wenn sie versuchten, gegen ihre Eitelkeit anzukämpfen, denn davon hatte der Ewige ihnen jeweils eine große Portion zugeteilt. Sollten sie doch lieber jahrelang einen Kredit abstottern, statt von der Qual zermalmt zu werden, die ihnen der Anblick einer Hochzeitsgesellschaft verursachen würde, die sich auf dem Weg in die Kirche nicht als endlose Schleppe des jungen Paares bis weit in die Ferne zog. Oder der eines zum Gitter geformten Hefekuchens, der nicht von mindestens fünf Frauen getragen werden musste. So eine Schande hätte weder Frau Számfira noch Tante Magdika überlebt. Die Stammgäste der Kneipe und Konditorei Oláh waren der Ansicht, dass, egal wie groß das Opfer sein müsste, das die beiden zu bringen hätten, in jedem Fall die Mehrheit der Dorfbewohner eingeladen werde. Die Kneipenpropheten irrten sich kein bisschen. Fast das ganze Dorf wurde zum Hochzeitsfest eingeladen. Das Trauzeugenamt für den Jungen übernahm der LPG-Vorsitzende höchstselbst, und in Anbetracht des schönen Andenkens an László Számfira hätte jeder seinen Kopf darauf verwettet, dass Hildis Trauzeuge der Schulleiter Imre Tarbay sein würde.

Welch hochrangiges Ereignis!

Man suchte die schönsten Hühner des Dorfes aus, und die Witwen prüften selbst nach, ob hier und da nicht doch ein mit künstlicher Nahrung gefüttertes Federvieh durch die strenge Qualitätskontrolle gerutscht war. Denn es sollten ja wirklich nur jene ins Rupfwasser, deren Knorpel schneeweiß waren. Unter die ausgewählten Rinderunterbeine mischte sich nicht der kleinste Knochen, und an dem für das Schafsgulasch ausgesuchten Fleisch konnte man kein Gramm Talg entdecken. Außer den Witwen nahmen noch acht weitere Frauen eifrig an den Vorbereitungen im Hause Számfira teil, welches auf diese Weise wieder mit Leben erfüllt wurde, ebenso wie die Gartenlauben und der Platz vor dem Weinkeller. Die Kuchen warteten in polierten Truhen darauf, in den Morgenstunden von den betrunkenen Gästen in alle Ecken des Festsaals geworfen zu werden. Bis zu dem Moment, als sich herausstellte, dass doch nicht Imre Tarbay Hildis Trauzeuge sein würde, verlief auch alles in allerbester Ordnung. Er war nämlich nicht einmal gefragt worden! Das allein jedoch reichte nicht; das wirkliche Skandalon war die Person, die die Trauzeugin sein sollte. Hildi hatte sich nämlich – und wer hatte denn schon so etwas gehört – eine Frau ausgesucht, damit diese die Trauung bezeuge.

Tante Pannika.

Nach allem, was passiert war! In den Augen der Dorfbewohner kam ihre Person einem Schlag Gottes gleich, wie konnte es also möglich sein, dass die Urheberin des *Klein-Tagebuchs*, dieses Totenbuchs, auf ein Fest des Lebens eingeladen wurde; was traute sich diese hässliche Hexe, die Reinheit beschmutzen zu wollen? Hildi gelang es jedoch recht schnell, den durch diese Nachricht so jäh gebremsten Arbeitseifer wieder in Schwung zu bringen. Die Frauen standen ratlos auf dem Hof herum, machten ihrer Empörung Luft, die Öfen standen leer und die aufgeschlitzten Mehlsäcke lagen unbeachtet am Boden. Als Hildi Számfira auf den Hof hinaustrat, hätte man denken können, ihr Vater sei wiederauferstanden. Sie warf den Frauen nur einige knappe Sätze vor die Füße, gab keine Erklärungen ab, band ihnen nichts auf die Nase. Ignác sagte, in dieser wortkargen Art, in der seine Braut den spontanen Aufstand niedergeschlagen habe, erteile man sonst nur in der Kaserne Befehle. Am Nachmittag war vom Számfira-Grundstück her bereits wieder fröhliches Geschrei und Gesinge zu hören; die Frauen lachten, die Öfen glühten vor Hitze, und da ohnehin gerade die furchtbarsten Hundstage herrschten, kam es einem in der Küche vor, als brate man in der Hölle. Die Frauen waren dennoch gut gelaunt, und jede von ihnen hatte eine kleine rote Sprühflasche dabei, wie man sie sonst zum Fensterputzen benutzt, die zunächst ausgespült und dann mit kaltem Brunnenwasser aufgefüllt worden war. Mit dieser kleinen roten Flasche spritzten sie sich gegenseitig unter die Röcke, wobei sie kreischten und herzhaft lachten.

Ignác Gergely erzählte mir noch vor der Hochzeit, weshalb Hildi Számfira diese Entscheidung getroffen hatte.

»Weißt du«, erklärte er, »in dem Moment, in dem in Hildis Mund der Knallfrosch explodierte, blickte sie in Tante Pannikas Augen und sah in ihnen, dass ihr Ruhe und eine glückliche Zukunft vergönnt seien. Und später, zu Hause, sagte Tante Pannika zu ihr, dass sie ihr gern geholfen hätte, denn sie habe gefühlt, dass ein Unglück nahe, doch der Ewige habe es nicht zugelassen. Der Schöpfer legt einem wunderschönen Mädchen nicht aus Versehen einen Knallfrosch in den Mund. Er hat gewollt, dass sie den richtigen Weg findet, sagte sie. Dass sie mich findet. Und auch ich bin damals nicht zufällig dort entlanggefahren – der Ewige hat mich gelenkt. Und Tante Pannika sagte, wir sollten auf uns aufpassen, denn es reiche nicht, jemanden zu lieben, man müsse auch zur richtigen Zeit am richtigen Ort sein, und wenn der Mensch diese eine Chance verpasse, werde es keine weiteren geben; später könne man nichts wiedergutmachen. Sie erzählte, sie habe damals nach dem Krieg versäumt, dem Mann zu folgen, den sie liebte, um bei ihm zu sein, auch wenn sie dafür von ihren Wurzeln hätte lassen müssen, was nicht nur ihr Dorf, sondern auch ihr Land bedeutet hätte, und viele Jahre später sei es nicht mehr möglich gewesen, die Dinge ungeschehen zu machen, denn jene fatale Fehlentscheidung, der Verrat von einst, habe sie beide für immer unglücklich gemacht.«

»Meinte sie Ede Klein?«, fragte ich, Unwissenheit mimend.

»Ja sicher«, antwortete Ignác Gergely mit größter Selbstverständlichkeit. »Deshalb ist Tante Pannika unsere Trauzeugin«, sagte er grinsend, »denn sie ist es ja wirklich. Sie ist die Zeugin für alles.«

»Im wahrsten Sinne des Wortes«, antwortete ich in dem Versuch, geistreich zu sein.

»Im wahrsten Sinne des Wortes«, erwiderte er, und um mir aus meiner Verlegenheit zu helfen, drückte er meine Schulter.

Der Schatten Nummer 101

Das zum Haus von Beces Familie gehörende Nebengebäude zog sich weit bis in den hinteren Teil des Gartens hinein, bis hin zu den Schweinekoben. Als hätten die Maurer bei der Errichtung versäumt sich auszuruhen, wenn auch nur für einen Augenblick, und stattdessen einfach einen Ziegel auf den anderen gelegt, solange ihre Seelen und der Mörtel nur konnten. Es war voller kleiner Winkel, Kammern und Vorsprünge, von denen man nicht einmal annähernd erahnen konnte, welchem Zweck sie einst gedient haben mochten. Gleich neben dem Haus, vor dem Ofen, der seit langem nicht mehr benutzt wurde, gab es ein kleines Gebäude, in dem sich die sogenannte Sommerküche befand, wo man also, wie überall auf dem Land, im Sommer kochte. Diese war allerdings keine wirkliche Sommerküche, denn Tante Klári benutzte den kleinen Raum, dessen Einrichtung lediglich aus einem alten abgenutzten Küchenschrank mit Glasfenstern und einem bereits von allen Seiten gestützten Tisch bestand, auch im Winter. Überall lagen Gewürze in aufgerissenen Tüten, Topfdeckel, Besteck und allerlei Kram herum. Ich bin oft dort stehen geblieben, bestaunte diese unglaubliche Unordnung und fragte mich, wie man hier überhaupt irgendeine Speise zubereiten konnte. Neben der Sommerküche führte links eine steile Holztreppe hinauf auf den Dachboden – so eine, wie sie wohl in den Türmen mittelalterlicher Burgen ausgesehen haben müssen. Dahinter standen Gläser mit aus Urzeiten stammendem Eingemachten, das meiste davon war bereits verdorben und mit einer dicken weißen Schicht Schimmel bedeckt. Der Boden im gesamten Nebengebäude bestand aus gestampftem Lehm. Auf der anderen Seite der Küche, hinter dem Ofen, befand sich der Kohleschuppen, der nur in den seltensten Fällen ein Brikett zu sehen bekam, denn Onkel Bandi trug die Kohle stets eimerweise von der Stelle, an der sie bei der Anlieferung ausgekippt worden war, direkt ins Haus. Dieser Schuppen war schmal und niedrig; ich glaube, ich habe nie wieder in meinem Leben einen so winzigen Speicher gesehen. In der Werkstatt ließen die überall herumliegenden Zylinderkopfdichtungen, Schlüssel, Muttern, Raspeln, abgebrochenen Bohrköpfe und Schweißdrahtreste geheimnisvolle Gesichter entstehen. Die von einer zentimeterdicken Staubschicht umgebenen Kolben wurden von nach dem Gebrauch einfach auf den Boden fallengelassenen, ölverschmierte Lappen wie von kostbaren Mänteln umhüllt. Onkel Bandi, Beces Großvater, bewahrte dort seit vielen Jahren einen alten Trabantmotor auf, in dessen Schultern (den Zündkerzen) sich ein mittlerweile leerer Kunstdüngersack aus Leninstadt verfangen hatte. Unter diesem königlichen Umhang aus Kunststoff schlängelte sich, einem verräterischen Urinstreifen gleich, eine von wer weiß woher dahin geratene Steuerungskette in Richtung Schraubbank. Die hinter der Werkstatt gelegenen Schafshürden lagen unter freiem Himmel, doch das Ziegelzeltdach ragte ein Stück weit über sie hinaus als wären sie eine zum Haus gehörende Terrasse. Über den Schafen wehte der von Flutgebietsgerüchen schwere Theiß-Wind. Die Hürden zogen sich bis zum Ende des Gartens hin, wo jene gewisse, das Fußballfeld mit dem Krematorium verbindende Straße entlangführte. Die Latten des Hürdenzauns waren von unten her ausnahmslos verrottet, einige von ihnen sogar bis in Kniehöhe abgebrochen.

Im Sommer nach dem ersten Jahr im Gymnasium besuchten wir kaum noch die Orte, an denen wir früher so gern gewesen waren: weder das neben dem Friedhof gelegene »Tal« noch das Krematorium. Nur bei Bece im Garten waren wir manchmal noch. Wir interessierten uns für nichts. Onkel Bandi, dem sofort aufgefallen war, dass dieses Herumlungern nichts mehr mit dem Herumlungern vom vorigen Jahr gemeinsam hatte, nannte uns »Bärenhäuter« (dabei hatte er ein Jahr zuvor unseren Müßiggang lediglich mit der erstaunten Feststellung quittiert, wie groß wir doch geworden seien). Wir lagen neben dem Heuschober, gegenüber der Schafhürde, deren Zaun uns wie ein von starker Karies befallener Mund anzulächeln schien. Wir waren zu dritt: Bece, Dezső und ich; wer weiß, wo Franczek steckte, vielleicht genoß er gerade die Gastfreundschaft der calvinistischen Ärzte. Mit den Köpfen dicht über dem Boden beobachteten wir die entweder aufgeregt umherlaufenden oder gerade ruhig stolzierenden Schafsbeine – ein Tanz der Hufe war das, was sich da hinter den verfaulten Latten abspielte. Dezsős Lieblingsbein war das eines schwarzen Zackelschafs; er konzentrierte sich nur auf dieses eine. Bece und ich starrten das gesamte Bild an, versuchten dabei, uns die Körper vorzustellen und nachzuvollziehen, wie sie überhaupt alle so eng beieinander Platz finden konnten, in welche Richtung sie guckten und wie sie sich umdrehten. Zum Beispiel fragten wir uns, wo wohl der Kopf des Schafs mit dem verletzten Huf sein konnte, denn egal wie man es drehte, in diesem Gedränge passte er einfach nirgends hin. Von weiter hinten, aus Richtung des Schießhügels, wo das Feld im Jahr zuvor noch brachgelegen hatte, waren nun Geschrei und das Rascheln großer Folien zu hören. Das Gebiet war beackert worden, und nun baute man unter diesen Folien Paprika an. Der stürmische Wind vom Vortag hatte die Kunststoffdecke heruntergeweht, und Glasaugen-Tót war gerade dabei, heftig seine Tagelöhner zu tadeln, Jóska Futár und noch ein paar weitere Kerle aus dem Heim. Er machte Andeutungen im Hinblick auf ihre Mütter und stellte klar, was er mit diesen tun werde, sollten die Zeltplanen nicht ordentlich mit den Pflöcken im Boden befestigt sein und würde der Wind sie wieder herunterreißen. Ich sah dem fuchtelnden Glasaugen-Tót zu; ich hatte ihn seit langem nicht mehr gesehen und musste an Beces und Franczeks Streich in Dunaföldvár denken, als der Alte von der Vergangenheit gesprochen hatte und von Vätern, na ja, und von Waisen, und daran, dass er damals vorhergesagt hatte, dass Beces Vater bald das Zeitliche segnen würde.

Ich schwöre, dass ich daran gedacht habe.

Beziehungsweise daran, dass er sich scheinbar doch geirrt hatte und dass das Ganze vielleicht nur ein verrückter Streich von ihm gewesen war, samt der Sáraságer aus Dunaföldvár. Im selben Moment – das Zusammentreffen flößt mir noch heute Furcht ein, wenn ich nur daran denke – war aus der hinteren Küche ein aufdringliches, gezwungenes Weinen oder vielmehr ein Jammern zu hören. Es kam von Tante Klári.

»Andriska, Andriska, komm schnell rein, o du gütiger Himmel, Andriska, komm schnell her, mein lieber Sohn!«

Träge blieb Bece liegen und tat so, als hätte er nichts gehört.

»András, komm endlich«, rief Tante Klári, diesmal in einem wesentlich energischeren Ton.

»Was ist denn?«

Das Herz schlug mir bis zum Halse, denn ich glaubte sicher zu wissen, was geschehen war. Beces Mutter greinte, rief ab und zu nach ihrem Sohn, wie in einer schlecht geschriebenen Ballade, und Onkel Bandi knurrte hin und wieder etwas. Beces Großvater kam auf die Veranda heraus, in seinem Blick loderte ein wütendes Feuer, als er Bece ganz leise und dennoch in einem schreckenerregenden Befehlston anzischte:

»András!«

Bece stand auf und lief zu ihm, mit hängendem Kopf, so als ginge er zu seiner Hinrichtung. Wir blieben neben dem Schober liegen, Dezső warf mir einen fragenden Blick zu, denn ich bekam vor Aufregung kaum Luft.

»Was ist denn mit dir los?«

»Ich habe gerade an etwas Schlimmes gedacht«, antwortete ich.

»Und jetzt glaubst du, es ist eingetroffen?«

»Ich bin mir sicher.«

Bece war inzwischen ins Haus gegangen, man hörte, wie drinnen gestritten wurde: eine heftige Diskussion, die immer wieder von weinend hervorgebrachten, abgehackten Sätzen unterbrochen wurde. In Tante Kláris aufgebrachtem Redefluss ging es um Betttücher, Decken und Töpfe und um »das Budapester Volk«. Um dieses erschöpfte, jammernde, sich in Selbstmitleid ergehende »Budapester Volk«. Nach einer guten Viertelstunde war Bece immer noch nicht zurückgekehrt. Das Beobachten der Schafshufe wurde uns langweilig, und ich platzte vor Neugier zu erfahren, was geschehen war. Über eine halbe Stunde war vergangen, als Bece auf den Hof hinaustrat. Mein Herz schlug wieder schneller, denn er hatte sich scheinbar waschen, kämmen und herausputzen müssen: Er trug seine an den Oberschenkeln zu enge Pionierhose und ein weißes Hemd mit Schulterklappen. Er warf uns einen Blick zu, bedeutete uns, zu verschwinden, und sagte leise etwas, das ich eher von seinen Lippen ablas, als dass ich es verstand.

»… mein Vater …«

Dezső und ich gingen auf die Dorfstraße hinaus und legten uns in den Graben gegenüber des Hauses.

»Sein Vater?«, fragte Dezső.

»Ja, ich glaube.«

»Ist er gestorben?«

»Scheint so.«

»War es das, woran du gedacht hast?«, fragte er. »Dass Glasaugen-Tót genau das vorausgesagt hat?«

Ich nickte. Ich hörte an seiner Stimme, dass er beim Anblick von Glasaugen-Tót auch hatte daran denken müssen und nun von Gewissensbissen geplagt wurde. Ich fühlte mich ebenfalls schuldig, als hätten wir dadurch, dass uns die Prophezeiung wieder eingefallen war, Beces Vater umgebracht. Das liegt in der Natur von Prophezeiungen: Sie verwirklichen sich allein dadurch, dass sie einmal ausgesprochen wurden.

Bece und sein Großvater gingen ins Dorf. Auf dem Rückweg schleppten sie einen riesigen, aus Kunststoffrosen und Seidenasparagus bestehenden hässlichen Kranz, von dem, wie der glänzende Riemen eines Pferdegeschirrs, ein handbreites weißes Band hinunterhing, auf das man mit einem Filzstift in fahriger Schrift rasch »Die trauernde Familie Beregi« gekritzelt hatte. Dezső Metz rannte über die Straße und fragte aus anderthalb Meter Entfernung:

»Dein Vater?«

Bece nickte.

»Unser Beileid.«

Bece zuckte mit den Achseln. Keine Geste der Gleichgültigkeit; sie gab nur zum Ausdruck, dass er jenen Mann, von dem sie verlassen worden waren, als er noch ganz klein gewesen war, und der in Budapest eine neue Familie gegründet hatte, gar nicht gekannt hatte. Und natürlich steckte in diesem Achselzucken auch der trockene Schmerz der Gewissheit, dass seine einzige Erinnerung an diesen Mann nun jenes peinliche Telefongespräch bliebe, bei dem er sich, von Tóts Prophezeiung erschreckt, mehrmals nach der Gesundheit seines Vaters erkundigt hatte. Beces Mutter stand auf der Veranda, in ihrer Hand raschelte das Telegramm.

»Das stimmt einfach nicht. Nein, nein, nein«, sagte sie immer wieder. Sie rannte zum Gartentor und ergriff Beces Kragen. »Weshalb sollte die Beerdigung erst in zwei Wochen stattfinden? Was ist denn das für eine gemeine Lüge? Allmächtiger Gott, so weit sind wir also gekommen. Wollen sie das bisschen Erbe etwa heimlich allein einkassieren? Da soll doch das Donnerwetter dreinschlagen!«

Ich verstand kein Wort; in Anbetracht von Tante Kláris seelischer Verfassung traute ich mich aber nicht, zu fragen. Wenn Tante Klári mich für würdig erachtet hätte, ihre Gedanken mit mir zu teilen, ich hätte vielleicht versucht, sie von ihrem Vorhaben abzubringen. Dezső Metz hätte mich gewiss dabei unterstützt. Dann hätten wir die Familie vor der überstürzten und an Unannehmlichkeiten reichen Reise in die Hauptstadt bewahrt, deren einzige Motivation die Verteidigung des eigenen geringen Erbteils war. Eines ist sicher: In Sáraság waren Verstorbene damals stets innerhalb von drei Tagen unter der Erde. Sich am Beispiel unseres Herrn Jesu orientierend, der nach ebenso vielen Tagen bereits wiederauferstanden war, hielt man das für angemessen. Eine zweiwöchige Aufbewahrung im Kühlraum schien von einem winzigen Dorf der Tiefebene aus gesehen wirklich unwahrscheinlich lang.

Dezső und ich blieben im Graben gegenüber dem Haus liegen und beobachteten von dort aus die Familie Beregi. Frisch gewaschen, herausgeputzt und mit Trauerbändchen an der Brust machten sie sich auf den Weg zum Bahnhof. Sie liefen im Gänsemarsch den schmalen Betonstreifen des Fußwegs entlang: vorn Onkel Bandi, hinter ihm trippelte Tante Klári, und Bece schloss die kleine Reihe ab. Sie beeilten sich, dabei fuhr der erste Zug zu den Calvinisten erst anderthalb Stunden später. Von dort mussten sie dann Richtung Theiß fahren, nach Szolnok. Verschämt und gerührt beobachteten wir, wie sie sich entfernten. Am Grabenrand blühten Klatschmohn und buschige Brennnesseln, über den Himmel zogen Schaumflocken, und die Sonne streichelte uns ausnahmsweise mit milde lächelndem Licht – alles war heiter und bildete einen gewaltigen Widerspruch zu diesem Trauerzug.

Onkel Bandis Miene war eher ernst als traurig. Er wirkte, als verbiete er sich in dieser kritischen Stunde strengstens, an irgendetwas zu zweifeln. Er trug den enormen Kranz und machte dabei einen äußerst mürrischen Eindruck. Niemand hätte bei diesem Anblick vermutet, dass er zwei Stunden später auf dem riesigen Bahnhof von Szolnok mit leeren Händen aus dem Zug steigen und ihm dies nicht einmal auffallen würde. In Sáraság nahm er dieses aus Kunstblumen zusammengesteckte Wunderwerk noch gründlich unter die Lupe, wobei sich sogar seine Lippen zu bewegen schienen, als kaute er auf etwas herum. In Szolnok gab es dann jedoch keine Spur mehr von diesem Erstaunen, denn die inzwischen vergangenen zwei Stunden hatten auf den Alten eher einschläfernd gewirkt. Bece erzählte später, sein Großvater sei mit einer derart natürlichen Langeweile den Bahnsteig entlangspaziert, dass auch ihm das Fehlen des Kranzes nicht aufgefallen sei. In der Bahnhofskneipe tranken sie jeder ein kleines kaltes Bier und Kaffee mit reichlich Satz. Zu ihrer Schande sei gesagt, dass keiner von ihnen das prachtvolle

Geflecht vermisste. Tante Klári wurde eine Viertelstunde vor der Abfahrt des Zuges unruhig.

»Auf nach Budapest!«, befahl sie.

Bece erzählte, er habe Onkel Bandis Blick erhascht und genau gesehen, wie dieser sich in dem Moment verdüsterte, in dem ihm wieder einfiel, wohin sie eigentlich gerade auf dem Weg waren. Denn als er an ihr Reiseziel dachte, merkte er, dass der materialisierte Ausdruck ihres Kummers, jener monströse Kranz … nun, dass dieser sich nicht mehr in seinen Händen befand. Leider soll es nur ein flüchtiger Moment gewesen sein, und Bece bedauerte sehr, dass er die Veränderung der Stimmungslage im Blick seines Großvaters nicht länger hatte verfolgen können. Tante Kláris Schimpfen setzte dem ein jähes Ende:

»Der Tod soll sich eure dummen Köpfe holen! Habt ihr den Kranz etwa im Zug vergessen?«

Bece sah aus den Augenwinkeln, wie infolge dieses energischen Schlussworts mehrere Kneipengäste ihr Bier auf die dreckverschmierten Glasplatten ihrer Tische spuckten und manche sich nicht einmal bemühten, ihren Lachanfall zu unterdrücken. Onkel Bandi eilte mit eingezogenem Hals voran, dicht hinter ihm Tante Klári, und schließlich der vor Schadenfreude grinsende Enkel. Bece sagte, für eine burleskentaugliche Szene hätte nur noch gefehlt, dass seine Mutter dem Großvater bei jedem Schritt mit einer zusammengerollten Zeitung auf den Hinterkopf geschlagen hätte. Obwohl dies nicht der Fall war, wirkte Onkel Bandi, gebückt durch die Schande seines Versäumnisses, wie jemand, der gerade eine gehörige Tracht Prügel bezogen hat.

Der Zug stand nicht mehr da. Das Fundbüro befand sich, wie sich bald herausstellte, am Informationsschalter.

»Wir suchen einen Kranz«, sprach Onkel Bandi in das am Fenster befestigte Mikrofon.

Über das gut gepolsterte Gesicht der Bahnmitarbeiterin, einer Dame mit Fischaugen und fettigen Haaren, huschte ein spöttisches Lächeln.

»Einen was?«

»Er besteht aus Seidenasparagus und Kunstrosen. Ganz vielen Rosen.«

»Wie bitte?«

»Hat man ihn nicht gefunden?«

»Was möchten Sie wissen?«

In diesem Augenblick unterbrach Tante Klári die entgleiste Diskussion in einem äußerst barschen Ton. Man hätte es zwar in jedem Fall auch so auf der anderen Seite des Fensters gehört, sie beugte sich dennoch zum Mikrofon und schrie hinein, die junge Frau solle sich doch nicht aufführen, als wäre sie eine vornehme Dame, die sich für eine Antwort zu schade sei, oder wie eine dumme Hure, die nicht verstehe, was man von ihr wolle; sie solle mit der Sprache herausrücken, aber hurtig, denn dafür werde sie schließlich bezahlt: ob der Kranz gefunden worden sei oder nicht? Die Dame von der Bahn schnappte aufgeregt nach Luft, war einige Sekunden außerstande, etwas zu sagen, und fragte dann in beleidigtem Ton, wo man denn diesen wichtigen Gegenstand hätte finden müssen.

»Er ist wirklich wichtig für uns«, sagte Onkel Bandi bekräftigend und gleichzeitig besänftigend. »Wegen des Verstorbenen.«

»Natürlich«, antwortete die Dame und rief dann verschiedene Stellen an. Immer wieder drehte sie die Kurbel des riesigen schwarzen Apparats, schließlich lehnte sie sich hinaus und sagte, indem sie jede Silbe betonte:

»Der Zug ist bereits auf dem Rückweg.«

Tante Klári öffnete ihren Mund, um tief Luft zu holen.

»Aber ich habe den Mitarbeitern in Martfű schon Bescheid gesagt.«

Die Luft blieb in Tante Kláris Kehle stecken.

»Aus Kunszentmárton geht ein Zug in diese Richtung, mit diesem wird er aus Martfű wieder zurückgeschickt.«

Eine Stunde später sprang ein unverschämt grinsender Bahnschaffner vom Zug, den Kranz über der Schulter, als wäre er eine Tasche. Bereits in dem Moment, als er den Bahnsteig betrat, war offensichtlich, dass er sich während der gesamten Fahrt mit der Begutachtung dieses Prachtstücks amüsiert hatte, und ihm schien es eine große Freude bereitet zu haben, sich mit der absurden Rolle, die ihm zuteilgeworden war, zu identifizieren. Im Zug nach Budapest bemerkte Bece dann auch einige Löcher, mit denen der Schaffner das Seidenband verziert hatte.

Dieser Tod, dachte er, ist nun also ganz sicher gültig.

Für einen Menschen vom Lande ist die sich in der einst eleganten Eisengerüsthalle des Nyugati-Bahnhofs tummelnde Menschenmenge ein angsteinflößender Anblick. Alles ist viel zu groß, nervenaufreibend laut und außerdem zu schnell. Die Fußgänger, die Wagen, mit denen das Gepäck transportiert wird, das nie leiser werdende Stimmengewirr, die Bewegungen – eine einzige Hetzerei. Es gibt kaum jemanden vom Lande, der in der Lage wäre, sich hier zu entspannen, sich gelassen umzusehen, während er über die Lautsprecher von der sanften Stimme des Rundfunksprechers Pál Szalóczy daran erinnert wird, auf sein Gepäck zu achten, und sich beobachtet fühlt von unzähligen, zu schmalen Schlitzen zusammengezogenen, nach wer weiß was schmachtenden Augenpaaren, von Blicken, die ihn aus den unendlich vielen Bahnhofskneipen treffen. Es gibt also kaum jemanden, der in einem solchen Moment nicht zwangsläufig überprüfen würde, ob ihm vielleicht ein Gepäckstück abhandengekommen ist und ob seine Kleidung auch ja richtig sitzt, damit er in dieser babylonischen Sprachen- und Geistesverwirrung wenigstens sich selbst geordnet weiß. Onkel Bandi schleppte den Kranz mit disziplinierter Traurigkeit, so wie zu Beginn der Reise in Sáraság. Als sie dann jedoch in die Unterführung kamen und kurz danach auch noch die sich durch die lange Straße schlängelnde Straßenbahn sowie die Menschenmenge auf dem Nyugati-Platz und die breite Ringstraße erblickten, da wurde ihm schwindlig. Die Überführung unmittelbar neben dem Bahnhof überraschte ihn sehr; verdutzt deutete er darauf und erklärte Bece, dass diese große Brücke nach dem Krieg noch nicht da gewesen sei. »Obwohl, wenn ich es mir recht überlege«, fügte er hinzu, »brauchte man ja damals so etwas gar nicht.« Die Straßenbahn Linie 6 war bestimmt fünfzehn Meter lang, und die Menge, die an der Haltestelle auf sie wartete, war unglaublich groß – zu Hause hätten bei einem wirklich wichtigen Fußballspiel, sagen wir einem Ausscheidungsspiel, ungefähr genauso viele Leute zugesehen, wie hier gerade standen. Als sie am Café Hungária vorbeikamen, stieß Onkel Bandi einen Schrei aus.

»Ich habe damals bei der Renovierung das Gerüst mitaufgebaut. Das ist das New York!«

Bece beobachtete lächelnd, wie sein Großvater sich von der Nostalgie der Nachkriegsjahre und des Wiederaufbaus mitreißen ließ. Scheinbar hatte ihm die Stadt, an deren Errichtung und Sanierung er teilgenommen hatte, in einem versteckten Winkel seines Herzens immer ein klein wenig gefehlt – und das, obwohl er sie seit dreißig Jahren nicht mehr besucht hatte. Die Stadt, die ihn jetzt, da er doch eigentlich zu einer Beerdigung gekommen war, in Sekundenschnelle verzaubert hatte, wobei er überspannter und enthusiastischer wirkte als ein Tourist aus der DDR. Tante Klári rief ihren Vater mit strengem Blick zur Ordnung, dabei interessierte sich kein Mensch für sein nicht gerade würdevolles Gejubel. Bece musste zu seiner allergrößten Bestürzung feststellen, dass die Menschen ihm nie in die Augen sahen, und wenn man ihn überhaupt eines Blickes würdigte, so war dieser arrogant und galt lediglich seiner Festtagskleidung …

Das Schicksal wollte es, dass auch die Straßenbahn Linie 6 mit dem Wunderwerk aus Seidenasparagus und Kunstrosen davonratterte. Tante Kláris jammerndes Geheul schien die Passanten bereits wesentlich mehr zu interessieren als Onkel Bandis Freudenrufe. Bis dieser von der gegenüberliegenden Straßenbahnhaltestelle auf dem Lujza-Blaha-Platz aus die Bahn mit dem Kranz entdeckte, unterbrach Tante Klári ihr äußerst intensives Wehklagen keinen einzigen Augenblick. Das Wiederauftauchen des Kranzes hatte Onkel Bandi während des Wartens verzweifelt vor sich hin murmelnd tausendmal vorausgesagt: »Wenn es noch Gerechtigkeit auf dieser Welt gibt, dann wird dieser wunderschöne Kranz nicht verloren gehen.« Oder: »Der wird schon zurückkommen.« Er sollte recht behalten, denn wie sich herausstellte, kann man mit Geduld und Spucke nicht nur eine Mucke, sondern auch einen Kranz fangen. Der Ewige muss Onkel Bandis hoffnungsvolle Gebete erhört haben, denn die Straßenbahn war bereits einmal bis zur Endstelle gefahren und dennoch hatte offenbar keiner Lust bekommen, sein Heim mit Seidenasparagus und Kunstrosen zu schmücken. Die bekränzte Straßenbahn war bereits von Weitem zu sehen, denn das handbreite Seidenband flatterte aus dem Fenster, sodass man die darauf befindliche Aufschrift wahrscheinlich sogar auf den Gehwegen entziffern konnte.

Die trauernde Familie Beregi.

Bece Beregi erzählte, es habe für ihn so ausgesehen, als sei das Fahrzeug mit einer Peitsche angetrieben worden: Die Seidenpeitsche schlug mit kräftigen Hieben gegen die Flanke des ungehorsamen Tieres.

»Da isser ja!«, sagte Onkel Bandi.

Wie selbstverständlich hob er den Kranz aus der zurückgekehrten Straßenbahn – so als sei er auf Bestellung geliefert worden. Onkel Bandis Mund verzog sich zu einem breiten Grinsen.

»Der Kleine is also wieder bei uns.«

Mit ähnlicher Selbstverständlichkeit betrat Onkel Bandi wenig später den Zentralfriedhof. Er schien sich ganz wie zu Hause zu fühlen, weshalb er auch nicht lange zögerte und den Pförtner unsanft zurechtwies. Er brüllte ihn nicht an, sprach aber mit einer nervtötenden Fistelstimme auf ihn ein. Bece meinte, Anschreien wäre ihm lieber gewesen.

»Was soll das heißen, Sie haben keine Ahnung, wo András Beregi Senior bestattet wird? Egal, was für ein Mensch er war, so schnell darf man doch niemanden vergessen.«

Plötzlich verstummte er. Der vor lauter Empörung und Unverständnis zunächst wie gelähmt wirkende Wächter hatte nun endlich Gelegenheit sich zu äußern. Er blätterte in einem großen Buch, auf dessen Einband, soweit Bece es lesen konnte, in goldenen Reliefbuchstaben »Sterbefälle« stand. Der Mann schien nervös, er riss die großen schweren Seiten beinahe heraus, worauf diese mit einem energischen Rascheln antworteten, welches stark an das des aus der Straßenbahn Linie 6 wehenden Seidenbandes erinnerte. Die Mundwinkel des Wächters flatterten, als wären sie ebenfalls aus Seide. Bece kam es so vor, als wäre alles aus Seide: das Telegramm, das ihnen die Trauerbotschaft überbrachte, die Landschaft, die sie während ihres Weges hierher begleitet hatte, die Schande, den Kranz zweimal verloren zu haben, und auch diese Fragerei hier – alles schien wie aus Seide.

»Dies hier«, zischte der Wächter, »ist ein Friedhof von einer nicht unerheblichen Größe. Wissen Sie, es ist nicht einfach, sich alle Verstorbenen, wenn Sie mir die Formulierung gestatten, persönlich im Gedächtnis zu bewahren. Versuchen Sie sich nur für einen Moment in meine Lage zu versetzen – ich glaube, so unverständlich ist das nicht.«

Onkel Bandi rang die Hände, Tante Klári blickte ungeduldig aus dem winzigen Fenster der Bude. Der Wächter fuhr gemächlich fort:

»Wenn wir uns schon so gut unterhalten, würde ich Ihnen auch gern anvertrauen, dass ich nicht die geringste Ahnung habe, wo und wann Ihr András Beregi Senior beigesetzt wird. Außerdem kann ich nur hoffen, dass von den für heute geplanten siebzehn Bestattungen sich lediglich diese eine als so problematisch erweist.«

Dies war der Moment, in dem András Beregi am liebsten weggestürmt wäre. Er hatte das Gefühl, dass irgendetwas in ihm unaufhaltsam zu rennen begann, dass dieses Etwas auch seine Beine bewegte und er deshalb mitlief. Er konnte nichts dafür, die Schande und die Erniedrigung in ihm waren auf der Flucht, er selbst hatte ja weiterhin dort gestanden, an Ort und Stelle, dieses Gefühl in ihm wollte jedoch nicht mehr dort bleiben, und gegen eine so starke Kraft konnte er sich nicht wehren, sie brach aus, musste aus der Pförtnerbude hinaus. Natürlich blieb er stehen, wo er war, sah gequält zu, wie der Wächter, nachdem er seine Belehrung beendet hatte, immer weiter blätterte, wobei seine Stirn mit jeder Seite größere Wellen zu schlagen schien. Er fand die Uhrzeit zur Beisetzung des Vaters nicht. Schließlich fragte er, mit hölzerner Stimme und ungefähr so, als diktiere er einem Polizisten die Nummer des Fahrgestells seines Wagens oder als bestelle er beim Fleischer »drei Kilo Flomen, bitte«:

»Aberegisen? Nun, diese Beerdigung findet in genau zwei Wochen statt. Meine Damen, meine Herren …« Energisch klappte er das Buch wieder zu. Auf dem Einband stand wirklich nur ein einziges Wort, dessen erhabene Buchstaben golden glänzten. »Sie müssen sich also noch zwei kurze Wöchlein gedulden«, sagte der Wächter höhnisch, zwinkerte Bece zu und preschte hinaus. Tante Klári, Onkel Bandi und Bece standen nun da, als wären sie die zuständige Behörde und als würde die Organisation sämtlicher Trauerzeremonien dieser Stadt auf ihren Schultern lasten. Unbeholfen traten sie von einem Bein aufs andere. Tante Klári sagte als Erste etwas. Sie schien sich nicht zu schämen, vielmehr sprach aufrichtige Verwunderung aus ihrer Stimme.

»Dann lasst uns nach Hause gehen. Sie haben uns nicht angelogen. Sie findet wirklich erst in zwei Wochen statt. Seltsam. Dabei ist man in Sáraság …«, aber das Ende des Satzes wurde dann doch von der Schande des unbegründeten Verdachts verschluckt. Onkel Bandi war derjenige, der den Satz beendete: »Ja, bei uns muss man bis zur Auferstehung höchstens drei Tage im Kühlraum verbringen, was sich mit Rücksicht auf Jesus Christus auch so gehört. Dann wollen sie uns also«, fuhr Onkel Bandi fort, »scheinbar doch nicht um unser Erbe bringen.«

»Es schadet trotzdem nichts, wenn wir aufpassen«, antwortete Tante Klári. »In zwei Wochen müssen wir wieder hier sein.«

Bece erzählte später, dass er in diesem Moment das Gefühl gehabt habe, er halte es nicht länger aus, bis dahin habe er sich zusammenreißen können, aber was genug sei, sei eben genug.

»Ich nehme diese Plastikglorie nicht mit nach Hause!«

Er fluchte und schimpfte, er werde nicht noch einmal stundenlang auf dieses scheußliche Ding warten, sich der Peinlichkeit aussetzen, wieder ewig auf Bahnstationen und an Straßenbahnhaltestellen herumzulungern; seinetwegen könne der verdammte Grabschmuck dort verrotten, wo er sei. Er erreichte, was er wollte: Trotz Tante Kláris Protest ergriff Onkel Bandi Partei für Bece, und so kam es zu dem mehrheitlichen Beschluss, den weitgereisten Kranz nicht wieder mit nach Hause zu nehmen. Außerdem, meinten sie, würden die Kunststoffrosen und der Seidenasparagus auch in zwei Wochen noch so schön, frisch und duftend sein wie jetzt, am einfachsten sei es also, den Kranz in irgendeinem Gebüsch zu verstecken, im tiefsten Budapester Gestrüpp, dort, wo es mit Sicherheit kein einziger Devotionalienjäger finden würde. Es werde ja wohl auch auf dem endlosen Zentralfriedhof der Residenzstadt eine von Brennnesseln, Unkraut und Efeu bewachsene Parzelle geben, man müsse sie nur finden. Onkel Bandi werde ihn dort geschickt verstecken, und dann sei alles in Ordnung; ja, mit ein, zwei großen Blättern könne man jeder Aufregung und Nervosität vorbeugen und müsse sich in zwei Wochen, an dem Tag, an dem die Beerdigung wirklich stattfinden werde, überhaupt keine Sorgen machen. Die ersten paar Schritte folgten sie Onkel Bandi noch unschlüssig, blieben dann jedoch stehen und blickten seiner sich entfernenden Silhouette hinterher. Er ging an den mit roten Sternen versehenen, aus dunklem Marmor gemeißelten Gräbern vorbei und verschwand im Schatten der riesigen Grüfte. Solange Bece ihn noch sehen konnte, beobachtete er ihn und sah, wie seine Schritte immer langsamer und federnder wurden, wie beim Maishacken, wenn er am Ende der Reihe schon kurz davor war, aufzugeben. In diesem Moment hätte selbst Bece noch nicht gedacht, dass in diesem federnden, sinkenden Gang die Wahrheit der Seele verborgen lag. Sein Großvater hatte wirklich allmählich die Nase voll, er wurde immer gereizter und wütender. Wie ist es möglich, dachte der Alte, dass in der Hauptstadt alles ganz anders ist als an einem anständigen Ort? Gab es denn auf diesem Friedhof, der so groß ist wie ein ganzes Dorf, keinen einzigen verwilderten Winkel, in dem er endlich ruhigen Herzens den Kranz verbergen konnte? Bece und Tante Klári sanken, von den Abenteuern erschöpft, auf einer Bank vor dem Wächterhäuschen nieder und warteten dort mit stumpfer Geduld auf Onkel Bandi. Sie waren so ermattet, dass ihnen überhaupt nicht auffiel, dass er sie bereits vor einer guten halben Stunde verlassen hatte. Bece behauptete, er habe das erschreckende Knarren, mit dem die Tür zur Friedhofsverwaltung hinter ihnen aufsprang, regelrecht gespürt. Bis zu diesem Augenblick waren zwar auch ständig Leute ein- und ausgegangen, diesmal aber schien ihm das Knarren Unheil zu verkünden. Heraus trat eine Frau mit Dauerwelle und ohne Kopftuch; sie stellte sich vor Tante Klári, packte sie am Arm und zischte ihr mit gereizter Stimme ins Ohr:

»Machen Sie, dass Sie wegkommen, Sie Unglückselige! Gehen Sie, bevor Sie auch noch entdeckt werden. Haben Sie etwa das Auto nicht gesehen? Sie Nichtswürdige! Ihren Komplizen hat man bereits erwischt.«

Tante Klári verschlug es die Sprache. Die Dame war bereits wieder weg, der Wächter hatte die Tür von innen verschlossen und starrte glasigen Blicks vor sich hin, ganz so, als höre er Tante Kláris Jammern überhaupt nicht oder als habe er eine derart wichtige Arbeit zu erledigen, dass ihn nicht einmal das Geschrei daran hinderte.

»Komm Mutter«, sagte Bece. Er konnte ihre gequälte Stimme kaum noch ertragen. »Lass uns gehen.«

»Was soll das heißen, man hat ihn erwischt? Bei was hat man ihn denn erwischt? Wir hätten mit ihm gehen oder diesen verfluchten Kranz mit nach Hause nehmen sollen.«

Nur auf Beces hartnäckiges Drängen hin stiegen sie schließlich in die Straßenbahn Linie 28 ein. Dann irrten sie stundenlang durch den Stadtverkehr, zwischen Häusern und Autos, die ihnen alle gleich erschienen; Bece erkannte nur die Endhaltestelle der Straßenbahn wieder, denn während sie auf den Kranz gewartet hatten, hatte er das Haus beobachtet, an dessen Fassade mit riesigen Neonbuchstaben die Namen verschiedener Zeitungen geschrieben standen. Sie liefen hintereinander her wie die Zigeuner, denn überall parkten Autos auf den Fußwegen. Nach einer Weile hatte Beregi das Gefühl, sie liefen immer im Kreis, beschrieben wie besessen immer denselben Weg, pilgerten ohne jegliche Hoffnung von einer Hundescheiße zur anderen. Ihm war aufgefallen, dass sich über jeder zweiten Straße eine Leitung für den O-Bus entlangzog und dass sich dort an der Ecke stets ein Lebensmittelgeschäft, ein Gemüsehändler oder ein Schlosser befand. Seine Mutter weinte ohne Unterbrechung.

»Bei was, bei was wollen sie ihn denn erwischt haben?«

Als murmelte sie irgendein Mantra vor sich hin, dessen Sinn ihr verborgen blieb, um das Rätsel auf diese Weise zu entschlüsseln. Als könnte sie das Geschehene dadurch verstehen. Als glaubte sie daran, dass ihr durch dieses Singen eine göttliche Vision erschiene, die ihr die Ereignisse bis ins kleinste Detail aufzeigte, so wie drei Tage später, als Onkel Bandi nach Hause kam und sie alles erfuhr. Als hätte ihr bereits dort, während des hoffnungslosen Umhertaumelns, wie einem Propheten die Wahrheit erscheinen können, als hätte sie sehen können, wie aus einer verwilderten Parzelle drei Männer im Trenchcoat heraussprangen, Onkel Bandi ohne ein Wort der Erklärung am Arm packten, um einige Minuten später bereits mit ihm in einem Wagen mit verdunkelten Fensterscheiben irgendwohin zu fahren. Als hätte sie sehen können, wie rasch sich Onkel Bandis Freude verflüchtigte, nachdem er für einen Moment mindestens so glücklich gewesen war, als hätte er in der Wüste eine Oase gefunden, wobei er in seinem Mund noch immer die Wärme des Satzes spürte, den er zu dem Kranz gesagt hatte:

»Was für ein schönes, gemütliches Zuhause du hier haben wirst, mein Kleiner.«

Und genau in diesem Moment bekam er einen heftigen Schlag verpasst. Man stieß ihn in den Wolga mit den verdunkelten Scheiben, und schon raste dieser zur Andrássy Straße. Er konnte schreien, wie er wollte, ihnen versichern, dass er keine Ahnung habe, was hier vor sich gehe, die Fremden im Trenchcoat und mit den glatt rasierten Gesichtern schubsten ihn nur herum, antworten nicht, als hörten sie ihn überhaupt nicht. Im Verhör fragten sie ihn immer wieder dasselbe: Wer er sei, für wen er arbeite und in welchem Verhältnis er zu jener Person gestanden habe, die dort liege? Er solle es ruhig sagen. Welcher Konterrevolutionär und Landesverräter sei ihm denn so wichtig gewesen, na, er solle endlich verraten, für wessen Andenken dieser imposante Kranz denn gedacht sei! Welches Drecksschwein sei den der Grund dafür gewesen, das Vertrauen des Arbeitervolkes auszunutzen und sich dorthin zu schleichen, in diese Parzelle, die … man eigentlich schon längst hätte beseitigen sollen.

»In Budapest gibt es kein Gestrüpp, in dem man einen Kranz verstecken könnte«, erzählte Onkel Bandi, nachdem er zusammengeschlagen und um einige Zähne ärmer nach Hause entlassen worden war. »Dort gibt es kein Buschwerk, das *einfach so* verwildert ist. Eine harmlos wirkende Fläche, auf der Brennnesseln wachsen, ist überhaupt nicht harmlos, das Unkraut wächst nicht einfach so vor sich hin, wie es vom Schöpfer genährt wird.« Er sank nieder und spuckte ins Waschbecken. Sein Speichel war blutig.

Mir musste man nichts weiter erklären, ich hatte begriffen, dass man in dieser Stadt nirgendwohin einen mit Kunststoffrosen und Seidenasparagus geschmückten Kranz legen konnte, ohne wirklich jemanden zu begraben. Denn im Gegensatz zur Mehrheit des Dorfes glaubte ich Onkel Bandi. Die meisten in der Kneipe und Konditorei Oláh lachten über ihn, als er erzählte, dass es auf dem Friedhof der Hauptstadt ein endloses, verwildertes Gestrüpp gebe, eine verwahrloste und verfluchte Parzelle, die einen traurigeren Anblick biete als der am meisten vernachlässigte Garten im Dorf. Sie trage sogar eine Nummer, er erinnere sich nicht genau, denn man habe ihn während des Verhörs geschlagen, irgendetwas knapp über dreihundert. Dort seien die Helden der jetzigen, er sagte ganz konsequent immer wieder der *jetzigen*, Revolution begraben. Darin sei er sich ebenso sicher, wie er wisse, dass am Morgen die Sonne aufgehe. Allein die Tatsache, dass man ihn geschlagen habe, sei der Beweis. Die Leute von der Staatssicherheit hätten gedacht, er wolle der Helden gedenken, dabei habe er ja nur dieses Plastikding verstecken wollen. Nur schwerlich seien sie bereit gewesen, ihm zu glauben, dass es sich lediglich um ein fatales Missverständnis handle und er keine Ahnung gehabt habe, dass dort, unter diesen unwürdigen Umständen, die Helden ruhten. Das Letztere habe er ihnen natürlich nicht so gesagt, jedoch schien selbst die taktisch klügere Version zwei Tage Prügel wert gewesen zu sein. Onkel Bandi versuchte die Dorfbewohner davon zu überzeugen, dass es wirklich so sei: Sie lägen alle dort, in einem unbezeichneten Massengrab, Kinder, Soldaten und alte Premierminister auf einem Haufen. Natürlich seien es mittlerweile nur noch Knochen von verschiedener Größe – aber dennoch schwebe der Geist der Helden über diesem Platz.

Er sprach so oft darüber, bis es auch dem Dorfrat zu Ohren kam. Er kriegte jedoch keinen Ärger, nicht einmal einen Verweis, denn in Sáraság gab es niemanden, der geglaubt hätte, dass es im Zentrum des Landes absichtlich vernachlässigte Gebiete geben könnte, künstlich gezüchtetes Gestrüpp, unter dem man die sterblichen Überreste der Helden verscharrt hatte. Das war aus Sáraságer Sicht unvorstellbar, vollkommen überzeichnet, und niemand dachte auch nur für einen Moment darüber nach, ob es vielleicht doch wahr sein könnte; alle lachten bloß über den närrischen Alten. Im Dorf sagte man ihm großzügig eine Arterienverkalkung nach, dabei war dies damals überhaupt noch nicht der Fall. Als sich einige Zeit später dann aber tatsächlich die ersten Symptome zeigten, musste er nicht mehr zum Arzt gehen. Denn durch die Verbreitung der Nachricht über die geheime Parzelle war er zu seiner eigenen Diagnose, Prognose, seinem eigenem Evangelium geworden. Nach der »Beerdigung«, die so einen bösen Ausgang genommen hatte, legte er am 23. Oktober einen Kranz in das Gestrüpp zwischen den Schienen und der Futterraufe – denn dieser unbegehbare Landstrich erinnerte ihn am ehesten an den künstlichen, absichtlich verwahrlosten und unkrautüberwucherten Fleck Erde in der Hauptstadt, an dem die Helden der Revolution von sechsundfünfzig ruhten. Die Böschung in Sáraság sollte ihre Gedenkstätte werden. Im

Dorfrathaus klapperten die Fenster, wenn man von Beces Großvater sprach. Der Parteisekretär und der Dorfratsvorsitzende hielten sich die Bäuche vor Lachen. Sie sprachen von gut geschulten Parteirehen, von enthusiastischen Häschen, die dem Kommunistischen Jugendbund angehörten, und von anderem tapferen Wild der Bewegung, das als treue Partisanen die schäbigen Kränze des einzigen lokalen Konterrevolutionärs vertilgte, wodurch das Gestrüpp der Konterrevolutionäre wieder zu einem hässlichen Gestrüpp der Kommunisten degradiert würde. Es war ein dreckiges Lachen, das aus ihren Mündern quoll. Sie nummerierten die einzelnen Witze: Jeder, der als gut gelungen bewertet wurde, erhielt eine Zahl, dann gingen sie in die Gaststätte, schlangen jeweils eine Portion fett glänzenden Kronstädter Braten hinunter und tranken dann schweigend. Diese Stille wurde lediglich hin und wieder von ihrem Lachen unterbrochen. Sie hielten bloß die Hand hoch, zeigten eine Zahl, drei, und schon wieherten sie los. Fünf: grölen. Sie schlugen eine Viertelstunde lang mit den Fäusten auf den Tisch, so sehr amüsierten sie sich, und als ihre Ohren dann vor Hitze glühten, kippten sie von den mit rotem Tuch bezogenen Polsterstühlen.

Nur Bece und ich glaubten Onkel Bandis Erklärung, weshalb die Staatssicherheitsleute ihn mitgenommen hatten und was es mit dem besagten Gestrüpp auf sich hatte – doch unsere Meinung zählte zu diesem Zeitpunkt bereits nicht mehr das Geringste. Wir waren Provinzler geworden, lächerliche Schlaumeier, die nichts mehr von den Angelegenheiten des Dorfes verstanden. Unsere alten Zechbrüder machten die Tatsache, dass wir uns im Gymnasium weiterbildeten, mit schlichter und offener Plumpheit wett. Sie gaben vor, der Ansicht zu sein, das viele neue Wissen habe die Erfahrungen von früher aus uns herausgedrängt. Sie konnten das so überzeugend vermitteln, dass am Ende sogar wir selbst es glaubten, und so geschah es, dass ich, der ich immer der dörflichste aller Dorfmenschen gewesen war, mich unbemerkt in einen Außenseiter, einen Städter verwandelt hatte. Auch Beregi ertappte ich manchmal dabei, dass er ohne oder mit leerer

Deckelkanne loszog und den quälenden Durst, der ihn überkam – was für eine Blamage! –, mit Brunnenwasser löschen musste. Mir selbst passierte das auch wiederholt, dabei begehen nicht einmal die Bengel aus der Unterstufe diesen Fehler, geschweige denn Erwachsene.

Morgens sprach ich meist schon, wenn ich noch im Halbschlaf lag, und als ich endlich vollkommen zu mir gekommen war, hatte ich bereits vergessen, was unbewusst zwischen meinen Lippen hervorgesickert war. Immer öfter sah ich mich gezwungen, Dezső anzulügen, denn ich hatte bemerkt, wie ein seltsames Misstrauen in seinen Augen aufflackerte, als ich auf seine übliche Frage: »Na, was hat dir denn die Geisterwelt heute Morgen für eine Botschaft geschickt?« antwortete: »Ich erinnere mich nicht.« So etwas widerfährt einem Sáraságer nicht. Der Mund spricht jeden Morgen, und wenn er auch nicht immer die vorsintflutliche Sprache und Henochs Wörter verwendete, dann doch wenigstens in einem schönen, reinen Ungarisch, und da dieser dem Wahnsinn nahe Anfall einen stets sehr mitnimmt, erinnert sich jeder daran. Wäre ich ehrlich mit mir selbst gewesen, ich hätte mir eingestanden, dass mein frühmorgendlicher Redeschwall nichts mehr war als ein Teil meiner wilden und hartnäckigen allnächtlichen Träume. Es gab ihn nicht wirklich.

Zu Ignác Gergelys und Hildi Számfiras Hochzeit wurden wir beinahe nicht eingeladen. Wären wir stolz genug gewesen, wir wären überhaupt nicht hingegangen. Wir durften nur unter der Bedingung kommen, dass wir bei den anfallenden Arbeiten behilflich sein würden – weshalb wir eigentlich einen großen Bogen um das Fest hätten machen müssen. Franczek und seine Familie waren eingeladen und Dezső Metz natürlich ebenfalls. Wir aber müssten bereit sein, Stühle zu schleppen, Holz zu hacken und das Hochzeitsmahl zu servieren. Wir sollten die heiße Hühnersuppe, die großen Teller mit duftendem Gemüse oder Fleisch, später dann das fast dunkelbraune Rindergulasch, die Kümmelkartoffeln und den Krautsalat hinaustragen, und erst, wenn alle Gäste zufrieden und satt wären, dürften wir uns setzen und selbst etwas essen. Meine Neugier siegte schließlich über meinen Hochmut. Ich war gezwungen, auf diesen erniedrigenden Handel einzugehen, was natürlich zur Folge hatte, dass man mir bereits während der Trauungszeremonie die unangenehme Aufgabe des Servierens anvertraute. Ich musste dem vor dem Dorfrathaus versammelten gaffenden Volk von Herrn Számfiras kellerkühlem Wein einschenken, und neben mir stand Bece, der den Leuten Stücke des Hochzeitshefezopfes anbot. Von der standesamtlichen Trauung sahen und hörten wir überhaupt nichts. Das Brautpaar erblickte ich nur etwa eine Sekunde lang, als es aus dem Gebäude heraustrat. Hildi Számfira war eine atemraubend glanzvolle Braut, mir erschien sie trotz ihres verletzten Gesichts unerträglich schön. Oder vielleicht war sie es gerade deswegen. Sie strahlte Demut, Liebe und diese seltsame, neue Würde aus. Ich sah nicht mehr jene hochnäsige, dumme Schönheit in ihr wie vor dem Unfall. Ignác Gergely kam mir viel stattlicher vor als sonst, er wirkte wie der stolze Sohn eines wohlhabenden Bauern. Mag das Schicksal auch recht verschlungene Wege gegangen sein, Ignác hat letztlich doch zu sich selbst gefunden, dachte ich. Sein Vater – der sich erhängt hatte, nachdem er hatte akzeptieren müssen, als Kulak vom Staat zur vollständigen Enteignung verurteilt zu sein und dass somit die vierzig Hektar Land, das Gestüt, die Rinder- und sogar die Schafherde dahin waren – folgte ihm nun als sein Schatten in die Kirche. Dort schwebte er, der auf immer wohlhabend gebliebene Bauer, der speckessende Vater des Bräutigams.

Vater Avarkas Stimme zitterte vor Aufregung. Bereits nach den ersten wirren Sätzen der Predigt war klar, dass er dieselbe, bereits tausendmal gehörte Rede herunterrasseln wollte, die er bisher jedem Paar gehalten hatte. Ich musste an Herrn Számfiras Beerdigung denken. Er kann sich doch nicht zweimal nacheinander als so respektlos erweisen, keine gebührende Predigt vorbereitet zu haben!

In diesem Moment fiel durch die Nordfenster der Kirche ein starker Lichtstrahl.

Als leuchtete man mit unzähligen Reflektoren durch das weiße Fenster. Unter den Hochzeitsgästen kam Gemurmel und Unruhe auf. Die Kirche in Sáraság ist, wie die meisten katholischen Kirchen, Richtung Osten ausgerichtet, daher können die Sonnenstrahlen in den Morgenstunden nur von Süden durch die hinter dem Altar befindlichen bunten Fenster nach innen dringen. Der Vater unterbrach seinen Satz, die Sekunden der nun folgenden Stille wogen wie Jahrzehnte. Dann sprach er in einem völlig anderen Ton, mit einer tiefen, rauen Stimme:

»Nach Meinung der Eingeweihten bilden die Sephiroth das Wesen des Ewigen. Sie blitzen nur für einen Augenblick auf, wie der ewige Blitz. Oder als stünden wir in der Glut Tausender Sonnen.« Er hob seinen Blick hinauf zu den leuchtenden Fenstern, dann fuhr er andächtig fort: »Es gab Zeiten, da nannte man die Sephiroth, diese lebensspendenden Lichter, Gottes innere Gesichter. Manche Weisen sprachen von ihnen auch als ›ursprüngliche Zeit‹. In euch, meine Kinder, schließt sich der Kreis der Vergangenheit, durch euch ist der Kreislauf ewig, denn ihr seid eins wie ein einziger Körper oder wie eine Kirche.«

Páter spielte auf der Orgel *Heilig, heilig, heilig ist Gott, Herr aller Mächte und Gewalten,* wobei er seltsamerweise den Rhythmus sogar ganz gut traf. Alle sangen aus voller Kehle, noch nie hatte ich in der Kirche einen so vollen Klang gehört. Am Ende des Liedes erloschen die Lichter allmählich. Als Vater Áron das Brautpaar zum Tor hinausgeleitete, rannten Bece und ich einmal um die Kirche herum, in der Hoffnung, herauszubekommen, was für dieses Leuchten verantwortlich gewesen war. Uns gelang es jedoch lediglich, von einigen hinterhältigen Brennnesseln gestochen zu werden.

Vater Áron wurde mit Küssen überhäuft. Man war der Ansicht, das Dorf habe seit langem keine Rede mehr gehört, die so erfrischend und bündig gewesen sei (womit sie ganz unverhohlen auf ihre Kürze anspielten). In der großen Freude wurde der Priester sogleich zum Hochzeitsfest eingeladen. Áron Avarka ließ sich nicht lange bitten. Als wir am Kulturhaus vorbeikamen, bat mich Ignác Gergely, etwas von dem Hefezopf und dem Wein vor den Schatten der Dreschmaschine zu legen. Ignác Gergely der Ältere war zwar bereits seit geraumer Zeit von diesem besitzerlosen Schatten heruntergeklettert, sein Sohn bestand jedoch darauf, dass auch die Bauernknechte an dem Fest teilhaben sollten.

»Alle Zeiten finden parallel statt«, flüsterte mir Bece ins Ohr. Dann drückte er mir eine Fleischerschürze in die Hand. »Bind dir das um, jetzt wird serviert.«

Bei den wirklich großen Hochzeiten erwies sich der Vortragssaal des Kulturhauses stets als zu klein. Zu solchen Anlässen wurde die Festtafel auch im Ausstellungssaal genannten Nebenraum gedeckt, in dem seit Menschengedenken keine einzige Kunstausstellung mehr veranstaltet worden war, wo aber im Laufe der Jahre bereits viele ihre Hühnersuppe mit Muschelnudeln gelöffelt hatten. In diesen hinteren Raum wurden die entfernten Verwandten, Bekannten und Nachbarn gesetzt. Der Plebs. András Beregi und ich servierten ihnen das Festessen. Als es mir gelungen war, die Schüssel mit der fettigen heißen Suppe vor die Franczeks und Dezső Metz zu balancieren, knallte ich sie vor Wut auf den Tisch. Ein Tropfen der heißen Flüssigkeit spritzte mir in die Augen. Franczek lachte mich aus und rief mir nach: »Die Zornigen werden von der Strafe des Ewigen ereilt.«

Es war fast zehn Uhr, als auch wir uns endlich setzen und von den inzwischen kalten Speisen essen durften. Was mich störte, war nicht die Tatsache, dass die Suppe nur noch lauwarm war oder dass es keine Hühnerbeine mehr gab, sondern dass wir dies alles vollkommen unfestlich, sozusagen in der Gesindestube in uns hineinschaufeln mussten.

Für die musikalische Untermalung sorgte *Sonnenschein*, was niemanden überraschte, waren sie doch die einzigen Musikanten, die es damals in Sáraság gab. In ihrer Glanzzeit, irgendwann Anfang der Sechzigerjahre, schafften sie es sogar bis in die Regionalauswahl des Fernsehwettbewerbs *Wer kann was?*. Zum Zeitpunkt der Hochzeit lebten sie bereits in einer derart engen Symbiose mit den großen Trinkern des

Dorfes, dass diese lediglich mit einem Wink andeuten mussten, welches Lied sie gern hören würden. Diese Leistung gab es zwar nicht umsonst, dafür mussten sie aber auch nicht viel erklären, denn die Musiker wussten auf Anhieb, was gemeint war. Die bereits zu eng gewordenen, fusseligen Jacketts wurden bald auf den Stuhllehnen gelassen, die Hemden der Männer waren schweißgefleckt, und die Frauen passten nach dem Essen noch weniger in ihre bis zu den Hüften geschlitzten Blümchenunterröcke und in die Sommerkostüme aus Jersey, in die sie sich hineingezwängt hatten. Als wären sie um den Bauch geschnallte längliche Taschen, so hüpften die prallen Schwimmringe auf und ab, und die abgetretenen Absätze vollführten quietschend ihre Drehungen. Nachdem man sich ausgesungen und -gejohlt hatte, kam es zu wilden Pirouetten, bei denen die zahnlosen Münder offen standen. Ununterbrochen hörte man das Klopfen der Schnapsgläser auf den Tischplatten, als wollte mal an diesem, mal an jenem Ende des Raums jemand das Wort ergreifen. Glasaugen-Tót stieß gleich beim ersten Tanz drei Stühle um; er ließ sich jedoch nicht stören, drehte sich weiter und fragte, wie immer, seine Partnerin:

»Das macht Spaß, nicht wahr?«

Ich stand draußen, hinter der Sparkasse, wo die Kessel für die Gulaschsuppe aufgestellt worden waren, als ich hörte, wie die scheinheilige Kati Kitka, Gyurka Galy und noch irgendwer über Vater Áron herzogen, welchen Schwachsinn er dahergequasselt habe. »Keiner weiß, woher er all diesen Quatsch nimmt. In jeder ordentlichen Pfarrei wird einem gesagt, dass ein guter Katholik nur das Neue Testament lesen muss. Es ist vollkommen überflüssig, die reinen ungarischen Köpfe mit den komplizierten und unverständlichen Angelegenheiten der Juden zu verwirren.«

»Wenn dieses Glaubenszeug denn überhaupt notwendig ist«, setzte Kati Kitka noch eins drauf.

Es war schon dunkel, die Feuer, über denen die Kessel gehangen hatten, hatte man bereits gelöscht, und statt Glut lag nur noch nasse Asche da. Ich wollte etwas nähertreten, um zu sehen, mit wem sich diese boshaften Widerlinge unterhielten.

In diesem Moment hörte ich ein ohrenbetäubendes, irres Kreischen.

Einige Sekunden später strömte die Hochzeitsgesellschaft bereits durch die Seitentüren, wobei die Leute sich fast zertrampelten. Die Frauen prusteten, weinten und jammerten, mir war jedoch, als hätte ich über die Gesichter einiger bereits betrunkener Männer ein Lächeln huschen sehen. Die Panik war immens, daher war ich mir sicher, dass etwas unumkehrbar Schlimmes geschehen war, gleichzeitig spürte ich jedoch, dass es sich um nichts Tödliches handeln konnte. Nachdem es mir zwar mühsam, aber irgendwie doch gelungen war, ins Haus zu kommen, konnte ich vom Ausstellungsraum aus in den Vortragssaal blicken. Ich traute meinen Augen kaum. Ebensowenig meiner Nase. Das Haus war innerhalb von Sekunden wie leergefegt, in der Stille suhlten sich, tanzten und lachten nur die Brautleute. Der Neid schnürte mir das Herz zusammen. Noch nie hatte ich zwei so glückliche und verliebte Menschen gesehen.

Was genau geschehen war, darüber gab es Unmengen verschiedener Berichte, und noch Wochen später durfte ich mir immer wieder neue pikante Details anhören, ob ich wollte oder nicht. Um diese Hochzeit entstand ein eigener Mythos, es tauchten Geschichtenerzähler auf, die behaupteten, sie hätten in unmittelbarer Nähe gestanden, als es geschah. Der Kneipenwirt Oláh, Doktor Gellei und Franczek gaben sich als die Kompetentesten aus, angeblich hatten sie gleich vor der Bühne, direkt neben dem mit Blumen, Perlen und Girlanden geschmückten Tisch des Brautpaars getanzt. Angewidert hörte ich den Geschichten zu, von denen eine absurder klang als die andere … Was auch immer dort drinnen geschehen sein mochte, Folgendes konnte ich dem Geschwätz der Aufschneider entnehmen: Während der Feier hatte irgendjemand unbemerkt die hinter der Bühne befindliche Flügeltür des Notausgangs geöffnet. Ein Mann, über dessen Kopf eine Strumpfhose gezogen war, zog hastig ein dickes Rohr über die Bühne, genau zwischen Synthesizer und Schlagzeug. Er war schnell und entschlossen. Die Mitglieder von *Sonnenschein* dachten, dies sei Teil irgendeiner Überraschung, und von den Angehörigen der Brautleute konnte niemand so rasch reagieren. Das Ende des Rohrs hing von der Bühne herunter. Kaum hatte der flinke Mann mit der Maske es dorthin gezogen, schon kam die Scheiße in Strömen herausgeschossen.

Und durch ein Rohr mit einem Durchmesser von fünfundzwanzig Zentimetern gelangt selbst in kurzer Zeit ganz schön viel Scheiße.

Die am Festtisch Sitzenden – die Brautmutter, die Mutter des Bräutigams, der Trauzeuge und die Trauzeugin, der Brautführer und was weiß ich noch wer – wurden alle von Kopf bis Fuß beschmutzt. Die, die vorn tanzten, ebenfalls. In der zweiten und dritten Reihe bekamen manche mehr, manche weniger ab. Es gab solche, die am Ende des Saals saßen und deren Schuhe dennoch trieften, aber auch solche, die von den Tischen in der Mitte des Raums so geschickt fliehen konnten, dass gerade ihre Handtaschen ein wenig befleckt wurden.

Die von den Polizisten der Calvinisten mit unbändiger Schadenfreude geführten Ermittlungen ergaben, dass der Güllewagen aufgebrochen und gestohlen worden war. Der Grubenreiniger selbst war Teil der weinvernebelten Hochzeitsgesellschaft gewesen und hatte sogar ganz weit vorn getanzt, sodass auch er eine hübsche Portion abbekam. Ihn konnte man also nicht verdächtigen. Er hatte den Wagen leer auf seinem Hof stehen lassen, und wie sich später herausstellen sollte, hatten die fleißigen Vandalen die Senkgruben des Waisenheims im Schloss kostenlos ausgepumpt, um an das wertvolle Material zu gelangen.

Das war alles.

Es gab keine einzige weitere Spur, die von hier aus irgendwohin führte. Jeder hätte die Hand dafür ins Feuer gelegt, dass man den Täter niemals findet, und tatsächlich kam nichts heraus. Nur die Spötter und die Mitleidvollen trugen wiederholt verbale Kämpfe aus, die Sympathisanten stritten sich mit denen, die anderer Meinung waren, darüber, wer wohl für diese Kacke-Attacke verantwortlich gewesen sein mochte, und vor allem über die Gründe der hässlichen Tat.

Bald kam man darauf zu sprechen, dass ja Tante Pannika die Trauzeugin gewesen sei, und obwohl viele den Hass, der sie umgab, als unwahrscheinliches Motiv betrachteten, weil, wie sie sagten, man, um so eine Schandtat zu begehen, schon einen triftigeren Grund haben müsse, so war dies doch die einzige Erklärung, die schließlich übrig blieb. Man stellte die verschiedensten Vermutungen über die Person des Täters an, mit jeder von ihnen geriet man jedoch ziemlich rasch in eine Sackgasse. Das Einzige, worüber man sich sicher sein konnte, war, dass das bis zu jenem Augenblick mit müden Gesichtern unbeteiligt am Festtisch sitzende Brautpaar mehrere Minuten lang lachend und hüpfend in den hereinströmenden Fäkalien getanzt hatte – wie zwei tolle Bären; umgeben von dem penetranten Gestank hatten sie herumgeschrien und gesungen. Und aus tiefstem Herzen gelacht. Zwei verrückte, glückliche Narren …

Mir schien es nur vollkommen natürlich, dass wir unsere Zeit nicht an ein von allen tausendmal durchgekautes Thema verschwendeten, außerdem gab es in jenem Sommer keine Sitzungen des Ede-Klein-Vereins mehr. Ein gutes halbes Jahr sollte vergehen, bis wir uns alle wieder bei Dezső im alten Frisiersalon trafen.

Keiner von uns ahnte, dass es so, in dieser Form, mit uns allen, das letzte Mal sein würde.

Es war ein gnadenlos eisiger Dezembertag, auf dem Platz vor der Windmühle hatte der Wind den Schnee mannshoch wachsen lassen, die Menschen eilten mit eingezogenen Hälsen durch die freigeschaufelten Gänge, als wären sie in ein zu einem Monster führendes Labyrinth geraten. Es war die Zeit kurz vor dem Fest des Lichtes und dem Tag der Geburt Jesu Christi. Obwohl ich mit nichts Außergewöhnlichem gerechnet hatte, geschahen lauter *große* Ereignisse. Eszter und ich hatten bereits unser *großes Gespräch* hinter uns – jene endlose Unterhaltung, bei der ich so viel über sie, Irén Ráchel, Dezső, Franczek und das Leben, das ohne uns in Sáraság weitergegangen war, erfahren hatte.

Auf dem Menü der *großen Ereignisse* näherten wir uns nun also dem Gang *Der große Streit*.

Franczek stand am Fenster und starrte die ganze Zeit über nach draußen, wie an jenem Abend, als Dezsős Hund sich auf so unglückliche Weise erhängt hatte. Metz hockte in der Ecke neben dem Haarwaschbecken auf dem Boden, Bece und ich saßen ihm gegenüber. Ich trommelte auf meiner Deckelkanne herum, in der kaum noch Bier war, denn ich hatte es so sehr mit Wasser verdünnt, dass man das edle Getränk nur wahrnahm, wenn man sich stark konzentrierte. Der Anlass unseres Treffens war die gute Nachricht, dass Ignác Gergely der Jüngere geboren worden war. Entgegen aller vorherigen Ankündigungen war er allein herausgerutscht – die calvinistischen Ärzte hatten hingegen Zwillinge vorhergesagt. Ignác hatte nur einen flüchtigen Blick auf seinen Sohn geworfen, da kannte er bereits den Grund für die – in unserem Zusammenhang inzwischen als üblich anzusehende – Fehldiagnose der Ärzte. Er bedankte sich bei Laila und beim Ewigen dafür, dass dieser die Zeit gezeichnet hatte und nicht verloren gehen ließ, was einmal geschehen war. Er küsste seine Frau und beruhigte den ahnungslosen Arzt, dieses Kind sei mit Sicherheit auch in ihrem Bauch allein gewesen.

Der fremde Arzt aus der Provinz hatte den Schatten ja nicht sehen können.

Das Kind war gesund und mit dem speckessenden Schatten seines Großvaters geboren worden, der ihm wohl bereits im Bauch der Mutter Gesellschaft geleistet hatte. Die Ankunft des Thronfolgers lockte Ignác Tränen in die Augen. Als er in Sáraság aus dem Bus stieg, rannte ich zu ihm. Er konnte kaum sprechen vor lauter Aufregung.

»Um einen Schatten zu haben, benötigt man überhaupt kein Licht. Oder doch, es ist schon notwendig: Das Licht der Seele beleuchtet sie selbst, sodass ihr Schatten erscheint. Und dieser Schatten der Seele existiert bereits in der sicheren Gebärmutterhöhle! Er entsteht im berauschenden Moment der Empfängnis, in dem das Leben des Menschen durch dieses höchste Freudengefühl verlängert wird und man dadurch selbst bereits ein wenig der Vergangenheit angehört. Von dem Augenblick an, in dem die neue Seele zu einem weiteren Glied in einer endlosen, selbstreflektierenden Kette wird, nun, von da an wirft sie einen Schatten. Jetzt verstehe ich«, rief er, »weshalb man das Diesseits auch Schattenwelt nennt! Wenn die Vergangenheit fortwährend anwesend ist, dann ist auch klar, dass wir Schatten haben. Mein Kind«, sagte er euphorisch, »hat sich bereits bei seiner Zeugung entschieden: Es wird der Vergangenheit seiner Vorfahren Respekt erweisen.«

Ausgeglichen und gut gelaunt machte ich mich auf den Weg zu Dezső Metz. Als Vereinsvorsitzender ergriff ich rasch das Wort und verkündete die Ansicht, dies mit vol-lem Recht zu tun, denn ich hatte ja ganz frische Neuigkeiten über Ignác, der gerade erst angekommen war und von dem ich bereits alle Einzelheiten erfahren hatte. Ich hatte noch nicht einmal erzählen können, dass Ignác Gergely der Jüngere mit dem Schatten seines Großvaters geboren worden war, sondern erst einmal Laila gehuldigt und von der vom Ewigen markierten Zeit gesprochen, die es ermögliche, dass die Jungen ihr ansonsten so geringes und wertarmes Leben mit der Erinnerung an jedes einzelne Glied der väterlichen Kette lebten, als Franczek mir schon ins Wort fiel:

»Was zum Teufel weißt du denn eigentlich über all das?«

Mir wurde ganz schlecht vor Aufregung. Ich blickte zu Dezső Metz, um Hilfe bittend und gequält, dann zu Bece Beregi. Ich wollte, dass sie etwas sagten, wussten sie doch ganz genau, dass man mit mir so nicht reden durfte. Doch meine Freunde sahen mich gleichgültig an. Dezső goss sogar noch Öl ins Feuer:

»Gyula hat recht. Wie kommst du dazu, über etwas zu quatschen, von dem du nicht die geringste Ahnung haben kannst?«

Ich stotterte etwas über den Fluch und den Segen des Auserwähltseins und davon, dass es sehr wohl etwas mit mir zu tun habe, wenn die Leute in diesem verdammten Dorf die Vergangenheit *bewusst* in sich entdeckten; dass alle Zeit mit uns sei, sei auch mir zu verdanken … und auch, dass …

»Wahrscheinlich warst du auch derjenige, der die Welt erschaffen hat?«, unterbrach Franczek mich. »Was willst du hier entdeckt haben, das nicht vorher schon alle wussten? Weil du die Juden nachäffst und dir ein paar Dinge wichtiger erscheinen als andere? Glaubst du etwa, in diesem Dorf hätten nicht schon unzählige Henochs und Hiobs gelebt? Hat es nicht in jedem Jahrzehnt einen Mann gegeben, der vom Schicksal verfolgt wurde? Oder jemanden, der vom Untergang seiner eigenen Zeit erfahren und der Letzte war, der eine bestimmte Sprache und eine bestimmte Welt gekannt hat? Mit jedem Schatten geht eine ganze Welt verloren!«

»Ich denke nicht, dass ich es erfunden habe«, versuchte ich ihn zu unterbrechen. »Ich wollte nur sagen ...«

Franczek ließ mich nicht weitersprechen.

»Glaubst du etwa, andere Gestalten der Schrift seien weniger wichtig für uns? Sie sind ebenso bedeutend und gleichzeitig ebenso unbedeutend wie diese beiden. Denkst du im Ernst, dass hier jede Zeit gezeichnet ist? Dass das Leben aus lauter Tagen besteht, die ihr eigenes Zeichen tragen, und dass wir, nur weil ab und zu ein Geist zurückkommt, auch gleich eine *gemeinsame Vergangenheit* haben? Gemeinsamer Raum ist gleich gemeinsame Zeit. Das ist typisch! So etwas kann sich auch nur ein so ein jämmerliches, schattenloses Heimkind wie du ausdenken!«

Mir wurde schwarz vor Augen, und ich hatte das Gefühl, mein Nacken sei in einen Schraubstock gespannt und die Adern an meinen Schläfen zerplatzten gleich.

»Ich habe schon früher versucht, dir zu sagen«, sagte Dezső, »dass dieses blöde Schauspiel hier alles nur noch viel schlimmer macht. Würden wir mit offenen Karten spielen, wäre überhaupt nichts dabei. Ich meine, es gibt ja nicht wenige von euch. Aber die Art, in der du deine Schicksalsgefährten hartnäckig von oben herab behandelst und sie keines Wortes würdigst, die ist, nimm es mir bitte nicht übel, aber die ist einfach widerlich. Und dann sprichst du hier von Ignác' Kind, als ob ...«

Ich hätte toben und um mich schlagen mögen. Über mir brach die Welt zusammen, die bis dahin am ehesten die meine gewesen war. Meine Schutzhülle drohte mich zu ersticken. Jenes behütete, gemütliche Universum, das mich seit Beginn meiner geistigen Bewusstwerdung genährt hatte, es war von einer Minute auf die andere in eine Hölle verwandelt worden. Meine Wurzeln waren es, die mich hier verraten hatten und mir nun langsam alle Kraft entzogen, statt mich zu versorgen. Jahre später las ich in einem Roman von etwas Ähnlichem. In einem seltsamen Zimmer, das die Nummer 101 trug, wurden die Menschen zerstört; man beraubte sie ihrer Überzeugungen, ihrer Prinzipien, ihres Ichs, sogar ihrer Seele und quälte sie mit dem, was sie am meisten fürchteten, mit dem Schlimmsten und Verhasstesten, das es für sie gab. Man fand treffsicher jenen ihrer Fehler, der nicht zu ändern war. An dieser Stelle begann man dann tiefer zu bohren.

Meine Schwester betrat den alten Frisiersalon. Flehend blickte ich sie an. Mein Herz setzte mehrere Schläge lang aus, als mir klar wurde, dass auch sie mir nicht den erhofften Rettungsring zuwerfen würde. Es schien mir sogar, als wüsste sie Bescheid, und mir kam der Gedanke, es könnte sich um eine hinterhältige, von vornherein geplante Aktion handeln, in der ich erniedrigt und beraubt werden sollte, in der sie mir alles nehmen wollten, was ich besaß – jenes bisschen, das ich mir mühsam hatte zusammenklauben können. Ich blickte hinunter zu meinem Schatten, der zu zittern schien. Er war mein Zimmer Nummer 101.

Ich war mir selbst das Schlimmste.

Ich, ich, ich war der Schatten Nummer 101.

»Du bist dir wohl zu fein für die anderen Waisen?«, fuhr Franczek mich an. »Weißt du, wie man euch im Dorf spöttisch nennt? Ich kann's dir sagen: Waisenkreis! Dezső hat auch niemanden, und obwohl er bereits auf der Schwelle zum Erwachsenenalter war, als er seine Eltern verlor, ist er trotzdem allein. Beces Vater ist auch gestorben. Sie werden nicht auferstehen, selbst wenn die beiden so tun, als würden sie leben.«

»Eszter«, winselte ich, »hilf mir!«

Ich muss eine furchtbare Szene veranstaltet haben. Ich glaube, in diesem Moment lag ich bereits am Boden und heulte. Ich hatte das Gefühl, ersticken zu müssen, wenn meine Schwester mich aus diesem Sumpf nicht herausziehen würde. Eszters Stimme war distanziert und ruhig.

»Sie haben recht.«

Was danach geschah, daran erinnere ich mich nicht mehr. Vielleicht habe ich nach Luft geschnappt und alles, was in meiner Reichweite stand, umgeschmissen, es kann jedoch auch sein, dass ich nur stumpf vor mich hingestarrt habe. Ein Baumstamm, dem von seinen Wurzeln keine Nahrung mehr zugeführt wird, trocknet innerhalb weniger Tage aus. In der Seele dauert der gleiche Vorgang nur einige Sekunden. Ich glaube, ich beobachtete meinen Schatten, vielleicht stieß ich aber auch Franczek zur Seite und brüllte zum Fenster hinaus in den verwilderten Garten. Dezső hat gesprochen, oder vielleicht war es auch Franczek. Entweder sagten sie, sie hätten aus dem Waisenheim noch nie so ein Arschloch getroffen, das den anderen eine derartige Geringschätzung entgegenbrächte, oder dass ich mich deshalb überhaupt nicht zu schämen brauchte. Wenn wir nicht darüber sprächen oder weiter so täten, als sei alles ganz anders, als es in Wirklichkeit wäre, dann werde die Lage nur umso mehr so sein, wie sie eben ist. Bei keinem einzigen Heimbewohner sei es ein Thema, dass er eine Waise ist. Es gebe ja viele von uns. Nur bei mir, der ich so täte, als sei ich es nicht, werde so viel Aufhebens um die Sache gemacht. Meine Schwester sagte ebenfalls etwas; es ist jedoch auch möglich, dass es bereits von Bece kam. Ich sei derjenige gewesen, der das Ganze erfunden habe. Eszter und ich könnten uns, auch wenn wir keine Geschwister seien, trotzdem als solche lieben. Wir sähen uns nicht einmal ähnlich. Es sei ja nur so gekommen, weil man uns fast an derselben Stelle gefunden habe – dies sei jedoch lediglich ein seltsamer Zufall gewesen. Sie habe man genau ein Jahr nach mir, beinahe am selben Tag gefunden. Na und? Das bedeute noch gar nichts. Wir hätten beide in einem Weidenkorb gelegen, genau wie Moses. Beide hätten wir in hübschen kleinen Kleidern mit Kragen gesteckt, deshalb habe man uns den Familiennamen Gallér, »Kragen« gegeben. Ich hieße Gergely, weil man mich am Gergely-Tag gefunden habe. Eszter habe diesen Namen nur zufällig bekommen, weil es im Erziehungsheim bereits ein halbes Dutzend Mari Donnerstage und Erzsi Freitage gab. Es sei keine Schande, ein Findelkind zu sein, ich hätte mich schließlich nicht selbst ausgesetzt. Sollten sich doch meine Eltern schämen. Dadurch, dass ich so täte, als gäbe es eine gemeinsame Vergangenheit mit dem Dorf, hätte ich jedoch noch lange keine eigene. Ich werde kein Stück davon abbekommen, denn dieser Kuchen existiere ja überhaupt nicht! Wenn ich keine Vergangenheit hätte, weil man von meiner Kette nicht wissen konnte, wo ihr Anfang war, dann hätte ich eben keine. Es gehe auch anderen so. Dort wo ich das Tageslicht erblickt hätte, habe man Laila nicht gedankt.

Nur weil ich es gern so hätte, werde in diesem dreckigen Kaff nichts jüdisch oder mystisch.

Mir war, als schiene die Wintersonne durchs Fenster. Ich spürte eine Hitze, gleichzeitig aber auch eine Hundekälte. Was genau sie gesagt haben, ist im Grunde nicht von Bedeutung, es war irgendetwas in der Art, vielleicht haben sie es viel sensibler formuliert oder auch nur ein, zwei scheue Andeutungen darüber gemacht, dass ich im Heim wohnte, Waise war und unter der Obhut des Staates stand, dass ich also ein Heimkind sein sollte, nun, wie auch immer, mich hat es sehr schmerzvoll getroffen. Mich interessiert nicht, ob der *große Streit* nicht mehr war als bloß ein bisschen unentschlossenes Gemurmel. Und auch nicht, ob es wirklich so abgelaufen ist, wie ich es beschrieben habe. In meinem Inneren hat es sich so angefühlt. Wir kannten uns bereits seit vielen Jahren, sie hätten wissen müssen, dass es, egal was sie darüber sagten, nicht wiedergutzumachen war.

Ich stellte den Antrag, mit sofortiger Wirkung ins Waisenheim in Feketeváros umziehen zu dürfen. Da ich dort zur Schule ging, wurde ihm verhältnismäßig schnell stattgegeben. Bis zu meinem Umzug fuhr ich an den Wochenenden einfach nicht mehr nach Hause und siechte im Schülerwohnheim vor mich hin, zusammen mit den Kindern von den

Einödhöfen, die selbst am Wochenende von ihren Eltern nicht gern gesehen wurden. Um auch András Beregi aus dem Weg zu gehen, wechselte ich die Klasse und ging von da an in die B.

Ich bin mir sicher, dass ich nie studiert hätte, wenn meine Freunde nicht alles kaputt gemacht hätten. Ich wäre nach Hause gezogen und Busfahrer geworden. Oder was weiß ich was. Dass ich an die Hochschule nach Tótváros ging und die Ausbildung zum Grundschullehrer mit einem schwachen »befriedigend« abschloss, habe ich im Grunde ihnen zu verdanken. Ein Diplom im Tausch für mein Leben.

Wer, an meiner Stelle, würde sich dafür bedanken?

Willkommen

Als der Bus in die marode Station der Calvinisten einbiegt, verspüre ich einen Krampf im Magen, und der Durchfall überfällt mich mit einer solch gnadenlosen Kraft, dass ich kaum die Toiletten erreiche. Irgendein ruchloser Mensch hat auf die Innenseite der Klotür ein Wahlkampfplakat geklebt, auf dem zwei Bilder zu sehen sind: Auf dem oberen küssen sich zwei widerliche Männer auf den Mund, zwei alte Kommunisten, vielleicht Kádár und Breschnew, auf dem unteren wurde dasselbe Motiv aufgegriffen, nur sieht man hier ein junges Paar. Ganz unten steht ein kurzer Text, der einen auffordert, zu wählen. Während ich mir Erleichterung verschaffe, würde ich meinen Blick gern den beiden Jungen zuwenden, meine Augen werden jedoch immer wieder von den Alten angezogen. Umgeben von dem unangenehmen Geruch empfinde ich ihren Anblick als besonders pervers und ich schaffe es kaum, mir den Hintern abzuwischen, denn ich fühle mich, als hätten die knutschenden Kommunistengreise mich bemerkt und seien mir nun böse.

In den Bus, der um zwölf Uhr fünf fährt, steige ich nicht ein, dabei gibt es noch freie Plätze. Ich setze mich auch nicht in den Wartesaal, sondern auf eine der vor dem Gebäude stehenden überdachten Bänke. Was jedoch sinnlos ist, denn mit dem Regen kommt ein starker Wind auf, der den Niederschlag bis unter das Dach weht. Das Wetter wird plötzlich zornig, wirkt gleichzeitig jedoch erschöpft, es scheint nicht Frühling, sondern Spätherbst zu sein. Jeder Augenblick weckt das Gefühl in mir, bereits einmal geschehen zu sein. Und selbst dieser Déjà-vu-Eindruck spiegelt sich, sodass mir die Sekunde des Wiedererkennens ebenfalls bekannt vorkommt. Aus dem mir gegenüberliegenden Holunderbusch taumelt ein betrunkener Mann hervor und versucht, seinen Hosenschlitz zu schließen. Der Regen peitscht gegen die graue Wand des Neubaus hinter den Büschen. Ich friere. Auch das ist kein neues Gefühl. Früher habe ich oft so gefroren, hier gesessen und darauf gewartet, endlich nach Hause, nach Sáraság zu gelangen – Sáraság, das ich damals noch, fälschlicher- oder nicht fälschlicherweise, als mein Heimatdorf betrachtet habe.

Gyula und die anderen haben recht gehabt.

Ich hätte damals in jedes beliebige Erziehungsheim Ungarns kommen können, und es war lediglich dem puren Zufall zu verdanken, dass ich in dieses Dorf gebracht wurde. Meine sogenannten Erzieher behaupteten, ich sei in Hódmezővásárhely gefunden worden, an der Ecke jener Schule, die das Vorbild für den Schauplatz der geheimnisvollen Geschichte des Magda-Szabó-Romans *Abigél* gewesen ist. Ich lag in einem Weidenkorb und schrie. Fast an derselben Stelle, an der ein Jahr später Eszter von irgendeiner Mutter ausgesetzt wurde. Es ist auch nicht auszuschließen, dass es sich um dieselbe Mutter handelt, die mich dort hingelegt hat. Ich müsste also eher Hódmezővásárhely als Sáraság als meinen Heimatort ansehen. Wobei, wenn ich ganz genau sein will, nicht einmal das, denn es ist schließlich auch möglich, dass ich so sorgsam eingepackt von Makó oder Földeák, von der endlosen Welt der Einsiedlerhöfe dorthin geschleppt worden bin.

Der Regen prasselt immer wütender auf die Erde, in einem der Fenster des auf der anderen Straßenseite gelegenen mehrstöckigen Hauses wird die Jalousie heruntergelassen. Ich beobachte die Büsche, deren Äste über dem Fußweg hängen. Ich blicke lange hinüber, als erwarte ich jemanden. Eine Hand schiebt das nasse Geäst zur Seite und tritt hinter dem Blättervorhang hervor wie auf einer Theaterbühne. Hinter

Irén Ráchel geht ein großer schlanker Junge, der ihr bis zur Schulter reicht. Mir fällt es schwer, zu glauben, dass es Danika Ráchel sein soll; ich muss schmunzeln, vielleicht gibt sie ihm ja nicht mehr die Brust. Ich habe ihn zweiundachtzig zum letzten Mal gesehen; damals war er vier, jetzt ist er zwölf Jahre alt. Seine Mutter bemerkt mich, tut jedoch so, als würde sie mich nicht erkennen. Sie hat mindestens zehn Kilo Übergewicht. Darüber muss ich ebenfalls lächeln, denn ich denke daran, dass die beiden verrückten Böcke jetzt bestimmt nicht mehr um ihre Gunst buhlen. Ich blicke ihnen hinterher, Danika schaut mich an, aber seine Mutter zerrt ihn an der Hand, um ihm zu bedeuten, dass er sich endlich beeilen soll. Sie bleiben neben dem Schild der Linie 9 stehen, denn diese fährt nach Sáraság. Die Sáraságer stehen, selbst bei schlimmstem Unwetter, stets eine halbe Stunde vor Abfahrt an der Haltestelle. Dem Jungen ist es unangenehm, dass ihm der Regen ins Gesicht fällt, er quengelt, woraufhin sie ihm eine Ohrfeige verpasst. Danika tut mir leid, und ich nehme es seiner Mutter übel, dass sie kein Wort zu mir gesagt hat. Dann frage ich mich jedoch, was sie denn hätte sagen sollen. Mir fällt nichts ein, und das beruhigt mich ein wenig.

Ich beobachte die Wartenden. Jancsi Szalma, der Bahnwärter, steht da, er ist beinahe völlig kahl und trägt keine Uniform; die lispelnde Piri Gyári hat eine zerschlissene Jeansjacke an, sie raucht und spuckt nach jedem zweiten Zug auf den Gehweg. Ich frage mich, ob Bece ihr immer noch seine Jungfräulichkeit schenken würde. Tante Magdika ist auch unter ihnen, sie schaut nicht einmal aus Versehen in meine Richtung. Kati Kitka eilt an mir vorbei; ihre Haare sind nicht mehr rot, sondern grau. Als ich das sehe, muss ich fast losprusten: Dem roten Terror folgt scheinbar stets der weiße, und wenn die übereifrige Russischlehrerin schnell genug ihre Weltanschauung gewechselt hat, dann hat sie womöglich bereits die Firmung hinter sich. Die Spuren ihrer Schritte sind kleine Dreckinseln. Mich durchfährt die Wärme der Aufregung, denn mir fällt ein, dass bei Regen in Sáraság der Schlamm und der Matsch sogar auf die breite asphaltierte

Dorfstraße hinaufkriechen und von dem Dünger, der von den Ladeflächen der Lkws oder von den Anhängern herunterrieselt, rot gesprenkelt ist. Es scheint, als wären es die Wunden eines echten Tieres, die von den Rädern der Traktoren und der Fahrräder aufgerissen werden. Die Pendler putzen vollkommen umsonst ihre Schuhe, auch ihre Hosenbeine und Strumpfhosen waschen sie vergebens, denn egal wie vorsichtig der Fahrer auch bremsen mag, beim Einbiegen des Busses in die Haltestelle schlägt der Schlamm stets dicke Wellen und befleckt somit die Schnallen, die gründlich polierten Schuhspitzen und die gesäuberten Schnürsenkel. Wie umsichtig man auch ist, bei den Calvinisten weiß man immer, wer aus Sáraság kommt. Denn unter der gebügelten Kleidung ragt das klebrige Schuhwerk hervor. Wenn die Dorfbewohner in der Stadt ankommen, hat man den Eindruck, sie wurden in Tinte getaucht.

Wie oft haben Bece und ich gesagt: »Wir sind Bauern, wir müssen nicht einmal den Mund aufmachen, schon weiß es jeder. Und wenn Glorien über unseren Häuptern schwebten, es wäre trotzdem sofort offensichtlich, dass Bauernblut in unseren Adern fließt.« Ich kann mich noch daran erinnern, dass dieses schmuddelige Dasein nach Ansicht meines einstigen Freundes ein wunderbares Geschenk war. Es beweise, dass die Sáraságer wirklich lebendige Geschöpfe seien: Gänsefedern, die der Ewige in das Tintenfass einer klapprigen alten Schulbank tauche, um dann mit diesem speckigen schwarzen Schlamm endlose Linien zu ziehen. Durch die gesamte, an Zeichen arme Tiefebene hindurch. Als hinterlasse er dabei überall ein Stück Erinnerung, eine Spur, eine Markierung. Die Sáraságer seien im Grunde Opferboten, Landeroberer, die ihr Reich markierten – wie Hunde, nur dass man ihren Weg nicht erschnuppern, sondern mit den Augen verfolgen könne. Ich blicke der verhassten Kati Kitka hinterher und stelle fest, dass die Russischlehrerin wahrhaftig eine Dreckspur hinter sich her zieht, dabei ist sie ja bereits auf dem Heimweg. Wie sie wohl bei ihrer Ankunft ausgesehen haben mag?

Im Bus werde ich wieder von Magenkrämpfen gequält – vielleicht weil meine Begrüßung von allen demonstrativ ignoriert wird. Es verletzt mich sehr, dass sie mich nicht einmal für ein »Guten Tag« für würdig befinden; bei der Melkerei halte ich es nicht mehr aus, drücke den Knopf, um zu signalisieren, dass ich aussteigen will; bei der Kurve, an der die LPG endet, hält der Bus dann auch, und ich steige aus, obwohl diese Stelle noch nicht einmal zum Dorf gehört, sogar bis zur Bahnstation hat man noch einige Hundert Meter zu gehen. Ich laufe den verwucherten Straßenrand entlang, meine Magenschmerzen lassen nach, sodass ich das Bahnhofsklo nur noch sicherheitshalber aufsuche. Ängstlichen, unsicheren Schrittes mache ich mich vom Bahnhof aus auf den Weg ins Dorf. Am Bahnwärterhäuschen fällt mir ein, im Dorfrathaus vorbeizuschauen, um Sándor Guliga um eine Unterkunft zu bitten. Das alte Schulgebäude in der Dorfstraße gegenüber dem Haus des Schuldirektors gibt es bestimmt noch, für eine Nacht wird mir diese Unterbringung genügen. Es ist kühl, die Erde ist nass und schlickig. Das Dorf ist mit den Plakaten der Agrarunion vollgeklebt, das Trafohäuschen der Hanffabrik ist von oben bis unten damit tapeziert. Ich habe im Radio gehört, wie diese Partei damit wirbt, dass im Falle ihres Wahlsieges die LPGs erhalten blieben. In Sáraság hoffen gewiss die meisten darauf. Die Dorfstraße ist ungepflegt und voller Müll. Die Häuser haben sich kein bisschen verändert, es sind fast ausschließlich dieselben Bauernhäuser, die am Straßenrand Wache stehen, und auch die wenigen neuen sind hässlich und grau. Als ich an der Fabrik vorbeilaufe, weiß ich noch nicht, weshalb mir die Dorfstraße so furchtbar fremd erscheint, am Krematorium angekommen, wird es mir jedoch mit einem schmerzvollen Schlag bewusst.

Man hat die Espen gefällt!

Die Dorfstraße erstreckt sich nackt vor mir, sie wirkt wie ein Verbrecher. Geblieben ist ein irritierend breiter, kahler Platz, auf den bequem eine vierspurige Straße passen würde. Zwischen den von allerlei Unrat verstopften Gräben und den von Luzernen bewachsenen Vorgärten wuchert überall Unkraut. Alles ist zerfallen und schief, der Verfall ist offensichtlich. Ein banges Gefühl schnürt mir die Kehle zusammen, und ich frage mich, ob es wirklich nur daran liegt, dass mir die Bäume so sehr fehlen. Aus den Fenstern treffen mich misstrauische Blicke, diejenigen, die mich erkennen, lassen sofort die Jalousien herunter. Als ich an der Kneipe Oláh vorbeikomme, ist mir, als hätte ich sogar ein Zischen gehört; man ruft mir etwas hinterher, ich verstehe jedoch nicht, was.

Ich gehe durch den Park zu der Stelle, an der früher einmal der Kiosk stand. Das Herz schlägt mir bis zum Hals hinauf, immer schneller, dann klopft es plötzlich nur noch im Rhythmus meiner langsamen Schritte, dafür jedes Mal ganz stark. Mein Magen zieht sich zu einem kleinen Kloß zusammen, meine Hände schwitzen. Genau in dem Moment, in dem ich Ede Kleins von selbst hierhergezogene besitzerlose Silhouette erblicke, zusammen mit der Tante Pannikas, die dort geblieben ist, als man sie angegriffen und mit solch einer Kraft aus ihrem Drehstuhl gerissen hat, dass ihr Schatten ihr nicht folgen konnte, dringt von der anderen Seite des Parks eine tierische Stimme zu mir herüber. Der Faden der Gefühle reißt in mir. Ich sehe die Schatten, dabei können diese von Fremden nicht wahrgenommen werden. Hier ist also der Beweis, die Schatten selbst liefern ihn – dass mir das damals nicht aufgefallen ist!

Ich sehe sie, also kann ich kein Provinzler sein.

Ich gerate geradezu in einen Freudentaumel, während dieser Jemand auf der anderen Seite zu mir herüberbrüllt. Einen Augenblick lang bin ich glücklich. Bis ich verstehe, was das von der anderen Seite des Parks kommende heisere Brüllen bedeutet.

»Du verdammter Jude, verschwinde aus unserem Dorf!«

Mich verlassen all meine Kräfte, ich hocke mich hin und warte darauf, dass es besser wird. Plötzlich spüre ich eine weiche Hand, die mir unter den Arm greift.

»Komm, mein Sohn, bleib nicht hier im Staub sitzen!«

Tante Pannika schleppt mich beinahe auf ihrer Schulter nach Hause, wobei sie sich beeilt. »Dieser dreckige Jude«, tönt es laut vom Lebensmittelladen zu uns herüber; Tante Pannika beschleunigt ihre Schritte noch mehr, meine Knie sind vollkommen kraftlos, ich schaffe es kaum, das Tempo zu halten.

Der Boden ihres mit Büchern vollgestopften Zimmers ist von maschinenbeschriebenen Blättern bedeckt. Sogar als ich mich auf das Bett setze, habe ich ein unzählige Male korrigiertes Manuskript unter den Füßen. Ich habe das Gefühl, die Last meines Kopfes nicht tragen zu können.

»Nimm ein Bad, Gergely, das wird dir guttun.«

Ich weiß überhaupt nicht, wie meine Kleidung von meinem Körper verschwindet, wie ich in die Wanne komme, aber das warme, duftende Wasser tut mir wirklich sehr gut und ich habe keine große Lust, meine klamme Straßenkleidung wieder anzuziehen.

»Ich koche uns eine Kraftsuppe«, sagt Tante Pannika dem Herd zugewandt, als ich in die Küche trete. »Mit Matzenklößchen.«

»Ausgezeichnet«, antworte ich und wundere mich, wie dünn meine Stimme klingt.

Für eine kurze Zeit werde ich von jener vom Magen ausgehenden, mit nichts zu vergleichenden Nervosität befallen, die mich damals immer dann überfiel, wenn ich in Tante Pannikas Nähe war oder man einfach nur auf sie zu sprechen kam. Ich sinke auf einen Hocker nieder; der salzige Geruch der Suppe und das vom Baden kommende Wärmegefühl in meinen Gliedern tun mir gut. Langsam beruhige ich mich. Die Suppe ist heiß und schmeckt hervorragend, wobei ich sie mit Eigelb bevorzuge. Ich würde gern über etwas Ernstes und Wichtiges sprechen, über die gemeinsame Vergangenheit, über Henoch, und ich möchte sie über die Myriaden von unklaren Details bezüglich Ede Klein befragen und auch über das *Klein-Tagebuch*, das die Wirklichkeit in Sätze verwandelt hat, oder ihr erzählen, dass ich wegen ihr inzwischen *Die Dampfsäule* gelesen habe und Molnárs Margaretheninsel liebe, weil sie so ist wie dieses Dorf in meiner Erinnerung: auf eine einfache und geheimnisvolle Weise schön, geschlossen und beschützend. Dann frage ich mit schwacher Stimme:

»Und Dezső Metz?«

»Die Welt hier hat sich ziemlich verändert«, antwortet Tante Pannika.

»Arbeitet er nicht mehr bei der Hausindustrie?«

»Doch, schon, man duldet ihn, solange der Betrieb noch läuft. Heute will niemand mehr diese miserable, handverpackte Knete kaufen.«

»Man duldet ihn? War er nicht der geschickteste Arbeiter?«

»Das war er einmal.«

Als sie das sagt, fällt mir ein, dass Dezsős Stimme bei seinem Anruf so breiig und konfus geklungen hat, als sei er zwangsläufig auf den Weg geraten, den jene begabten Menschen, die zwar im Dorf bleiben, dem Dorfleben aber nicht mit der entsprechenden Demut entgegentreten können, früher oder später meist einschlagen.

»Trinkt er?«

»Das auch. Er befindet sich bereits in einem der letzten Stadien.«

»Das glaube ich nicht«, antworte ich. »Taumelt er etwa nach Kneipenschluss in vollgepisster Hose nach Hause und winselt bereits am Morgen, wenn sie wieder öffnet, um einen Schnaps? Schläft er abends in irgendeiner Grube am Straßenrand, erleidet er mehr oder weniger ernste Unfälle? Ist er dreckig, stinkt er und erinnert sich an nichts? Wenn das so wäre, hätte er mich ja nicht angerufen! Ihm hätte es ja sogar um das bisschen Geld leidgetan. Einem so starken Alkoholiker würde so etwas nie in den Sinn kommen.«

»Ist es ihm auch nicht.«

»Hat er mich Ihretwegen angerufen?«

»Meinetwegen? Das zu behaupten wäre übertrieben. Ich habe ihm zwar Bescheid gesagt, ihn zur Post geschleift und den Anruf bezahlt. Das ist aber auch alles. Du hattest das Recht, davon zu erfahren, obwohl du ja auch von selbst hättest darauf kommen können.«

»Und was ist noch mit ihm passiert? Sie sagten, er trinke *auch.*«

»Er ist krank, ja unzurechnungsfähig. Ich habe seinen Entlassungsschein gelesen, in dem steht, er sei schizophren. Da er jedoch harmlos ist, wurde er hinausgeworfen, damit sein Platz frei wird. Er erzählt ununterbrochen von einer vollkommenen Zugfahrt, von Krähen, von dem Ort, an dem die *klebrigen Fälle* angefangen hätten und wo er zum Botschafter geworden sei.«

»Allmächtiger, damit hat er ja schon damals angefangen!«

Mir fallen Dezsős mysteriöse Erklärungen ein, Onkel Pista Avarka und die gesamte Geisterwelt. Danach muss ich aus irgendeinem Grund daran denken, dass die Genossen, ihrem Versprechen zum Trotz, selbst Tante Pannika nicht erlaubt hatten, ihren unbewusst getippten Text zu lesen, der doch für so viele Verwicklungen gesorgt hat. Ich rufe beinahe aus: »Haben Sie denn das *Klein-Tagebuch* bereits gesehen? Damals haben Sie es schließlich überhaupt nicht gelesen.«

»Mich interessiert es gar nicht mehr«, sagt sie in einem zur Ruhe mahnenden Ton. »Ich weiß alles über mich und über die, die ich liebe, ebenfalls. Auch über den, den ich im Stich gelassen habe. Dieses scheußliche Schriftstück ist ja schließlich doch irgendwie aus mir hervorgebrochen, selbst wenn ich in einem Zustand der Entrückung gewesen bin. Ich werde es mir nicht mehr ansehen. Es hat viel Kummer in mein Leben gebracht, mich zerstört. Vielleicht habe ich es wegen meiner Sünden erhalten. Der Ewige wollte seine Rechnung mit mir begleichen, und der beste Weg schien ihm wohl der zu sein, mich durch meine eigenen Sünden zu bestrafen.«

Ich möchte ihr ins Wort fallen, ihr widersprechen und sie fragen, was für eine Sünde sie denn schon begangen haben soll. Gerade das Gegenteil ist doch der Fall gewesen. Mir fällt meine Begegnung im Zug mit den beiden Rabbinern aus der Hauptstadt ein; ich keuche fast, so sehr drängt es mich, ihr davon zu erzählen, dass mir diese beiden Männer an Wunder grenzende Dinge über sie verraten haben, und ihr zu sagen, dass nun, da wir bald eine echte Demokratie haben werden, diese Menschen, die ihr Leben aufs Spiel gesetzt haben, um die unschuldigen jüdischen Brüder und Schwestern zu verstecken, mit Sicherheit gewürdigt und Auszeichnungen bekommen werden. Doch in Tante Pannikas Augen sehe ich eine so aufrichtige Reue, und ich höre, wie ihre Stimme zittert, sodass ich mich nicht traue, etwas zu sagen. Ich bringe gerade noch ein protestierendes »Aber« heraus, doch sie winkt ab, indem sie ihren Finger kaum merklich von der Tischplatte hebt.

»Das kannst du nicht beurteilen, mein Sohn. Sechsundsechzig …«

»Natürlich weiß ich davon«, sage ich, ihr ins Wort fallend. »Ede Klein war noch einmal hier!«

Tante Pannika reibt ihr Gesicht und ihre Schläfen an beiden Seiten, als sei sie sehr müde. Sie spricht jetzt wesentlich ruhiger und distanzierter.

»Lass uns über etwas anderes sprechen. Hast du davon gehört, was mit Franczek passiert ist?«

Ich werde von einer rasenden Wut gepackt und verfluche mich, dass ich so ungehobelt war. Jetzt hätte sich vielleicht endlich ein bisher leerer Raum gefüllt, und ich bin ihr, weil ich meine Neugier nicht habe unterdrücken können, ins Wort gefallen. Resigniert frage ich sie, was denn mit ihm geschehen sei; im Grunde interessiert mich nicht, was dem sterilen Franczek in den vergangenen paar Jahren widerfahren ist, ob ihm vielleicht noch ein Kind geboren wurde, das auf unerklärliche Weise das seine ist.

Tante Pannika sucht nach den passenden Worten, sie scheint sie zunächst gründlich zu zerkauen, um zu prüfen, ob sie geeignet sind, mir die Nachricht mitzuteilen.

»Er hat sich erhängt.«

Ich springe auf und renne in der Küche umher, wobei ich eine Grünpflanze umwerfe. Ein schön gewachsener Philodendron. Sein Stamm bricht entzwei, und er fällt aus dem Topf; ich sehe von unten die ineinander verwobenen Wurzeln, es ist fast keine Erde mehr zu sehen, nur noch die kreuz und quer eilenden Fäden, dieses Leben, das sich im Laufe vieler Jahre hier unbemerkt entwickelt hatte. Aus dem Übertopf fließt abgestandenes, stinkendes Wasser über den Boden, wahrscheinlich ist irgendein Teil der Pflanze, ein Blatt oder eine Blüte, darin verfault, und nun strömt der schwere Geruch der Verwesung durchs Zimmer. Meine Augen sind trocken, dennoch habe ich das Gefühl, von heftigen Weinkrämpfen geschüttelt zu werden. Es geschieht genau das Gegenteil dessen, was mir bereits so oft widerfahren ist, dass nämlich die salzige Flüssigkeit zwar aus meinen Augen fließt, ich innerlich jedoch nichts fühle. Wie ist es möglich, dass jemand, der mir nahegestanden hat, nicht mehr lebt? Wo doch nur die Nächsten der anderen sterben. Der Beginn meines Lebens war doch ein einziges großes Verlassenwerden – ich habe nicht noch mehr verdient! Was soll das heißen: Er hat sich erhängt? Das ist doch nicht möglich.

»Was soll das heißen: Er hat sich erhängt?«, frage ich mit gequälter Stimme. »Das ist doch nicht möglich.«

»Ich habe es genauso empfunden, als ich zum ersten Mal in meinem Leben dem Tod begegnet bin«, sagt sie tröstend.

»Wie haben Sie sich gefühlt?«

»Es erschien mir vollkommen undenkbar. Die sichere Basis meines Lebens bildete das Bewusstsein, dass die um mich herum lebenden, mir nahestehenden Menschen für immer bei mir sein würden. Ich war viel jünger als du jetzt bist, als ich nach Budapest zu den Englischen Fräulein geschickt wurde, und der Himmel verschonte mich nicht lange, dabei war es mir zuvor so vorgekommen, als bliebe immer alles gleich.«

»Aber weshalb«, frage ich, nachdem ich mich ein wenig gesammelt habe, »weshalb hat er sich denn erhängt?«

»Er hat keinen Brief hinterlassen, und es gab auch vorher nicht wirklich Anzeichen dafür, dass er so etwas vorhatte. Es gab schon ein paar unangenehme Ereignisse in seinem Leben, dieses wog ein wenig schwerer als die früheren, das stimmt schon. Keines aber schien von einem solchen Gewicht zu sein, dass es diese Entscheidung begründet hätte. Seine Söhne bekamen in der Pubertät männlichere Gesichtszüge und ähnelten zunehmend ihrer Mutter. Es war erstaunlich, zuzusehen, wie sehr sie sich veränderten. Das Seltsame war, dass die nun männlicheren und härter gewordenen Züge nicht die ihres

Vaters widerspiegelten. Innerhalb von ein bis zwei Jahren sahen sie so anders aus, dass kein Außenstehender zu sagen vermocht hätte: Diese Kinder sind Franczeks Nachkommen. Und irgendwie schienen dies auch alle als naturgemäß anzusehen, ganz so, als wäre die Welt endlich zu ihrer alten Ordnung zurückgekehrt. Auch ich war der Meinung, dass diese Jungen das Ergebnis der unendlichen Liebe Sarolta Jászis waren und obwohl von niemand anderem gezeugt, so waren sie doch nicht von Gyula. Und ich glaube, wenn es auch nicht immer ausgesprochen wurde, so waren doch die meisten im Dorf dieser Ansicht. Du musst dir zwei junge Männer mit Dreitagebart vorstellen; sie sehen prächtig aus und kommen ganz nach ihrer Mutter. Es ist ihre feine, zurückhaltende Schönheit, die man bei ihnen wiedererkennt. Hinzu kam, dass sich ihr Verhältnis zu ihrem Vater auffallend verschlechterte. Vor allem Gyula Franczek Junior verhielt sich ihm gegenüber feindselig, um eine sarkastische Bemerkung war jedoch auch Imre nie verlegen. Dass beide Jungen ihren Tag von Damaskus erlebten, kam äußerst überraschend: Aus den endlos für ihren Vater schwärmenden Lausbuben sind dickköpfige, hochnäsige, jedoch ungewöhnlich disziplinierte Halbwüchsige geworden, die höchstens auf das Wort ihrer Mutter etwas geben. Sie sind keine zügellosen Pferde – dabei benehmen sich ja die meisten Jugendlichen so –, eher frei weidende Stiere, zwei unglaublich gelassene Tiere, bei denen man jedoch spürt, dass es außerordentlich riskant ist, sie zu erzürnen. Ich habe gehört, Franczeks Ansehen sei ebenfalls ins Wanken geraten. Wie du weißt, gehe ich nie in die Kneipe, und die Leute reden auch erst in der letzten Zeit wieder ab und zu mit mir. Ja, der Wind der Veränderung hat auch hier so manche schlechte Angewohnheit hinweggefegt … Soweit ich jedoch weiß, hat man Gyula nicht mehr mit bedingungsloser Aufmerksamkeit gelauscht. Wenn er in der Kneipe Oláh predigte, blieb er oft allein am Tisch, und auch der Lärm um ihn wurde zuweilen so stark, dass er sich gezwungen sah, seine Rede abzubrechen und seine Weisheiten für sich zu behalten. In solchen Momenten sank er nur auf die Bank neben den braun gestrichenen Tisch, einsam, und wartete darauf, angesprochen zu werden.«

»Und in der LPG?«, frage ich, wobei ich die Antwort natürlich ahne.

»Das kannst du dir sicherlich denken«, antwortet Tante Pannika, denn sie scheint zu spüren, dass ich nur Gewissheit haben möchte. »Warenbeschaffer braucht man in der neuen Welt nicht mehr. Diese Anhängsel der bisherigen hohen Herren wurden als Erste gefeuert – zur großen Genugtuung der Treibhausarbeiter und der einfachen Kulis. Diese sehen in dieser Wende die Bestätigung ihres vergeudeten Lebens, der durchgeackerten Jahrzehnte. Der Fortschritt sei also doch ihnen zu verdanken, schließlich seien sie es, die gearbeitet hätten, und die Müßiggänger bekämen endlich, was ihnen zustehe. Und trotzdem«, fährt sie fort, »waren wir alle sehr überrascht und bestürzt, als wir erfuhren, dass er sich umgebracht hat. Denn alles, was ich dir erzählt habe, waren nur winzige Anzeichen, Unannehmlichkeiten, nicht mehr, und Gyula Franczek war ja dennoch Gyula Franczek geblieben. Und obwohl er sicherlich unter den Ersten gewesen wäre, die aus der LPG hinausgeworfen wurden, hätte er auf einen hohen Eigentümeranteil hoffen können, ganz zu schweigen davon, dass er, so geschickt wie er die Dinge stets drehte, wahrscheinlich als Erster angestanden hätte, als es um die Rückverteilung des gemeinsamen Staatsbesitzes ging. Er wäre wohl auch so pfiffig gewesen, sich vom Anteil anderer ebenfalls etwas zurückführen zu lassen, und hätte trotz der Veränderungen in der Welt genauso gut leben können wie vorher.«

»Es ist jedoch nicht so gekommen«, sage ich grübelnd.

»Das ist es ja. Dabei habe ich gehört, dass der LPG-Vorsitzende Gábor Töre beim Hinüberretten der Gelder mit ihm gerechnet hat, und er hätte, als die herrschaftliche Welt sich hier wieder zu etablieren begann, vielleicht sogar eine noch bessere Position erlangt als die, die er zuvor innehatte.«

Wir verstummen beide. Ich traue mich nicht zu fragen, wo und wie, denn ich denke, diese primitive Neugier ist meiner mittlerweile nicht mehr würdig, doch gleichzeitig plagt sie mich, und ich würde nur allzu gern erfahren, wer ihn gefunden hat. Tante Pannika kennt mich jedoch besser, als ich es vermutet hätte.

»Man hat ihn zu Hause gefunden. Er hatte sich an ein unter der Decke verlaufendes Heizungsrohr gebunden; sein Gesicht war im Todeskampf durch den Putz ganz weiß geworden. Man hat weder das mit Rotz vermischte Blut von der Wand wischen noch die durch das Reiben in seiner Haut festgesetzten Kalkpartikel entfernen können. Sein Gesicht war dreckig weiß wie das eines stark geschminkten Zirkusclowns. Während er erstickt ist, hat sich sein Mund geöffnet, als hätte er ihn zu einem breiten Lächeln verzogen. Als hätte er vor seinem Tod gerufen: ›Die eigentliche Attraktion folgt erst jetzt!‹«

»Vielleicht wollte er auf diese Weise eine letzte Predigt halten«, sage ich.

»Damit, dass er wie ein böser Clown mit weißem Gesicht und breitem Lächeln aussehen wird«, antwortet sie, »hat er nun wirklich nicht rechnen können. Ebenso wenig damit, dass Sarolta Jászi ihn dennoch in einem offenen Sarg bis zum Grab hat bringen lassen. Obwohl, vielleicht hast du ja doch recht. Nie zuvor habe ich gesehen, dass die Trauernden von dem Toten ausgelacht werden und dieser so vom Jenseits aus zurückblickt, wie es ihm gefällt. Als ich ihn so sah, dachte ich, dass die Kinder vielleicht doch von ihm sind. Denn dieser Mann ist so mächtig gewesen, dass er tun konnte, was er wollte, sogar über den Tod schien er sich zu amüsieren … oder … ich weiß nicht. Er wurde von seinem Jüngsten, dem achtjährigen Kálmán, gefunden, der damals geboren wurde, als du am Wochenende noch nach Hause gekommen bist.«

Bei dieser Bemerkung schaut sie mir nicht in die Augen. Sie bemüht sich, den letzten Teil des Satzes in einem natürlichen Tonfall zu sagen, mir fällt jedoch auf, wie ihre Stimme kippt. Ich sehe sie auch nicht an; mein Magen krampft sich zusammen, denn mir wird plötzlich bewusst, dass ich mich hier mit Tante Pannika unterhalte. Die seltsame alte Nervosität überkommt mich wieder, doch inzwischen ist sie nicht mehr so schmerzhaft. Es ist nicht mehr jenes eindeutig böse und furchterregende Gefühl, sogar ein wenig Freude steckt darin, so wie man empfindet, wenn man auf ein Geschenk, eine gute Nachricht wartet oder weiß, dass man bald ein lange nicht gesehenes Familienmitglied wird umarmen können.

»Es ist ein schönes Gefühl, zu Hause zu sein«, sage ich.

Sie lacht, ihre Stimme rutscht jedoch in ein unkontrolliertes Wiehern, als würde sie gleichzeitig weinen und lachen – eine rohe Mischung dieser beiden Gefühlsausbrüche. »Der kleine Kálmán hat sich das Gesicht ebenfalls angemalt«, sagt sie, um die Sprache wieder auf die Franczeks zu bringen; ihre Worte überschlagen sich, als wolle sie um jeden Preis erzählen, dass der kleinste Junge genauso ausgesehen hat wie sein verschiedener Vater. Er habe sich mit der Farbe vollgeschmiert, mit der man die Kühe markiert, und sich auch ein großes Grinsen aufgemalt – er habe seinem Vater sehr ähnlich gesehen. Mittlerweile sei die Farbe gänzlich verschwunden, mit einem extrem starken Verdünnungsmittel habe man sie mühsam abwaschen können, auf der Beerdigung habe er jedoch bewiesen, dass auch sein Vater das Glied einer Kette war und sein Blut in ihm weiterfließt. Und Tante Pannika redet und redet, aufgeregt und wirr, sie holt kaum Luft; ich höre ihr jedoch fast überhaupt nicht mehr zu, denn ich bin plötzlich von einem ganz starken Gefühl erfüllt, ich spüre den Mut in mir, ohne dass ich eine Ahnung hätte, woher er kommt und was ihn nährt. Er ist jedoch unaufhaltsam, und ich bin mir nun bereits sicher, dass ich sie fragen werde.

»Tante Pannika, sind Sie meine Mutter?«

Sie verstummt, aber nicht starr, sondern eher so, als sei sie sogar erleichtert. Dadurch werde wiederum ich nervös, denn egal ob sie jetzt ja oder nein sagt, die Antwort wird auf jeden Fall furchtbar für mich. Wie kann sie dann also bloß so ruhig sein?

»Nein, mein Sohn«, antwortet sie, »wenn du die Blutsverwandtschaft meinst, so bin ich es nicht.«

»Ich bitte Sie!«, rufe ich und verziehe den Mund. Dies war eine der beliebten Phrasen unserer Erzieher, und wenn ich sie von jemandem nicht ertragen könnte, dann ist das Tante Pannika.

»In jeder anderen Hinsicht bin ich es aber«, fügt sie hinzu.

»In jeder anderen? Was soll das ...«

»Komm, spiel mir nicht den Ahnungslosen!«, fährt sie mich mit einer so energischen Stimme an, dass ich zusammenzucke. »Du weißt ganz genau, wovon ich spreche. Was denkst du, weshalb ich dich jeden Freitag zu Tee und Kuchen eingeladen habe? Weshalb habe ich dir wohl diese unzähligen Bücher gegeben? Über den *Talmud* und die *Thora* vielleicht sogar zu viele, denn es scheint dich ziemlich verwirrt zu haben.«

»Woher soll ich das wissen? Wenn ich nicht Ihr Sohn bin.«

»Du könntest es aber sein.«

»Könnte ich?«

»Natürlich. Das wollte ich dir gleich zu Beginn erzählen, du musstest mich jedoch unterbrechen, weil du wohl geahnt hast, dass ich hierüber sprechen will und du nicht die Kraft haben würdest, die Wahrheit anzunehmen. Und nun willst du mich so zur Rechenschaft ziehen, als wäre ich nicht diejenige gewesen, die dir geholfen hat, jene Traumwelt zu bewahren, die du dir durch das Zusammenspiel vieler Zufälle – der Tatsache, dass du Ede erstaunlich ähnlich siehst, deinen Interessen, um nicht zu sagen, deiner Identität und gewiss der grausamen Fantasie des Dorfes – aufgebaut hattest. Man hat es dir bereits vor langer Zeit erzählt, und es ist auch wahr, dass Ede Klein sechsundsechzig noch einmal hier gewesen ist. Ich habe ein Kind von ihm empfangen, ja das stimmt, und es war mit Sicherheit ein Junge; ich habe es gespürt, ein Junge, der jetzt genauso alt wäre wie du und auch genauso aussehen würde.«

»Haben Sie abgetrieben?«

»Ja.«

»Sie sollten sich schämen.«

»Gergely, der Embryo war krank, lauter körperliche und seelische Fehlentwicklungen, und die Geburt hätte womöglich keiner von uns beiden überlebt. Wie wagst du es, mich zu verurteilen? Ich war bereits alt, zumindest für ein erstes Kind, außerdem war mein Körper ermüdet und voller Bitterkeit.«

»Dann bin ich es also ganz sicher nicht?«, unterbreche ich sie.

»Es war ein medizinischer Eingriff, zu dem mir auch die Ärzte geraten haben.«

»Das ist egal.«

»Hast du etwa geglaubt, ich hätte dich ausgesetzt?«

Darauf antworte ich nicht. Das »Aussetzen« fällt in die Zeit vor unserer Zeitrechnung, der Beginn der Verwaisung liegt vor dem Punkt Null, er existiert einfach nicht. Wir Heimkinder haben uns an seiner Stelle immer eine neue Wirklichkeit vorgestellt.

Wir schweigen mehrere Minuten lang. Nach der Suppe gibt es kein Hauptgericht. Tante Pannika räumt den Tisch ab, bringt dann kleine Teller und Kuchengabeln, Kürbis- und Quarkstrudel auf einem silbern funkelnden Tablett; ich erkenne an ihrem Duft, dass es hausgemachte Kuchen sind und sie sie kurz zuvor gebacken haben muss. Sie stellt auch eine Flasche trüben Apfelwein auf den Tisch, bringt Sodawasser und sogar eine Schachtel Zigaretten. Helikon, in der alten, der weichen Verpackung, die es nicht mehr zu kaufen gibt.

»Ich habe nichts gekocht, dafür aber Strudel gebacken. Bediene dich, auch von dem Wein. Ich weiß nicht, rauchst du?«

»Ja«, sage ich, »doch zuerst möchte ich den Strudel kosten.«

Ich nehme mir jeweils ein Stück von dem Kürbis- und dem Apfelstrudel und beiße abwechselnd in den einen und dann in den anderen. Der mit Kürbis ist weich und geschmeidig und der hausgemachte Quark ist fest, sie ergänzen sich hervorragend. Beide sind süß, der eine hat jedoch noch eine pikant saure Note. Der Quarkstrudel ist reichlich mit Rosinen gefüllt, der hauchdünne Blätterteig knistert beim Hineinbeißen. Mein Gesicht ist voller Puderzucker.

»Den Wein würde ich als Gespritzten empfehlen«, sagt Tante Pannika. »Es ist Apfelwein, er schmeckt so nicht sehr gut, er ist sauer und stark, doch als Gespritzter ganz passabel.«

»Ich hätte gern einen mit viel Soda.«

Den Wein gießt sie aus einer dünnwandigen Kanne, und wenn ich nicht wüsste, dass er aus Äpfeln hergestellt wird, ich würde ihn für einen Rosé halten. Auf der Sodaflasche stehen einige Worte in einem verblichenen Reliefdruck, vielleicht etwas wie »Petőfi-Kreis«, »Sodafabrik«, »Es lebe das Vaterland!«. Das Letztere ertaste ich lediglich mit den Fingern, denn die Farbe ist bereits vollkommen abgeblättert.

»Sie ist sehr schön«, sage ich.

»Ich bin die einzige im Dorf, die noch solche Glasflaschen hat, die der anderen sind aus Kunststoff, weil sie viel leichter sind. Es war nicht einfach, den Sodamann zu überreden, doch schließlich hat er sich darauf eingelassen, meine Flaschen für ein gewisses Trinkgeld zu füllen.«

Ich warte lange, und erst als ich das Gefühl habe, meinen Mund überhaupt nicht mehr öffnen zu können, frage ich sie endlich:

»Und András Beregi?«

»Ich dachte schon, es interessiert dich gar nicht.«

»Ihn habe ich ja noch gute zwei Jahre lang auf dem Gang des Gymnasiums umherflitzen sehen. Wir grüßten uns. Doch nach einer Weile wollte auch er nicht mehr mit mir sprechen. Vielleicht wäre es anders gekommen, wenn er nicht so schnell aufgegeben hätte.«

»Ach was«, protestiert Tante Pannika. »Das empfindest du nur deshalb so, weil er dir aus dem Weg gegangen ist. Wenn er beharrlicher gewesen wäre, hättest du ihn zurückgewiesen.«

»Vielleicht.«

»Ganz sicher.«

»Ich weiß nicht. Auf jeden Fall habe ich ihn immer mal wieder gesehen, er schien stets sehr beschäftigt, er organisierte unentwegt irgendetwas. Ich habe auch gehört, dass der blutrünstige Diktator, dieser alte Kommunist, ihn aus dem Schülerwohnheim geworfen hat.«

»Es hat dich also doch interessiert, was mit ihm los war?«

»Nein, wirklich nicht. Ich habe nur davon gehört, ob ich wollte oder nicht, denn danach wurde er regelrecht ein Held. Und Künstler. Ich glaube, bis zu diesem Zeitpunkt hatte ihn sogar der Kunstlehrer ausgelacht.«

»Vielleicht auch danach noch«, sagt sie nachdenklich.

»Keine Ahnung. Wir gingen jedenfalls in die elfte Klasse, als seine erste Ausstellung *Nylonchristus* eröffnet wurde.«

»Ich habe gehört, du warst nicht da.«

»Nicht bei der Vernissage, doch später habe ich sie mir angesehen. Sie hat mir nicht gefallen, so ausgestellt erschien mir das alles albern, ja lächerlich.«

»Womöglich hast du recht«, antwortet Tante Pannika.

»Haben Sie die Ausstellung gesehen?«

»Ja, ich war neugierig, schließlich wird nicht jede Woche eine Ausstellung von einem Jungen aus dem Dorf eröffnet – selbst wenn ein Spielzeugrollstuhl und wer weiß noch was für Objekte gezeigt werden.«

Dann schweigt sie und nimmt sich ebenfalls ein Stück Strudel. Sie hebt es aus der Mitte heraus: Die eine Hälfte ist mit Kürbis, die andere mit Quark gefüllt. Sie legt es zurück.

»Das ist eher etwas für dich«, sagt sie. »Du isst sie ja sowieso zusammen.«

Ich lächle.

»Und, sag, war es denn nicht unangenehm, sich ständig aus dem Weg zu gehen? War es nicht schwer, zu jemandem aus Feketeváros zu werden?«

Zuerst will ich überhaupt nicht darauf antworten, dann bringe ich gerade noch ein Wort heraus:

»Nein.«

Sie hat ja sowieso von Bece gehört, dass ich die Klasse gewechselt habe, und unter sechshundert Schülern war es nicht schwer, aus der B das Zusammentreffen mit jemanden aus der E zu vermeiden. Und wenn wir uns doch mal über den Weg liefen, war es mit der Zeit auch nicht mehr ganz so peinlich. Für mich war es dennoch ein unerträglich großes Opfer, und Tante Pannika weiß es von allen am besten; ich hatte mich vollkommen übernommen, es ist mir unsagbar schwergefallen, zu einem Feketevároser zu werden, und als es mir schließlich einigermaßen gelungen war, hatte ich das Gymnasium schon beendet und wurde aus dem Erziehungsheim hinausgeworfen, weil ich achtzehn geworden war.

Tante Pannika blickt nervös auf den Teller und bricht den Strudel in Stücke.

»Möchtest du noch etwas Wein?«

»Was ist mit ihm?«, frage ich statt einer Antwort.

»An der Kunsthochschule wurde er nicht genommen, selbst nach mehreren Versuchen nicht. Er fährt jedes Jahr zu der einwöchigen Aufnahmeprüfung, kommt bis in die zweite oder dritte Runde und wird dann ausgesiebt. Er arbeitet in Kecskemét, im Zeichentrickfilmstudio. Dort malt er die Szenen aus.«

»Das scheint mir aber nicht das Gelbe vom Ei zu sein.«

»Sagt jemand, der ihm nicht grün ist.«

Sie bringt mich zum Lachen.

»Er läuft in zerrissenen Jeans herum«, erzählt sie weiter, »in Hemden mit Folkloremuster und Umhängetaschen aus Filz. Seine Haare trägt er lang und er plappert ununterbrochen über zeitgenössische Kunst.«

»Das ist gut.«

»Na ja, eher nicht, denn er spricht viel häufiger über die arroganten Künstler als über ihre Werke. Er erzählt, welcher arrivierte Maler sich dazu herabgelassen hat, mit ihm ein paar Worte zu wechseln, oder wem er einen Kaffee bringen durfte.«

Ich höre ihr zu, und mein Magen verkrampft sich schon wieder. Am liebsten würde ich wegrennen, um András Beregi zu suchen, ihn zu schütteln und zu fragen, wie er denn dazu komme, unsere gepolsterte, nur hier verständliche Welt, die Geheimnisse des Ede-Klein-Vereins so billig verscherbeln zu wollen. Das Einzige, was er damit erreicht, ist ja, dass unsere kindlichen, aber umso originelleren Ideen, Erlebnisse und Erinnerungen in Form von unverständlichen Skulpturen und wer weiß was noch der Lächerlichkeit preisgegeben werden. Man kann sie nicht aus diesem Umfeld herausheben und einfach irgendwo anders hinbringen! Niemals wird jemand verstehen können, was sich hinter diesen Dingen verbirgt – keiner, der nicht hier aufgewachsen ist, nicht von hier stammt. So sind es doch nur bloße Gegenstände, ohne jegliche Schatten. Man müsste die Schatten zeigen, doch auch das ergibt keinen Sinn, wenn die Wurzeln, ja die Vergangenheit fehlt. Aufgebracht frage ich sie:

»Ist er ein Dilettant?«

»So etwas würde ich nie sagen«, antwortet sie abwehrend. »Ich weiß es nicht, vielleicht. Ich kenne mich nicht gut genug aus, um es beurteilen zu können. Ich gehöre zum Dorf, ich bin Teil des Ganzen. Ich empfinde es als meins.«

»Das schließt ja wohl nicht aus, dass Sie Geschmack haben. Außerdem denke ich, dass Sie gerade deshalb, weil Sie an diesen Dingen teilhaben, wissen, dass man sie nicht einfach vor Fremden ausbreiten kann. Diese Leute haben doch keine Ahnung, worum es eigentlich geht. Sie können es ja gar nicht verstehen. Das, was er macht, ist ein einziger Verrat an uns. Einigen blasierten Intellektuellen zuliebe, deren Vorfahren bereits seit vielen Generationen in der Hauptstadt leben und die ihn sein ganzes Leben lang von oben herab behandeln werden, verleugnet und verlacht er seine eigene Vergangenheit.«

»Das ist nicht wahr.«

»Weshalb nicht?«

»Weil er selbst die Sache ernst meint und es auch Leute gibt, die verstehen, was er macht, und ihm glauben. Er hatte auch schon mehrere Ausstellungen. Sogar eine in der Hauptstadt.«

»In irgendeinem Vorort?«

»Du bist zynisch, mein Sohn.«

»Also ja.«

»Ja, im Speisesaal einer großen Fabrik. Das braucht man aber nicht zu verachten. Irgendwo muss man ja anfangen. Und hier in der Gegend sowie in Kecskemét wird er ständig zu verschiedenen Ausstellungen eingeladen. Auch von Künstlerkommunen. Denkst du etwa, es ist so einfach?«

»Im Gegenteil. Ich denke, das ist viel komplizierter.«

Wir zünden uns beide eine Zigarette an. Der Tabak ist so trocken und das Papier so porös und dünn, dass sie uns fast zwischen den Fingern zerbröseln. Die Schachtel muss sehr alt sein, vielleicht stammt sie noch aus dem Kiosk.

» Deinetwegen…«, beginnt sie, spricht dann jedoch nicht weiter.

»Was?«, frage ich.

»Deinetwegen bin ich hier geblieben … verstehst du … Wegen jener Wirklichkeit, die du dir für uns beide ausgedacht hast und die uns das gesamte Dorf zugeschrieben hat. Durch die Ausgrenzung bist du … zu meinem Sohn geworden.«

»Dann nimm mich auf und lass mich zu einem Hiesigen werden!«

»Hör auf damit.«

»Ist das Quatsch?«

»Nein. Es bedeutet nur nichts.«

»Wieso?«

»Du bist doch ohnehin schon einer.«

Tante Pannika begleitet mich nur bis zur Tür, denn ich verspreche ihr, wieder zurückzukommen, nachdem ich bei Dezső war. Wie oft habe ich mich danach gesehnt, ein Haus, das ich mir als mein Zuhause vorstellte, zum Beispiel das von Beregis Familie, so zu verlassen, als würde ich wirklich dort wohnen. Zu gehen, ohne bis zum Gartentor gebracht zu werden. Jemand, der sein eigenes Haus verlässt, wird nicht bis zum Tor begleitet. Wie oft habe ich die zu Städtern gewordenen starken Männer gesehen, die von ihrer alten Mutter hinausgebracht wurden – sie waren aus der Familie ausgeflogen und zu Provinzlern geworden. Was mag ich dann wohl sein, grüble ich, der ich mittlerweile ein echter Provinzler bin und mich jetzt zum ersten Mal so fühle, als wäre ich es nicht? Das spreche ich sogar aus, nicht laut, nur so vor mich hin murmelnd. Ich schäme mich, als mir bewusst wird, dass ich hier in der Poststraße stehe und Selbstgespräche führe. Dann aber muss ich lächeln: Was interessiert es mich denn, was die Bauern denken? Doch noch im selben Moment wird mir klar: Es liegt natürlich daran, dass ich selbst einer bin und zwar für immer. Dezső hat ja bereits früher schon oft gesagt: Wer als Bauer geboren wurde, bleibt es sein ganzes Leben lang.

Ich schaue zum Kulturhaus hinüber und für einen Moment

verspüre ich wieder einen Krampf in der Magengegend. An der Wand kann ich nirgends den besitzerlosen Schatten der Dreschmaschine erkennen! Ob er weggefahren ist? Sicherlich, schließlich ist Ede Kleins besitzerlose Silhouette damals auch zum Kiosk umgezogen, und die Dreschmaschine ist vielleicht Ignác gefolgt. Womöglich gibt es sogar schon neue Schatten, zum Beispiel den des Herrn Számfira oder den von Jancsi Szalma. Ja klar! Er hat wahrscheinlich deshalb seine Bahnwärteruniform nicht getragen, weil er keinen Schatten mehr hat. Und Gyula kommt gewiss auch immer mal zurück. Er wird wohl der aktivste Geist und Onkel Pista Avarka um Längen voraus sein. Wahrscheinlich verrät er alles, auch die Geheimnisse, die Onkel Avarka stets verschwiegen hat. So wird es sein! Er predigt bestimmt genauso oft wie zu seinen Lebzeiten. Ich werde Dezső Metz fragen, was mit der Dreschmaschine passiert ist und was für ein Geist Gyula ist. Armer Dezső, Gyula ist bestimmt aufdringlich. Ja, heutzutage hat man es sicherlich nicht leicht als Botschafter.

In der Zwischenzeit komme ich an der Stelle vorbei, wo früher der Kiosk stand. Jetzt erst sehe ich, dass an der Ecke beim Fotografen nun ein Blumenladen aufgemacht hat. Ich schaue auf den Boden, sozusagen zum Abschied. Ich bin fest entschlossen, gleich in den alten Frisiersalon zu gehen, mich endlich zusammenzureißen und mit meinen einstigen Freunden zu sprechen. Von ihnen werde ich jede weitere Einzelheit erfahren, was mit Glasaugen-Tót los ist, Opa Töre und seiner Frau, dem »Mädchen ohne Namen«, die im Heim im Zimmer neben mir gewohnt hat und deren Namen ich mir nicht merken konnte, weil sie auch eine Waise war und ich mit Waisen, außer mit Eszter, nie ein Wort gewechselt habe. Ob der Sack im Oberschenkel des kleinen Töre gut wächst. Und ob wohl Leben in ihm erwachen wird, um Laila eine Freude zu erweisen. Vom Kneipenwirt Oláh, von Sándor Guliga, Gábor Töre und den anderen – von allen möchte ich hören! Mit einem lässigen Kopfschlenker – wie man ihn von Touristen kennt, die noch ein letztes Mal vom Aussichtsturm blicken möchten, in dem Glauben, sie könnten auf diese Weise den Anblick in ihren Erinnerungen bewahren – will ich mich den besitzerlosen Schatten zuwenden. Ich schaue hin, meine Lippen bewegen sich fast, hallo, ihr beiden – irgendwann habe ich nämlich Tante Pannika geduzt, und dann sind wir dabei geblieben. In diesem Moment wird mir bewusst, dass dort, wo ich vor anderthalb Stunden noch den Schatten des Paares gesehen habe, nun nichts mehr ist.

Die Tür der Post geht auf, Glasaugen-Tót kommt heraus; ich sehe ihm an, dass er mich nicht sofort erkennt. Er geht zu seinem Fahrrad, nimmt seine Kanne herunter, gießt etwas in den Deckel und trinkt. Ich starre den Alten an und plötzlich bemerke ich, dass ich überhaupt keinen Durst habe.

Ich bin hier, und meine Kehle wird nicht innerhalb weniger Minuten von einem brennenden Schmerz gequält; ich spaziere umher wie ein Provinzler, ein wirklich Fremder. Wie jene junge Genossin, der Ignác Gergely damals die Frage gestellt hat, ob sie denn, wenn ihr schon nichts Ungewöhnliches an der Wand des Kulturhauses aufgefallen sei, wenigstens den besitzerlosen Schatten einer Dreschmaschine bemerkt habe. In diesem Augenblick erkennt mich Glasaugen-Tót.

»Gergely Gallér! Du kommst wohl noch manchmal nach Hause? Ich habe gehört, du warst nicht mehr hier, seit man dir aufs Dach gestiegen ist.«

»War ich auch nicht«, sage ich gequält und widerwillig.

»Na, dann habe ich ja richtiges Glück!«

»Wollen Sie mich verspotten?«

»Ich? Das ist nicht meine Art, ich meine es ernst. Ich wusste es schon immer zu schätzen, dich zu sehen.«

»Das können Sie auch ruhig«, antworte ich gereizt, denn ich glaube, es ist eine Anspielung auf den Dunaföldvár-Streich, mit dem ich nichts zu tun hatte. Das ist Gyulas und Beces Angelegenheit, außerdem war es Bece, für den er einen bösen Ausgang nahm. Es kränkt mich, dass Glasaugen-Tót uns verwechselt. Er spricht leise weiter, es ist fast nur noch ein Murmeln.

»Ich beobachte dich seit langem, mein Sohn, verzeih mir,

dass ich so etwas sage, aber du bist regelrecht ein klinischer Fall. Dass der Ewige jemanden mit einer so manischen, verschrobenen Seele straft – ja, das mag man kaum glauben! Du musst ein bitteres Leben führen. Es ist unfassbar, wie du immer und immer wieder die gleiche Geschichte erlebst und dennoch unentwegt auf der Suche nach ihr bist, sie aufspüren willst, als wärst du ein Hund. Ich wollte zunächst nicht glauben, dass du nicht merkst, wie du stets auf das Gleiche stößt. Die Dinge mögen zwar in verschiedenen Gewändern stecken, im Grunde geht es jedoch immer um das Gleiche. Doch irgendwann musste ich einsehen, dass mir noch nie so ein komischer Kauz wie du über den Weg gelaufen ist.«

»Es macht mich glücklich, zu wissen, dass ich Ihnen Freude bereitet habe.«

»Du denkst schon wieder, dass ich mich über dich lustig mache.«

»Nein«, sage ich. »Ich weiß ja jetzt, dass es nicht so ist.«

»Natürlich nicht! Ich gebe dir recht: Die Vergangenheit lebt in uns weiter, in unseren Bewegungen, unserer Sprache, in der Art, wie wir uns durch die Haare fahren; die Zeit der Vorfahren ist in den Genen verborgen und vergeht mit uns weiter. Ich verstehe dich und ahne auch, was für ein Schlag es für dich gewesen sein muss, mit diesem Wissen als Waise aufzuwachsen. Was ich jedoch nicht begreifen kann, ist, warum jemand sich so viele Gleichnisse erschafft, wenn er von keinem den Sinn entschlüsselt. Ich erinnere mich, du hast mit den Schatten angefangen, die nur die Dorfbewohner sehen könnten, dann kamen die aus dem Nichts entstandenen Welpen, Opa Töres und Franczeks seltsame Vaterschaft, Ignác Gergely der Jüngere der mit dem Schatten seines Großvaters das Licht der Welt erblickte, dann Herrn Számfiras dramatischer Tod und …«

»Wieso«, unterbreche ich ihn, »sind diese Dinge etwa nicht passiert?«

»Doch, mein Sohn, möglicherweise sind sie passiert. Die Märchen, die ihr in eurem Verein aus ihnen fabriziert habt, sind jedoch eine andere Sache.«

»Wir haben nach dem Ursprung aller Ereignisse gesucht.«

»Eher danach, wie es hätte sein können. Und jene, die deiner Logik nicht folgen konnten, machten sich hinter deinem Rücken über dich lustig, sagten, du seist ein Narr und belächelten dich, weil du so tatest, als wärst du kein Heimkind.«

»Lassen Sie mich in Ruhe«, fahre ich ihn an und will gehen. »Ich bin nicht verpflichtet, mir Ihr Geschwafel anzuhören«, sage ich, doch Glasaugen-Tót ruft mir hinterher, dass ich es noch nicht einmal geschafft hätte, die wichtigste Lehre aus alldem zu ziehen, oder wenn, dann habe es mir wohl an Mut gefehlt, der Wahrheit ins Auge zu blicken. Ich gehe zurück zu ihm.

»Und die wäre?«

»Du hast deine kahl geschorenen Klassenkameraden ja selbst gesehen«, sagt er, »wie sie in der Fremde erniedrigt wurden, um dann in ihrer Heimat ausgestoßen zu werden. Kahlköpfig wurden sie nach Hause geschickt, wie nach einer Behandlung oder dem Todeslager, mit dem Verdacht der Infektion, so wie Ede Klein damals. Die ihren Heimatort genauso verloren haben wie du, denn auch ihnen ist der Stumpf der amputierten Gliedmaße erhalten geblieben, die Bindung. Doch das Dorf schnitt alles ab, stieß sie von sich weg, und du bist nicht auf die Idee gekommen, über dein eigenes Schicksal nachzudenken, obwohl du Augenzeuge des Ganzen gewesen bist …«

»Worüber hätte ich denn nachdenken sollen?«, unterbreche ich ihn erneut. »Dass ich im Erziehungsheim gelebt habe? Was gibt es denn da schon zu grübeln? Es war schrecklich, ich habe alle Waisen gehasst. Bitteschön, hier haben Sie die Bestandsaufnahme.«

»Deine Eltern leben«, sagte Glasaugen-Tót, und als wären seine Worte ein Schöpfungsakt, schlägt er die Hände zusammen. »Deine Mutter kennst du sogar. Du warst dein ganzes Leben lang ein Provinzler und gleichzeitig ein Sáraságer.«

Zuerst will ich ihm ins Wort fallen und den Schlaumeier zurechtweisen, dann überlege ich es mir jedoch anders und denke, soll er doch ruhig reden. »Die Schatten und der Durst«, sage ich, »ich weiß.«

»Siehst du, Gergely, langsam scheint dir etwas zu dämmern. Der Ewige hat ein böses Spiel mit dir getrieben, wobei es sich schlicht und ergreifend um das handelt, was er die Sterblichen ›Zufall‹ nennen lässt. Seinen ersten Zug hat er in Szeged gemacht, auf dem Jugendamt, und so kam es, dass dein Leben mit diesem alles entscheidenden Zufall begann, diesem verblüffenden Schnippchen, das Er dir geschlagen hat, indem Er dich ausgerechnet in das Waisenheim des Heimatdorfes deiner Eltern hat bringen lassen. Dazu kommt der zweite unerhörte Scherz, nämlich der, dass du haargenau so aussiehst wie dein Vater: deine roten Locken und deine Statur. Unzählige Male hast du die Beschreibung des angeblichen Fährmanns des Dorfes gehört, der immer wiederkehren soll, um die Toten zu holen, und von dem du später, durch den wirren Fiebertraum, den du damals bei Páter in der Wohnung hattest, erfahren hast, dass er neun Monate vor deiner Geburt versuchte, nach Hause zu kommen. Als die Leute über diese Dinge sprachen, spürtest du stets ihre misstrauischen Blicke und du ahntest auch, dass sie dich nicht wegen deiner Manien trafen, denn das ›Judengetue‹ wäre nicht ausreichend gewesen, zumindest bei jemand anderem nicht, doch du hast es für dich *gefunden*, gerade du, von dem jeder auf den ersten Blick hätte sagen können, dass du *sein* Sohn bist.«

Ich muss an Tante Pannikas Worte denken – »in jeder anderen Hinsicht«.

»Trink einen Deckel voll Bier, mein Sohn, deine Lippen sind schon ganz spröde.«

Das Getränk tut gut, obwohl Bier mir noch nie so bitter vorgekommen ist wie jetzt.

»Deine Mutter hat ebenfalls ihren Teil abbekommen«, fährt Glasaugen-Tót fort. »Sie hat so viel Gutes getan, so viele Leben gerettet – und was war die Belohnung? Sie wurde von einem jüdischen Schicksal ereilt. Weil sie die Menschen bei sich versteckt hat, musste auch sie fliehen; sie war fast noch ein Mädchen, als sie ohne jegliche Unterstützung ins Dorf zurückkehrte, in dieses Dorf, aus dem sie sehr früh hatte fortgehen müssen und von dem sie lediglich wusste, dass es zum

Besitz ihres Vaters gehörte. Sie war hier genauso Waise wie du. Vielleicht war ihre Lage unter den bösartigen und beschränkten Bauern, die keinen Finger gerührt hätten, wenn es um das Leben des Nachbarn ging, sogar noch schlimmer. Ihnen war es egal, sollten sie sie doch verschleppen. Widerstand oder Hilfe gab es nicht. Die Grafenfamilie war nicht zu Hause, und es gab keinen einzigen Bauernhof, auf dem die drei jüdischen Familien sich hätten verstecken können. Als sie dann nach Hause kamen, krank und erniedrigt, fiel man erneut über sie her. Und was geschah diesmal? Wieder war es nur das junge Károlyi-Mädchen, das man inzwischen Pannika nannte, das einen klaren Kopf bewahrte und versuchte zu retten, was zu retten war.«

»Und ich?«, frage ich leidenschaftslos.

»Dein Leben wurde sozusagen auf dem Altar all dessen geopfert, so bist du zum Waisen geworden. Mit dir kippte dann plötzlich alles um, wie in einer Dominoreihe. Du bist das Opferlamm«, erklärt Glasaugen-Tót selbstsicher, während er mir eine Kopfnuss verpasst. Dann radelt er ohne Abschied in Richtung der Stelle, an der die Synagoge hätte erbaut werden sollen.

An dem ungepflegten Grundstück, auf dem niemals eine Synagoge errichtet wurde, kann ich nichts Zauberhaftes finden. Der Steinzaun neigt sich hier nach innen, dort nach außen, das Gras steht bis zur Brust, der Lattenzaun um das Denkmal des heiligen Johannes von Nepomuk ist verschwunden, auf dem Kopf der Skulptur sitzen Tauben, der Schädel ist bereits voller Vogeldreck. Ich gehe hinunter zur Brücke. Vom heiligen Johannes aus blicke ich zur Seite; ich sehe die Reste der alten Burgmauer, alles ist zugewachsen von einem gewaltigen Gestrüpp. Von der Burgruine, die immer aussah, als wäre sie eine verfallene Kapelle, die von derbem Fench umarmt vor sich hin schlummert, sodass man den Eindruck bekommen konnte, der Friedhof erstrecke sich zwischen den Häusern weiter, sieht man überhaupt nichts. Diese heruntergekommene Dorflandschaft zu betrachten, macht keine Freude.

Vielleicht hat es das auch nie.

Von der Brücke gehe ich wieder zurück zum Ufer und erneut am alten Frisiersalon vorbei, nur diesmal in die andere Richtung. Der Katholische Klub verfügt mittlerweile sogar über ein Schild, dessen Aufschrift reichlich protzig geraten ist: Auf dem »K« sitzt eine Taube, die gerade im Begriff ist, emporzuschweben. Bei Dezső angekommen, gehe ich in den Innenhof. Nachdem ich den großzügigen Platz des Katholischen Klubs überquert habe, komme ich in Dezsős winzigen Hof, in dem Kette, der Hund, dessen Leben ein so bitteres Ende genommen hat, und später die aus dem Nichts aufgetauchten Welpen der erdrosselten Hündinnen gewohnt hatten. Was ich hier vorfinde, ist ein niedergetrampelter, mit Kieselsteinen bedeckter Platz, vollgestellt mit Brettern, Holz- und Kunststoffkisten, einem Hebebock sowie einem alten Handwagen. Wütend darüber, was ich hier auf dem Hof überhaupt zu suchen habe, will ich mich schon umdrehen, um wieder zu gehen, als ich in den gassenartigen Spalt zwischen den Kisten schaue und bemerke, dass das Fenster geöffnet ist. Ich versuche, mich ihm seitlich ein wenig zu nähern, fast erreiche ich es, nur ein Schritt trennt mich noch davon. Ich sehe Dezső Metz' Kopf zur Hälfte, sein Gesicht ist aufgedunsen und rot, sein Haar verfilzt und eklig fettig, seine Augen sind blutunterlaufen.

»Lass uns den Text lesen«, sagt er.

»Warum gerade jetzt?«, höre ich eine Stimme von der anderen Seite das Raums.

Denjenigen, zu dem sie gehört, sehe ich nicht, doch ich erkenne sie: Es ist András Beregi. Er wird wohl in der Ecke neben der Tür, gegenüber dem einbetonierten Haarwaschbecken sitzen. An meinem Platz. Ich versuche hineinzuschauen, beuge mich dabei nach vorn, doch mit meinem Hintern stoße ich an die hinter mir aufgestapelten morschen Bretter. Sie wanken knirschend, auf meinen Hals rieseln Sägespäne und Dreck und für eine Sekunde scheint es wahrscheinlich, dass im nächsten Moment alles auf mich draufkippen wird. Ich traue mich nicht einmal mehr, zu atmen.

»Gestern hätte ich Lust gehabt, es zu lesen«, sagt Beregi

aufgebracht, »und du hast gesagt, es sei noch zu früh. Und heute ist es das wohl nicht mehr?«

»Nee, nich mehr.«

»Ich fasse es nicht. Was für ein Idiot du doch bist, Dezső!«

Beces Stimme klingt auffallend gereizt, dennoch habe ich das Gefühl, er ist nicht wirklich wütend. Den Stimmbruch hat er natürlich schon längst hinter sich, aus seinem Mund kommt nicht mehr jenes tiefe Brummen, dennoch wirkt sie wesentlich erwachsener. Er scheint verärgert, es liegt etwas Geschwollenes in der Art, wie er spricht, beinahe würde ich sagen, es klingt affektiert. Man hört keine Spur Dialekt, das »e« artikuliert er so offen und klar, als hätte er aus dem Fernsehen sprechen gelernt. Dezső hat eine Kneipenstimme, seine Worte sind splittrig und stechend, dabei spricht er unsicher, als schäume etwas in seinem Mund. Ich entschließe mich gerade, diese labile Gasse zu verlassen und endlich bei ihm zu anzuklopfen, als ich wieder Dezsős Stimme wahrnehme, die, wenn das überhaupt geht, noch breiiger klingt als zuvor.

»Gyula hat gesagt, dass ich ihn vielleicht heute spüren werde.«

»Gyula?«, fährt Bece ihn an. »Gyula ist tot, und bitte komm nicht schon wieder mit dem Quatsch, dass er dich besuchen kommt.«

»Er hat gesagt, wir sollns heute Nachmittag lesn, ich werd schon spürn, wann die Zeit dafür gekomm is.«

»Nun gut, zeig her. Wo zum Teufel hast du es überhaupt versteckt?«

Ich höre Rascheln und Klirren. Bece redet aufgeregt weiter, wie es denn überhaupt möglich sei, dass man das *Klein-Tagebuch* Dezső Metz gegeben, und weshalb es nicht die Urheberin bekommen habe, obwohl es hier doch mit Sicherheit dazu verurteilt sei, zu verschwinden oder zerstört zu werden. Dezső gibt alle möglichen Erklärungen ab, die ich nicht verstehe und die Bece ebenfalls nicht klar zu sein scheinen, er hakt immer und immer wieder nach, fragt zweifelnd, warum Tante Pannika es hierher gebracht haben soll, wenn sie es schon bekommen habe. Schließlich sei dies ja vollkommen in Ordnung gewesen, da es doch ihr Text sei, und er könne überhaupt keinen plausiblen Grund dafür erkennen, weshalb sie es hier habe aufbewahren wollen.

»Ich soll's nich für sie aufbewahrn«, widerspricht ihm Dezső. »Sie hat's mir geschenkt.«

»Sie hat es dir geschenkt?«

»Ja, sie hat gesagt, dass der Text, wenn auch unbewusst, trotzdem durch sie hindurchgeflossn is un sie deshalb alles kennen würde, was drinsteht.«

»Der Alkohol ist es, der hindurchgeflossen ist«, sagt Bece spöttisch, »und zwar durch dich.«

Ich höre das Rascheln der Blätter, ansonsten herrscht eine schmerzvolle und ungeduldige Stille, einer der beiden scheint immer schneller zu blättern. Mich packt die Neugier, und ich empfinde in diesem Schweigen mein Lauschen plötzlich als erniedrigend. Auch ich will das Tagebuch sehen. Ich laufe zurück über den Hof, hinaus auf die Straße, ich höre bereits von Weitem, wie Bece herumbrüllt und um sich schlägt. Als ich am Straßeneingang des alten Frisiersalons ankomme, tobt er noch immer.

»Das ist überhaupt nicht das *Klein-Tagebuch*!«, schreit er. »Dieser beschissene Blätterhaufen ist leer, kein einziger verdammter Buchstabe steht hier.«

Dezső schweigt nur. Ich stelle mir vor, wie er neben dem Haarwaschbecken steht, als sei auch er einbetoniert, und dabei dämlich lächelt; doch ich täusche mich, denn als ich klopfe, ist er es, der mir antwortet, und zwar sofort, beinahe im selben Augenblick, in dem mein Finger die Tür berührt.

»Wer ist da?«

»Gergely Klein«, sage ich.

Bece reißt die Tür auf und steht nur da, wütend und enttäuscht, seine zerzausten Haare hängen ihm ins Gesicht, er atmet schwer. Dezső stößt ihn zur Seite.

»Gergely Klein? Na endlich. Willkommen!«

Inhalt

claassen

Emma Braslavksy

Aus dem Sinn

Roman

362 Seiten ::: Gebunden mit Schutzumschlag
ISBN 978-3-546-00419-0

Im Jahre 1969 explodiert in Erfurt die Domuhr und der junge Mathematiker Eduard Meißerl verliert sein Gedächtnis. Beide Ereignisse sind zugleich Anfang und Ende dieser tragikomischen Geschichte über eine kleine Gemeinde vertriebener Sudetendeutscher, deren wunderliche Lebensspuren im Übergang zwischen Erinnerung und Zukunft verlaufen.

»Emma Braslavsky ist eine leidenschaftliche Erzählerin – mutig genug fürs Große, klug genug fürs Komplexe, sensibel und genau in den Details.« *Terézia Mora*